별의 계승자

미네르바의 임무

MISSION TO
MINERVA

별의 계승자

미네르바의 임무

제임스 P. 호건 지음 **최세진** 옮김

아작

일러두기

모든 주석은 옮긴이의 것입니다.

나의 세 딸
쉐럴과 린지, 타라를 위하여

차례

주요 등장인물 및 지명

지구	빅터 헌트	UN 우주군 첨단과학국 부국장, 물리학자
	크리스천 단체커	UN 우주군 외계생물학부 부장, 생물학자
	그렉 콜드웰	UN 우주군 첨단과학국 국장
	밀드레드	작가, 단체커의 사촌
	던컨 와트	공학자, 헌트의 조수
	샌디 홈즈	생물학자, 단체커의 조수
	시엔 첸	중국 이론물리학자
	요제프 조네브란트	독일 이론물리학자
	밋치	그렉 콜드웰 국장의 비서
	제리 샌텔로	헌트의 이웃
	포크	FBI 요원
투리엔	비자르	인공지능 컴퓨터 네트워크
	브리욤 칼라자르	투리엔 의장
	프레누아 쇼옴	외교관, 사회 관련 담당
	포르딕 이샨	과학, 산업, 경제 관련 담당
	투리오스	투리엔의 수도
	퀠상	투리엔에서 가까운 연구단지

미네르바 세리오스	말로트 하르진	대통령
	클레시머(클레스) 보소로스	세리오스군 중위
	라이샤 엥스	기술 분야 통역사
	주모 네그리코프	보안국 정보과장
	프렌다 베스니	보안국 정보과장 비서
	오세르브루크	세리오스의 수도
미네르바 람비아	페라스몬	국왕
	프레스켈-가르	왕세자
	구다프 이라스테스	왕세자 직속 부대 부사령관
	로박스 경	왕세자의 부관
	자르곤	장군, 왕세자의 측근
	멜티스	람비아의 수도
	도르존	프레스켈 가르 왕세자의 요새
	아그라콘	정부청사 복합단지
샤피에론호 원정대	조락	인공지능 컴퓨터 네트워크
	가루스	제블렌의 총독, 전임 원정대장
	쉴로힌	수석 과학자
	몬카르	가루스 총독의 부관
	로드가르 자실라네	수석 공학자
제블렌인	이마레스 브로귈리오	전임 제블렌 연합 수상
	와일로트	장군, 전임 외무부 장관
	가루아인 에스토르두	과학 자문

프롤로그

마침내 2030년대가 되자 지구의 국가들이 착취와 분쟁이라는 역사를 무수히 만들었던 서로 간의 차이를 해소하거나 그 차이를 익히며 살아갈 수 있게 되었다. 미래를 향한 협력과 낙관주의라는 새로운 시대정신은 UN 산하에 구성된 우주군의 지휘 아래 진행한 태양계 탐사 연합 계획의 형태로 나타났다. 한때 과대하게 부풀어 오른 군수산업에 투여되었던 자원과 산업이 방향을 틀면서, 우주 계획은 하나로 모인 기술과 이성의 힘의 승리이며, 별들을 향해 뻗어 나가는 미래의 서막처럼 보였다. 달과 화성에 영구적인 기지가 건설되고 유인 파견대 우주선이 외행성들로 뻗어 나가면서, 이런 화려한 성공을 이뤄낸 과학은 끊임없이 확장되어가는 인간의 지식을 위한 군건한 토대를 형성할 것처럼 보였다. 기본적인 신념 체계는 안전했다. 우주가 더욱 명확하게 드러나고 놀라운 사건들이 벌어졌지만, 기존에 확립된 많은 사실에 대해 수정해야 할 필요성을 느끼지는 못했다.

그렇게 행복에 겨운 자기 과신의 순간은 얼마 지나지 않아 가장 큰 폭으로 추락하기 마련이었다. 몇 년이 채 지나기 전에, 연이어 일어난 놀라운 발견은 태양계의 역사에 완전히 새로운 차원을 더해줬을 뿐만 아니라, 인류의 기원 그 자체에 있어 상상하지 못했던 이상한 역사를 밝혀냈다.

지금으로부터 2천5백만 년 전 태양계에는 평균 신장 2.5미터의 평화로운 거인 종족이 융성했는데, 인류가 지금까지 달성한 모든 것들을 당시에 이미 능가했다. 목성의 가장 큰 위성 가니메데의 얼음층 아래에 묻혀 있던 난파된 우주선에서 처음 존재가 발견되어 그들은 '가니메데인'으로 불렸다. 가니메데인은 화성과 목성 사이에 존재했던 행성에서 유래했는데, 그 행성에는 '미네르바'라는 이름이 붙었다. 가니메데인의 문명이 발전된 단계에 도달했을 때 미네르바의 기후 조건이 악화되었다. 예상할 수 있듯이, 가니메데인은 지구에도 탐사를 왔었다. 그들은 환경 문제에 맞서기 위한 대규모 생체공학 연구 목적으로, 지구에서 후기 올리고세와 초기 미오세 시대의 엄청나게 많은 식물과 동물을 자신들의 행성으로 실어 갔다. 지구의 생물들은 일반적으로 가니메데인보다 독성에 대한 내성이 월등히 컸다. 그래서 가니메데인은 적절한 유전 구성을 자신들의 유전자에 결합해서, 온실효과가 강화되고 있던 미네르바의 대기환경에 대해 내성을 가질 수 있기를 바랐다. 하지만 이러한 노력은 실패했고, 가니메데인은 황소자리 방향으로 20광년 떨어진 거리에 있는 항성계로 이주하는데, 그 항성은 나중에 '거인의 별'로 불리게 되었다.

앞서 미네르바로 수송되었던 지구 동물은 그 후 수백만 년에 걸쳐 토종 미네르바 동물을 거의 대체했다. 육상 육식동물의 출현을 막았던 미네르바 초기 생태계의 특성 때문에 토종 미네르바 동물이 지구 동물에 맞서 경쟁을 하는 것은 사실상 불가능했다. 그런 지구 동물 중에는 당시 지구에 존재하는 어떤 종보다 발달했던 영장류도 다수 포함되었는데, 가니메데인의 실험 계획에 따라 유전적인 변형을 겪었다. 지금으로부터 5만 년 전, 지구에서 발달한 다양한 원인(原人)들이 여전히 석기를 사용하는 단계의 문명을 이루고 있을 때, 미네르바에는 거인 종족에 이어 두 번째로 우주를 오가는 종족이 이미 나타났다. 그들이 최초의 현대 인류였다. 21세기 달 탐사 도중 그들이 존재했었다는 증거가 드러났기 때문에 '월인'이라는 이름이 붙었다(《별의 계승자》 참고).

월인이 등장했던 시기에 태양계의 환경이 변하면서 지구에는 마지막 빙하기가 시작되었다. 미네르바는 지구보다 더 크게 영향을 받아서 머지않아 인간이 살 수 없는 행성으로 바뀔 상황이었다. 월인들은 노력을 함께 모으고, 기후가 훨씬 쾌적한 지구로 집단 이주가 가능한 수준까지 우주산업 기술을 발전시키기 위해 협력하는 방식으로 대응했다. 하지만 그들 이전에 가니메데인도 그랬듯이, 의욕적인 그들의 계획은 성과를 거두지 못했다. 월인이 실제로 그들의 목표에 거의 다 다랐을 때, 그들이 여러 세대를 거치며 노력해왔던 협동 정신이 무너졌고, 세리오스와 람비아라는 두 개의 거대한 초강대국으로 분열되었다. 종족 전체를 살리는 일에 집중할 수 있었던 자원이 파괴적인 군사 경쟁에 낭비되었다. 그 결과는 행성 전체에 걸쳐 진행된 파멸적인 전쟁이었다. 그 전쟁 중에 미네르바가 파괴되었다.

그사이 가니메데인의 문명에서는 발전한 생물학이 수명을 사실상 무한하게 연장해주는 지점까지 발달한 결과, 예상치 못한 정체기를 오랜 시간 겪었다. 그 영향이 명확해지자, 가니메데인들은 자연 상태로 되돌아가기로 결정을 내리고 죽음을 받아들였다. 그리고 그 대가는 생에 대한 동기 부여와 변화로 풍요로워진 삶이었다. 미네르바에서 전쟁이 일어났을 때쯤, 그들은 거인의 별 항성계에 있는 투리엔 행성을 중심으로 번성한 성간 문명을 이룩한 상태였다. 투리엔인은 자기의 조상들이 유전적인 돌연변이로 만들어낸 지적인 종을 운에 맡기듯 미네르바의 생존 경쟁의 장에 버려두고 온 사실이 내내 마음에 걸렸다. 그래서 죄의식과 경이로움이 뒤섞인 감정으로 월인의 출현을 지켜봤다. 그러나 그 모든 것들이 결국 대참사로 이어졌을 때, 투리엔인은 당시까지 지켜왔던 불개입 정책을 해제하고, 구조대를 보내 생존자들을 구했다. 파괴된 미네르바의 남은 덩어리는, 투리엔 우주선을 긴급하게 수송하느라 발생한 중력 대변동의 영향을 받아 외곽으로 날아가서 이심 궤도를 도는 명왕성이 되었고, 작은 파편들은 목성의 기조력으로 소행성대를 이루었다. 미네르바에서 떨어져나간 달은 태양을 향해 추락하다 나중에 지구에 잡혔다. 당시까지 지구는 외롭게 혼자 도는 행성이었다.

그런 사태를 겪고 자신들의 행성까지 잃은 상태에서도, 세리오스인과 람비아인 사이의 적대감은 사라지지 않아서, 자신들의 문명을 재건하기 위해 단결하지 않았다. 람비아인은 투리엔인을 따라가 제블렌이라는 행성에 정착하고, 그곳에서 투리엔 문명 안에 존재하는 인간 고유의 영역으로 성장했다. 세리오스인은 자신들의 요구에 따라 그들이 본래 기원했던 행성인 지구로 돌아갔지만, 미네르바의 달이 지구에 도착하면서 발생한 기후의 급격한 변화와 해일의 파괴로 거의 괴멸되었다. 남은 사람들은 야만의 상태로 퇴화해서 수천 년 동안 멸종 직전의 위기를 간신히 넘겼다. 그들은 고대로부터 내려온, 원래의 의미가 사라진 신화 외에는 자신들의 기원에 관한 모든 기억을 잃어버렸다. 그리고 현대에 이르러서야 마침내 다시 우주를 이해하고, 밖으로 모험을 떠나면서 인류는 역사의 흩어진 조각들을 다시 맞

출 수 있게 되었다. 월인이라는 조상의 형태로 인류를 만들어냈던 고
대 가니메데인 종족과 현대 지구의 인류 사이에 괴상한 접촉이 다시
이루어지면서 나머지 역사가 메워졌다(《별의 계승자 2: 가니메데의 친
절한 거인》 참고).

제블렌인은 한 번도 자신들이 람비아인이라는 사실을 잊지 않았
다. 그리고 그들은 지구인을, 기회만 주어진다면 다시 그들에게 도전
할 경쟁자로 여겼다. 제블렌인은 위협이라 생각되는 존재를 제거할
목적으로, 지구가 과학을 재발견하는 진보를 늦추기 위해 조직적 활
동을 개시했다. 그동안 그들은 투리엔의 기술을 흡수하면서, 자신들
의 문제를 스스로 처리할 수 있는 자치권을 얻어냈다. 전적으로 인간
의 형태를 가진 제블렌인들은 인류의 역사가 흐르는 내내 비밀리에
지구로 요원들을 보내 비이성적인 신앙을 확산시키고 불합리한 사교
(邪敎)를 창설해서, 진정한 지식을 재획득할 수 있는 길에서 에너지를
돌려버림으로써 지구의 발전을 가로막았다.

제블렌인 지도자들의 자신감과 오만이 커지면서, 자신들의 야망을
옥죄는 투리엔인에게 적개심을 품었다. 제블렌인은 선천적으로 상대
방의 동기를 의심하지 못하는 가니메데인의 심리를 활용해, 미네르
바에 대참사가 일어난 이후 투리엔인이 지구를 살펴보기 위해 설치했
던 감시 활동에 대한 통제권을 얻어냈다. 제블렌인은 군사화된 지구
인들이 곧 태양계에서 밖으로 뛰쳐나오려 한다는 거짓 정보를 투리엔
인에게 제공하고, 그 거짓 정보를 근거로 투리엔인을 설득해서 지구
인의 위협을 차단할 대책을 수립하도록 했다. 하지만 제블렌인의 의
도는 그 대응 수단을 탈취해서 오히려 투리엔인을 감금하고, 자신들
의 오랜 숙적인 세리오스인에게 보복한 후, 투리엔인이 관리하는 행
성들을 차지하는 것이었다. 고대 가니메데인이 미네르바에 살던 시

대에 사라졌던 우주선이 다시 나타나지 않았다면, 그 계획이 실행되었을 것이다.

2천5백만 년 전, 생물학적 조작과 대기 개조 시도가 실패할 경우에 대비해서 미네르바의 문제를 해결할 대안으로 태양이 방출하는 에너지를 변화시키는 게 가능한지 검토하기 위해, 과학 원정대 샤피에론호가 멀리 떨어져 있는 항성으로 파견되어 방사 에너지를 제어하는 실험을 했다. 그러나 그 항성이 불안정해지는 바람에, 샤피에론호는 국지적인 시공간 왜곡을 일으키며 작동되는 동력 체계를 정비하던 도중에 긴급하게 항성을 떠날 수밖에 없었다. 그 결과로 우주선은 인공적인 복합 시간 팽창을 경험하게 되었다. 샤피에론호가 다시 태양계의 관성계에 재통합될 때까지 2천5백만 년의 시간이 흘러갔지만, 우주선 내부에서는 겨우 20년이 지났을 뿐이었다. 그렇게 돌아온 샤피에론호는 태양계의 구성이 바뀌었고, 미네르바가 사라졌으며, 지구인이라는 새로운 종족이 행성 사이를 날아다니고 있는 상황을 목격했다.

'거인들'은 지구로 이동해서 진심으로 환대를 받으며 6개월간 머물렀다. 하지만 가니메데인의 등장으로 발생한 가장 중요한 결과는, 오래전부터 존재해왔던 제블렌인의 개입을 우회해서 지구인과 투리엔인 사이에 처음으로 직접적인 접촉이 시작되었다는 사실이었다. 제블렌인이 어떻게 지구의 발전을 늦추고, 현재 상황을 왜곡해서 보고했는지 마침내 드러났다. 비밀리에 군사 준비를 해왔던 제블렌인은 대결 과정에서 독립을 주장했으며, 무력시위를 하고, 투리엔인에게 항복을 요구했다. 하지만 그들의 손발이 묶였다. 너무 성급한 도박이었다. 지구인과 투리엔인이 힘을 합치고, 투리엔의 성간 문명을 떠받치는 슈퍼컴퓨터 비자르가 가상적인 지구의 전투부대를 완벽하게 만들

어 제블렌인들의 기만 책략을 역으로 공격하자 그들의 도박은 무너졌
다(《별의 계승자 3: 거인의 별》 참고).

지구와 투리엔의 속임수를 믿은 제블렌 지도자들이 항복했다. 그
후 제블렌인의 행성은 가니메데인과 지구인의 관리 아래 정부 체계의
개혁이 추진되었다. 제블렌인이 늘 주장해왔던 자치권과 비밀주의 때
문에, 외부인으로서는 그 사회 안에 어떤 일이 일어나고 있는지 처음
으로 자세히 살펴볼 기회가 생겼다. 그들이 제블렌에서 발견한 광경
은 그 전에 일어났던 어떤 상황보다 기괴했다.

제블렌인이 지구에 주입했던 비이성적인 생각에 대한 병적인 집착
과 정복에 대한 강박은 모든 제블렌인들에게 공통으로 나타나는 일반
적인 특성이 아니었다. 그런 생각은 그 종족 안에 갑자기 나타났던,
불만이 많고 영향력이 있는 소수의 집단에서 흘러나왔다. 그들의 마
음속 깊은 부분은 대다수 제블렌인과 다른 듯했다. 가니메데인이나
월인에게서는 한 번도 나타난 적이 없었던, 모든 경험과 모순되는 마
법이나 초자연적 능력에 대한 믿음의 원천이 그들이었다. 그들의 흔
들림 없는 내적인 확신으로부터 그런 믿음이 생겨났다. 세상의 자연
과 그 안에 작동하는 힘에 대한 그들의 사고방식은 마치 전혀 다른 현
실에서 형성된 것처럼 보였다.

그들의 정체가 실제로 제블렌인과 다르다는 사실이 드러났다. 그
들이 기원한 독특한 영역은 '내부우주(Entoverse)'라고 불렸다. 그리고
이에 따라 '엔트'라고 이름 붙은 그 존재들은 공간과 시간, 물질, 그리
고 물리적 현상이라는, 우리에게 익숙한 세계의 태생이 아니었다. 제
블렌인은 자기네 행성의 관리 체계를 세우면서, 투리엔의 비자르와
비슷한 목적을 수행하기 위해 독립적인 컴퓨터 복합체 제벡스를 만
들었다. 그런데 제벡스에서 특별한 환경이 복합적으로 발생하는 바

람에, 정보 양자가 물질의 기본입자와 유사한 역할을 해서 서로 상호
작용하고 결합되어 데이터 공간 연속체 안에 구조물을 형성했다. 이
는 물리적인 공간에서 분자나 더욱 복잡한 구성체에 해당했다. 그 결
과 완전히 현상학적인 '우주'가 나타났고, 나중에는 자기 조직적인 인
격을 만들어냈는데, 이들은 자아에 눈을 뜨고 한 세계의 거주자로 자
신들을 인식할 수 있을 정도로 충분히 복잡한 존재였다. 그 세계에서
펼쳐진 사건들을 유도한 '힘'은 외부 우주의 물리적 과정이 아니라,
시스템 프로그래머가 부여해서 기본적으로 내장한 규칙에서 파생되
었다.

　제블렌인이 제벡스와 상호작용하는 주요한 방법은 투리엔의 선례
에 따라 이용자의 정신작용이 이루어지는 신경에 직접 연결하는 것이
었다. 엔트 중 일부가 자신들의 내부우주로 흘러들어오는 데이터 흐
름과 상호작용하는 방법을 알아냈다. 그들은 흐름을 통해 자신들이
존재하는 우주 너머에 있는 '더 높은 우주'를 인식했다. 그곳에서는 월
등한 존재들이 살며 불가능한 일들이 일어났다. 엔트 숙련자들은 이
'흐름' 속에 정신을 투사해서 '너머'에 있는 이 세상으로 자신들을 전
송하는 방법을 터득했다. 이 세상으로 온 그들이 숙주인 인간을 차지
했으며, 숙주들은 말 그대로 빙의되었다. 그러므로 괴상한 제블렌인
들은 가니메데인과 월인, 지구인의 마음을 빚어낸 경험의 세계와 동
일한 우주에서 공격성과 불안정, 그리고 인과관계에 대한 이상한 관
념을 취득한 비정상적인 사람들이 아니었다. 그들은 SF가 지금껏 상
상해왔던 어떤 형태보다 괴상한 외계인 침략의 희생자들이었다(《별의
계승자 4: 내부우주》참고).

　그뿐 아니라 엔트의 자아에 사로잡혀 '빙의'된 제블렌인들은, 거
의 성공할 뻔했던 월인의 이주 계획을 몰락시킨 분열의 뿌리인 것 같

았다. 제벡스조차 존재하지 않았던 5만 년 전에! 이게 어떻게 가능했을까?

투리엔인은 일반 우주의 한계를 우회해서 성간 수송과 통신망을 이용하기 위해, 초기 가니메데인의 우주선 추진 기술 당시부터 인공적인 시공간을 교묘하게 다뤘다. 그 물리학의 수학적 과정에는 시간 이동의 가능성을 암시하는 해식(解式)이 명백하게 포함되어 있었다. 투리엔인은 시간 이동 부분을 물리학적으로 분석할 수 없었기 때문에, 그 부분을 이론적인 호기심 이상으로 여기지 않았다. 그런데 '가짜 전쟁'의 마지막 단계에서 비자르가 만든 가상의 침략 함대에 의해 공격받는다고 믿었던 제블렌인 지도부는 비밀리에 요새로 만든 먼 거리의 행성으로 탈출하려 했다. 제벡스가 우주선들이 이동할 수 있도록 수송 포트를 만들기 시작했을 때, 비자르가 개입해서 포트를 무력화시키기 위해 반대로 회전시켰다. 두 대의 슈퍼컴퓨터가 수 광년 떨어진 거리에서 동일한 시공간의 매듭을 거머잡으려 드잡이를 펼칠 때 정확히 무슨 일이 일어날지는 아무도 알지 못했다. 그때 도망치던 제블렌 우주선이 그 난장 속으로 휩쓸려 들어갔다. 그 후 그들의 흔적이 모두 사라졌다. 모든 곳에서.

그런데 추적을 위해 제블렌 우주선에 따라붙었던 탐지기가 마지막으로 보낸 영상에서 그들이 어딘가에 다시 나타났다는 사실이 드러났다. 우주선의 배경으로 별들이 있었다. 그리고 행성도 있었다. 그 행성은 손상되지 않은 원래 그대로의 미네르바였다. 별들의 배열로 보아 월인이 살던 미네르바의 말기라는 사실을 알 수 있었다. 실제로는 람비아가 세리오스를 향해 호전적이고 완고한 정책을 채택하기 직전의 시점이었다. 확실히 우연이라고 보기는 무리였다.

제블렌인들이 진정되었다. 그리고 엔트의 영향으로 방해받지 않는 생활에 적응하는 동안 보호 관찰을 받았다. 투리엔과 지구의 과학자들은 마지막 수수께끼, 어쩌면 가장 이해하기 힘든 수수께끼로 마음껏 관심을 돌릴 수 있게 되었다(이 책 마지막 부분의 '별의 계승자 연대기' 참조).

1부

———

다중우주

1

물체는 태양계의 지구 근처에 갑자기 나타났다. 대략 지구와 화성 평균 궤도의 중간쯤 되는 영역이었다. 그 물체가 물질화되면서 차지한 부피만큼 태양풍 입자와 우주선(宇宙線) 광자의 흐름을 밀어냈다. 그리고 수천 톤에 달하는 물체의 질량에 해당하는 부드러운 중력파의 잔물결을 생성했다. 그 외에는 별것이 없었다. 물체의 등장은 그 외관만큼이나 눈에 띄지 않았다.

물체는 가정용 세탁기 정도의 크기였는데, 모든 방향으로 안테나와 감지기가 이리저리 난잡하게 뒤엉켜서 윤곽선이 잘 보이지 않았지만, 대략 정육면체처럼 보였다. 잠시 동안 물체는 우주 공간에 뜬 채로 주변의 정보를 처리하고 표본을 추출했다. 알아낸 사실들은 그 물체가 출발했던 곳으로 전송했다. 등장할 때와 마찬가지로, 물체는 난데없이 다시 사라졌다.

물체가 다시 나타난 위치는 달의 궤도 안쪽이었다. 지구의 지표면에서 약 3만6천 킬로미터 상공으로, 통신용 정지위성이 사용하는 영역이었다. 물체는 다시 한 번 위치를 이동해서, 미국 북동부 메인주의 통신중계소에서 나오는 전파를 가로챌 수 있는 곳으로 갔다. 그 중계소에서 미국으로 들어가는 주요 중계회선을 처리했다. 그 외계 장치는 지구 표준 통신규약을 이용하는 시스템에 연결해서, 메릴랜드주의 고다드 센터에 있는 UN 우주군 첨단과학국의 전화번호를 전달했다. 예전에 NASA가 그곳에 있었다.

빅터 헌트 박사는 고다드 센터에서 몇 킬로미터 떨어진 '해피데이' 라는 동네 술집에서 창가의 구석 자리에 앉아 사람들의 모습을 둘러보는 중이었다. 화창한 6월 어느 토요일 오전이었다. 사람들은 싱쾌한 주말을 최대한 즐기고 있었다. 통로 건너편에서는 세 남자가 목재를 가득 실은 픽업트럭을 일찌감치 세워두고 주택 개보수를 하러 가는 길에 갈증 예방약을 복용하는 듯했다. 반대쪽 끝에는 젊은 사람들이 곧 진행될 볼티모어 오리올스 대 애틀랜타 브레이브스 야구 경기를 앞두고 열의를 불태우고 있었다. 옆 탁자에서 서로의 손을 붙잡은 연인은 행복에 넘쳐서 두 사람 외에는 이 세상 아무것도 눈에 들어오지 않는 모양이었다.

헌트에게는 간신히 얻은 휴식 시간이 흔치 않은 사치였다. UN 우주군 첨단과학국의 물리 분야 부국장이라는 지위에 있는 그는 지구의 사회적, 경제적 구조를 붕괴시키지 않으면서 투리엔의 과학 지식을 흡수하기 위해 노력하는 활동의 중심에 있었다. 영원히 의심의 여지가 없을 거라 믿으며 가장 소중하게 지켜왔던 관념 중 일부가 이미 망각의 영역으로 사라졌다. 상업과 공업의 필수적인 토대를 구성한다고 여겨졌던 가치 체계 전체를 투리엔인을 고려해서 다시 검토해야 했다. 투리엔인이라는 존재는 그 자체로 더욱 심오하고 덜 대립적인 방법으로 동기를 부여하는 창의성과 협력이 가능하다는 증거였다.

앞으로 10년 혹은 20년 동안 어떤 일이 일어날지 아무도 알 수 없었다. 역설적이게도, 대부분의 사람들은 이 모든 일을 그럭저럭 평소처럼 받아들이며 살아갔다. 그들의 삶을 돌이킬 수 없이 변화시키며 움직이고 있는 거대한 힘은 그들의 통제 능력 밖의 일이기 때문이었다.

밝은 진홍색 셔츠와 바지를 입고 털북숭이 콧수염을 뽐내는 가무잡잡한 사람이 바에서 양손에 부드러운 거품이 가득한 기네스 맥주잔을 들고 왔다. 제리 샌텔로는 도시 변두리의 풍광 좋은 주거단지에서 헌트의 옆집에 사는 이웃이었다. 두 사람은 체육관에서 아침 운동을 마친 후 기분전환을 하려고 외출했다. 제리가 탁자 위에 잔을 내려놓더니 하나를 헌트 쪽으로 밀고 반대편 자리에 앉았다.

"건배." 헌트가 잔을 들면서 건배했다.

제리가 한 모금 마시더니 입술을 핥았다. "믿기지 않아요. 내가 이런 걸 좋아하게 되다니 말이에요."

"진작 그랬어야죠. 그 탄산이 섞인 노란 혼합 음료는 잊어버려요. 너무 달잖아요. 나는 도저히 버드와이저의 맛을 좋아할 수 있을지 잘 모르겠어요."

"바텐더가 에일 맥주와 섞겠냐고 묻더라고요. 영국에선 보통 그렇게 마시나요?"

"그걸 '블랙 앤 탠'이라고 하죠." 헌트가 고개를 끄덕이며 대답했다.

"아, 그래요?"

"반반씩 섞는 거예요. 그래서 그런 이름이 붙었죠. 1920년대던가 아마 그쯤이었을 거예요. 아일랜드의 반란을 진압할 때 영국이 보내던 지원부대를 부르던 별칭이었어요. 반은 경찰, 반은 군인을 나타내는 제복이었죠. 반은 갈색, 반은 검은색."

"거긴 얼마 전까지 다른 두 나라가 있지 않았나요?"

"맞아요. 아일랜드 북쪽은 처음부터 영국과 계속 관계를 유지했고, 남쪽은 공화국이 되었어요."

"대체 왜 그런 건가요? 난 도대체 이해가 안 돼요."

헌트가 어깨를 으쓱했다. "별로 특별한 일은 아니에요, 제리. 가톨릭이 너무 많고, 개신교도 너무 많은데, 기독교는 없어서 그런 거죠." 그는 맥주를 한 모금 마시며 다른 곳을 쳐다봤다. 첨단과학국의 관리 부서에서 일하는 줄리라는 여성이 다른 두 사람과 함께 있었다. 그 둘은 헌트가 모르는 사람들이었다.

제리가 투덜댔다. "아무튼 헌트, 내가 예전에 말했던 그 녀석들의 주장이 뭐냐면, 사람들은 예전보다 일을 적게 해서 빨리 은퇴하고 아이들은 빨리 자라서 떠나기 때문에, 사람들은 돈을 절약하기 위해 더 작은 집으로 이사해야 한다는 거예요." 제리가 양손을 펼치며 말했다. "그들에게는 돈이 있어요. 이제는 아이들에게 돈을 쓰지 않으니까요. 아이들이 학교를 졸업할 즈음에 그들 중 절반은 신용이 최대한도에 도달한 상태가 되죠."

제리는 예전에 정보기관에서 일했다. 사람들에게 선택한 나라에 가서 살 수 있도록 허용함으로써, 정치적으로 부조리한 20세기의 적폐가 차츰 해소되자, 첩보 분야가 눈에 띄게 축소되었다. 퇴직금을 은행에 넣어놓은 제리는 기업 형태로 운영되는 일터로 돌아간다는 생각이 썩 끌리지 않았다. 그래서 그는 강제적인 유급휴가 동안 익숙해진 편안함과 자유를 유지할 수 있는 수단을 제공해줄 투자 기회를 끊임없이 찾았다. 가장 최근에 관심을 가진 계획은 나이 든 고객들이 즐기는 라운지 바와 댄스 플로어가 설치된 극장식 레스토랑 체인점이었다. 헌트도 그게 흥미로운 생각이라는 사실에는 동의했다. 아마도 교외에는 수많은 부부와 독신을 벗어나려는 사람들이 취향에 맞는 곳을 찾을 수 없어 웅크리고 있을 것이다. 막 40대가 된 헌트도 그런 곳이라면 갈 수 있었다.

"항상 나만의 클럽을 갖고 싶었어요." 헌트가 말했다. "클럽에 대한 인상이 좋았거든요. 틀림없이 오래전에 영화 〈카사블랑카〉에서 봤던 장면 때문일 거예요. 있잖아요, 하얀 턱시도를 입고 옷깃에 카네이션을 꽂은 험프리 보가트, 피아노 바와 이런저런 장식품. 요즘은 그런 스타일을 보기 힘들죠. 그 모습을 다시 되살릴 수 있을까요? 어떻게 생각해요, 제리?"

제리가 한 손을 들며 말했다. "누가 알겠어요? 뭐라도 가능해요. 그러면 당신도 참여하는 건가요?"

"얼마나 필요하죠?"

"다른 친구들은 1만 달러씩 투자하기로 했어요."

"흠, 난 조금 더 생각해봐야겠네요. 언제까지 알려주면 되나요?"

"그 건은 다음 주말까지요." 제리가 말했다.

"알았어요. 어느 쪽으로 결정하든 그때까지 알려줄게요."

"헌트, 절대로 손해 보지 않을 거예요. 많은 사람이 이런 투자 기회를 기다리고 있어요. 누군들 그런 바의 장면에 매료되지 않겠어요. 친구들을 만나고, 식사를 하고, 쇼를 볼 수 있는 곳 말이에요. 간질 발작 같은 것을 일으키지 않고도 춤출 수 있는 음악이 흐르고…."

"헌트 박사님?" 헌트가 고개를 들었다. 줄리가 친구 두 명과 함께 탁자 옆으로 와 있었다. 줄리는 금발에 키가 크고 날씬했으며 코에 주근깨가 무성했다. 그녀는 지금 긴장해서 어정쩡한 미소를 짓고 있었다. "박사님이 여기 계신 걸 보고 잠깐 인사나 하려고 들렀어요. 방해가 안 되었으면 좋겠네요."

"괜찮아요. 잘 왔어요." 헌트가 잠깐 궁금한 표정으로 줄리를 쳐다봤다. "줄리, 관리부서에서 일하죠, 맞나요?"

"맞아요!"

헌트가 뒤에서 서성대는 두 여성을 힐끗 쳐다봤다.

"아, 이 친구는 베키예요. 버지니아에서 놀러 왔어요. 그리고 여긴 다나."

헌트가 탁자 건너편을 가리키며 말했다. "이 분은 제리예요, 제 이웃이죠."

"이 근처에 사세요?"

"레드펀 계곡에 살아요. 여기서 서쪽으로 가면 있죠."

"어딘지 알 거 같아요. 산속으로 골짜기와 산등성이가 이어져서 캘리포니아의 어디쯤처럼 보이는 곳이죠. 가운데에 개울과 연못도 있고요."

"거기 맞아요."

살짝 경외심을 품은 표정이었던 베키가 이제 입이 트인 모양이었다. "이분이 진짜… 외계인들이 태양계로 돌아왔을 때 가니메데에 있었던, 그리고 제블렌에서 컴퓨터 안에 있는 세계를 발견했던 그 헌트 박사님이란 말이야?" 그녀가 고개를 절레절레 흔들었다. "전 언제나 박사님 같은 사람들은 TV나 잡지 같은 곳에나 등장하고, 리무진으로 전 세계를 날아다니고, 비밀스러운 문과 담장이 있는 집에 살 거라 생각했어요. 그런데 박사님은 보통 사람처럼 동네 술집에 계시네요."

"저희가 실례가 되지 않았으면 좋겠어요." 다나가 말했다.

"아침에 두어 시간 운동하고 한잔하러 나왔어요. 저는 평소에 너무 건강한 것은 몸에 해롭다는 이론을 주장하고 있거든요." 헌트가 대답했다.

"그거 정말 맛있죠." 줄리가 그들의 술잔을 가리키며 말했다.

"첫 잔은 맛도 보기 전에 목구멍을 그냥 통과해버리더군요."제리
가 말했다.

"사실, 제리가 저한테 사업제안을 하던 참이었어요. 우리처럼 늙은
화석들이 나가서 삐걱거리며 어슬렁거릴 수 있는 레스토랑형 클럽이
죠. 여러분이 볼 때는 어때요?"

줄리는 당황한 표정이었다. "뭐라고 말해야 할지 잘 모르겠어요.
박사님은 그렇게 나이 든 사람처럼 보이지 않거든요."

"아, 그건 걱정하지 마세요." 헌트가 흥겹게 말했다. "사람들의 태
도가 잘못됐어요. 인생의 고개를 넘은 게 뭐가 문제인가요? 자전거
를 탄다고 생각해보세요. 고개를 넘으면 힘든 일은 다 끝난 거예요.
그 뒤로는 편안히 기대어 앉아 중력에 모든 걸 맡겨놓고 풍경을 즐기
면서 속도만 올리면 되죠. 인생도 똑같아요. 그래서 노인들이 시간이
너무 빨리 간다고 그러는 거예요. 알겠죠?" 그의 벨트에 차고 있던 주
머니 안에서 화상 전화기의 호출음이 들려와 대화를 끊었다. "실례할
게요." 헌트가 전화기를 빼서 뚜껑을 열고 엄지손가락으로 통화 단추
를 눌렀다. 하얀 셔츠를 입은 젊은 남성의 상반신이 화면에 나타났
다. 화면 아래에 자막으로 호출 번호와 함께 UN 우주군 고다드 센터
에서 걸려왔다는 정보가 표시되었다. "여보세요. 빅터 헌트입니다."

"헌트 박사님, 첨단과학국입니다. 지구 밖에서 걸려온 전화가 대기
중인데, 전화를 건 사람이 박사님을 찾고 있습니다."

지구 밖? 그런 종류의 전화 연락은 헌트에게도 예상 밖이었다. UN
우주군 통신에서는 달보다 먼 곳에서 연락할 때 전달이 지체되기 때
문에 보통 녹음을 사용했다. 역설적이게도, 대화형 통화라면 투리엔
에서 성간 네트워크를 통해 왔을 확률이 높았다. 투리엔인은 회전하
는 초소형 블랙홀을 통해 지구 궤도를 도는 위성을 거쳐 지구의 시스

템으로 연결하므로 실질적으로 즉각적인 대화가 가능했다. "누군가요?" 헌트는 질문을 던지며, 동시에 주변 사람들에게 사과하는 눈빛을 전했다. 그렇지만 화면에 떠 있는 사람이 말하길 주저했다. 마치 어떻게 대답해야 할지 모르겠다는 표정이었다. "상관없어요." 헌트가 말했다. "그냥 연결하세요." 잠시 후 헌트는 완전히 당황해서 믿기지 않는 표정으로 전화기 화면을 뚫어지게 쳐다봤다.

화면에서 헌트를 바라보고 있는 사람의 얼굴은 약 40대 정도였으며, 햇볕에 그을리고 약간 마른 얼굴로 기민하고 활동적인 인상을 주었다. 곱실거리는 갈색 머릿결에는 살짝 흰 머리가 비쳤다. 그 사람은 무례하게 느껴질 정도로 즐거워하는 표정으로 그 순간의 상황을 최대한 맛보려는 듯 몇 초간 기다리다가 마침내 입을 열었다. "아마 이 상황이 약간 충격적으로 느껴질 거야."

그의 말은 헌트가 최근 몇 년 동안 들었던 말 중에 가장 절제된 표현일 것이다. 화면에 떠 있는 얼굴이 바로 헌트 자신의 얼굴이었기 때문이다. 헌트는 다른 장소에 존재하는, 잘 모르긴 해도 어쩌면 다른 시간대에 존재하는 약간 이상한 버전의 자신과 대화를 하고 있었다. 헌트는 멍한 얼굴로 그 자리에 털썩 앉는 것 외에는 아무것도 할 수 없었다. 그는 적절한 대답을 긁어모을 수가 없었다. 세 여자는 어리둥절한 눈빛을 주고받았다. 그때 제리가 말했다. "헌트, 괜찮아요?"

그 말을 듣고 정신을 차린 헌트가 얼굴을 들었지만, 가까스로 주변을 인식할 수 있는 수준이었다. 이윽고 그가 애써 힘을 모아 아무 문제 없다는 시늉을 했다. "어, 죄송합니다." 헌트가 말을 하며 일어섰다. "실례하지만, 이 전화를 따로 받아야겠습니다." 헌트가 술집 입구로 가서 밖으로 나갔다.

"무슨 일일까요? 유령이라도 보셨나?" 제리가 다른 이들에게 중얼거렸다.

헌트는 바깥에 있는 주차장으로 가서 자신의 차에 올라타고 문을 닫았다. 다른 자신의 얼굴이 아직 화상 전화기의 화면에서 그를 기다렸다. "좋아, 난 도저히 모르겠어." 헌트가 전화기에 대고 말했다. "그래서… 이게 대체 어떻게 된 거야?"

"최대한 간단히 말할게. 별로 시간이 많지 않을 거야." 그 영상이 대답했다. "첫째, 투리엔인의 시도는 접근 방식이 잘못됐어. 이건 투리엔인의 짐작처럼 초공간 물리학이 확장된 게 아니야. 오로지 종축(縱軸)으로 발산되고 내부 시공간의 분리가 명확하게 나타나는 특정한 파동 방정식만 적용할 수 있어. 수평적 이동은 다른 개념이 필요해. 우리가 제벡스의 컴퓨터 매트릭스에서 발견했던 데이터 구조의 역학을 떠올려봐. 방금 말했듯이, 시간이 별로 없을 거야. 이건 초기 실험이야. 우리는 아직 오랜 시간 동안 결맞음 상태를 유지하는 방법을 알아내지 못했어. 나한테 압축 파일이 있는데, 우리가 지금까지 알아낸 것들이 담겨 있어. 네가 알아야 할 중요한 부분은 '수렴'이야. 하지만 가까운 영역 사이에도 통신 코드는 다를 수 있어. 우리가 전송 보정을 해야 할지도 모르니까 스캔할 수 있게 아무거나 보내줄 수 있겠어?"

"뭐, 뭐라고?" 헌트는 아직도 충격에서 깨어나지 못해 멍한 상태였다.

"거기 네 시스템에서 파일 하나만 보내줘. 아무거나. 우리는 네가 사용하고 있는 코드를 알아야 해. 그래야 여기서 일치시킬 수 있거든."

"아, 알았어." 헌트는 정신을 차리고 개인 자료실의 파일 목록을 화면에 띄워 전송할 파일을 지정했다.

"그 전화기를 계속 사용해." 헌트의 다른 자아가 말했다. "거기는 어디야?"

"어, 난 '해피데이' 밖의 주차장이야. 조금 전까지 제리 샌텔로와 함께 있었어. 이제 파일 보내는 중이야."

"그래, 받았어. 그러면 어디 보자…." 다른 헌트가 고개를 돌렸다. "거기는 몇 시야?" 그가 다른 일을 하면서 물었다. 화면 밖의 다른 컴퓨터를 이용하는 게 틀림없었다.

"토요일이고, 관리부서의 줄리가 친구 두 명과 왔던 때야. 잠시 후에 오리올스 대 브레이브스 경기가 시작될 거야."

"그건 기억이 안 나네. 아마 시간대가 달라서 그럴 거야. 평행우주는 아주 놀라운 불연속을 보여줄 때도 있거든." 그때 큰 목소리가 들렸다. 가까이에 있는 다른 사람인 모양이었다. "아직 안 됐어?"

"제리가 레스토랑 댄스 바에 관해 다시 이야기하던 중이었어." 헌트가 말했다.

"아, 그거. 알아. 제리한테 그 사업은 잊어버리라고 해. 그거 사기야. 제리가 가진 안내서에 있는 사진은 가짜야. 우크라이나인 무리가 만든 가짜 회사라서, 돈만 챙긴 뒤에 문 닫을 거야. 더 나은 투자처를 찾는다면, 오스틴에 있는 포마플렉스의 주식을 사. 작은 벤처 회사야. 아마 아직은 아무도 모를걸. 투리엔의 물질 복제 기술을 다룰 수 있는 제한된 면허를 갖고 있어. 나중에 엄청 커질 거야." 다른 헌트가 윙크하더니, 다시 고개를 돌렸다. "됐어? 준비된 거지? 내가 보낼…."

연결이 끊어졌다. 지구의 지표면에서 3만6천 킬로미터 상공에 난데없이 나타났던 그 물체도 안개처럼 흩어지며 사라지고 아무것도 남지 않았다.

헌트는 15분 동안 기다렸지만, 더 이상 연락이 없었다.

2

고대 미네르바에서 출발했던 샤피에론호가 일반 시공간 밖으로 이상하게 탈출했다가 돌아와서 지구인과 처음으로 접촉하기 전에도, 상당수의 지구 물리학자들은 양자의 기묘함에 대한 설명으로 '다세계 해석'이라고 알려진 이론을 좋아했었다. 그 주장은 너무도 기괴하고 반직관적이어서, 무의식적인 자기기만이나 다른 도움을 받지 않은 인간의 상상력만으로는 그런 이론을 생각해낼 수 없었을 거라고 주장하는 사람들이 많았다. 오히려 그래서, 그 이론은 진실일 수밖에 없었다. 문명이 더 발전되고 우주여행을 일삼는 외계인도 동일한 결론에 도달했다는 사실이 밝혀지자, 마지막 남은 불신자들까지 설득할 수 있을 정도로 모두가 바랐던 강력한 보증을 얻은 것 같았다.

지난 몇 년간 책과 유명한 작가들이 재미를 봤던 '양자역학의 역설'은 어떤 특정한 상태로 존재하던 광자나 전자 같은 양자가 가능한 여러 상태 중 다른 한 상태로 변화할 때 역설적 상황이 발생한다는 것이다. 예를 들어, 에너지가 '들뜬' 상태의 원자가 중간 단계의 여러 에너지

준위 중에서 에너지가 가장 낮은 '바닥' 상태로 돌아가거나, 광자가 반사와 통과할 확률이 반반인 반도금 거울에 부딪혔을 때 그런 역설이 발생한다. 자연은 다양한 가능성 중의 하나를 어떻게 '선택'하는 걸까?

그 상황은 표면적으로 도박꾼의 주사위와 달라 보이지 않는다. 구르는 상태의 주사위는 최종적으로 각기 다른 번호를 보여주는 여섯 가지 중 한 상태에 도달할 것이라고 가정할 수 있다. 움직이는 물체의 역학은 잘 알려져 있다. 다만, 주사위의 형태와 질량, 동작을 정확히 특정할 수 없어서 그 결과를 매번 정확히 예측하는 게 불가능할 뿐이다. 다시 말해, 그 문제에서 불가사의한 부분은 없다. 결과는 알아낼 수 있지만, 불충분한 정보 때문에 예측할 수 없을 뿐이다. 하지만 이는 그 상황들의 초깃값이 같지 않다는 말을 달리 표현한 것일 뿐이다. 양자역학 수준에서는 이게 그렇지 않다. 조사하는 시스템을 모든 면에서 동일하게 설정할 수 있다. 그렇게 동일하게 설정하는데도 양자는 매번 다르게 행동한다. 그 이유는 뭘까?

양자는 주변 환경과 상호작용을 하지 않는 동안 '모든 상태'에 있는 것처럼 행동하지만, 양자를 인식할 수 있는 다른 존재(예를 들자면, 양자에 대해 뭔가를 알아내도록 설계된 계측기 안에 있는 감지기)와 충돌하는 즉시 가능한 여러 상태 중 하나의 모습으로 바뀐다. 사물이 무엇인지 알고 있으며, 아무도 그 사물들을 보고 있지 않는 동안에도 계속 원래 상태를 유지하는 세상에 익숙한 인간들에게 그런 기괴함이 납득되지 않는 게 당연하다. 20세기 초, 20년 동안 양자역학의 난감한 역설이 쌓여감에 따라 과학 논쟁이 격렬하게 벌어졌다. 물질에 대해 모든 것들을 파악했으며, 과학은 사실상 더 이상 연구할 게 없을 거라고 과학자들이 확신에 찬 말들을 계속 쏟아내던 때, 그런 논쟁이 시작되었다는 사실은 참으로 역설적이었다. 하지만 수많은 실험의 결과로 나타난 사실에서 벗어날 길은 없었다. 문제는 '실제로' 무슨 일이 일어나고 있는지를 설명하기 위해 묘사하는 방법이었다.

일부 과학자들은 그 논쟁에 얽히길 거부했다. 그리고 과학은 그저 실험 결과에 맞춰 숫자를 생성하는 실용적 과정일 뿐 그 너머에 대해서는 말할 수 없다는 관점을 채택했다.* 오랫동안 지배적이었던 이 관점은, 관찰자의 행동으로 인해 양자가 일련의 가능한 속성들('상태들') 가운데에 무작위로 하나의 속성을 선택할 때까지 객관적으로는 실제로 아무것도 존재하지 않는다는 주장이었다. 이는 '관찰'을 구성하는 게 정확히 무엇이냐는 또 다른 논쟁에 불을 지폈다. 다른 양자 개체와의 모든 상호작용이라는 주장부터, 인간 의식의 영향을 인정하는 결정적인 증거라는 주장까지 온갖 설이 난무했다. 다른 이들은 양자들이 기존의 주장과 달리 실제로 서로 동일하지 않고, 당시로서는 감지할 수 없는 미묘한 방식으로 다르다고 주장하면서, 당황스러울 정도로 수수께끼 같은 이런 접근 방법들에 담긴 함의를 피했다. 그러나 이 주장의 문제는, 우주에 있는 '모든 존재'가 '다른 모든 존재'에 그 미묘한 차이만큼 즉시 영향을 미칠 수 있는 능력을 갖춰야 성립할 수 있는 이론이라는 점이었다. 많은 과학자는 그 주장을 다른 주장만큼이나, 혹은 그보다 더 말도 안 되는 개념으로 생각했다.

20세기 말 즈음, 과학계는 그들이 어떤 해답을 제시하든 일반적인 기준으로 보면 기묘하게 보일 수밖에 없다는 점을 인정하고, 모든 선입관을 버린 상태에서 '사실'이 말하려는 게 무엇인지에 순수하게 초점을 맞추는 게 낫겠다는 생각을 받아들이게 되었다. 수학적으로 아

---

* 닐스 보어와 하이젠베르크 등이 지지하는 '코펜하겐 해석'이다. 20세기 양자역학의 주류 학설이었다.

무 의미도 없는 임의적인 파동함수 '붕괴'를 도입하지 않고, 액면 그 대로로 형식주의적인 수학 논리를 따르면, '사실'은 세상이 동시에 모든 상태로 존재한다는 증거를 보여주었다. 왜냐하면 동시에 모든 상태로 존재할 수 있으니까. 우리에게 세상이 그런 식으로 보이지 않는 것은 일상적인 의식이 세상 일부분만 이해하기 때문이다.

마침내 등장한 설명에 따르면, 들뜬 원자나 충돌하는 광자는 일련의 가능한 상태 중에서 한 상태를 '선택'하지 않는다. '선택'한다는 주장 때문에 어떻게, 언제, 왜 양자가 그런 선택을 했는지에 관해 끝도 없는 논쟁이 계속 이어졌었다. 모든 가능한 선택이 실현된다. 단, 각각 분리된 현실에서. 그리고 그 결과를 초래한 특정한 다른 현실의 다양한 결과가 계속 발전한다. 각각의 다양한 현실은 모두 그 현실을 구성하는 사건의 전개와 일치하는 거주자를 포함하며, 나머지 다른 현실에 대해서는 알지 못한다. 하나의 현실에서 주사위를 던진 사람은 주사위 두 개가 모두 6이 나와 판돈을 쓸고 부자가 되어 물러난다. 두 개의 주사위로 만들어 낼 수 있는 36가지의 가능성 중 다른 현실에 있는 그의 대응자는 무일푼이 되어 다리에서 뛰어내린다. 이것이 양자역학에서 '다세계 해석'의 핵심이다.

우주가 다른 형태로 '분열'되는 것에 대한 대중적인 설명이 많았는데, 사람들은 '모든 양자가 상호작용을 할 때마다'부터 '인간이 중요하게 생각하는 사건마다'까지 다양한 지점에서 우주가 나뉘는 가지가 나타난다고 생각했다. 그 후로 각 현실은 마치 책의 페이지들처럼 가깝지만 분리되어 있고 별개로 독립된 상태로 계속 이어진다고들 했다. 그래서 '평행우주'라는 용어가 등장했다.

이런 설명이 '다세계 해석'을 시각화하기에는 훨씬 쉬울지 몰라도, 그 개념을 만든 사람들이 제안했던 기묘한 상황의 상태를 정확하게 포착하지 못했다. 어떤 결정을 내릴 때마다 아무것도 없는 곳에서 새로운 우주가 튀어나오는 게 아니다. 운전사가 고속도로 교차로에서 왼쪽이나 오른쪽으로 돌릴 때 갑자기 뉴욕이나 보스턴이 생기는 게 아닌 것과 마찬가지다. 지도에 모든 가능한 목적지가 표시되어 있듯, 그 우주들은 이미 존재했고 항상 거기에 있었다.

주어진 '현재'에서 비롯될 수 있는 모든 미래만이 아니라, 발생할 수 있는 다른 모든 '현재들'도 가지를 뻗은 거대한 총체의 일부분으로 존재한다. 그 모든 현실은 동등하게 진짜다. 그 안에서 양자의 모든 선택은 유일한 결과로 일어난 현실로 이어진다. 그 현실은 다른 나머지 현실들과 미묘한 부분에서 다르다. 그 특성은 책의 페이지 같다기보다는 오히려 변화가 가능한 만큼 많은 방향으로 존재하는 변화의 연속체에 가깝다. 변화의 종류는 방향에 달려 있으며, 어떤 때는 점진적으로 일어나고, 어떤 때는 갑작스럽게 일어난다. 다른 세계들과 상상할 수 있는 모든 방식으로 다른 하나의 세계는 무한한 차원을 부여하는 연속체 안에서 변화의 축에 해당한다. 다중우주 총체 그 자체는 변화하지 않고 영원하다. 물리학으로 측정한 시간이라는 현상은 분기된 다른 가지들의 계통을 통해 특정한 경로를 따라 일어나는 연속된 사건의 구조처럼 발생한다. 각각의 모든 경로는 그 자체로 분리된 '현실' 혹은 '우주'를 정의한다. 시간이라는 인식은 마주치는 다른 세상들을 지나는 경로를 따르는 의식에서 발생한다. 물리학자들은 그런 일이 정확히 어떻게 이루어지는가에 대해서는 철학자와 신학자, 신비주의자들이 설명하도록 남겨두었다.

하나의 우주 안에서 일반적으로 '앞으로' 흘러가는 경험은 분기하는 시간대들의 계통을 타고 올라간다. 그 '옆'에 존재하는 다른 현실들에 대한 직접적인 인식은 막혀 있는 듯하다. 단, 극미한 수준에서 가지들을 가로질러 흘러나온 정보로 인해 발생한 '간섭의 역설'*은 예외다. 그것을 통해 전적으로 놀라운 다중우주 총체가 존재할 수밖에 없다고 추론되었다. 물론, 이런 사실이 분기된 가지들 사이의 '수평적' 소통이 가능할 것이라는 의견까지 막지는 않는다. 하지만 설령 그런 소통이 가능하다고 해도, 어떻게 그 소통을 이룰 것인가에 대해서는 어설픈 이론조차 제시한 사람이 없었다. 그것은 그저 흥미로운 가설로만 남아, 철학 박사의 논문에 알맞은 소재가 되거나, 잘 알려지지 않은 저널에 실리거나, 칵테일 파티에서 잡담거리가 되었다. 역사를 통틀어서 그 주제를 진지하게 다룬 선례는 없었다.

그런데 도망치는 제블렌 우주선을 뒤쫓던 탐지기가 보낸 마지막 영상을 통해, 제블렌인들이 수 광년의 공간을 가로지르고 수만 년을 돌아가, 가니메데인이 오래전에 떠나고 월인이 거주하던 시대의 행성 미네르바 가까이에 다시 나타났다는 사실이 드러났다. 다중우주를 횡단하는 일이 일어났다는, 논쟁의 여지가 없는 증거가 거기에 있었다. 그런 게 가능한가에 대한 온갖 논쟁을 일시에 끝내버린 그 실증 사례에는 '미네르바 사건'이라는 이름이 붙었다.

✳

그렉 콜드웰은 이런저런 직책을 거치며 헌트의 상관으로서 몇 년을 보냈기 때문에, 이제 자신은 웬만한 일에는 놀라지 않을 거라 생각했다. 4년 전인 2028년, 달에서 월인에 대한 첫 번째 증거가 우주복을 입은 5만 년 전의 시체 형태로 발견되었을 때, 콜드웰은 UN 우주군

---

* 양자역학의 역사에서 가장 유명한 실험인 '이중 슬릿 실험'에서 나타나는 양자의 '자기 간섭'을 의미한다.

의 전임 항해통신본부장으로서 '찰리'가 어디에서 왔는지에 관한 수수께끼를 해결할 임무에 그 열정적인 영국인을 배치했다. 사라진 문명의 상황을 재구성하는 일이 UN 우주군 비행선의 항해나 태양계 주변의 통신 유지와 정확히 어떤 관계가 있느냐는 것은 좋은 질문이긴 했지만, 콜드웰은 항상 강박적으로 세력 확대에 주력하는 사람이었다. 그가 일을 시작하는 방법은, 다른 사람들이 업무의 경계를 두고 논쟁을 하는 사이에 자신이 할 일이라고 주장하며, 먼저 차지한 사람이 임자라는 식이었다. 콜드웰은 최근에 그가 들었던 양자역학의 어떤 개념처럼 현실을 창조했다. 헌트는 현재 외계생물학부를 이끄는 생물학자 크리스천 단체커와 공조해서 인류의 기원에 관한 역사를 처음부터 다시 쓰도록 했다. 콜드웰이 그 2인조를 목성의 위성 가니메데에서 막 발견된, 오래전에 사라진 외계인의 유적을 살펴보라고 보냈더니, 그들은 살아 있는 외계인을 가득 태운 우주선과 함께 돌아왔다. 그리고 사람들에게 정신적 광기를 일으키는 원인을 파악하는 일을 도우라고 제블렌에 보냈더니, 그들은 행성 규모의 컴퓨터 안에 있는 데이터 구조에서 진화해 완전하게 기능하는 우주를 찾아냈다. 그러나 최근의 이 사건은 콜드웰조차 아직 쉽사리 믿기 힘들었다.

콜드웰 국장은 첨단과학국 건물 최상층에 있는 사무실에서, 모니터가 가득한 한쪽 벽에 옆 부분을 붙인 책상의 의자에 앉아 팔걸이를 손가락으로 두드리며, 고다드 센터가 내려다보이는 창문 앞에서 서성대는 헌트를 바라봤다. 국장은 작고 다부진 체격에, 뻣뻣한 흰 머리카락을 짧게 깎았으며, 화강암 석판이나 달의 바위산을 연상시키는 단단한 턱을 가졌다. 헌트는 아직도 흥분을 감추지 못했지만, 콜드웰은 여전히 무표정한 얼굴이었다. 사실 콜드웰은 다른 우주에서 걸려온 전화로 다른 버전의 자신과 통화했다는 사람에게서 어떤 반응을 기대해야 하는지 감을 잡지 못한 것뿐이었다. 헌트 박사가 아닌 다른 사람이 그런 이야기를 했다면, 콜드웰은 믿지 않았을 것이다. 헌트도 평생 피우던 담배를 얼마 전에 끊은 탓에 더욱 과장스럽게 반응하고 있는 게 틀림없다.

"국장님, 이건 다중우주의 다른 부분에 있는 어딘가에서 그들이 뭔가 알아냈다는 뜻이에요." 헌트가 말했다. 이미 여러 차례 반복했던 말이었다. "우리가 지금 있는 이 현실보다 앞선 미래의 어디쯤이겠죠." 보통 때 헌트는 사고 과정을 정연하게 유지하는 탓에 그런 반복을 피했다. 콜드웰도 이게 다소 특이한 상황이라고 받아들였다. "국장님, 그건 시간대를 가로질러 채널을 설치하려는 일종의 시험이었던 게 틀림없습니다. 그들이 알고 있는 내용이 담긴 파일을 우리한테 보내려고 했는데, 연결이 너무 빨리 끊어져버렸어요. 맙소사! 이게 일상적인 일이 되면 어떻게 될지 상상이 되세요? 우리 역사에서는 한 번도 쓰인 적이 없는 셰익스피어의 새로운 희곡을 받을 수도 있어요! 아니면 피라미드가 실제로 건설된 방법에 대해 믿을 만한 설명을 들을 수도 있고요! 그렇게 서로 다른 문화가 풍부해지면 유용하지 않을까요?"

"지금은 그렇게 너무 멀리 나가지 말고, 일단 기본을 지킵시다." 콜드웰이 제안했다. "우리는 그게 지구 밖 궤도에 나타났던 일종의 통신 중계기였을 거라 생각합니다." 고다드 센터에 접속했던 메시지는 존재하지 않는 채널을 통해 들어온 신호로 드러났다. 그 신호의 왕복 지체 시간으로 볼 때, 3만6천 킬로미터에 있는 정지궤도위성 지대보다 그리 멀지 않은 것으로 나타났다. 헌트 역시 통신이 너무 일찍 끊어진 사실에서 아직 초기에 진행되는 시험적인 과정이라는 점을 알 수 있으므로, 유인 우주선보다는 중계기일 수밖에 없다고 추론했다. 헌트는 자신이 시험 단계에 다른 우주로 발사되는 마술 상자 같은 그런 우주선에는 절대로 올라타지 않았을 것이라고 단언했다. 아무튼 헌트와 동일한 자아인 다른 버전의 헌트도 그런 우주선에 타지 않았으리라는 것은 꽤 쉽게 예상할 수 있는 일이었다. 콜드웰도 그 말에는 반론할 수 없었다.

"지금 우리가 사용하고 있는 투리엔 중계 위성과 같은 방식으로 지구의 통신망에 접속한 겁니다." 헌트가 확언했다. 그 방식이 중계기를 강력하게 만들어줬을 것이다. 하지만 크기 자체가 클 필요는 없었다. 투리엔의 성간 통신 체계가 정보를 주고받는 영역을 초공간이라고 하는데, 인공적으로 생성된 도넛 모양의 극소형 블랙홀을 통해 통신이 이루어졌다. 지구의 지표면에 장비를 놓았을 경우 일어날 수 있는 질량 문제를 피하고자 블랙홀은 궤도에 올려놓았다. 태양계 곳곳에 있는 지구인의 다양한 기지들에도 투리엔 중계기를 설치하는 중이었다. 네트워크가 완성되면, 목성 같은 곳에 있는 UN 우주군 기지와 고다드 센터를 연결할 때 투리엔 시스템을 통할 수 있게 되어 여러 시간 걸리던 통신의 왕복 지체 현상은 옛날 일이 될 것이다.

"그러니까 박사가 이야기한 요점은, 그 사람, 아니, 그 다른 헌트가… 아무튼 그 사람 말로는 이산과 그의 팀이 잘못된 방향으로 가고 있다는 거군요." 콜드웰이 계속 말했다. "다른 종류의 물리학이 필요하고요. 다중우주가 제벡스의 컴퓨터 매트릭스에 더 가깝다는 거죠?"

도망치던 제블렌인과 관련된 '미네르바 사건'은 다중우주를 가로지르는 이동이 가능하다는 사실을 증명했다. 그 일이 있었던 직후부터 투리엔 과학자들은 그 사건을 재현할 수 있기를 바라며 무슨 일이 일어난 것인지 정확히 알아내려 노력했다. 포르딕 이산은 투리엔의 과학계에서 중요한 인물로서, 투리엔 문명에서 가장 높은 행정부 소속으로 수도인 투리오스에 있는 정부청사에서 일했다. 헌트는 생각을 그러모으느라 찌푸린 얼굴로 창문에서 돌아와 콜드웰의 책상으로 갔다.

투리엔 문명의 전반적인 업무를 관리하는 슈퍼컴퓨터 비자르는 투리엔인들이 퍼져 있는 모든 항성계에 흩뿌려진 형태로 구성된 분산형 시스템이었다. 반면에 제블렌인들은 비자르와 비슷한 시스템을 만들면서도 한 행성에 중앙 집중화된 시스템을 구축했다. 모든 작업은 서로 인접한 셀들의 거대한 3차원 매트릭스에서 처리되었으며, 각 셀에는 계산, 저장, 통신 기능이 통합되었다. 계산 과정에서 하나의 셀에서 인접한 셀로 매트릭스를 통해 전달되는 상태 변화는 물리적인 공간에서 움직이는 기본입자와 유사하게 작용했다. 이는 흥미롭기는 하지만, 평범한 비유에 불과했다. 그런데 상황은 거기서 멈추지 않았다. 셀 사이의 상호작용을 결정하는, 제블렌의 시스템 프로그래머가 도입한 규칙에 따라 질량과 전하, 에너지, 운동량 같은 특성을 기분 나쁠 정도로 유사하게 모방하는 행태가 나타났다. 이는 결국 상반되는 힘들이 균형을 이루며 분자 같은 특성을 갖춘 확장된 구조를 낳았고, 그로부터 데이터를 발산하는 '태양들'을 도는 행성들의 우주가 등장했다. 이윽고 그 우주는 지적이며 쉽게 다투는 경향이 있는 특유한 존재들을 자신만의 형태로 품게 되었다. 헌트는 다중우주의 기초적인 특성이 뭔가 이와 비슷하다는 말을 했던 것이다.

"어쩌면 그 부분이 전체를 밝히는 열쇠가 될지도 모릅니다. 그 전에 알고 있던 모든 물리학을 잊으세요. 공간을 가로지르며 움직이는 질량과 에너지에 관한 이야기들 말이에요. 지금 말하고 있는 것은 우리가 일부분으로 소속된 하나의 다중우주 현실에서 일어나는 물리학입니다." 헌트가 말했다.

"다른 특정한 시간대를 의미하는 건가요? 우리가 지금 여기에 있는 이 시간대처럼?"

"맞아요. 연속적으로 이어진 순서가 변화라는 인식을 일으키고, 미분 방정식이 묘사하는 방식으로 펼쳐지는 곳이죠. 투리엔인의 초공간 분야까지 포함해서 일반 물리학은 변화의 언어로 표현됩니다. 하지만 다중우주 그 자체는 변화하지 않아요. 그래서 다중우주를 가로지르는 일은 물리학적인 움직임과 다른 뭔가가 포함되어야만 해요. 제벡스의 매트릭스 안에서는 실제로 아무것도 움직이지 않습니다. 셀들이 켜졌다가 꺼지며 상태가 바뀔 뿐이죠."

콜드웰이 그 말을 소화하려 애쓰며 헌트를 뚫어지게 쳐다봤다. 설명을 한번 듣자 명백한 것처럼 느껴졌다. "동일한 기본 셀의 구조가 모든 곳에 적용된다는 말인가요, 여기도 마찬가지로? 모두 다 동일한 다중우주의 일부니까?" 콜드웰이 물었다.

"그렇죠." 헌트가 동의했다. "사실, 양자 물리학자인 디랙이 아주 비슷한 것을 제안했어요. 우주는 음에너지 상태의 입자로 이루어진 '바다'로 가득 차 있어요. 양의 에너지 상태로 올라올 때만 관찰할 수 있죠. 그 뒤에 반입자가 그 구멍에 남습니다. 반입자들도 돌아다닐 수 있어요. 마치 입자처럼요. 반도체의 정공(正孔)과 비슷하죠."

"그렇군요." 콜드웰이 말했다.

헌트는 다시 창문으로 돌아가 밖을 잠시 내다보더니 몸을 돌려 창틀 위에 양팔을 걸쳤다. "매트릭스에는 두 종류의 물리학이 존재합니다. 하나는 방금 우리가 이야기했던 거죠. 우리에게 익숙한 변화를 묘사하는 물리학입니다. 그 물리학은 시간대를 따라 사건이 정연하게 연이어 일어나는 곳에 적용돼요. 다른 물리학은 셀의 상태를 가로질러 전달되는 다른 형태와 관련됩니다."

"우리가 이야기하고 있는 전달 속도 같은 건 어떻게 되나요?" 콜드웰이 물었다.

헌트가 고개를 저었다. "저도 모르죠."

"요제프와 이야기를 나눠봤나요?" 요제프 조네브란트는 베를린의 막스 플랑크 연구소에 있는 양자역학 이론물리학자로, 제블렌에서 멀리 떨어진 이 지구에서 누구보다 내부우주의 물리학을 잘 이해할 사람일 것이다.

헌트가 고개를 끄덕였다. "요제프는 우리가 플랑크 시간에 플랑크 길이만큼 전환하는 차원에서의 기본 요소들에 관해 이야기하는 것 같다고 생각하더군요.* 하지만 지금은 우리가 측정할 수 있는 차원으로 전환시킬 방법을 알 수 없습니다. 그 문제를 풀기에는 투리엔인들이 더 나은 상황일 수도 있어요. 그들은 실험을 계속 진행해왔으니까요. 투리엔인과 협력을 할 필요가 있습니다."

콜드웰이 혀끝으로 이를 문지르며 골똘히 생각에 잠긴 표정으로 책상을 내려다봤다. 거의 30초 가까이 침묵이 흘렀다. 헌트는 고개를 돌려, 비행차 주차장 한쪽의 나무들 위로 어렴풋이 보이는 대리석과 유리로 지어진 어두운 외계생물학부 건물을 응시했다.

"그러면 그렇게 합시다." 콜드웰이 말했다.

헌트가 고개를 돌려 콜드웰을 다시 바라봤다. 콜드웰은 헌트가 뭔가 노리고 있다는 느낌이 들었다. "투리엔으로 여행을 가라는 이야기인가요? 국장님, 투리엔에 갈 필요가 있어요. 그게 가능할까요?"

콜드웰이 수심에 잠긴 표정으로 헌트를 한참 바라보다 고개를 끄덕였다. "좋습니다."

---

* 플랑크 길이는 물리학이 다루는 가장 짧은 길이로 약 1.616×10^{-35}m. 플랑크 시간은 물리학이 다루는 가장 짧은 시간으로, 광자가 빛의 속도로 플랑크 길이를 지나는 시간이다. 약 5.391×10^{-44}초.

"정말요?"

"내가 그렇다면 그런 겁니다." 콜드웰이 헌트를 한참 살펴봤다. "저기, 헌트 박사, 이미 이렇게 될 줄 알고 있었던 사람처럼 별로 놀라지 않는 표정이군요. 어떻게 된 겁니까? 나이가 들어서 그런 건가요?"

"아니요, 제가 국장님을 잘 아는 탓이죠. 이제는 무슨 일이 일어나도 놀랍지가 않아요."

"흠, 그건 나도 마찬가지예요." 콜드웰이 한쪽으로 몸을 돌려 컴퓨터의 키보드를 두드렸다. 바깥 사무실에 있는 국장의 비서 밋치의 얼굴이 화면에 나타났다. "패럴에게 이야기했나요?" 콜드웰이 물었다.

"네, 했습니다. 패럴은 내일 10시쯤이 어떻겠냐고 하네요? 그 시간에 국장님의 일정은 비었습니다."

"좋아요. 그리고 또 하나, 초공간 네트워크에 연결해서, 비자르에게 투리엔에 있는 포르딕 이샨과 연결해줄 수 있는지 확인해줄래요? 그리고 투리엔 우주선이 지구로 오는 일정이 언제쯤인지 알아봐주세요."

"휴가 가시나요?

"헌트 박사에게 할 일이 생긴 거 같아요."

"그 생각을 해야 했는데. 알아보겠습니다."

콜드웰이 통화를 끊고 다시 헌트를 바라봤다. "나도 워낙 놀라운 일을 많이 봤으니 다시는 안 놀랄 줄 알았어요. 마지막으로 내가 박사를 보냈을 때, 우주 하나를 통째로 들고 돌아왔잖아요. 이번에는 다중우주 전체군요. 바로 그거예요, 궁극의 최종 단계. 그래야 되는 거죠. 그보다 더 큰 걸 가져올 수는 없을 테니까, 내 말이 맞나요?"

그들은 한참 동안 서로를 바라봤다. 곧 헌트가 피식 웃었다. 이제 두 사람은 다시 한 번 일을 벌일 참이었다. 헌트는 확실히 이 느낌을 좋아했다. 콜드웰도 우락부락한 얼굴이 부드러워지며 슬쩍 미소를 비추더니 코웃음을 쳤다.

"베를린의 요제프는 어떤가요?" 콜드웰이 다시 사무적인 표정으로 돌아와 헌트에게 물었다. "그 사람도 쓸모가 있을 거 같던가요?"

"그럼요. 그 사람만 괜찮다면요. 요제프 쪽에 의향을 물어볼까요?"

"네, 그렇게 하세요. 단체커 교수도 그 일에 참여하고 싶을 거라는 사실은 굳이 말할 필요도 없겠죠. 교수한테는 오늘 밤에 열리는 오웬 씨의 만찬회에서 박사가 중요한 발표를 한 이후에 말해주기로 합시다."

"좋은 생각 같네요." 헌트가 동의했다.

지금까지 헌트가 다른 버전의 자신과 접촉했다는 소식은 소수의 UN 우주군 고위 간부와 과학자들 외에는 알지 못했다. 오늘 밤에 UN 우주군을 최초로 창설했던 사람 중 한 명인 오웬의 은퇴를 축하하기 위해 만찬회를 열기로 했다. 헌트는 그 만찬회에서 UN 우주군의 물리학자를 대표해 감사인사를 할 예정이었다. 이 행사가 헌트의 이상한 경험을 대중에게 알릴 좋은 기회라고 제안한 사람이 있었다. 처음에 콜드웰은 만찬회가 어쨌든 오웬의 은퇴를 기념하는 행사인데, 그런 폭탄선언을 내놓으면 행사의 의미를 덮어버릴 위험이 있다며 반대 의견을 냈었다. 헌트는 전혀 다른 방식으로 작동할 수도 있으리라는 느낌이 들었다. 세상에 유명한 사건이 언급될 때 자신의 은퇴 만찬회가 인용되는 것이 일생의 업적에 대한 최고의 기념이 될 수도 있다고 생각하며 오히려 바랄 수도 있지 않은가. 결국, 두 사람은 오웬에게 그 사실을 이야기해서 그의 결정을 따르자고 결론을 내렸다. 오웬은 역사상 가장 놀라운 과학적 발표로 인정될 만한 사건과 자신의 이름이 연결되는 것보다 더 큰 영광은 없을 것이라고 대답했다.

“난 아직 확정되었다고 보지 않아요.” 콜드웰이 말했다. 사람들은 이런 일에 대해 다시 생각해본 후 마음을 바꾸기도 하니까 말이다.

“제가 발언을 하러 일어나기 전에 오웬 씨에게 한 번 더 확인해보겠습니다.” 헌트가 대답했다. “오웬 씨의 생각이 바뀌었다면 아일랜드 농담이나 뭐 그런 걸 대신 이야기하면 되겠죠.” 같은 생각이라는 의미로 콜드웰이 고개를 끄덕였다.

콜드웰의 팔꿈치 옆에 있는 모니터가 다시 켜지더니, 진회색의 피부와 돌출된 턱, 큰 계란형 눈동자를 둘러싼 수직의 고딕풍 얼굴선을 가진 기다란 가니메데인의 얼굴이 비쳤다. 어깨 위에는 밝은 주황색 튜닉을 걸치고, 목은 노란색 옷깃으로 감쌌다. 콜드웰은 그의 꽉 다문 입술이 활짝 웃는 가니메데인의 표정이라는 사실을 배워서 알아봤다.

“포르딕 이샨입니다.” 밋치의 목소리가 들려왔다. “헌트 박사님과 국장님이 함께 있다고 말해뒀어요. 이샨은 앞으로 문제가 발생할 거라는 확실한 징후인 것 같다고 하더군요.”

3

크리스천 단체커 교수는 당황했다. 생물학 이론에서 의문의 여지가 없다고 간주되어온 토대와 보편적인 원리가 흔들리는 것처럼 보였기 때문이었다. 과학자들이 수용한 과학적 신념들은 쉽게 이룩된 게 아니었다. 그리고 단체커는 그 신념을 쉽게 바꾸는 부류가 아니었다.

단체커는 고다드 센터 생물학 건물에 있는 자신의 사무실에 웅크린 자세로 앉아 있었다. 이런저런 모델을 아무리 시도해봐도 그에게 맞는 모양이나 크기의 의자는 없는 듯했다. 마르고 대머리인 단체커는 호리호리한 팔다리를 이상한 각도로 늘어뜨리고 앉아 구시대적인 금테 안경의 렌즈를 닦으며, 인상을 찌푸린 채 책상에 흩뿌려진 종이 더미를 노려봤다. 그는 안경을 다시 콧등 위로 올리고, 측면 패널에 있는 모니터 중 하나에 띄워놓은 자료들을 다시 유심히 바라봤다. 그 보고서들에는 오스트레일리아의 한 연구팀이 특정한 계통의 박테리아의 영양대사 과정에 대해 시행한 실험을 세계의 여러 연구실에서 재현하고 확장한 결과가 담겨 있었다. 일반적으로 각 유형의 박테리아는 자신이 가진 유전자로 분해하고 활용할 수 있는 주 영양물에 의존한다. 가장 익숙한 예는 인간에게서 발견되는 일반적인 대장균인데, 대장균에게는 젖당이 필요하다. 가끔 1차 영양물을 소화하는 방법을 사용할 수 없게 되었을 때는 다른 영양물을 대신 이용하기 위해 다른 대사 경로를 만들어내는 진화가 일어날 수 있다. 대장균의 경우 두 개의 특이한 돌연변이가 동시에 일어나 다른 당을 소화할 수 있게 된다. 그 돌연변이 확률은 잘 알려져 있으며, 일반적인 실험실 환경 조건 하에서는 10만 년에 한 번 정도 동시에 일어날 것으로 예상했다. 그러나 실제로는 며칠 내에 수십 차례 관찰되었다. 배양균이 이용할 수 있는 영양 용액 안에 다른 당이 있을 때만 그런 일이 일어났다.

이는 한 세기 넘게 견실하게 유지되었던 생물학적인 학설대로, 그 돌연변이들은 무작위로 일어나지 않으며, 환경의 자극으로 촉발된다는 사실을 의미했다. 그런데 이는 곧 그런 자극에 반응하는 유전적 '프로그램'이 이미 박테리아의 유전체가 시작하는 시점부터 있었다는 의미였다. 그런 유전적 프로그램은 수백만 년의 시간 동안 무작위적인 돌연변이로 시도와 실패를 거듭하며 선택하는 과정에서 발생하지 않았다. 그게 이루어지는 과정은 외부에서 획득한 정보를 부호화하는 단백질 전달자의 형태로 밝혀졌다. 그 정보는 특수한 효소에 의해 게놈 안에 쓰였다. 그 효소는 바이러스에 대한 항체의 성분으로 잘못 해석되었는데, 나중에 그런 바이러스가 존재하지 않는 것으로 밝혀져서 의학적 스캔들이 크게 일었고, 집단 소송이 무더기로 진행되었다. 그것은 진화 이론의 기본 원리 중 하나를 위배한 것처럼 보였다. 조심스럽게 말해서, 진화라는 과정이 기존에 자신 있게 추정했던 것보다 훨씬 복잡한 문제였다는 해석이 그 문제와 관련해서 가장 적게 논란을 일으키는 주장이었다.

단체커는 UN 우주군의 직위 체계에서 고위 간부 자리가 자신에게 정말로 맞는 건지 여전히 확신이 들지 않았다. 온갖 관료주의적인 잡무에 참석해야 하고, 학계의 전통을 존중해야 했기 때문이었다. 아파트에서 말러나 베를리오즈의 음악을 들으며 쉴 때나, 포토맥강의 외진 지류에 심어진 나무들을 바라보며 앉아 조용히 시간을 보낼 때면, 단체커의 마음은 여전히 목성 파견대의 우주선을 타고 가니메데의 동토로 날아가고, 높이 솟은 외계의 도회지 풍경 위로 펼쳐진 연두색에 주황색 줄이 그어진 하늘이 눈앞에 보였다. 투리엔인들이 퍼져나간 광대한 영역의 행성들에는 남은 평생 잠깐씩 훑어보기에도 벅찰 정도로 수많은 이상하고 경이로운 생명의 형태들이 살고 있었다. 크레이세스에는 동물이면서 식물인 생물이 있었는데, 환경조건이 쾌적할 때는 땅에 뿌리를 박고 살다가 환경이 바뀌면 이동했다. 야보리안 2에는 어찌된 일인지 메탄이 산화 작용을 가로막는 대기 환경에서 산소-탄소에 바탕을 둔 생물이 번성하며 행성 전체의 화학 구성을 뒤집어놓았다.

단체커의 기술 조수 샌디 홈즈가 바깥 사무실에서 연구실 안으로 머리를 삐죽 내밀었을 때, 그는 자신이 또 몽상에 잠겨 있었다는 사실을 깨달았다. 부장이든 아니든, 단체커는 행정적인 문제 때문에 실질적인 업무가 방해받는 일은 없도록 애썼다. 그런 업무를 처리하는 게 직원들의 임무였다. 단체커는 일하는 동안 오는 전화를 거절했다.

"실례합니다, 교수님."

"음? 무슨…? 아." 단체커는 마지못해 다시 지구의 현실로 돌아왔다. 그는 한숨을 뱉고, 자기 앞에 놓인 종이더미를 가리켰다. "이 자료들에 따르면, 우리가 의문의 여지가 없다고 믿어왔던 많은 것들을 바닥부터 다시 생각해야 할 것 같아, 샌디. 유기체의 진화는 현존하는 이론으로 설명할 수 있는 것보다 환경에 훨씬 더 밀착되어 있어. 자네도 이걸 읽어봐야 해. 그건 그렇고, 무슨 일이야?"

"밀드레드 씨가 아래층의 접수처에 도착했습니다. 교수님께서 밀드레드 씨와 점심 약속을 하셨어요. 기억나시죠?"

"아, 그래." 보통 때 단체커는 그 이름이 언급될 때마다 움찔움찔 놀라곤 했다. 밀드레드는 오스트리아에서 온 그의 사촌으로서 투리엔의 문화와 사회에 관한 책을 쓰기 위해 조사를 진행하느라 두 달 동안 워싱턴에 머물고 있었다. 그녀는 단체커를 참고자료와 조사를 위한 주요한 정보원으로 삼아 끈질기게 들러붙었다. 하지만 오늘 단체커는 즐거운 마음으로 밀드레드를 만날 시간을 기다렸다. "샌디, 현관으로 비행택시를 불러줄 수 있을까?"

"지금 오는 중이에요. '올리브 트리'로 갈 거라고 말해뒀어요. 그러면 되나요?"

"아주 훌륭해."

"그리고 멀링 부인이 오늘 저녁 6시 30분에 카나번에서 콜드웰 국장, 헌트 박사와 만나기로 약속되어 있다는 사실을 교수님께 알려달라고 했어요." 멀링 부인은 단체커의 개인 비서였다. 단체커로서는 고맙게도, 멀링 부인은 꼭대기 층의 한쪽 끝에 있는 그녀의 영토에서 행정이나 회계와 관련된 업무를 처리했다. 그녀는 그곳에서 이 건물을 지배했다. 멀링 부인은 UN 우주군이 조직을 개편하며 단체커가 부장으로 임명되었을 때 그의 비서 자리로 왔는데, 단체커가 흥미를 끄는 연구에 빠져 있을 때 전화를 받지 않는 주된 이유가 바로 그녀였다. 보통 단체커는 그녀의 이름을 들으면 반사적으로 얼굴을 찌푸렸는데, 이번에는 연구실 가운을 벗어 문 옆의 옷걸이에 걸면서 그저 사무적으로 고개를 끄덕거릴 뿐이었다. "교수님, 오늘은 아주 기분이 좋으신 모양이네요." 샌디가 연구실을 향해 단체커와 함께 걸어가며 말했다. 그 연구실에서 샌디는 기술자와 현미경 슬라이드를 준비하던 중이었다.

"우리의 사악한 계획이 드디어 성과를 올린 것 같아." 단체커가 쾌활하게 대답했다. "끈질기게 괴롭히던 이 작가가 이제 앞으로 일주일 안에 은하계의 먼 곳으로 떠나게 될 거야. 그러면 여기도 평화가 다시 찾아오겠지."

"프레누아 쇼음에게서 답변이 왔나요?"

"오늘 아침 일찍 왔어. 계획했던 대로 아주 좋아. 투리엔인들이 얼마나 격식이 없는지는 자네도 잘 알잖아. 나는 점심을 먹으면서 사촌에게 그 즐거운 소식을 바로 알려줄 거야. 그러면 밀드레드는 아마 좋아죽을걸."

"그 계획이 잘 맞아서 기쁘네요. 점심 즐겁게 드세요."

"아, 그래야지."

단체커는 엘리베이터가 내려가는 내내 혼자 흥얼거리느라 8층에서 사환이 서류철을 한 다발 안고 올라탔다가 5층에서 내리는 것조차 알아차리지 못했다. 1층에서 엘리베이터 문이 열리자, 이를 드러내고 활짝 웃는 얼굴로 로비에서 기다리고 있는 사촌을 반기며 밖으로 나갔다. 밀드레드는 순간적으로 깜짝 놀랐지만, 금세 정신을 차렸다.

"단체커, 웬일이야? 네가 시간에 딱 맞춰서 오다니! 오늘은 아주 기분이 좋은 모양이네."

"기분 나쁠 이유가 없잖아? 하늘에서 내려준 이렇게 찬란한 날을 단조로운 일상의 잡무로 망쳐선 안 되지. 꼭대기 층의 내 사무실에서 창문으로 보니까 사랑스러운 레프러콘* 한 무더기보다 더 푸릇한 기

* 아일랜드 신화에 나오는 초록색 옷을 입은 요정

운이 가득하더라고." 단체커가 친절하게 중앙 현관문을 붙잡으며 밀드레드가 나갈 수 있도록 배려했다. 그녀가 단체커를 불안한 눈으로 쳐다봤다.

"무슨 문제 없지?"

"아무 문제 없어. 너도 오늘따라 아주 눈부시네? 이 봄에 딱 어울리는 모습이야."

사실 밀드레드는 유행이 한참 지난 넓은 챙이 늘어지고 꽃이 달린 모자와, 실용적이긴 하지만 할머니 같은 꽃무늬 드레스, 그리고 애팔래치아 산책로에나 어울릴 법한 가볍고 실용적인 부츠를 차려입었고, 단체커는 그 모습이 약간 우스꽝스럽다고 생각했다. 그리고 무엇보다 그녀는 말이 많았다.

그들이 밖으로 나가자 건물 안마당에 택시가 기다렸다. 택시가 이륙하자마자 밀드레드는 투리엔의 정치사회에 대한 주제로 돌아갔다. "투리엔인들이 호칭이나 공식적인 조직 같은 것에 그다지 관심이 없다는 사실은 나도 잘 알아. 하지만 그들의 체제가 작동하는 방식에 관해 관심을 기울이고 분석해보면, 사회주의적 이상의 훌륭한 사례라고 할 수밖에 없어, 단체커. 별들 사이를 일상적으로 날아다니는 문명이면서 우리를 만나기 전까지 그들에게는 '전쟁'이라는 단어가 없었다고 하잖아. 그보다 더한 증거가 어디 있겠어? 물론, 지난 세기말의 온갖 혼란 이후 우리가 많은 진전을 이뤄냈다는 사실은 나도 잘 알아. 그렇지만 아직도 많은 사람이 불안감과 무의미한 적대적 강박에 사로잡혀 있다는 사실은 너도 인정할 수밖에 없을 거야. 무슨 말이냐면, 모두 사춘기를 벗어나지 못한 사고방식이라는 거지. 부와 권력을 얻으려고 버둥대는 거 말이야. 그건 달리 말해서 소유에 대한 병적인 집착이고, 다른 사람이야 어찌 되든 자기가 원하는 걸 마음대로 얻겠다는 욕심

일 뿐이야. 우리가 그런 걸 성숙함의 징후라고 생각하지는 않잖아, 그렇지? 이 모든 것들이 경쟁을 강조해. 우리는 본래 하나의 종으로서 훨씬 더 협력적이어야 해. 그에 반해 투리엔인들은 훨씬 어른스러워 보여. 훨씬… 훨씬 고상하지. 무슨 말인지 알지? 그들은 물질적인 만족이 의미를 갖는 단계를 옛날에 지났어. 투리엔인들은 장기적인 차원으로 사고할 줄 알아. 80년대 말에 러시아에서 무너진 것은 사회주의가 아니었어. 레닌과 스탈린은 종교재판을 하고 마녀를 불태우던 기독교처럼 사회주의를 만들어버렸어. 러시아에서 무너진 것은 사회주의가 아니라 힘으로 체제를 강요하려던 계획과 압제였어. 그런 것들은 항상 무너지기 마련이야. 사람들은 의사 표현을 할 때 두려워하는 상황이나 이웃이 수용소로 끌려가는 모습을 보는 걸 좋아하지 않아. 너무도 명백하잖아, 그렇지 않아? 그런데 정부들은, 여기도 마찬가지로, 늘 그걸 이해하지 못하는 것 같아. 단기적인 이익 이상을 보지 못하기 때문에 그런 거야. 그렇게 생각하지 않아?"

"네 말이 맞는 거 같아." 단체커가 동의했다.

밀드레드는 핸드백을 뒤져서 자주색 나비 모양으로 테를 두른 타원형 안경을 꺼내 메뉴를 살펴보면서 유럽에 있는 친척들에 대한 소식으로 넘어갔다. "엠마 기억나? 아마 이제 보면 못 알아볼걸. 키가 크고 할머니처럼 까만 머릿결이야. 우크라이나 예술가랑 사귀는데, 크로아티아에서 헛간을 개조해서 보헤미안처럼 살아. 마르타 이모는? 엠마의 엄마 말이야. 마르타 이모는 엠마가 그렇게 사는 걸 아주 못마땅하게 생각해. 스테판 삼촌은 마르타가 정신을 차리지 않으면 상속권을 박탈해버릴 거래. 그건 그렇고, 스테판 삼촌은 잘 지내. 있잖아, 단체커, 너도 좀 연락을 하려고 노력해봐. 삼촌의 회사는 비엔나에 새로운 사무실을 막 열었어. 우주선에서 사용할 수 있는 자동으로

54

수리되는 물질 같은 거랑 사람들의 관심을 많이 끌고 있는 물건들을 새로 만들기 시작했대. 그렇지만 지금은 투리엔인들이 그보다 월등히 뛰어난 것들을 수입해서 모조리 뒤집어 놓을까 봐 걱정하고 있어. 내 생각엔 투리엔들이 그러진 않을 것 같아. 그렇지 않아? 투리엔인에게는 우리가 아는 형태와 비슷한 경제 제도가 따로 없고 제한도 많지 않지만, 생각 없이 불쑥 끼어들어서 다른 문화를 그런 식으로 불안정하게 만들 사람들이 아니잖아. 난 해산물 알프레도가 괜찮을 거 같아. 넌 어떤 거로 할래?"

"아, 난 오늘은 그냥 가벼운 거로 먹을게. 저녁에 그 한심한 검은색 타이를 매고 만찬에 참석해야 하거든. 은퇴하는 사람에게 존경을 표하는 자리야. 그 만찬에 참석하려고 제네바에서도 UN 우주군 직원들이 올 거야."

"불쌍한 녀석 같으니. 넌 그런 거 싫어하잖아. 그렇지 않아?"

"좋은 음식을 맛보는 자리라기보다는, 배치받은 자리에 잘 앉아서 눈도장을 찍는 게 주요한 목적이지. 솔직히 말해서, 난 그 사람을 여기로 데려왔으면 좋겠어."

"투리엔인들은 그렇게 무의미한 일을 좋아하지 않을 것 같아. 그렇지 않아?" 샐러드 코스가 끝나갈 즈음, 밀드레드가 그 주제를 다시 꺼냈다. "내가 읽은 자료들을 보면, 그들은 다른 사람을 깎아내린다거나 경쟁에 대한 개념 자체가 없었어. 그들에게 뭔가를 잘못하고 있다고 설명해주면, 그들은 그냥 그걸 받아들이잖아. 우리는 왜 그렇게 못하는 걸까? 너무 어리석어서 그렇지! 무슨 말이냐면, 그저 뒤로 빼기 싫어서 칵테일 파티에 참석한 사람들이 얼마나 많겠어? 체면이 깎이고 싶지 않으니까! 하지만 오히려 그렇게 억지로 참석하면 체면을 더 잃지 않을까? 그렇지? 그 방에 있는 모든 사람이 그 사람을 얼간이라고 생각할 테니까 말이야. 때로는 그런 바보짓을 멈추게 할 수 있는 누군가가 상대방을 바라보며 이렇게 말해주면 좋겠어. '그 말이 일리가 있네요. 그런 식으로는 한 번도 생각 못 해봤습니다.'라고 말이야. 내 눈에 그런 사람은 갑자기 3미터로 훌쩍 커 보일 거야. 생각해봐, 세상에, 정말 멋지잖아! 그런데 왜 이렇게 다른 걸까? 그렇지만 투리엔인은 모두 그렇잖아, 그렇지 않아? 정말로 미네르바의 고대 조상 때부터 그랬을까? 육식동물과 포식자들이 없는 곳이라서? 나도 네가 그 문제에 대해 쓴 글들을 다 읽었어. 현재 투리엔인의 사회구조에 대해 아주 많이 배웠어. 난 진짜로 배워야 할 게 너무 많아."

단체커는 이제 자신이 말을 꺼낼 때가 되었다는 판단이 들었다. 밀드레드는 단체커가 그 생각에 우쭐해하는 모습을 알아챘거나, 안경 너머로 반짝이는 그의 눈을 본 모양인지, 계속 이어서 말을 하려다 멈추고 아리송한 눈빛으로 그를 바라봤다.

"네가 바랄 수 있는 최고의 정보 출처에서 알고 싶은 모든 것들을 직접 배울 수 있으면 어떨까?" 단체커가 그녀에게 물었다. 밀드레드는 그가 무슨 뜻으로 하는 말인지 이해가 되지 않아 얼굴을 찌푸렸다. 단체커는 냅킨으로 입을 가볍게 닦고, 다른 손을 내밀며 말했다. "투리엔의 심리학자와 생물학자, 사회적 통찰이 있는 사람들에게서 직접 말이야! 네가 만나고 싶었던 모든 사람, 이용할 수 있는 그들의 기록과 이론, 계획, 역사까지 모조리. 너도 투리엔인들이 얼마나 격식이 없는지 말했잖아."

밀드레드가 갈피를 못 잡고 혼란스러운 얼굴로 고개를 절레절레 흔들었다. "단체커, 난 무슨 말인지 도대체 이해가 안 돼. 네가 말하려는 게 정확히 뭐야?"

단체커는 더 이상 비밀을 감출 수 없어서 결국 누설하게 된 사람처럼 씩 웃었다. "너한테 그런 기회를 주려고 지금껏 준비했어. 넌 직접 그곳으로 가서, 투리엔 말이야, 가장 탁월한 과학자들과 사회 지도자들을 만나게 될 거야. 그들은 아주 기꺼이 네가 알아야 할 모든 것들을 도와줄 거야. 작가로서 일생일대의 기회지!"

밀드레드가 믿기지 않는 눈빛으로 단체커를 쳐다봤다. "내가? 투리엔으로 간다고? 정말이야? 나… 난 뭐라고 말해야 할지 모르겠어."

단체커가 엄지손가락으로 옷깃에 묻은 가상의 부스러기들을 털어냈다. "운 좋게도 내가 투리엔에서 지인들을 만들 수 있었던 사람이니까, 내가 제공해줄 수 있는 아주 사소한 배려라고 할 수 있겠지. 투리엔에서 가장 높은 정책 결정 단위의 구성원인 프레누아 쇼음이 너를 직접 돌봐주고, 제대로 된 소개를 준비해줄 거야."

"세상에, 이건…." 밀드레드가 손으로 입을 막고 다시 고개를 절레절레 흔들었다. "정말 충격이야. 내 말이 무슨 뜻인지 알지?"

"나는 네가 훌륭하게 해낼 거라고 믿어."

밀드레드가 떨리는 숨을 길게 들이쉬더니, 물을 벌컥벌컥 마셨다. "언제 가기로 되어 있어?"

"지금 이슈타르호라는 투리엔 우주선이 지구 위의 궤도에 떠 있어. 기술과 문화교류 임무를 띠고 동아시아를 방문하는 중이거든. 그 우주선이 지금부터 일주일 후에 돌아갈 거야. 내가 실례를 무릅쓰고 그 우주선에 네 자리를 예약해뒀어."

"일주일이라고! 맙소사." 밀드레드가 손으로 가슴을 가볍게 짚으며 말했다.

단체커가 아무것도 아니라는 듯 한 손을 흔들었다. "나도 투리엔인들이 친절하고, 요구하는 사람이라면 누구나 태워준다는 사실은 알아. 하지만 그건 곧 그들의 우주선 자리들이 일찍 차버린다는 뜻이야.

그리고 이슈타르호는 아주 작은 우주선이거든. 그래서 널 실망시키고 싶지 않았기 때문에 예약해둔 거야."

"단체커, 이건 네 생각이었어?" 밀드레드의 말투에 의심스러운 기미가 살짝 비쳤다.

단체커는 여동생의 침대에 어떻게 개구리가 들어갔는지 자기도 모르겠다고 주장하는 남자아이처럼 당황스럽지만 결백하다는 표정으로 양손을 펼쳤다. "내가 쇼음과 자주 이야기를 나누거든. 어쩌다 네 계획과 그 연구의 필요성에 대해 말하게 됐어. 모든 지원은 전적으로 그들이 제안한 거야." 그가 이 말을 하는 순간 뭔가 불편한 느낌이 빠지직하며 지나갔지만, 번개를 칠 정도는 아니었다.

마침내 밀드레드가 그의 말을 받아들였다. 그녀는 의자에 기대앉아 믿기지 않는 표정으로 단체커를 바라봤다. "글쎄… 뭐라고 해야 할지 모르겠어. 아무튼 내가 사람을 제대로 찾아왔을 줄 알았다니까."

"그러면 동의한다는 뜻이지?"

"이런 종류의 통보치고는 조금 갑작스럽지만… 물론이지. 네 말대로, 작가로서 일생일대의 기회인걸."

"잘 생각했어. 포도주를 한 병 주문할까 하는데, 너는 어때?" 단체커가 이리저리 고개를 돌리며 웨이터를 찾았다.

"넌 술 안 마시잖아?" 밀드레드가 말했다.

단체커가 입술을 오므리더니 어깨를 으쓱했다. "살다 보면 드물게 예외가 허용되는 때도 있는 법이야." 그가 대답했다.

1시간 후 단체커는 밀드레드가 준비를 시작할 수 있도록 호텔에 내려주고 고다드 센터로 와서 택시비를 낼 때까지도 혼자 키득거리며 계속 웃었다.

4

헌트에게는 리타라는 친구가 있었는데, 일찍 남편을 잃었고 매력적이며 세련되었지만 이상하게도 사귀는 사람이 없었다. 헌트는 그녀가 실버스프링에서 운영하는 터키 식당에 가끔 들렀다. 리타가 두어 달 전에 오랜 친구의 결혼식에 초대받았을 때 헌트에게 함께 가자고 설득했던 적이 있었다. 아주 기분 좋은 결혼식이었다. 그래서 이번에는 헌트가 카나번에서 열리는 오웬의 은퇴 만찬회에 그녀를 초대했다. 헌트는 6시를 살짝 넘긴 시간에 리타를 데리러 갔는데, 그녀가 금세 나왔다. 금발에 키가 크고 늘씬한 그녀는 동양풍의 목깃이 높고 반짝거리는 주황색 민소매 드레스 위로 하얀 숄을 걸쳤다. "오늘 밤은 수지 웡* 같은 걸." 헌트는 그녀와 팔짱을 끼고 대여한 비행차로 이끌며 농담을 했다.

"제임스 본드 분위기의 턱시도와 잘 어울리네. 정말 영국 아저씨

---

* 1960년대 영화 〈The World of Suzie Wong〉의 주인공 홍콩 여성

같아. 총도 챙겼어?"

"그래, 뭔가 잊은 것 같더라니." 헌트가 그녀를 승객석에 앉히고 문을 닫았다. 그리고 운전석 쪽으로 돌아갔다.

"과학자들과 UN 우주군 사람들이 잔뜩 모여서 답답하고 끔찍하게 전문적인 이야기를 해대는 행사 아냐?" 헌트가 운전석에 앉자 리타가 물었다.

헌트는 비행차의 컴퓨터에 목적지를 입력하고, 터빈에 시동을 걸기 시작할 때까지 부자연스럽게 대답을 끌었다. 헌트는 자신이 할 발표는 어차피 곧 대중에게 알려질 것이라는 생각이 들기 시작했다. 하지만 지켜야 할 직업적 예의라는 게 있었다. 그리고 만일 지금 그 이야기를 해줬는데, 오웬의 생각이 바뀐다면 어색한 상황이 펼쳐질 것이다. "아, 너한테도 흥미로운 일이 있을 거야." 마침내 그가 찾아낸 말이었다.

그들은 일찍 도착한 사람들과 함께 접수처로 갔는데, 대기실에 금세 사람들이 찼다. 콜드웰 국장은 부인 메이브와 왔고, 비서 밋치와 그녀의 남편도 왔다. 단체커는 혼자 온 모양인데, 마치 발레복을 입은 타조처럼 검정 나비넥타이 복장으로 이리저리 두리번거렸다. 헌트와 리타는 필요한 사교에 나섰다. 간단하게 인사를 주고받고, 짧은 잡담을 하고, 제네바에서 온 두 방문자를 만나고, 오웬에 대한 존경을 표시했다. 리타는 대화를 나누는 모든 사람을 친밀하게 대하고, 편안하고 자연스럽게 행동하며, 침착하게 그 일들을 해냈다. 처음은 아니지만, 헌트는 좀 더 전통적인 역할에 안주하고, 평생을 같이할 동반자를 찾아야 할 때라는 생각을 진지하게 해봐야 하는 게 아닌가라는 생각이 들었다. 어떤 기준을 적용하더라도, 자신이 지금 팔짱을 끼고 있는 이 사람보다 더 잘해낼 리 없을 것이고, 지금 그의 동료들과 잘 어울릴 수 없을 것이다. 심지어 단체커와도 친밀하게 대화를 나눴다. 그렇지만…,

그는 왜 그게 옳지 않게 느껴지는지 딱히 꼬집어서 무엇이라 말할 수 없었다. 인생에 빈자리가 있다고 판단하고, 그 자리를 채워줄 사람을 찾는 식은 옳은 길이 아닌 것 같았다. 올바른 사람은 자신의 자리를 만들 것이다. 아니, 쉼 없이 움직이고 혼자 있길 좋아하며, 너무 안정적이고 예측 가능한 존재가 되어간다는 우려가 들 때면 충동적으로 삶을 바꾸는 사람에게는 '올바른' 사람이란 게 있을 수 없는 게 아닐까?

그들은 콜드웰이 상석을 차지한 식탁에 가서 앉았다. 단체커와 오웬, 두 유럽인도 같은 식탁에 앉았다. 오웬이 은퇴 후에 시간을 어떻게 쓰려고 계획하고 있는지에 대한 이야기가 이어졌다. 오웬은 자신이 직무를 보는 동안 UN 우주군이 관여했던 특이한 사건들에 대해 자신의 설명을 넣은 자서전을 쓸 계획이라고 했다. 콜드웰은 내부자로서 풀어놓는 이야기가 필요하다며 그 계획에 찬성했다. "단체커 교수에게 책을 쓰는 사촌이 있어요. 알고 계셨나요?" 콜드웰이 오웬에게 물었다. 아니, 오웬은 몰랐다. 콜드웰이 식탁 너머의 단체커를 바라보며 물었다. "실은 그 사촌이 지금 여기에 방문 중이지 않나요, 단체커 교수?"

"투리엔인에 관한 책을 쓰기 위해 조사 중이죠." 밋치가 끼어들었다.

"그 주제에 관한 이런 권위자를 사촌으로 두고 있다니, 정말 운이 좋네요." 콜드웰의 부인 메이브가 단체커를 보며 말했다.

단체커는 우쭐한 듯했지만, 애석한 표정으로 한숨지으며 말했다. "그렇지만 우리의 전문적인 관계도 곧 끝날 것 같아요." 그가 식탁에 앉은 사람들에게 말했다. "제 사촌 밀드레드는 꽤 임기응변 능력이 좋은 여성이거든요. 그녀는 제가 제공해줄 수 있는 것보다 훨씬 더 포괄적인 자료실을 이용할 방법을 고안해냈어요. 자그마치 투리엔 그 자체죠."

"가상 여행 접속을 통해 투리엔으로 간다는 이야긴가요?" 오웬이 물었다. 행성들 사이를 여행하는 투리엔인들의 방법은 많은 경우 여행자가 목적지로 직접 가기보다는 그 목적지에서 정보를 여행자에게 가져오는 방식으로 이루어졌다. 감지기가 원출처에서 얻은 데이터는 먼 거리에 실제로 가서 얻을 수 있는 체험과 구별되지 않는 방식으로 이용자의 신경계에 전달되었다. 투리엔 시스템에 접속하는 신경 연결기는 고다드 센터를 포함해서 지구의 여러 곳에 설치되어 있었다.

단체커가 수프를 떠먹으며 고개를 저었다. "아니요, 밀드레드는 실제로 갈 겁니다."

"정말요? 투리엔으로?" 리타가 소리쳤다. "정말 대단한 경험이 되겠네요!"

"투리엔의 우주선 한 대가 일주일쯤 후에 돌아갈 예정이거든요." 단체커가 단정적으로 말했다. "밀드레드가 그 우주선에 예약했어요."

"정말 놀랍네요." 유럽인 레너드가 식탁에 앉은 사람들을 돌아보며 말했다. "투리엔 우주선에는 탑승료가 따로 없어요. 그냥 요청하기만 하면 되죠. 공간이 있으면 언제든 태워줄 겁니다."

"그러면 우리는 밀드레드 씨를 만나기 힘들겠군요, 교수님." 메이브가 말했다.

"유감스럽지만 그렇습니다." 단체커가 정중하게 고개를 끄덕였다. 콜드웰이 날카로운 눈빛으로 단체커를 쳐다보는 모습이 헌트의 눈에 들어왔다. 콜드웰은 그 화제를 더 이어갈지 생각하는 것 같았는데, 헌트와 눈이 마주치자 대신 다른 유럽인인 사라에게 뭔가 말했다.

헌트는 오웬을 건너다보고는 고개를 한쪽으로 기울여 오웬에게만 따로 이야기했다. "제가 그 이야기를 하는 게 지금도 괜찮으세요? 혹시 생각이 바뀌셨다면 지금이라도 늦지 않았습니다. 저희는 내일 공식적으로 발표하면 되거든요. 원하시는 대로 하셔도 돼요."

"글쎄요, 그래요, 나도 그 문제에 대해 생각을 좀 해봤어요." 오웬이 대답했다. 잠시 헌트는 그가 마음을 바꾼 거라 생각했다. 하지만 오웬이 이야기를 이어갔다. "답례 연설에서 내가 그 소식을 소개하면 어떨까 싶어요. 그 뒤에 박사에게 넘겨서 자세한 부분을 이야기하도록 하면 어떨까요? 박사 생각은 어떤가요?"

"훨씬 좋습니다. 이건 오웬 씨의 행사니까요. 박수로 멋지게 마무리하는 것도 괜찮겠네요. 그렇죠?" 헌트가 말했다.

"무슨 이야기야?" 두 사람의 이야기를 들은 리타가 목소리를 낮춰 헌트에게 물었다. "오늘 밤에 뉴스거리가 있는 거야?"

"곧 알게 될 거야." 헌트가 대답했다. "흥미로운 일이 있을 거라고 했잖아." 리타가 눈살을 찌푸리더니, 곧 단념하고 기다릴 수 있다는 의미로 미소를 지었다.

그런데 진행되는 상황들을 거의 놓치는 법이 없는 콜드웰이 한 손을 들어 흔들며 헌트에게 그냥 이야기해주라고 신호했다. "괜찮아요, 헌트 박사." 콜드웰이 말했다. "이제 어차피 몇 분만 지나면 이야기할 텐데요. 아무튼 오늘 밤이 가기 전에 널리 알려질 거예요." 헌트가 의향을 묻듯 오웬을 쳐다봤다. 오웬은 어깨를 으쓱했다. 괜찮다는 의미였다. 헌트가 다시 리타를 바라봤다.

"내가 며칠 전에 이상한 전화를 받았어." 헌트가 리타에게 말했다.

"아, 그래?"

"양자역학과 다중우주에 대해서 얼마나 알아?"

리타가 나무라는 투로 말했다. "아까는 전문적인 이야기가 아니라더니."

"나를 믿어. 이건 들어볼 만한 이야기야."

"가능한 모든 우주 같은 거잖아. 우리는 그중에서 아주 작은 부분에 사는 거고. 발생할 수 있는 모든 일이 다른 어딘가에서 일어나고."
리타가 말했다.

"그 정도면 아주 훌륭하게 이해한 거야. 그리고 그 우주들에는 우리의 다른 버전들이 살고 있지. 전통적인 이론에 따르면, 미시적인 차원에서의 간섭 외에는 다중우주 사이에 정보가 흐를 수 없어. 소통할 수가 없는 거지, 우리 생각에는. 그런데 브로퀼리오와 그의 마지막 남은 추종자들이 제블렌에서 도망칠 때, 어찌 된 건지 그들의 우주선이 초기의 미네르바로 돌아갔어." 물론 리타도 그 일은 알고 있었다. 당시 수 주일 동안 뉴스에서 그 문제를 다뤘다. 이마레스 브로퀼리오는 제블렌인 쿠데타를 시도했던 지도자였다.

"그래서 네 말은…." 리타는 헌트의 말에 함축된 의미를 깨닫고 말을 멈췄다. 그녀의 눈이 커졌다. 식탁에 앉은 다른 사람들도 하던 대화를 한 명씩 멈추더니 그 이야기에 귀를 기울였다. 이제는 리타가 그 사람들을 대표해서 말하는 상황이 되었다. "설마 그 전화가 다른… 현실, 우주… 뭐 그런 데에서 왔다는 이야기야?"

헌트가 몹시 진지한 표정으로 고개를 끄덕였다. "바로 그거야."

리타가 그 말을 소화하려 애쓰며 믿기지 않는 얼굴로 미소를 짓더니 고개를 저었다. "전화로? 그냥 전화로 연락이 왔단 말이야? 확실히 그건 미친…." 하지만 동시에 그녀는 왜 그게 미친 짓인지 확실한 이유가 생각나지 않아서 어정쩡한 표정을 지었다.

"소통하기에 그보다 나은 방법이 있어?" 헌트는 일행들을 둘러보고는 그 식탁에 앉은 사람들도 들리도록 말했다. "우리는 그 전화가 지구 궤도로 발사된 중계기를 통해서 왔다고 생각해. 투리엔 초공간 네트워크에 연결하는 위성들처럼 말이야."

조금 전까지도 이런 사실에 대해 알지 못한 채 참석했던 사람들은

64

벌써 믿기지 않는 표정이었다. 이게 재미있는 농담일 거라 예상하는 눈빛이었다. 레너드는 도발적으로 의심하는 말투처럼 들리지 않기 위해 잠시 기다렸다가 말했다. "박사님, 그 전화가 다른 현실에서 왔다고 어떻게 확신할 수 있나요? 그게 속임수였을 가능성을 단정적으로 배제할 수 있습니까?"

헌트가 예상했던 반응이었다. "아, 그렇고말고요." 헌트가 장담했다. "전화를 건 사람은 나를 속일 수 없었을 겁니다. 내가 그 사람을 너무 잘 알거든요." 그는 그 부분을 강조하기 위해 사람들을 둘러봤다. "있잖아요, 그게 저였어요. 저와 통화한 사람은 다른 버전의 저였습니다."

헌트는 식사를 마치는 동안 그 놀라운 이야기를 전부 들려줬다. 그 전화가 다른 미래에서 왔다는 결론은 시간 여행의 모순 문제를 불러일으켰다. 사라는 제블렌인 사건 이후로도 그 문제가 여전히 잘 이해되지 않는다고 털어놓았다. 그녀는 과거로 가서 현실을 바꾼다는 게 말이 되지 않는다고 주장했다.

"하나의 현실과 하나의 시간대라는 옛날 관념으로는 말이 안 되죠." 헌트가 동의했다. "하지만 다른 시간대의 앞선 시점으로 돌아가면 모순을 피할 수 있습니다. 당신이 출발한 시간대와 임의로 가까울 수는 있지만, 어쨌거나 같은 시간대는 아니니까요."

오웬이 끼어들었다. "자신이 있는 시간대의 과거를 바꿀 수는 없어요. 미래에서 간 사람이 어떤 변화도 일으킬 수 없죠. 그건 맞아요."

"하지만 다른 시간대는 얼마든지 바꿀 수 있잖아요." 사라가 반론을 했다. 오웬이 헌트를 바라봤다.

"다중우주 총체 그 자체는 시간을 초월해요. 그 안에 있는 어떤 것도 실제로는 바뀌지 않을 겁니다." 헌트가 말했다.

"그러면 우리가 본 이 변화는 뭐죠? 이건 어디에서 오는 겁니까?" 레너드가 질문했다.

"이제 당신은 철학자나 신학자의 영역으로 들어가신 겁니다." 헌트가 대답했다. "저는 물리학이 말할 수 있는 부분까지만 취급합니다."

"일종의 의식 구성체죠." 콜드웰이 의견을 제시했다. "의식은 어떻게든 다중우주 총체를 꿰뚫고 돌아다닙니다." 그가 어깨를 으쓱했다. "아마 그런 게 의식을 이루는 거겠죠."

이 관점이 단체커의 흥미를 불러일으켰다. 단체커의 첫 반응은 급진적인 생각을 모조리 거부하는 게 보통이었다. 헌트는 지금껏 여러 차례 그런 일을 겪었다. 단체커는 뭔가 생각할 게 더 있는 듯했다. "이 결과는 엄청날 겁니다." 단체커가 콜드웰에게 말했다. "어쩌면 과학의 역사상 가장 중대한 발전이 될 수도 있어요. 물리학과 생물학을 양자 수준에서 결합하는 일이니까요. '의식'이 자발적인 행태 수정을 의미하는 것으로 일반화하면, 생명 체계를 완전히 새로운 관점으로 바라보게 될 겁니다."

"이 문제에 좀 더 참여하고 싶어 하는 소리처럼 들리네요, 교수님." 콜드웰이 툭 던졌다. 그의 날카로운 회색 눈이 묘하게 반짝거렸다.

"뭐, 당연하죠." 단체커가 동의했다. "제 위치에 있는 사람이라면 누군들 그러지 않겠어요? 제 말은…." 상석 위쪽의 연단에서 울리는 사회자의 소리가 끼어들었다.

이때쯤에는 디저트를 먹으며 달가닥거리는 소리가 잦아들고, 웨이터가 커피와 포르투갈 포도주, 리큐어를 제공하는 중이었다. 사회자가 사람들을 둘러보자 마지막으로 웅성대던 대화 소리도 사그라졌다. "모두 고맙습니다. 이제 다들 포도주도 마시고, 식사도 흡족하게 하셨을 겁니다. 제가 오늘 밤의 가장 중요한 순서를 시작할 수 있게 되어 기쁩니다."

오웬의 경력과 업적을 개략적으로 밝히며 분위기가 무르익었다.

뒤따라서 몇몇 발언자들이 개인적인 일화들을 이야기하고, 헌트도 마지막으로 올라가 연설을 했다. 모두 잘 진행되었다. 사회자가 답사를 위해 오웬을 불러올렸다. 답사가 끝나자 사람들이 일어나 그에게 갈채를 보냈다. 그런데 오웬이 연단에서 떠나지 않고 계속 서 있었다. 사람들이 의아한 눈길로 이리저리 두리번거렸다. 사회자조차 어찌할 줄 모르는 듯했다.

"제가 여러분에게 이야기할 게 조금 더 남았습니다." 오웬이 말했다. "오늘 밤의 만찬을 우리의 인생에서 진정으로 기억할 만한 사건으로 만들어줄 이야기입니다. 며칠 전 우리가 지금 앉아 있는 이곳에서 겨우 몇 킬로미터 떨어지지 않은 장소에서 하나의 사건이 일어났습니다. 이 사건은 우리 종의 전체 역사에서 가장 놀라운 발전의 조짐이며, 미래에 헤아릴 수 없는 영향을 끼칠 거라 믿습니다. UN 우주군을 대표해서 이 말을 전하는 게 저의 마지막 공식 임무로 적절해 보입니다. 제가 대표했던 발견의 시대는 끝났습니다. 새로운 시대가 곧 시작될 것입니다…."

헌트가 이야기를 마무리하기 위해 자리에서 일어날 때쯤에는 우레 같은 진심의 박수가 그날 밤의 주인공을 위해 쏟아졌다. 의도치 않게 오웬의 행사를 가로챌지 모른다는 우려는 사라졌다.

대부분의 사람은 놀란 표정으로 조용히 꼼짝도 하지 않았다. 다만 한두 명이 눈에 띄지 않게 밖으로 빠져나갔을 뿐이었다. 헌트는 언론인들이 기사를 급하게 보내기 위해 나갔으리라 짐작했다. 질문들이 이어졌다. 대체로 앞서 식탁에서 이미 들었던 내용과 비슷한 질문들이었지만 그렇게 많지는 않았다. 청중 대부분은 방금 들은 이야기를 이해하는 데에 시간이 필요하기 때문일 것이다. 헌트는 그 정도로 충분하다는 생각이 들었다. 이것은 축하 만찬회지 과학 학회가 아니었니까.

하지만 목표는 달성한 듯했다. 오웬은 그 행사가 불멸의 명성을 얻게 된 것을 만족스러워했다. 사람들은 평소와 달리 흩어지며 각자의 길로 떠나지 않고, 식탁에 머문 채로 활발하게 무리를 이루며 진지하게 대화를 나눴다. "힘든 일이 시작되겠네." 헌트가 자리로 오는 도중에 더 알고 싶어서 그를 붙잡은 사람들과 연락처를 교환한 뒤 돌아오자 리타가 말했다.

콜드웰은 단체커가 자신을 쳐다볼 때까지 기다리면서 그가 잔을 홀짝이는 동안 눈을 떼지 않았다. "자, 이제 공식적으로 발표됐네요. 교수에게는 들려줄 소식이 더 있어요."

"저한테요?" 단체커가 의아한 표정으로 눈살을 찌푸렸다. "어떤 소식인가요?"

"헌트 박사의 매트릭스 전달 아이디어에 대해 칼라자르 의장과 이야기를 나눴습니다." 칼라자르 의장은 투리엔의 행정부를 이끌었다. "칼라자르 의장은 투리엔 과학자와 지구 과학자들이 이 문제를 함께 연구할 필요가 있다는 제안에 동의했습니다. 그리고 이 발표 직전에 교수도 생물학과 물리학이 어떻게 관련되어 있는지 이야기했었죠. 그래서 교수와 헌트 박사를 작은 팀으로 만들어 투리엔에 보내서 그들과 함께 일할 수 있도록 준비했습니다."

"헌트와 저를요? 투리엔에? 언제요?"

"지금부터 일주일 후에 교수가 앞서 말했던 그 우주선입니다. 이슈타르호라는 우주선이죠. 아시아를 방문 중인 투리엔인들이 이슈타르호를 타고 고향별로 돌아갈 겁니다."

메이브가 기쁜 표정으로 말했다. "햐, 정말 잘됐네요, 교수님!" 그녀가 큰 소리로 말했다. "사촌과 같은 우주선을 타시게 됐어요. 아무튼 사촌과 연락이 끊어질 일은 없겠네요."

"나도 그렇게 생각해요." 콜드웰이 말했다. "밀드레드 씨가 혼자서도 잘해나가리라 의심하지 않지만, 다른 항성에 있는 외계 문명에서 지내려면 적응해야 할 게 많을 겁니다. 나도 직접 맛을 본 적이 있으니까요. 설령 그녀가 독자적으로 준비했다고 하더라도, 우리는 지구의 공식적인 항공우주 기관이니까, 나는 우리에게 책임이 있다고 생각합니다. 그래서 괜찮다면 교수가 UN 우주군을 대표해서 밀드레드 씨를 돌봐줬으면 좋겠어요." 단체커의 표정이 굳었다. 식탁 위의 접시에 있던 포도를 입으로 가져가다 중간에서 그대로 멈췄다. 콜드웰이 이맛살을 찌푸렸다. "교수님, 괜찮죠?"

"기꺼이 하겠습니다, 물론이죠." 단체커가 이윽고 맥 빠진 목소리로 말했다.

단체커의 양쪽 입꼬리가 기계적으로 올라가며 살짝 미소를 지었지만, 얼굴의 다른 부분은 전혀 움직이지 않았다. 바로 그때 헌트는 단체커의 금테 안경 너머 눈동자에 맺힌 끔찍한 공포를 보았다. 그러자 문득 이 일이 어떻게 된 것인지 이해되기 시작했다. 헌트는 식탁에서 냅킨을 집어서 입을 막고 킥킥거리며 나오는 웃음소리를 기침소리처럼 위장했다. 웃음을 감추려 애쓰는 헌트의 표정을 옆에 있던 리타가 읽었다.

"무슨 일이야?" 리타가 헌트의 귀에 속삭였다. "뭐가 그렇게 재밌어?"

"나중에 이야기해줄게." 헌트가 낮게 말하며 눈물을 닦아냈다.

5

그렉 콜드웰 국장 아래에서 일하는 게 헌트에게 잘 맞는 이유는, 콜드웰이 거대한 관료사회 안에 있으면서도 관료적 사고방식을 갖지 않고 자신의 역할을 해내는 사람이기 때문이었다. 헌트는 UN 우주군에 들어오기 전에 영국에서 핵물리학자로 지냈었는데, 관리자들에 의해 대규모로 출범한 연구 계획에 소집된 큰 집단보다 유능하고 헌신적인 개인들의 작은 모임이 효율적이라고 생각했다. 큰 집단에서는 사소한 문제들에 대해 영양가 없는 소통을 점점 더 많이 하느라 너무 많은 에너지를 소비하는 경향이 있는데, 콜드웰은 그것을 간단명료하게 표현했다. "배 한 척이 대서양을 닷새에 건넌다고 해서, 배 다섯 척이 하루에 건널 수 있다는 뜻은 아니다." 단체커도 당연히 같은 철학에 도달했다. 단체커가 견딜 수 있는 사람의 숫자는 어떤 경우에도 그가 개인적인 작업 공간을 효율적으로 사용할 수 있는 범위를 넘지 않았다.

그다음 주에 급하게 조직된 팀은 두 명의 선임 과학자에 네 명만 더 추가되었다. 헌트가 명목상의 팀장으로 지명되었다. 연구 주제가 다중우주 물리학이었고, 물리학은 말 그대로 그의 분야였기 때문이었다. 헌트와 함께 갈 사람은 항해통신본부 시절부터 오랜 조수였고, 그와 함께 고다드 센터로 옮긴 던컨 와트였다. 단체커도 마찬가지로 샌디 홈즈를 지목했다. 샌디는 단체커의 문서 정리 체계를 터득하고, 그의 노트 필기를 해독할 수 있는 몇 안 되는 연구원 중 한 명이었다. 던컨과 샌디는 집단적인 광기를 조사하기 위해 헌트와 단체커와 함께 제블렌에 동행해서 내부우주를 발견했었다. 요제프 조네브란트는 별로 설득하지 않아도 참여하기로 결정했다. 요제프는 함께 일했던 중국 이론물리학자 시엔 첸을 포함하자고 주장했다. 시엔은 신장 지역에 실험실을 세우고, 인공적인 시공간 변형 등 가니메데인의 초기 물리학을 재현하는 실험을 진행 중이었다. 언제나 단도직입적인 콜드웰 국장은 그녀에게 직접 연락했다. 그는 시엔이 거의 동의한 후에야 전화를 끊었다. 나머지는 일사천리로 진행되었다. 중국에는 여전히 구시대 독재 정치의 흔적이 남아 있었지만, 중국의 대표적인 과학자를 투리엔으로 보내주겠다는 초대에 반대할 사람은 아무도 없었다. 실은 현재 동아시아를 방문하고 있는 투리엔인들이 만날 과학자 명단에 시엔의 이름이 이미 들어 있었다. 그래서 그녀는 투리엔인들과 함께 궤도에 있는 이슈타르호로 곧장 올라가 거기서 다른 지구인 일행과 만나기로 했다. UN 우주군 사무국에서는 그 프로젝트의 이름이 필요했다. 프로젝트의 목표가 다중우주 횡단 통신에 관한 연구였으므로, 헌트는 '다중통신팀'이라고 이름을 붙였다.

요제프는 이슈타르호의 출발 하루 전날 다른 일행들과 합류해서 개요를 살펴보고 개략적인 설명을 들었다. 다중통신팀은 다음 날 아침 일찍 버지니아에 있는 UN 우주군 발사 터미널에서 왕복선을 타고 궤도로 올라갔다. 마치 운명처럼, 여행사에서 밀드레드를 위해 예약해준 것과 같은 왕복선이었다. 그녀도 워싱턴DC에서 이동했다. "단체커, 이게 어쩐 일이야!" 꽃으로 장식한 가방과 핸드백을 들고 승선한 밀드레드가 단체커 일행을 발견하고 소리쳤다. "넌 나한테 말하고 싶은 걸 참았겠구나. 네가 이렇게까지 계획을 했을 줄이야!"

"내가 무슨 말을 할 수 있겠어?" 단체커가 대답했다. 아무 말도 하지 않는 것보다는 뭐라도 말하는 게 낫다는 말투였다.

투리엔인의 성간 이동은 그들의 통신과 기본적으로 같은 원리로 진행되는데, 인공적으로 생성해서 대전(帶電)한 블랙홀을 빠르게 회전시켜 도넛 형태로 만들어서 이용했다. 특이성이 중앙에 뚫린 구멍으로 변형되어서, 파멸적인 기조력의 영향을 받지 않고 축 방향으로 접근할 수 있었다. 이를 통해 우주로(이제 좀 더 엄격하게 말해서 다중우주에 존재하는 무수한 우주 가운데 '우리' 우주로) 연결된 초공간을 이용해 일반 시공간의 한계를 우회했다. 하지만 차이점이 있다면, 통신은 편리하게 지구 가까이에 있는 위성에 설치하거나, 대규모 구조공학으로 지상에 설치한 미시적인 크기의 포트를 통해 이용할 수 있지만, 운송은 수송하려는 물체를 수용할 수 있을 정도로 큰 포트가 필요했다. 수송 포트를 투사할 때는 언제, 어디서나 투리엔 문명의 바탕이 되는 기반 시설의 전반적인 운영자인 비자르가 그 기능의 일부분으로 처리했다. 블랙홀을 생성하는 에너지도 초공간을 통해 전달되는데, 은하계에서 오래된 지역에 건설된 거대한 발전시스템에서 타버린 별들의 핵에서 추출한 물질을 소비해 에너지를 만들었다. 수송 포트를 항성계 안에 투사하면 중력 교란을 일으켜 행성들을 엉망진창으로 만들어버릴 수 있으므로, 중력 효과를 무시할 수 있을 정도로 멀리 떨어진 항성계 외부에 블랙홀을 투사하는 것이 표준 관행이었다. 따라서 비행선들은 그곳까지 날아가야 했다. 투리엔의 성간 우주선은 입구 포트까지 날아가기 위해, 그리고 출구 포트에서 최종 목적지까지 날아갈 때 일반적인 중력공학 추진체를 이용하는데, 이는 기본적으로 샤피에론호가 건설될 당시의 원리와 같았다. 그래서 항성계를 넘어서 다른 항성계로 여행하려면 일반적으로 며칠이 소요되었다.

예전에 헌트와 일행들이 제블렌에 갈 때 이용했던 투리엔 우주선은 엄청나게 거대했다. 그 우주선은 투리엔인이 은하계에서 멀리 떨어진 지역에서 오랫동안 지내기 위해 이용하는 인공적인 소형 행성에 좀 더 가까웠다. 영구히 거주하는 투리엔인들도 있었다. 반면에 이슈타르호는 지구인 대부분이 '비행선'이라고 할 때 떠올리는 크기에 좀 더 가까웠다. 버지니아에서 출발한 왕복선이 가까이 다가가는 동안 객실 내부에 전방을 비춰주는 스크린에서 이슈타르호의 모습이 점점 커졌다. 밝은 황금색으로 매끈한 유선형이었고, 꼬리 부분에 곡선의 삼각 날개 두 개가 펼쳐져 있었다. 궤도에서 복잡한 중간 이동 과정이 없이 행성의 대기를 곧장 뚫고 내려가는 대부분의 투리엔 비행선처럼 생겼다. 지구에서도 그런 우주선들이 착륙할 수 있는 시설이 포함된 지상 기지를 여러 군데 계획했지만 아직 공사 중이었다.

그런 기지들이 완성될 때까지 투리엔과 지구의 비행선이 호환되는 도킹 장비를 갖춘 볼품없는 설비를 지을 필요는 없었다. 이슈타르호는 좌현의 도킹장치에서 역장(力場)의 울타리를 발사해서 우주선과 왕복선 사이에 에워싼 공간을 만들고 공기로 채웠다. 승객들은 그 울타리 안에서 진공과 별들을 향해 열린 공간을 가로질러 실려 갔다. 보이지 않는 컨베이어 벨트와 비슷했다. 처음 시도하는 사람들은 당황했지만 빠르고 편했다. 더 큰 투리엔 우주선에서는 더욱 간단했다. 그런 우주선은 내부 선착장을 열어서 지상 왕복선을 통째로 받아들였는데, 한 번에 10여 대는 충분히 수용할 수 있었다.

투리엔인으로 이루어진 소규모의 환영단이 입구 안에서 도착한 사람들을 맞이했다. 첫 번째 절차는 지구인들에게 작은 동전 크기의 원반을 나눠주는 것이었다. 그 원반을 귀 뒤에 붙이면 신경계와 결합하여 비자르와 연결된 시청각 정보를 제공했다. 비자르는 통역사 역할을 했다. 그 장치는 '시청각 연결기'로 알려졌으며, 지구에서도 궤도를 도는 투리엔 초공간 중계기와 소통할 수 있는 장치가 있는 장소에서는 이용할 수 있었다. 고다드 센터에서도 이용이 가능했다. 헌트는 마지막 여행에서 얻은 원반 장치를 책상 서랍 안에 넣어두었다. 하지만 그는 습관 때문인지 집에 있을 때는 일반적인 구식 화상 전화기를 계속 이용하는 게 더 좋았다. 소수의 사람은 투리엔의 시청각 연결기를 지위의 상징처럼 과시하며, 거창하게 떼었다가 다시 붙이고, 닦는 시늉을 하곤 했다.

"어서 오세요, 헌트 박사님." 비자르의 익숙한 목소리가 말했다. 귀에서 들리는 것 같았지만 실은 신경계를 통해 그의 머릿속에서 작동되었다. "다시 바빠진 모양이네요." 원반은 필요할 때는 가시 범위에 영상을 띄웠다. 이것은 투리엔의 신경계 전체를 이용하는 경험과는 달랐지만, 어디서든 보편적으로 음성 통신이 가능했으며, 눈을 TV 카메라처럼 효과적으로 이용해서 이용자의 광학 신경계에서 생성한 시각 정보를 추가할 수도 있었다. 헌트는 이런 기술이 한번 유행을 타면 지구의 전화 사업은 종말을 맞을 수밖에 없으리라고 추측했다.

"안녕, 비자르. 그래, 우리가 다시 네 영토로 돌아왔어." 헌트가 대기하고 있던 투리엔인들의 모습을 쳐다봤다. "그런데 우리를 기다리고 있는 이분들은 누구야?"

환영단은 이슈타르호의 일등 항해사 브레신 닐레크가 이끌었다. 그가 선장을 대신해 환영 인사를 했다. 칼라자르 의장이 개인적으로 메시지를 보내 헌트 일행을 잘 돌보라고 요청한 모양이었다. 시엔 첸도 승선했다. 시엔은 일행이 숙소를 잡은 뒤에 만나기로 약속했다. 요즘 투리엔인이 지구로 보내는 우주선들의 일반적인 관행에 따라 이 우주선도 일부 구역을 지구인의 취향과 비율에 맞췄다. 평균적인 가니메데인은 키가 2.5미터에 이르렀다. 투리엔인들은 일행을 먼저 지구인 구역으로 데려다준 후 나중에 식당 구역에 들르기로 했다.

"지금 들리는 이 목소리는 어디에 있는 누구죠?" 밀드레드가 원반을 실험적으로 착용한 후 주변을 둘러보며 말했다. "당신이 이 우주선의 조종사인가요?"

"어떤 면으로 보면 그렇게 말해도 될 것 같습니다." 밀드레드가 사람들이 다 들리도록 질문을 했기 때문에, 비자르의 답변도 다른 사람들의 회로로 전달됐다.

"링크스가 어떤지 이야기해줄래요? 잘 있나요? 수화물과 함께 상자에 넣은 채로 올라왔는데."

"링크스가 누구야?" 헌트가 마음속으로 비자르에게 물었다.

"그녀의 고양이입니다." 비자르가 헌트에게만 대답했다. 곧 다른 사람들에게도 들리는 목소리로 말했다. "더없이 잘 지냅니다. 승무원이 당신의 객실로 데려다줄 겁니다."

"아, 멋지네요. 내가 워싱턴에 놔두고 올 수가 없었거든요. 거기는 아는 사람이 없다 보니 링크스를 제대로 먹여줄 사람이 없어서요. 링크스는 아주 흥분을 잘하는 데다 음식까지 까다롭거든요."

"신이여, 우리를 구해주소서." 헌트는 단체커가 중얼거리는 소리를 듣고 다른 곳으로 고개를 돌렸다.

투리엔인은 고향에 있는 도시들처럼 우주선 안에도 중력공학 기술을 이용해 환경을 구성했다. '위'와 '아래'가 국지적으로 정의되고 장소에 따라 다양하게 점진적으로 변화했다. 그래서 사실상 지구의 모든 디자인에 반영되어 있어서 가리려 애써도 소용없는 상자를 층층이 쌓아놓는 형태들과 이 우주선의 내부는 아주 달랐다. 모든 게 복잡한 복도와 통로, 교차공간에 융합되었으며, 한 장소에서 바닥이었던 표면을 따라가는 동안 회전한다는 느낌도 전혀 없었는데도 다른 곳에서는 벽이 되어버리기도 했다. 그 과정을 거치는 동안 투리엔인들은 새롭게 도착한 사람들을 데려왔던 것과 비슷한 힘의 흐름을 타고 왕복선을 가로질러 이쪽저쪽으로 태연하게 실려 가고, 우주선 안에서 보이지 않는 엘리베이티 같은 것을 타고 사방으로 횡단했다. 그러나 그들이 우주선의 지구인 구역에 도착하자, 갑자기 모든 환경에서 직선과 수직이 다시 위력을 발휘했다. 그리고 문들이 줄지어 있는 복도들 주변으로 벽과 바닥이 명백하게 구별되었다. 지구인은 이 환경에 익숙하고, 이런 모습을 좋아하기 때문이었다.

일행을 안내해준 투리엔인이 헌트를 객실 문 앞까지 데려다주었을 때 가방은 이미 도착한 상태였다. 비자르가 일행을 안내해줄 수도 있었겠지만, 승무원들이 직접 안내해주어서 좋았다. 아마도 칼라자르 의장의 요청에 따랐을 것이다. 객실 내부는 편안했고, 모든 것들을 고려하는 투리엔인 특유의 기질이 잘 보였다. 헌트는 직접 들고 온 서류가방을 내려놓고, 재킷을 옷장에 걸면서 방 안을 둘러봤다. 협탁 위에 커피 주전자와 재료가 놓였고, 화장실 안에는 가운과 슬리퍼가 배치되었다. 헌트는 객실의 큰 방으로 나와서, 커피메이커 옆의 냉장고와 위에 있는 캐비닛 안의 음료수와 간식거리를 살펴봤다. "아하, 그렇지, 비자르." 그가 작은 소리로 말했다. "네가 빠트린 게 있군. 기네스 맥주가 없어."

"식당 구역의 바에 가면 있습니다." 컴퓨터가 대답했다. 헌트는 한

숨을 뱉고, 객실에서 밖으로 나가 식당 구역을 찾았다. 거기에서 요제프를 만나기로 했었다.

요제프는 벌써 도착해서 동양인 여성과 함께 구석에 있는 탁자의 안락의자에 앉아 있었다. 헌트는 시엔 첸이 쓴 다양한 글을 읽을 때 함께 실렸던 사진으로 그녀를 알아봤다. 단체커와 밀드레드는 얼마 떨어지지 않은 자리에 투리엔인 두 명과 함께 있었는데, 밀드레드의 관심은 온통 투리엔인들에게 집중된 듯했다. 헌트가 만나보지 않은 다른 지구인들도 여기저기 흩어져 있었는데, 그들 중 많은 수가 아시아인이었다. 틀림없이 투리엔인의 이번 방문에 대한 답례로 이슈타르호를 타고 투리엔을 방문하는 사람들일 것이다. 바는 그에 맞춰서 동양의 맥주와 와인, 다른 음료와 음식들을 갖췄다.

헌트가 요제프의 탁자에 합류하자 그 독일인이 자리에서 일어나 맞이했다. 요즘에는 거의 보기 힘든 태도였다. 요제프는 중간 정도의 키와 덩치였다. 곱실거리는 검은 머릿결을 약간 길게 길렀으며, 가슴주머니와 어깨 견장이 달린 작업복 형태의 카키색 셔츠를 간편하게 입고, 그 위로 갈색 가죽조끼를 걸쳤다. "헌트 박사님, 드디어 직접 얼굴을 뵙게 되었네요." 요제프가 인사했다. "이게 투리엔 우주선이군요. 박사님은 물론 예전에 타보셨겠죠. 적어도 이쪽 구역에서는 제정신을 유지할 수 있을 것 같네요. 그렇죠? 바깥 구역에서는 에셔의 그림을 통과하는 기분이더군요."

시엔은 헌트의 판단에는 쉰 살 정도로 보였다. 서양인이 보기에 동양인들이 본래 나이보다 젊게 보이는 경향이 있다는 사실을 고려해서 짐작한 나이였다. 그녀는 머리카락을 올려서 묶고 보석으로 장식된 은색 핀으로 고정했다. 그리고 수수한 옅은 자주색 드레스에 진청색의 케이프를 어깨 위에 걸쳤다. 차분한 분위기였는데, 외모로 알 수 있는 모든 것을 읽어내는 듯한, 깊이를 알 수 없는 검은 눈동자로 헌트를 한참 동안 뚫어지게 쳐다봤다. 헌트가 자신을 소개하자, 그녀의 얼굴이 부드러워지며 편안한 미소를 지었다. 시엔에 대한 헌트의 첫인상은 언제나 평정을 잃지 않으며, 허위나 망상을 갖지 않고 세상을 있는 그대로 명확하게 보고, 그녀 자신이나 생각에 대해 자신이 선택한 만큼만 차근차근 드러낼 사람이라는 것이었다.

키가 1.2미터쯤 되는 주문 로봇이 일종의 투리엔 중력 쿠션을 이용해 바닥에서 몇 센티미터 뜬 상태로 탁자에 다가와 헌트에게 주문할 내용을 물었다. 헌트는 매콤한 고기와 채소가 들어간 샌드위치 같은 인도네시아 음식과 중국 녹차를 주문했다. "네 이름은 뭐야?" 그가 주문 로봇에게 물었다.

"이름은 없습니다, 선생님. 아직 그런 관례는 없었습니다." 어째서 그런지는 모르겠지만, 이상하게도 로봇은 우드하우스의 소설에 나오는 집사의 말투를 완벽하게 재현했다.

"그렇다면 지금부터 너는….." 헌트는 은색의 금속 곡선과 들고 있는 쟁반, 조정용 부속장치들을 바라보며 잠시 곰곰이 생각했다. "베르킨게토릭스… 아냐, 잠깐만, 베르킨게토릭스 경(Sir Vercingetorix)이라고 하자. 적절하게 줄여서 서버(Sir Ver)라고 하는 거야. 네 생각은 어때?"*

"원하시는 대로 부르십시오, 선생님."

시엔이 즐거워하며 키득거렸다. "멋지네요." 요제프도 헌트를 향해 잔을 들어 찬사를 보냈다. 잔에는 라거 맥주가 담긴 듯했다.

---

* 베르킨게토릭스는 카이사르에 반란을 일으켰던 갈리아족의 부족장. 식당에서 주문을 받고 음식을 나르는 사람을 서버(Server)라고 하기 때문에 만든 말장난이다.

로봇이 미끄러지며 멀어져가자 헌트가 물었다. "비자르, 주문 로봇은 네가 부업으로 하는 거야?"

"그렇다고 할 수 있죠. 먼 친척이에요." 비자르가 헌트의 머릿속으로 대답했다. "대개는 일정한 공간에서 자율적으로 움직이지만, 뭔가 문제가 생기면 저와 함께 점검합니다."

잠깐 사교적인 이야기를 나눈 뒤, 대화는 진행할 연구에 집중되었다. 요제프와 시엔은 우선 무엇보다 헌트가 다른 자아를 만났던 일에 대해 직접 듣고 싶어 했다. 이 문제에 대해서는 헌트가 다른 많은 사람들처럼 통화할 때 녹음되도록 설정하지 않았던 일을 후회했다. 그는 평소에 통화를 녹음하지 않기 때문에 그걸 후회하는 일은 아주 드문 일이었다. 아마도 그가 영국에서 자랐기 때문일 것이다. 그에게는 통화를 녹음하는 게 소송 공포증이나 보안 편집증, 혹은 이제 역사 속으로 사라져가는 신경증적 사회의 관행처럼 항상 느껴졌다. 통신회사들이 자신들의 채널을 통하는 모든 내용의 사본을 보관한다는 소문이 끊임없이 흘러 다녔지만, UN 우주군의 최고위층에서 중요한 사안이라는 점을 강조하며 사본을 요구했을 때, 통신회사는 유감을 밝히며 그 요구를 거절했다. 그리고 자신들이 도청한다는 주장은 죽지 않고 반복되는 도시 전설에 불과하다고 확언했다. 그래서 헌트는 다른 자아와 주고받았던 대화 내용과 그 뒤에 반복해서 진행되었던 모든 분석을 검토한 후, 그 장치가 궤도에 쏘아 올린 무인 중계기였다고 확신했다. 헌트가 이야기하는 동안 간식과 차가 배달되었다.

"디랙의 바다에 대한 비유가 흥미롭더군요." 헌트가 말을 마치자 시엔이 이야기했다. 헌트는 콜드웰 국장과 그 문제에 관해 이야기를 나눈 후, 요제프와 통화할 때 그 내용을 다시 말했고, 요제프는 다시 그 이야기를 시엔에게 해주었었다. "제블렌의 정보처리 매트릭스와 같은 방식으로 전달된다는 이야기는 쌍생성과 쌍소멸*을 잘 설명해주는 것 같아요." 헌트와 요제프도 같은 생각이 들었다. "실제로 전달이 일어나는 역학에 대해 어느 정도까지 알고 있나요? 어떤 물리학이 관련되어 있는지 알 수 있나요? '상태'를 바꾼다는 건 실제로 무슨 뜻이죠?" 시엔이 물었다.

"저는 우리가 전자기파라고 생각했던 것의 종파(縱波) 형태로부터 나왔다는 느낌이 듭니다. 그동안 가능한 원인에 대해 이리저리 궁리해봤는데, 그게 원인일 것 같습니다." 요제프가 말했다. 헌트와 시엔은 맥스웰 방정식**의 표준 형태에서는 횡파(橫波)만 산출된다는 사실을 알고 있었다. 맥스웰 방정식은 전자기장을 흔들리는 밧줄을 따라 움직이는 파동이나 파도가 지나는 물에서 위아래로 움직이는 코크처럼 파동이 진행하는 방향에 수직해서 횡축으로 변화한다고 묘사했다. 예를 들어, 소리가 전달될 때처럼 진행 방향으로 압축과 이완을 반복하는 종파 형태는 전자기파에 존재하지 않는다.

"그 이야기에는 상대 속도에 관한 것도 포함되나요?" 헌트가 물었다.

요제프가 고개를 저었다. "그럴 필요는 없습니다. 광속을 나타내는 상수 c는 우리가 인식하는, 변화하는 우주에 적용된 미분방정식에서 도출된 것이니까요. 종축 이동은 전적으로 다른 차원이 관련될 겁니다. 동일한 매트릭스를 바탕에 깔고 있지만, 완전히 다른 물리학이 적용되는 거죠. 아마 음파와 표면파를 동시에 전달할 수 있는 물과 같은 방식일 겁니다. 하지만 그 둘은 완전히 다른 현상입니다." 헌트가 고개를 끄덕였다. 헌트도 콜드웰 국장에게 그와 비슷한 이야기를 했다.

---

* 입자와 반입자가 생성되거나 충돌로 소멸되는 현상
** 제임스 맥스웰이 전기와 자기를 하나로 통합해서 정리한 4개의 방정식. 전기·전자공학과 관련된 대부분의 이론이 이 방정식에서 도출되었다. 물리학에서 중요한 방정식이다.

"당신의 다른 버전이 언급했던 그 '수렴'은 어떤가요? 중요한 이야기 같아요. 그가 말한 의미에 대해 더 파악한 게 있나요?" 시엔이 물었다.

"그다지 없습니다." 헌트가 솔직히 말했다. "처음에 저는 지금 우리가 이야기하고 있는 매트릭스 전달에 대한 생각의 연장선에서 언급한 게 아닐까 생각했었어요. 투리엔인들이 실험해왔던 초공간 연구와 하나로 수렴한다든지요. 하지만 너무 모호한 것 같습니다. 우리는 초공간에 대해서는 이미 상당히 많이 알고 있습니다. 당신이 방금 이야기한 것처럼, 그보다 뭔가 더 중요한 의미 같아요."

"저는 그 말이 수학적인 수렴에 대해 언급한 게 아닐까 하는 생각이 들었습니다. 하지만 그 말에 적용할 만한 내용을 전혀 못 찾았어요." 요제프가 말했다.

"요제프 씨가 보내준 방정식들을 비자르도 살펴봤습니다." 헌트가 두 사람에게 말했다. "비자르도 아무것도 못 찾아냈어요." 요제프는 더 덧붙일 말이 없다는 투로 어깨를 으쓱했다.

"그렇다면 투리엔인들과 함께 작업하면서 더 많은 것들을 알아낼 수 있기를 바라야겠네요." 시엔이 결론지었다.

헌트가 간식을 다 먹고 냅킨으로 입을 닦은 후 시안에게 말했다. "신장의 사막에서 진행하고 있는 그 프로젝트에 대해 더 말씀해주세요." 헌트는 그 프로젝트의 목표가 나중에 투리엔 초공간 동력 그리드를 확장해서 지구에서도 활용할 수 있기를 기대하며 실험적으로 이용하는 것이라고 알고 있었다. 그 연구의 경제적인 영향에 대해 우려하는 목소리가 일부에서 나왔다.

"지구로 돌아간 후에 헌트 박사께서 우리 실험실을 방문해서 직접 보시는 게 가장 간단하지 않을까 싶은데요." 시엔이 제안했다.

"그러면 좋겠네요." 헌트가 말했다. 사실 헌트 자신도 그럴 생각을 하고 있었다. "가까운 장래에 일반적으로 사용하게 될 가능성은 어느 정도 되나요? 사실, 저는 그 연구에 대해 우려하는 이야기를 많이 들었습니다."

시엔이 매우 지혜롭고 세상 경험이 많은 사람들처럼 희미하게 미소를 지었다. "미국에서 우려한다는 거겠죠?"

"뭐, 네, 그렇죠⋯."

"헌트 박사님, 그건 앞으로 일어날 일입니다. 시간을 거꾸로 돌릴 수는 없어요. 우리는 얼마 지나지 않아 보편적으로 풍요로운 경제에 몸을 담그게 될 겁니다. 이는 곧 자본주의 이념의 종말이 될 것입니다. 자본주의는 조작된 희소성을 바탕으로 작동하니까요. 하지만 설령 투리엔인이 없었더라도 언젠가는 불가피하게 일어날 일이었습니다. 다만 세계가 그 전보다 좀 더 일찍 배우고 새로운 사고방식에 익숙해져야 하는 상황이 되었을 뿐입니다."

헌트는 그 말을 곱씹으며 남은 차를 마저 마셨다. 그런 주장을 처음 들은 건 아니었지만, 아직 잘 알지 못하는 누군가와 그 문제에 대해 논쟁하기에는 적절한 때가 아니라는 생각이 들었다. 그래서 지금은 좀 더 가벼운 이야기를 이어가는 게 낫겠다고 판단했다. "단체커 교수의 사촌과 이야기를 나눠보시면 좋을 것 같아요." 헌트는 밀드레드가 앉은 탁자를 가리키며 말했다. "교수의 이야기에 따르면, 당신과 그녀가 공유할 수 있는 지점이 많을 것 같습니다."

시엔이 자리에서 똑바로 몸을 세우며 말했다. "네, 그래야겠네요. 아직 저 두 사람과는 만나보지 못했어요." 그녀가 목소리를 낮춰 속삭였다. "밀드레드 씨가 우리와 함께 간다는 이야기를 듣고는 그녀의 책을 한 권 구해서 급하게 살펴봤습니다. 사람들이 기업의 정치이념 전문가들에게 어떻게 세뇌되고 길들었는지에 관한 책이었어요. 아주 흥미롭고 통찰력이 있더군요. 혹시 읽어보셨나요?"

헌트가 고개를 저었다. "유감이지만 못 읽어봤습니다. 저기로 가시죠. 제가 소개해드릴게요."

"잠깐 실례할게요." 시엔이 요제프에게 말했다.

"금방 돌아올게요." 헌트가 말했다.

"물론입니다. 나중에 더 이야기하죠." 시엔이 헌트와 함께 자리에서 일어나자, 요제프가 다시 일어섰다. 헌트는 요제프가 이런 태도를 언제까지 계속할지 궁금했다. 그들이 막 탁자를 벗어날 때, 요제프가 베르킨게토릭스 경을 불러 맥주를 더 주문했다.

"내 맥주도 하나 부탁해." 헌트가 베르킨게토릭스 경에게 말했다.

헌트가 시엔 첸을 소개하고, 밀드레드에게 그녀의 팬이라고 말해 줬다. 밀드레드는 기뻐하며 우쭐한 표정을 지었다. 단체커와 두 투리엔인과도 의례적인 인사를 주고받았다.

"던컨과 샌디는 자네가 여기로 오기 직전에 우주선을 구경하러 갔어." 단체커가 헌트에게 말했다. 던컨과 샌디는 제블렌 출장에서 돌아온 후 오붓이 데이트를 즐겼다. "괜찮은 생각인 것 같아서 우리도 우주선 구경에 나설까 하던 참인데, 두 사람도 우리와 함께 갈래요?"

"상상만 해도 대단해요! 외계인의 우주선이라니!" 밀드레드가 들떠서 말했다.

"물론이죠. 어떻게 그 제안을 거절할 수 있겠어요?" 시엔이 동의했다. 헌트는 요제프와 남아서 좀 더 이야기를 나누겠다며 거절했다. 아무튼 그는 외계인 우주선을 충분히 봤다. 몇 마디 인사를 교환하고 그들이 떠나는 모습을 지켜본 뒤, 헌트는 원래 탁자로 돌아갔다.

"언젠가 저한테 그렇게 이야기했던 것 같긴 한데, 박사님은 한 번도 결혼을 안 했나요?" 요제프가 의자에 기대앉아 바를 둘러보며 말했다.

"네, 그렇죠."

"괜찮은 여성을 찾지 못한 건가요?"

"아, 그렇죠. 한두 번은 결혼하기 직전까지 갔었어요. 다만 문제는, 그들도 여전히 괜찮은 남자를 찾고 있었다는 거죠. 당신은 어떤가요?"

"아, 저는 한 번 했었어요, 몇 년 전에. 하지만 잘 안 됐죠. 결혼은 그걸로 충분하다고 생각했어요. 당신도 결혼하려 했었는지는 몰랐네요."

두 사람은 UN 우주군 과학부서에서의 생활과 독일 과학계를 비교하는 대화를 나눴다. 요제프는 제네바에서 가까운 대규모 유럽 원자력공학 시설에서 한동안 일했었다. 실제로 그는 당시 샤피에론호를 타고 온 가니메데인을 만난 적도 있었다. 가니메데인들이 지구에 머무는 동안 스위스에서 지낼 때였다. 헌트도 당시 그곳에 있었지만, 서로 길이 엇갈렸던 모양이었다.

요제프가 거기서 연구했던 주제는 다중우주 간섭 실험과 양자얽힘을 이용한 순간이동이었다. 처음에는 그게 제블렌 우주선들이 고대 미네르바로 날아간 방법을 이해하기 위한 열쇠일 거라고 많은 사람이 생각했었다. 그리고 좀 더 최근에는 오웬의 UN 우주군 은퇴 만찬회에서 폭로한 사건에 대한 미디어의 열광 이후, 다른 우주에서 이 우주로 투사된 중계기를 이해하는 열쇠라고도 여겨졌다. 하지만 헌트와 요제프는 지구의 연구실에서도 익숙하고, 투리엔에서는 일상에서 다양한 방식으로 이용하는 양자 순간이동은 해답이 아니라는 데에 동의했다. 요컨대, 문제는 반대쪽에 있는 수신기를 미리 동기화하는 것이 원칙적으로 불가능하다는 점이었다. 반대쪽에서 수신할 장비를 사전에 동기화하지 않으면 양자 순간이동은 불가능했다. 다른 우주로 보내려면, 발사할 수 있고 자체적으로 구동되는 뭔가가 필요했다. 이는 이미 그 우주에 존재하는 주파수를 맞춘 라디오를 향해 전파를 송신하는 게 아니라, 메시지를 병에 넣어 던지는 상황과 비슷했다. 하지만 원하는 곳으로 그 병이 갔는지 어떻게 알 수 있을까? 어떻게 그 병은 그곳에 도착했다는 사실을 스스로 알려줄 수 있을 정도로 그 우주에 대해 파악할 수 있을까? 그 무인 중계기에 탑재된 능력이 많다는 사실은 확실히 짐작할 수 있었다. 그들과 비슷한 다중우주 중 적어도 한 곳에서는 그런 일을 해냈다.

"비자르가 적절하게 참여한다면 우리는 급격한 진전을 이루기 시작할 겁니다." 헌트가 말했다.

"그렇게 생각하세요?"

"저는 그럴 거라 생각합니다."

"그런데 '적절하게'가 무슨 뜻인가요?" 요제프가 물었다.

"새로운 통찰과 직관은 여전히 생물의 특성인 것처럼 보입니다. 우리는 우리 자신이 어떻게 그런 걸 하는지 잘 모릅니다. 그래서 그런 능력의 핵심을 컴퓨터에 구체적으로 명시하는 건 힘듭니다. 아무리 컴퓨터가 관련 네트워크와 학습 알고리즘으로 둘러싸여 있다고 할지라도 말이에요. 그 비결을 전수하는 것은 투리엔 시스템이라 할지라도 쉽지 않습니다. 하지만 일단 컴퓨터에게 아이디어를 제시하면, 그 아이디어를 계산해보고, 제시한 가정으로부터 어떤 결과가 나오는지 몇 분 내에 말해줄 겁니다. 비자르는 브로컬리오를 추종하는 제블렌인들을 공황상태에 빠뜨렸던 가짜 전쟁을 놀랍도록 진짜처럼 만들어냈었죠. 그렇지만 그런 아이디어를 먼저 제안했던 건 우리였어요."

"'우리'가 누군가요? 박사님과 단체커 교수님 말인가요?"

"아, 당시 많은 사람이 참여했었습니다. 하지만 모두 지구인이었죠. 투리엔인들이 자신들은 그런 생각을 못 해냈을 거라고 인정했습니다. 그들에게는 기만적으로 사고하고 거짓말을 하는 특성이 없거든요."

요제프가 그의 귀 뒤에 있는 원반을 손가락으로 톡톡 쳤다. "그냥 궁금해서 그러는데요, 비자르가 이 대화를 엿듣고 있나요?"

헌트가 고개를 저었다. "비자르는 도청하지 않습니다. 투리엔인은 그런 문제에 지나칠 정도로 까다롭거든요."

"박사는 이게 연결되어 있을 때와 그렇지 않을 때를 어떻게 아세요?"

"신호를 주는 방법을 배워야 합니다. 요령을 익히면 돼요."

요제프가 그 장치의 테두리를 손가락 끝으로 가볍게 문질렀다. "이게 사람들이 이야기하던 전체 감각 어쩌고 하는 장치는 아니죠?" 요제프가 물었다. "이건 그냥 소형 시청각 장치인가요?"

"투리엔 시스템을 사용해본 적이 없나요?" 헌트가 놀라서 되물었다. 막스 플랑크 연구소처럼 주요한 과학시설들은 다들 어딘가에 투리엔 신경 연결기를 한두 대씩 감추고 있을 거라 생각했기 때문이었다. 요제프가 고개를 저었다. 헌트가 마음속의 스위치를 켜서 비자르를 불러냈다. "내 생각엔 이 근처에도 여러 곳에 연결기가 설치되어 있을 것 같은데, 그렇지?" 헌트가 확인했다.

"그렇습니다. 투리엔 우주선이니까요. 연결기는 고정 설비로 따라옵니다." 비자르가 대답했다.

"요제프 씨가 한 번도 사용해본 적이 없대. 시험 삼아 이용하게 해줄 수 있을까?"

"문제없습니다. 남은 맥주를 다 드시면, 지금 바로 이용할 수 있는 가장 가까운 연결기로 안내하겠습니다."

6

투리엔 공학은 본래 화려한 허세를 부리거나 주제넘게 끼어들지 않았다. 비자르는 헌트와 요제프를 지구인 식당 구역에서 이어진 복도로 안내해서 칸막이방이 줄지어 있는 공간으로 데려갔다. 그중 하나로 들어가자 지극히 표준적인 안락의자가 보였다. 안락의자의 뒤쪽과 머리 받침대를 따라 색색의 수정 모자이크로 이루어진 패널들이 있었는데, 음향실의 소리 차단벽과 얼핏 흡사했다. 가상의 대행자를 정확히 만들어내기 위해 모든 각도로 이용자를 찍는 감지기와 카메라가 벽의 높은 곳들과 사방에 줄지어 있었다. 그 외 한쪽에 있는 선반과 옷걸이, 거울을 제외하면 칸막이방은 전체적으로 휑했다. 그나마 흥미로운 디자인의 무늬가 벽의 단조로움을 다소 완화했다. "여기예요. 자리에 앉으세요." 헌트가 말하며 손짓으로 가리켰다.

방을 둘러보는 요제프는 살짝 놀란 게 틀림없었다. "흠, 번쩍거리는 불빛도 없고, 전선 무더기도 보이지 않네요? 머리에 헬멧 같은 것도 안 쓰나요?"

"모두 증기기관 라디오(steam radio)로 이루어집니다. 머리를 깎는 것보다 쉽죠."

"증기기관 라디오라뇨?"

"아, 영어의 구어 표현이에요. 전파라는 뜻입니다. 자, 비자르 급행에 올라타시죠."

요제프가 몸을 돌려 안락의자에 앉았다. 약간 겸연쩍은 표정이었다. "이게 신경계 전체로 연결되는 건가요? 저는 뭘 해야 하죠?"

"그 의자에 편안하게 기대면 작동할 겁니다. 비자르가 당신을 안내해준 거예요. 당신의 감각정보 입력은 억제되고, 두뇌로 곧장 연결된 시스템 채널이 감각을 대신하게 됩니다. 마찬가지로, 시스템은 당신의 다른 반응과 운동신경을 관찰하고, 대행자 그 자체와 전체 환경을 완벽하게 만들어내서, 박사님이 그 안에 실제로 있는 것처럼 생각하게 만들어주죠. 중국에서 무슨 일이 진행되고 있는지 체험하기 위해 당신의 몸을 거기로 보내는 대신 그 정보를 당신에게 가져오는 거예요. 월등히 빠르고 쉽습니다. 투리엔에서 제블렌과 다른 항성계를 1시간 내로 뛰어다니다 집에서 점심을 먹는 거죠."

"비자르도 중국에서 어떤 일이 진행되고 있는지는 모를 겁니다." 요제프가 지적했다.

"제가 예를 잘못 들었네요." 헌트가 인정했다. "투리엔의 행성들은 모두 컴퓨터로 연결되어 있습니다. 그들은 데이터를 전송해서 어디에서든 일어나고 있는 상황을 재현할 수 있어요. 그래서 당신은 진짜와 똑같은 배경 속으로 투입됩니다. 실제로 거기에 가는 것이나 마찬가지죠."

"상당히 많은 노력을 투여한 작업 같네요."

"투리엔인의 심리는 우리와 달라요. 그들에게는 모든 것을 정확하게 만들어야 한다는 콤플렉스가 있죠. 이런 시스템이 지구에서 통상적인 상황이 되더라도, 우리는 이런 정도로 힘들게 만들지는 않을 겁니다. 아마 외삽법과 시뮬레이션을 많이 사용하겠죠. 사실 비자르는 그런 방식도 대단히 잘 사용합니다. 이용자가 사람이 살지 않거나 살 수 없는 곳에 가고 싶어 할 때 그 방법을 사용하죠. 하지만 투리엔인들은 컴퓨터에 연결되어 정보를 얻을 수 있는 곳에 대해서는 진짜와 똑같이 만들려고 합니다. 아무튼 누워서 소문으로 들었던 시스템을 즐겨보세요. 난 옆방에서 연결할 겁니다. 정신세계에서 만나죠."

헌트는 요제프를 혼자 놔두고 옆에 있는 칸막이방으로 들어가 안락의자에 누웠다. 오래전에 익숙해진 과정이었다. 전체적으로 편안하고 따스한 느낌이 들었다. 헌트는 시스템이 자신의 신경 과정에 동조하는 게 느껴졌다. 그리고 잠시 후 수동적인 수신 모드로 바뀌면서 그의 명령을 기다렸다. 요제프는 처음이라 조금 더 오래 걸릴 것이다. 이용자가 정상적으로 느끼는 입력 정보를 생성하기 위해, 시스템은 이용자의 시각과 청각 범위, 온도, 촉각 정보 등을 설정하려고 일련의 감각 측정 실험을 진행했다. 그러나 한 번만 하면 그 분석 결과가 저장되어 앞으로는 어느 때든 즉시 불러올 수 있었다. 정기적으로 정보를 갱신하는 것도 괜찮은 생각이었다. 눈앞이 흐려지는 나이에 가까워지면 종종 눈을 검사하듯이 말이다.

헌트는 안락의자에서 몸을 일으켜 발로 땅을 짚고 앉았다. 눈에 보이는 모든 것들과 안락의자가 눌리는 실질적인 느낌, 옷감의 마찰, 근육과 관절의 가상적인 내부 반응에서, 헌트는 자신이 몸을 일으켜 앉은 것처럼 느꼈다. 그가 실제로는 안락의자에 꼼짝 않고 누워 있으며, 시스템과 연결을 끊을 때까지 그대로 있을 거라는 사실을 알게 된 과거의 경험이 없었다면 그런 생각조차 하지 못했을 것이다. 헌트는 가고 싶은 곳이 있거나 만나고 싶은 사람이 있을 때는 자신이 원하는 바를 비자르에게 지시로 명확하게 알려야 한다는 사실을 이전에 익혔다. 이제 헌트와 시스템의 상호관계는 그가 마음속으로 의지만 가져도 민감하게 반응할 정도로 무르익었다.

헌트가 자리에서 일어나자 그의 뒤에 있는 안락의자는 비어 있는 것처럼 보였다. 지금 헌트가 보고 있는 상황은 그의 눈이 아니라 연결기에서 그의 머릿속으로 들어온 정보였다. 헌트는 옆방으로 걸어가 문간에 편안하게 기댔다. 요제프는 아직 분석이 진행되는 도중이라 의식이 없는 것처럼 보였다. 본래는 몇 분 정도 걸리지만, 주관적으로는 훨씬 짧게 압축되어 느껴졌다. "요제프 씨도 여기로 데려와." 헌트가 마음속으로 비자르를 불러내 말했다. "알아챌 때까지 어느 정도나 걸리는지 보자고."

"아직도 장난기를 억제하지 못하시나요, 네?" 비자르가 말했다.

"실험이라고 생각해. 순전히 과학적 호기심이지."

요제프는 눈을 뜨더니 칸막이방의 모습을 다시 둘러봤다. 잠시 그는 깊은 잠에서 막 깨어난 사람처럼 자신이 어디에 있는지 모르는 어리둥절한 표정이었다. 요제프가 헌트를 쳐다봤다. 그리고 머리를 다른 쪽으로 돌리고, 또 다른 쪽으로 돌리면서 주변을 살펴보더니, 자리에 앉은 채 안락의자를 돌아봤다. 혼란스러운 게 틀림없었다. 마침내 다시 헌트를 바라봤다. "기술적인 문제가 있는 건가요?"

헌트가 어깨를 으쓱했다. "누구에게나 일어날 수 있는 일이죠." 그가 모호하게 말했다. "좀 돌아다녀볼까요? 여기는 나중에 다시 올 수 있어요."

"그러죠." 요제프의 구두 한 켤레의 발가락 쪽에 긁힌 자국이 있었다. 헌트는 여기 오기 전에 자국을 봤었다. 그 자국이 요제프의 가상 구두에도 충실하게 재현된 것이었다. '놀랍군.' 헌트가 혼자 속으로 생각했다.

"이런 일이 매우 자주 일어나지 않기를 바라야겠네요." 그들이 칸막이방을 나갈 때 요제프가 농담하듯 말했다. "태양계를 몇 시간 내에 가로지르는 우주선에 올라탄 상태에서 상황이 잘못될 수도 있다는 사실을 알게 되니 마음이 아주 편하지는 않거든요."

"아, 투리엔인은 믿어도 돼요, 요제프." 헌트가 아리송하게 대답했다. 그리고 요제프도 들을 수 있도록 입으로 말했다. "비자르, 안내 좀 해줄래?"

"제어실과 사령실, 통신실, 초공간 그리드 동력실, 추진 제어실은 어떤가요?" 비자르가 제안했다. 헌트가 다른 사람도 들을 수 있도록 그 대화를 시작했기 때문에, 요제프도 비자르의 대답을 들었다.

"어떤가요?" 헌트가 요제프에게 물었다.

"그들이 싫어하지 않을까요? 관광객들이 그런 장소에 몰려가서 이리저리 구경하고 다니면?"

"아직 투리엔인의 사고방식에 익숙하지 않은 모양이군요."

"글쎄요. 머지않아 익숙해지겠죠." 두 사람이 걸어가는 동안 요제프가 고개를 돌려 헌트를 바라보며 말했다. "혹시 투리엔인을 만날 때 제가 알아두어야 할 게 있나요? 그들을 화나게 하거나 불쾌하게 만드는 일은 어떤 게 있나요?"

"투리엔인을 불쾌하게 만들기는 힘들어요, 요제프. 열등감이나 부족하다는 느낌 때문에 인간을 화나게 만드는 경쟁적인 동기가 그들에게는 없거든요. 경쟁은 그들의 본성에 맞지 않아요. 같은 이유로, 당신의 주장을 관철하기 위해 위협적으로 굴거나 말다툼을 하는 것도 아무 소용이 없습니다. 투리엔인들은 반응하지 않을 거예요. 우리가 확고한 의지나 자신감으로 여기는 것들을, 그들은 무의미한 고집이나 약간 우스꽝스러운 태도로 볼 가능성이 큽니다. 자신이 틀렸다는 사실을 깨닫게 되면, 그들처럼 그냥 그렇게 말하세요. 당신이 옳다고 해도 우쭐대지는 마세요. 무슨 말인지 알겠죠? 남보다 한발 앞지르는 수로 점수를 따내는 시합 같은 건 없습니다. 그들의 정신은 그런 식으로 작동하지 않아요."

"흠, 투리엔인들이 매우 인내심이 깊은 것처럼 말씀하시네요. 오래된 문명이라서 그런 건가요?

"그들을 만나면 종종 자신이 어린아이가 된 느낌이 들 거예요." 헌트가 동의했다. 잠시 후 그가 덧붙였다. "나중에 시엔 박사와 이야기를 나눠보세요."

그들은 복도가 십자형으로 엇갈리는 곳에서 투리엔인 구역으로 방향을 틀었다. 모퉁이 주변에 투리엔인 두 명과 단체커, 시엔, 밀드레드가 다양한 투리엔 행성의 영상을 비추는 벽의 모니터를 바라보며 서 있었다. 잠깐 당황한 헌트는 그 자리에 멈춰 서서 멍하니 그들을 바라볼 수밖에 없었다. 전혀 이해가 되지 않는 상황이었다.

헌트와 요제프는 대행자였다. 즉, 두 사람은 오직 그들의 마음속에만 존재하며, 비자르가 제공한 환경 속에 투영된 가상의 피조물이었다. 그리고 이번 경우, 그 환경은 우주선의 내부로서 투리엔인이 건설하는 모든 곳에 설치한 감지기에 포착된 모습이었다. 비자르는 그곳에 실제로 있는 사람들의 모습을 환경 일부로 포함하거나 편집으로 삭제했는데, 이용자가 선택적으로 어떤 경험을 전달받을지 결정할 수 있었다. 하지만 그렇게 합성된 환경에서, 감지된 영상이 만들어지는 그 장소에 육체적으로 존재하고 있는 단체커와 다른 사람들은 합성된 상황의 '배경'을 구성하는 존재들이기 때문에, 헌트나 요제프처럼 그 장소에 실제로 존재하지 않는 대행자들과 상호작용할 수 없었다. 그런데 단체커는 상호작용을 했다. 그는 헌트와 마찬가지로 이렇게 만나게 된 사실에 놀란 듯 말없이 입을 쩍 벌렸다. 당황한 헌트에게 떠오른 유일한 설명은 요제프의 말이 맞았다는 것이었다. 어리석은 사람은 헌트 자신이었다. 헌트는 한 번도 경험해보지 못했던 이례적인 어떤 이유로 투리엔인의 기술이 제대로 기능하지 못한 것이었다. 아니, 어쩌면 비자르가 장난을 치고 있는 걸까? 헌트는 전에 몇 번 경험했던 비자르의 이상한 유머 감각이 떠올랐다.

"헌트 박사, 우리를 따라잡았군요." 시엔 첸이 말했다. "유감스럽게도 우리는 별로 멀리 못 갔어요. 단체커 교수가 우리에게 투리엔 가상 여행 시스템을 보여주려고 했었거든요. 그런데 그 순간 고장이 난 모양이에요. 투리엔인의 공학이 전반적으로 그런 상태는 아니길 바랍니다."

"대단하군요! 우리도 그랬어요. 그래서 저도 당신이 방금 한 말과 똑같은 말을 했었어요." 요제프가 소리쳤다. 시엔이 웃었다. 아직 그들과 함께 있는 투리엔인 두 명은 묘하게도 여전히 초연한 표정이었다.

그러나 단체커는 웃지 않았다. 단체커는 불가능한 상황에 부닥쳤는데 이 상황에 대해 어떻게 표현해야 할지 모르겠다는 사람의 표정을 하고 있는 헌트를 쳐다봤다. 단체커도 똑같은 문제가 있는 듯했다. 이는 단체커도 헌트와 같은 생각을 하고 있다는 의미였다. 혹은 조금 전까지 그랬었다는 것이다. 그것은 단체커도 헌트처럼 자신이 데려온 일행들에게 같은 장난을 하려고 시도했기 때문일 것이었다.

"좋았어, 비자르. 멋진 장난이었어." 헌트가 쏘아붙였다.

"박사님, 무슨 뜻인가요?" 비자르가 말했다.

"장난은 그만해. 자, 이제 털어놔. 어떻게 된 거야?"

그런데 밀드레드는 다른 사람들과 조금 다르게 행동했다. 그녀는 헌트를 애매한 눈길로 몇 초간 쳐다보다가 한 걸음 다가서더니 얼굴을 가까이 가져다 댔다. 헌트는 잠시 그녀가 자신의 뺨에 뽀뽀하려는 줄 알았다. 다시 뒤로 물러난 밀드레드의 눈빛이 장난스럽게 반짝거렸다. "단체커의 말로는 박사가 얼마 전까지 흡연자였다고 하더라고요. 맞나요?"

"뭐, 그렇죠." 헌트가 고개를 흔들었다. "그런데 그게 대체 무슨 상관인가요?"

"아하! 걸렸어, 비자르!" 밀드레드가 조용히 말했다. "네가 게으름을 피운 모양이구나."

"제가 어쨌는데요?" 비자르가 물었다.

밀드레드가 미소를 지으며 헌트를 바라보더니 말했다. "비자르, 넌 오래전에 저장된 기록을 이용해서 헌트 박사를 만들어냈어. 그 기록에는 흡연자들이 일반적으로 풍기는 냄새도 포함되어 있었겠지. 지금 박사에게서 그 냄새가 나. 하지만 그러면 안 되는 거야. 내가 이전에 박사를 만났을 때도 담배 냄새가 나지 않았고, 우리가 왕복선을 타고 올라올 때도 나지 않았어." 밀드레드는 그 이야기를 듣고 있던 다른 사람들에게 상황을 설명했지만, 사람들은 여전히 이해하지 못했다. "시스템이 아주 잘 작동되고 있다는 뜻이에요. 제가 말하고 있는 바로 지금 우리는 그 안에 있는 거라고요. 우리 모두가 말이에요! 놀라워. 축하해, 단체커. 네가 우릴 제대로 속였구나." 단체커는 너무 놀라 대답을 못 했다. 그의 뒤에 서 있던 투리엔인 두 사람이 싱긋 웃었다.

"알았어요. 이기셨네요." 비자르가 인정했다. "자, 그러면 구경을 계속하실까요?"

"당연하지." 시엔이 말했다. 동시에 그녀는 밀드레드에게 실력을

94

인정한다는 듯 고개를 끄덕였다.

헌트는 사령실과 다른 곳에서 관광객들이 키득대는 소리에도 승무원들이 방해받지 않고 일하는 모습을 보고 그 상황을 확실하게 깨달았다. 사람들이 다시 움직이기 시작할 때 요제프가 그에게 다가왔다. "밀드레드 씨는 예리하네요." 그가 속삭였다. "어쩌면 그녀가 같이 온 게 다행일지도 모르겠어요."

헌트도 동의할 수밖에 없었다. 그는 아직도 놀랐던 가슴을 진정시키는 중이었다. 헌트가 아는 한 비자르가 뭔가 일을 꾸미다가 들킨 것은 이번이 처음이었다.

7

달에 남은 잔해에서 발견된 찰리와 다른 월인에 대한 조사 과정에서, 월인들이 존재하기 오래전 미네르바에 두 발로 걷는 거인 종족이 살다가 사라졌다는 사실을 월인들도 알았다는 게 확인되었다. 월인의 신화에 따르면 그 종족은 '거인의 별'에 여전히 존재했으며, 그 별은 별자리 지도에서 확인할 수 있었다. 지구 과학자들이 자료를 조사하는 과정에서 이런 사실을 알아냈을 당시 그들은 월인의 전설이 진실인지 확인할 방법이 없었다. 그러나 지구인들도 그 별의 이름을 그대로 사용했고, 그 후로도 쭉 이어졌다.

거인의 별, 혹은 거인별은 태양계에서 황소자리 방향으로 약 20광년 떨어진 곳에 있었다. 거인별은 크기와 구성 성분의 측면에서 태양과 비슷했지만 조금 더 젊었다. 바깥쪽으로 거대한 가스 행성이 다섯 개 있고, 안쪽으로 지구형 행성이 다섯 개 있었으며, 모든 행성에는 다양한 위성들이 바글거렸다. 마치 태양계의 모습을 복제한 듯 묘하게 비슷했다. 고대 가니메데인 지도자들이 자기 종족의 새로운 고향으로, 가능한 한 갑작스러운 문제나 알지 못하는 방식으로 위험을 당할 가능성이 거의 없는 곳을 오랜 기간 부지런히 찾았으므로 놀라운 일은 아니었다.

태양계에서 미네르바가 그랬듯이, 투리엔은 이 항성계에서 다섯 번째 행성이며, 지구보다 조금 작고 온도가 낮아서 가니메데인이 적응하기에 적합한 범위였다. 하지만 대기의 역학과 구성 덕분에 열이 지구보다 더욱 고르게 분배되었기 때문에, 항성으로부터의 거리에 비해 극지방의 크기가 작았고, 적도의 여름도 지구의 지중해 주변 아열대보다 별로 덥지 않았다. 지표면은 대략 70퍼센트가 물이었고, 네 개의 큰 대륙이 분포되었는데, 지구와 달리 양쪽 반구에 골고루 배치되었다. 그러나 가장 깊은 해구와 가장 높은 산의 정상은 지구보다 깊고 높았다.

투리엔인들은 행성의 행정부 및 정부청사가 있는 투리오스와 가까운 퀠상이라는 도시에서 초공간 물리학을 이용해 다중우주 횡단 이동의 수수께끼를 풀기 위해 애썼지만 아직 성공하지 못했다. 헌트와 일행은 우주선에 탑승했던 지구인 대부분과 마찬가지로 투리오스에 머무를 예정이었다. 투리오스는 남반구에 있는 두 대륙 중 하나인 갈란드리아의 해변에 있었는데, 협곡과 폭포로 이어진 호수들로 둘러싸인 도시였다. 행성 사이를 여행하는 지구인의 우주선이 지구에 착륙할 때처럼 이동용 위성에 도킹해서 지상 왕복선으로 갈아타야 하는 복잡한 절차는 전혀 없었다. 이슈타르호는 투리엔에 접근한 뒤 투리오스 동쪽으로 160킬로미터 떨어진 호숫가에 위치한 거대한 우주항으로 곧장 내려갔다. 어떤 지구인보다 투리엔인을 많이 상대했던 헌트조차도 광대한 발사 · 하역시설을 보자 경외심이 일었다. 원양 여객선만 한 크기의 거대한 비행선들이 존 F. 케네디 국제공항이나 시

카고 오헤어 국제공항의 저궤도 비행기와 화물 수송기들처럼 줄지어
서 있었다.

투리엔의 건축공학은 거대하고 수직으로 치솟은 구성을 즐겼으며,
고층건물과 첨탑으로 아름답게 꾸몄다. 투리오스보다 더 큰 도시들은
수 킬로미터까지 위쪽으로 뻗어 올라갔다. 겉으로는 납작한 비행선처
럼 보였지만 금빛으로 번쩍이며 하늘을 나는 호텔 로비가 도시에 도
착한 사람들을 태워 날랐다. 그들이 절반도 날아가기 전에 도시의 모
습이 처음으로 눈에 들어왔다. 지평선에서 순백의 빛 무리가 서서히
커졌다. 처음에는 거리 때문에 단일한 건축물처럼 보였다. 하지만 가
까워지면서 진짜 비율이 드러났다. 단일한 구조물의 여러 면으로 보
였던 부분들이 높이 솟은 중앙의 건물들 주변으로 다리와 아케이드로
이루어진 장식 사이로 거대한 정면과 풍경, 계단식 초고층건물, 건물
의 절벽과 협곡으로 펼쳐지며 현기증을 불러일으키는 태피스트리처
럼 화려했다. 각 층과 높이가 변하는 부분마다 유리와 조각처럼 정돈
된 석조들만큼이나 푸른 나무도 빼곡했다. 건물들 사이를 지나는 운
하와 폭포들을 통해 호수들이 연결되었으며, 그 위로 가장 높은 건물
들은 구름에 잠겨 있었다. 헌트에게는 도시라기보다 오히려 인공적
인 산맥처럼 보였다.

가오리처럼 납작한 비행선이 그들을 태우고 도시의 수송센터처럼
생긴 곳에 도착할 때까지도 헌트는 지나온 도시 경관의 구조가 어떤
지 제대로 이해되지 않았다. 비행선은 특대형 지구라트*를 연상시키
는 계단식 블록 위에 설치된 광대한 격납고 같은 곳으로 들어갔다. 지
구라트의 아랫부분은 복잡하게 얽히며 휘어진 도로와 작은 건물들 사

---

* 고대 바빌로니아와 메소포타미아 등에서 발견되는 피라미드 모양의 계단식 성탑

이에 묻혀 보이지 않았다. 이곳에서부터 온갖 종류의 운송기관이 오가는 듯했다. 도시에 내장된 순환 시스템처럼 낮은 층에서 퍼져나가는 튜브의 그물망을 통해 하늘과 건물들 사이의 공간을 가로지르고, 어디에나 있는 중력 컨베이어를 따라 움직이는 물체들의 흐름은 건물들과 마찬가지로 투리엔의 도시 건축에서 중요한 부분을 차지했다. 투리엔의 '운송수단'이 무엇인지 설명하기는 쉽지 않았다. 건물의 일부처럼 보였던 부분이 움직여서 다른 곳에 다시 장착될 때도 있었기 때문이다. 비행선에서 내리자 투리엔인 안내자들이 헌트와 일행을 점심을 먹을 수 있는 두 층 아래의 식당으로 데려갔다. 헌트 일행은 식사를 마친 뒤에 그 식당이 호텔의 일부분으로 바뀌었다는 사실을 알아챘다. 그들의 시간으로는 이슈타르호가 지구의 궤도에서 떠오른 지 35시간이 채 지나지 않았다.

먼저 와 있던 지구인들이 그 숙소에 '월도프 호텔'이라는 이름을 붙였다. 본래 이 도시에 단기간 방문하는 제블렌인에게 편의를 제공하기 위해 만들어졌기 때문에 가니메데인보다는 지구인의 비율에 맞게 설계되었다. 이곳에는 숙박시설과 식당, 오락시설과 다른 시설들이 있었지만, 상업적인 목적으로 건설된 게 아니므로 호텔은 정확한 명칭이 아니었다. 하지만 시설은 호텔에 못지않았다. 방들은 모두 편안했으며, 헌트의 예상대로 방마다 한 대씩 설치된 연결기를 포함해 부가 설비가 잘 설치되었다. 중앙입구 층의 로비 공간 뒤에도 대중이 이용할 수 있는 칸막이방들이 있었다. 아래층의 체육관에는 중력공학적인 자유낙하 수영장이 있었는데, 물이 트램펄린처럼 신축성이 있는 벽면 내부에 둥그렇게 싸여서 파워 다이빙과 결합한 수영이 완전히 새로운 경험으로 느껴졌다.

사람들과의 만남은 주로 매점의 움푹 들어간 구역과 한쪽이 로비를 향해 개방된 작은 방들에서 이루어졌는데, 늘어선 화분들 너머로 칸막이가 있었으며 술집과 커피숍을 겸했다. 입구에 제블렌인이 존경했던 지도자를 기려서 '브로귈리오 라운지'라고 쓰인 간판이 있었지만, 그 장소가 로비에서 몇 걸음 떨어져 있지 않다는 사실 때문에, 나중에 지구인들이 '중간 급유소'라고 부르자, 투리엔인들이 간판에 영어로 '중간 급유소'라고 덧붙였다. 다음 날 아침까지 지구인들이 투리엔인의 다중우주 연구를 보러 가는 일정은 없었다. 남은 시간은 휴식과 적응을 위해 비워놓았다. 그래서 짐을 풀고 옷을 갈아입고 숙소를 정리한 후, 헌트 일행은 이슈타르호를 탔던 다른 사람들처럼 급유소로 몰려갔다. 그들을 돌봐주기 위해 파견되었던 투리엔인들도 이미 거기에 와 있거나 나중에 천천히 합류할 예정이었다. 헌트가 이전에 봤던 모습과 이상하게 대비되었다. 투리엔인은 개인적인 일상생활에서 서두르거나 긴장한 모습이 전혀 없는 듯했다. 그러나 그들이 건설이나 과학적인 연구 계획 같은 일들에 전념할 때는 엄청난 속도와 효율로 추진해나갔다.

＊

제블렌인들은 자기네 행성에서 문명을 재건하는 일에 몰두하느라 예전보다 투리엔에 오는 수가 줄었다. 반면, 투리엔에 방문하는 일이 삶의 일부분이 된 지구인들이 생겨서 월도프 호텔에는 숙박하려는 수요가 항상 많았다. 이슈타르호의 승객 중에는 진짜 공룡들이 사는 행성으로 여름 캠프를 온 오리건주 학생들과 투리엔의 여러 곳에서 공연을 부탁받은 에스토니아 합창대도 있었다. 텍사스 오스틴에 있는 포마플렉스 주식회사의 기술지원팀도 있었는데, 투리엔인의 물질 복제 기술을 지구에서 도입했을 때의 경제 효과를 알아보기 위해 시험 삼아 온 사람들이었다. 헌트의 다른 자아가 투자 정보를 줬던 바로 그 회사였다. 헌트는 출발 전에 그 정보를 이웃인 제리에게 전달했다. 제블렌인들도 조금 있었지만, 그들은 전통적으로 지구인을 화해할 수 없는 세리오스의 경쟁자로 생각하며 자랐기 때문에 가까이 오는 경우가 잘 없었다.

헌트는 요제프와 시엔 그리고 오탄이라는 투리엔인과 함께 자리를 잡고 앉았다. 오탄은 일종의 기술자 자격으로 퀠상에서 진행되는 연구에 참여하고 있었다. 샌디와 던컨은 시내를 구경하러 나갔고, 단체 커는 멀리 떨어져서 내일 일정과 관련된 뭔가를 점검했다. 밀드레드는 월도프 호텔 직원들이 고양이 링크스의 단점과 싫어하는 것, 좋아하는 것에 대해 충분히 정보를 들었는지 확인했다.

투리엔의 많은 물건이 그렇듯 그들이 앉아 있는 탁자도 투명하게 혹은 불투명하게 만들 수 있으며 다양한 질감으로 변화시킬 수 있었다. 지금 탁자는 윗면이 유리로 변해서 홀로그램 장치 역할을 했다. 오탄이 그 홀로그램을 이용해 투리오스를 시각적으로 구경시켜주었다. 지금 그 영상에는 내일 그들이 방문할 퀠상 연구단지의 모습이 떠 있었다. 정원과 나무들 사이에 서로 연결된 높이 솟은 건물의 모습은 투리오스를 축소해놓은 듯했지만, 좀 더 곡선이 많고 더 이국적인 형태였다. 오탄은 퀠상이 오래전에 사망한 투리엔의 위대한 인물의 이름에서 딴 것이라고 했다. '연구단지'라는 명칭은 사실 투리엔의 원래 단어와 의미가 일치하는 용어가 없어서 지구 언어학자들이 가장 유사한 뜻으로 고른 단어였다.

"그러면 퀠상은 어떤 곳인가요?" 요제프가 물었다.

"저는 퀠상을 지구인의 조직 형태에 빗대어 설명할 수 있을 정도로 지구의 조직들에 대해 충분히 알지 못합니다." 오탄이 대답했다.

"거기에서 투리엔의 추진력을 연구하는 호주 사람을 만난 적이 있어요. 그 사람은 첨단 물리학 연구소와 강의용 실험실과 철학 아카데미가 뒤섞인 것처럼 묘사하더군요." 시엔이 말했다.

"누가 거길 운영하나요?" 요제프가 물었다. 오탄이 당황한 듯했다.

"행정 부분은 우리에게 익숙한 형태보다 훨씬 덜 집중화된 것 같았어요. 정책을 조정하는 일이 그다지 많지 않은 모양이더군요." 시엔이 말했다.

"각각의 팀은 자신들의 관심에 따라 수립한 자신들의 계획에 맞춰 시설을 이용합니다." 오탄이 말했다.

"그러면 그 팀들을 어떻게 조율하나요? 각 팀이 진행하는 연구를 어떻게 통합하죠?" 요제프가 끈덕지게 물었다. "그 팀들이 각기 다른 이론을 바탕으로 하거나 상반되는 경우가 발생할 수 있잖아요. 그런 경우 퀠상에서는 그 팀들을 모두 지원하나요?"

오탄은 뭐가 문제인지 이해를 못 하는 듯했다. "글쎄, 그렇죠." 그가 인정했다. "그렇지 않으면 어느 쪽이 진실인지 어떻게 알 수 있겠어요?"

"호주인은 과학적인 예술인 마을 같다고 하더군요." 시엔이 말했다.

헌트로서는 시엔이 그런 방식에 동의하는지 알 수 없었다. 그녀가 성장한 전통에 따르면 그런 방식의 이로운 측면을 보지 못할 가능성이 컸지만, 헌트는 전부터 투리엔인과 관계를 맺어왔기 때문에 그들의 방식이 어떻게 작동되는지 어느 정도 알았다. 투리엔인에게는 특정한 주제에 대해 일치된 의견을 표명하도록 하는 제도가 없었고, 그 의견을 따르도록 장려하기 위해 제도화된 보상 체계도 없었다. 생각은 맞을 수도 있고, 틀릴 수도 있다. 예측은 성공할 수도 있고, 실패할 수도 있다. 누군가의 취향이나 편견과 상관없이, 증거가 어느 쪽인지 밝혀줄 것이다. 정치적 압력이나 체면을 잃을 두려움 없이(이 문제들은 어떤 경우에도 투리엔인에게 특별한 영향을 끼치지 않았다), 자기 나름의 속도로 자신만의 의견을 따르는 각 개인은 다른 사람들로부터 멸시당하지 않고 차츰 생각을 바꿔 진척을 이룰 수 있는 활동에 참여하게 된다.

요제프는 이해한 모양이었다. "빠른 시일 내에 지구에서 그런 방식이 작동되는 모습을 보기는 힘들겠죠." 그가 말하며 헌트를 쳐다봤다.

헌트가 고개를 끄덕이며 말했다. "원시 부락의 주술사가 탈을 벗어서 걸고 마을 병원에서 허드렛일을 시작하는 거나 마찬가지죠. 투리엔에는 경찰력이 없어요. 그 이야기를 들으면 우리의 본성과 근본적으로 조금 다르다는 생각이 들지 않나요?"

"아, 실례합니다. 혹시 영국에서 온 헌트 박사님이신가요?"

헌트가 고개를 돌리자 세일러복 교복을 입은 열네댓 살쯤으로 보이는 귀여운 소녀가 그의 의자 옆에 서 있었다. 소녀는 일본인처럼 보였는데, 빨간 천으로 장정한 공책과 펜을 들었다. 헌트가 활짝 웃었다. "응, 맞아요. 학생은 누구죠?"

"제 이름은 유코예요."

"안녕, 유코. 뭘 도와줄까요?"

"방해해서 죄송합니다만, 제가 유명한 사람들의 서명을 모으거든요. 위대한 과학자의 서명을 얻을 수 있다면 영광스러울 거예요."

"좋죠. 오히려 내가 영광이에요." 헌트는 서명책을 받아 다른 사람들이 지켜보는 동안 미소를 지으며 서명을 했다.

고향에서 멀리 떠나온 유코에게.

이 서명을 받기 위해 나를 따라 여기까지 온 것은 아니길 바랄게.

빅터 헌트

거인의 별 항성계의

행성 투리엔 투리오스에서

유코가 어정쩡한 표정으로 오탄을 쳐다봤다. "투리엔인도 해줄 수 있나요?" 유코가 살짝 수줍은 목소리로 물었다.

비자르가 연결되었다. 유코가 투리엔인에게 말한 것 때문에 개입한 게 분명했다. "유코, 일본어로 말해도 됩니다. 나머지는 제가 처리하겠습니다."

유코는 잠시 후에야 무슨 일이 일어났는지 알아챘다. 곧 유코는 서명책을 오탄에게 내밀며 말했다. "저는 브레신 닐레크 씨에게도 받았어요." 오탄이 굵은 고딕체 같은 투리엔 문자로 뭔가 쓰고 있을 때 유코가 말했다. "그분은 이슈타르호의 일등 항해사였어요. 우리가 그 우주선을 타고 여기로 왔거든요. 선장님한테도 받았어요."

"아주 적극적이네." 요제프가 놀라워했다.

오탄이 서명을 마치자, 한 사람도 놓치지 않으려는 유코가 요제프와 시엔에게 조용히 서명책을 건네며 부탁했다. "단체커 교수님을 만나고 싶어요." 그들이 서명하고 있을 때 유코가 주위를 살펴보며 말했다. "교수님도 가니메데에 가셨던 과학자잖아요."

"단체커 교수는 지금 다른 곳에 갔는데…." 헌트가 막 입을 열었을 때, 로비에서 계단을 내려오며 주변을 두리번거리는 교수의 모습이 눈에 들어왔다. "아니, 잠깐만. 운이 좋네요. 단체커 교수가 지금 오는 중이에요." 헌트가 손을 흔들어서 단체커의 눈길을 끌자 그가 다가왔다. "단체커, 자네의 명성에는 한이 없군. 이쪽은 유코야. 서명을 모으고 있지. 자네의 서명을 받고 싶대."

"뭐? 아, 그래, 물론이지…. 아이고, 어린 학생이 아주 바빴겠네요." 단체커는 서명하는 내내 싱글벙글했다. 서명을 다 받은 유코가 기쁜 얼굴로 달려갔다.

"우주의 다른 곳에서의 삶은 어때?" 단체커가 의자를 당겨 앉으며 합류하자, 헌트가 물었다.

"내 사촌 밀드레드는 여기에서 일하는 불행한 사람들에게 그 골치 아픈 고양이 링크스를 돌보는 방법을 가르치는 중이야. 다행히 그들 대부분은 제블렌인이었어. 투리엔인들은 육식동물을 꺼리거든. 한동안 아수라장이었어. 밀드레드는 그 사람들이 고양이를 잃어버린 줄 알았대."

"잃어버린 고리가 된 거야?" 헌트가 농담을 던졌다.*

단체커가 낮게 툴툴거리며 그 농담을 무시했다. "내일 퀠상으로 떠나기 위해 모든 준비를 마쳤어."

"혹시 이샨이 여기로 올 건지 알아봤어?" 헌트가 물었다. 포르딕 이샨은 투리오스에 있는 과학 자문으로서 그들이 제블렌 원정 때부터 알고 지냈다. 다중우주 연구를 이끄는 사람이 이샨이었다.

"응. 올 거야. 헌트 자네한테 개인적으로 전해줄 소식이 몇 가지 있대. 자네가 진행하려는 방향이 옳다는 이야기일 거야. 투리엔인들이 그동안 그 분야를 면밀히 조사했거든. 내 생각에 투리엔인들은 알고

---

* 고양이 이름 링크스(Lynx)를 이용해 진화론의 '잃어버린 고리(links)'에 대한 농담을 한 것이다.

있는 것보다 훨씬 성공에 가까워진 것 같아. 사실, 투리엔인들은 자신들이 다른 우주로 물체를 실제로 보냈으면서도 그걸 알아채지 못했었잖아!"

8

UN 우주군은 당연히 헌트가 우주를 가로질러 다른 자아로부터 메시지를 받았을 때부터 투리엔인에게 그 사실을 알렸다. 투리엔인들은 즉시 그 문제를 매트릭스 전달 방식으로 접근했을 경우 어떻게 되는지 알아보기 위해 이론적인 모형을 탐구하고, 예비 실험을 진행하기 시작했다. '미네르바 사건'이 나타났던 이래로 투리엔인들이 진행했던 연구를 다시 해석하자, 그들이 상상했던 이상으로 돌파구를 만들 수 있는 상황에 근접했다는 사실이 밝혀졌다.

헌트의 사건이 일어나기 이전에 투리엔인들이 진행한 실험에서 그들은 가설적인 입자를 제안했는데, 던컨이 UN 우주군 보고서에서 그 입자에 '투리온'이라는 기발한 이름을 붙였고, 이후 그 이름이 굳어졌다. 투리온 입자는 특정한 쿼크 상호작용에서 관찰되는 에너지의 손실을 설명하기 위해 가설로 만들어낸 개념이었지만, 그런 입자가 존재한다는 직접적인 증거는 관찰되지 않았다. 심지어 그 입자가 발견되리라고 거의 확실하게 예측되었던 상황에서도 찾을 수 없었다. 그렇다면 투리온은 존재하지 않거나(그런 경우라면 그 이론에 오류가 있는 것이다), 그 입자를 찾는 방법에 뭔가 문제가 있는 것이었다. 그러나 신중한 재분석과 재확인을 거친 이후, 이론가들과 실험자들이 모두 자신들에게는 문제가 없다고 주장했다. 투리온은 존재해야만 했다. 하지만 실험 결과로 나타난 '사실들'은 달랐다.

그 시점에서 비자르가 그 '사실들'은 이 우주에 대한 것이고, 투리온이 다른 우주에 존재한다고 가정하면 논리적으로 해결된다고 지적했다. 다시 말해, 투리엔인들이 알아채지 못한 상태에서 엉겁결에 달성하려던 목표에 도달했다는 의미였다. 투리엔인들이 그 사실을 알아채지 못했던 것은 그들이 적용하려던 전통적인 초공간 물리학에서는 그런 과정이 전혀 나타나지 않았기 때문이었다. 그러나 헌트가 제안한 매트리스 종축 파동을 바탕으로 한 연구 방법을 이용해서 데이터를 다시 계산하자 그 결과가 즉시 나타났다. 실제로, 양자 수준에서의 요동은 자연스럽게 자주 그런 효과를 일으킬 것이라고 예상되었다.[*] 다중우주의 결을 가로지르는 자연발생적인 에너지의 이동이 가장 작은 규모의 시간에서 가상의 입자가 갑작스럽게 출현했다가 사라지는 형태로 나타난 것이다. 이는 진공에 널리 펴져 있는 양자 수준의 '거품'을 설명해줄 수 있었다.[**] 물리학자들은 오래전부터 '양자 요동'이라는 현상을 알았고 측정도 했지만, 정확히 설명할 수는 없었다.

따라서 지구에서 온 사람들은 투리엔인들이 상당히 흥분한 상태라는 사실을 알 수 있었다. 투리온에 대한 수수께끼가 풀렸을 뿐만 아니

[*] 플랑크 시간 동안 플랑크 길이 안에서는 불확정성 원리에 의해 양자가 무작위로 생성되고 소멸하는 현상이 발생할 수 있는데, 이를 '양자 요동'이라고 한다.
[**] 진공에서 일어나는 양자 요동 현상을 가리킨다. 마치 물이 끓을 때 거품이 마구 터지듯이 진공 상태에서 양자들이 쉴 새 없이 나타났다 사라지며 출렁거린다는 의미다.

라, 연구를 눈에 띄게 진전시켰기 때문이었다. 투리엔인의 중력공학 기술이 전체 연구의 핵심이라는 사실이 밝혀졌다. 맥스웰 방정식에서 종축 파동 성분이 도출되지 않은 이유는, 그 방정식들이 전자기적으로 묘사되는 매트릭스의 측면만 다루기 때문이었다. 전기로 대전된 물체가 움직일 때는 속도가 증가함에 따라 전기 저항을 경험한다. 이는 그 물체가 더 빨리 움직일수록 가속하는 게 점점 더 어려워진다는 의미이며, 달리 말해 질량이 증가했다고 말할 수 있다. 움직임을 변화시키는 형태로 흡수할 수 있는 양을 초과하여 공급된 에너지는 복사 에너지 형태로 처리한다. 결국, 더 이상 가속이 불가능해지는 지점을 넘어서면, 공급된 모든 에너지가 방사되고, 유효 질량은 무한대가 된다. 물론 이것은 지난 세기를 통해 지구에서 시행되었던 모든 실험을 설명했다. 그리고 상대성이론의 측면으로도 해석되었다. 상대성이론에 따르면 속도의 한계는 전 우주적인 현상이다. 하지만 실제로 이 이론은 전기적인 현상에만 적용된다. 지구 과학자들에게는 그러거나 말거나 관심이 없었다. 지구인에게는 전기적으로 중성인 물질을 고속으로 가속할 방법이 없었기 때문이다. 하지만 투리엔인은 가능했다.

투리엔인의 중력공학적 방법을 헌트가 제안한 매트릭스 역학에 적용해서 좀 더 일반적인 장방정식 형태로 만들어냈다. 그 방정식에는 전자기 텐서에 포함된 모든 4차원에 수직인 해를 가진 종축 성분이 담겨 있었는데, 그 식은 다중우주를 가로지르는 이동을 의미한다고 해석할 수밖에 없었다. 이제 그들은 올바른 방향으로 들어섰다. 퀠상에 있는 투리엔인들은 벌써 다중우주 어딘가로 실질적인 물질을 이루는 재료인 전자와 양성자를 보내기 시작했다. 그들은 이것을 '다중투사'라고 했다. 다음 단계는 간단한 분자를 시도할 예정이었다.

이 연구 전체에 담겨 있는 특이한 함의는, 그들이 가까운 다른 우주

로 양자를 전송하면, 그 우주들에 사는 그들 자신의 다른 버전 중 일부
도 같은 일을 하리라는 것이었다. 이는 이론상으로 옆 우주에서 진행
하는 실험의 영향으로 이 우주에서 물질화되는 전자나 양성자, 혹은
분자 같은 것을 검출할 수 있으리라는 의미였다. 투리엔인들도 그런
사건을 기대했지만, 지금까지의 결과는 부정적이었다. 비자르가 최근
에 진행한 계산에 따르면 그런 결과는 일어날 것으로 예상되었다. 분
자를 다중투사하는 실험을 진행하는 모습을 지켜보면서 포르딕 이샨
이 헌트에게 그 이유를 설명해줬다. 지구의 다중통신팀이 도착한 지
도 며칠이 지났다. 견학과 '다중투사기'에 대한 시연이 끝났다. '다중
투사' 프로젝트가 진행되는 장치를 '다중투사기'라고 불렀다. 지구인
과 투리엔인이 함께 모인 팀이 공동 연구에 착수했다. 헌트와 이샨은
원거리에서 신경 연결기를 통해 합성한 대행자가 아니라 육체적으로
직접 그곳으로 갔다. 실험자들이 비자르의 가상세계 환경 안에서 실
제 실험을 진행하는 데에는 한계가 있었다.

"헌트, 오늘은 큰 숫자들을 다룰 준비가 되셨나요?" 헌트보다 30센
티미터 이상 큰 이샨이 말했다. 피부가 거의 검은색에 가까운 진한 회
색인 이샨은 밝은색으로 정교하게 짜인 무늬로 덮인, 무릎까지 내려
오는 헐렁한 외투를 입었다. 가니메데인은 머리카락이 없었지만, 정
수리의 피부가 골이 지며 비늘 같은 질감으로 거칠어서 살짝 양초의
심지 같은 느낌이 들었는데, 새의 깃털처럼 다양한 색조와 조합이 보
였다. 이샨은 그 부분이 파란색과 녹색이었으며, 뒤쪽으로 주황색의
줄무늬가 있었다.

"그럴 위험을 감수할 준비가 됐어요. 해봐요." 헌트가 말했다.

"다중우주의 가지들은 일부 과학자들이 추측하듯 실제로 아주 가
느다랗습니다. 이론적으로는 그 가지 간의 차이가 단일한 양자의 변

이만큼 아주 적을 수도 있어요. 가지들은 우주의 전체 생애 동안 각각의 양자가 변이하는 숫자만큼이나 많을 수도 있죠. 원하는 만큼 0을 붙여보세요. 그 정도로는 아무런 차이가 없을 것입니다."

헌트는 입술을 오므리고 조용히 휘파람을 불며 그 이야기를 곱씹었다.

그 의미에 담긴 엄청나게 거대한 규모를 고려하면, 다중투사기는 투리엔인의 구조물들이 그렇듯 아주 무난한 크기의 장비였다. 다중우주 이동이 실제로 일어나는 투사기는 전자레인지 크기의 평범한 사각 금속틀이었고, 그 위로 양옆과 위쪽을 둘러싼 지지대 안에 설치된 장비들로부터 다양한 각도로 나온 반짝거리는 튜브들이 모여서 아래 선반으로 들어갔다. 컴퓨터와 계측기, 책상 몇 개와 구조물들 사이에도 무수한 감지기와 장비들이 빼곡했다. 도관과 튜브, 다른 연결선들이 벽으로 들어가거나 바닥으로 내려갔다. 물질은 중앙에 있는 투사기에서 다른 현실로 사라졌다. 현재 진행하는 실험 형태에는 이 정도면 충분했다. 이 실험의 성공이 나중에 더 큰 물체를 포함한 야심 찬 시도로 이어진다면, 투리엔에서 멀리 떨어진 우주에 크기를 키운 다중투사기로 실험을 진행할 계획이었다. 이샨은 이미 설계자들에게 그 계획을 검토하도록 했다. 원가 회계라는 개념도 없고 필요도 없는 체제에서는 단기적인 예산 삭감이란 게 의미가 없었다.

투사실 안의 공간에서는 다른 현실에서 다중투사되는 물질을 감지하기 위한 시도도 진행되었다. 다중우주 물리학의 이상한 논리에 따르면, 만일 가까운 우주에 있는 다른 자신들이 그들과 같은 장비를 이용해서 그들의 우주 밖으로 물질을 다중투사한다면, 이 우주에서 그 물질을 찾을 수 있는 장소는 당연히 이곳이 될 것이다. 이에 따라 다중투사기의 이용시간을 투사와 감지 모드로 나누었다. 그러나 다른 우주에 있는 다른 버전의 자신들이 이들과 동일한 일정에 따라 일을 한다면, 모두 아무것도 감지하지 못할 수도 있다는 의문이 제기되었다. 그들이 물질을 보낼 때는 아무도 지켜보지 않고, 지켜볼 때는 아무도 보내지 않을 것이기 때문이다. 그래서 양자 무작위 추출을 이용해서 두 모드 사이를 바꾸는 방식이 해결책으로 채택되었다. 다른 우주의 상대방들도 동일한 방식을 생각해낸다고 가정한다면, 무작위 생성기의 양자역학적 과정이 다른 순서로 움직일 것이라는 발상이었다. 다중우주의 정의에 따르면, 다른 우주의 현실을 다르게 만드는 게 바로 그 양자역학적 과정이니까 말이다. 다중투사의 모드가 바뀌는 패턴이 다르게 진행될 것이므로, 한 우주에서 투사 모드에 있을 때와 다른 우주에서 감지 모드로 있을 때가 겹치는 시점이 있을 것이다. 논리적으로는 뚜렷한 결점이 없었다. 그러나 결과가 나타나지 않았기 때문에 그 가설도 재검토할 수밖에 없었다. 예상 가능한 다른 이유를 이샨이 지금 설명해주었다.

다중우주의 '수직' 부분에 '선분'이라는 이름을 붙였다. 각 선분은 투리엔인과 인류 같은 생명체가 살아가는 독립적인 우주이며, 그 안에서의 변화는 사건들의 연속적인 형태로 인식되었다. 정확도의 측면에서는 떨어지더라도, 책의 페이지 비유를 이용하면 쉽게 그 모습을 머릿속에 떠올릴 수 있었다. 그 페이지들이 놀랄 만큼 얇다고 생각하면 되었다. "일부 사람들은 그런 식으로 추측하는 것 같습니다." 이샨이 확인시켜줬다. "선분을 통과하는 입자는 극히 짧은 시간만 존재하다 사라지기 때문에 양자역학적 잡음과 구별이 안 된다는 거죠. 사실상 감지가 불가능해요."

헌트는 각 양자역학적 사건이 개별적으로는 더 높고 거시적인 수준에서 인식할 수 있는 차이를 거의 만들어내지 못하지만, 그런 양자적 사건을 모아 대규모의 평균 효과 같은 것을 만들어냈기를 바랐다. 실제로 그렇게 하면 선분이라는 페이지가 두꺼워지는 효과가 나타날 것이다. 하지만 헌트는 계산 문제에 관해 비자르와 논쟁을 벌일 생각이 없었다. "그렇게 하면 거시적인 확률이 커질까요?" 헌트가 이샨에게 물었다. 그 질문은 더 커다란 물체는 선분을 더 오래 횡단할 테니 투리엔인이 더욱 쉽게 감지할 수 있을지 묻는 것이었다.

"뚜렷한 변화는 없습니다." 이샨이 대답했다. "다중투사 이동은 빠르거든요." 이샨이 여섯 손가락의 손으로 획 내던지는 몸짓을 했다. "그래도 좀 더 큰 형태의 물질을 투사하기 위한 작업을 진행 중입니다. 아무튼 우리도 동일한 물질을 감지하기 위해 감지기를 업그레이드할 겁니다. 어떻게 될지는 알 수 없어요. 어쩌면 지나가는 뭔가를 어렴풋이 알아차릴 수도 있겠죠."

헌트는 앞쪽에 있는 난간에 팔꿈치를 기대며 아직도 이 상황이 믿기지 않는다는 투로 헛웃음을 웃었다. 이 실험 계획의 바탕이 되는 이상한 논리에 따르면, 투리엔인이 아직 자체적으로 투사할 준비가 되지 않은 상태에서 다른 우주에서 오는 물체를 찾는 것은 무의미했다. 헌트는 공진기 부품들을 올려다봤다. 그 위쪽으로 튜브들이 연결되었다. 저기에서 에너지가 배분되고, 매트릭스 파동을 생성해서 다중투사 과정이 시작되었다. 투리엔인 기술자들은 관리 로봇들의 도움을 받아 그 장비의 부품을 조립했다. 요제프와 시엔도 그곳에 있었다. 그들은 투리엔의 중력 거품 주변을 서성이며 배울 게 있을지 살폈다.

"그러면 여러분이 지금껏 보냈던 구조물들은 결국 어떻게 되는 건가요? 분자들 말이에요." 헌트가 이샨에게 물었다.

"우리도 확실히는 모릅니다. 우리가 아는 것은 그 물질들이 계속 날아가다 파동함수가 넓게 퍼지듯 흩어질 거라는 정도입니다."

헌트가 보일 듯 말 듯 고개를 끄덕였다. 그렇다면 지구의 궤도에 나타났던 중계기는 어떻게 대화를 시작하고 지속할 수 있을 정도로 그렇게 오래 그 상태를 유지할 수 있었을까? 어떻게든 '멈추게' 할 수단을 갖출 정도로 복잡한 물체만이 다른 우주에 다중투사가 되었을 때 그곳에서 의미 있는 시간 동안 머무를 수 있는 걸까?

"아직 연구할 게 많습니다." 이샨이 그의 생각을 읽은 듯 말했다.

그때 비자르가 헌트의 머리에 있는 통신장치로 밀드레드에게서 연락이 왔다고 말해줬다. 어떤 사람이 다른 이들과 함께 있다가 난데없이 허공에 대고 이야기하기 시작하면, 당황스러울 뿐만 아니라 예의 바른 행동이라고 하긴 힘들기 때문에, 비자르는 이샨에게도 헌트에게 전화가 왔다는 사실을 알려줬을 것이다. 지구에서는 그런 공손함이 가능하지 않았다. 대부분의 사람들이 귀 뒤에 통신장치를 붙이고 다니지 않았기 때문이다. 헌트가 지구에 있을 때 일반적으로 이 통신장치의 사용을 자제했던 또 다른 이유이기도 했다. 하긴 지구인들은 예의에 대해 그다지 과도하게 걱정하는 사람들도 아니었다. 헌트가 연락을 받겠다고 했다. 그의 시야 안에 밀드레드의 머리와 어깨 모습이 주변의 현실 배경에 겹쳐져서 나타났다.

"헌트 박사님, 안녕하세요. 그런데 거기⋯ 뭐라고 하죠? 다중투사⋯ 연구소? 아무튼 거긴 어때요?" 밀드레드는 여기에 와서 시설을 보아도 이해가 되지 않을 것으로 결론 내리고, 자신의 책과 관련해서 알고 싶은 내용을 확인하기 위해 단체커와 함께 투리오스의 어딘가로 가서 투리엔인들을 만났다.

"여기에 있으니 지구의 국립연구소들이 연금술 작업장처럼 보일 지경이에요." 헌트가 대답했다. "우리가 이 문제에 대해 위원회를 만들어 논쟁이나 하는 동안, 투리엔인들은 벌써 준비해서 운영하고 있었어요. 사회학자들하고 만나는 건 어땠어요?"

"아, 예상외로 유익했어요! 투리엔인들이 다들 너무 잘 도와줘요! 마치 이들은 늘 한가해서 아무 때나 끼어들어도 전혀 방해되지 않는 것 같아요. 아니면 그냥 그들 나름의 방식으로 정중하게 행동한 걸까요? 아직은 어느 쪽인지 전혀 모르겠어요. 처음에 전 그게 우리가 경제학이라고 부르는 것에 대한 그들의 개념이 만든 결과가 아닐까 하는 생각이 들었어요. 아니, 어쩌면 이들에게는 그런 개념이 아예 없을지도 몰라요. 제 말이 무슨 뜻인지 알죠? 뭐든지 무제한으로 가질 수 있게 되면, 더 많이 가지기 위해 인생을 허비하는 게 의미가 없다는 생각을 하게 될 테니까요. 그렇지 않을까요? 하지만 우리는 전혀 그렇지 않은 것 같아요. 그렇죠? 우리는 더 많이 가질수록 더 비열하고 고약해지는 것 같잖아요. 제 경험으로는 항상 아무것도 가지지 않은 가장 가난한 사람들이 오히려 가장 너그러웠어요. 그렇다면 투리엔인의 본성에는 선천적으로 다른 뭔가가 있는 게 틀림없어요."

영상창이 더 넓어지며 단체커의 모습이 끼어들었다. "핵심을 찔렀네." 단체커가 중얼거리더니, 헌트를 쳐다보며 활짝 웃었다. "헌트, 안녕."

"그런데 무슨 일이야?" 헌트가 고갯짓으로 인사하며 다시 화제를 돌렸다.

"아, 박사님한테 이제 10시가 가까워졌다는 사실을 알려주려고 연락했어요." 밀드레드가 말했다.

"그게 왜요?"

"10시에 우리랑 만나기로 했잖아요."

"어디서요?"

"음, 그게 진짜로 만나는 건 아니고, 있잖아요, 그 연결기인가 뭔가

하는 거로요."

"왜요?" 헌트가 물었다.

밀드레드가 얼떨떨한 표정을 지으며 말했다. "비자르 우주여행을 가기로 했잖아요. 박사님과 단체커가 저한테 투리엔 행성들을 보여주겠다고 하셨어요. 그리고 제블렌의 우주선에 있는 가니메데인 친구들에게도 인사할 계획이었고요."

헌트가 눈살을 찌푸렸다. "뭔가 혼동한 모양이네요. 전 무슨 이야길 하는지 모르겠어요."

단체커가 끼어들었다. "헌트, 우리가 오늘 아침에 자네한테 연락했잖아. 그래서 샤피에론호에 들렀다가 초공간 여행을 떠나기로 약속했잖아."

헌트가 기억을 되짚어봤지만 아무것도 떠오르지 않았다. 그가 무기력하게 고개를 절레절레 흔들었다. "음, 알았어. 곧 갈게. 문제없어. 가루스 총독과 가니메데인들을 다시 만나면 정말 좋을 거야. 자네가 농담하는 게 아니라는 건 알겠어. 그렇지만 솔직히 난 전혀 기억이 안 나."

"그렇군. 우리는 떠날 준비가 다 됐어." 단체커가 말했다. "아무튼 자네가 준비될 때까지 기다릴게." 단체커의 말투에는 조금 짜증이 섞였다. 기억나지 않는다는 헌트의 말이 믿기지 않는 모양이었다. 그리고 잊어버린 일에 대한 사과가 불충분하다고 생각하는 듯했다.

"금방 갈게." 헌트가 말하고 연결을 끊었다. 그가 이샨을 돌아보며 말했다. "실례하겠습니다. 단체커와 밀드레드가 갑자기 다른 일에 합류할 수 있겠냐고 물어서요."

"그렇게 하세요." 이샨이 대답했다.

"가장 가까운 연결기가 어디에 있나요?"

"바로 이쪽에 한 대 있습니다." 이샨이 모니터들 옆에 칸막이가 쳐진 공간을 가리켰다. "지금 비어 있네요."

헌트가 칸막이방으로 들어갔다. 그는 뭔가가 엉킨 게 분명할 때 단체커가 완고하게 고집을 피우는 태도 때문에 살짝 짜증이 났다. '벌써 나이가 들어서 나한테 건망증이 온 걸까?' 헌트가 혼자 생각했다. 얼핏 의심이 스쳤다. 아니다, 내리막으로 내려가는 자전거는 아직 매끄럽고 불안하지 않았으며 흔들림도 없었다. 헌트는 연결기의 안락의자에 누우며 자신을 안심시켰다. 그는 아무것도 잊어버리지 않았다.

9

브라닉스는 투리엔의 북쪽 대륙에 있는 유서 깊은 도시이며 문화적 보고(寶庫)로서 예술관과 박물관이 유명했다. 또한 도시가 번성하던 무렵의 화려한 투리엔 건축물들로도 유명한데, 아마도 당시 투리엔 예술의 가장 극단적인 형태였을 것이다. 헌트와 단체커는 전에 처음으로 투리엔에 가상 여행을 왔을 때 그곳을 '방문'했었다. 헌트가 밀드레드에게 투리엔 사회의 개략적인 모습을 보여주기로 약속했다고, 밀드레드와 단체커가 지금까지 주장하고 있었다. 사실, 여행 일정에 포함시키기에 적절한 장소 같았다. 하지만 헌트와 단체커는 말 없는 상호 합의로 그곳에 대해 전혀 언급하지 않았었다. 저녁에는 다른 일행들과 직접 만나 저녁 식사를 함께할 예정이었다.

그들은 가장자리까지 계단식으로 원을 이루며 의자들이 배치된 커다란 접시 모양의 공간에 서 있었다. 헌트와 단체커는 밀드레드가 연분홍색의 가느다란 세 개의 나선을 올려다보는 모습을 지켜봤다. 세 개의 나선은 그들의 머리 위로 올라가다 하나로 합쳐진 후 거꾸로 뒤집힌 계단식 테라스와 점점 넓어지는 층에 섞여 들어가서 위쪽으로 헤아릴 수 없는 거리까지 펼쳐졌다. 밀드레드가 의아한 표정을 지으며 눈살을 찌푸렸다. 그 너머 하늘이 있어야 하는 곳에 눈이 닿을 수 있는 한 멀리까지 우후죽순처럼 펼쳐진 거대한 규모의 건축물들과 형태들에 그 풍경이 뒤섞여 들어갔고, 그 반대편으로는 멀리 떨어진 해안이 보였기 때문이다. 그들은 브라닉스의 도시 전체를 바라보고 있었다. 그러나 그 도시는 뒤집힌 채로 그들의 머리 위로 펼쳐져 있었다. 헌트와 단체커는 밀드레드가 그 사실을 알아차리기까지 얼마나 걸릴지 지켜보며 기다렸다.

"세상에!" 한참 미적거리던 밀드레드가 소리쳤다. "위아래가 완전히 뒤죽박죽인 앨리스의 이상한 나라에 들어왔네. 완전히 뒤집어놓았는데도 우리가 알아채지 못했던 거야. 뭐, 적어도 난 못 알아챘어. 하지만 두 사람은 예전에 여기 왔었다고 했죠. 여기는 틀림없이 이 원반의 아래쪽일 거야. 우리는 마치 천장에 붙은 파리처럼 걸어 다니고 있는 거야."

"잘 맞혔어요." 헌트가 칭찬했다. 그들 주변에서 '올라가는' 세 개의 나선 위에 도시에서 우뚝 솟은 거대한 타워가 얹혀 있었으며, 그들이 선 장소가 들어 있는 원형 플랫폼을 떠받쳤다. 이 작은 계단식 원형극장은 다양한 행사와 간담회에 이용되었다. 하지만 이 원형극장은 플랫폼의 위가 아니라 아랫면에 있었다.

"이게… 그러니까, 이게 실제인 거야?" 밀드레드가 자신의 감각을 점검하듯 아래로 내려다보고 이쪽에서 저쪽까지 훑어봤다. "아니면 비자르가 우리의 머릿속에서 만들어낸 거야?"

"아, 네가 보고 있는 그 모양 그대로 실제로 존재해." 단체커가 밀드레드에게 확인시켜줬다. "오래전에 투리엔 건축가들이 변덕을 부린 거지. 아마 그 당시 즈음에 개발된 중력 구조공학이라는 새로운 과학의 솜씨를 보여주고 싶었을 거야. 너도 이제 알겠지만, 투리엔인들은 중력공학을 광범위하게 사용해."

"그런데 나는 왜 정상처럼 느끼는 거야? 아냐, 잠깐만. 비자르는 어쨌든 정상적으로 느끼도록 올바른 자극을 주입할 수 있어, 그렇지 않아? 내가 말하려는 건, 우리가 실제로 육체적으로 여기에… 아니, 거기에, 아무튼… 여기에 있다면, 모든 게 잘못된 것처럼 보여도 우리는 정상으로 느끼지 않을까? 위아래가 뒤집히지 않은 것처럼 말이야. 뒤집히긴 했지만, 국지적인 중력은 정상인 거지?"

"바로 그거야." 단체커가 대답했다.

그들이 내부 경사로에서 나왔을 때 가장자리 쪽에 투리엔인 한 명이 천천히 걷고 있었는데, 그 투리엔인이 그들과 거리가 가까워지자 방향을 바꿔 그들을 향해 다가왔다. 투리엔인이 가까이 다가오자 지구인들이 고개를 돌려 그를 쳐다봤다. 그의 얼굴은 주름이 지고 나이가 들어 보였다. 갈색과 회색의 줄무늬가 뒤섞인 주름진 그의 정수리가 가라앉은 모습은 노쇠한 느낌을 줬다.

"혹시 방해되었다면 용서를 바랍니다. 제가 지구인의 관습에 익숙하지 않습니다. 지금까지 여러분의 행성에서 온 사람들과는 처음으로 이야기를 나누는 것이라서요."

"괜찮습니다." 헌트가 쾌활하게 말했다. "이렇게 멀리까지 왔는데, 이야기를 나누고 싶지 않을 리가 있나요." 헌트는 자신을 소개하고 다른 이들도 소개한 뒤 덧붙였다. "저희는 모두 투리오스에 있습니다." 가상 여행을 즐기다 다른 사람을 만났을 경우는 육체가 있는 위치를 밝히는 게 관례였다. 이 투리엔인도 실제로는 다른 어딘가에 있을 게 틀림없었다. 만일 그가 신경 연결기로 시스템에 연결된 상태가 아니고 육체적으로 브라닉스 타워에 왔다면, 그들과 상호작용하지 못했을 것이다. "밀드레드 씨는 여러분의 사회에 관한 책을 쓰고 있습니다. 우리는 밀드레드 씨에게 투리엔을 간단히 소개해주기 위해 여행 중이었습니다."

"저는 콜노 와이아렐이라고 합니다. 칼란타레스라는 항성계에 있는 행성 네사라에 있습니다. 아마 여러분은 들어본 적이 없는 항성계일 겁니다." 그가 한결 긴장이 풀린 태도로 말했다. "하지만 본래는 투리엔 태생이죠. 벌써 오래전 일입니다."

"이런 시스템이 있으니 실제로는 떠나시지 않은 셈이네요. 여기가 많이 바뀌었나요?" 밀드레드가 말했다.

"아, 브라닉스는 거의 바뀌지 않았습니다."

"혹시 투리엔의 브라닉스 출신이신가요?" 단체커가 물었다. 평소답지 않게 다정한 말투를 유지하려 몹시 애쓰는 표정이었다.

"저는 여기에서 음악과 철학을 공부했습니다." 와이아렐이 주변을 둘러보며 말했다. 희미한 미소가 그의 얼굴에 떠올랐다. "젊었을 때 여기서 아내 아사이를 만났죠. 이 장소에는 제가 가장 좋아하는 추억들이 얽혀 있어요. 그래서 종종 여기에 들러 그 추억들을 조금씩 되살린답니다."

"그러면, 아내분은…." 와이아렐의 이야기로는 두 사람이 함께 여기에 왔다는 뜻인지, 아니면 여기에서 아내를 추억한다는 뜻인지 헌트로서는 확실히 알 수 없었다. 헌트는 말을 꺼냈다가 무례한 질문이 될 수 있겠다는 생각이 들어 멈췄다.

와이아렐이 헌트의 생각을 이해하고 짧게 웃었다. "아니요, 아사이는 건강해요. 지금쯤 여기에 왔어야 하지만, 아마 뭔가에 정신이 팔린 모양입니다. 비자르 말로는 아직 온라인 상태가 아니라는군요. 걱정하지 마세요. 자주 일어나는 일입니다. 그녀는 현재 저와 같이 집에 있습니다."

"전 우주적으로 여성의 보편적인 특성인 모양이군요." 단체커가 말했다.

"이런, 단체커, 말도 안 되는 소리 좀 하지 마." 밀드레드가 꾸짖었다. "지금 무슨 일을 하세요? 어디라고 하셨더라, 네사라 맞나요?" 그녀가 와이아렐에게 물었다.

"아마 여러분이 보기에는 열대 행성 같을 겁니다. 숲과 생물들이 가득해요. 우리 기준으로는 따뜻하고 습하지만 익숙해지기 마련이죠. 우리는 은퇴해서 생물들과 함께 살며 생각할 시간을 갖기 위해 그 행성으로 갔습니다. 거기에는 생각과 생물들에 마음을 여는 방법을 배울 수 있는 내면의 의식이 살아 있어요."

"지구에도 그런 가르침들이 있었는데, 우리가 그런 가르침을 외면해버린 것 같아요." 밀드레드가 함께 온 두 과학자를 힐끗 쳐다봤다. "그런 것들은 이제 유행이 지난 일로 취급되죠." 단체커는 흠흠 소리를 내고 이리저리 발을 옮기며 밀드레드가 비난하는 소리를 피했다.

"그건 지극히 자연스러운 일입니다. 하지만 일시적일 겁니다. 물질적 욕구를 넘어설 수 있을 정도로 성장할 때까지 문명은 물질을 추구하기 마련이죠. 브라닉스에서 볼 수 있는 이런 성과를 내기 전까지는 우리도 먹고살아야 했으니 비슷했을 겁니다. 투리엔인들도 물리학적인 우주를 밝히고 배워왔습니다. 우리도 이제야 자신을 찾아가는 중입니다." 와이아렐이 말했다.

"단체커, 내가 원하던 게 바로 이런 거야!" 밀드레드가 말했다. 그리고 고개를 돌려 와이아렐을 쳐다보며 말했다. "혹시 나중에 다시 만나 뵙고 그 문제에 대해 더 대화를 나눌 수 있을까요?"

"물론입니다. 그런데 이해하시겠지만 우리는 종종 외부와 연락을 끊고 지낼 때가 있어요."

"혹시 부담을 드리는 건 아닌가요?"

"우리로서는 영광이죠. 잠시 실례하겠습니다." 와이아렐이 몇 초간 먼 곳을 응시하더니 다시 현실로 돌아왔다. "비자르의 메시지였습니다. 제 아내 아사이는 클로륵 한 마리와 관련된 문제를 처리하고 있었나 봅니다. 클로륵은 집에서 기르는 가축입니다. 집 주변에 몇 마리 기르고 있지요. 지금은 우리 딸에게서 걸려온 전화를 받고 있다고 하네요. 죄송하지만, 여러분을 더 붙잡고 있을 수가 없겠어요. 아내도 여러분을 만나면 틀림없이 아주 기뻐하겠지만, 또 가능한 때가 있겠죠. 저는 추억을 되돌아보는 것만으로도 여기서 충분히 즐거웠습니다."

"여자와 고양이들이란." 단체커가 혼자 중얼거렸다. 하지만 속으로만 웅얼거렸다고 하기에는 목소리가 컸다.

"단체커!" 밀드레드가 매섭게 꾸짖었다.

＊

그들은 네사라 행성을 여행 목록에 추가했다. 그리고 호기심이 일어서 바로 다음 차례로 방문했다. 비자르가 그들을 데려간 지역은 아마존 상류처럼 녹색 우림이 펼쳐진 산악 지역이었다. 뒤쪽으로 높이 솟구친 히말라야의 눈 덮인 산꼭대기 같은 모습이 보였다. 반짝거리는 목걸이처럼 산을 둘러싼 고지대에서 폭포들이 떨어졌다. 비자르는 열기와 무더운 대기, 냄새와 소리, 심지어 축축한 피부에 쩍쩍 달라붙는 옷감의 사실적인 느낌까지 충실히 재현한 감각을 주입했다. 헌트는 단체커가 무의식적으로 가상의 안경을 벗어서 가상의 손수건으

로 렌즈를 닦는 모습을 보니 재밌었다. 비자르가 그 안경을 뿌옇게 만
들 이유는 전혀 없었다.

"와이아렐 같은 사람을 만날 때 내가 생각하는 내용에 대해 얼마나
조심해야 하는 거야?" 밀드레드가 물었다. "무슨 말이냐면, 여기서 고
지대에 있으니까 숨을 더 깊이 들이쉬는 느낌이 실제로 들어. 하지만
실제로는 내가 그렇게 숨을 쉬는 건 아니잖아. 단체커 네가 말했듯이,
이건 비자르가 내 머릿속에서 하는 거야. 그렇다면 머릿속에 있는 다
른 생각은 얼마나 밖으로 드러날 수 있는 거야?"

"걱정할 필요 없어요." 헌트가 밀드레드에게 말했다. "이론적으로
는 그렇죠. 맞아요, 비자르는 생각을 꺼낼 수 있어요. 하지만 그러지
않습니다. 투리엔인들은 사생활보호 같은 문제에 관한 규정이 엄격하
거든요. 비자르의 활동은 1차 감각 정보를 제공하고 운동신경과 다른
몇몇 신경 말단의 출력을 관찰하는 정도로 제한되어 있어요. 비자르
는 당신이 그 가상의 공간에 있을 때 당신이 보고, 듣고, 감각하게 되
는 것만 소통할 수 있어요. 마음을 읽지는 않아요."

"그렇군요. 어쨌든 알게 되어서 다행이에요."

곧 그들은 단체커가 예전에 발견한 행성인데 다시 방문하자고 우
겼던 어느 행성 위에 우주의 신들처럼 둥둥 떠 있었다. 그 행성은 두
개의 별을 도는 궤도가 만들어낸 환경이 너무도 극단적이라 지표면이
해양과 사막을 오락가락했다. 그런데도, 그 행성에 적응한 놀라운 생
물들이 다양했다. 그중에는 일정한 기간 동안 어류였다가 행성의 궤
도가 건조한 주기에 접근할 때 모래에 사는 도마뱀 같은 형태로 바뀌
는 동물도 있었다. 그들은 아직 용암이 흐르고 가스를 뿜어내며 백열
의 가마솥처럼 새롭게 태어나고 있는 행성에도 방문했다. 현실에서는
즉시 목숨을 잃었겠지만, 비자르는 그 상황을 이해할 수 있게 맛만 살

짝 보기에 충분할 정도의 감각만 주입했다. 또 그들은 수천 킬로미터로 펼쳐져 있는 거대한 투리엔의 우주 구조물을 경이로운 눈으로 바라봤다. 다 타버린 별을 이용해서 질량을 에너지로 변환시키는 시스템의 일부분이었다. 거기에서 생성된 에너지가 초공간을 통해 광선의 형태로 전달되어 성간 수송 포트를 만들었다. 그리고 그들은 안개와 계곡으로 덮인 행성을 봤는데, 사람들은 하늘에 띄워놓은 인공섬에서 살았다. 얼음층 아래를 깎아서 만든 동화책 같은 도시도 있었다. 그리고 특이하게 미식축구공처럼 생긴 행성이 있었는데, 짧은 축을 따라 회전했기 때문에 양쪽의 긴 끝은 대기 위로 돌출되어서, 그 끝에서 뛰면 궤도에 올라갈 수 있었다. 물론 그러려면 생명장치를 착용하고 엄청난 높이를 등산해야만 했다.

마지막으로 그들은 헌트와 단체커에게 익숙한 고대 가니메데인 우주선 샤피에론호의 사령실 안으로 들어갔다. 샤피에론호는 가니메데인들이 투리엔으로 이주하기 전, 미네르바에 월인이 살기도 전에, 태양계를 떠났던 우주선으로서 겨우 몇 해 전에 돌아왔다. 헌트와 단체커가 목성의 가니메데에 있던 때였다. 8백 미터에 달하는 우주선은 한때 매끈한 곡선의 금속이었지만, 힘겹게 탈출한 결과로 이제는 여기저기가 파이고 색이 바랜 채 제블렌의 쉬반이라는 도시의 외곽에 정박해 있었다. 먼 과거에서 유배된 그들은 투리엔에 적응하는 게 지구에 적응하는 것만큼이나 어려웠다. 그들은 지난 정권 아래에서 쇠퇴하다 이윽고 몰락한 제블렌 사회의 재건을 감독하는 역할을 맡았다. 그 가니메데인들도 투리엔 신경 연결기를 통해 소통했기 때문에, 그 '만남'은 어디에서든 쉽게 가질 수 있었다. 하지만 옛 향수와 추억을 위해, 관련된 모든 사람이 그 낡은 우주선에서 만나는 것을 더 좋아했다.

＊

샤피에론호의 전임 원정대장이었던 가루스 총독이 오랜 두 친구와 손님을 따스하게 맞이했다. 샤피에론호의 수석 과학자 쉴로힌과 수석 공학자 로드가르 자실라네, 가루스 총독의 부관 몬카르가 함께 했다. 옛날 미네르바에서 출발한 가니메데인들은 투리엔인들보다 평균적으로 키가 더 컸으며, 피부색이 좀 더 밝았고, 정수리의 색은 덜 선명했다. 또한 우주선을 조종하는 인공지능 조락도 참석했는데, 비자르보다 앞선 모델로서 지금은 작동이 중지된 제벡스의 역힐을 대신하느라 쉬반의 네트워크에 연결된 상태였다.

가니메데인들이 가장 먼저 듣고 싶어 하는 이야기는 당연히 다중우주 프로젝트의 최근 소식이었다. 투리엔인들에게는 보안이라는 개념이 없어서 진행 과정이 주기적으로 상세히 보고되지만, 가루스 총독과 가니메데인들은 헌트와 단체커에게서 직접 이야기를 듣고 싶어했다. 헌트는 다중우주 선분의 미세한 구조, 그리고 그에 따라 다중우주의 선분을 가로질러 전달되는 물체가 스치듯 가볍게 지나가는 상황에 대해 자세히 알려줄 수 있었는데, 그것들은 헌트가 겨우 몇 시간 전에 이산에게 직접 들은 내용이었다. 어떻게 물체를 멈춰 세우고 안정화해서 하나의 우주에 남아 일관성 있는 모습을 만들어낼 수 있을지에 대한 질문이 다시 제기되었다.

"목표한 우주를 제외한 모든 곳에서는 간섭을 일으켜 파괴되는 일종의 보완적인 매트릭스 파동을 만드는 게 가능할까요?" 쉴로힌이 큰 소리로 질문을 던졌다. "그런 파동은 이동한 물체를 정상파(定常波)*

---

* 진폭과 진동수가 같은 파동이 서로 반대방향으로 이동할 때 발생하며 멈춰 있는 것처럼 보인다. 정재파(定在波)라고도 한다.

처럼 유지해주지 않을까요? 아마도 그러면 여전히 여러 선분을 가로지르며 뻗어 나가겠지만, 그건 상관없잖아요. 여러분은 그중에 한 선분에 대한 연결을 미세하게 조정할 수 있을 겁니다." 아무도 그 생각에 반론을 제기하지 못했지만, 당장은 지극히 추상적인 이론이었다.

"흥미로운 발상이네요. 이샨 씨에게 그 생각을 전달하겠습니다." 헌트는 그렇게 대답할 수밖에 없었다.

"여러분은 여전히 입자를 무작위로 난사하고 있어요." 로드가르가 지적했다. "여러분은 '목표한 우주'라는 용어를 사용하지만, 회신되는 신호가 없어서 확인이 불가능해요." 그가 주변을 둘러보며 말했다. "제 말이 무슨 뜻인지 아시죠? 박사가 뭔가를 보내고 싶다고 가정하면, 어…." 로드가르가 손을 흔들었다. "다른 우주에서 당신에게 보내서 궤도에 띄웠던 중계기 같은 거 말이에요. 그 중계기는 계획했던 장소와 시간에 나타난 것 같습니다. 그걸 보낸 이들은 자신들이 원하는 곳으로 물체를 보내는 방법을 어떻게 알았을까요?"

"제 짐작에는 찾고 있는 우주의 특성을 인식할 수 있도록 사전에 어떤 장치에 프로그램할 수 있을 정도로 우리가 다중우주의 구조에 관해 충분히 알지는 못하는 것 같습니다. 지형의 굴곡을 따라 날아가는 비행기처럼 말이에요." 몬카르가 끼어들었다.

헌트가 고개를 끄덕였다. "하나의 선분에서 옆의 선분으로 건너갈 때 점진적이거나 급격하게 일어나는 변화의 방식에 너무 많은 게 달려 있습니다. 그리고 그런 특성은 들어가는 다중우주의 차원에 따라 바뀝니다. 실제로 한 곳에서 안정 상태를 이루더라도 다른 곳에서는 전적으로 불안정해질 겁니다. 하나의 양자 상태만 변해도 완전히 다른 현실로의 변이를 촉발할 수 있으니까요. 우리는 아직 그런 작용을 모델링하는 방법을 모릅니다."

"어딘가로 가고 싶을 때는 지도가 필요한데, 지도를 그리려면 거기에 가야만 하는 상황이네요." 조락이 덧붙였다.

"이제 우리에게 심오한 통찰력을 들려줄 모양이구나, 조락?" 헌트가 물었다.

"아니요, 그 상황에 대한 제 나름의 해석일 뿐이에요."

"고마워."

지금으로서는 그 문제에 대해 더 말할 게 별로 없었다. 대화는 가루스 총독의 업무와 제블렌 행정 문제로 넘어갔다. 계획은 잘 진행되고 있으며, 제블렌인들은 제벡스에 전적으로 의존하던 상태를 극복하고 자신들의 일을 스스로 처리하는 방법을 배워나가고 있었다. 헌트가 사령실의 스크린에 비친 바깥 풍경을 봤더니, 그가 마지막으로 봤을 때의 쇠락하고 황폐했던 풍경보다 깔끔하고 한결 나아진 모습이었다. 헌트는 가루스 총독과 그의 동료들이 여기에서의 임무를 마치고 난 뒤 무엇을 할지 궁금했지만 지금은 그 질문을 던지기에 적절한 때가 아닌 듯했다. 그러나 어쨌든 샤피에론호는 해체되거나 비행 능력을 상실한 상태가 아니었다. 샤피에론호는 가짜 전쟁에서 브로컬리오의 제블렌 정권을 실각시키는 작전에서 핵심적인 역할을 했으며, 그 뒤 내부우주에서 정신적인 이식을 통해 제블렌인의 정신에 침입하려던 계획을 물리치는 데에도 중요한 역할을 했다. 헌트는 그들이 다시 우주선을 날릴 핑곗거리를 찾는 듯한 느낌이 들었다.

그리고 바쁜 사람들이 늘 약속하지만 거의 잘 지키지 않는, 좀 더 자주 만나자는 약속을 하고 작별인사를 나눌 때가 되었다. 잠시 후, 헌트는 퀠상 연구소의 다중투사기 옆에 있는 신경 연결기의 안락의자로 돌아왔다. "비자르, 태워줘서 고마워." 그가 작별인사 삼아 말했다.

"기쁘게 해드리기 위해 노력하고 있습니다."

헌트가 하품하며 기지개를 켠 채로 잠시 있다가, 몇 차례 팔다리를 폈다 굽힌 후 자리에서 일어나 느긋하게 연구실 구역으로 향했다. "아직 남아 있는 사람들이 있나?" 헌트가 이제 시청각 연결기로 바꿔서 질문했다.

"투리엔인 기술자들만 있습니다." 비자르가 대답했다. "이샨은 일찍 떠났습니다. 요제프 조네브란트와 시엔 첸도 먼저 나갔습니다. 박사님과는 저녁 식사 자리에서 다른 지구인 일행과 함께 만날 예정입니다."

"아, 그렇군. 저녁 약속까지 얼마나 남았어?"

"1시간가량 남았습니다."

"먼저 월도프 호텔로 돌아가서 씻고 옷을 갈아입을 시간이 될까?"

"문제없습니다. 지금 계신 곳에서 두 층을 내려가면 카페 바깥의 테라스에 이용 가능한 비행차가 있습니다. 뒤쪽에 있는 문을 열고 오른쪽으로 돌아서 창문이 달린 벽을 따라 중앙 홀까지 가세요. 그리고 아래로 내려가는 중력 통로에 올라타시면 됩니다."

10

저녁 식사 장소는 꽃들과 관목으로 꾸며진 정원 같은 형태였으며, 양쪽의 유리창 너머로 도시의 고지대가 내다보였는데, 보이지 않는 중력의 힘으로 형태를 만든 도시 하천과 폭포도 눈에 들어왔다. 저녁 식사 모임에는 지구인 일곱 명만 참석했다. 지구인끼리 시간을 가질 수 있도록 투리엔인들은 빠졌다. 여기는 투리엔이므로 요리는 모두 채식이었지만 맛이 좋았다. 가니메데인들은 육식을 몰랐다. 초기 미네르바에는 지상의 육식동물이 전혀 진화하지 않았기 때문이다. 투리오스에는 제블렌에서 오는 방문객의 입맛에 맞춰 제블렌인이 운영하는 식당도 있었지만, 지구에서 온 일행들은 그 점을 그리 중요하게 생각하지 않았다. 가장 말이 많은 사람은 최근의 경험 때문에 아직도 들떠 있는 밀드레드였다.

"오늘 제가 단체커와 헌트 박사와 함께 몇 광년이나 날아다녔는지 아세요?" 밀드레드가 식탁에 앉은 다른 사람들에게 말했다. "비자르는 우리가 은하계의 우리 쪽 영역의 크기만큼이나 날아다녔다고 하더라고요. 그런데도 저는 알프스의 봄날 아침처럼 상쾌해요. 아무도 가방조차 챙기지 않았다니까요! 정말 놀라워요. 어느 날 이런 게 확장되어서 다중우주 전체를 포함하면 어떨지 상상이 되세요? 있잖아요, 제가 줄곧 들었던 그 다른 현실 어쩌고 하는 거 말이에요. 우리는 역사를 여행할 수도 있을 거예요. 심지어 전혀 일어나지 않은 사건도…. 음, 제가 제대로 이해했다면, 일어난 일이죠. 다만 우리가 있는 곳에서 안 일어난 거고. 맞죠요? 아, 여러분은 제가 무슨 말을 하는지 알 거예요."

"모든 비자르를 하나로 연결하는 거죠." 던컨이 느릿느릿 말했다. 그는 밀드레드의 생각에 매료된 듯 아득한 눈길로 그녀를 쳐다봤다. 전에는 그런 생각을 해보지 못했던 모양이다. 던컨은 샌디와 더불어 팀의 하급자로서 지구 과학자들이 사용하게 될 작업공간을 정리하는 잡무를 맡았다. 일이 순조롭게 진행되어 보고할 내용이 별로 많지 않았으므로, 그들은 다른 사람들의 대화를 즐겁게 들었다. 요제프와 시엔은 묘하게 조용했다. 헌트는 두 사람 사이에 뭔가 긴장감이 흐르는 게 느껴졌다. 단체커는 투리엔의 유기체 표본을 조사할 계획에 푹 빠진 상태였다. 헌트는 밀드레드가 방금 한 이야기에 깜짝 놀라 그녀를 응시했다. 헌트가 한 번도 생각해보지 못했던 발상이었다.

밀드레드가 계속 말했다. "하지만 유감스럽게도 제가 받아들이지 못하는 부분은 그 작고 급격한 움직임… 그걸 뭐라고 하죠? 다중우주에서 이쪽이나 저쪽으로 가는 변화…."

"양자역학적 사건요?" 헌트가 도와줬다.

"네, 저는 그게 존재 가능할 수 있는 모든 현실을 만들어낼 거라는 주장은 받아들일 수가 없어요. 우주를 구성하는 모든 원자가 생성할 수 있는 모든 조합, 이게 여러분이 다중우주에 대해 말하는 방식이죠,

그렇지 않나요?"

"수학적으로는 그렇죠." 헌트가 조심스럽게 대답했다. 그는 반론하며 논쟁하는 상황에 얽혀들고 싶지 않았다.

"뭐, 전 수학자가 아니에요." 밀드레드가 단호하게 말했다. "그래서 그 주장을 믿어야 할 이유가 없어요."

단체커는 호기심이 깃든 눈빛으로 밀드레드를 잠시 쳐다보더니, 개입하지 않는 게 낫겠다고 생각을 바꾼 모양이었다. 그는 노란 소스로 장식된, 자주색 아티초크처럼 볼록한 이상한 음식을 해부하는 일로 다시 관심을 돌렸다. 헌트가 미소를 지으며 말했다. "그것은 이해할 수 있는 영역을 완전히 넘어서는 숫자이기 때문에, 이 연구를 시작한 이후에는 그저 그냥 그러려니 받아들이고 살아갈 수밖에 없어요."

밀드레드가 고개를 가로저었다. "숫자에 관한 이야기가 아니에요. 믿음에 관한 이야기죠. 박사님은 저한테 물리학적으로 일어날 수 있는 모든 우주가 어딘가에는 존재할 거라고 했잖아요. 하지만 전 그 주장을 믿지 않아요. 저는, 뭐랄까, 예를 들어볼게요. 제 책이 모두 빈 페이지로 발간되어 책장에 쌓여 있고, 손님들이 그런 책을 사 가는 그런 우주가 존재할 거라고는 믿지 않아요. 제 말이 무슨 뜻인지 알겠죠?" 밀드레드는 식탁을 둘러보며 사람들의 대꾸를 기다렸지만, 아무도 말하지 않았다. "여러분의 수학에서는 그 양자… 어쩌고 하는 변화가 원자들을 하나로 모아서 그런 우주를 만드는 것을 막을 수 없을지 몰라도, 전 그런 일이 일어날 거라 생각하지 않아요. 말이 안 되잖아요. 사람들은 절대로 그런 식으로 행동하지 않을 거예요."

헌트는 그녀를 쳐다보며 대답할 말을 짜내려 했다. 그러나 한마디도 생각해낼 수 없었다. 밀드레드가 어딘가에서 핵심을 놓친 게 분명했지만, 헌트로서는 그게 정확히 어느 지점인지 지적할 수 없었다. 그는 이 문제에 대해 생각해볼 필요가 있다는 생각이 들었다.

"그렇지만 오늘 저는 이런 이야기를 너무 많이 들었어요." 밀드레드가 계속 말했다. "샤피에론호에서 가니메데인들과의 만남은 흥미진진했어요. 하지만 저는 그들과 여러분이 나누는 많은 이야기가 이해가 되지 않았어요. 저한테 가장 흥미로운 부분은 처음에 갔었던 브라닉스의 위아래가 뒤집힌 사발 같은 건물에서 만난 부부였어요. 철학자면서 예술가들이었죠." 밀드레드가 그곳에 가지 않았던 사람들에게 말했다. "그들은 은퇴해서 우림과 산으로 뒤덮인 놀라운 행성에 살았어요. 우리는 거기도 가봤죠. 그들은 내면의 본성을 찾았어요. 투리엔인들은 그게 인생의 중요한 목적이라고 생각하는 것 같아요. 저도 항상 그렇게 생각했어요."

헌트가 다시 미소를 지으며, 밀드레드가 착각한 이야기를 즐겁게 들었다. "부부는 아니었어요." 그가 밀드레드에게 상기시켰다. "와이아렐 혼자였잖아요. 그 사람은 부인을 기다리던 중이었어요."

밀드레드가 헌트를 힐책하듯 쳐다봤다. "헌트 박사님, 지금 무슨 이야기예요? 두 사람 모두 거기에 있었잖아요. 아사이는 매력적인 분이었어요. 그녀가 입었던 금색과 연분홍색의 드레스를 잊어버리진 않았겠죠? 정말 아름다웠잖아요!"

헌트는 이 상황을 어떻게 다뤄야 할지 몰라 멈칫거렸다. 오늘 밤에는 어떤 일이든 기어코 논쟁에 얽힐 모양이었다. "미안하지만, 그건 당신이 지어낸 이야기예요. 브라닉스에서 와이아렐은 혼자였어요. 우리가 떠날 때까지도 그는 부인을 기다리고 있었고요."

"박사님, 전 이해가 안 돼요…."

"밀드레드의 말이 맞아, 헌트." 단체커가 조용히 말했다. "우리는 두 사람과 이야기를 나눴어. 자네도 아사이의 드레스를 보고 찬사를 보냈잖아." 단체커가 걱정스러운 눈빛으로 헌트를 쳐다봤다. 동시에 거의 눈에 띄지 않을 정도로 고개를 저었다. 지금 논쟁을 벌일 문제가 아니라는 의미였다. 헌트는 의자에 기대앉아 비교적 조용히 남은 음식을 먹었다. 헌트는 오늘 아침 밀드레드와 단체커가 다중투사기에 있는 그에게 연락해서 그들과 함께 여행을 가기로 했다고 우겼을 때와 마찬가지로 자신의 기억을 확신했다.

＊

"비자르, 넌 그런 상황에 참여한 모든 신경의 소통을 처리하잖아." 헌트가 말했다. 그는 월도프 호텔에 있는 자신의 방에 돌아온 뒤로도 한참 동안 그 이야기를 곱씹다가 비자르에게 이야기했다. 그 문제가 계속 그를 괴롭혔다. "너는 일어난 상황을 기록하니? 그러면 이런 문제가 해결될 거 같은데."

"아니요, 저는 기록하지 않습니다. 그 일의 목적은 순전히 이용자들 사이에 통신을 중계해주는 것이니까요." 비자르가 대답했다.

헌트는 당연히 그럴 거라 짐작했었다. 그 주제를 더욱 파고들어 갔다. "그래도 이용자가 요구하면 그럴 수 있지? 네 채널을 통해 나에게 들어오는 모든 내용을 기록해달라고 내가 원하면 말이야."

"그렇게 하면 다른 이용자들도 관련될 수밖에 없습니다." 비자르가 지적했다.

"그래서 너는 할 수 없다는 뜻이야?"

"저는 허락을 받아야만 합니다. 그런 문제를 결정하는 투리엔 당국에 의한 규칙의 변경과 운영 지시가 필요합니다. 그런데 그런 변경은 쉽게 승인되지 않습니다. 과연 승인이 난 적이 있었는지도 의문입니다." 지구의 역사를 조금만 파보아도, 그런 규칙에 감히 반대하기 힘들었다. 비자르가 덧붙였다. "투리엔인들은 본성적으로 다른 사람을 도청하거나 감시하려는 강박이 전혀 없습니다."

"다른 사람들이 동의하더라도 안 될까?"

"그건 거의 불가능에 가까울 정도로 복잡한 문제입니다. 회로에 연결하고 싶어 하는 모든 이용자에게 정보를 제공해야 합니다. 그리고 투리엔인에게 그런 문제를 설명하려면 아주 많은 시간이 걸릴 겁니다. 그들은 삶을 전혀 다르게 바라보거든요."

헌트가 한숨을 내쉬었다. "알았어. 그냥 생각해본 거야. 당분간은 잊자." 그는 소파에 드러누워 생각에 잠긴 채 천장을 올려다봤다. 천장은 내부에서 빛을 발생시키는 물질로 화려하게 만들어졌는데, 빛은 균일하게 확산되거나 원하는 곳에 집중해서 비추기도 했다. 뭔가 아주 이상한 일이 벌어지고 있었다. 헌트는 당황스럽고 혼란스러웠다. 요제프와 시엔은 저녁 식사 자리에 와서 앉기 전부터 뭔가 불편한 상태였던 듯했다.

헌트가 시간을 확인했다. 막 자정을 넘긴 시간이었다. "비자르, 요제프에게 연결해줄 수 있어?"

잠시 후 헌트의 시야에 영상창이 열리고, 요제프의 머리와 어깨가 보였다. "안녕하세요, 헌트 박사님. 무슨 일이십니까?"

"지금 시간이 어떤가요? 할 이야기가 있어서요."

"전 괜찮습니다. 급유소에서 만날래요? 아니면 여기로 와서 한잔하시면 어떤가요. 막 잠자리에 들려던 참이었거든요."

"아, 좋습니다. 그쪽으로 갈게요. 몇 분 후에 만나죠."

✳

헌트가 도착했을 때 요제프는 실내복과 슬리퍼 차림이었다. 숙소의 거실에 있는 테이블 위에는 작달막하고 목이 긴 병과 잔이 두 개 놓여 있었다. "자, 무슨 일이신가요? 혹시 불면증에 시달리나요?" 헌트가 자리에 앉자 요제프가 말했다. "저도 머릿속이 너무 복잡한 상황이었어요."

"건배." 요제프가 잔에 술을 따른 후 헌트가 잔을 살펴봤다. "무슨 술이에요?"

"제블렌인들이 마시는 일종의 와인이래요. 여기에 쌓여 있더라고요. 살짝 백포도주 맛이 나요."

"나쁘지 않네요."

요제프가 고갯짓으로 문 쪽을 가리켰다. "급유소에서 에스토니아 사람들을 만나 이야기를 나눈 적이 있는데, 가니메데인들이 노래할 줄 모른다는 사실을 처음 알았어요."

"그들의 발성 기관은 우리와 완전히 달라요. 그들은 우리가 흉내 내기 힘든 후두음만 사용할 수 있습니다." 헌트가 말했다. 비자르가 통역할 때 만들어내는 목소리는 양쪽 사람들에게 평범하게 들리도록 합성했다. "당신 말이 맞아요. 가니메데인들은 노래를 부를 수 있을 정도로 음역대가 넓지 않아요."

"가니메데인들이 우리의 합창 음악을 경이롭게 생각하는 모양입니다. 에스토니아 합창단이 큰 화제예요. 알고 계셨나요?"

"그쪽 방면은 사실 제가 잘 모릅니다."

"전 그게 이상하게 생각되더라고요. 신체적인 문제를 말하는 게 아니에요. 투리엔인들이 놀라는 게 이상하다는 거죠. 무슨 말이냐면, 투리엔인은 아주 오랫동안 제블렌인과 함께 지냈는데, 제블렌인도 인간이잖아요."

헌트가 어깨를 으쓱했다. "그렇다면 제블렌인이 그다지 음악적이지 않다고 추측할 수밖에 없겠네요. 생각해보니, 제가 제블렌에서 지낼 때 음악 활동을 그다지 많이 보지 못했던 것 같아요."

"그럴지도 모르겠네요." 요제프가 의자에 기대앉으며 안경테 너머로 헌트를 물끄러미 쳐다봤다. "그런 그렇고, 얼마나 시급한 문제이기에 좀 더 편한 아침까지 기다리지 못하신 건가요?"

"그렇게 급한 일은 아니에요. 오히려 개인적인 일에 가깝습니다. 제 생각에는 좀 더 사적으로 대화를 나누는 게 나을 것 같았어요."

"아, 이제야 흥미가 당기네요. 계속 말씀하세요."

헌트는 그 문제를 꺼내기 위해 가장 좋은 방법을 내내 생각해봤지만, 어떻게 하더라도 난처한 상황을 벗어나기 힘들었다. "저기, 먼저, 저는 당신의 사생활에 관심이 있거나 들춰내려는 게 아닙니다. 제 질문이 조금 이상하게 들릴지도 모르지만, 그렇게 물어보는 타당한 이유가 있어요."

요제프가 아리송한 눈빛으로 헌트를 바라봤다. "네?"

"오늘 밤 저녁 식사에서, 당신과 시엔이…." 헌트가 슬쩍 손짓했다. "아, 뭔가 좀 더 나은 말이 필요한데, 둘 사이에… 뭔가 살짝 긴장이 느껴지더라고요. 약간 짜증스러움도 느껴지고, 별로 말이 없더군요. 제 말이 무슨 뜻인지 아시죠?" 헌트는 기다렸다. 요제프는 대답 없이 술잔을 쳐다보기만 했다. 헌트는 그 모습을 자신이 우려했던 상황으로 이해했다. 아마도 최대한 공손하게 남의 일에 참견하지 말라는 묵언의 경고일 것이다. "알았어요. 저기요, 제가 처음에 말했잖아요. 제가 뭔가 사적인 일에 끼어드는 것 같더라도…."

요제프가 슬쩍 웃으며 그의 말을 잘랐다. "저하고 시엔 말인가요? 아, 왜 이러세요, 헌트. 제가 시엔을 직접 만난 것은 당신과 마찬가지로 얼마 되지 않아요. 그렇지만 우리 사이에 아무 일도 없었다는 이야기는 아니에요." 그가 술을 들이켰다. "뭐랄까, 솔직히 말해, 아니라고 는 말하지 않을게요. 그녀는 훌륭한 '정신적' 자질을 갖고 있어요, 그 렇게 생각하지 않으세요? 세월이 흐르면서 우아함과 매력이 어떻게 향상되는지 우리에게 본보기가 될 만한 분이죠. 적어도, 오늘 오전까 지는 그렇게 생각했어요."

"제가 그 이야기를 꺼냈을 때 당신이 너무 조용해서, 화난 줄 알 았어요."

"하." 요제프는 코끝을 찡그리더니 잠시 생각에 잠겼다. "굳이 알 고 싶다면 화가 났다기보다는 약간 어처구니가 없었어요." 마침내 그 가 입을 열었다.

"당신이 시엔에 대해 생각을 바꾼 것과 관련이 있나요?"

"음, 당신이 사실대로 알고 싶다면 그렇다고 할 수 있겠죠."

그때 헌트는 자신의 직감이 맞았다는 사실을 알아챘다. "제가 맞혀 볼게요. 굳이 언급할 가치도 거의 없는 너무나 시시한 일이지만, 두 사람은 마치 애들처럼 그 문제에 대해 서로 격렬하게 반박하는 상황 이 된 거죠. 당신은 자신이 옳다는 사실을 알고 있고, 쉽게 해결될 문 제라고 생각했어요. 그러나 시엔은 계속 그걸 문제 삼으며 물러서지 않았을 거예요."

깜짝 놀란 요제프의 눈이 커졌다. "그거에요, 정확해요! 어떻게 아 셨어요?"

"제 이야기는 곧 말해줄게요. 그쪽은 무슨 일이 있었어요?"

"오늘 오전에 다중투사기에 있을 때 우리는 내내 논쟁을 했어요. 당 신이 말했던 대로 시시하고 사소한 문제들이었죠. 시엔은 제가 한 적 이 없는 말을 제가 반복해서 했다는 거예요. 그리고 자신이 하지 않았 던 말을 했다고 우겼어요. 다음에는 앞서 10분 동안 있었던 일을 저한테 설명하기 시작했어요. 마치 제가 거기 없었던 것처럼 말이에요. 제가 내내 거기에 있었는데도요. 물론 누구나 실수는 할 수 있어요. 하지만 당신이 생각하기에 누군가가 자신이 실수했다는 사실을 알면서도 인정하지 않는 것처럼 보이면…, 글쎄요, 당신도 얼마 지나지 않아 화가 나기 시작할걸요."

"알아요. 짜증 나죠. 그렇지 않나요?"

요제프는 계속 말을 하려는 듯하다가, 헌트의 날카로운 눈빛을 보고는 멈췄다. "당신도 비슷한 일이 있었다는 이야기를 하려던 건가요?" 요제프는 말을 멈추고, 기억을 되살려봤다. "아, 그렇죠! 단체커 교수와 밀드레드가 투리엔인 부부에 대해 했던 말과 관련된 문제였겠군요."

헌트가 천천히 고개를 끄덕였다. "저는 크리스천 단체커 교수를 오래전부터 알았어요. 단체커가 종종 약간 고약하게 굴긴 하지만, 이건 그 친구답지 않았어요. 여기에 뭔가 아주 이상한 일이 일어나고 있어요, 요제프. 그게 단체커만이 아니라 우리 모두에게 영향을 미치고 있어요. 그렇지만 지금 당장은 그게 뭔지 모르겠군요."

11

하지만 모든 사람에게 영향을 미친 것은 아니었다. 다음 날 아침 헌트가 조심스럽게 던컨 와트에게 말을 건넸을 때, 던컨과 샌디는 헌트가 설명한 종류의 문제를 경험하지 않았다고 했다. 오히려 던컨은 새로운 행성에 왔다는 즐거움과 신기함이 업무의 지루한 특성을 상쇄시켜서, 사용할 작업공간을 정리하고 지구에서 운송된 다양한 품목을 점검하는 일이 즐거웠다고 했다.

헌트는 단체커와 이야기를 나눌 때가 되었다고 판단했다. 연락했더니 교수는 다중투사기가 있는 블록에서 가까운 퀠상 복합단지 고층 건물에 있었다. 그곳은 지구인들에게 할당된 공간이었다. 그들은 별도로 분리해서 연구하는 것보다, 이샨이 그 프로젝트를 위해 데려온 투리엔인 과학자들과 함께 일하는 게 낫겠다고 의견을 모았다. 물론 투리엔인들도 찬성했다. 헌트는 비자르의 안내를 받아 다른 건물로 건너가서, 곡선의 구조물과 실내장식이 화려한 이국적인 공간을 지나며 위로 올라갔다. 익숙하게 생각해왔던 과학연구 환경보다는 아라비아의 궁전이나 스페인 대성당 같은 느낌이 들었다. 투리엔인들이 일반적으로 입는 예복 같은 의상 때문에 그런 느낌이 더 강해졌다. 핵심 공학에 맞춰진 플라톤 학술원 같았다. 지구인이 예술과 과학을 바라보는 관점과 달리 투리엔인은 둘을 엄밀하게 구분하지 않았다. 그들에게는 투리오스에 있는 고상한 공원을 가로지르는 통로 양측의 벽을 조각하는 일부터 우주선에 동력을 공급하는 일까지 그들이 하는 모든 일은 '예술'이며, 객관적인 진실의 문제를 검토하는 일과 관련된 모든 과정이 '과학'이었다.

던컨과 샌디는 자원해서 도와주는 투리엔인 학생의 설명을 들으며 투리엔 장비들을 익히고 있었다. 요제프는 다른 곳에 있었는데, 시엔과 화해를 하러 갔을 가능성이 컸다. 단체커는 방 앞의 발코니에 나가 있을 거라고, 던컨이 알려줬다. 헌트가 방을 가로질러 유리문을 열고 나갔다. 헌트 생각에 거기는 발코니라기보다 테라스 정원에 더 가까웠다. 단체커는 인공 개울과 나무들 건너편에 있는 바깥 난간에 서서 주변의 풍경에 넋을 놓고 있었다. 헌트는 작은 징검다리로 개울을 건너 단체커에게 갔다. 거대한 투리엔의 거목들 사이로 펼쳐진 바위들과 푸른 나무들 틈에서 솟아오른 연구소의 건물들은 대리석 같은 표면과 유리로 만들어져 조형물 같은 느낌을 주었다.

"난 고다드 센터 생물학연구소의 꼭대기 층에서 보는 풍경이 영감을 준다고 생각했었어." 단체커가 말했다. "그렇지만 이 풍경을 보고 나니, 앞으로 다시는 그렇게 보이지 않을 것 같아서 걱정돼. 내게 예술가적 기질이 어느 정도 있었다면, 표현해야 할 창조적 자극이란 게 이런 거라고 확신했을 거야. 혹시 독일의 철학자 오스발트 슈펭글러의 글을 읽어본 적이 있어? 슈펭글러는 인류의 문화가 유기체처럼 발생, 성장, 번성, 사멸하며 독특한 내적 본성을 나타낸다고 했어. 투리엔인도 다르지 않아. 투리엔인이 하는 모든 일은 자신들이 무엇인지, 그리고 그들이 어떻게 세상을 보는지에 대한 표현이야. 어쩌면 변화라는 것은 해바라기 씨로 장미를 길러내는 것만큼이나 불가능할지 몰라. 우리 역사에서 안타까운 이야기를 너무도 많이 만들어냈던, 한 문화가 다른 문화에 자신들의 문화를 강요했던 헛된 시도에 대한 대답이 바로 보이는 것 같지 않나?" 단체커는 지금 개방적인 상태였다. 헌트는 이야기를 좀 더 쉽게 풀어갈 수 있을 것 같다는 생각이 들었다. 그는 지금 안에 있는 사람들에게 목소리가 들리지 않는 발코니에 있어서 다행이라는 생각이 들었다.

"오늘 밀드레드는 어디에 갔어?" 헌트가 물었다.

"미리 준비했던 여행을 떠났어. 프레누아 쇼음을 만나고 있을 거야. 아마도 쉽지 않은 만남일 거야. 하지만 난 밀드레드가 잘해낼 거라고 믿어 의심치 않아." 쇼음은 고위직에 있는 투리엔인 여성으로서 밀드레드가 조사를 준비하는 과정에서 주요한 안내자가 될 예정이었다. 쇼음은 브로퀼리오의 음모가 폭로되기 전부터 제블렌인의 동기를 의심하던 소수의 투리엔인 중 한 명이었으며, 자신의 의심을 일반화해서 인류 전체를 경계하며 의심하는 경향이 있었다.

"단체커, 어제 저녁 식사 때 있었던 사소한 의견 불일치에 대해…."

단체커가 난간에서 몸을 돌려 너그러운 표정으로 그를 쳐다보더니 손을 터는 몸짓을 했다. "아, 그건 신경 쓰지 마. 다들 종종 그런 실수를 하잖아. 이런 여행은 사람을 혼란스럽게 만들고 스트레스를 주기마련이야. 겨우 하루, 이틀 정도라고 해도 말이야. 그리고 갑작스럽게 완전히 다른 사회로 와서 육체적 환경이 바뀌면 그런 스트레스가 더심해지기 마련이잖아."

"그래, 그렇지만 내 생각에는 그런 게 아닌 것 같아. 그게…."

단체커가 계속 말했다. "하지만 나는 어젯밤에 이야기했던 다른 문제에 대해 생각하고 있었어. 자네와 그 문제를 논의해보고 싶어. 그 함의는 매우 이례적일 수도 있어. 밀드레드가 말했던 내용으로 다시 돌아가 보자는 거야." 헌트가 보기에 단체커는 앞서 헌트가 꺼낸 이야기를 사소한 일이므로 잊어버리는 게 낫다고 이미 일축해버린 상황이었다. 헌트는 속으로 툴툴거렸다. 단체커는 자신을 사로잡은 생각에 한번 빠지면 경로를 변경시키는 게 사실상 불가능했다. 교수가 옷깃을 양손으로 거머쥐었다. 그가 강의 모드에 들어갈 때 무의식적으로 나타나는 버릇이었다. "밀드레드가 물리학적으로 존재 가능한 모든 현실이 다중우주 어딘가에 존재하리라는 의견에 반대했던 걸 기억할 거야. 솔직히 말해서, 헌트, 나도 오래전부터 그 문제에 대해서는 의구심을 갖고 있었어. 자네 같은 물리학자들이 수학적으로는 그렇게 나온다고 아무리 말해도 말이야. 그런데 나는 정확히 어떤 지점에서 그 모델이 무너지는지 밝힐 수가 없었어. 내 생각엔 밀드레드가 그 부분을 정확하게 지적한 것 같아."

'사촌이 끝도 없이 수다를 떤다며 투덜대던 사람이 바로 너였잖아.' 헌트가 속으로 생각했다.

단체커가 계속 말했다. "밀드레드는 자신의 책이 빈 페이지로 제작되어 팔리는 우주는 어디에도 없을 거라고 했어. 당연히 밀드레드의 말이 맞을 수밖에 없어. 어떻게 그런 우주가 존재할 수 있겠어? 그보다 더 터무니없는 주장은 없을 거야. 그렇지만 자네의 그 수학은 그 문제를 뭐라고 할까, 응? 순전히 기계적인 과정이 인간적 견지에서 타당한 현실과 상식적으로 존재할 수 없는 현실을 어떻게 구분할 수 있을까? 아무리 확률을 낮게 잡더라도 그런 게 가능할까? 불가능해. 그러므로 제한된 범위로 진행된 특정한 실험의 결과를 아무리 성공적으로 잘 예측했다 하더라도, 양자역학의 수학적 형식주의가 현실을 적절하게 표현할 수는 없어."

헌트는 밀드레드가 그 문제를 꺼냈을 때와 똑같은 혼란이 다시 느껴졌다. 해답이 있어야 하겠지만, 헌트는 그 해답이 떠오르지 않았다. 그것은 지금까지 그가 거의 생각해보지 못했던 문제였다.

"그 함의는 실제로 심오할 수 있어." 단체커가 계속 말했다. "이렇게 생각해봐. 물리학은 우리에게 다중우주 그 자체가 시간을 초월해서 존재한다는 주장을 받아들이라고 요구했어, 그렇지? 우리가 인식하는 변화의 순서는, 의식이 다른 분기점들을 연달아 가로지르며 지나가는 경로에 의해 발생해. 정확히 어떻게 그러는 건지는 수수께끼야. 그러나 이 시점에서 자네가 희망을 품을까 봐 미리 말해두자면, 유감스럽게도 내가 그 부분에 대한 해결의 실마리를 던져주려는 건 아니야." 농담이라는 듯 단체커가 이를 슬쩍 드러내며 웃었다. "그렇지만 그렇게 할 수 있다는 사실은, 의식이 무엇인지를 본질적으로 정의할 수 있는 기준을 우리에게 제공해줘. 실은 더 나아가 '생명'의 본질적인 정의라고 해야겠지. 내 주장을 확장하면, 모든 생명은 어느 정도로 의식을 가지고 있다고 할 수 있어. 그 '의식'을 '자의식'과 혼동하지는 마. 자의식은 내가 이야기하고 있는 현상과는 질적으로 다른 부분이야."

"그래서 자네의 주장은 뭔데?" 체념한 헌트가 물었다. 어찌 됐든 그는 이 이야기를 끝까지 들을 수밖에 없었다.

"이거야. 생명이 없는 물체는 확률의 법칙을 따를 수밖에 없어. 그게 경험하게 될 미래는, 혹은 현학적으로 말하고 싶다면, 특정한 버전의 그 물체가 존재하는 특정한 현실은, 그 물체의 외부에 존재하는 힘과 확률에 의해 결정되지. 그리고 그게 물리학이 정확하게 설명하는 세계야. 그러나 의식적인 존재는(조금 전에 내 이야기에서 모든 생물을 의미하는 거야) 행동을 변화시켜서 그 확률을 바꿀 능력이 있어. 의식적인 존재는 스스로 방향을 틀어서, 가만히 있었으면 경험했을 미래와는 다른 미래를 향해 나아갈 수 있는 거야. 어떻게든 그 유기체가 좀 더 바람직하다고 판단하는 방향이겠지. 그리고 변화를 일으킬 수 있는 정도는 그 존재가 어느 정도나 의식적인지를 나타내는 좋은 지표가 될 거야. 생각건대, 그것은 우리처럼 지적인 종들 사이에도 적용할 수 있는 기준이 될 수 있어, 일반적인 모든 생명체에도."

"식물도 포함해서 말이야? 박테리아는? 곰팡이도?"

단체커가 손사래를 쳤다. "그래. 모든 생물은 더욱 나은 삶을 살 수 있는 확률을 향상시키기 위해 환경적 자극에 반응해."

헌트가 갈피를 잡지 못했다. "그래서 밀드레드는 뭘 주장하려는 거야?"

"앞서 지적했듯이, 순수하게 물리학적인 수학이 허용하더라도, 우리 같은 의식적인 존재는 인지적으로 다룰 수 있다는 측면에서만 의미가 있을 뿐 거의 일어날 가능성이 없는 미래의 줄기 전체를 없앨 거야. 나는 의문의 여지가 없다고 판단해. 양자 물리학이 허용하는, 물질로 구성 가능한 모든 존재부터 다중우주를 구성하는 실제 현실들 사이의 어떤 지점에 구체화되는 한계를 규정하는 일종의 '타당성의 경계선' 같은 게 있을 거야. 의식이 용납하지 않을 현실로 이끄는 양자역학적 과정을 의식이 개입해서 억제하는 거지. 그게 어떻게 가능한지는 나도 모르겠어. 하지만 그런 생각은 물리학 이론을 생물학이나 사회 현상에 적용하려던 우리의 노력이 다소 제한적인 성공밖에 못 했다는 사실을 설명하는 데에는 크게 도움이 돼. 투리엔인들이 했던 많은 말들이 갑자기 훨씬 더 잘 이해가 돼." 단체커가 반응을 기대하며 헌트를 바라봤다.

하지만 헌트는 자신이 제기하려는 문제를 단체커가 일축해버리며 무시했던 태도 때문에 여전히 짜증이 난 상태였다. 헌트는 그 문제를 논의하기 위해 여기로 왔기 때문이었다. 이제 단체커는 물리학자들이 자신들의 전문 분야에서 잘못하고 있다며, 그 문제를 어떻게 고칠지에 관해 묻지도 않은 조언까지 하고 있었다. "글쎄, 고마워, 단체커. 그렇지만 물리학을 다루는 방법은 물리학자들이 잘 알아." 헌트는 자신의 말투가 원래 의도했던 것보다 훨씬 퉁명스럽게 느껴졌다. "지금 중요한 문제는 다중투사기로 다른 우주에 대한 연결을 유지하도록 하는 거야. 내 생각엔 이런 형이상학적인 사색이 그다지 도움이 될 것 같지는 않아."

단체커가 입을 꾹 다물었다. 그는 이런 반응이 못마땅한지 긴 한숨을 들이쉬었다. "자네는 예전에 나한테 자네의 폭넓은 생각에 열린 자세를 취하라고 끊임없이 잔소리를 해댔지." 단체커가 뻣뻣하게 말했다. "내가 위험을 무릅쓰고 자네의 그 말대로 했더니, 이제 자네는 내 분야에나 신경을 쓰라고 하는군. 그래, 자네가 원하는 게 대체 뭐야?" 단체커가 손수건을 꺼내 안경을 닦기 시작했다. "적어도 난 항상 더 생각해본 뒤, 자네의 주장이 맞을 수도 있겠다고 결론이 나면, 예의상이나마 그 사실을 최대한 인정했어. 나는 이 경우에 자네도 똑같이 정중하게 대해주리라고 믿었어." 단체커가 다시 안경을 쓰고 주변을 둘러봤다. 사무실 쪽에서 다른 사람들의 목소리가 들려왔다. "그런데 지금은 우리의 젊은 동료들이 어떻게 지내는지 살펴보는 게 나을 것 같아. 아마 요제프와 시엔도 그 친구들과 함께 있을 거야." 단체커는 그렇게 말하고 몸을 돌려 징검다리를 건너더니 문 안으로 사라져버렸다.

헌트는 발코니의 난간 위로 팔을 짚고 한숨을 뱉은 후 풍경을 응시했다. 약간 아래에 있는 테라스에 둘러싸인 곳에서 학생처럼 보이는 투리엔인들이 그를 향해 손을 흔들었다. 헌트도 손을 살짝 들어서 인사를 받았다. 그래, 단체커는 자신이 선을 넘었다는 사실을 알았다. 대체 어떤 부분이 그를 괴롭힌 걸까? "연구 프로젝트를 시작하기에는 괜찮은 방법이네." 헌트가 침울하게 혼잣말을 했다.

12

단체커는 항상 밀드레드에게 말이 너무 많다는 이야기를 가능한 한 가까운 의미의 말들을 사용해서 요령껏 했다. 밀드레드는 그 충고가 맞는다면(때때로 밀드레드 자신도 단체커의 말을 어느 정도 인정할 수밖에 없었다) 투리엔인과 함께 있을 때는 그런 특성을 자제하고 억제해야 한다고 스스로에게 상기시켰다. 어찌 됐든 그녀는 여기에 배우러 왔다. 문제는 항상 밀드레드의 머릿속에 너무도 많은 생각이 들끓는다는 사실이었다. 그리고 그녀는 그 생각들이 머릿속에 떠올랐을 때 배출시키지 않으면, 표면 아래로 가라앉아 다시는 떠오르지 않을 것 같아 불안했다. 아마도 다른 이들은 그녀의 그런 수다 때문에 종종 짜증스러웠을 것이다. 그래도 그녀가 곳곳에서 만났던 사람들처럼 가치 있는 생각을 전혀 못 할 것 같은 이들보다는 분명히 나을 것이다.

가련한 단체커! 밀드레드는 워싱턴에서 자신이 아주 귀찮은 존재였다는 사실을 잘 알았다. 그리고 단체커는 고다드 센터에서 새로운 직무로 인해 발생한 일이 없을 때도 항상 자기 일에 열심이었다. 그러나 전적으로 완전히 다른 외계 문화와 관련된 이 집필 계획은 정말 흥미로웠다! 단체커는 그 문제에 관해 중요한 권위자였기 때문에 그냥 빠뜨리고 지나갈 수 없었다. 그런데 단체커는 그녀가 오랜 기간에 걸쳐 만나봤던 대부분의 오만한 교수들이 그러듯 야비한 태도로 시간이 없다고 쌀쌀맞게 이야기하지 않고, 이렇게 점잖은 방식으로 그녀에게서 빠져나가려 시도할 정도로 상냥한 사람이었다. 그래서 밀드레드는 단체커에게 걸림돌이 되지 않도록 최대한 노력하면서, 단체커와 다른 과학자들이 관여하고 투리엔인도 참여하는 이 다중우주 연구에 대해 흥미로운 점들을 찾아보기로 마음 먹었었다. 실제로 밀드레드는 자신이 생각했던 것보다 그 연구가 훨씬 더 흥미롭다는 사실을 알게 되었다. 설령 과학자들이 하는 이야기에 이해가 안 되는 부분이 있더라도 말이다. 그래서 밀드레드는 가능한 한 그들을 방해하지 않으면서, 독자적으로 자기 일을 추구하기 위해 노력했다.

투리엔인이 그녀의 작업을 위해 제공한 사무실은 더할 나위 없이 편안했다. 사무실에는 아주 훌륭한 책들이 담긴 책장이 있었고, 그녀의 취향에 맞춰 광택이 나는 마호가니와 호두나무로 만든 책상과 가구들이 배치되었으며, 잘 어울리는 커튼과 카펫이 있었다. 고령토로 만든 벽난로와 꽃병들, 뻐꾸기시계를 포함해서 가정용 골동품도 여기저기 설치되었다. 그리고 마름모꼴의 창문을 통해 바이에른 알프스의 계곡이 내다보였다. 이것은 모두 비자르가 그렇게 꾸며낸 것이므로 별로 놀랍지 않았다. 물론 이것들은 모두 실재하지 않았다. 그렇지만 밀드레드에게 익숙한 모조 서류 캐비닛과 메모장이 함께 제공되었다. 그리고 책상에는 그녀가 지구에서 익숙하게 사용하는 형태로 처리되는 작업용 컴퓨터가 있었다. 이 모든 시설의 가장 좋은 부분은 밀드레드가 투리엔에 머무는 동안 작업한 모든 내용이 통신 시스템과 비자르를 통해 전송되어서, 그녀가 지구에 도착했을 때 파일로 정리되어 기다리고 있을 거라는 점이었다. 벽에 붙은 사진들도 지겨워지면 언제든 바꿀 수 있었다.

밀드레드는 만일 사람들이 바라는 모든 감각적 환상을 비자르가 만들어낼 수 있다면, 컴퓨터 전문가들이나 이해할 성가신 메뉴와 옵션, 아이콘, 난해한 상자들을 모두 통합해 그녀가 이해할 수 있는 형태로 자료 관리체계를 만들어낼 수 있을 거라고 주장했다. 그 결과가 책장이었다. 그녀는 상상조차 하지 못했던 방법이었다. 그게 책장이 된 것은, 밀드레드가 작가의 사무실에는 책이 있어야 한다고 주장했기 때문이었다. 그러나 책들은 그때그때 밀드레드의 특정한 요구에 맞춰 배열이 바뀌었다. 밀드레드가 역사적인 사실을 확인하고 싶을 때는 그녀가 관심을 가진 시대를 포괄하는 책들이 선별되어 나타났다. 그녀가 지리학 관련 문제에 관심이 있을 때는, 물리적·정치적·생물학적·지질학적 지도책과 더불어 여행 안내서들과 사진집이 나타났다. 전기(傳記)나 인용문, 문학, 예술, 그리고 그녀가 시도해봤던 다른 모든 형태의 참고 자료들에 대해서도 비슷하게 작동했다. 또한 밀드레드는 익숙한 방식으로 넘길 수 있는 페이지들에 쓰인 색인을 이용해 원하는 자료를 무엇이든 찾을 수 있었다. 색인은 그녀가 연구하려는 게 무엇이든 거기에 맞춰 새로 쓰였다. 환상적이었다!

밀드레드는 메모와 오려놓은 자료, 목록, 문서 등등을 파악하는 데에 유용한 방법도 요구했다. 폴더에 넣어놓고 뒤지는 게 익숙했지만, 컴퓨터에서 어느 폴더에 넣어두었는지 미리 알지 않는 한 그 자료들을 전혀 찾아낼 수 없었다. 비자르는 그에 대한 응답으로 서랍이 한 개 달린 서류 캐비닛을 만들어주었고, 프레누아 쇼음이 방금 그에 대한 설명을 해줬다. 방의 전체적인 장식과 어울리게 나무로 마감한 서랍은 지극히 평범해 보였다. 캐비닛은 탁자 위에 접근하기에 편안한 높이로 있었으며, 서랍 하나에 원하는 것은 무엇이든지 담을 수 있어서 다른 서랍을 꺼내기 위해 구부리거나 손을 뻗을 필요가 없었다.

"캐비닛은 책장과 같은 방식으로 작동됩니다." 쇼음이 말했다. "앞에 있는 이름표는 분류한 내용물의 주제이고, 안에 있는 서류철도 동일합니다." 그때 이름표는 비어 있었다. 쇼음은 서랍을 열어 익숙한 모습의 칸막이와 꼬리표를 보여줬지만, 내부가 비어 있었다. "한번 해 보죠. 관심을 가진 주제가 뭔가요?" 쇼음이 물었다.

밀드레드가 가상의 손가락으로 플라스틱 꼬리표들을 주르륵 훑자, 꼬리표들이 살짝 구부러졌다가 타다닥 연이어 튕기는 소리를 냈다. 기괴한 기분이 들었다. 산의 목초지에서 나는 희미한 냄새가 산들바람을 타고 창문을 통해 흘러들어왔다. 밀드레드는 아직도 자신이 실제로는 투리오스의 정부청사 어딘가에 있는 안락의자에 누워 있다는 사실을 억지로 떠올려야만 했다. "투리엔인의 정치 조직과, 그 조직이 어떻게 기능하는지 알아보고 싶어요." 밀드레드가 대답했다. "지도자가 어떻게 선출되며, 그들은 어떤 식으로 결정을 내리는지. 그걸 어떤 주제에 다 담을 수 있을까요? 제 짐작에는 '정치' 같아요." 밀드레드는 지금도 프레누아 쇼음 같은 지위에 있는 사람이 하급 사무원을 보내지 않고, 이렇게 직접 그녀가 시스템을 익힐 수 있도록 도와주고 있다는 사실이 약간 놀라웠다. 투리엔인의 고위직 개념은 지구의 기준과 몹시 다른 모양이었다. 지구에서는 현대 생활의 다른 모든 가치와 사고가 '효율성'이라는 위대한 신에 복종하는 듯했다. 투리엔인들에게는 그런 단어의 개념조차 없는 듯했다. 적어도 경제적인 의미에서는 말이다.

쇼음이 손짓했다. 서랍의 손잡이 위에 있는 이름표에 정치라는 단어가 나타났다. "서랍 내부도 당신이 이용하면서 생겨난 구조에 따라 자동으로 정렬될 겁니다. 당신이 투리엔에서 다양한 기관이 운영되는 방법에 관한 자료를 모으길 원한다고 가정해보죠…." 쇼움의 목소리 지시에 반응해서 '정치' 아래의 이름표에 '행성 행정부'라는 부제목이 저절로 추가되었다. 쇼움이 서류철 중에서 하나를 들더니 안의 서류 들을 주르륵 넘겨보고 밀드레드에게 건넸다. "그리고 당신은 이걸 책 상으로 가져가서, 걱정하시는 혼란스러운 대화 상자나 모니터가 없이 도 익숙한 방식으로 이용할 수 있습니다."

"멋져요!" 밀드레드가 소리쳤다. 서류철에는 '지역 의회'라고 쓰였 으며, 안에는 비자르가 그 주제를 처음 살펴보기에 적절하다고 판단 해서 수집하고 선별한 논문과 지도, 도표, 표가 있었다.

"투리엔에서는 모든 게 대단히 지역적으로 운영됩니다. 여러분에 게 익숙한 관료주의적인 형태는 없습니다. 지구의 방식은 많은 경우 분쟁을 해결하기 위해 만들어졌죠. 우리에게 분쟁은 별로 중요하지 않은 문제입니다. 분쟁은 경쟁에서 발생하는데, 경쟁은 가니메데인의 본성에서 중요한 부분이 아니거든요." 쇼움이 설명했다.

"네, 저도 그렇게 이해했어요. 당신들의 기원이 다르기 때문이죠."

"그런 것 같습니다."

밀드레드는 서류철을 서랍의 원래 있던 자리에 다시 집어넣었다. 밀드레드는 이렇게 좁은 공간에서 외계인 한 명을 단독으로 살펴볼 수 있는 첫 경험이 아직도 너무 황홀해서 자신의 평소 성향처럼 쇼움 에게 질문을 쏟아낼 기회를 별로 누리지 못했다. 게다가 밀드레드는 단체커의 충고를 받아들여 말을 너무 많이 하지 않겠다던 결심을 아 직도 유지하고 있었다. 다른 기회가 또 있을 것이다.

쇼움은 밀드레드보다 단순히 키만 큰 것이 아니라 비율적으로도 크고, 아름다운 튜닉의 짧은 소매에 드러난 단단하고 긴 팔다리가 운동선수처럼 근육질이라서 밀드레드는 내심 자신이 그녀보다 너무 짧고 뭉땅하다는 느낌을 받았다. 쇼음의 피부는 전체적으로 청회색이었는데, 팔꿈치와 손등, 목의 양옆과 뒤쪽은 점차 진한 자주색을 띠면서 머리카락 같은 기능을 하는, 머리를 덮은 검은색의 주름에 녹아들어갔다. 그 부분은 마치 고대 로마나 바이킹의 투구를 연상시키며, 가늘고 긴 가니메데인의 두개골과 돌출된 턱을 돋보이게 했다. 공격성이라고는 전혀 없는 종족의 신체가 외면적으로는 전사 계급의 인상을 준다는 사실이 밀드레드에게는 묘하게 역설적으로 느껴졌다.

"공직을 차지하기 위한 경쟁도 없나요? 여러분의 정책을 결정하는 지도자들 말이에요. 그들은 어떻게 임명되나요?" 밀드레드가 물었다.

"예전에도 지구인들이 제게 그런 질문을 했었죠." 쇼음이 말하며 눈살을 찌푸렸다. 아마도 여전히 그 문제에 관한 설명이 쉽지 않은 모양이었다. "쉽게 이해할 수 있도록 대답해줄 방법은 없는 것 같습니다. 투리엔에서 여러분이 지도자라고 부르는 사람들은 '임명'되는 게 아니라 '인정'됩니다. 그 전에 이미 자질을 갖추어야 합니다. 어떤 사람이 적합하다고 선언하는 과정을 만들더라도, 그가 적합하지 못하다면 무의미합니다. 그런 사람을 받아들여서는 안 됩니다."

"그러면, 칼라자르 의장님을 예로 들어보죠." 밀드레드가 제안했다. 칼라자르 의장은 제블렌인 문제를 다룰 때 투리엔인을 대표했으며, 행성의 통치자 혹은 최고위직의 역할을 하는 듯했다. 투리엔어로 그의 직함을 들어보니 쇼음이 말한 내용이 맞는 듯했다. 사실 그 직함을 가장 가깝게 번역하면 '아버지가 확인한 존재'와 비슷하게 된다. 지구에서는 그의 직위를 편의상 '의장'이라고 부르긴 했지만, 중립적인 용어를 사용해서 신중하게 옮기자면 '확인된 사람' 정도였다. 단체커에 따르면, 칼라자르 의장은 내일이나 모레쯤 다중투사기를 직접 보고, 지구에서 온 팀을 개인적으로 환영해주기 위해 퀠상 연구단지로 올 예정이었다. "칼라자르 의장님은 지금 그가 가진 지위를 어떻게 갖게 됐나요? 그 사람은 어떤 과정을 통해 거기로 올라갔나요?"

"그는 어렸을 때부터 선발되어서 훈련받았어요. 그 과정은⋯." 쇼음은 어떻게 말해야 할지 모르겠다는 표정이었다. "그걸 어떻게 설명할 수 있을까요? 그 과정에는 오랜 기간에 걸쳐 형성된 수많은 전통과 경험이 포함됩니다. 이에 가장 가까운 지구의 정부 형태는 군주제겠지만, 세습되거나 선출되지는 않습니다. 가장 가까운 단어는 아마도 '합의제'일 것 같습니다."

아직 밀드레드가 조사하고 싶은 핵심 문제에 다가가지 못했다. "혹시 다른 사람들이 그 자리에 자기네 사람을 막무가내로 임명할 수 있을 정도로 충분히 지원자를 조직하면 어떻게 되나요?"

"강제적으로 말인가요?" 쇼음이 되물었다.

"네."

쇼음이 이해가 되지 않는다는 몸짓을 했다. "그런 걸 왜 원할까요? 당신이 선택하지 않은 삶을 당신에게 강요할 힘이 저한테 있다고 해서 제가 기쁠까요?"

"하지만 모든 사람이 동일한 결정에 따라 살아야 한다면, 때때로 의견의 불일치가 있을 수밖에 없어요. 그런 문제는 어떻게 해결하나요?" 밀드레드가 끈질기게 물었다.

"당신은 지구인의 군사주의나 상업적인 측면으로 사고하고 있어요." 쇼음이 대답했다. "그 둘은 모두 경쟁에서 생겨난 위협이나 경쟁자에 맞서기 위해 협력하는 체계잖아요. 하지만 가니메데인은 경쟁하지 않습니다. 우리의 적은 무지와 망상, 고통, 그리고 우주가 우리에게 던진 자연적인 고난입니다. 그런데 우리가 왜 다른 이들과 싸우겠습니까? 우리의 두 문화 사이에 차이가 좁혀지지 않는 부분이 바로 그 지점입니다. 당신이 우리를 이해하려면 가니메데인이 되어야만 합니다. 그것은 설명할 수 있는 게 아닙니다. 그때가 되어야만 당신이 알 수 있습니다. 그건 함께 성장하는 어떤 것이고, 느껴지는 것이기 때문입니다."

밀드레드는 서랍을 밀어서 닫고, 창문 너머의 산봉우리들을 응시했다. "실은, 저는 당신이 무슨 말을 하는지 정확히 알 것 같아요." 그녀가 한숨을 뱉었다. "지구인들은 수천 년 동안 실수를 거듭하면서 최악의 개인들을 추종하는 체계를 완성했어요. 지구인들은 서로를 증오하고, 다른 이들의 편협한 이익에 봉사하는 도구가 되어버렸죠. 모든 인간을 위해 더욱 나은 미래를 만들 수 있었는데도 말이에요. 당신은 우리 역사에 대해 충분한 지식을 가지고 있어서 그 결과에 대해서도 잘 알 거라고 교수에게서 들었어요."

"교수요?"

"제 사촌 단체커 교수요."

"아, 네." 쇼음이 계란형의 깊은 눈으로 그녀를 한동안 응시했다. "저는 지구인이 이렇게 솔직하게 이야기하는 모습을 이전에는 본 적이 없는 것 같아요. 정말로 당신은 그렇게 생각하나요?"

밀드레드는 그 말이 너무도 기뻐서 흘러나오는 웃음을 참을 수 없었다. 단체커가 그녀에게 프레누아 쇼음은 투리엔인 중에서 제블렌인의 이중적인 태도를 가장 신뢰하지 않았으며, 모든 인간의 주장과 동기를 의심하는 사람이라고 설명했었기 때문이다. "있잖아요, 우리 지구인 중에서도 듣는 대로 믿지 않고, 현실을 있는 그대로 볼 수 있는 사람들이 있어요." 밀드레드가 대답했다. "무엇을 믿느냐의 문제가 아니에요. 자신의 눈과 상식으로 세상이 어떤지, 혹은 최근까지 어땠는지를 보는 게 중요하죠. 그러면 변화가 시작될 수 있어요." 밀드레드의 이야기는 수백 년 동안 계속되었던 제블렌인의 음모가 폭로된 사건을 의미했다. "헌트 박사는 그렇게 생각해요. 당신도 물론 그 사람을 만나봤겠죠."

"헌트, 영국인 말인가요? 물론이죠."

"그렇지만 우리의 걸출한 군주들과 정복자들, 사회의 지도자들에 대해 말해볼까요?" 밀드레드가 슬픈 표정을 지었다. "최악의 도둑이자 무뢰한들이었어요. 그들의 부는 정직하게 모은 게 전혀 없어요. 그건 모두 뭐라고 위장을 하든 상관없이 실제 생산자들에게서 빼앗은 것들이에요. 그런 일에서 만족감을 찾거나 그런 짓을 존경하는 사람들은 뭔가 결함이 있어요. 인간이 덜된 거죠. 그렇지만 항상 그런 자들이 권좌를 차지했어요. 의심할 바 없이 아주 이성적인 물질주의자들이고, 그들이 모든 일에서 추구하는 그 '효율성'이라는 목표를 좇을 때 몹시 뛰어난 사람들이죠. 그렇지만 건강하고 온전한 문화의 바탕이 되어야 하는 정서적인 역량이나 인간의 가치에 대한 감정이 부족한 사람들이에요."

쇼음은 자신의 느낌에 공감하는 이야기를 듣자 마음이 따뜻해졌다. 그녀로서는 전혀 기대하지 않았던 이야기였다. "사실, 여러분이 전쟁이라고 부르는 조직적 폭력은 우리에게 혐오스러울 뿐만 아니라 이해가 되지 않습니다. 연민이나 공감 능력이 없는 사람들만이 그런 짓을 명령할 수 있을 겁니다. 그리고 삶을 진정으로 가치 있게 만드는 일에 몰두하지 않고, 강박적으로 재산을 축적하는 일에 삶을 바치는 행위도 참으로 불가사의합니다. 투리엔인이 그런 식으로 행동한다면 사람들이 걱정하고 동정할 것입니다." 쇼음은 잠시 말을 멈추고 밀드레드의 눈을 빤히 쳐다봤다. "그렇지만 저로서는 우리의 차이가 당신이 짐작하듯 순전히 각자의 기원이 다른 탓인지는 확신하지 못하겠습니다. 우리의 문화는 역사가 아주 오래되었으니까요."

"투리엔인이 종족으로서 훨씬 성숙했기 때문에 생긴 차이라고 생각하나요?" 밀드레드가 물었다.

"그럴 수도 있습니다. 어찌 됐든 부분적으로는요."

"확실히 투리엔인들에게서는 제가 '어른'이라고 부를 만한 특성이 훨씬 더 많이 보여요." 밀드레드가 동의했다. "반면에 지구인들을 보면 악의적인 청소년들의 장난 같은 부분이 많죠." 밀드레드는 단체커에게도 몇 차례 비슷한 이야기를 했었다. 쇼음은 지구인에게서 그런 평가를 듣자 놀란 모양이었다. 심지어 감동을 받은 듯했다. 밀드레드가 잠시 멈췄다가 이어서 말했다. "그런데 투리엔인의 진보는 오랜 기간 정지되었던 적이 있잖아요, 그렇지 않나요?" 밀드레드는 투리엔인이 거인의 별로 이주한 후 영원한 생명을 획득하면서 일어난 침체기를 언급한 것이었다. 나중에 그들은 불멸을 포기했다.

"그 시기를 제외하더라도 우리는 인류가 존재하기 훨씬 전에 우주로 나아간 종족이었습니다." 쇼음이 지적했다.

"그렇군요. 맞아요. 그렇네요."

"그리고 그런 초기에 우리는 당신이 '초이성적인 물질주의'라고 부를 만한 단계를 거쳤습니다. 미네르바에서 이주하기 전에 우리 조상들은 지구로 이주하는 방안을 고민했습니다. 그들은 지구로 조사단을 보내서 기지를 건설했었죠. 하지만 그들은 거기서 발견한 생물들의 격렬한 경쟁에 대비할 만한 경험이 전혀 없었어요. 그들은 그런 유형과 결코 공존할 수 없다고 판단했습니다. 그래서 그들은…." 쇼음의 목소리가 잦아들었다. 그녀는 끝내 말을 맺지 못했다.

"알아요." 밀드레드가 조용히 말하며 고개를 끄덕였다. "굳이 설명하실 필요 없어요. 그 사건은 단체커가 저한테 이야기해줬어요." 초기 가니메데인들은 자기 종족과 어울리는 생태계 형태를 만들어 이주하기 위해 영토를 정리한다는 목표를 세우고 발달한 지구 생물들을 제거하는 계획에 착수했었다. 초기 실험의 대상이 되었던 지구의 지역들은 현재까지도 사막으로 남아 있다. 그러나 그 경험은 너무도 충격적인 것으로 밝혀졌고, 관련된 가니메데인들에게 예상치 못했던 영향을 미쳤다. 그래서 지구로 가는 이전 계획은 취소되고, 대신 전체 종족이 새로운 항성계로 떠나는 계획이 구체화되었다.

"보통 투리엔인들은 그 사건에 관해 지구인에게 잘 이야기하지 않습니다." 쇼움이 말했다. 그녀는 살짝 당황한 표정이었다. "어떤 반응을 보일지 예상하기 힘들기 때문입니다. 그렇지만 당신은 다른 지구인보다 이해심이 많은 것 같아서 당신에게는 말할 각오가 되어 있었어요."

"헌트 박사에게서도 들었어요." 밀드레드가 대답했다. "박사는 샤피에론호의 가니메데인에게서 그 이야기를 들었다고 하더라고요. 투리엔인들과 만나기 전에요."

"아, 네. 그렇게 들었군요. 알겠습니다." 쇼움이 고개를 끄덕였다. "당신은 그 문제에 대해 우리를 비난하지 않나요? 저로서는 그게 궁금하네요."

밀드레드는 미소를 지으며 동시에 별거 아니라는 듯 콧방귀를 뀌었다. "제 생각에는 우리 같은 역사를 가진 종이 다른 종의 실수를 비난할 위치에 있지는 않은 것 같아요. 특히 여러분은 그 사건으로부터 아주 많은 것들을 배울 수 있었잖아요. 여러분 자신에 대해, 그리고 여러분의 행동이 낳은 진짜 결과에 대해서 말이에요. 수천 년 동안 지구인들을 이끌고 수백만을 살육하면서 아무것도 배우지 못한 악귀들보다는 훨씬 낫죠."

"당신은 현명한 사람이군요. 당신은 진실을 이해해요. 왜 지구인들은 당신 같은 사람들이 이끌도록 하지 않는 거죠?" 쇼음이 말했다.

밀드레드가 쾌활하게 웃음을 터뜨렸다. "우리는 지금껏 그렇게 살았어요! 저는 절대로 임명되지 않을 거예요. 지구인들은 진실을 들으려 하지 않아요. 그들은 자신들의 편견을 정당화시키는 말을 듣기를 원하죠."

"바라기만 하면 현실을 바꿀 수 있다고 생각하는 어린아이들처럼 말이죠. 투리엔에서는 당신의 말을 들을 거예요."

"그렇군요. 그렇다면 그 부분이 다른 거였네요, 쇼음."

그 순간 창문 밖의 움직임이 밀드레드의 눈에 들어왔다. 나무에서 뛰어내린 새 한 마리가 계곡을 따라 바위 사이로 흐르는 시냇물 위로 급강하했다. 밀드레드는 새가 다시 솟구쳐 올라 하늘로 날아갈 때까지 지켜봤다. 그 뒤로 멀리, 풍경에 어울리지 않게 빨간 무늬가 있고 밝은 노란색의 길고 날씬한 체펠린 비행선*이 산봉우리 위에 떠 있었다. "비자르, 저 비행선이 저기서 뭘 하는 거야?" 밀드레드가 깜짝 놀라 물었다.

"아, 그냥 시험 삼아 조금 다양하게 추가해봤어요. 현실적으로 엄격하게 만드는 걸 더 좋아하시나요?"

비자르가 자체적으로 설정한 과제 중 하나가 지구인의 유머에서 미묘한 부분을 파악하는 것이라고, 헌트가 말해줬던 적이 있었다. 그래서 비자르는 무엇이 효과적이고, 어떤 게 그렇지 않은지 이해하기 위

---

* 20세기초 독일의 페르디난트 폰 체펠린과 후고 에케너가 개발한 경식 비행선

해 자신의 창조물에 특이한 효과를 삽입하고 있는 것이었다. 헌트는 비자르에게 그 해답을 찾게 되면 자신에게 알려달라고 했다. 그도 인간으로서 알고 싶었기 때문이었다. 헌트의 그런 태도는 비자르가 게임 계획의 초안을 짤 때 그다지 도움이 되지 못했다. 하지만 비자르는 끈질기게 그 시도를 이어갔다. "아냐, 괜찮아." 밀드레드가 대답했다. "이제 다음에 뭐가 나올지 궁금해졌어." 그녀가 잠시 생각한 후 말했다. "그렇지만 생각해보니까, 네가 여기에 내 고양이 링크스를 두면 좋을 것 같아. 있잖아, 내 사무실은 링크스가 없으면 뭔가 허전하거든." 즉시 고양이가 나타나 창문틀 위에 웅크리고 잠을 잤다.

"저는 어떤 문화에서 보이는 과학의 모습이 그 문화가 도달한 성숙도를 나타낸다는 가정을 세웠던 적이 있습니다. 개인의 세계관과 같은 방식으로 말이죠. 요정과 마법은 어린 시절에나 어울리잖아요." 쇼음이 말했다.

"투리엔인들도 그런가요?"

"아, 그럼요. 당신이 말한 물질주의와 실용주의는 청소년기에 나타납니다. 우리는 오래전에 그 과정을 통과했지만, 지구는 이제 막 시작된 듯합니다. 단기적인 집착과 자기밖에 알지 못하는 것은 성숙기에 들어서기 전에 나타나는 특성입니다. 하지만 언젠가 과학이 설명할 수 있는 수수께끼가 아니라, 설명할 수 없는 부분이 중요하다는 사실을 깨닫게 될 겁니다."

"투리엔인들은 그런 문제에 관심을 가지나요?" 이제 놀라는 쪽은 밀드레드였다.

"삶과 정신의 존재 이유죠. 물리학적인 지식만으로는 부족하다고 판명되면 더 큰 이해를 위한 탐구가 시작됩니다." 쇼음이 말했다.

"그렇다면 여러분은 지구의 과학자들이 우리에게 믿게 하려는 것과는 달리 생명이 물리학적인 현상의 우연한 부산물이라고 생각하지 않는 거군요?" 오래전부터 밀드레드는 그 부분에 대한 단체커의 주장을 완강하게 거부해서 사촌의 분노를 촉발시켰다. 그렇지만 최근에는 단체커가 부분적으로 생각을 바꾸는 듯한 징후가 보였다.

쇼음이 밀드레드로서는 이해할 수 없는 소리를 내고 표정을 지었다. "그것은 비자르가 그 기능을 떠받치는 광전자공학의 우연적인 부산물에 불과하다고 말하는 것과 다르지 않습니다. 물질주의적인 단계에 있는 문화만이 그런 불가능한 일을 생각해내고 믿을 수 있을 겁니다."

"청소년기에 유아기의 요정들을 쫓아낸 후, 존재하는 모든 것의 주인을 자칭한다는 거죠. 정신이 없는 물질만이 허용되는 시기이고요." 밀드레드가 말했다.

"네, 정확합니다."

"그러면 투리엔인과 인류를 넘어서면 어떤 게 존재하나요?"

"우리도 아직 모릅니다. 그것을 밝혀내려는 욕망이 우리에게 가장 큰 동기입니다."

"그래서 투리엔인들이 영생을 포기한 건가요?"

"꼭 그렇지는 않습니다. 하지만 그런 문제를 질문하고 이해하는 데 필요한 조치였다는 사실을 나중에 깨달았죠."

한동안 침묵이 흘렀다. 밀드레드는 자신이 기억하는 한 그 어느 때보다 이 외계인과 깊은 이해를 공유하는 느낌이 들었다. 그녀가 아직도 그 상황을 기묘하게 생각하고 있을 때, 쇼음이 입을 열었다. "글쎄요. 앞서 말했듯이, 저는 지금 처리해야 할 또 다른 긴급한 문제가 있습니다. 당신은 시간이 괜찮다면 여기에 남아 사무실을 더 실험해보세요. 그렇지만 우리의 대화는 계속해나갑시다, 밀드레드. 제가 경험해왔던 지구인들과의 대화와는 달랐어요. 저는 투리오스 남쪽의 산악지대에 삽니다. 다음에 우리 집에 손님으로 오는 건 어떤가요? 가상이 아니라 실제로 말이에요. 하지만 지금은 제가 가봐야 합니다."

"고마워요. 그러면 좋겠네요." 밀드레드가 말했다. "그럼, 또 봐요." 그리고 그녀는 자신의 바이에른 사무실에 혼자 남아 계곡과 산들을 둘러보고, 더욱 커진 노랗고 빨간 체펠린 비행선을 바라봤다. 링크스가 눈을 뜨더니 기지개를 켜고 하품을 했다. 밀드레드는 새로 생각할 거리가 넘쳐나서 지금은 고양이와 놀아줄 기분이 아니었다. 비자르가 그 사실을 알아채고 링크스를 다시 앉혔다.

"투리엔인의 가정에 개인적으로 초대를 받는 일이 특별한 명예라는 사실을 이야기해주어야 한다는 생각이 들었어요." 비자르가 말했다. "특히 프레누아 쇼음 같은 사람에게서는요. 당신은 그녀가 초대한 첫 번째 지구인입니다. 당신이 그 사실을 아는 게 좋을 것 같아서 이야기 드려요. 당신이 꽤 인상적이었던 게 분명합니다."

13

브리욤 칼라자르 의장의 드문드문 흰빛이 나는 은회색 정수리의 벼
슬 모양이 크고 세로로 타원형인 보라색 눈동자의 눈두덩 옆까지 이
어졌다. 아래쪽이 돌출되고 적갈색으로부터 흑단처럼 검은색까지 혼
합된 그의 얼굴을 보면, 헌트는 항상 고대 이집트인들이 묘사한 누비
아인을 떠올렸다. 녹색이 수 놓인 튜닉 위로 짧은 외투를 걸친 칼라자
르 의장은 이샨과 소규모 수행원들과 함께 다중투사기 건물 옆에 있
는 고층 건물로 왔다. 적어도 행성 전체 행정부의 실질적인 수반이(헌
트는 칼라자르 의장이 은하계에서 투리엔인들이 거주하는 다른 행성들의 행
정에 어떤 식으로 관여하는지는 확실히 알지 못했다) 마치 관광객처럼 격
식을 차리지 않고 이동해서, 지구에서 지역 관리자가 지사에 방문하
는 것보다 더 조용하고 의례도 없이 모습을 드러내는 태도를 보일 때
마다 헌트는 놀라지 않을 수 없었다. 투리엔인들은 과도한 주장이나
협박 시도에 대해 무심하듯, 화려한 과시와 과대망상적인 상징에 대
해서도 무심한 듯했다. 중요한 것은 신망이었다.

샌디만 빠지고 모든 지구인 팀이 칼라자르 의장을 맞이하기 위해 참석했다. 샌디는 투리엔의 바이러스로 인해 병에 걸렸거나 뭔가 배탈이 나서 월도프 호텔에 머물렀다. 투리엔인들도 많이 참석했는데, 칼라자르 의장에게 자신의 존경을 표하고 싶거나 그저 그 행사에 참여하기 위해 그 프로젝트에 관련된 사람들뿐만 아니라 연구단지의 다른 구역에 있는 사람들도 왔다. 헌트와 단체커, 던컨은 제블렌인이 문제를 일으키고 투리엔에서 첫 대표단이 지구에 왔던 때부터 칼라자르 의장과 오랜 친분을 유지해왔다. 여기서 한마디 하고, 저기에서 소개하는 상황에서도, 칼라자르 의장이 요제프와 시엔과 이야기를 나누려고 일부러 시간을 따로 내서, 두 사람은 놀라움과 기쁨을 감추지 못했다.

"믿기지 않아요." 칼라자르 의장이 다른 곳으로 가자 요제프가 헌트에게 말했다. "제가 방금 항성계의 거물과 이야기를 나눈 거잖아요. 제 물고기에 관심을 보이고, 베를린이 제네바와 비슷한지 알고 싶어 하셨어요."

"어디 가지 말고 여기에 있어요. 내가 당신한테 괜찮은 팀에 합류한 거라고 말했잖아요. 그런데 무슨 물고기요?"

"제가 열대어를 기르거든요."

"난 몰랐네요."

"거봐요. 그런데 저분은 이미 알고 계셨다니까요!"

사교적인 인사를 마치자, 이샨의 과학자들이 칼라자르 의장과 수행원들에게 최근 진행 상황에 관해 설명했다. 그리고 곧 방문자들이 연구단지의 옆 건물로 가서 다중투사기를 실제로 볼 시간이 되었다.

이샨은 기계의 작동을 시범적으로 보여줄 준비를 해두었다. 연구실에 모였던 사람들이 빠져나가기 시작했을 때, 헌트는 칼라자르 의장과 함께 이산을 따라가는 일행들 사이에서 단체커가 보이지 않는다는 사실을 알아챘다. "무슨 일이에요?" 헌트가 곤혹스러운 표정으로 주변을 두리번거리는 모습을 본 요제프가 물었다.

"우리가 단체커를 놓친 모양이에요." 그리고 마음속으로 시청각 연결기를 활성화했다. "이봐, 단체커. 난 헌트야. 어디에 있어? 사람들이 이동하는 중이야."

"뭐라고? 아." 단체커의 모습은 보이지 않고 목소리만 들려온 것으로 봐서, 지금은 영상을 띄워 산만하게 만들고 싶지 않을 정도로 바쁜 모양이었다. "나는 사무실에 있어." 단체커와 헌트는 투리엔인들이 사용하는 구역에서 가까운 사무실 공간을 공유하고 있었다. 투리엔인들은 개인별로 작은 공간에 고립되는 것보다는 함께 일하는 형태를 선호하는 듯했다. "곧 따라갈게."

"뭐 잃어버린 거 있어?" 헌트가 물었다.

"솔직히 말하자면, 그래. 이산에게 나중에 필요할 내용을 샌디가 메모로 남겨서 나한테 줬어. 내가 그걸 챙겨온 줄 알았는데, 찾을 수가 없더라고. 아마도 월도프 호텔에서 잊어버리고 안 가져왔나 봐. 정말 짜증 나."

"내가 거기로 가서 찾는 걸 도와줄게."

"정말? 그럴 필요는 없는데."

"괜찮아. 아무튼 나는 실험하는 모습을 이전에 충분히 봤잖아. 2분 내로 거기로 갈게." 헌트가 통신을 끊고 요제프를 돌아봤다. "단체커는 사무실에서 뭔가를 찾고 있대요." 헌트가 윙크했다. "단체커가 어떤지 알잖아요. 그 친구가 길을 찾으려고 헤매는 꼴은 보고 싶지 않아요."

헌트는 지구에서 가져왔지만 아직 비우지 않은 상자들과 종이 더미 사이를 뒤지고 있는 단체커를 찾아냈다. 작업 공간은 밝고 널찍했는데, 꼼꼼하게 신경 쓴 장식들은 실용주의적인 감각에는 어울리지 않았다. 뾰족한 아치들과 동양식 창문 문양이 뒤섞인 장식들은 거의 빅토리아 시대의 취향에 가까운 초현실적인 느낌을 주었다. 그럼에도, 여기는 진지한 과학 연구를 위한 환경에 어울렸다. 벽들이 그래픽으로 활성화되었으며, 바닥부터 천장까지 전체가 스크린이어서 영상이나 문자를 비추고 통신용 영상창과 조명 패널 역할을 했다. 아무런 지시도 내리지 않을 때는 그 시점의 분위기에 어울리는 배경 그림으로 바뀌었다. 지금은 넓은 벽에 단체커가 '여행'하는 동안 마음에 들었던 행성의 풍경이 떠 있었다. 화면에는 브로콜리로 만든 아이스크림 콘처럼 생긴 이상한 나무가 서 있었는데, 그 높이가 60미터에 달했으며, 꼭대기에는 가죽 같은 주둥이가 길어서 얼핏 익룡을 연상시키는 날짐승의 둥지가 있었다.

물건들이 이리저리 움직이며 뒤죽박죽이라서 종이 몇 장 정도는 어디든 숨을 수 있을 것 같았다. 단체커가 투덜거렸다. "우리는 지금 어떤 정보든 항성계 너머로 즉시 전달할 수 있고 어디서나 접속할 수 있는 시스템을 가진 우리보다 수천 년은 앞선 행성에 와 있어. 그런데도 샌디는 손으로 종이에 메모했다는 거잖아. 자네 생각에는 우리 종족에게 희망이 있을 것 같아?" 헌트는 단체커가 월도프 호텔에서 가져온 서류가방을 뒤지는 모습을 보고 웃음이 나왔지만 아무 말도 하지 않았다. 단체커의 서류가방에도 종이 더미가 한 가득이었다.

"샌디에게 연락해봤어?" 헌트가 물었다.

"비자르 말로는 샌디가 연락을 막아놨대. 아마 자는 모양이야."

"아, 그렇군. 알았어."

두 사람은 사무실을 한 번 더 훑어본 후 그 메모가 여기에 없다고 결론을 내렸다. "월도프 호텔로 돌아가서 가져와야겠어. 그리 오래 걸리지 않을 거야. 지금 바로 가면 이샨의 차례가 되기 전에 돌아올 거야." 단체커가 말했다.

"나도 같이 갈까?"

"아냐, 헌트. 나 혼자 가는 게 낫겠어. 이번에는 내가 좀 고집을 피울게. 이건 순전히 내가 멍청한 탓이잖아. 자네는 가서 무슨 일인지 설명해줘. 지금쯤이면 사람들이 우리 둘 다 없어졌다고 찾고 있을지도 몰라."

"알았어. 나중에 보세." 헌트가 떠나기 위해 돌아섰다.

"아, 그래도 한 가지만 부탁할게." 단체커가 말했다.

헌트가 발걸음을 멈추고 물었다. "뭔데?"

단체커가 서류가방을 다시 열더니 빨간 천으로 장정한 공책을 꺼냈다. "이 공책을 던컨에게 전해달라고 샌디가 부탁했었어."

"유코의 서명책이네?" 헌트가 공책을 알아보고 말했다.

"맞아. 칼라자르 의장의 서명을 받으려는 모양이야."

"아, 이런. 그건 잊어버리면 안 되겠다, 그렇지? 알았어, 단체커. 서명책을 전해줄게."

"고마워."

헌트는 돌아오는 길에 복도를 따라 걸으며 호기심에 서명책을 넘겨봤다. 서명 모음에는 연예계, 주목할 만한 공인, 다양한 예술가와 작가, 그리고 유명인사의 이름들이 있었다. 헌트는 유코가 진취적이고 에너지가 넘치는 아이라는 생각이 들었다. 그는 이슈타르호의 일등 항해사 브레신 닐레크가 서명한 부분을 발견했다. 이슈타르호 선장의 서명도 보였다. 헌트는 칼라자르 의장의 서명이 지구에서 나중에 얼마나 가치가 있을지 궁금했다.

헌트는 지상에서 30미터 상공의 중력 컨베이어에 올라타고 건물에서 나갔다. 그는 다중투사기보다 두 층 아래에 있는 카페의 바깥 테라스에서 내렸다. 그리고 투사기가 있는 연구실로 올라갔다. 투사기 튜브들이 줄지어 사각의 상자에 집중되어 있었다. 기계가 작동하는 중이었는데, 헌트가 도착했을 때 한 번의 시범을 막 마친 듯했다. 이샨이 칼라자르 의장과 일행들로부터 질문을 받고 있었고, 옆에는 그 프로젝트의 과학자들이 서 있었다. 다른 사람들은 주변에 아무렇게나 흩어져 있고, 요제프와 던컨, 그리고 시엔이 가까운 거리에 있었는데, 전체적으로는 약 20여 명쯤 되었다.

칼라자르 의장이 데려온 사람 중 한 명이 말했다. "생각을 좀 더 진전시켜서 여러분이 이동시킨 물체를 안정화할 방법을 찾는다고 가정해봅시다. 그건 그 물체가 어떤 특정한 우주에 멈춘다는 뜻이겠죠. 조금 전처럼 그냥 통과하는 게 아니라 거기서 재물질화되는 건가요?"

"그렇습니다." 이샨이 동의했다.

"좋습니다. 그렇지만 그 과정에서 일종의 위치 오류가 발생한 경우를 가정해보죠. 그 우주에서 물체가 정확히 동일한 장소에 나타나지 않으면 어떻게 되나요? 그들의 탐지기 안이 아닐 수도 있고, 어쩌면 그 우주는 우리와 너무 달라서 아예 이런 방이 없을 수도 있잖아요."

"가능한 이야기입니다."

질문자는 곧 이게 심각한 문제라는 듯 호소하는 눈빛으로 주변을 둘러봤다. "그렇다면 그게 고체 안에서 재물질화될 수도 있겠네요. 여러분이 우리에게 보여준 이 작은 알갱이들보다 큰 물체를 보내기 시작하면 어떤 일이 일어날까요? 폭발할 거예요!"

"우리는 이 프로젝트를 행성 밖으로 옮겨서, 그런 단계에 도달할 경우에는 멀리 떨어진 우주에서 실험을 실시할 계획입니다. 규모가

큰 투사기는 이 투사기를 통해 배우면서 설계하고 있습니다." 이샨이
말했다.

"다른 우주에 있는 우리의 이웃들도 그처럼 신중하기를 바랍니다."
투리엔 과학자가 말하자 다들 웃었다.

"그 투사기의 이름이 있나요?" 누군가가 물었다.

"지금은 그냥 '다중투사기 2호' 혹은 줄여서 '다투 2호'로 부르고 있
습니다." 이샨이 대답했다.

헌트가 세 지구인을 향해 옆걸음으로 다가가면서, 투리엔에 도착
했을 때 월도프 호텔에서 만났던 오탄과 다른 기술자를 지나쳤다. 그
들은 투리엔인으로서는 이상하게도 낮은 소리로 투덜거리고 있었다.

"네가 같은 말을 반복하지 않았으면 좋겠어, 오탄. 있잖아, 난 귀
가 먹지도 않았고 둔한 사람도 아니야." 비자르는 일반적으로 주변에
서 우연히 들리는 소리도 자동으로 통역을 해줬다. 투리엔인이 가진
정확성에 대한 강박의 또 다른 일면인 듯했다. 헌트는 이제 그런 상황
에 너무 익숙해져서 더 이상 통역을 받는다는 생각조차 들지 않았다.

"나는 반복해서 말하지 않았어."

"대체 왜 그 사실을 부정하는 거야? 나는 처음에 네 말을 아주 완벽
하게 잘 들었어. 그건 마치…."

헌트는 계속 걸어가 던컨 옆으로 다가갔다. "어떻게 되어가?" 헌트
가 물었다.

"분자 구조를 조금 보냈어요. 이제 결정체를 시도할 겁니다."

"뭔가 지나가는 건 있어?"

"약간 소동이 있었어요. 몇 분 전에 뭔가가 얼핏 들어온 것 같았거
든요. 비자르가 지금 탐지기 데이터를 분석하는 중이에요." 헌트가 눈
썹을 치켜들었다. 만일 그게 확인된다면, 동일한 실험이 실시되는 가

까운 우주로부터 넘어와서 빠르게 지나간 뭔가의 흔적을 찾았다는 뜻이 된다. 이전에도 비슷한 사례가 있긴 했지만 몹시 드문 일이었다.

"단체커 교수와 찾던 물건은 발견했나요?" 요제프가 물었다.

헌트가 고개를 저었다. "운이 안 따르네요. 단체커가 이샨에게 전해줄 샌디의 메모였는데, 월도프 호텔에 놔두고 온 것 같대요. 단체커는 메모를 가지러 호텔로 돌아갔어요."

그때 비자르가 전체 발언 채널을 통해 말했다. "주목해주시기 바랍니다. 뚜렷한 탐지가 확인되었습니다. 다른 우주에서 넘어온 물체의 증거를 갖게 되었습니다."

웅성거리는 소리가 퍼지며 박수 소리도 들렸다. "의장님이 여기로 방문한 게 좋은 기운을 준 모양입니다. 좋은 징조이길 바랍니다." 과학자 한 명이 미소를 지으며 칼라자르 의장에게 말했다.

"우리가 그 물체를 그들에게 돌려보낼 수 있을지 궁금합니다." 칼라자르 의장이 생각에 잠긴 표정으로 말했다.

"제가 제대로 이해했다면, 거의 불가능할 겁니다." 칼라자르 의장의 일행 중 한 명이 말했다. 다른 과학자들이 비자르에게서 더 세부적인 사항을 듣고 설명했다. 이샨이 그 기회를 이용해 자리에서 빠져나와 헌트와 지구인들이 있는 곳으로 다가왔다. 그러더니 곧 이리저리 고개를 돌리며 의아한 표정을 지었다.

"헌트 박사, 단체커 교수는 어디로 갔나요? 내게 나중에 필요한 자료를 주기로 했는데." 이샨이 물었다.

"샌디의 메모를 말하는 건가요?"

"네, 생물학적 영향의 가능성에 대한 자료예요. 흥미로울 것 같더군요."

"월도프 호텔에 놔두고 온 것 같답니다. 단체커가 그 메모를 가지러 호텔로 갔어요." 헌트가 말했다.

"아, 그렇군요. 너무 오래 걸리지 않았으면 좋겠네요."

"오래 걸리지 않을 겁니다. 아마 벌써 거의 반은 왔을 거예요."

이산이 코웃음을 웃었다. "그렇다면 초공간을 통과해서 날아간 모양이군요. 교수는 조금 전까지도 여기에 있었잖아요."

헌트가 눈살을 찌푸렸다. "단체커가요? 아니에요."

"단체커 교수가 확실히 맞았어요. 저는 교수가 당신과 함께 들어오는 모습을 봤습니다."

"그럴 리가 없어요. 단체커는 나와 함께 건물에서 나온 뒤에 시내로 돌아갔어요."

이산이 애원하는 듯한 눈빛으로 요제프와 던컨을 쳐다봤다. "여러분, 제가 꿈을 꾼 게 아니라고 말씀 좀 해주세요. 몇 분 전에 헌트 박사가 단체커 교수와 함께 여기로 들어오지 않았나요?" 두 사람이 서로 쳐다보더니, 다시 고개를 돌려 이산을 바라보고는 고개를 저었다.

"헌트 박사님 혼자 오셨어요." 던컨이 말했다.

그 상황을 지켜보다가 우연히 이야기를 듣게 된 시엔이 가까이 다가오며 말했다. "단체커 교수는 여기에 있었어요. 내가 봤어요."

"거봐요!" 이산이 소리쳤다.

다시 어처구니없는 상황이 펼쳐졌다. 제정신을 가진 지적인 성인들이 말 그대로 눈앞에서 일어난 일에 대해 각각 다른 말을 하고 있었다. "간단하게 확인할 방법이 있습니다." 헌트가 말했다. "단체커가 어디에 있는지 명확하게 알 수밖에 없는 사람이 한 명 있습니다. 비자르, 크리스천 단체커에게 연결해줘."

"응, 헌트?" 잠시 후 단체커의 목소리가 헌트의 머릿속에 대답했다. "단체커, 이게 조금 이상한 질문처럼 들리겠지만, 지금 정확히 어디에 있는 거야?"

"빈정대듯 말할 필요는 없잖아. 지금 가는 중이야. 혹시 자네가 그 일 때문에 짜증 난 거라면, 칼라자르 의장이 도착했을 때 거기에 있지 못해서 미안해. 내가 거기에 거의 도착했을 때 샌디가 이샨에게 전해달라던 메모를 잊고 왔다는 사실을 깨달았어. 그래서 지금 그 메모를 가지러 돌아갔다가 오는 길이야. 그 정도는 이해해줄 수 있잖아, 그렇지 않아?"

헌트가 머뭇거렸다. 그들의 대화를 듣고 있던 다른 사람들도 똑같이 난감한 표정을 지었다. 단체커의 말은 전혀 납득이 되지 않았다. "단체커…. 그게 무슨 소리야? 오다가 돌아갔다니? 여기에 왔다가 돌아갔다는 이야기겠지?"

"내가 말한 그대로야. 다시 차근차근 말해줘야 하나? 나는 월도프 호텔에서 비행차를 탔어. 실은 지금도 비행차를 타러 가는 중이야. 내가 연구소에 거의 도착했을 때 샌디의 메모를 잊었다는 사실이 기억났어. 그래서 비행차를 돌려 투리오스로 다시 돌아왔어. 나는 오늘 아침에는 연구소에 가지 않았어. 이게 뭐야, 자네 또 건망증이 생긴 거야?"

"그런데, 단체커, 나는 여기에 있는 건물에서 자네랑 이야기를 나눴어."

"말도 안 되는 소리 하지 마."

시엔이 끼어들었다. "단체커 교수님, 이샨과 저는 투사기가 있는 방에서 당신을 봤어요. 우리는 지금 거기에 있습니다. 교수님은 헌트 박사와 함께 들어왔잖아요. 그런데 박사는 지금 혼자 왔다고 주장하고 있어요."

"그렇다면 제가 해줄 수 있는 말은 여러분 모두가 다른 현실에 살고 있다는 말밖에 없네요. 저는 제가 어디에 있는지 알아요. 이런 젠장. 그리고 저는 방금 월도프 호텔의 옥상 로비에서 다시 비행차에 탔습니다." 단체커의 신경계에서 추출한 주변의 모습이 헌트의 시야에 있는 영상창에 겹쳐지며 그 말을 확인해주었다.

상황이 뭔가 좀 '이상하다'의 수준에서 완전히 '미쳤다'로 나아가고 있었다. 이렇게 온종일 논쟁을 해봤자 아무런 성과도 못 볼 가능성이 컸다. 헌트는 자신의 주장을 어떻게 말해야 할지 고민했다. 그러다 그가 단체커와 함께 다른 건물에 있었을 때, 단체커가 자신에게 건네준 유코의 서명책이 떠올랐다. 손으로 재킷을 더듬었더니 주머니에서 서명책의 단단한 외형이 느껴졌다.

"단체커, 내 말을 잠시 참고 들어줘. 다른 게 더 있어. 유코의 공책. 샌디가 자네한테 주면서 던컨에게 전해주라고 부탁했잖아."

"서명책?"

"맞아."

단체커가 놀란 목소리로 말했다. "자네가 그걸 어떻게 알아? 오늘 아침에 샌디가 그걸 나한테 줄 때는 자네는 이미 떠난 다음이었는데? 샌디 말로는 던컨이 어젯밤에 가져갔어야 하는 거랬어."

"지금 내가 어떻게 아는지는 중요하지 않아. 그런데 자네는 그걸 아직 가지고 있어?" 헌트가 물었다.

"당연하지. 내 서류가방에 있어. 거기에 넣어뒀으니까."

"단체커, 그걸 확인해줄 수 있겠어? 부탁이야. 중요한 일이야."

단체커가 중얼거리며 투덜대는 소리가 들려왔다. 영상창이 다시 열리더니, 단체커의 손이 서류가방을 열어서 내용물을 뒤지는 모습이 비쳤다. 곧 빨간 천으로 장정된 서명책을 찾아서 꺼내 보여줬다. "여기 있어." 단체커의 목소리가 들렸다. "이제 만족해? 자, 이제 이

싸구려 드라마 같은 취조와 조사의 목적이 무엇인지 물어봐도 될까?"

잠깐 헌트의 정신이 멎어버렸다. 그는 어리벙벙한 얼굴로 주머니에서 서명책을 꺼내서 쳐다보고 확인했다. 그래, 똑같은 책이었다. 던컨이 최면에 걸린 듯한 얼굴로 또 다른 서명책을 꺼냈을 때 헌트는 더욱 놀랐다.

"어젯밤에 제가 샌디한테서 받아왔어요!" 던컨이 멍한 표정으로 말했다.

✳

약 15분 후에 단체커가 도착했다. 서명책 세 권이 나란히 놓였다. 헌트와 단체커가 가져온 서명책은 동일했다. 던컨이 내민 서명책에는 에스토니아 합창단의 제1테너 세르게 칼레니에크에게서 최근에 새로 받은 서명이 추가되어 있었다. 던컨이 월도프 호텔에서 아침을 먹을 때 그 서명을 받았다. 그는 유코가 기뻐할 거라 생각했었다.

그러면 샌디는 지난밤에 던컨에게 서명책을 준 걸까, 아니면 오늘 아침에 단체커에게 준 걸까? 헌트는 샌디에게 연락을 해서 그녀의 이야기를 들었다. 샌디의 설명은 단체커의 이야기와 일치했다. 샌디는 서명책을 오늘 아침에 단체커에게 줬다. 단체커는 이샨에게 줄 그녀의 메모를 잊고 가져가지 않았다. 단체커는 연구소에 도착하기 전에 돌아갔다가 다시 출발했다.

다들 아직도 너무 충격을 받고 당황한 상태라서, 이게 무슨 일인지 논리적으로 설명하지 못했다. 헌트는 단체커가 앞서 했던 말을 다시 떠올렸다. "그렇다면 제가 해줄 수 있는 말은 여러분 모두가 다른 현실에 살고 있다는 말밖에…." 그의 기억은 기념비적인 토요일 오전 '해피데이'의 주차장에서 나눴던 이상한 대화로 돌아갔다. "네가 알아야 할 중요한 부분은 수렴이야." 잠깐 나타났던 그의 다른 자아는 그렇게 말했지만, 당시에는 그 말의 의미를 설명해줄 시간이 없었다.

헌트의 마음속에 지금 무슨 일이 일어나고 있는지에 대해 막연한 느낌이 들기 시작했다. 하지만 그는 아무 말도 하지 않았다. 헌트는 자신이 그 생각을 믿고 있는지 아직 확신할 수 없었다.

14

그렉 콜드웰은 UN 우주군 첨단과학국의 가장 높은 층에 있는 사무실에서 시가를 입에 물고 책상 옆 모니터에 띄워놓은, 헌트가 최근에 보낸 중간 보고서를 읽어 내려갔다. 보고서는 칼라자르 의장이 다중투사 프로젝트에 방문한 다음 날 투리엔에서 보낸 것이었다. 헌트는 그 상황을 설명할 수 있는 맹아적인 이론을 찾았다고 확신했지만, 다른 팀원들의 반응을 떠보기 전에 머릿속으로 좀 더 탄탄히 정리하기 위해 시간이 필요했다. 헌트는 그 이론이 무엇인지 말해주지 않았다.

"헌트 박사답네. 우리한테 짐작해보라는 거지." 콜드웰은 보고서를 읽는 동안 상승했던 기대감이 마지막 페이지에서 증발해버리자 혼자 중얼거렸다. 콜드웰에게는 헌트 박사가 이론을 알려줄 때까지 그 내용을 짐작할 만한 실마리가 없었다. 선임 과학자들이 사소한 일에 고집을 피워 젊은 과학자들을 난처하게 만들었다. 심지어 투리엔인들끼리도 말다툼이 벌어졌다. 그리고 이제 완전히 불가능한 의혹이 제기되었다. 콜드웰은 초공간을 통한 이동이 지구인의 신경계를 어지럽혀 환각을 일으켰거나, 투리엔인의 신경연결 기술의 부작용은 아닌지 진지하게 의심했다. 어쨌든 지구인들은 최근에야 그 기술을 사용하기 시작했으니까. 콜드웰은 의학과 심리학 분야의 아는 사람들에게 연락해서 그런 현상을 들은 적이 있는지 알아보기까지 했지만, 아무도 들은 적이 없었다. 콜드웰은 의자에 기대앉아 인상을 쓴 채 책상을 멍하게 쳐다보며 손가락을 두드렸다. 그가 조금이라도 그럴듯한 관점을 찾고 있을 때, 바깥 사무실에 있는 비서 밋치가 울리는 인터컴 호출 소리가 들렸다. "네?" 콜드웰이 몸을 똑바로 세우며 대답했다.

"인터넷이나 내부 자료 목록, 도서관 네트워크에도 전혀 없습니다. 투리엔인의 관련 자료도 확인했지만, 역시 아무것도 없었어요." 밋치가 알려줬다.

"알았어요." 콜드웰이 예상했던 대로였다. 그의 마음속에 문득 떠오른 생각은 엔트가 제벡스를 오염시켰듯이 무언가가 비자르를 오염시킨 게 아닐까 하는 것이다.

"그리고 국장님이 노리스 박사와 통화 중이실 때 FBI의 포크 요원이 연락했었습니다."

"FBI? 내가 뭔 짓을 했다던가요?"

"아무 말도 하지 않았습니다. 제가 포크 요원에게 연락해볼까요?"

"그래야 무슨 일인지 알 수 있겠죠."

"그리고 국장님이 듣고 싶어 하신 웽의 발표가 10분 후에 시작될 예정입니다."

"마치는 대로 바로 나갈게요."

"알겠습니다. 그렇게 알려놓겠습니다."

밋치가 인터컴을 끊었다. 콜드웰은 지난 며칠 동안 보류함에 넣어두었던 메모를 집어 들고 기억을 되살리기 위해 힐끗 쳐다봤다. 발표

제목은 '우리는 《군주론》에서 무엇을 배울 것인가'였다. 발표의 전제는 작은 봉건국가나 다름없는 기업과 행정 관료사회를 효과적으로 관리하는 전략을 고안하기 위해 펴낸 책과 세미나, 연구서, 정책 안내서가 대부분 시간 낭비라는 것이었다. 마키아벨리는 5백 년 전에 이미 그 사실을 파악했다. 흥미로운 개념이었다.

호출음이 다시 울렸다. "포크 요원입니다." 밋치의 목소리가 알려줬다. 콜드웰이 사용하지 않던 모니터가 켜지며 호출을 받았다.

흰 셔츠와 검은 넥타이를 입고, 깔끔하게 면도하고 눈동자가 반짝이는, 두툼한 눈썹과 머릿결을 관자놀이부터 뒤로 빗어 넘긴 덩치 큰 남자는 통통한 느낌을 주었다. 콜드웰은 그가 평발에 310밀리미터의 신발을 신었을 거라고 추측했다.

"그렉 콜드웰 씨인가요?"

"네, 그렇습니다.

"FBI 금융사기부 조사과의 포크 요원입니다." 그의 목소리는 무표정한 얼굴만큼이나 무미건조했고, 그의 얼굴은 통신이 연결될 때 깜빡거리는 정도 외에는 변화가 없었다.

"포크 요원, 제가 무엇을 도와드리면 좋을까요?"

"저는 콜드웰 씨가 고다드 센터 첨단과학국의 국장이라고 알고 있습니다."

"그렇습니다."

"그렇다면 콜드웰 씨는 저희가 연락하려는 빅터 헌트 박사의 직속 상관이십니까?"

"맞습니다. 헌트 박사는 부국장이죠."

"박사는 현재 연락이 닿지 않는 것 같습니다. 그의 조수 던컨 와트도 마찬가지더군요. 그래서 저는 헌트 박사와 가장 친하다는 단체커 교수의 비서 멀링 부인에게 연락을 해봤습니다만, 전혀 협조적이지 않 았습니다. 멀링 부인은 국장님에게 문의해보라고 하더군요."

콜드웰은 무자비하게 뚜벅뚜벅 앞으로 나아가던 공권력이 꽁꽁 얼 어붙어 꼼짝도 하지 않는 대상과 충돌하는 모습이 상상이 되어 속으 로 웃었다. "유감이지만 헌트 박사와 던컨은 현재 출장 중입니다." 그 가 대답했다.

"그분들은 언제 돌아옵니까?"

"포크 요원, 그건 말해주기 어렵습니다. 기한이 정해져 있지 않거 든요."

"혹시 출장지가 어디인지 저한테 말씀해주실 수 있습니까?"

"약 20광년 정도 떨어진 곳입니다. 두 사람은 다른 항성계에 있어요."

"알겠습니다···."

콜드웰은 그가 계속 대화를 진행하기 위해 수사절차 지침서를 불러 내서 꼼꼼히 살펴보는 모습이 보이는 듯했다. "이게 무슨 일인지 저한 테 알려줄 수 있나요?" 침묵을 메우고, 무한히 반복될 것 같은 상황에 서 빠져나가기 위해 콜드웰이 질문을 던졌다. 포크 요원이 바뀐 역할을 수행하기까지 잠깐 시간이 흘렀다.

"콜드웰 씨, 혹시 제리 샌텔로라는 이름을 들어보신 적이 있으십 니까?"

실은, 콜드웰도 그 이름을 알았다. 그는 헌트가 다른 자아와 만났을 당시의 상황을 수도 없이 꼼꼼하게 살펴봤기 때문이었다. 하지만 콜드 웰은 그런 이야기를 시작할 의사가 없었다. 그는 이맛살을 찌푸리고, 모니터를 쳐다보며 고개를 가로저었다. "기억이 나질 않네요. 그 사람 이 누군가요?"

"레드펀 계곡에 사는 헌트 박사의 이웃 사람입니다."

"당신이 그렇게 말하니, 그렇겠군요. 알겠습니다."

"샌텔로 씨는 최근 워싱턴에 있는 중개업자에게 접근해서 매우 민감하고 기밀한 특성을 가진 어떤 기업의 아직 공개되지 않은 주식을 취득하고 싶다는 관심을 강하게 보였습니다. 저희는 샌텔로 씨가 내부정보의 특혜를 받아 움직인 게 아닌지 확인하는 중입니다. 이것이 발각될 경우 중죄가 될 수 있습니다. 그런데 헌트 박사가 그 정보를 제공한 것 같습니다."

콜드웰은 그 정보를 소화하는 모습을 연기한 뒤 말했다. "놀랍네요." 그 이야기는 분명한 진실이었다. 그 사실 자체는 놀랍지 않았지만, 그런 반응을 보여줘야 할 것 같았다. "저는 헌트 박사와 오래전부터 알았습니다. 뛰어난 과학자죠. 박사처럼 그런 문제에 관심이 없는 사람을 찾기도 힘들 거예요. 혹시 착각하신 건 아닌가요?"

"저희는 오로지 사실에 입각해서 움직입니다." 포크가 대답했다.

"글쎄요…." 콜드웰이 한 손을 펼치며 인상을 찌푸렸다. "포크 요원, 제가 말해줄 수 있는 건 그 정도예요."

"혹시 다른 일이 떠오르거든 저희에게 알려주시겠습니까? 제 연락처를 드리겠습니다."

"네, 물론이죠."

"시간을 내주셔서 감사합니다."

"천만에요."

콜드웰은 모니터가 꺼진 후에도 믿기지 않는 표정으로 한참 동안 모니터를 응시했다. 이건 가장 이상한 투자 정보 유출 사례일 게 틀림없었다. 이윽고 콜드웰은 혼자 툴툴거리며 웽의 발표에 관한 메모를 접어 재킷 주머니에 넣고 사무실에서 나갔다.

"혹시 FBI에서 국장님을 잡으러 올 건가요?" 그가 바깥 사무실로 나가자 밋치가 물었다.

"아, 당분간은 괜찮을 것 같아요. 포크 요원은 헌트 박사를 찾고 있어요."

"헌트 박사요? 왜요? 박사가 무슨 짓을 했는데요?"

"우리의 헌트 말고, 다른 우주에 있는 헌트 말이에요. 그 헌트가 포마플렉스에 투자하라고 알려준 내용이 아직 기밀정보였던 모양이네요. FBI에서는 거기에 금융사기가 개입되었다고 생각하더군요."

"농담이시죠?"

"이 세계의 지칠 줄 모르는 포크 요원은 농담할 사람이 아닌 것 같아요." 콜드웰이 말했다.

밋치가 절망적인 표정으로 고개를 절레절레 흔들었다. "이번 연구는 아직도 미칠 일이 더 남은 모양이네요. 저는 헌트 박사가 투리엔에서 일어난 일을 어떻게 생각하는지 알고 싶어요. 국장님이 돌아오신 후에 연락해서 박사에게 물어봐도 될까요?"

"박사는 아직 준비가 안 됐어요."

밋치는 조바심이 나는 얼굴로 한숨을 뱉었다.

콜드웰이 나가던 걸음을 멈췄다. 밋치 책상 위의 유리 꽃병에 담긴 장미꽃 봉오리가 막 피어나기 시작했다. 콜드웰이 꽃병을 가리키며 말했다. "각자 나름의 때가 있는 법이에요. 직무지침에는 우리의 일이 관리자라고 나오지만, 창조적인 사람들을 관리할 수는 없어요. 우리가 진짜로 하는 일은 정원사와 같아요. 그들을 적절한 토양에 배치하고, 충분한 물과 햇볕을 주면서 그들이 맡은 일을 해내길 기다려야 하는 거죠. 헌트 박사와 단체커 교수는 투리엔인들만큼 깊은 지식을 갖고 있지는 않지만, 두 사람을 함께 모아 놓으면 그들은 다른 각도로 생각할 수 있어요. 그래서 이 일에 두 사람이 참가한 거예요. 하지만

나 같은 사람들이 간섭하지 못하도록 먼 곳에 떨어뜨려 놓아서 그들만의 공간을 주어야만 합니다." 콜드웰이 꽃병을 향해 다시 고갯짓하고 계속 말했다. "그런 간섭은 이 봉오리가 피어나는 것을 도와주겠다며 꽃잎을 잡아당기는 거나 마찬가지예요."

밋치는 그 방식이 이해되기 시작하자 눈을 가늘게 뜨고 말했다. "그래서 윌인 찰리 문제에 새로운 각도의 사고가 필요했을 때 국장님이 두 사람을 목성에 보낸 거군요, 그렇지 않나요? 그리고 제블렌에도. 또 지금은 투리엔에. 모두 같은 방식이었네요."

"역사상 최악의 발명품 두 개가 뭔지 알아요?" 콜드웰이 물었다.

"뭔데요?"

"전화기와 비행기예요. 그것들 때문에 본사나 참모본부에 있는 사람들이 일처리 방식을 잘 아는 현장 사람들을 세세한 부분까지 참견하게 되었잖아요. 그래서 결국 다들 평범해져버렸어요. 하지만 로마 사람들은 그런 게 없이도 6백 년 동안 제국을 훨씬 잘 관리했죠. 장군에게 목표와 그걸 수행할 수단을 주고, 그 장군의 화물 행렬이나 배가 지평선 너머로 사라지고 나면, 전령이 돌아올 때까지 소식을 알 수 없었죠. 그래서 장군을 잘 골라야 했어요. 우리에게 투리엔인의 초공간 통신장비가 있더라도 똑같은 실수를 하지 않도록 조심해야 하지 않을까요?" 콜드웰이 밋치의 단말기에 표시된 시각을 슬쩍 봤다. "아무튼 오늘의 강의는 여기까지 하죠. 가봐야 해서요."

"국장님." 콜드웰이 문에 다다랐을 때 밋치가 뒤에서 불렀다. 콜드웰은 문을 열면서 뒤돌아봤다.

"뭔가요?"

"마키아벨리에 관한 발표에 그냥 참석하실 게 아니라, 아예 국장님이 발표하시면 어때요?"

15

이샨은 무슨 일이 발생한 것인지 조금이라도 이해하기 전까지는 실험을 중지하도록 지시했다. 칼라자르 의장의 방문 다음 날 시엔이 헌트와 단체커가 공유하는 사무실로 와서 헌트를 찾았다. 헌트는 비자르에게 시켰던 계산 결과들을 벽의 스크린에 띄워놓고 혼자 생각에 잠겨 있었다. 단체커는 큰 사무실에서 투리엔인들과 격렬하게 토론 중이었다. 이제 약간 메스꺼움 정도만 느낄 정도로 몸이 회복된 샌디도 단체커와 함께 있었다.

"어제 일어난 일에 대해 생각을 조금 해봤어요." 시엔이 말했다.

"우리 모두가 다른 생각은 못 하고 있는 상황이죠." 헌트가 대답했다. 그는 투리엔인이 제공한, 인간의 신체 크기에 맞춘 의자를 돌려 기대앉았다. 시엔은 목깃이 높은 자주색 상의와 정장 바지를 입고, 눈과 입술에 화장하고, 머리를 높게 묶었는데, 그 모습이 깔끔하고 산뜻해 보였다. "그래서 당신 생각은 어떤가요?" 헌트가 다른 의자를 가리키며 말했지만, 시엔은 책상 모서리에 앉아 깍지를 낀 양손으로 무릎을 짚었다.

"사실 이 생각이 들었던 건 어제였지만, 적어도 하룻밤은 더 생각을 해보고 싶었어요." 그녀가 짧은 몸짓으로 다중투사기가 있는 건물 방향을 가리켰다. "기계 근처에 있던 사람들에게만 불일치가 발생했어요. 박사님이 브라닉스에서 만난 투리엔인 부부에 관해 단체커 교수나 밀드레드와 다른 이야기를 했을 때, 박사님은 투사기 옆에 있는 신경 연결기에 있었어요. 교수와 밀드레드는 다른 곳에 있었죠. 박사님의 설명만 달랐어요."

"계속 말씀하세요."

"제가 요제프와 바보처럼 틀어졌던 때도 똑같아요. 다시 그때를 떠올려보면, 우리는 기계가 작동되는 동안 근처에서 일어난 일과 관련해서 논쟁했던 거예요. 기계가 작동 중이지 않을 때나, 우리가 기계에서 멀리 떨어져 있을 때는 그런 일이 일어나지 않았죠. 그리고 어제 시범을 보이는 동안 기계 주변에서 온갖 비정상적인 일들이 일어났어요. 투리엔인들은 자신들에게 발생했던 이상한 일들에 대해 기억을 비교하고 기록과 대조했어요. 그 결과는 동일한 패턴을 보여줍니다. 제가 목록을 만들었어요."

헌트가 다리를 바꿔서 꼬면서 턱을 한 손으로 받치고 그녀를 호기심 어린 눈으로 바라봤다. "그래서 당신은 어떻게 생각하나요?"

"혹시 이게 조금 미친 소리처럼 들린다면, 그냥 동양인의 독특함 탓인 것으로 이해해줄 거라고 약속할래요?" 시엔이 그에게 물었다.

"글쎄요, 제가 그러진 않겠지만, 일단 그렇게 하겠다고 대답할게요." 헌트가 말했다.

"정말 정중하시네요. 감동했습니다."

"그렇게 자라서 그런 거죠, 뭐. 영국인이 어떤지 아시잖아요."

"아니요, 그건 영국인에 대해 신중하게 조작된 이미지죠."

"정치 이야기는 사양할게요. 다중투사기 이야기를 하죠."

시엔이 양손을 펼치며 말했다. "기계가 어떻게 하는지 몰라도 주변에 영향을 미쳐요. 주변에 발생하는 사건들의 모순을 만들어냅니다." 그녀가 머뭇거리다 말을 이었다. "이걸 어떻게 설명해야 할까요? 어제 모든 사람이 서로 다른 의견을 냈을 때, 단체커 교수는 우리가 모두 다른 현실에 산다고 말했는데, 교수의 말이… 음, 어느 정도는 맞는 것 같아요. 당시 우리는 분명히 모두 동일한 우주 안에 있었어요. 하지만 우리가 이야기한 과거들은 달랐죠." 시엔이 잠시 헌트에게 질문을 던지는 눈빛으로 바라봤다. 헌트는 계속 이야기하라는 몸짓을 했다. "우리는 일반적으로 다중우주의 구조를 다른 미래로 갈라지는 경로들로 이루어진 형태로 생각하는 게 익숙해요. 하지만 그 반대도 가능할 겁니다. 그렇게 가정해보면…." 시엔이 말을 멈추더니 인상을 찌푸렸다. 어떻게 이어나가야 할지 자신이 없는 모양이었다. "우리는 그 '수렴'이라는 게 뭔지 궁금해했었잖아요."

헌트가 그녀에게 말했다. "시간대 집중이죠." 헌트는 그렇게 추측했다. 그가 어제부터 그 생각을 품고 있을 때, 시엔도 같은 결론에 도달했다. 그 상황을 설명할 수 있는 적절한 용어 같았다.

놀란 시엔의 눈동자가 커졌다. "당신도 그렇게 생각한다는 말인가요?"

"시간대가 갈라지지 않고 오히려 하나로 모일 수도 있다. 그게 저의 다른 자아가 저한테 말하려던 거였어요. 그의 우주에서 그들은 이 프로젝트를 진행하기 전에 그 문제를 이해하는 게 무엇보다 중요하다는 사실을 발견한 거죠. 그 이유는 쉽게 알 수 있습니다. 현재의 한 점에서 다양한 미래로 나아가는 게 아니라, 반대로 일어난 거예요. 각기 다른 과거에서 온 사람들과 기억, 심지어 물리적 물체까지 복합적으로 구성된 현재였죠. 그런 광기가 발생하는 상황에서 대체 뭘 해낼 수 있을까요? 어제 저도 그런 생각이 얼핏 들었습니다. 하지만 당신과 마찬가지로 다른 사람들에게 말하기 전에 좀 더 깊이 생각해보고 싶었어요."

"혹시 이 현상을 설명할 수 있는 이론을 만들기 시작했나요?" 시엔이 물었다.

헌트가 뒤쪽의 벽을 손짓으로 가리켰다. 텐서 미분방정식과 매트릭스 파동 이동 방정식이 절반을 채우고 있었다. "호기심으로 비자르에게 살펴보라고 했던 추론이 몇 가지 있어요. 이론을 실제로 진척시키기 위해서는 이샨과 투리엔 과학자들의 도움이 필요할 겁니다. 그들에게 이 내용을 말하기 전에 어느 정도는 이해한다는 느낌을 갖고 싶었어요. 그런데 이상한 생각이 들기 시작하더군요. 그게 정확한 표현인지는 모르겠지만 말입니다. 아무튼 수렴은 시간대가 휘어져서 정상적인 방향을 벗어난 특별한 사례입니다. 그런데 다중우주를 횡단하는 이동이 바로 그렇게 진행되죠. 다중투사기는 그런 일을 하도록 설계되었어요."

"하지만 박사님은 조금 전 그 기계가 그런 혼란을 만들어내는 상황에서는 아무것도 해낼 수 없을 거라고 했잖아요. 어떻게 이 복잡한 기계를 제대로 작동되게 만들 수 있을까요?" 시엔이 난감한 몸짓을 했다. "혹시 수렴을 멈추게 할 방법이 있을까요?"

헌트가 잠시 생각하더니 씩 웃었다. "아무튼 그럴 방법이 있을 수밖에 없어요, 그렇지 않을까요?" 그가 대답했다. "그들은 다른 우주에 중계기를 작동시켰어요. 하지만 당신과 저는 지금 여기에서 그 문제를 풀지 못하고 있네요. 자, 이 문제를 이제 다른 사람들에게 넘겨줄 때가 된 것 같군요."

＊

　다른 사람들도 모두 비슷한 생각을 하고 있었다는 사실이 드러났다. 헌트와 시엔처럼, 다른 사람들도 그 결론이 너무도 특이해서 사람들 앞에 발표하는 위험을 무릅쓰기 전에 정신적인 지지를 얻기 위해 서로 개인적으로 만나 의견을 나누고 있던 모양이었다. 헌트가 이샨을 설득해서 팀원 전체를 건물로 불렀다. 그리고 헌트와 시엔이 이야기를 나눴던 주장을 발표하자, 놀라거나 반대하는 사람이 거의 없었다. 심지어 단체커조차도. 대체적인 반응은 누군가가 마침내 그 이야기를 공개적으로 꺼냈다는 안도감에 가까웠다. 그들은 모두 막연하게 비슷한 생각에 도달했거나, 그 생각에 대한 다른 사람들의 반응을 살펴보는 상황이었기 때문이었다.

　투리엔인 중 일부는 헌트가 했듯이 각자 독립적으로 비자르에게 시켜서 수학적으로 처리하기 위한 기초를 다지고 있었다. 던컨과 요제프는 물리적 질량이 아인슈타인의 시공간을 구부리는 것과 유사한 방식으로 다중우주에 굴곡을 만드는 '매트릭스장 질량'에 해당하는 개념을 생각해냈다. 단체커가 살아 있는 유기체가 양자역학적 확률을 바꿀 수 있다고 주장했듯, 단체커와 샌디는 다중투사기가 양자역학적 확률을 바꾼 결과로 일어난 효과가 아닌지 궁금해했다. 모든 사람이 비자르를 이용해서 실험하고 자신만의 이론을 발전시켰지만, 비자르는 다른 이들의 연구에 대해 아무런 이야기도 해주지 않았다. 컴퓨터는 운영지침 때문에 각 개인이 요청하지 않는 그들의 활동을 다른 사람들에게 알려주지 않았던 것이다.

　하지만 이제 토론이 전체적으로 진행되었으므로, 비자르는 모든 사람의 의견을 묘사하는 그림을 그릴 수 있었다. 이는 혼합된 사건들의 배열을 보여주었다. 놀랍게도, 그들 모두가 공존하며 살아가고 있는 지금의 이 우주에 적어도 네 개의 각기 다른 우주에서 온 개인들이 포함되어 있다는 결론이 도출되었다.

던컨이 기억하는 'A 우주'에서 그는 전날 밤에 샌디에게서 유코의 서명책을 받았다. 설령 던컨의 두뇌 속에서 발생한 전자적, 화학적 패턴으로 빚어진 생각이 그 우주에 대한 충분한 증거가 되지 못한다고 할지라도, 그가 가져온 서명책 그 자체를 부정할 수는 없었다. 하지만 또 다른 'B 우주'도 존재했다. 그 우주에서 던컨은 서명책 챙기는 일을 소홀히 해서, 샌디가 다음 날 서명책을 단체커에게 주고, 이샨에게 줄 자신의 메모도 함께 건넸다. 단체커는 연구소에 도착한 후 헌트와 분명히 만났다. 그리고 헌트와 함께 다중투사기 건물로 갔다. 그 특정한 단체커와는 사건을 대조할 수 없었다. 왜냐하면 그 단체커는 더 이상 이 우주에서 보이지 않았기 때문이다. 그러나 'B 우주'의 이샨과 시엔이 그들이 함께 도착하는 모습을 봤다. 현재 우주에 존재하는 단체커는 메모를 깜빡 잊고 챙기지 않았다. 그리고 퀠상으로 오는 길에 그 사실을 기억해낸 후 되돌아가서 'C 우주'로 분기해 들어왔다. 샌디가 그 사실을 증언했으므로, 샌디도 'C 우주'에서 온 게 틀림없었다. 마지막으로 'D 우주'에서는 단체커가 메모를 잊었다는 사실을 퀠상에 도착한 후까지 기억하지 못했다가 다시 월도프 호텔로 돌아갔다. 이것은 헌트가 기억하는 사건의 순서였다. 그렇다면 헌트 역시 'D 우주'에서 왔다는 결론이 나왔다. ⊗로 중단된 선들은 다른 우주로 이어졌다는 의미였다.

이것만으로도 충분히 혼란스러운데, 헌트는 더욱 무시무시한 측면이 더 있다는 사실을 깨달았다. 기계의 작동이 시간대의 수렴을 국지적으로 유발한다면, '단체커 C'와 '샌디 C'의 의견이 일치한다는 사실

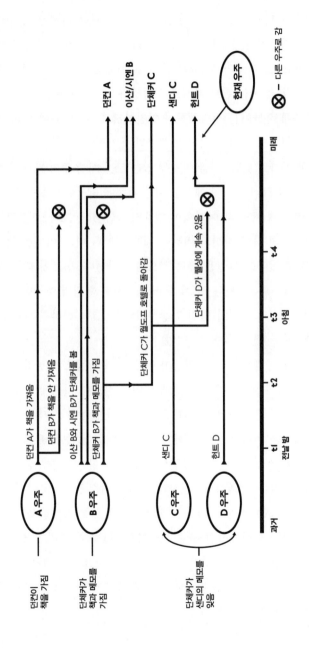

은 이해가 되었다. 그날 아침 그 두 사람은 모두 기계에 가까이 있지 않았기 때문이다. 그러므로 그들이 있는 현재의 이 우주는 실제로 'C 우주'이고, 그 우주와 상충하는 과거를 가진 모든 사람은 다른 우주에서 들어왔다. 이는 헌트 자신도 포함됐다. 그는 'D 우주'에서 왔다. 다른 우주에서 들어온 서명책들과 마찬가지로, 'C 우주'에 속하지 않은 헌트는 현재의 그를 형성한 자신만의 독자적인 역사를 가진 다른 우주에서 여기로 왔다. 지금 여기에 있는 그는 이 우주의 태생이 아니었다. 그러나 그의 기억 속에서는 이동 과정에 발생한 단절을 전혀 느끼지 못했다. 헌트는 왜 여기여야 했을지 궁금했다. 그가 아는 것이라고는 미세하게 다른 자신의 버전이 길을 벗어나 다른 미래를 경험하는 분기점에 있다는 사실을 아는 정도에 불과했다. 헌트가 다른 우주로 왔다는 유일한 실마리는 그를 둘러싼 상황과 환경의 미세한 부분들과 충돌하는 그의 기억에 담긴 인상뿐이었다. 그는 반박할 논리를 열심히 찾았지만, 전혀 찾을 수 없었다.

기계가 사건에 미치는 영향이 아주 가까운 장소에 한정된다는 사실은, 수렴이 상대적으로 최근에 일어난 사소한 차이에만 영향을 미칠 가능성이 크다는 의미였다. 그가 기억하는 삶과 그가 자라온 역사 같은 대부분의 과거는 모두 변치 않은 상태로 남았다. 프로젝트에 참여한 다른 사람들도 점차 동일한 이론을 받아들이면서 중요한 질문이 제기되었다. 어떻게 이 연구를 더 진척시킬 것인가? 이런 일이 계속 일어난다면, 어떻게 해야 기계와 근처에 있는 장비들을 신뢰할 수 있고 안전하게 작동시킬 수 있겠는가? 수렴 효과를 없애거나 최소한 제한하는 방법을 찾는 일이 가장 시급하고 중요한 과제가 되었다. 앞서 헌트의 다른 버전이 지구에 보냈던 중계기의 모습은 그게 가능하다는 사실을 보여줬다.

16

프레누아 쇼음의 집과 주위환경은 어쩐지 오케스트라와 합창단이 두려움과 장엄함을 쏟아내며 단조로 점점 강해지는 바그너의 크레셴도를 떠올리게 했다. 지구인 대부분이 '집'이라고 생각하는 방식으로 만들어진 한 층의 단일 건축물이 아니었다. 그녀의 집은 바위산의 돌출된 부분을 가로지르며 분산된 수많은 건물이 서로 연결되는 형태로 이루어졌는데, 까마득히 깊은 골짜기와 멀리 뾰족뾰족한 산꼭대기를 향해 거의 수직으로 치솟은 절벽으로 이루어진 숨이 멎을 만큼 놀라운 투리엔의 풍경이 바라다보였다. 이 집을 묘사하기에는 '저택'이 더 어울리는 용어 같았다.

같은 고도에 있는 부분이 하나도 없었지만, 한 곳에서 다른 곳으로 이동할 때는 대부분의 투리엔 건축물에 내장된 중력 컨베이어 덕분에 빠르고 편안하게 움직일 수 있었다. 건물 사이의 공간은 투리엔의 식물과 푸른 잎들이 가득한 수생 정원이 조화로운 화음을 이루었다. 그중에는 자연적인 바위로 이루어진 연못이 있었는데, 떨어지는 폭포로

채워진 물은 수면 위로 물안개가 희미하게 보였다.

밀드레드는 이게 투리엔인의 전반적인 특색인지는 아직 알지 못했지만, 쇼음은 자기 삶의 여러 가지 측면들을 각각 배타적인 인식틀 안에서 기능하는 것처럼 따로따로 분리해 각각의 공간에서 언제든 자신이 할당하려는 측면에 관심의 초점을 최대한 맞춰 향유하는 듯했다. 쇼음은 칼라자르 의장 행정부에서 대사 역할과 관련된 업무에 종사할 때는 쉬지 않고 성실하게 일하며 어떤 산만함도 용납하지 않았다. 자신이 추구해왔던 창의적 본능을 표현하는 쪽으로 쇼음의 관심이 향했을 때 그 범위는, 현재 밝혀진 제블렌인의 속임수를 고려해서 지구의 역사에 대한 개정판을 쓰는 일부터, 신경으로 작곡해서 감각기관에 소리가 들리듯 명료하게 감정에 직접 작용하는 사고(思考) 음악을 만들어내는 일까지 다양했다. 그때 칼라자르 의장과 정치는 대부분의 업무와 관련이 있는 항성계만큼이나 그녀의 생각에서 멀어져 있을 것이다. 그리고 투리엔인들이 의미 있는 생활의 핵심이라 간주하는 고요함이나 숙고할 시간을 찾을 때는, 다른 세상은 존재하지 않는 것처럼 자기 마음속으로 침잠할 수 있었다. 쇼음의 주거지 그 자체도 각각 분할되어서 그와 동일한 기능을 반영했다. 밀드레드는 프로그램으로 자라는 유기체들과 금속과 세라믹 합성물, 광활성(光活性) 크리스털이 어떤 면에서는 쇼음의 삶에 대한 상징적인 표현으로 생각되었다.

밀드레드는 그들이 지금 앉아 있는 곳이 사색적이고 느긋한 쇼음을 위한 공간이라 짐작했다. 이 공간은 전체 구조에서 높은 부분에 있었는데, 심연처럼 깊은 골짜기 위로 이 집이 파고 들어간 절벽에서 돌출된 테라스 뒤편에 위치한 독수리 둥지처럼 널찍한 두 개의 방이었다. 테라스를 둘러싼 담장은 부분적으로 투명도와 색상을 변화시킬 수 있어서 창문과 벽의 기능을 원하는 대로 조합할 수 있었다. 지금 그 담장은 대부분 투명해서 양쪽으로 나뉜 두 개의 드넓은 골짜기가 막힌 데 없이 내려다보였다. 햇빛의 각도 때문에 살짝 주홍빛을 띤 안개 사이로 몇 킬로미터는 떨어진 산의 맞은편 절벽을 따라 내려가는 거대한 폭포에서 떨어진 물이 두 골짜기로 흘러가는 모습이 보였다. 밀드레드는 산등성이 위에 불가능한 형태로 건설된 《반지의 제왕》 스타일의 성곽과 산꼭대기 사이를 날아다니는 용들이 있어야 할 것 같은 느낌이 들었다.

두 사람은 건물의 가장자리 끝에 있는 마루의 낮은 부분에 앉아 있었는데, 가니메데인의 신체에 맞춘 특대형 좌석으로 이루어진 초승달 모양의 공간이 그 계곡을 정면으로 내다보는 형태로 배치되었다. 밀드레드는 한 번 타본 적이 있는 헬리콥터가 떠올라서, 처음에 그 자리에 앉을 때 살짝 현기증이 일었다. 밀드레드는 아무 말도 하지 않았지만, 투리엔 공학자들이 그들을 지구에서부터 며칠 만에 안전하게 데려오고, 또 은하계의 한 부분에서 다른 부분까지 보이지 않는 광선 에너지를 전송할 수 있다면, 그들이 만든 건물도 두 사람을 안전하게 지켜줄 것으로 생각했다. 식사는 묽었지만 맛있는 수프였는데 렌즈콩 수프와 비슷했다. 그 뒤에 파스타 같은 바탕에 채소가 혼합된 요리가 올라간 음식이 나왔다. 얼핏 치즈베이컨 파이가 연상되었다. 그리고 차게 식힌 과일 푸딩에 꿀맛을 더한 후식이 나왔다. 두 사람은 치즈와 빵에 달콤하고 톡 쏘는 맛이 나는 연녹색의 투리엔 혼합 음료를 곁들이는 것으로 식사를 마쳤다. 밀드레드는 투리엔 음료를 두 잔 마셨더니 살짝 취기가 도는 게 느껴졌다. 알코올 분자를 기능적으로 대신하는 성분이 포함된 모양이었다.

"저는 과학자들이 그 문제에 대해 왜 그리 야단법석인지 모르겠어요." 밀드레드가 말했다. "무슨 말이냐면, 이게 우주들이 뒤섞여서 사람들이 과거에 대해 동의하지 않는다는 거잖아요. 어차피 그런 일은 항상 일어나는 거 아닌가요? 당신은 분명히 그 말을 들었는데, 그런 말을 하지 않았다고 부인하는 누군가의 말을 들어본 적이 있지 않나요? 아니면 당신이 찾고 있던 물건이 열 번은 찾아봤던 장소에, 분명히 거기에 없었는데, 빤히 눈앞에 있었다는 걸 알게 된 적이 없었나요?"

쇼음이 접시에 있는 음식을 조금 자르면서 빙그레 미소를 지었다. 밀드레드는 이제 가니메데인의 표정을 읽을 수 있었다. 지금의 쇼음은 편안하고 느긋했다. 투리오스의 정부청사에서 주간 업무를 진행하고 있을 때 밀드레드가 알았던 무뚝뚝하고 사무적인 쇼음의 모습이 전혀 아니었다. 쇼음은 직업적인 모습에 잘 어울리는 튜닉 대신 부드럽고 짙은 파란색에 자수가 많고 헐렁한 가운을 입었다. 밀드레드는 쇼음이 집 안의 각각의 장소에서, 그리고 그 장소에 머물 때의 분위기에 따라 다른 스타일의 옷을 입는 건지 궁금했다. "그런 일이 당신에게도 일어났다는 뜻인가요?" 쇼음이 물었다.

"다들 그런 일이 일어나지 않나요?" 밀드레드가 말했다.

"글쎄요. 설령 제가 그렇게 생각하더라도, 저는 그렇게 말하지 않았을 거예요. 당신은 우리가 지구인들처럼 의견이 맞지 않거나 논쟁하는 경우가 많다고 생각하는 모양이군요." 프레누아 쇼음의 가벼운 조롱조차 지금은 편안한 느낌을 줬다. 밀드레드는 그런 사실을 알아채서 기뻤다.

"저는 아직도 모든 사람에게 잘 맞는 동의를 끌어내는 투리엔인의 능력이 잘 이해가 안 돼요." 밀드레드가 인정했다. "아마 당신의 말이 맞겠죠. 그걸 이해하려면… 혹은 느끼려면 가니메데인이 되어야 하겠죠. 당신이 그렇게 말했잖아요, 그렇죠? 당신은 투리엔의 정치 제도를 합의에 따른 군주제처럼 묘사했어요. 지구에서는 그런 게 가능하지 않아요. 절대로 합의에 도달할 수가 없어요. 당신이 말했던 그대로죠. 저도 그런 생각을 해본 적이 있었어요. 모든 일은 결국 전쟁이나 속임수, 혹은 다른 방식으로 해결되죠. 우리는 어쩔 수 없다고 배웠어요. 경쟁해야 모든 걸 움직이게 할 수 있다는 게 지배적인 이념이죠. 하지만 투리엔인은 그런 이념에 대한 살아 있는 반증이에요."

"그런 종류의 성공을 달성한 상황 너머에 있는 삶의 의미를 보지 못하는 자들에게 맞는 이념이군요. 그런 이념은 모든 사람의 번영과 안녕을 발전시키기보다는 돈을 가진 소수만을 지원하고 보호하는 사회를 만들게 될 겁니다. 그렇게 생각하지 않나요?" 쇼음이 말했다.

밀드레드는 마음속에서 한꺼번에 쏟아져 나오려는 수많은 말 중에서 하나를 골라야만 했다. "경쟁이 동기를 부여하는 거래요. 뭐, 물론 그렇겠죠. 하지만 그게 다는 아닐 거예요, 그렇지 않을까요? 뭔가가 있을 수밖에 없어요. 좀 더 깊은⋯."

"잘 생각해보세요." 밀드레드는 질문한 게 아니었지만, 쇼음이 대답했다. "그런 이념이 다른 방향으로도 작동한다는 사실은 당신도 알잖아요. 저는 중요하지 않은 경쟁에 삶을 바쳐 다른 사람들을 앞질러서 대체 어떤 만족을 얻는 건지 이해가 되지 않아요. 그게 어떤 사람들에게 영향을 미치고 감동을 줄까요? 예전에 당신이 저한테 말했듯이, 모든 연령대의 '청소년'이겠죠. 저도 동의해요. 하지만 그런 미숙한 사람들에게 권력을 주면 끝도 없이 위험해질 수 있어요."

"그러면 투리엔인에게는 어떤 게 동기를 주나요?" 밀드레드가 물었다. 그녀가 더욱 깊이 탐구하고 싶었던 문제들에 가까워지고 있었다. "당신은 엄청난 책임을 떠맡고, 투리오스에 있거나 출장을 가면서 많은 시간을 보내잖아요. 다른 사람들은 우주선과 에너지 변환 시스템

을 건설하거나, 다른 세상의 풍경으로 건물을 장식하고요. 왜죠? 그
에 대한 보상이 뭔가요? 투리엔인들은 그 노력에 대한 대가로 뭘 받나
요? 그 일에 그들의 생계가 달린 것 같지는 않아요. 투리엔인은 언제
나 먹을 음식과 지낼 장소가 있잖아요. 여기에 있는 다른 이들이 그런
것들을 끊임없이 만들어주니까요. 하지만 그들은 왜 그런 일을 하죠?"

"아무도 그런 일을 하는 투리엔인들을 막지 않으니까요."

"저는 이해가 안 돼요."

쇼음은 그에 대한 대답이 너무도 분명하다는 듯 말했다. 쇼음은 잠
시 말을 멈추고 생각한 후 다시 말을 이었다. "당신이 조금 전에 한 말
을 생각해봐요. 당신은 그 일에 그들의 생계가 달리지 않았는데, 왜
그런 일을 하는지 물었죠. 그게 무슨 뜻인가요? 지구에서는 존재의
궁극적인 의미라고 생각하는 경쟁의 광기에 참여시키기 위해 사람들
의 생계 수단이 통제되고 제한된다는 뜻인가요? 다시 말해, 지구인
들은 궁핍 때문에 경쟁에 참여했으며, 그런 방법이 실패했을 때는 폭
력으로 강요당한다는 겁니다. 어떤 종류의 보상이 필요할까요? 그렇
게 살도록 강요받는 인간이 자신의 본성에 맞게 존재할 수 있을까요?
당연히 아니죠. 그래서 염증을 느끼고 저항하게 됩니다. 지구에 그
렇게 병원과 감옥이 많은 것도 무리가 아니에요. 투리엔인은 자신의
본성이 비용을 투자해서 이익을 버는 게 아니라, 건설하고 창조하고
다른 이들이 성취할 수 있도록 돕는 것이며, 그게 자신들의 삶도 충만
하게 만들어준다는 사실을 알고 있어요. 그리고 모든 사람은 본성적
으로 기여할 수 있는 것을 가지고 있습니다. 그 재능을 찾는 게 그들
에게 보상이죠. 투리엔인에게 그런 삶을 추구하지 않도록 하려면 무
력을 동원해야 할 겁니다."

쇼음이 잠시 말을 멈추고 밀드레드를 물끄러미 쳐다봤다. 그러나

밀드레드는 너무도 많은 생각의 줄기들이 얽혀 있어서 즉시 반응을 할 수 없었다. 밀드레드는 골짜기가 끝나는 지점에서 천천히 끝도 없이 위풍당당하게 떨어지는 폭포를 내다봤다. 그녀는 이런 개념이 지구에 전혀 알려지지 않은 것은 아니라는 생각이 들었다. 옛날 수도회에서 대수도원장은 칼라자르 의장처럼 자신들만의 최고위직을 받아들였고, 수도사들에게 음식을 제공하고 옷을 입혀주는 공동체의 번영을 위해 각자의 몫을 기여하기 위해 일했었다. 수도원을 항성계 크기로 확대한 것이 투리엔의 사회질서를 묘사하는 가장 적절한 모델일까? 밀드레드는 그 생각에 살짝 미소가 일었다.

"재미있는 생각이라도 났나요?" 쇼음이 물었다.

"어쩌면 모든 지구인이 그런 철학에 그렇게 문외한은 아닐지 몰라요. 시엔 첸을 만나보세요. 단체커와 같은 팀에 있는 과학자예요."

"중국인 과학자 말인가요?"

"네, 시엔은 많은 면에서 당신과 닮았어요. 그녀는 세상이 청소년기를 벗어나 나이가 들면 반드시 바뀔 거라고 했어요. 당신과 시엔은 잘 통할 것 같아요. 서로를 이해할 수 있을 거예요."

돔형 덮개를 씌운 쟁반이 위에서 조용히 내려오더니 그들 뒤를 돌아 식탁 끝을 맴돌았다. 덮개를 열자 뜨겁고 빨간 채소가 들어 있는 주전자와 두 개의 잔, 보조 접시와 그릇들, 그리고 과자류처럼 보이는 음식이 담긴 접시가 있었다. 밀드레드는 쇼음을 도와 음식들을 식탁에 내리고, 다 먹은 접시들을 쟁반 위로 올렸다. 쟁반은 저절로 덮개가 닫히더니 식탁에서 멀어졌다. 쇼음은 이상하게 내내 침묵을 유지했다.

"이제 제 차례인가요. 지금 무슨 생각을 하세요?" 밀드레드가 물었다.

"이건 '울레'라는 음식이에요. 작은 컵에 조금씩 떠서 당신의 입맛에 맞도록 재료를 섞으면 됩니다. 색색의 조각들은 신맛부터 달콤한 맛까지 다양합니다. 그리고 시럽은 감칠맛을 더해주고 맛을 부드럽게 해줘요. 당신이 좋아하는 맛을 찾으면, 그 잔에 다시 섞으면 됩니다."

밀드레드는 몇 가지를 골라 그 결과를 시험해봤다. 달고 매콤했는데, 매우 맛있는 뒷맛의 여운이 마치 대성당에 울려 퍼지며 잦아드는 메아리처럼 사그라졌다. "제 질문에 대답을 해주지 않았어요." 밀드레드가 더 많이 섞기 시작하며 말했다.

쇼음은 시험용 컵을 사용하지 않고 자신만의 배합을 만들었다. "당신의 이야기를 생각하고 있었어요. 지구가 청소년기를 빠져나와 성숙의 단계에 들어간다던 이야기 말이에요. 그런 단계를 오래전에 지난 인류가 살던 세계가 있었습니다. 지구의 약탈적인 정글이 그들의 뿌리이고, 우리의 조상들이 그들을 유전적으로 손상시켜서 환경에 맞지 않는 존재로 만들어 죽음으로 내몰았어요. 하지만 그들은 사라지지 않았지요. 그들이 살게 된 환경의 규칙에 따라 게임을 할 수밖에 없었지만, 그들은 환경이 그들에게 던진 온갖 역경을 딛고 용감하게 살아남았습니다. 제가 당신에게 말했던 그 모든 일에도 불구하고, 그 사람들은 마침내 역경에서 벗어나 놀라울 정도로 훌륭한 방식으로 그 행성을 장악했습니다." 물론 쇼음이 말하는 사람들은 고대 가니메데인들이 미네르바로 데려갔던 지구의 영장류로부터 진화한 '월인들'이었다. 쇼음이 계속 말했다. "그들은 우리 조상들이 그들에게 가했던 제약을 극복하고 협력적인 기술 문명을 발전시켰는데, 가니메데인이 동일한 수준에 이를 때까지 걸린 시간보다 훨씬 짧은 시간에 이루어졌어요. 정말 놀라운 일이에요. 밀드레드, 제가 무슨 말을 하려는지 알겠어요? 역경에 맞서 싸우려는 충동과 패배를 받아들이지 않는 지구인의 특성을 서로에게 향하는 대신, 영혼과 의식의 성장과 삶의 길에 서 있는 진짜 방해물로 돌린다면, 지구인들은 우리가 은하계를 탐험하면서 마주쳤던 그 어떤 존재보다 강력한 힘을 보여줄 수 있을 겁니다."

"단체커가 바로 그렇게 이야기하는 걸 들었던 적이 있어요." 밀드레드가 말했다. 그녀는 이 대화가 미네르바의 파괴에 대한 투리엔인의 죄책감으로 향하지 않기를 바랐다. '이 이야기를 꺼낸 사람이 나였던가?' 밀드레드는 기억나지 않았다. 그녀는 분위기가 침울해지기 전에 화제를 바꿀 때가 되었다고 판단했다. 쇼음은 자신이 만든 '울레'의 맛을 보더니 시럽을 한 방울 더 떨어뜨리고 저었다. "쇼음, 당신은 평생을 공무로 보낸 건가요?" 밀드레드가 그녀에게 물었다. "개인적인 생활은 어떤가요? 혹시 가족이 있나요?"

"자녀들 말인가요?

"네."

"아, 있어요. 아들이 하나 있는데, 최근에는 먼 행성에서 현지인들과 함께 일하고 있어요. 그들은 지극히 원시적인 문명입니다. 그리고 두 딸이 있어요. 한 명은 음악적 재능이 저보다 훨씬 뛰어나죠. 작은 딸은 투리오스에 사는데, 자기 가정을 꾸리고 있습니다."

"그러면 자녀들의 아버지는요? 아직도 함께 지내나요?" 밀드레드는 이 집에 다른 거주자도 있는지는 못 들었다.

"우리는 그 단계의 삶을 완료하고 종결했어요. 하지만 종종 다른 일 때문에 연락하곤 합니다. 그 사람은 자신의 내적 자아를 찾고 있어요. 그러나 우리는 평생 벗으로 남을 겁니다. 당신은 어떤가요?"

밀드레드가 손을 저었다. "아, 어렸을 때 시시덕거린 적은 있었죠. 하지만 저한테 맞지 않는다는 생각이 들었어요. 저는 혼자서 저만의 생각과 저만의 특별한 방식으로 일하는 자유를 좋아하거든요. 제 정신을 산만하게 만들지 않을 남자를 아직 만나지 못한 것 같아요. 제가 투리엔에 오게 된 것도 단체커가 자기 주변에서 저를 치워버리려고 했기 때문이라는 사실 아세요?"

"아니요, 어떻게 그럴 수 있죠?"

밀드레드는 관련된 이야기를 들려주고 쇼음이 키득대는 모습을 보자 마음이 편안해졌다. 아무튼 밀드레드는 쇼음이 몸을 떨며 내는 재미있는 소리를 가니메데인이 키득대는 것으로 받아들였다. 미네르바에 관한 이야기로 미끄러져 내려가며 우려스러웠던 분위기에서 벗어났다. 이샨과 단체커, 헌트가 그들의 기계를 작동시키면, 과거로 돌아가서 일어났던 일을 바꿀 수 있지 않을까 하는 생각이 밀드레드의 마음속에서 실타래처럼 풀려나갔지만, 그녀는 쇼음에게 다시 그 주제를 꺼내고 싶지 않았다. 대신 밀드레드는 이렇게 물었다. "혹시 당신이 작곡한 음악을 제게 들려줄 수 있나요?"

17

　국지적인 시간대 안에서 그런 불일치를 만들어내서, 그들이 모순되는 사건들의 충돌을 경험하게 된 것은 무엇보다 인간들이 행동할 때 짧은 시간에도 변덕을 부리는 특성 때문이었다. 그 효과가 국지적인 영역으로만 제한된다는 사실을 고려하면, 아무리 복잡한 물리적 장치라도 일관되게 작동할 것으로 예상할 수 있었다. 그 장치의 존재와 작동에 관련된 무수한 양자들의 변화는 그 자체의 우주를 끊임없이 규정하겠지만, 이론과는 별개로, 그런 양자역학적 현상이 장치 주변의 근접거리와 가까운 시간 안에서 거시적 수준으로 뚜렷한 차이를 만들어낼 가능성은 희박한 것이 사실이었다.

　이산은 퀠상에서 진행되는 모든 연구를 중단하고, 원거리에서 관리할 수 있는 행성 밖으로 이전하는 게 올바른 행동 방침이라고 결정했다. 실제로 그렇게 할 목적으로 규모를 키운 다중투사기 2호가 이미 설계되는 중이었지만, 이유는 달랐다. 원래는 유사한 실험 과정에서 상당한 크기의 물체가 고체 안에서 물질화할 경우에 일어날 괴멸적인 결과로부터 연구자들을 보호할 목적이었다. 이샨은 지구인들의 사무실에서 대화를 나누는 자리에서 그들이 당연히 동의할 것으로 생각하며 그 결정을 사무적으로 전달했는데, 지구인들은 퀠상의 프로그램을 중단할 필요가 없다고 생각한다는 사실을 알아채고 깜짝 놀랐다.

"왜죠?" 헌트가 짧게 반론했다. 헌트의 조수도 거기에 있었고, 독일인과 중국에서 온 여성 과학자도 있었다.

그건 설명이 없어도 분명한 문제 같았다. 이샨이 난처한 몸짓을 했다. "글쎄요. 여러분도 그 기계가 주변에 어떤 혼란을 일으키는지 모두 보셨잖아요. 그런 문제가 계속되는 상황에서 연구를 진행하는 게 어떻게 가능하겠습니까? 우리에게는 다른 우주에서 온 서명책이 두 권이나 더 있어요. 그게 저나 여러분, 혹은 다른 누구의 복제라고 가정해보세요." 이샨이 헌트를 향해 손짓했다. "당신이 이 방에서 대화를 나눴던 단체커 교수는 지금 다른 우주에 있습니다. 만일 지금 있는 이 단체커 교수가 그 단체커 교수를 대신해서 나타나지 않았다면 어떻게 됐겠습니까?"

"우리는 이제야 다중우주에 대해 좀 더 이해하기 시작했습니다." 헌트가 말했다.

요제프가 끼어들었다. "우리는 작동 동력을 낮춰서 수렴이 발생하는 핵심 지역을 투사실 내부로 유지할 수 있습니다. 그러면 당신이 이야기한 종류의 주요한 불일치의 위험이 제거될 겁니다. 주변에 사소한 영향은 있을지 몰라도요."

"아마도 사소한 문제들에 대한 의견 충돌 정도겠지요." 시엔이 말했다. "그렇지만 이제 우리는 누구도 서로를 비난하지 않을 겁니다." 시엔은 잠시 말을 멈추었다가, 약간의 설득에도 이샨의 관점이 흔들린다는 사실을 알아채고 계속 말했다. "단체커 교수의 사촌은 양자 요동의 영향 때문에 이런 일은 어차피 항상 일어나기 마련인데, 이 정도로 규모가 커졌기 때문에 우리의 관심을 끄는 거라 생각합니다. 나는 그녀의 말이 나름대로 일리가 있다고 생각합니다."

그들은 이샨의 대답을 기다렸다.

"그 실험을 계속하는 것보다 이 문제에 대해 더 많이 배울 수 있는 다른 방법이 있을까요?" 던컨이 물었다.

이샨은 준비되지 않은 상태에서 반론에 휩싸였다. 그는 차이가 의견 불일치를 발생시키고, 의견 불일치는 갈등을 수반한다고 당연히 생각해왔으며, 투리엔인들은 그런 상황을 최대한 피하려 노력했다. 그런데 지구인들은 그런 상황을 즐겼다. 그들에게 이것은 도전이었다. 저들은 그 상황을 두려워하고 피해야 할 불화의 원천으로 보지 않았다. 오히려 연구해야 할 매력적이고 즐거운 진기한 사건으로 봤다. 이샨은 우물쭈물하며 대답을 머뭇거리다 칼라자르 의장과 논의하기 위해 떠났다.

"우리처럼 늙은 종족은 젊었을 때 종족을 이끌었던 열정을 상기해야 할 때가 있는 법이죠." 칼라자르 의장은 이렇게 반응했다. "우리 조상들이 우주를 알게 되었을 때, 그들은 내적인 공포에서 생겨난 방어적 태도를 따르지 않고 우주로 나아갔습니다. 조상들은 상황에 따라 필요하다면 지구의 가장 유명한 영웅들조차 상대적으로 초라하게 보일 정도로 대담한 기획을 생각해낼 수 있었습니다. 우리는 지금 그 전통을 다시 마음에 담아두는 게 좋을 것 같습니다."

그 결과, 다중우주 횡단 이동을 연구하는 시설이 두 개가 되었다. 퀠상 연구소에 있는 원래의 초기 시스템은 다중우주 물리학을 탐구하기 위해 미시적인 규모의 실험을 계속하면서, 특히 헌트가 '시간대 집중'이라고 이름 붙인 이상한 현상을 더욱 파고 들어갈 것이다. 그와 동시에, 가까운 다른 우주에 있는 실험실에서 물질화되는 상황을 좋아하지 않을 수 있는 큰 물체들을 다루기 위해 더 크고 강력한 다투 2호의 건설도 먼 우주에서 계속 진행되었다. 다투 1호와 2호는 서로 보완했다. 수렴하는 시간대의 기묘한 특성을 감수하며 실험을 계속하는 게 그 효과에 대해 더 많이 배울 수 있는 가장 빠른 길일 것이다. 반면에 더 큰 규모의 프로젝트는 그런 문제를 억제할 방법을 고안하기에 더욱 효과적인 수단을 제공해줄 수 있었다. 이제 칼라자르 의장이 진행 상황에 관해 개인적으로 관심을 보이기 시작하자, 다투 2호의 완성이 가장 우선 과제로 배치되었다. 지구인들은 현재 진행되는 건설에 많이 기여할 수 없는 처지이긴 했지만, 헌트는 투리엔의 우주 공학자들이 일하는 모습이 궁금했다. 자신이 종종 참여했던 UN 우주군 프로젝트들과 매우 다를 거라는 생각이 들었다.

✳

고출력 시스템을 투리엔에서 멀리 떨어진 우주에 가져다 놓은 이유는 본래 다른 평행 우주에서 실시한 동일한 실험으로 투사된 물체가 물질화되는 위험을 막기 위해서였다. 그런 일이 발생할 위험은 지구인 물리학자들이 오래전부터 알고 있던 사실을 이용해 제거되었다. 두 개의 양자계는 정확히 동일한 상태에 존재할 수 없다. 양자계의 상태는 '양자수'의 적절한 집합으로 정의된다. 일반적인 지도에서 두 점이 같은 좌표를 가질 수 없다. 만일 같은 좌표를 갖는 두 점이 있다면, 그것은 동일한 점일 것이다. 그와 유사하게, 두 양자계가 우주 안에 고유한 독립체로 존재한다면, 그 두 양자계를 특징짓는 양자수 중에서 적어도 하나는 달라야 한다.*

다중투사기 2호는 투리엔으로부터 수십만 킬로미터 떨어진 곳에 배치되었다. 일반적으로 투리엔인이 일하는 규모에 비하면 확실히 뒷마당이나 다름없었지만, 통계적 계산에 따르면 그 목적에 충분한 거리였다. 그 위치는 행성으로부터 훨씬 더 먼 반경까지 포함한 공간 안에 존재하는 놀랄 만큼 많은 가능한 위치 중에서 무작위로 골랐다. 이용 가능한 위치로 허용되는 좌표들 사이의 간격은 서로 안전하게 멀리 떨어져 있도록 했다. 물론 다른 평행우주의 시스템은 다른 방법을 이용할 가능성이 있었다. 그러나 물체를 보내는 거의 무한대의 우주는, 보내진 물체가 도착할 수 있는 거의 무한대의 우주와 균형을 이뤘으며, 비자르의 난해한 통계 계산에 따르면, 아무튼 충돌 확률은 앞서 설명한 전체 위치 중에서 무작위로 선택한 두 위치가 우연히 일치할 확률과 같았다.

비자르가 실제와 구별할 수 없는 가상 여행을 시켜줄 수 있으므로, 헌트가 육체적으로 그곳에 가야 할 필요는 전혀 없었다. 그러나 지구인들은 대행자의 동일성에 대한 관점이 투리엔인과 다르거나, 그런 관점이 아직 발달하지 않은 듯했다. 헌트는 다투 2호에서 진행되는 작업을 가상 여행으로 미리 몇 차례 지켜본 후, 그 공사가 은하계의 먼 곳에서 진행되는 게 아니므로 직접 가보기로 했다. 그는 이유를 딱 꼬집어서 말할 수 없었지만, 지구에서 여기까지 와서 이 행성에만 머무른다면 뭔가 놓치는 느낌이 들 것 같았다. 던컨과 요제프, 시엔도 같은 느낌이었다. 그들이 이 결정을 이샨에게 말하자, 그는 투리엔인의 기질대로 지구인들의 소망을 들어주기 위해 준비했다. 다음 날 그들을 다투 2호의 건설 장소에 데려갈 비행선이 투리오스의 해변에 있는

---

* 양자 상태를 나타내는 '주 양자수, 방위 양자수, 자기 양자수, 자기스핀 양자수', 이 네 가지의 양자수가 모두 일치하는 두 개의 양자는 존재할 수 없다는 '파울리의 배타원리'이다.

우주항에 배치되었다.

✳

'그곳에 있다'는 현실을 경험하는 게 지구인다운 욕구였다면, 최대한 그들의 소망을 들어주려는 것은 투리엔인다운 반응이었다. 그들이 제공받은 전망 장소에서는 그 작업을 유리창을 통해 보거나 일종의 폐쇄된 건물 안에서 스크린으로 지켜봄으로써 멀리 떨어진 것처럼 느껴지는 거리 효과를 겪지 않았다. 헌트가 이샨에게 지구인들은 '저 밖으로' 가길 원한다고 했더니, 그의 말대로 해주었다.

비행선이 프로젝트 장소에 도착하자, 그들은 연결된 중력 터널을 통해 방 크기의 플랫폼으로 이동했다. 플랫폼에는 의자가 설치되었고, 덮개와 칸막이들과 이상한 장치들이 있었으며, 낮은 난간이 둘러싸고 있었지만, 주변은 광활한 우주에 시각적으로 열려 있었다. 그 이동수단(더 나은 용어가 있으면 좋겠지만 아무튼)에 대한 비자르의 설명에 따르면, 투리엔 행성과 비슷한 강도의 국지적인 중력을 형성하지만 급격하게 강도가 줄어들어서 작용범위가 제한적이었다. 중력이 사람들에게 정상적인 체중을 부여하고, 투과막은 숨 쉴 수 있는 공기를 유지하면서 방사선과 입자로 인한 위험을 막아주었다. 그렇게 해서 그들은 평소와 똑같은 차림으로 따뜻하고 편안하게, 손이 닿을 듯 가까운 곳부터 무한히 먼 곳까지 위아래와 전후좌우의 환한 불빛과 별들의 다양한 색조, 유령 같은 성운들을 경이감에 잠긴 눈길로 말없이 바라봤다. 마치 철사로 만든 정육면체를 시각적으로 해석하듯 시각의 원근법이 자연스럽게 바뀌었다. 그곳에는 사람들이 크기나 거리를 측정할 때 익숙한 기준이 없었다. 헌트는 몇 년 동안 달에서부터 목성까지 가봤고, 가니메데인과 투리엔인의 모험에도 참여했었지만,

지금까지 이렇게 우주를 직접 대면하는 압도적인 느낌을 받은 적은 없었다. 우주에 완전히 몸을 담그고 취한 느낌이었다. 평생을 잠수함 안에서 바다를 보던 사람이 처음으로 수영을 해보는 느낌과 비슷했다. 샤피에론호가 이상한 유배 생활을 하는 동안 태어나서 우주선 내부의 생활 이외의 다른 삶을 몰랐던 어린 가니메데인들이 마침내 지구에 도착해서 행성의 지표면으로 나온 후에 이와 유사한 감동을 표현했었다.

"너는… 정말로 끝도 없이 놀라게 하는구나, 비자르." 던컨이 처음으로 입을 열었다.

"기쁘게 해드리기 위해 노력하고 있습니다." 이제 익숙한 구절이었다.

"설마 우리를 위해 이 매력적인 천상의 관광버스를 만든 건 아니겠지?" 요제프가 질문했다.

이샨은 여기에 실제로 있지는 않았지만 투리오스에서 시청각 연결기를 통해 대답했다. "사실, 그건 우리가 비행선이나 구조물에 대한 외부 작업을 할 때 이용하는 일반적인 관리용 플랫폼입니다. 투과막은 주변의 외형에 따라 변화가 가능해서 탑승자들이 플랫폼에서 자유롭게 벗어나 방해받지 않고 작업을 할 수 있습니다. 우리는 플랫폼이 이 일에 잘 맞을 거라 생각했습니다. 여러분은 어떻게 생각하세요?"

"훌륭해요." 요제프가 말했다.

"좋습니다. 그럼, 저는 이만 물러날게요. 즐겁게 여행하세요. 나중에 시간이 되면 투리엔에서 뵙겠습니다." 이샨이 말했다.

지구인들이 주변의 장관을 바라보며 이야기를 나누는 동안, 그들이 보러온 건설 현장으로 플랫폼이 다가가서, 이제는 다투 2호가 한쪽 시야를 거의 다 차지할 정도로 커졌다. 시엔은 말없이 다투 2호를 살펴봤다. 헌트의 짐작에는 도시의 한 블록을 꽉 채울 만한 크기였다. 구형의 중심부에서 대칭적으로 배치된 약 20여 개의 돌출부로 외부의 선들이 뒤섞여서 연결된 형태였다. 돌출부는 쾰상에 있는 작은 규모의 기본 시스템과 비슷한 투사기들을 하나로 모은 시스템의 끝부분일 것이다. 구형 중심부에서 양쪽으로 커다란 서양배처럼 생긴 물체가 귀처럼 뻗어 나왔는데, 전체적인 형태와 어울리며 곡선을 이루었다. 지구의 우주공학자들이 일반적으로 만들어내는 원통형이나 상자형 모듈과는 달랐다. 순수하게 과학적인 실험에서도 투리엔인들은 제작물에 예술과 미학적인 감각을 부여하는 습관을 억제하기 힘든 모양이었다. 두 개의 귀 사이에 있는 구의 '적도' 부분은 아직 건설 중이었다. 두 귀의 끝부분과 일부 투사기도 미완성 상태였다.

구조물 주변에는 온갖 종류의 장치와 물체, 기계가 공중에 떠서 뭔지 알 수 없는 기능을 수행하거나 다양한 작업을 하며 움직였다. 장치 대부분은 구조물에서 아직 미완성인 적도 부분에 돌출된 약 15미터 반경의 단조롭고 하얀 둥그런 혹에 몰려 있었다. 시엔이 헌트를 쳐다보며 물었다. "저기에서 조립과정이 진행되고 있는 거죠?" 헌트가 특히 보고 싶다고 했던 게 바로 그 조립과정이었다.

"여러분은 마침 좋은 때에 오셨습니다." 비자르가 끼어들었다. "지금은 막 완료가 되어가는 단계입니다."

지구인들은 빅토리아 시대 공장 때부터 거의 변하지 않은 볼트로 부품들을 고정하는 방식으로 조립하지만, 투리엔인의 방식은 달랐다. 그들은 안에서부터 성장시켰다. 이는 자연이 유기체를 만들어나가는 방법에 가까웠다. 하얗고 둥그런 혹에는 액체가 중력장 막에 담겨 있는데, 관리용 플랫폼을 둘러싼 투과막과 비슷했다. 그 액체에는 재료 물질이 다양하게 용해된 형태로 담겨 있으며, 프로그램된 수조 개의 나노 조립기계도 함께 담겨서 필요한 요소를 추출하고 조합해서 모든 지점에 정확하게 필요한 방식으로 구조물을 성장시켰다. 그런 측면에서, 이 과정은 유기체 세포의 분화와 닮았다. 발달 중인 배아 세포는 공통적인 DNA 프로그램에서 정확한 부분이 활성화되어 예정된 전체적인 계획에 따라 뼈와 혈액, 근육 등 특정한 세포가 된다. 그들이 지켜보는 동안 혹 안에 있는 액체가 뿌옇게 변하면서 이리저리 작게 모여들었다. 마치 액체가 흥분한 것처럼 보였다. 헹굼 코스가 시작된 세탁조를 보는 듯했다.

요제프는 이런 것들을 처음 경험했다. 그가 질문을 던지자 던컨이 그 개념을 대략 설명했다. 요제프가 설명을 들으며 고개를 끄덕이더니 곧 얼굴을 찌푸렸다. "각각의 조립기계가 어디에서 정확히 어떤 일을 해야 하는지 알아야겠군요. 당신은 이게 생물학적인 세포와 유사하다고 했잖아요. 그렇지만 세포는 자라나는 유기체 안에서 상대적인 위치를 감지하고, 어떤 기능을 켜고, 어떤 기능을 억제해야 하는지 알잖아요."

"세포는 화학적인 농도와 전기적인 변화도 같은 것들을 이용하죠." 시엔이 끼어들었다.

"네, 제 말이 그 말이에요. 그렇지만 던컨 씨가 방금 설명한 내용에는 위치 정보와 관련된 세포 간 물질의 역할을 하는 게 없었어요. 그렇다면 이 조립기계들은 어떻게 그런 것들을 하죠?"

던컨이 투리엔인의 보고서를 더 많이 연구한 헌트를 쳐다봤다. "투리엔인들은 그 문제를 멋지게 해결했습니다." 헌트가 요제프에게 말했다. "기계의 설계는 좌표 연산 프로그램 안에 부호화되는데, 건설 지역 전체에 고정된 고밀도 중력과 패턴의 특성을 규정합니다. 그 결과, 중력과 패턴이 모든 위치에서 고유한 신호로 변환되죠. 조립기계들은 어디에 있든 그에 맞는 적절한 신호를 해독해서 무엇을 해야 하는지 알게 됩니다."

"놀랍네요." 요제프가 감탄한 표정으로 고개를 절레절레 흔들었다. "어떤 게 있어야 그런 기능을 계산해낼 수 있을까요?"

"생각도 마세요. 그런 계산을 하려면 비자르 같은 게 필요할 겁니다." 작업 과정을 마친 모양인지 건설 구역 바깥쪽의 투과막이 갑자기 꺼졌다. 불과 몇 초 사이에 액체가 허공으로 퍼지며 사라지고, 장착될 준비가 된 새로운 층의 벽과 바닥, 구조 부재가 매끈한 모습을 드러냈다.

"자, 보세요." 비자르가 무미건조한 말투로 말했다.

시엔이 즐거운 표정으로 헌트를 바라보며 살짝 짓궂은 표정을 지었다. "박사님은 이런 걸 좋아하죠, 그렇지 않나요? 완전히 매료된 표정이에요. 당신 말대로 멋지네요."

헌트는 어떻게 대답해야 할지 몰라 머뭇거렸다. "아무튼 독창적이잖아요. 당신도 그렇게 말할 수밖에 없을걸요." 그가 마침내 대답했다.

"혹시 학생 시절에 그러지 않았나요? 미국인들은 그런 사람을 '너드'라고 하죠?"

"박사님은 너드가 아니에요." 던컨이 끼어들었다. "박사님은 사람들하고 너무 잘 어울리시잖아요. 오히려 인기가 있는 스타일이죠. 너드들은 사교에 문제가 좀 있어요. 그래서 너드스러운 일들에 관심을 쏟는 거죠."

"글쎄, 난 잘 모르겠어." 헌트가 던컨에게 말했다. "내 생각에는 오히려 반대인 것 같아. 인기가 있으면 좋지…. 인기가 생긴다면 말이야. 하지만 그걸 얻겠다고 시간을 허비할 가치는 없어. 시간을 쓸 만한 훨씬 흥미로운 일들이 너무 많잖아. 아무튼 미국 학생들이 항상 모든 사람에게 인기를 얻으려 한다는 건 망상이야." 헌트가 어깨를 으쓱하고 시엔을 돌아다봤다. "당신도 그렇게 생각하지 않으세요? 중국의 아이들은 어떤가요?"

하지만 헌트가 돌아봤을 때 시엔은 그의 말을 듣고 있지 않았다. 그녀는 고개를 돌려 그들 앞에 있는 건설 현장을 뚫어지게 쳐다보고 있었다. 시엔의 눈길은 그 너머의 먼 곳을 향했다. 헌트가 대답을 기다리고 있을 때 그녀가 중얼거렸다. "정상파예요"

"네?" 헌트가 되물었다.

"정상파요." 시엔이 다시 고개를 돌려 헌트를 응시하며 말했다. "우주를 통과하며 분산된 구조물의 범위를 한정하는 거죠. 그렇게 하면 실험 대상을 멈추게 할 수 있어요! 종파 형태의 매트릭스 파동함수처럼 전달하는 거예요. 우리가 간섭 파동함수를 투사해서 일반적인 횡파 방정식과 공명하는 정상파를 만들어내면, 그 물체를 목표한 우주에 고정시킬 수 있어요. 그러면 물체를 그 우주에서 강제로 물질화시킬 수 있습니다."

시엔은 상세히 설명할 필요가 없었다. 다른 사람들도 그녀가 하려는 말의 의미를 즉시 이해했다. 그럴듯한 주장이었다. 그들은 다투 2호의 건설 방법에 대해서는 잠시 까맣게 잊어버리고, 즉시 비자르에게 그 주장을 말해주었다. 컴퓨터는 이론적인 관점에서 결함을 찾아내지 못했다. 하지만 실험을 해봐야만 확실히 알 수 있다.

"다시 이샨에게 연결해줄 수 있어?" 헌트가 비자르에게 물었다.

"그분은 지금 회의 중입니다." 비자르가 경고했다. 투리엔인에게 이것은 거절이나 마찬가지였다. 헌트는 이런 때 계속 연결해달라고 강요하는 것이 일반적인 관계에 어긋난다는 사실을 알고 있었다. 하지만 너무 들떠서 그냥 앉아 기다릴 수 없었다.

"내가 책임질게." 헌트가 말했다. "사과를 전하고, 이샨 씨에게는 내가 우겼다고 해."

잠시 후 헌트의 시야에 있는 영상창에 이샨의 모습이 나타났다. "네, 헌트 박사님?" 이샨이 인사했다. 이샨의 태도는 여전히 정중했지만, 비자르는 이샨의 목소리를 재구성하면서 이게 좋은 일이어야만 할 것이라는 말투의 분위기까지 빠뜨리지 않고 집어넣었다. 헌트는 가능한 한 짧게 요약해서 말하고 이샨의 의견을 물었다. 이샨은 한참 뜸을 들이며 침묵했다. 그 순간 헌트는 이샨이 받아들일 준비가 되지 않은 방식으로 그의 감정을 상하게 한 건 아닌지 걱정이 되었다. 하지만 헌트는 투리엔인의 얼굴을 보고 자신의 우려가 완전히 잘못된 짐작이었다는 사실을 깨달았다. 다행이었다. 이샨은 방금까지 참석하던 회의에 대해서는 까맣게 잊고, 헌트가 제안한 이론의 의미를 골똘히 생각하고 있었다. 그때 비자르가 다시 헌트에게 소식을 전했다.

"그런데 조금 전에 지구의 컴퓨터 네트워크에서 호출이 들어왔습니다."

지구? 아마 그렉 콜드웰 국장일 것이다. 뭔가 급한 일인 게 틀림없었다. "그래, 연결해줘." 헌트는 이샨의 반응을 기다리면서 무심코 대답했다.

그러나 비자르의 영상창에 나타난 얼굴은 낯설었다. 살이 쪄서 둥글둥글했으며, 냉혹하고 매서운 표정을 짓고 있었다. "헌트 박사님이신가요?" 남자가 물었다.

"어… 네."

"고다드 센터에 있는 UN 우주군 첨단과학국의 빅터 헌트 박사님이십니까?"

"네, 누구세요?"

"FBI 금융사기부 조사과의 포크 요원입니다. 박사님이 제리 샌텔로 씨와 친하신 거로 압니다."

이게 대체 무슨 일이지? 지금은 너무도 부적절한 때였다. "비자르, 지금은 때가 안 좋아." 헌트가 속삭였다. "연결 끊어. 이 사람한테 기술적인 문제나 뭐 그런 게 생겼다고 말해줘."

"저는 기술적인 문제가 전혀 없습니다."

"그래, 아무튼 이 사람 치워줘. 이건 그냥 멍청한 관료주의의 일면일 뿐이야. 우리는 지금 막 물리학에서 가장 중요한 도약을 하려는 중이란 말이야."

포크 요원이 사라졌다. 잠시 후 비자르가 말했다. "됐어요. 연결이 끊어졌습니다. 지구 쪽에 문제가 생겼다는 거짓 메시지를 컴퓨터 네트워크에 집어넣었습니다. 앞으로 이런 지시를 습관적으로 내리지는 말아달라고 부탁드려도 될까요? 저도 관리해야 할 명성이라는 게 있습니다."

"기억해둘게." 헌트가 약속했다. 그리고 동시에 그는 자신을 기다리고 있던 이샨을 쳐다봤다.

"정말 그럴듯한 이론으로 생각됩니다." 이샨이 말했다. "너무 그럴듯해서, 왜 제가 이전에 그런 사실을 분명하게 깨닫지 못했는지 의아할 정도입니다. 네, 헌트 박사님. 시엔 씨와 여러분이 큰 문제를 해결한 듯합니다. 이 방법이 맞을 겁니다."

18

프레누아 쇼음은 집에서 자신이 '둥지'라고 부르는 장소에 홀로 앉아 절벽과 산마루, 그리고 멀리 떨어진 산꼭대기를 응시했다. 저무는 햇빛을 받아 주황색으로 물든 골짜기의 먼 끝에 있는 폭포들이 다가오는 그림자에 서서히 잠식되었다. 투리엔의 두 달 중 하나인 도야리스가 초승달로 밝게 떠서 밤을 맞을 준비를 했다. 쇼음이 일상 업무와 임무의 세상에서 물러나 자신의 마음과 몸이 떠받치는 이 존재의 안으로 눈을 돌려 그 생각과 감정을 탐구하는 시간이었다. 지구인 중에서는 그런 능력을 갖춘 사람이 드물었고, 자신의 진정한 본성과 정신에 대해 아는 소수는 다른 이들에게서 이해받지 못했다. 모든 것들을 공격하거나 타인에게 공격을 받으며 형성된 조급함과 충동적인 폭력은 그들의 관심을 내부로 돌리지 못하고 영원히 외부에 가둔 채 살아가도록 밀어붙였다. 아마도 그것은 하나의 종족으로 성장하는 동안 자체적으로 발달시킨 또 다른 특성일 것이다.

쇼음은 지구의 역사에 관해 연구하느라 지구인과 그들의 본성에 대해 많이 생각해왔다. 일생은 한 해와 마찬가지로 계절이 있다. 하나의 계절이 자연스럽게 끝을 맞이할 때가 되면, 과거에 집착하며 매달리기보다는 다음 계절로 넘어가 조화를 이뤄야 한다. 쇼음의 일생은 이제 가을로 접어들었다. 자양분을 대지에 되돌려줄 계절이다. 성장 과정에서 축적한 지혜와 경험 덕택에, 앞선 단계에서 빌려야만 했던 것들을 되돌려줄 수 있게 되었다. 봄은 창조의 계절이고, 여름은 양육을 위한 계절로서 생기가 왕성하다. 투리엔인에게는 삶과 성장의 경험과 창조와 건설이 주는 정신적 기쁨이 우주가 제공해주는 가장 고귀한 보상이었다. 그게 존재의 이유이며, 그것을 가능케 하는 것이 우주가 존재하는 이유였다. 우주는 생명을 얻으려 기다리던 사막이었다. 이종족의 오랜 역사가 흐르는 동안 그 일탈이 전적으로 비밀은 아니었지만, 고의로 지적인 존재를 죽인다는 개념은 투리엔인이 떠올릴 수 있는 가장 혐오스러운 생각이었다.

투리엔인들은 관찰된 우주가 다중우주를 구성하는 총체의 극도로 미미한 부분이라고 믿는 것처럼, 다중우주 그 자체도 어마어마하게 광대한 어떤 것의 한 측면에 불과하다고 믿었다. 바로 그 영역에, 생각하고 느끼는 존재의 핵심과 관련된 진정한 영혼이 머물렀다. 그 진정한 영혼은 각각의 본성을 가진 사람들이 왔다가 가는 동안 내내 존재하면서, 그런 환경 속에서 형성되어가는 것이다. 영혼은 치유되고 성장할 필요가 있었다. 각 개인은 버려지더라도, 그들이 경험을 통해 밝혀내고 배운 것들은 남아서 흡수되기 마련이었다. 각 개인은 일종의 게임에서 임시로 만들어진 캐릭터와 유사했다. 각 개인의 죽음이 찾아왔을 때 그저 하나의 계절이 마무리되는 것처럼 보일지라도, 영적인 연결을 차단하면 영혼의 본질적인 성장이 멈추게 된다.

더 나아가, 개인들의 덧없는 삶은 이해심과 창의성, 관대함, 연민

같은 영혼의 더 고귀한 삶에 도움이 되는 자질들을 발달시키는 양성소 같은 역할을 했다. 살해와 파괴의 행동은, 그런 행동을 지켜보는 것만으로도, 정확히 반대되는 감정과 냉담함을 불러일으켰다. 가해자는 피해자에게 과도한 분노를 쏟아내고, 그 과정에서 천해지고 추해지며, 자신의 내적인 본성을 더럽혔다. 투리엔인에게 이것은 우주의 모든 의미와 우주가 존재하는 이유에 대한 궁극적인 부정이며 거부였다. 쇼음은 가니메데인들이 만들어낸 부주의한 사건으로 태어난 세계에서, 인류 자체가 그 사건에 의해 발생한 무의미한 우연적 존재였다는 사실을 고려하면, 지구인 대부분이 부의 축적이나 타인의 삶과 정신을 통제하려는 갈망 이상을 바라지 않는 상황이 그리 놀라운 일도 아니라는 생각이 들었다.

쇼음은 친밀한 애정과 모성의 부드러움, 우정의 유대감, 다른 이들이 삶에서 행복을 찾도록 도울 수 있는 특권, 창조와 성취의 기쁨, 자기 일을 가능하게 해줬던 다른 사람들의 일에 대한 존경심과 감사의 마음을 알고 있었다. 우주의 의미와 존재의 웅장함이 모습을 드러내던 때, 현인들이 젊은이들의 정신에 영감을 불어넣을 때, 개척선이 궤도에서 떠올라 새로운 세계로 향할 때, 노인들이 여행의 끝에 다가갈 때 꿈과 추억을 나누는 자리에서, 숲과 산과 바다로 뒤덮인 행성에서, 밝은 눈과 황홀해하는 얼굴들에서 그녀는 최고의 순간들을 보았다. 이것이 우주가 존재하는 이유이며, 그 본성과 조화하며 삶에 가져다준 것들이었다. 생명과 우주는 영혼으로 들을 수 있는 음악을 만들어냈다. 성장하는 모든 것들은 그 의미의 표현이었다.

쇼음은 아직도 지구를 연구하며 알게 된 사실들 때문에 밤에 잠을 이루지 못하고, 섬뜩하고 괴로운 공포에 빠질 때가 있었다. 아이들은 대량 학살을 숭배하는 집단에 강제로 들어갔다. 죽음과 도시의 괴멸,

문명 전체의 절멸에 몰두하는 산업들 말이다. 해충을 잡듯 무방비 상태의 무고한 사람들을 사냥해서 갈기갈기 찢는 피에 굶주린 군인들, 불타고 무너진 건물 아래에서 비명을 지르는 가족들, 굶주린 사람들, 익사한 사람들, 집에서 쫓겨나 눈밭에서 죽은 사람들에 대한 보고서를 쇼음은 읽었다. 이 모든 일은 이쪽이나 저쪽에서 고의로 계획했고, 영웅적이라거나 훌륭하다며 축배를 들었다. 쇼음은 불에 그슬린 돌무더기로 변해버린 마을에서 넋을 놓거나 겁에 질린 생존자들에게 비행기가 폭탄을 들이붓는 기록물을 보았다. 인간이 가득한 배와 차들이 불타고 갈기갈기 찢기고 산산이 조각났다. 달아나던 사람들이 폭풍속의 풀잎처럼 쓰러져갔다. 쇼음은 기괴하고 가슴이 미어지는 듯한 시체들의 사진을 멍하니 바라봤었다. 사람들은 검게 타고, 난도질당하고, 절단되고, 내장이 튀어나온 채 하수구 속에서 뒤틀리고, 철조망에 걸리고, 진창에 처박히고, 무더기로 쌓여 썩어갔다. 쇼음은 팔다리를 잃은 사람들, 눈을 잃은 사람들, 불구가 된 사람들, 그리고 한때는 남편과 아들, 형제, 연인들이었던 사람들이 젊음과 꿈을 잃은 채 미친 사람들이 되어 돌아오는 안타까운 행렬을 지켜봤다. 한번은 쇼음이 비자르에게 어떻게 저런 일이 일어날 수 있는지 설명해달라고 요청했던 적이 있었다. 비자르는 아무런 설명도 해주지 못했다. 쇼음은 눈물을 흘렸다. 생각을 하고 감정을 가진 존재가 어떻게 저런 짓을 할 수 있을까? 저들은 어떻게 그런 거짓말들을 믿을 수 있을까?

더 이해가 되지 않는 부분은 지배하고 명령하는 자들이 어떻게 저런 거짓말을 장려할 수 있을까 하는 점이었다. 인간은 단순히 사소한 야망을 이루거나 그들의 정복 음모를 이행하기 위해서만이 아니라, 모든 영역에서 다른 모든 사람을 위협하거나 경쟁자로 설정하거나, 다른 사람보다 조금이라도 우위를 점하기 위해 투쟁하고, 음모를 짜고, 동맹을 맺고, 배신했다. 인간들이 다른 사람을 대할 때의 가치관 전체가 이기주의와 착취, 억압, 강탈, 학대, 강한 자에게 복종하는 약한 자들의 노예 상태라는 개념을 기반으로 할 뿐 아니라, 이를 찬양하고 미화했다. 그리고 이 모든 것들은 개인의 의미와 가치를 오로지 이윤추구에 기여하는 효능으로 평가하는 인정사정없는 돈 계산으로 합리화됐다.

밀드레드는 지도자들을 최악의 도둑과 사기꾼들이라며, 그들의 말에 귀를 기울이지 않았다. 그러나 밀드레드는 목소리가 없는 소수로서 개인적인 삶을 받아들인 예외적인 사람이었다. 투리엔인이 지도자에게 가장 중시하는 자질은 자상한 성숙함과, 그런 성숙함을 빚어내는 사심 없는 연민이었다. 개인적인 이익을 위해 지위를 남용하거나, 함께 살아가는 공동체를 위해 필수적인 기본적인 규제를 넘어서 원하지 않는 사람들에게 강요한다면 가장 극악한 범죄가 될 것이다. 투리엔에서 그런 범죄가 한 번도 일어나지 않았던 건 아니었다. 그러나 거의 생각하기 힘든 일이었다.

생각할 수 없고 목적이 없는 물질이 감정과 생각을 소통하는 살아 있는 유기체를 스스로 조직했다든가, 우주가 아무것도 없는 곳에서 상상할 수 없는 폭력적인 방식으로 시작되었다든가 하는 신화를 만들어낼 수 있는 존재는 지구인들뿐일 것이다. 지구인은 내면의 본성을 자신들이 보는 세상에 투영하고, 그런 자신들의 눈으로 보고 있는 것들을 외부의 현실이라고 확신했다. 투리엔인은 생명을 만들어낸 프로그램이 행성들에서 유래하지 않았다는 사실을 알고 있었다. 비록 그 프로그램이 은하계 전역에 걸쳐 다양한 조건에 따라 놀랍도록 수많은 방식으로 생명을 발현시킨 장소가 행성들이긴 하지만 말이다. 행성은 그 프로그램이 실현되는 조립 공장이었다. 씨앗은 우주풍(宇宙

風)을 타고 날아왔다. 그 씨앗이 어디에서 왔는지, 어떻게 만들어졌는지, 어떤 힘이 만들었는지, 어떤 목적인지는 투리엔인의 과학이 대답을 찾는 최고의 수수께끼이며, 그들을 확장하도록 내모는 중요한 동기였다. 흐릿한 먼지구름 너머 항성들의 밀도가 증가하는 은하계의 중심 부분은(다른 은하계의 중심 부위도) 환경 조건이 이상하다는 단서가 있었다. 그러나 투리엔인은 더 알아낼 수 있을 정도로 아직 충분히 파고들지 못했다. 투리엔인이 불멸을 성취했을 때, 무관심과 침체의 기간과 그 결과로 오랜 시간 동안 별로 중요하지 않게 다루면서 많은 대가를 치렀다. 꿈에서 영감을 받고 그 꿈을 이루기 위해 탐구에 나서려면 젊음의 끊임없는 활력이 있어야만 했다. 그 사실을 깨달은 투리엔인들은 예전의 방식으로 되돌리고, 본성과 계절을 받아들였다.

인간의 폭력은 기질적으로 피할 수 없는 결함일까? 혹은 파괴력 있는 그들의 폭력의 격한 에너지는 건설적인 목적으로 돌려서 이용할 수도 있는 활력 넘치는 어떤 힘이 악용된 것일까? 아마도 고대 가니메데인의 유전적 조작으로 인해 독특하게 기원한 탓일 테지만, 투리엔인들은 어디에서도 인간과 비교할 만한 존재를 만난 적이 없었다. 불가능한 역경에 직면해서 가망이 없는 것처럼 보이던 시작부터 최종적으로 미네르바에 일어난 비극적 사건 직전까지, 고대 월인 문명이 등장해서 발전한 속도는 놀라웠으며, 가니메데인의 경험을 우스갯거리로 만들어버릴 정도였다. 그들의 발전 속도는 투리엔인이 지금까지 만났던 다른 모든 종족을 넘어섰다. 이산은 지구인들의 미숙한 과학과 제한된 기술적 기초 지식에도 불구하고, 헌트와 그의 일행은 이미 그 프로젝트에 중대한 영향을 미치고 있다고 보고했다. 만일 두 문화가 모두 완전히 성숙한 상태에서 함께 일한다면 어떤 효과를 일으키게 될까?

쇼음은 이 방에서 밀드레드와 나눴던 대화를 다시 떠올렸다. 만일 제블렌인 도망자들의 개입 때문에 월인의 역사가 빗나가지 않았다면, 오래전에 바로 그런 상황이 이루어졌을 것이다. 그 전까지 월인들은 지구로 이주하는 목표를 향해 협력적으로 일했었다. 그 후 나타난 지구인들의 병적인 불안정은 선천적인 '인간성'이 아니고, 그 종족이 겪었던 정신적 충격의 결과물일까? 미네르바의 괴멸적인 전쟁은 그들이 수 세대에 걸쳐 쌓아 올린 희망을 박살내고, 종국에는 그들의 세계를 파괴해버렸다. 달의 사막에 버려진 마지막 소수의 경험만이 남았다. 그들이 지구로 수송되었을 때 다시 시작하기 위한 새 희망을 품었지만, 고아가 된 달이 지구에 잡히면서 일어난 대격변으로 다시 한 번 그 희망이 꺾여버렸다. 그들이 생존을 우선하는 본능으로 야수처럼 자기보존에 매달리는 피조물이 되지 않고 다른 무엇이 될 수 있었겠는가? 그들이 생명과 우주에 대해 어떻게 다른 철학을 만들어낼 수 있었겠는가?

그런 반추가 쇼음을 끈덕지게 괴롭혔다. 어쩌면 인간들에 대한 그녀의 판단은 지나치게 가혹했었는지 모르겠다. 그 판단이 중요했다. 지구인들이 왜 저런 방식으로 살아가는지에 대해 투리엔인이 최종적으로 받아들인 해답에 따라 그들이 지구를 어떻게 다룰지를 궁극적으로 결정할 것이기 때문이었다. 제블렌인의 계획과 음모가 폭로된 이후, 투리엔인들 사이에는 그런 논쟁이 은밀하게 끊임없이 진행되었다.

쇼음은 며칠간 떠오르던 생각이 마침내 명료해지자 마음속 깊은 곳에서 일어나는 흥분감이 느껴졌다. 이제는 논쟁과 추측에 의지하지 않고도 그 중대한 문제를 결정할 수 있을 것 같았다. 이샨의 과학자들은 그들이 짓고 있는 다투 2호의 시설에서 다중우주를 탐사하고 실험하기 위해 일련의 장비들을 보내려는 논의를 하고 있었다. 다른 우주에서는 이미 통신 장치를 보내 지구에 있던 헌트와 접촉했다. 브로 컬리오의 제블렌 우주선들은 실제로 월인들의 미네르바로 돌아갔다.

그 일을 해낼 수 있는 기술이 모두 있었다. 잘못된 결정을 내릴 위험이 남아 있는 상황에서, 관찰을 통해 객관적으로 그 문제를 결정할 수 있다면, 지구인들이 정신적인 외상을 입은 월인과 얼마나 비슷한가에 대해 지루한 토론을 지칠 때까지 할 필요가 없었다. 탐지기를 그곳으로 보내 알아내면 된다! 이제 그들에게 능력이 있다고 드러났다. 그런 상황에서 노력하지 않는다면 인류에게 불공평한 일이 될 것이다. 그래서 쇼음은 그런 생각을 따를 수 없었다. 인류는 가니메데인의 부당한 행위로 인해 이미 충분히 고통을 받았다.

어렸을 때 쇼음은 오래전에 떠나온 우리 종족의 행성을 야만인들이 물려받아 파괴해버렸다는 이야기를 들었다. 그것은 투리엔인 부모가 아이에게 해주는 표준화되고 단순화된 이야기였다. 이제 와서야 쇼음은 그 인상이 자신이 평생 유지해왔던 태도를 얼마나 많이 형성했는지 깨닫기 시작했다. 쇼음은 다중우주를 넘어선 영역에 존재하며 자신의 경험을 떠받치는 그 영혼이 가치 있고 중요한 무언가를 전부터 알고 있었기 때문에 그런 깨달음이 오는 것이라고 이해했다.

19

지구인들이 보기에는, 투리엔인이 가상현실에 정확한 정보를 입력하기 위해 도시와 주변에 감지기를 연결한 정도가 지나치게 꼼꼼했다. 그들은 사람이 거의 살지 않는 지역, 혹은 전혀 살지 않는 지역까지 내삽법을 이용해 지역의 풍경과 환경을 그럴듯하게 재현할 수 있도록 위성이나 다른 수단으로 광범위하게 감시했다. 지구의 모든 설계자, 프로젝트 계획자, 프로그램 관리자가 가장 먼저 고려하는 비용과 이익의 균형이라는 규칙은 투리엔인이 무엇을 어떻게 할지 결정하는 과정에서 아무런 역할도 하지 않는 듯했다. 그게 아니라면 '비용'과 '이익'이라는 개념이 지구인과는 매우 다른 의미일 것이다.

행성과 다른 거주지 주변의 허공과 항성계 내부의 정규 운송로 주변까지 감시하는 수준에 대해 지구인들은 적절하지 못하다고 생각했다. 그렇지만 이런 관행 덕분에, 다중투사기 2호의 영향을 받아 사방에서 일어날 비정상적인 사건들이 영상에 찍히거나 탐지기 네트워크에 감지될 가능성이 컸다. 비자르는 다른 우주에서 하나 이상의 침입자가 그 지역 어딘가에 나타날 확률은 거의 같다고 계산했다. 그 계산에 따라 감시 시스템이 경계 상태에 들어갔다.

이윽고 다중투사기 2호가 더 크고 복잡한 물체를 보내는 첫 번째 실험을 준비하고 있을 때 그런 일이 일어났다. 퀠상의 연구소에서 헌트가 다른 우주로 투사해야 할 물체의 종류에 관한 계획서를 살펴보고 있을 때, 투리엔의 반대편 반구에서 약 16만 킬로미터 떨어진 우주를 살펴보던 감지기가 그곳에 있어서는 안 되는 뭔가가 갑자기 나타났다는 비정상적인 상황을 보고했다고 비자르가 알려왔다. 그 장소로 방향을 돌린 영상분석기가 잡은 영상을 재생하자 일종의 장비 묶음이 보였다. 개방된 틀 안에 안테나와 다른 기계들이 담겼는데, 전체적으로 평범한 등받이 의자 정도의 크기였다. 그 장치는 11초를 간신히 넘기며 버티더니 붕괴했다. 각 부품으로 산산이 조각나는 식이 아니라 서서히 사라졌다. 점점 희미해지더니 아무것도 남기지 않고 소멸했다. 과학자들이 예상하던 대로였다. 과학자들을 한데로 모으지는 않았지만, 그들은 흥분한 상태로 각자 있던 다양한 장소에서 하던 일을 멈춘 채 감지기가 기록한 정보를 조사하고, 그걸 어떻게 활용할 수 있을지 살펴봤다.

다른 우주의 투리엔인이 보낸 게 틀림없었다. 물론 그 사실에 대해서는 지금껏 어떤 의심도 해본 적이 없었다. 기능을 알 수 있는 장비도 있었지만, 어떤 것들은 좀 모호했다. 여러 개의 광학 장비와 화상 촬영기들이 식별되었는데, 그 장비들이 부지런히 주변을 스캔했다. 부속장치 중 하나는 투리엔인이 초공간을 통해 중계할 때 사용하는 중력 송수신기 같았다.

"왼쪽 끝에 있는 덩어리는 인근 행성의 주파수대를 살펴보는 안테나 같네요." 연구소에 있는 투리엔인 과학자가 발언했다.

"구조는 낯설지만, 그 정도의 크기로 확인됩니다." 비자르가 동의했다.

"제가 잘못 본 건가요, 아니면 옆에 그려진 게 UN 우주군 상징 맞나요? 좌표 1.2와 3.7 부근이오." 퀼상 건너편의 다른 건물에 있는 요제프가 물었다.

"난 전혀 놀랍지가 않네요. 내 짐작에는 헌트가 했을 만한 일이에요." 단체커가 말했다. 책상 건너에 앉아 있던 헌트가 화난 표정으로 그를 쏘아봤다.

"제가 영상을 선명하게 만들 수 있는지 볼게요. 그냥 빛의 조화일 수도 있거든요." 비자르가 말했다.

비자르는 또한 투리엔의 표준 통신대역으로 여러 개의 통신이 수신되었다고 보고했다. 하지만 무슨 신호인지 이해가 되지 않았고, 의미 있는 신호를 추출하려 노력했지만 모두 소용없었다. 그렇다고 하더라도 기운을 북돋워주는 사건이었다. 그 프로젝트의 당면한 목표를 달성하는 데 필요했던 실험 결과 중에서 가장 이상했지만, 어쨌든 이 증거는 진짜였다.

그 장비가 도착한 장소의 주변 정보를 수집하는 장치를 갖추고 있다는 사실은 수집한 정보를 돌려보낼 수단도 갖고 있다는 의미였다. 그 점이 무엇보다 중요했다. 그렇지 않다면, 정보를 모을 이유가 없지 않은가. 이는 현재 그 우주의 과학자들이 도달한 단계에서도, 헌트가 다른 자아와 나눈 짧은 대화를 통해 가능하다고 입증되었던, 다중우주를 가로지르는 통신을 달성했다는 의미였다. 그 장비가 몇 초밖에 유지하지 못했다는 사실은, 그 장비를 보낸 다른 버전의 그들이 투사한 물체를 멈추게 하는 문제는 풀었지만 아직 안정화시키지는 못했다는 의미였다. 시엔이 이미 물체를 멈추게 할 방법을 제안했고, 투리엔인 과학자들이 가능할 것 같다고 동의했다. 다행히 그들은 그리 많이 뒤처지지 않은 상태였다.

그 장비가 사라질 때 흩어지는 방식은 정상파 형태로 고정시킨 물체의 결이 어긋난 상태의 개념과 일치했다. 비자르는 그 사건으로부터 훨씬 많이 알아낼 수 있기를 바라며 붕괴 상황을 이미 여러 번 분석했다. 현 단계에서 확인할 수 있는 바에 따르면, 과학자들이 일을 제대로 진행하고 있는 것 같았다. 이번 사건은 과학자들이 현재 공들이고 있는, 유사한 장치들을 만드는 작업을 더욱 정열적으로 해나갈 수 있도록 확신을 강화해주었다. 그러나 이 평행한 우주의 이상한 특성을 고려한다면, 지금 그 사건이 일어난 것이 그다지 이상한 우연은 아니었다.

✳

처음으로 다른 우주에서 온 인공물이 이 우주를 방문한 뒤 헌트가 다른 어딘가에 존재하는 그의 다른 버전과 나눈 대화는, 헌트와 다른 사람들이 지구를 떠나기 일주일 전 오웬의 은퇴 만찬에서 공개적으로 발표되었다. 역사상 유례가 없었던 그 사건은 대중매체와 연예 산업, 출판계에 뜻밖의 횡재가 되었고, 슈퍼마켓에서 파는 타블로이드 신문과 토크쇼부터 가장 저명한 학회의 회보에 이르기까지 온갖 종류의 과학 논쟁들이 진행되었다. 다중우주 물리학의 주제 전체와 사실상 무한한 '쌍둥이' 현실들이 대중의 상상력을 사로잡는 최신 화젯거리가 되었다는 소식이 지구에서 날아왔다. 월인 '찰리'의 발견은 이제 옛일이 되었다. 그 후 멸종된 종족으로 추정되는 가니메데인에 대한 추론이 이어졌지만, 그들이 아주 생생하게 살아서 모습을 드러내자 사그라졌다. 그리고 더욱 최근에 컴퓨터에서 진화한 엔트의 세계가 모습을 드러냈던 사건도 벌써 희미해지기 시작했다.

'미안해, 그건 이웃 우주야'라는 제목의 영국 시트콤이 인기를 끌었고, 각각의 단말기를 사용하는 이용자들이 서로 다른 우주로 들어가고 나오는 게임이 무수하게 쏟아졌다. '나의 세계로 오신 걸 환영해요(Welcome to my World)', '나를 비난하지 말아요(Don't Blame Me)', '난데없이(Out of Nowhere)' 같은 오래된 노래 제목들이 잘 팔리는 패러디에 영감을 주었고, 새로 제작된 '오즈의 마법사'에서는 회오리바람이 시간대의 뒤틀림으로 바뀌었고, 유명한 대사도 뒤틀렸다. "여기는 '우리의' 캔자스주가 아니야, 토토."

아니나 다를까, 대중들은 잘못된 개념에 젖어들었다. 잘못된 개념이 일단 형성되고 유통되기 시작하면, 무비판적으로 반복되는 사이에 자신만의 생명력을 갖기 마련이었다. 가장 흔한 사례는 중대한 시점에 우주가 '갈라진다'는 오래된 관념의 부활이었다. 그리고 그 '중대한 시점'은 대체로 인간사의 관점에서 평가하는 의미로 받아들여졌다. 물리학적인 기본 과정이 양배추 기르는 사람이나 왕들의 일상생활에 일어난 사건들에 반응해야 한다는 주장은 터무니없는 생각이었지만, 대중매체의 예능인들은 전혀 거리낌이 없었다. 그들 중 일부는 '동전을 뒤집는 방법에 따라 우주를 바꿀 수 있다' 같은 제목이 달린 글로 그런 개념을 꾸미는 일도 주저하지 않았다. 심지어 더 나은 미래를 차지하기 위해 경쟁하는 다른 우주에 있는 다른 자아를 희생시켜 인생에서 나은 몫을 차지하는 방법을 다루는 의사결정 안내서를 책 한 권 분량으로 쓰기도 했다. 그리고 당연하게도, 이런저런 형태의 다중우주 현상들이 텔레파시, 염력, 심령술, 강림, 유령을 설명하는 최신 이론이 되고, UFO와 온갖 신비의 '삼각지대', 케네디 대통령 암살 용의자 명단과 피라미드의 건설자를 새롭게 해석하는 근거가 되었다.

헌트는 재미와 체념이 뒤섞인 기분으로 그 모든 일들에서 벗어나 평온한 상태를 유지하고 있었는데, 비자르가 고다드 센터에 있는 콜드웰의 비서 밋치에게서 연락이 왔다고 알렸다. 밋치는 캘리포니아의 회사에서 일하는 사람이 헌트를 영화에 출연시키고 싶다며 연락했다는 소식을 전했다.

"지금 농담하는 거죠?" 밋치가 메시지를 전했을 때, 헌트는 거의 반응을 보이지 않았다.

"제가 다른 항성계에서 바쁜 과학자들에게 이런 농담밖에 못 할 사람이라는 거죠? 그 사람은 진지했어요. 아무튼 캘리포니아에 있는 괴상한 사람들 중에서는 그나마 진지해 보였죠. 그 사람 이름은 아티 스트랭입니다. 프리미어 프로덕션 스튜디오라는 회사였어요."

"프리미어 프로덕션 스튜디오라고요? 농담이 아닌 게 확실해요?"

"오늘은 만우절도 아니라고요, 헌트 박사님."

"흠, 알았어요. 그 사람이 이야기하는 게 어떤 영화인가요?"

"제가 어떻게 알겠어요? 그걸 알아내려면 박사님이 그 사람에게 전화해서 물어보는 수밖에 없어요."

"그렇겠군요." 헌트는 생각을 더욱 정연하게 정리하려고 노력하는 동안 자신이 시간을 끌고 있다는 사실을 깨달았다. "아, 그래요. 통화하는 김에 하나 물어볼게요. 혹시 FBI의 포크 요원이라는 사람에 대해 들어본 적 있어요?"

"네, 그 사람도 박사님한테 연락하려고 했었어요. 박사님은 그 사람을 어떻게 아셨어요?"

"여기로 연락을 했었어요. 그 사람이 접속 코드를 어떻게 안 거죠?"

"뭐, FBI잖아요."

"그러면 당신이 알려준 건 아니라는 거죠?"

"네, 저희는 포크 요원에게 박사님이 여기에 안 계시다는 말만 했어요. 콜드웰 국장님도 박사님이 하는 일이 더 중요하다고 생각하시니까요."

"혹시 무슨 일인지 아는 거 있어요?"

"텍사스에 있는 포마플렉스라는 회사에 대한 투자정보를 레드펀 계곡에 사는 이웃 사람에게 말해준 거 기억나세요?"

"제리 샌텔로? 네, 기억나죠. 그게 왜요?"

"박사님은 그 정보를 지구에 나타났던 다른 버전에게서 얻었잖아요. 그렇죠?"

"맞아요. 제리가 한동안 투자 문제로 나를 괴롭혔거든요. 그래서 그 정보를 주면 좋아할 것 같았어요. 그런데요?"

"글쎄요. 우리가 사는 이 우주에서는 아직 대중에게 알려지지 않은 내부정보를 박사님의 다른 자아가 사적으로 이용한 것처럼 보이나 봐요. 이를테면, 불법이라는 거겠죠? 그게 포크 요원이 말한 내용이에요. 그 사람은 박사님이 그 정보를 어디서 얻었는지 알고 싶어 해요."

헌트는 밋치가 말하고 있는 머릿속의 영상창을 뚫어지게 쳐다봤다. "그거였어요? 우리는 지금 은하계 전체를 개척하는 일조차 뒷마당에서 캠핑하는 것처럼 보이게 만드는 수준의 새로운 우주를 열어나가기 직전인데, 그 사람은 구멍가게 경제학이랑 장부정리에 대해 말하고 싶어서 안달이라는 거죠?

"콜드웰 국장님도 박사님이 지금 하는 일을 더 중요하게 생각한다고, 제가 말씀드렸잖아요."

"국장님은 우리를 실망시키는 법이 없죠. 저기요, 앞으로 그 남자에게서 또 연락이 오면, 아무튼 내 짐작엔 그 사람이 또 연락할 것 같으니까, 내가 이 문제를 어떻게 다룰지 생각해낼 때까지만 막아줘요.

그럴 수 있죠?"

"그럴게요. 다른 일들은 어떠세요? 아직도 밀드레드 씨가 단체커 교수님을 미치게 만들고 있나요?"

"아주 좋아요. 다른 물체가 하나 더 물질화됐어요. 내가 보고서를 보냈어요. 사실, 당신이 들으면 놀라겠지만, 밀드레드는 투리엔인들 사이에서 엄청 인기가 좋아요. 아마 우리가 찾아서 보낼 수 있는 최고의 외교관일 거예요. 단체커 교수는 그런 상황을 완전히 믿지 않지만, 불평하지는 않아요."

"와! 흥미로운 소식이네요. 그 이야기를 빨리 다 듣고 싶어요. 그렇지만 지금은 제가 이만 가봐야 해서요. 나중에 아카데미 시상식 때 박사님 이름을 찾아볼게요."

"기대는 하지 마세요. 또 이야기할 기회가 있겠죠, 밋치. 콜드웰 국장께 안부 전해주세요. 그럼, 안녕."

헌트는 의자에 기대앉아 벽의 스크린을 응시했다. 스크린에는 외계 어딘가에 있는 해저 풍경을 배경으로 비자르의 정상파 걸어긋남에 대한 분석 결과를 비추고 있었다. 자기 자리에 앉아 있던 단체커는 헌트가 통화하고 있을 때 나가서 지금은 사무실에 헌트 혼자였다. 그는 충동적으로 비자르를 다시 불러냈다.

"프리미어 프로덕션의 아티 스트랭 전화번호 혹시 알아?"

"물론입니다."

"지금 거기 시간이 어떻게 돼?"

"화요일 오후 3시쯤입니다."

"그러면 그 사람한테 연락해볼 수 있겠어?"

헌트는 그 사람들이 일종의 과학 다큐멘터리 같은 영화를 염두에 뒀을 거라 짐작했다. 그런 다큐멘터리의 사회를 맡게 된다면 일상적으로 반복되는 일과보다 매력적일 것이라고 인정할 수밖에 없었다. 헌트는 혼잣말을 그렇게 하긴 했지만, 내심 깊은 곳에서는 지금껏 봤던 과대평가된 수많은 유명인보다 자신이 훨씬 그 일을 잘해낼 거라 생각했다. 그리고 내용과 설명 부분에 대해 약간의 발언권이 주어진다면 (UN 우주군에서의 그의 지위로 볼 때 그 정도는 충분히 협상해볼 수 있을 것이다), 세계가 압도당하고 있는 허튼소리의 홍수를 바로잡는 일에 많은 도움이 될 수 있을 것이다.

영상창이 열리며 30대 후반쯤으로 보이는 뚱뚱한 남자의 상반신이 보였다. 그는 분홍색 피부에 금발이 목깃까지 내려왔으며, 빨간색 셔츠와 밝은 노란색 재킷을 입고 선글라스를 썼다. 헌트는 시야를 돌려 주변의 벽을 배경화면으로 사용했다.

"헌트 박사님!" 남자의 얼굴이 흐느적거리는 미소를 지었다.

"그렇습니다."

"환상적이네요!"

"고다드 센터에 있는 사무실에서 당신이 연락했다고 전해주더군요."

"맞습니다." 스트랭이 물어보고 싶은 게 있다는 표정으로 이쪽을 쳐다봤다. "제가 이걸 제대로 이해하고 있는 건지 봐주세요. 우리가 이야기하고 있는 바로 지금, 박사님은 저 밖에 있는 다른 별에서 저한테 말씀하고 계신 거죠, 맞나요?"

"투리엔인의 행성이죠. 지구에서 20광년 떨어져 있습니다." 헌트가 확인해주었다.

"믿기지 않네요! 이런 일은 절대로 일어날 수 없다고들 했었잖아요. 저는 그 말을 믿지 않았어요. 그 사람들은 말이 너무 많았어요. 이제는 매일 일어나고 있는데 아무도 알아채지 못하잖아요. 그렇지만 옛날 영화들에서는 아주 오래전부터 그런 걸 다뤘어요. 혹시 '별들을 향한 명령'이라는 영화를 보신 적이 있나요? 케빈 베이랜드가 한창때 나온 작품이죠. 그 사람이 온갖 이상한 영화들에 뛰어들기 전이었어요. 그 영화에서 마르타 얼이 처음으로 주목을 받았죠."

"제가 봤다고는 못하겠네요." 헌트는 잠시 기다렸다가 과감히 말했다. "당신이 뭔가 제안할 게 있다는 이야기를 들었습니다."

"지금 제가 통화하고 있는 사람이 박사님 맞죠? 다른 우주인지 뭔지에서 휭 날아왔던 박사님과 빼다 박은 그 사람이 아니죠?"

"네?" 헌트가 손으로 이마를 짚었다. 이런 일은 어떻게 다뤄야 할까? "저는 확실하게는…."

포동포동한 사람이 다시 활짝 웃었다. "농담이에요. 그렇지만 그냥 농담은 아니에요. 우리가 만들려는 영화가 바로 그 문제를 다룰 겁니다."

"어떤 것 말인가요?"

"박사님이오! 박사님의 이야기요. 무슨 말이냐면, 아시잖아요, 요즘에 박사님이 아주 유명하다는 건 아시죠? TV쇼에서 단골로 언급되고, 잡지마다 온통 박사님에 관한 기사예요. 모든 사람이 흥미로워하고 아이들이 열광하는 사건들에 전부 관계하셨잖아요. 달에서 발견된 미라, 진짜 우주선과 외계인, 컴퓨터 안에 있는 사람들, 거기에 이 최근 사건까지! 사람들이 영화로 만들어달라고 야단법석을 피우는 것도 당연해요. 저로서는 왜 아직 아무도 만들지 않는지 모르겠어요. 몇 년간 따라잡기 힘든 블록버스터가 될 겁니다."

"음, 흥미로운 생각 같군요."

"저를 믿으세요. 이 분야는 제가 잘 알거든요. 박사님의 이야기는 가능성이 풍부해요. 그렇지만 진짜로 대박을 치려면, 활기를 좀 더 집어넣을 필요가 있어요. 제 말이 무슨 뜻인지 아시겠죠? 그래서 우리는 박사님이 영화에 나오면 좋겠어요. 박사님 자신의 역할을 하는 거죠."

헌트가 그 생각을 머릿속에서 지워버리듯 고개를 절레절레 흔들었다. 스트랭은 헌트가 끼어들지 못하게 한 손을 들며 말했다.

"우리가 상황을 꾸며봤습니다. 가니메데인이 나타났을 때 목성의 가니메데에서 우리가 군사적인 행동을 벌였다는 제블렌인들의 이야기가 끝내주더라고요. 게다가 이미 영상으로 만들어놨잖아요. 우리는 그걸 엮어 넣기만 하면 됩니다." 그는 제블렌인이 투리엔인에게 제공했던 가짜 감시 보고서에 대해 말하고 있었다. 벌써 정신 나간 이야기가 되어갔다. "우리는 작가 두이 명을 고용해서 아주 무시무시하게 시작되는 액션 장면을 만들고 있어요. 하지만 우리 자신과 아래에 있는 지구인들의 안녕을 위해 방어할 뿐이라는 사실을 그들이 깨닫기 전까지만 그런 식으로 진행될 거예요. 그 후에는 함께 행동하죠. 좀 더 성적인 것도 필요해요. 우리는 박사님과 함께 일하는 동료로 끝내주는 미인을 붙일 생각입니다. 아주 섹시한 장면을 만들어 낼 계획이죠. 켈리 헤인 같은 배우가 될 겁니다. 괜찮을 것 같지 않으세요? 그녀가 단체커 교수를 연기할 거예요. 단체커 교수를 여성 역할로 만들었거든요. 균형이 완벽해요. 그리고 가능성이…."

헌트가 고개를 저었다. "아니요. 영광으로 생각합니다만, 그건 저와는 맞지 않는 것 같습니다."

스트랭이 양손을 들어 올리며 달래는 시늉을 했다. "알았어요, 그럴 수도 있을 거라고 짐작했어요. 하지만 그래도 우리는 박사님을 자문으로 모시고 싶어요. 무슨 말이냐면, 우리는 모든 걸 제대로 만들고 싶다는 뜻이에요, 아시겠죠?"

헌트는 기가 막혀서 말이 나오지 않았다. "진짜로… 다시 한 번 감사드립니다만, 저는 여기서 해야 할 일이 너무 많습니다."

"그 사람들이 박사님에게 얼마나 주나요?" 스트랭이 물었다.

"그럭저럭 살 만큼 줍니다."

"얼마가 됐든, 우리가 두 배로 드릴게요."

"이해를 못 하시는 모양인데요, 저는 필요 없습니다. 저는 그런 돈을 쓸 시간도 없어요." 헌트가 말했다.

스트랭이 이야기를 멈추더니, 헌트의 말을 곰곰이 생각했다. 그의 시나리오에는 그런 경우에 대비한 대사가 없었던 모양이다. "무슨 뜻인가요? 어떻게 돈이 필요 없을 수가 있죠?" 마침내 그가 물었다. "그게 다 그런 거잖아요, 그렇지 않나요?"

"그런가요? 뭐가 다 그렇다는 거죠?"

스트랭은 너무도 당연한 사실을 설명해달라고 요구받은 것처럼 순간적으로 당황했다. 그는 인상을 찌푸리며 양손을 슬쩍 위로 들었다. "모든 거요. 일이나… 전부 다요. 무슨 말이냐면, 돈이 있어야 당신이 원하는 걸 얻을 수 있잖아요, 그렇지 않나요?"

"아니요, 스트랭. 당신은 같은 말을 반복하고 있어요. 돈이 더 있어봐야 나한테 필요 없는 쓰레기나 사는 데에 쓸 뿐입니다. 시간을 낭비하지 않아도 내가 원하는 것들을 얻을 수 있어요."

"이해가 안 되네요. 대체 이걸 어떻게 이해해야 하는 건가요?"

헌트가 다시 대답하려다가 마음을 바꾸고, 피곤한 얼굴로 고개를 저었다. "그만둡시다." 그가 대답했다. "여기에 너무 오래 있었나 봐요. 그래서 제가 외계인들처럼 생각하기 시작하는 모양입니다."

20

헌트와 단체커가 월도프 호텔에서 아침을 먹고 있을 때 밀드레드가 합류했다. 다른 동료들은 아직 보이지 않았다. 밀드레드는 스스로 길을 찾고, 단체커의 일을 방해하는 짐이 되지 않겠다던 자신의 결심을 지키고 있다는 사실이 무척 기쁜 모양이었다. 물론, 그녀가 다른 사람들을 피할 이유는 없었다.

"과학자들이 밖에서 기계를 작동시킨다는 이야기를 들었어요. 그 기계를 뭐라고 하죠, 음, 다투 2호 맞나요? 아무튼 고마워요. 오, 맛있겠다! 이건 무슨 빵인가요?" 밀드레드의 마지막 말들은 그녀의 음식을 식탁으로 날라준 투리엔인 소녀에게 한 말이었다. 투리엔에는 프레누아 쇼윰의 집에서처럼 시중드는 로봇과 공중에 떠다니는 대형 쟁반이 보편적으로 이용되었지만, 지구인들을 위해 봉사하려는 자원활동가들이 끊이지 않았다. 손님을 직접 시중드는 것은 명예를 나타내는 투리엔인의 오랜 관습이며, 기쁜 일이었다. 그러나 현재 더 중요한 점은 이 봉사활동이 지구에서 온 외계인들을 만날 방법으로 널리 알려졌다는 사실이었다. 투리엔인에게는 역할이나 지위, 신분에 대한 개념이 전혀 없었다.

"이 빵은 델드란이라고 하는데, 달콤한 곡물에 과일 조각을 곁들이고 살짝 구워서 만들어요. 그 위에 잼을 바르면 됩니다. 하루를 시작하기에는 아주 좋은 음식이죠."

"그런데 이건 진짜 커피 같은 향이 나네요."

"커피 맞아요. 음식 공급 담당자가 최근 지구에서 오는 우주선에 음식 목록을 주문했거든요."

"정말 고마워요. 그걸 이리 넘겨줘요." 단체커가 말했다.

"기쁘게 해드리기 위해 노력하고 있습니다."

"비자르와 이야기를 많이 나누는 모양이군요." 헌트가 농담했다. 헌트는 그 말을 하면서, 자신이 비자르가 통역한 말을 듣고 있다는 사실이 떠올랐다. "우리가 당신을 어떻게 부르면 좋을까요?" 헌트는 화제를 바꾸기 위해 질문을 던졌다.

"저는 이텔이에요. 저는 가끔 이 도시에 와서 살지만, 주로 보르세콘이라는 행성에서 삽니다. 지표면이 온통 얼음과 눈, 바다와 산으로 덮인 행성이죠. 우리는 며칠 동안 비자르와 연결을 끊고 그곳에서 단독으로 오랜 시간 여행을 하기도 합니다. 진짜로 완전히 '거기'에 있는 거예요. 고독은 참으로 숭고한 체험이죠."

"학교는 어떡하고요?" 단체커가 물었다. 밀드레드가 보기에도 이텔의 나이를 짐작할 때 타당한 질문 같았다. "여기 투리엔에서 학교에 다니나요, 아니면 양쪽에서 모두 다니는 건가요?" 이텔은 그 질문을 이해하지 못하는 듯했다. "어린이들이 배우러 가는 곳 말이에요. 인생을 준비하기 위해서." 단체커가 말했다.

이텔이 어정쩡한 표정으로 미소를 지었다. "인생은 그 자체가 준비죠."그녀가 대답했다. 하지만 여전히 정말로 질문을 이해한 것 같지는 않았다. 어떻게 교육을 했는지는 모르겠지만, 밀드레드가 보기에 어린 투리엔인들도 공손한 자세가 자연스럽게 몸에 배어 있는 듯했다. 맥 빠지는 행동 양식이 되어버린 지구의 어떤 나라의 상황과 달리, 그들은 예의와 아첨을 혼동하지 않았고 뚜렷한 자기주장을 밉살스러움이나 무례한 것으로 간주하지 않았다. 투리엔인의 교육체계는 밀드레드가 조사할 긴 목록에 올라가 있는 항목이었다. 실은, 오늘 그녀의 과제 목록에 맨 처음으로 올려놓은 주제였다.

"이텔, 혹시 괜찮다면 당신이 자유로울 때 이야기를 나누고 싶어요."밀드레드가 말했다. "질문할 게 많은데, 나를 투리엔으로 오게 한 연구와 관련해서 당신이 도움을 줄 수 있을 것 같거든요. 질문할 게 아주 많아요. 지구 곳곳에서 읽힐 책에 등장하면 어떨 것 같아요?"

"정말요? 당연히 좋죠!"

"내가 어떻게 연락하면 되나요? 비자르에게 그냥 물어보면 되나요?"

"네."

"그럼 그렇게 할게요. 정말 고마워요."

"제가 영광이에요."

이텔이 물러갔다. 단체커는 궁금한 눈빛으로 요리를 쿡쿡 찔렀다. 요리는 잘게 썬 빨간 채소를 섞어서 허브로 치장하고, 맑은 육즙 소스를 덮은 치즈 오믈렛처럼 보였다.

헌트는 밀드레드가 앞서 던진 질문에 대답했다. "다투 2호가 작업 중이에요. 하지만 아직은 이야기해줄 만큼 흥미로운 게 없어요. 우리는 퀠상에 있는 기계에서 다뤘던 분자 알갱이나 결정체 조각보다 더 크고 복잡한 물체를 다른 우주로 보낼 계획이에요."

"세상에나." 밀드레드가 말했다. "당신의 감동이 얼마나 빨리 식는지 보세요. 두 달 전에 당신이 그런 이야기를 할 수 있었다면 방을 뛰어다니며 환호성을 질렀을걸요."

헌트가 양 손바닥을 위로 든 몸짓으로 그 말을 인정했다. "그렇지만 우리는 아직도 그 물체들이 어디로 가는지 몰라요. 심지어 그게 어디로 가기는 하는지조차 모르죠. 아마 파동이 분산될 때까지 계속 갈 겁니다."

그게 무슨 뜻인지 모르겠지만, 아무튼. "시엔이 그 물체들을 멈추게 할 방법을 생각해내지 않았나요?" 밀드레드가 말했다. 그녀도 그 정도는 간신히 이해할 수 있었다.

"우리는 그렇게 생각합니다." 헌트가 동의했다. "그렇지만 아직은 그 이론을 확인할 방법이 없어요. 투리엔인들은 투리엔을 중심으로 여기저기로 물체를 이동시키는 실험을 했고, 초공간을 통해 다른 항성계로 이동하는 실험까지 했어요. 그 경우들에서는 작동하는 듯합니다. 그러나 그건 모두 여전히 이 우주 안에서 이뤄진 실험이에요. 다중우주를 횡단할 때에도 그게 작동할지는 입증되지 않았어요."

"우주들 사이의 수평 이동 말이군요." 밀드레드가 말했다.

"응. 잘 이해했어." 단체커가 그녀에게 말했다.

헌트가 계속 설명했다. "그걸 알아내려면 통신을 할 수 있는 뭔가를 보내는 방법밖에 없어요. 그렇지만 우리는 아직도 투사기 주변에 시간대가 합쳐지며 뒤섞여버리는 문제를 극복하지 못했어요. 그것은 그 통신장비에서 전송한 메시지가 다른 우주들에서 입력된 내용과 뒤죽박죽된 상태로 올 거라는 의미예요. 완전히 앞뒤가 맞지 않는 정보가 오는 거죠. 그런 정보는 이해할 수가 없어요. 이제는 예전에 다른 버전의 제가 우리에게 이야기하려던 게 명확하게 이해됐어요. 수렴이 우리가 해결해야 할 가장 큰 문제예요."

밀드레드는 커피를 저으면서 그 말을 곱씹었다. "하지만 그들은 그 문제를 해결한 게 틀림없잖아요. 그 사람이 있는 다른 우주에서는 말이에요. 그러니까 당신과 대화를 할 수 있었겠죠."

"맞아요. 그게 짜증나는 부분이에요. 난 그 사람이 우리에게 방법을 알려주려 했다고 확신해요. 하지만 연결이 끊어져버렸죠. 여기서 투리엔인들이 하듯이 우리가 그 구역에 수많은 감지기와 탐지기들을 배치해두었더라면, 그들이 어떻게 해내는지 알아낼 기회가 충분히 있었을 겁니다."

"라디오 주파수를 맞추는 것과 비슷한 이야기로 들려요. 있잖아요, 사방의 온갖 방송국에서 동시에 신호가 날아와도 어떻게든 원하는 신호만 골라내잖아요. 난 어떻게 그러는지 실제로는 전혀 몰라요. 음, '회로를 조율'한다고들 하잖아요. 그런데 그게 무슨 뜻인가요?" 밀드레드가 말했다.

"회로를 연결한다는 거죠." 헌트가 대답했다. "하지만 이 경우에는 동시에 여러 신호가 들어오는 게 아니고, 이 채널에서 저 채널로 뛰어 다니는 형태에 더 가까워요. 한 채널에만 고정할 방법을 찾는다면 작동할 겁니다. 그렇지만 정확히 어느 주파수에 고정해야 할까요? 우리가 이해하는 한, 그건 특정한 우주에 고유한 양자역학적 특성을 식별하는 일과 관련되어 있어요. 비자르가 지금껏 이리저리 뒤섞어봤지만, 아직은 별 성과가 없었어요. 투리엔인의 기준으로 보더라도, 터무니없이 복잡한 계산이 필요하거든요."

이것은 헌트에게 민감한 문제였다. 밀드레드는 헌트와 단둘이 있을 때 이 문제를 꺼내는 게 나았겠다는 생각이 들었다. 그래서 그들은 투리엔인의 사회적 관습과 괴상한 시간대 수렴 효과에 대한 최근 소식들을 나누면서 식사를 했다. 그 후 헌트와 단체커는 오늘 업무에 필요한 물건들을 가지러 갔다. 밀드레드는 잠시 기다렸다가 이텔과 몇마디를 더 나누고, 식당을 나와 건물 뒤편에 있는 공간으로 갔다. 그곳에는 가상 여행 신경 연결기가 설치된 칸막이방들이 있었다. 밀드레드는 자신의 방에 있는 연결기를 이용할 수도 있었지만, 여기가 더가까웠다. 정신이 내부의 광대한 빈 공간을 향해 열리며 현실에서 미끄러져 나가는 느낌은 이제 익숙해졌다. 밀드레드는 비자르에게 투리엔인의 '학교'를 방문할 수 있도록 주선해달라고 요청했다.

밀드레드는 어느 문 앞으로 이동했는데, 강이나 해협처럼 보이는 물가 가까이 있었다. 주변에는 작은 마을이 펼쳐졌다. 집들은 규모 면에서는 평범했지만 화려하고 색상이 다양했으며, 그녀가 봤던 다른집들에 비해 상대적으로 단순하고 실용적이었다. 그녀는 여기가 오랜 기간 거의 변화를 겪지 않은 오래된 마을이라는 느낌이 들었다. 집들 뒤로는 계곡으로 움푹 파인, 나무가 울창한 가파른 산들이 있었다. 하늘은 맑아서 구름이 거의 없었고, 따스한 산들바람에 숲의 향기가실려 왔다. 밀드레드는 물가에 있는 공터에 서 있었는데, 주변에 늘어선 건물들은 담장으로 가려졌다. 집들 위쪽에는 내부로 통하는 창문 앞의 테라스에 투리엔인들이 앉아 있었다. 공터에는 물가 쪽에 창고들이 있고, 그 뒤로 다른 건물이 있었으며, 밧줄과 도르래와 복잡한 물건들, 그리고 자그마한 부두가 있었다. 아이들 10여 명과 어른두 명이 부두 근처에서 바삐 움직였다. 그들은 배를 만드는 중이었다.

"아…." 밀드레드는 어떻게 해야 할지 생각하며 주변을 둘러봤다. 그녀는 이제 밧줄 같은 물건을 부주의하게 밟으면 발을 헛디디거나걸려 넘어질 수 있다는 사실을 알았다. 물론 실제로 멍이 들거나 뭔가부러지지는 않을 것이다. 밀드레드의 목소리에 담긴 의문스러운 느낌은 비자르를 불러내기에 충분했다.

"부르셨나요?"

"응, 어…. 여기는 아주 좋아, 비자르. 그런데 난 잘 모르겠어. 내가 보고 싶은 건 학교야. 있잖아, 아이들이 공동체 안에서 살아가는 데 필요한 기본적인 것들을 배우는 곳 말이야."

"네, 압니다. 투리엔인은 그런 것들을 이렇게 배웁니다. 아니면, 정원을 경작해서 재배할 수도 있고, 극장을 수리해서 공연할 연극을 만들 수도 있어요. 고전적인 방식으로 손과 도구를 이용해 기계를 만들기도 하고, 체육이나 춤의 기술을 탐구할 수도 있어요. 아니면 동물을 다루는 방법을 배울 수도 있죠. 무엇을 배울지는 아이들이 흥미로워하거나, 자신이 할 수 있다고 생각하는 일에 따라 달라집니다. 여기가 그런 일들을 알아내는 곳입니다."

"모든 아이가 따라가며 거쳐야 하는 표준 교육과정은 없는 거야?" 밀드레드는 자신의 목소리를 들으며, 이미 대답을 예상하고 단어들을 골랐다는 사실을 깨달았다.

"없습니다." 비자르가 대답했다. "우리는 획일화를 추구하지 않거든요. 교육의 목적은 차이를 찾아내고 장려하는 겁니다. 모든 사람은 유일합니다. 투리엔인들은 이게 이성적이라고 믿습니다. 이 방식이 모든 개인을 매우 고귀한 사람으로 만들어주죠. 투리엔에는 이런 말이 있어요. 두 사람이 똑같다면, 한 사람은 불필요할 것이다."

투리엔인 한 명이 자신의 자리에서 벗어나 배의 부품과 재료, 작업대 사이로 걸어오는 모습이 보였다. 당연히, 그 사람은 '여기'에 있고, 다른 어딘가에서 신경 연결기를 통해 연결되지 않았다. 만일 신경 연결기를 통해 이동한 경우라면 배를 만드는 작업을 하기가 힘들 것이다. 밀드레드는 투리엔인들이 대부분 착용하고 있는 시청각 연결기를 통해 비자르가 저 사람에게 그녀를 시각적으로 겹쳐서 보여줄 거라고 짐작할 수 있을 정도로 이제 시스템에 대해 충분히 이해했다. 관례에 따르면 비자르는 밀드레드가 '참석'했다는 사실을 알려줘야 했다.

"아르무 에그리골입니다." 비자르가 그를 소개했다.

에그리골은 밀드레드가 지금껏 만나봤던 투리엔인 성인 중에서 가장 키가 작았는데, 180센티미터가 조금 넘을 정도였다. 그는 또한 정수리도 밝아서 옅은 노란색이었고, 자주색부터 짙은 빨간색까지 변화하는 피부도 일반적인 흑청색, 회색의 색조와 대비되었다. 에그리골이 활짝 웃으며 밀드레드를 맞이했다. 그녀가 이곳에 올 것이라고 미리 알고 있던 게 틀림없었다. 비자르는 밀드레드가 이곳에 도착한 이후 그녀가 한 생각과 질문들을 그에게 말해주었다. 에그리골은 고개를 끄덕이면서 유쾌한 표정을 지었다. 예상했던 모양이었다. 밀드레드는 비자르가 사전에 그에게 상황 설명을 간단하게 해줬을 거라고 짐작했다. 에그리골은 짧게 자신들이 하는 일을 설명하고 자세한 부분까지 알려줬다. 배가 완성되면 그들은 해안을 따라 항해하다 바다로 나가서 놀랍도록 멀리 있을 것 같은 섬까지 갈 예정이었다. 밀드레드는 그런 모험을 하기에는 투리엔인 아이들 중 일부가 너무 어려 보여서 놀랐다. 하지만 열정은 모자라지 않은 듯했다.

지금까지도 아이들은 너무도 일에 몰두한 나머지 에그리골이 자리에서 벗어나 허공에 대고 이야기하고 있다는 사실을 알아차리지 못했다. 아니면 워낙 자주 일어나는 일이라 관심을 두지 않는 것인지도 몰랐다. 어느 경우든, 아이들은 보편적인 시청각 연결기를 착용하고 있었는데도, 그녀가 거기에 있다는 사실을 알고 있다는 어떤 징후도 보이지 않았다. 밀드레드가 이에 관해 물어보자, 비자르가 그녀의 영상이 아직 아이들에게는 제공되지 않았다고 확인해줬다.

"당신에게 조금 엿보게 해주더라도 아이들은 우리를 용서해줄 겁니다." 에그리골이 키득거리며 말했다. "저는 당신에게 잠시나마 자연스럽게 작업하는 모습을 보여주고 싶었어요. 아이들은 지켜보는 사람이 있다는 사실을 알아채면 우쭐대기 시작하거든요. 지구인 아이들도 그런가요?"

"아마 더 심할걸요." 밀드레드가 말했다. "당신이 이쪽으로 오고 있을 때, 저는 아이들이 이런 일을 배우기 전에 습득해야 할 기본적인 능력에 대해 막 물어보던 참이었어요. 읽기와 쓰기, 기초적인 계산 같은 것들 말이에요. 저는 그런 걸 가르치는 데가 '학교'라고 생각했거든요. 그런데 비자르 말에 따르면 여러분에게는 그런 게 전혀 없다고 하더군요. 그게 정말인가요?"

"지구에서는 아이들에게 걷기나 말하기, 눈을 떠서 보고 있는 물체가 무엇인지 알아채기를 가르쳐주기 위한 학교가 필요한가요?" 에그리골이 물었다.

"그건 타고난 능력이잖아요." 밀드레드가 따졌다.

"그렇죠. 가치 있는 노동과 생산에서 정신적인 만족감을 원하는 것도 마찬가지입니다. 우리는 모두 자신의 눈과 다른 사람들의 생각에 가장 좋은 평가를 받기를 원합니다. 당신이 말했던 그런 능력은, 당신이 원하는 존재가 되기 위해 알아야 하는 내용입니다. 아이들은 그 사실을 이해하면 스스로 배웁니다."

"아이들이 어디서 그걸 배우나요?"

에그리골이 어깨를 으쓱했다. "집에서 배우거나, 친구들에게 배우죠. 배울 생각이 있는 아이들은 스스로 배웁니다. 자신들에게 맞는 방법을 찾으면 준비가 된 거죠. 그건 안에서부터 나와야만 합니다."

에그리골이 그 말을 하면서 고개를 뒤로 돌렸다. 밀드레드가 그의 눈을 따라가자, 모든 상황이 달리 보이기 시작했다. 한 소녀가 건너편의 다른 아이 둘을 부르더니, 작업대에서 일하고 있는 소년을 가리켰다. "콜라르가 이 연결부위를 어떻게 잘랐는지 봐!" 그건 순수한 칭찬이었다. 시샘하거나 창피를 주려는 게 아니었다. 아이들은 모두가 서로를 필요로 한다는 사실이 인생이 주는 가장 중요한 교훈이라는 것을 배우고 있었다.

"콜라르는 늦깎이죠." 에그리골이 말했다. "저 아이는 처음에 어떤 부분들을 이해하는 데에 문제가 있었어요. 우리가 기초를 좀 도와줬죠." 그가 다시 어깨를 으쓱했다. "그리고 나머지는 다른 곳에서 배웠어요. 그건 그렇고, 아이들에게 당신을 소개해줄 때가 된 것 같은데, 어떻게 생각하세요?"

에그리골이 아이들의 주의를 끈 뒤 놀래줄 일이 있다고 알리고 가볍게 사과도 했다. "지구인 한 분이 오셨어요. 투리엔인에 대해 더 알아보기 위해 여기로 오셨죠. 지구에 돌아가서 우리에 관한 책을 쓰실 예정인데, 여기는 가상 여행을 통해 오셨어요. 여러분에게 인사를 하고 싶다고 하시네요. 이분의 이름은 밀드레드입니다." 잠시 후 비자르가 그녀를 무대 위로 올리자 모든 눈동자가 그녀를 향했다.

처음에 아이들은 놀라워하며 살짝 수줍어했다. 하지만 어색한 시간이 지나자, 처음에는 호기심을 보이다가, 곧 말이 많아졌다. 그리고 마지막에는 자신들이 할 수 있는 일을 밀드레드에게 보여주려 열심이었다. 여기는 성인들의 현실에서 벗어나 존재하며, 자신들만의 기준에 의해 살아가고, 바깥세상에서는 의미가 없는 척도로 판단하는 인공적인 세계가 아니었다. 어른들은 모든 아이가 획득해야 하는 기술의 전문가들이므로 존경은 자연스럽게 따라왔다. 밀드레드를 둘러싼 아이들은 사랑받고, 보호받았으며, 자신들 앞에 놓인 인생이라는 모험을 경험하기 위해 활력과 자신감이 넘쳤다.

하지만 이는 밀드레드에게 낯설지 않았다. 그녀는 이전에도 그런 아이들을 봤기 때문이다. 밀드레드는 지구에 있을 때 모든 나라의 유치원에서 그런 모습을 봤다. 그녀는 아마존 상류에 있는 마을에서, 나미비아 사막 가장자리에 있는 부족에서, 크로아티아의 농민 가족 아이들의 눈에서 그런 모습을 봤다. "와서 봐, 조니가 물구나무를 섰어!", "차노가 이걸 나한테 줬어. 혼자 힘으로 성공했대!", "반누티가 오늘 물고기를 세 마리나 잡았어!", "줄리우스, 나한테 말 타는 방법도 보여줘." 이런 순수함은 단지 듣기 좋게 말하는 방법을 아는 것에서 나오는 게 아니라(그런 말재주에서 온갖 형태의 허위와 망상이 비롯되었다), 자신들이 할 수 있는 일들에 대한 지식에서 생겨난 자신감으로부터 비롯한 것이었다.

밀드레드는 내내 알고 있었으면서도 이런저런 이유로 이전에는 분명하게 표현하지 못했던 사실을 깨달았다. 이것이 진정한 본성이었다. 관대함, 공감과 연민, 다른 이들이 성공할 수 있도록 도와주기, 동료들에게서 세상을 마주할 수 있는 안도감 찾기. 아이들은 언제나 그랬다. 본질적으로 아이들은 증오와 공포, 불신과 배신을 알지 못했다. 그런 것들은 어른이 아이에게 가르쳐준 게 틀림없었다. 만족스러운 인생을 준비하기 위해 유아기의 이기심과 파괴성을 극복하는 것이 젊은이들에게 어울리는 본분이었다. 그러나 지구에서는 이기심과 파괴성이 미덕으로 이상화되었다. 지구는 상황을 뒤로 돌렸다. 성숙함을 추구하는 생명의 자연스러운 표현을 억누르고, 대신 유아기로 퇴행하라고 가르쳤다. 그리고 그들이 과학이라고 믿는 것에 새겨진 문화적 신화를 만들어냄으로써 현실을 뒤틀었다. 살해로 생존을 추구하고, 파괴로 부를 추구하고, 타자를 괴롭혀 안전을 추구하는 모든 나라와 제국과 문화는, 자신의 본성을 거슬러 살아가도록 강요된 모든 유기체처럼 반란을 일으키고, 병들고, 결국 죽었다. 지구의 역사 전체가 그 증거였다.

∗

"오늘 아침에는 어디에 갔었어요?" 프레누아 쇼음이 물었다. 그들은 월도프 호텔에서 아침 식사를 먹을 때 이텔이 말해줬던 얼음 행성 보르세콘에서 '만남'을 갖기로 약속했었다. 밀드레드가 이 행성을 보고 싶어 했었기 때문이다. 밀드레드와 쇼음은 절벽 위에 서 있었다. 그들 위로 바위들이 드문드문 튀어나온 널찍한 하얀 비탈이 솟구쳐 올라 담청색 하늘을 배경으로 날카롭게 서 있는 바위투성이 능선까지 이어졌다. 아래에는 섬들 사이로 이리저리 미로처럼 흐르는 물길과 환상적인 부빙(浮氷)들이 멀리까지 펼쳐지며 안개 속으로 사라졌다. 비자르는 실제의 냉기를 가상으로 느껴볼 수 있도록 적당한 추위를 공기에 집어넣었다. 그들은 후드가 달린 패딩 코트를 입었다. 다른 차림이었다면 아마 뭔가 잘못됐다고 생각했을 것이다.

"저는 잊고 있던 시간으로 돌아갔어요." 밀드레드가 말했다. "지구인들 대부분이 잊어버린 시간이죠." 밀드레드는 반응을 기다렸지만, 쇼음은 그녀가 계속 이야기하도록 놔뒀다. "저는 투리엔인의 교육에 관심이 있어서 비자르에게 학교를 볼 수 있도록 해달라고 요청했어요." 밀드레드는 어떻게 말해야 좋을지 확신이 서지 않았다. 그녀의 머릿속은 여전히 여러 가지 생각이 뒤엉켜서 씨름 중이었다.

"실은, 그 이야기는 들었어요. 아이들이 배를 만들고 있었다면서요. 에그리골이 기뻐하더군요. 부디 당신 책에 아이들이 등장하길 바랄게요." 쇼음이 말했다.

밀드레드는 한동안 말이 없었다. 완벽한 고요함이 사방에 내려앉았다. "하지만 제가 본 건 그게 아니었어요." 마침내 그녀가 입을 열었다.

"그러면 무얼 봤나요?"

"제가 본 것은…, 제가 본 걸 이야기해줄게요. 제가 본 아이들은 줄지어 앉아서 말을 할 때 자신의 분수를 지키도록 배우지 않고, 무엇을 믿어야 할지 배우지 않았어요. 그 아이들은 증오나 경멸, 혹은 자신들이 누구보다 뛰어난지, 누구에게 복종해야 하는지 배우지 않았어요. 그 아이들은 권력을 알아보고 복종하라고 배우지 않았어요. 평생 자신들을 착취하면서 그게 자연스러운 거라고 믿도록 강요하는 권력을 받아들일 준비를 하지 않았어요. 저는 자신들이 자라서 무엇이든 될 수 있다고 생각하는 자유로운 정신을 봤어요. 아마 처음이었을 거예요."

이번에는 쇼음이 한동안 침묵을 유지했다. 마침내 그녀가 한숨을 내쉬었다. 그녀의 숨결이 허공에 하얀 입김으로 피어났다. "예전에도 이런 이야기를 나눴었잖아요. 그런 것들은 지구를 지배하는 가치가 아니죠. 당신과 같은 방식으로 느끼고 생각할 수 있는 지구인들은 너무 소수예요."

밀드레드가 고개를 저었다. "아니에요. 그런 사람들이 다수예요. 하지만 그들은 침묵하기 때문에 눈에 보이지 않죠. 가난한 사람들, 굶주린 사람들, 방어 능력이 없는 사람들, 억눌린 사람들. 아마 당신은 이런 것들에 대해 전혀 알지 못할 거예요, 쇼음. 아침부터 해가 진 후 밤까지 노동하고, 자식들을 위해 식탁에 간신히 음식을 차려주기 위해서나 모습을 보여줄 수 있을 때, 그들이 어떻게 별에 대해 생각을 해볼 수 있겠어요? 짓누르는 빚과 빈곤의 공포에서 탈출을 꿈꾸는 것조차 힘든 사람들이 어떻게 정신적인 자아를 찾을 수 있겠어요? 어느 날 아침에 갑자기 집에서 끌려나가 감옥에 던져질지도 모르는 사람들이 어떻게 배를 만들 수 있을까요?"

"그런데 왜 그들은 당신이 보는 것들을 보지 못하죠?" 쇼음이 물었다.

"그들은 신뢰하는 사람들에게 속아서, 서로에게 등을 돌리게 하는 거짓말을 믿어요." 밀드레드가 고개를 돌렸다. 그녀의 눈에 희망이 담겨 있었다. "그렇지만 이제 바뀔 수도 있어요. 지금까지 영향을 미쳤던 제블렌인의 음모가 폭로되면서 지구를 지배했던 많은 해악이 뿌리를 뽑혔어요. 그리고 이제 투리엔인과도 만나게 되었으니, 지구도 마침내 눈을 뜰 거예요. 투리엔인이 지구인에게 어떻게 그 거짓말들을 물리칠지 가르쳐줄 수 있어요."

밀드레드는 쇼음이 그 말을 듣고 기뻐할 거라 예상했다. 어쨌든 이 말은 쇼음이 여러 차례 했던 말들을 조금 더 정리한 것에 불과했으니까.

하지만 쇼음은 무슨 이유에선지 무뚝뚝하게 고개를 돌려버렸다. 쇼음은 이상하게도 당황한 것처럼 보였다.

21

던컨 와트는 다중투사기 2호를 '컨베이어 벨트'라고 불렀다. 투리엔인들이 다투 2호에서 탐지기들을 잇달아 다중우주로 발사했기 때문이었다. 탐지기는 정상파 함수의 한 성분으로 투사되었는데, 이론적으로는 어딘가에 있는 다른 우주에서 물질화되어야 했다. 각 탐지기에는 다양한 형태의 송신기를 설치했는데, 다른 우주 어딘가에 일관되고 인식 가능한 물체로서 존재한다는 사실을 확인해주는 식별 코드를 전송하도록 설정되었다. 다중우주를 구성하는 현실들의 집합체(과학자들은 그 영역을 '다중공간'이라고 칭했다)에 자리 잡은 탐지기에서 보낸 신호는, 원격으로 운영하는 다투 2호의 장치를 거쳐서 일반적인 초공간을 통하는 신호처럼 투리엔으로 중계되었다. 그러나 탐지기가 주변에 일으키는 시간대 집중 효과 때문에, 수신된 내용은 다른 우주에 존재하는 다른 버전의 다투 2호들에서 발사된 다른 버전의 탐지기들이 보낸 신호가 시시각각 뒤섞여 있었다. 그 신호들은 모두 제각각 고유한 코드로 전송하도록 설계되었기 때문에, 모두 뒤죽박죽이 되어 전혀 이해할 수 없었다.

그 실험의 주요한 목적은 비자르에게 자료를 제공하는 것이었다. 비자르는 그 자료들을 이용해서, 헌트가 밀드레드에게 각 우주의 고유한 '양자역학적 특성'이라고 설명했던 모델을 구성할 것이다. 그런 상관관계를 밝힐 수 있다면, 수렴하는 시간대 중에 정해진 특성과 관련된 우주를 선택하고, 그중 하나에 다투 2호를 고정할 수 있게 되기를 바랐다. 이게 가능해진다면 현재 다른 우주들에서 들어오고 있는 뒤죽박죽의 신호들 대신 일관되고 해독 가능한 신호가 수신될 것이다.

다투 2호를 통해 투사한 탐지기들은 단순한 신호를 보내는 신호기 수준이었다. 앞서 다른 방식으로 이 우주로 들어와서 잠깐 그들의 눈에 띄었던 장비 묶음과 달리, 그들은 현 단계에서 그 물체가 도착한 우주에 대한 정보를 알아낼 수 있는 감지기 같은 것들을 보내지 않았다. 한 번에 한 단계씩 해야 했다. 그 시점에 모든 과학자의 관심은 탐지기가 어딘가에 도착했다는 사실을 확인하는 것이었다. 나머지는 그 뒤에 하면 되었다.

✳

이 모든 과정에 대해 헌트는 투리엔인의 수학을 따라잡으려 노력하며 이론적으로 몰입하는 경향이 있었다. 어느 날 오후 헌트는 그 실험의 더욱 분명한 의미를 깨닫게 되었다. 그날 헌트가 월도프 호텔의 자기 방에 있는 신경 연결기를 이용해 투리엔 주변을 가상으로 여행하며 휴식을 취하고 있을 때, 비자르가 갑자기 온라인으로 연결했다.

"요제프 씨가 저한테 헌트 박사님을 호출해도 되냐고 물었습니다. 조금 전에 발생한 일에 박사님이 참여해야 한다고 생각하는 것 같아요."

"무슨 일인데?"

"다른 불청객이 탐지되었습니다. 거인별에서 멀리 떨어진 곳이라 투리엔에서 가깝지는 않아요. 현재는 장거리 판독기 몇 대만 배치된 상황입니다. 제가 그 물체를 가까이에서 살펴볼 수 있도록 초공간을 통해 탐지기를 몇 대 더 이동시키고 있습니다."

"알았어. 나도 그쪽으로 데려다줘."

불규칙하게 뻗어 나간 교외와 그 주변을 둘러싼 공원에서 헌트가 올려다보던 고층건물의 도시가 사라졌다. 그리고 그는 유리창으로 둘러싸인 관측실에 앉아 우주 밖을 바라보고 있었다. 그 관측실은 실제로 존재하지 않았다. 비자르는 생물학적 존재들이 가상에서조차 뭔가에 둘러싸이지 않고 보호받지 못하는 상태로 두면 불안해한다는 사실을 알았기 때문에, 관리용 플랫폼보다 더욱 견고한 장소가 나을 것으로 판단했다.

물질화된 물체는 검은 우주를 배경으로 형태가 없는 하얀 타원형으로 보였다. 감지기들이 아직 그 물체에 대한 세부 정보를 수집하고 있는 모양이었다. 헌트는 자리에서 일어나, 비자르가 상냥하게도 한쪽 벽을 따라 설치해준 가상 바의 의자로 자리를 옮겨 가상의 술을 따랐다. 물론 헌트는 그 술을 직접 따를 필요가 없었다. 그냥 비자르에게 만들어달라고 요구할 수도 있었다. 하지만 그 과정을 생략하면 익숙한 과정이 불완전하게 느껴졌을 것이다. 부드럽고 향기로운 아일랜드 위스키가 그의 목을 넘어가며 화끈거리는 느낌은 완벽했다. 나중에 숙취를 걱정할 필요도 없었다. 헌트는 이런 기능을 접할 때마다 여전히 놀라웠다. 순간적으로 그는 가상의 담배를 한 대 피워볼까 하는 유혹과 싸웠지만, 머릿속에서 지워버렸다. 그가 흡연 욕구에 굴복했다며 비자르가 빈정댈 것이라는 생각만으로도 금연 결의를 굳히기에는 충분했다.

"지난번 장치보다 훨씬 안정적인 것 같습니다." 비자르가 보고했다. "둘러싼 초공간 다양체의 에너지 분포와 압력 변화도는 정상파 형태와 일치합니다." 관측실이 가까이 가면서 하얀 타원형이 점점 커지더니 알아볼 수 있는 구조로 바뀌기 시작했다. "부피는 가로 3미터, 세로 2미터, 높이 2.5미터가량입니다. 박사님은 현재 물체에서 15미터 떨어진 위치에 있습니다. 납작한 받침에 양쪽으로 뾰족한 부분이 돌출된 형태입니다. 이것은 예전에 우리가 봤던 장치와는 매우 다릅니다. 장비들을 그렇게 많이 싣고 있지 않습니다. 주로 통신이 목적인 것 같습니다. 강한 초공간 공명을 감지했습니다. 투리엔의 성간 그리드에 접속해서 우리의 주의를 끌려고 시도하고 있는데, 제 짐작에는 성공한 것 같습니다." 투리엔의 다른 곳에 있는 이샨의 과학자들이 단말기와 신경 연결기로 달려가다 서로 걸려 넘어지는 우스꽝스러운 장면이 임시 영상창에 잠깐 비쳤다.

헌트는 바의 자리에서 일어나 잔을 들고 관측창으로 걸어갔다. 잠시 후, 이샨이 몇 미터 떨어진 자리에 나타났다. 헌트는 비자르가 신경 연결기로 시스템에 연결하거나 이 상황에 참여하길 원하는 모든 사람을 데려오기 위해(물론 그들이 오는 게 아니라 그들에게 정보가 가는 것이다) 이 특별관람석을 만들었다는 사실을 깨달았다. 언제나 그렇듯, 비자르는 그의 예상을 뛰어넘었다.

"비자르에게서 최근 소식은 들었죠?" 헌트가 고개를 돌려 이샨에게 인사하며 말했다. "초공간 대역으로 전파를 보내고 있어요. 이번에는 안정적이네요. 우리가 뭔가 제대로 하는 듯합니다. 시엔의 정상파 개념이 올바른 방법이었던 모양이에요."

이샨은 대답이 없었다. 헌트는 아직 바깥의 물체를 살펴보느라 정신이 없었다. 그러다 잠시 후, 이샨이 그냥 그 자리에 그대로 서서 자신을 이상한 눈길로 쳐다보고 있다는 사실을 헌트가 알아챘다. 헌트도 고개를 돌려 이샨을 꼼꼼하게 살펴봤다. 이샨은 뭔가에 압도당해서 말하기조차 힘든 모양이었다. 헌트는 뭔가 이상하다는 사실을 깨달았다. 그는 조금 전에 이샨과 대화를 나눴다. 그런데 지금 이샨은 다른 옷을 입고 있었다. 그리고 지구인이 머리카락을 자르듯 투리엔인들은 정수리를 정기적으로 정돈하는데, 지금 이샨의 정수리는 조금 전보다 더 풍성했다. 이샨이 감탄스러운 눈빛으로 주변을 둘러보더니 마침내 입을 열었는데, 그의 목소리는 속삭이는 소리보다 약간 더 큰 정도였다. "이게 정말로 거기인가요?" 헌트가 이 상황을 이해하려 애쓰고 있을 때, 다른 이샨이 그들 뒤쪽의 공간에 나타났다. 적어도 이번에는 '올바른' 이샨 같았다.

조금 후에 비자르가 끼어들었다. "죄송합니다. 제가 여기서 처리해야 할 일이 많아서요. 저 사람을 두기에 가장 좋은 장소가 여기인 것 같았습니다. 저기에 있는 중계기가 가상 여행 프로토콜로 통신하고 있습니다. 저 사람들은 다른 우주에서 신경 연결기로 연결된 게 틀림없습니다."

또 다른 이샨이 의자에 앉은 모습으로 나타났다. 단체커도 갑자기 나타났는데, 어울리지 않게 바텐더 자리에 서 있었다. 비자르의 일 처리 방식은 종종 이해가 되지 않았다. 일반적인 관례에 따라 미리 알려줄 시간도 없는 상황인 모양이었다. 두 이샨이 서로를 뚫어지게 쳐다봤다. 두 번째 도착한 이샨이 먼저 말을 꺼냈다. "음, 지구인의 노래에 나오듯이 '우리 세계에 온 걸 환영해요.' 그리고 축하합니다. 당신은 확실히 우리보다 앞서 있네요. 당신이 있는 곳은 날짜가 어떻게 되나요?"

헌트는 어떻게 돌아가고 있는 건지 하나씩 생각을 정리하느라 시간이 필요했다. 이것은 실제로 일어나고 있는 일이 아니었다. 모두 그의 머릿속에서 일어나고 있는 일이었다. 그는 투리오스의 월도프 호텔방에 있는 신경 연결기 안락의자에 누워 있었다. 거인별 항성계 어딘가로 들어온 장치가 초공간을 통해 투리엔으로 중계되어, 투리엔의 가상현실 네트워크를 다른 우주들에 연결하고 있었다. 비자르는 그 우주에서 온 통신과, 헌트와 두 번째 이샨이 존재하는 이 우주의 통신을 하나로 합쳤다.

"아, 헌트." 헌트가 뒤를 돌아봤다. 단체커가 바의 뒤에서 걸어 나오고 있었는데, 바에는 커피와 과일주스가 메뉴에 추가되었다. "우리의 연구가 진척을 보이는 것 같아."

헌트는 어떻게 대답해야 할지 확신이 서지 않았다. 이 단체커가 어느 우주에 속한 건지 알 수 없었기 때문이었다. "안녕, 단체커. 자네는 어느 팀이야? 홈팀이야, 원정팀이야?"

"뭐?" 단체커는 이 상황을 아직 이해하지 못한 게 틀림없었다. 단체커는 헌트에게 가까이 다가오다가, 헌트와 함께 있는 투리엔인 두 명이 모두 이샨이라는 사실을 알아채고 그 자리에 우뚝 섰다. "맙소사!"

헌트가 비자르에게 그들을 다른 색깔 같은 것으로 표시해달라고 제안하려는 찰나, 또 다른 단체커가 첫 번째 단체커가 서 있었던 바의 뒤에 나타났다. 첫 번째 단체커가 공격이라도 받은 듯 몸을 뒤로 휙 돌리더니, 두 단체커가 입을 벌린 채 넋을 잃고 서로를 쳐다봤다. 관측실 안에 투리엔인들이 더 많이 나타나더니, 요제프 조네브란트와 샌디 홈즈, 그리고 두 명의 던컨 와트가 나타났다. 무슨 일이 일어나고 있는지 깨달은 사람들이 다른 사람들에게 그 상황을 알려주기 시작하면서 웅성거리는 소리가 점점 커졌다. 헌트가 따라가지 못할 정도로 사람들의 수가 더 빠르게 늘어났다. 그리고 동시에 이들을 수용하기 위해 방의 크기가 살짝 확장되었다. 헌트는 다른 우주에 있는 자신의 다른 자아들이 이런 상황에서 멀리 떨어져 있지 않을 거라고 확신하며 주변을 살폈다. 아니나 다를까, 다른 헌트가 싱글싱글 웃으며 의자가 있던 곳에서 이쪽으로 다가왔다. "넌 바에 먼저 왔구나." 그가 말했다. "그건 무슨 술이야? 아일랜드 위스키? 이 우주에 있는 비자르는 얼마나 비슷하게 만들어?"

"아, 너도 만족스러울 거야." 헌트는 지구의 해피데이에서 이와 비슷한 상황을 짧게 경험을 해봤는데도, 이 상황이 기괴했다.

"그렇겠지. 그렇지만 오늘 나는 맥주가 좋겠어." 원정팀 헌트의 손에 술잔이 나타났다. "건배." 그가 맛을 보더니 만족스럽게 고개를 끄덕였다. 그리고 뭔가 말할 것 같았는데, 갑자기 인상을 찌푸리더니 골똘히 대화를 나누고 있는 두 명의 이샨을 아리송한 표정으로 한 명씩 쳐다봤다.

"무슨 일이야?" 홈팀에 속하는 헌트가 물었다. "어느 쪽이 네 우주에서 왔는지 모르겠어?"

다른 헌트가 이 경솔한 발언을 무시했다. "이해가 안 되네." 그가 다시 쳐다보더니 고개를 절레절레 흔들었다. "둘 다 아니야."

"이건 말도 안 돼!" 뒤쪽에서 다른 사람들의 소리보다 큰 단체커의 목소리가 들려왔다. 두 헌트가 고개를 돌렸다. 이제 네 명의 단체커가 거기에 있었는데, 모든 단체커가 다른 단체커들은 거기에 있을 권리가 없다는 듯 분개한 얼굴로 서로를 노려봤다. 그때 그중 한 명이 사라졌다. 다른 단체커는 순간적으로 1미터 정도 위치가 바뀌었다.

헌트가 당황스러운 얼굴로 고개를 돌려 다른 자아를 쳐다보며 말했다. "대체 이게…." 하지만 이미 다른 자아는 거기에 없었다. 그는 허공에 대고 말하고 있었다. "어디로 간 거야?" 헌트가 마음속으로 비자르에게 물었다.

"그 사람은 다투 2호에서 오는 데이터에서 사라졌습니다. 저는 오로지 들어오는 데이터만 삽입할 수 있습니다."

이샨 한 명도 사라졌다. 헌트는 너무 어리둥절한 상황이라 사라진 게 어느 쪽 이샨인지 알지 못했다. 순식간에 헌트 한 명이 바의 옆에 나타나더니 다시 사라졌다. 던컨 세 명이 당혹스러운 얼굴로 서로를 응시했다. 곧 네 명이 되었다가, 다시 세 명이 되더니, 두 명으로 돌아갔다. 처음 나타났던 단체커의 환생처럼 보이는 단체커가 방의 반대편에 나타난 새로운 헌트를 못살게 굴었다. 투리엔인들에게도 똑같은 일이 일어났다. 방 전체가 사람들이 나타났다가 사라지고, 이리저리 무작위로 이동하고, 어떤 사람은 몸짓하고, 어떤 사람은 앞뒤 없이 횡설수설하는 미친 공간이 되었다.

비자르가 끼어들었다. "박사님, 지금이 좋은 시점은 아니라고 생각됩니다만, 포크 요원이 다시 연락했습니다. 그리고…."

"나는 지금까지 컴퓨터에게 생물처럼 행동하라는 불가능한 요구를 해본 적이 한 번도 없어, 비자르. 그런데…."

"네, 박사님. 제가 처리하겠습니다."

헌트가 고개를 돌려 우주에 떠 있는 중계기를 다시 쳐다봤다. 비자르가 말한 데이터들이 거기에서 들어오고 있었다.

걸어긋남….

그의 뒤에서는 혼란스러운 목소리들이 끼어들고 나가며 의미 없는 소동과 뒤섞였다. 그런데 그때 그 모든 소리들이 갑자기 사라졌다.

헌트는 월도프 호텔에 있는 안락의자로 돌아왔다. 갑작스러운 평화와 고요함이 그를 둘러쌌다. 헌트는 잠시 그대로 누워 그 느낌을 맛보았다. 마치 미친 악몽에서 깨어난 느낌이었다. 하지만 막 형성되기 시작한 생각은 아직 그대로 있었다.

비자르가 시스템에 연결된 이용자의 인식에 집어넣은 다른 사람들의 모습은, 그 모습과 관련된 개인들의 두뇌 안에 있는 언어중추와 운동중추에서 관찰된 활동에 따라 생명력을 가졌다. 그렇게 해서 각 이용자는 다른 곳에 있는 다른 이용자들이 생각으로 행동하고 말하는 것들을 보고 들었다. 이번 경우의 차이는, 비자르가 연결된 각 이용자를 위해 만들어내서 그 상황에 집어넣은 지각 경험의 일부가 이 우주 안에 있는 정상적인 투리엔인의 가상 네트워크에서 온 것이 아니라, 다른 우주 혹은 '우주들'의 중계기를 통해 왔다는 점이었다.

중계기는 그 기계가 출발한 우주로 회신하는 통신 채널을 갖고 있을 게 틀림없었다. 이 우주의 과학자들이 여전히 달성하기 위해 고군분투하는 기술이었다. 그리고 그 통신 채널은 일종의 다중투사기까지 이어질 것이다. 다른 우주의 다중투사기 2호 같은 장치 말이다. 그런데 그 다중투사기가 다른 시간대에 속하는 과거들을 뒤죽박죽으로 뒤섞었다. 그렇다면, 그 중계기가 출발한 우주의 과학자들도 아직 수렴 문제는 해결하지 못했다는 뜻이었다.

그런데 헌트 자신은 왜 이렇게 갑자기 끊어졌을까? 그가 아는 한 합성 이미지를 생성하는 작업은 비자르가 평소에 하던 일과 차이가 없었다. 입력 정보가 어디에서 왔는지는 중요하지 않았다. 일단 중계기가 물질화되고 나면, 그 채널은 투리엔의 초공간 네트워크의 다른 부분들과 똑같이 기능했을 것이다. 생각이 그 정도로 정리되자, 헌트는 확인하기 위해 비자르를 불러냈다.

"비자르, 너한테는 기술적인 문제가 없다고 하지 않았어?"

"저한테는 문제가 없습니다. 다른 우주에 있는 여러분의 실험에 문제가 있었던 게 분명합니다. 그들이 플러그를 뽑았습니다."

"그 장치는 불안정한 상태가 되어서 해체되지 않았다는 거야?"

"네, 그들은 그 문제를 해결한 모양입니다. 분산 패턴은 보이지 않았습니다. 장치 전체가 갑자기 사라졌습니다. 마치 스위치를 내려버린 것처럼요. 상황이 조금씩 감당할 수 없게 되고, 모든 사람이 혼란스러워하자, 그 쇼를 끝내는 게 낫겠다고 판단한 모양입니다. 아무튼 이제 거기는 볼 게 아무것도 없습니다."

"네 말이 맞을 것 같다. 하지만 나는 술도 다 못 마셨는데…."

"다시 연결하시면 제가 준비하겠습니다."

헌트는 자리에 앉아 다리를 까딱거리다가 하품을 하고 기지개를 켰다. "아니야, 그런 사건을 겪었으니까 진짜 술을 마시는 게 낫겠어. 혹시 다른 사람 중에 아래층으로 내려간 사람이 더 있어?"

"던컨, 요제프, 샌디…. 대부분 비슷한 생각을 한 모양입니다. 주의하세요. 단체커 교수도 내려가는 중입니다."

"아, 난 그런 일에 익숙해."

그랬다. 수렴이 가장 중요한 문제였다. 그 문제를 해결하기 전까지 다른 문제들은 그다지 중요하지 않았다. 헌트의 다른 자아는 처음부터 제대로 된 조언을 해주려 노력했었다. 그런 관점으로 보면, 이번 대혼란을 일으킨 장치를 보냈던 사람들은 아직 수렴 문제를 해결하지 못한 게 확실한 상태에서 통신 능력을 갖추고 있다는 게 이상했다. 헌트는 다른 우주들에 있는 사람들에게는 상황을 다르게 진행할 이유가 있었으리라고 짐작할 수밖에 없었다. 혹은, 물론 그가 속한 이 우주의 팀에서 머지않아 그 이유를 알아낼 가능성도 있었다.

다른 이들은 이미 바에 와 있었는데, 소수의 투리엔인들도 참가한 상태에서 벌써 격렬한 논쟁이 진행되고 있었다. 헌트가 도착했을 때, 다른 사람들의 목소리를 뚫고 항의하는 단체커의 목소리를 들을 수 있었다. 그들은 다투 2호를 원격으로 운영해서 시간대 수렴 효과가 실제 육체가 아니라 신경 연결기의 정보 흐름에만 발생하게끔 제한시 켰는데, 헌트는 혹시 다중우주 중에는 다중투사기를 행성에서 가까 운 거리에서 운영할 정도로 무분별한 사람들이 사는 우주도 있지 않 을까 하는 궁금증이 일었다. 혹시 그런 경우가 있다면, 그가 조금 전 에 목격했던 혼돈 상태는 가상적인 경험이 아니라 실제였을 수도 있 었다. 그들의 우주에 세 명의 단체커가 고립되어 돌아가지 못하게 되 었을 경우, 원래 있던 한 명을 포함해서 네 명의 단체커를 대체 어떻 게 감당할까? 생각만으로도 견디기 힘들었다.

22

프레누아 쇼음은 투리오스에서 멀리 떨어진 칼라자르 의장의 공식 관저 '페야르본'에서 그를 만났다. 칼라자르 의장에게는 쇼음의 '둥지'처럼 투리엔의 세계와 업무로부터 물러나 쉬는 장소였다. 페야르본은 방과 회랑들이 중앙 돔 주위를 감싸며 올라간 형태였고, 그 바깥은 아케이드로 둘러싸인 계단식 정원과 작은 숲이 둘렸다. 그 전체가 투리엔의 구름 위에 떠 있는 섬처럼 보였다. 쇼음은 공식적인 역할을 나타내는 자주색 예복과 머리 장식을 쓰고 육체적으로 이곳에 왔다. 마찬가지로 칼라자르 의장도 금색 튜닉과 녹색 망토를 입었다. 오랜 관습에 따라, 이렇게 차려입은 만남은 두 개인의 사적인 모임이 아니고 각자가 대표하는 두 기관의 업무라는 의미였다. 투리엔인들은 필요할 때는 언제라도 공사를 분리할 수 있었다. 사적인 이익과 취향은 공익을 다루는 행정 업무에 발붙일 여지가 없었다.

두 사람은 난간벽을 따라 천천히 걸었다. 아래에는 경계를 이루는 아케이드가 있고, 한쪽으로 줄지어 늘어선 꽃들과 분재 나무가 있었으며, 다른 쪽에는 구름으로 덮여 바닥이 보이지 않는 계곡이 있었다. 칼라자르 의장이 말했다. "다른 사람도 아니고 당신의 생각이 그렇게 바뀔 줄은 상상도 못 했습니다. 인간을 불신하는 사람들 중에서도 당신은 언제나 가장 완고한 입장이었잖아요. 제블렌인의 속임수가 밝혀졌을 때도, 우리 중에서 가장 놀라지 않았던 사람이 당신이었을 겁니다. 게다가 당신은 항상 지구인들이, 제블렌인이 침투시켜서 서로를 증오하게 만들었던 요원들에 대한 단순한 추종자 이상이라고 주장했잖아요. 당신이 연구해왔던 지구의 모든 역사가 그 주장의 근거가 되지 않았나요? 한때 당신은 지구인들이 가망 없는 실패자라며, 즉시 봉쇄정책을 시행해야 한다고 굳건히 믿었잖아요. 지금 당신이 온건하게 진행하자는 것처럼 말하니까 조금 이상합니다."

그랬다. 그 말은 사실이었다. 칼라자르 의장의 마지막 말은, 제블렌인이 과장하고 거짓으로 조작해서 보고했던 지구인의 탐욕스러운 정복욕을 막기 위해 투리엔인이 준비했던 수단을 말하는 것이었다. 폭력의 위협을 보복적인 폭력으로 맞서는 것은 투리엔인의 방식이 아니고 투리엔인의 본성과도 맞지 않았다. 이에 따라 필요한 경우에 사용하기 위해 그들은 거대한 계획을 구상했다. 그들은 다 타버린 별 주변에 공학적인 망을 건설하거나 은하계의 넓은 부분까지 뻗어 나가는 에너지 분배 그리드를 건설했던 때처럼, 태양계 전체를 뒤틀린 시공간 껍데기로 감싸서 통과할 수 없도록 고립시키는 거대한 중력 왜곡 엔진을 건설하기 시작했다. 다른 일이 없었다면 투리엔인은 그렇게 했을 것이다. 가니메데인의 앞선 역사가 보여주듯, 그들은 개인적인 요소와 직업적인 생활을 분리할 수 있는 능력 덕분에 더 중요하게 고려해야 할 사항이 있을 때는 개인적인 감정을 한쪽으로 완벽하게 치워놓을 수 있었다.

"인정합니다." 쇼음이 대답했다. "의장님이 지구의 역사에 대해 얼마나 연구하셨는지는 모르겠습니다. 훌륭하거나 감동적인 부분들도 있지만, 수천 년간 기록된 내용은 대부분…." 쇼음이 머리를 절레절레 흔들며 적절한 단어를 찾았다. "끔찍했습니다. 제블렌인으로 인해 뒤틀린 역사를 고려하더라도 인간의 상태가 뭔가 본질적으로 잘못되었다는 결론을 내리게 되었습니다. 지구인과 제블렌인 모두 말입니다. 저는 그게 선천적이고 구제 불가능한 문제이지만, 오래전에 미네르바에서 시행된 생물학적 실험과 관련된 유전적인 특성이라고 생각했습니다. 만일 그게 원인이라면 이것은 우리의 책임이므로, 우리에게 기대고 있는 다른 종족들을 그 해악으로부터 보호해야 한다고 믿었습니다. 그런 해악이 은하계로 뛰쳐나오도록 허용할 수 없었습니다. 그런데도 저들은 지적인 생명체이므로 우리는 저들을 파멸시킬 수 없었습니다. 역설적인 상황이었죠. 제블렌인들은 자신들의 계획을 추진하기 위해 우리를 속였지만, 그들이 우리를 설득해서 만들어냈던 해결책은 옳았습니다. 다만 제 마음에 찰 정도로 충분하지는 않았죠. 저라면 아테나까지 포함해서 감싸버렸을 겁니다." 아테나는 제블렌의 항성과 주변의 행성들을 의미했다.

"네, 기억납니다. 그렇다면 당신이 생각을 바꾼 이유는 무엇인가요? 최근에 그들이 이뤄낸 진척 상황 때문인가요?" 지구인들, 특히 감당하기 힘든 헌트 박사와 함께 온 사람들에 관한 이야기였다. 헌트 박사는 가니메데인과 관련된 사건들에서 너무도 중요한 역할을 해왔다. 그들은 샤피에론호를 파괴하려던 제블렌으로부터 우주선을 구하기 위해 온갖 수고를 마다치 않았다. 그리고 투리엔인에게 연락해서, 당시 무슨 일이 일어나고 있는지 일깨워준 사람들도 그들이었다.

쇼음으로서는 칼라자르 의장이 무심코 던진 합리적인 설명에 동의

하는 편이 쉬웠을 것이다. 그렇지만 그렇게 하면 그를 속이는 것이었다. 공식적인 공직을 수행하면서 진실이 아닌 것을 말하거나 암시하는 일은 생각하기 힘들었다. 지구의 상황이 희망과 명백한 진보를 보이던 시기가 있었다. 하지만 결국, 다시 나빠져서 이전의 상황보다 더 나쁜 상태로 빠져들었다. 18세기 말부터 19세기까지 유럽 문명은 실제로 '문명화된' 전쟁이라고 부르는 규칙을 만들어내기도 했는데, 그 시기가 끝나갈 무렵 일부 낙관적인 평론가들은 인간들이 도구처럼 사용해왔던 전쟁과 억압을 끝낼 시기가 곧 도래하리라고 진심으로 믿었다. 그러나 다음 세기에 두 번의 가장 잔인하고 파괴적인 전쟁이 벌어졌으며, 대량생산 방식을 모방한 대량학살과 대량파괴 산업이 완성되었고, 그 행성의 역사상 가장 잔인하고 억압적인 정권들이 목도되었다. 예전에는 개인의 자유와 법치의 옹호자로 환호를 받았던 미국조차 한동안 작고 방어력이 약하고 자원이 풍부한 나라들을 약탈하는 국가로 추락했다. 현재 지구에서는 제블렌인들을 비난하며 그런 시대는 끝났다고 말하는 게 유행이었다. 쇼음도 그렇게 생각하고 싶었다. 하지만 그녀의 본성 중 신중한 부분이 희망적으로 생각하려는 욕구를 압도했다. 그랬다. 그녀는 확신하는 척할 수 없었다.

무엇 때문에 그녀가 견해를 바꾸었는지, 무엇 때문에 전에는 한 번도 의문을 갖지 않았던 사고방식을 다시 돌아보게 되었는지, 또 무엇 때문에 사촌인 단체커는 너그럽게 봐주지만, 별로 중요하지 않고 영향력도 없으며, 상냥한 사람으로 생각되지만 동료들로부터 약간 괴상한 사람으로 멸시받는 외로운 여자의 이야기에 귀를 기울이는지를 어떻게 설명해야 할까? 이윽고 쇼음이 대답했다. "우리는 모두의 행복을 돕는 일 자체가 정신적인 만족을 주는 문화에 속해 있습니다. 그런 행동이 우리에게 자존감을 부여해주죠. 다른 이의 손해나 손실을 통해 개인적인 이익을 추구하는 일은 생각할 수도 없습니다. 그런 윤리에 따라 사는 세상에서는 진리가 규칙이 되고, 정의가 자연스럽게 따라옵니다. 그래서 자연스럽게 우리는 그런 상황을 당연하게 받아들입니다. 투리엔인들은 불의에서 비롯된 고통이나 잔인성을 전혀 모릅니다. 저도 지구의 역사를 탐구하기 시작한 후, 불의가 규범이 되는 상황에 그치지 않고, 불의를 가할 수 있는 권력을 가진 사람들에게 오히려 영예로운 상징이 되어 부러움을 받고 모방하는 상황이 되었을 때 어떤 일이 일어나는지 보기 전까지는 몰랐습니다. 저는 우리가 불의를 행사하는 죄를 저지르는 사태를 피하고 싶습니다."

두 사람은 난간벽의 끝에 다다라서 외곽 담장이 꺾어지는 부분에 있는 작은 뾰족탑 안으로 들어갔다. 안에는 의자가 하나 있고, 벽에는 흥미로운 디자인의 타일 모자이크가 붙었으며, 중력 통로는 아치가 늘어선 아래의 회랑으로 이어졌다. 그들은 반대편에 있는 산책용 회랑으로 나왔다. 칼라자르 의장이 잠시 발길을 멈추고 아래에 있는 정원을 바라봤다. 집으로 올라오는 계단형 잔디밭 아래에 있는 물고기 연못을 직원이 청소하고 있었다. 쇼음은 자신이 한 말에 대해 칼라자르 의장이 생각할 시간을 주었다. 지금까지는 질문이나 반대의견이 없는 듯했다. 그들이 다시 움직이기 시작했을 때, 쇼음이 이어서 말했다.

"저는 인간들이 유전적으로 물려받은 뿌리 깊은 결함 때문에 고통을 받는 거라고 믿었습니다. 하지만 지금은 그렇게 확신하기가 힘듭니다. 그들은 우리 조상들이 전혀 겪어보지 않았던 대격변과 정신적 외상을 입었습니다. 지금은 그들에게 한때 존재했었고 꽃피웠던 다른 본성이 파괴되어버린 게 아닐까 하는 의심이 듭니다. 그들의 인내력이 우리의 상상력을 뛰어넘는 것처럼, 우리가 가진 모든 특성을 능가하는 잠재력과 함께 고귀하고 훌륭한 특성을 갖고 있을지도 모릅니다. 그들에게 그런 본성이 아직 남아 있을 겁니다. 그들의 끈기와 과단성, 우주가 그들에게 던질 수 있었던 최악의 재난 이후에도 모든 투리엔인이 불가능하다고 생각했던 역경에 맞서서 포기하길 거부하고 다시 돌아가 건설하는 그들의 방식에서, 저는 그런 특성을 조금 봤습니다. 그리고 만일 저의 추측이 맞는다면, 그 손상은 다시 회복될 수 있습니다. 우리는 미네르바의 원시적인 인류로 그들을 남겨두고 떠났을 때, 그들을 버렸습니다. 우리는 미네르바가 파괴된 후 지구의 야만에 그들을 버렸습니다. 그들은 과거의 미네르비처럼 성장할 수 있는 권리를 거부당했습니다. 칼라자르 의장님, 그들을 다시 버려서는 안 됩니다. 이번에는 우리가 앞서 실패했던 인내를 보여주고 길잡이가 되어주어야 합니다. 우리는 그들에게 빚이 있습니다. 다른 우주로 나가지 못하도록 고립시키는 징벌을 내려서는 안 됩니다."

"참으로 의미심장한 이야기네요, 쇼음." 칼라자르 의장이 등 뒤로 양손을 마주 잡고 구름 위를 응시하며 말했다.

"그동안 심각하게 숙고한 결과입니다."

칼라자르 의장은 자신의 발걸음을 한참 동안 내려다보며 걸었다. "그렇지만 지금 우리는 그들을 고립시키는 문제를 논의하고 있지 않습니다. 우리가 그런 논의를 진행했던 것은 제블렌인들에게 속고 있을 때였죠."

"수천 기의 압력기들이 건설 현장에 아직도 그대로 있습니다. 그것은 무례한 행위입니다. 우리가 그런 작업을 시작했다는 건 물론이고, 그런 행동을 생각해낼 수 있었다는 것만으로도 수치스럽습니다. 우리는 우리의 본성을 거스르고, 제블렌인에 의해 타락하도록 내버려뒀습니다."

"지금 그것들은 대비 이상은….."

쇼음이 단호하게 고개를 저었다. "아니에요, 의장님. 그 기계들은 더 많은 것들을 상징합니다. 그것들의 존재는 우리가 제블렌인과 지구인을 비난했던 것과 같이 권력의 오만함에 굴복했다는 의미입니다. 타인들을 우리의 뜻대로 강요할 권리 말입니다. 힘의 우월함을 도덕적 우월함과 동일시하는 것입니다. 우리의 본성에 충실하려면 그것들을 파괴해야만 합니다."

칼라자르 의장이 인상을 찌푸리더니, 당연한 사실을 마지못해 설명해야 하는 사람처럼 애원하는 몸짓을 했다. "하지만 조금 전에 당신도 확신할 수 없다고 말했잖아요. 인간들의 문제는 어쩌면 그들의 기원에서 비롯된 것이라 교정이 불가능할 수도 있어요. 쇼음, 내게 어떡하라는 건가요? 우리의 지식을 지구인들이 이용할 수 있도록 개방 정책을 채택하려 했을 때, 가장 강력하게 염려했던 사람이 바로 당신이었잖아요. 당신은 그런 정책이 그들에게 더욱 지독하고 강력한 무기를 만들 수 있게 해줄 뿐이라고 말했었죠. 그런데 지금 당신은 그런 능력을 갖춘 지구인들을 그대로 두고 우리를 보호할 수 있는 유일한 수단을 제거해서, 우리가 가진 최악의 공포가 증명되도록 놔두라는 건가요? 당신은 그런 무기가 은하계에 풀려나길 바라나요?"

"아니요, 당연히 아닙니다. 하지만 지금은 의심과 불신을 바탕으로 하는 관계만 남았습니다. 의심이야말로 독입니다. 우리가 그 원인이 해결될 수 없는 문제라는 사실을 확신한다면, 어쩔 수 없이 조만간 봉쇄 방안을 추진해서 환멸을 피할 수 있을 것이며, 적어도 선택의 여지가 없다는 사실을 안다는 점에서 위안을 받을 수 있을 겁니다. 그렇지만 저희가 다루는 문제가 후천적인 질병이라는 사실을 알 수 있다면, 낙관주의에 기반을 둔 미래를 위해 긍정적으로 전념할 수 있을 겁니다. 이는 앞으로의 진행에서 가장 중요한 요소가 될 수 있습니다. 그 존재만으로도 우리의 품위를 훼손하기 때문에 비밀로 감춰야 하는 회피 방안도 필요하지 않게 될 겁니다. 지구인들은 이를 가리켜 '배를 불사른다'고 합니다. 괜찮은 문구죠. 다시 돌아갈 방법을 없애버림으로써 단호히 앞으로 나아가겠다는 결의와 의지를 나타내는 겁니다."

"정신 이상적인 무모함을 나타내는 것으로도 해석될 수 있겠군요." 칼라자르 의장이 지적했다. "행성들이 침략당하고, 약탈당하고, 손상당하고, 폭파되었을 때가 되어서야 잘못된 추측이었다고 결론 내리기에는 약간 늦을 수 있습니다. 그리고 여기서부터 태양까지, 또 저 너머의 칼란타레스까지 대체 뭐가 있을지 누가 알겠습니까, 그렇지 않나요? 배를 불살라버린 후 눈앞에서 화산이 폭발하면, 당신은 어떻게 할 건가요?" 칼라자르 의장이 양손을 앞으로 내밀며 말했다. "우리는 확신할 수 없습니다. 그래서 신중하게 행동하려 노력하죠. 우리는 미심쩍지만 인간들을 믿어보기로 했습니다. 그리고 맞아요, 우리가 그들에게 빚을 졌다는 사실은 동의합니다. 그러나 우리가 틀렸을 경우에 대비한 보호 수단이 필요합니다. 우리에게는 적어도 그 정도는 해야 할 의무가 있습니다."

"그 모든 주장은 의장님이 앞서 지지했던 전제를 바탕으로 하면 논의할 여지가 없습니다." 쇼음이 인정했다. "그러나 그 전제는 근거가 희박합니다. 우리에게는 확인할 방법이 있습니다." 그녀가 제자리에 섰다. 칼라자르 의장도 멈춰 서서 그녀를 똑바로 바라볼 수밖에 없었다.

칼라자르 의장이 이해가 되지 않는 눈빛으로 인상을 찌푸렸다. "어떻게요? 무슨 방법이 있나요? 무슨 이야길 하는 거죠?"

"다중우주 프로젝트 말입니다." 쇼음이 말했다. "중요한 점은, 만일 그 연구가 성공한다면, 존재하고 있는 혹은 존재했던 다른 우주와 접촉할 수 있다는 거예요! 그리고 저는 성공하리라고 확신합니다. 우리는 이미 고대 미네르바의 시대로 가는 게 가능하다는 사실을 알고 있으니까요." 쇼음이 칼라자르 의장을 흔들림 없는 눈빛으로 응시했다. 그녀는 평생 이렇게 진지해본 적이 없었다. "브로컬리오와 제블렌인들이 도착하기 전에 월인들은 어떤 사람들이었을까요? 예상컨대, 그들은 부지런하고 협력적이었을 겁니다. 하지만 확실히 알 수는 없죠. 실제로 월인들이 그러했다면, 그리고 그 사건이 월인들을 바꾼 연쇄적인 사건의 시작이었다면 어떨까요? 아니면 그 이야기는 그저 꾸며낸 이야기일 뿐이고, 그들은 이미 그런 특성을 보여주고 있었으며, 제블렌인들은 그 특성을 활용했을 뿐이라면 어떨까요? 의장님은 우리가 최선을 다해 추론했을 거라고 가정하고 있습니다. 그렇지만 우리는 곧 확실하게 알아낼 수단을 갖게 될 겁니다."

23

그렉 콜드웰은 집에서 또다시 곤경에 빠졌다. 아내 메이브는 샤론 테이크스톤의 결혼식이 15일에 열린다는 소식을, 그가 펜실베이니아로 주말 골프 휴가를 잡기 전인 2주 전에 알려줬다고 했다. 콜드웰은 그 결혼식에 대해 들어본 적이 없다고 확신했다. 메이브는 콜드웰이 절대로 (또다시) 잊어먹지 않겠다며 다짐했다고 주장했다. 콜드웰은 그런 사실이 전혀 기억나지 않았다. 아침 식사 시간에 전투가 치열했다. 메이브는 콜드웰이 다들 이야기하는 다른 현실에 가 있었던 게 확실하다고 했다. 콜드웰은 갑자기 '집중 효과'와 시간대들이 갈라지지 않고 한꺼번에 나타난다는 헌트의 최근 보고서들이 이해되기 시작했다.

콜드웰은 브라질인 방문객들과 점심을 가진 후 첨단과학국 최상층에서 엘리베이터를 내려 사무실로 느긋하게 걸어가며 그 문제를 곱씹었다. 밋치는 샌디 홈즈가 단체커를 대신해서 보내준 투리엔식 작은 바위정원에 심은 식물들에 물을 주고 있었다. 단체커는 자신들이 돌

268

아올 때까지 멀링 부인이 관심과 사랑으로 식물을 돌보리라고 신뢰하지 않은 게 틀림없었다. "흠, 다행히 저 식물들이 괴물로 변해 건물을 뛰어다니며 사람들을 잡아먹지는 않는군요." 콜드웰이 색색의 잎과 꽃, 그리고 선인장처럼 생긴 같은 식물들을 살펴보며 말했다.

"지구로 와서 잘 자라는 것 같아요. 프랜시스는 지구에 식물의 음식인 이산화탄소가 더 풍부하니까 그럴 거래요."

"예전에 과학자들이 그 사실을 발견하고는 공황상태에 빠졌었죠."

"글쎄요, 그들이 우리를 무언가에 대해 공황상태에 빠뜨리지 않는다면, 삶이 정상이 아니겠죠. 아, 방문객이 있습니다." 밋치가 고갯짓으로 내부 사무실 방향을 가리켰다.

콜드웰이 그쪽으로 걸어가다 멈추더니 물었다. "혹시 그 FBI 요원인가요?"

"아니요, 그런 사람 아니에요. 단체커 교수의 사촌 밀드레드 씨가 잠시 들렀어요. 저와 점심을 먹었는데, 멋진 이야기들을 해주더라고요. 책이 빨리 나왔으면 좋겠어요."

콜드웰이 계속 걸어갔다. 밀드레드는 그의 책상과 T자형으로 붙어 있는 회의 탁자에 앉아 있었는데, 발목까지 내려오는 적갈색 드레스를 입고 서류철에서 자료를 꺼내 읽고 있었다. 의자 양쪽에는 그녀의 모자와 쇼핑한 물건들과 서류철이 잔뜩 담긴 가방, 그리고 또 뭔가가 가득 든 핸드백이 있었다. "이런!" 콜드웰이 사무실로 들어가며 소리쳤다. "오늘 가장 놀라운 일이네요. 기다리게 해서 죄송합니다. 하지만 밋치가 당신을 잘 대접해줬을 거라 믿습니다."

"밋치는 아주 좋은 분이었어요. 제가 이렇게 미리 연락도 없이 불쑥 찾아와도 부디 괜찮으시길 바랄게요. 제가 아무 데나 무작정 가는 사람인 데다, 언제 국장님을 만날 수 있을지 알지 못해서요. 국장님

같은 분은 항상 믿기 힘들 정도로 바쁘시잖아요."

"그렇게 생각하지 마세요. 당신은 여기서 가족이나 다름없어요."
콜드웰이 자신의 책상으로 가서 앉았다. 다행스럽게도 밀드레드는 마
침 한가한 날에 왔다. "나는 당신이 은하계의 이쪽 동네로 온 줄도 모
르고 있었어요. 정말 바쁘게 돌아다니시네요. 밋치 말로는 잠깐 들른
거라고 하더군요."

"며칠 정도 잡고 왔어요. 문화적인 임무를 띤 투리엔인들을 태우고
떠나는 우주선이 있었는데, 지구에 들른다고 하더라고요. 그래서 얻
어 탔죠. 투리엔인들이 워낙 친절하잖아요. 유럽에서 비행기를 타고
오는 것과 별로 다르지 않았어요."

"네, 압니다. 그 팀은 남미에 일정이 있을 겁니다. 조금 전에 그 일
과 관련된 사람들과 점심을 먹었어요." 콜드웰이 밀드레드가 옆 의자
위에 올려놓은 가방을 눈짓으로 가리키며 말했다. "오늘이 누구의 생
일인가요?"

"아, 아니요. 제가 목록으로 만들어뒀던 자료들인데, 기회가 있을
때 챙겨둬야 할 것 같아서요. 저 자료들을 보내달라고 부탁할 수도 있
겠지만, 가끔은 익숙한 방식이 더 빠른 법이잖아요. 컴퓨터 처리 과
정이 너무 혼란스러울 때가 있어요. 특히 자동으로 이루어질 때, 그
리고 컴퓨터가 우리가 원하는 것들을 우리보다 더 잘 안다고 생각할
때요. 저는 무엇보다 '스마트'하다고 자칭하는 물건들을 경계해요. 제
가 할 수만 있다면 항상 가장 먼저 비활성화시키는 게 바로 그 '스마
트'한 기능들이에요. 그런 게 가장 먼저 하는 일이 완전히 멍청한 짓
이잖아요. 그런 '스마트'한 것들에게는 입 닥치고, 아무것도 추측하지
말고, 내가 시키는 거나 똑바로 하라고 말할 방법이 없어요. 비록 그
렇게 말하긴 했지만, 저는 이게 비자르 같은 컴퓨터를 만들어가는 우

리의 과정이라고 생각해요. 어쩌면 비자르를 확장해서 지구의 일들을 관리하게 할 수도 있겠죠. 그러면 틀림없이 우리가 가진 많은 문제를 개선할 수 있을 거예요."

콜드웰은 벌써 단체커가 푸념하는 소리가 다시 들리는 듯했다. 그녀가 며칠만 돌아온 게 어쩌면 다행일 수도 있었다. 그러지 않았다면, 이 이야기가 다음 빙하기가 시작될 때까지 이어질 수도 있었다.

"아, 이런." 밀드레드가 말했다. 아마도 그의 표정이나 몸짓에서 뭔가를 알아챘거나, 혹은 텔레파시 같은 게 작동했을지도 몰랐다. "알아요. 단체커가 제게 항상 말했죠. 가끔 제가 끝도 없는 수다를 늘어놓는 성향이 있다고요."

"전혀 그렇지 않습니다. 어쩌면 고향에 돌아온 기분 탓에 그럴 수도 있죠. 그래도 투리엔에서는 아주 잘해나가시는 것 같더군요. 프레누아 쇼음과 잘 지내신다는 이야기를 들었습니다.

"네." 밀드레드의 말투가 훨씬 진지해졌다. "사실, 제가 콜드웰 국장님과 이야기를 나누고 싶었던 것도 그와 관련된 거예요. 일종의 관련된 문제라고 할 수 있겠죠, 어쨌거나…."

"그냥 편하게 그렉이라고 부르세요. 여기서는 가족이나 다름없다고 했잖아요."

"아, 고맙습니다." 밀드레드가 주저하는 듯했다. 콜드웰은 기다렸다. "사실대로 말하자면, 제가 돌아온 주된 이유가 이거였어요. 네, 여러분도 고다드 센터에 투리엔의 신경 연결기가 몇 대 있어서, 즉시 거기에 있는 것처럼 만날 수 있다는 사실도 알아요. 하지만 아시다시피, 신경 연결기를 통하는 모든 만남은 비자르가 처리하잖아요. 그리고 전화를 하는 것조차 비자르가 뭐라더라, 아, 초…, 다중 물리학, 가상… 아무튼 그런 공간 같은 걸 통해서 연결해주죠. 어쨌든 비자르는 외계 지성체가 외계인의 목적에 맞도록 건설한 거잖아요. 우리가 말한 내용이 어디까지 전달될지 어떻게 알겠어요? 그리고 제가 말하고 싶은 내용은 몹시 비밀스러운 거예요."

콜드웰은 이맛살을 찌푸리며, 최선을 다해 적절하게 엄숙한 표정을 지었다. 어찌 됐든 한가한 오후였다. 사실, 투리엔인들은 언제나 비자르가 처리하는 모든 통신은 사생활을 빈틈없이 보호한다고 확언해왔으며, 콜드웰은 그들에 대한 경험에 비추어 그 말을 믿는 편이었다. 하지만 지금 무의미한 논쟁을 할 생각은 없었다. "새겨서 들을게요." 콜드웰이 양 손바닥을 펼치며 말했다.

밀드레드는 숨을 깊게 들이쉬더니 인상을 찌푸렸다. 어디부터 말해야 할지 확신이 서지 않는 모양이었다. "겨우 몇 달밖에 지내지 않았지만, 투리엔인에 대해 많은 사실을 알게 됐어요. 아무튼 그게 제가 거기에 갔던 이유였죠." 그녀가 고개를 들었다. "그렇지만 국장님이 이미 아시는 내용을 말해서 옆길로 새고 싶지는 않아요. 국장님은 처음부터 그들의 일에 관여하셨죠. 우리는 같은 언어를 사용하잖아요. 투리엔인을 묘사하는 가장 적절한 형용사가 뭐라고 생각하세요?"

콜드웰은 이마를 긁으며 생각을 해야만 했다. 이것은 그가 익숙하게 다뤄왔던 접근 방식이 아니었다. 밀드레드는 자신에게 맞는 때에 본론으로 들어가는 자신만의 방식이 있다는 사실을 콜드웰도 받아들일 수밖에 없었다. "어, 글쎄요. '진보적인', '친절한', '비폭력적인', '정직한'. 그리고 이렇게도 이야기할 수 있겠죠. 필요한 경우에는 '단호한', '합리적인', '이성적인.'"

"네, 마지막 말들이 중요하죠. 저는 그들의 역사에 대해 많이 배웠어요. 초기 가니메데인 시대부터 현재까지요. 국장님 말대로, 그들은 이주한 이후 만난 다른 종족들을 다룰 때 전적으로 비공격적이었어요. 그들의 본성 그 자체가 다른 행동을 할 수 없게 만들었죠. 그렇지만 그들 역시 자신들의 존재나 삶의 방식이 위협받을 때는 냉혹하게 효율적으로 스스로 보호할 수 있다는 모습을 한 번 이상 보여줬어요. 제가 '냉혹하게'라는 단어를 사용한 것은 상당히 의도적인 겁니다."

밀드레드는 지구를 식민화하는 준비 과정에서 포식자들을 정화하려던 프로그램 같은 사건을 말하는 게 틀림없었다. 식민화는 무산되었고, 아직도 투리엔인들은 죄책감을 느꼈다. 그리고 더욱 최근에 그들은 태양계를 봉쇄하려는 충격적인 계획도 했었다. "저도 그런 사례를 압니다." 콜드웰이 설명이 필요하지 않다는 듯 그녀를 향해 고개를 끄덕이며 말했다.

콜드웰이 손가락으로 책상을 두드렸다. 밀드레드는 그 모습을 잠시 지켜보다 말했다. "그 두 가지 특성을 하나로 모아보면, 다소 냉정하지만 피할 수 없는 결론에 이르게 됩니다. 지구의 전쟁과 온갖 폭력의 역사는 그들에게 전적으로 혐오스러운 일이에요. 그러나 그들은 이런 공격성 덕분에 우리가 스스로에게 이익이 된다고 생각하는 일들을 얼마나 빨리 진척시키는지도 알죠. 제블렌인이 막아보려고 온갖 시도를 했음에도 불구하고 지구가 태양계를 가로지르며 퍼져나가고, 이제 투리엔의 기술까지 흡수하고 있는 현재 시점에서, 그들은 우리가 이전에는 상상할 수 없었던 파괴력을 갖춘 상태로 그들이 질색하는 모든 것들을 자신들의 체제 내로 가져가는 상황이 펼쳐질지 모른다고 생각할 수 있어요." 이제야 콜드웰은 밀드레드의 말에 흥미가 당겼다. 새로운 이야기는 아니었다. 콜드웰도 여러 차례 비슷한 문제에 대해 고민하면서, 헌트와 단체커 그리고 다른 이들과 논의했었다. UN 우주군 집행부 내에서도 정기적으로 논쟁이 벌어지는 주제였다.

"계속 말씀하세요." 콜드웰이 말했다.

밀드레드가 한숨을 내쉬었다. "투리엔인들이 친절하고 참을성과 인정이 많고, 또 여러 가지로 어른 같은 태도를 보일지 몰라도, 그들은 또한 정치적으로 현실주의자들이에요. 그들은 절대로 그런 위험에 자신을 노출하지 않을 거예요. 만일 실질적인 위협으로 자라나기 시작하는 듯한 모습이 보이면, 투리엔인들은 절대로 그대로 앉아서 그런 일이 일어나도록 놔두지 않을 겁니다."

콜드웰은 밀드레드에 대한 자신의 인상을 빠르게 교정하기 시작했다. 그는 가짜 전쟁과 그 뒤에 이어진 사건들 이후로, 소위 국제 문제 전문가들이나 직업적인 외교관들에게 그런 문제를 알려주려 노력해 왔다. 그리고 가니메데인들과 처음부터 관계를 맺어온 헌트와 단체커 같은 사람들의 통찰도 그와 일치했다. 그런데 밀드레드는 약 4개월 만에 혼자 그런 사실을 깨달은 것이다. "투리엔인들이 어떻게 할지 혹시 아세요?" 그가 물었다. 너무도 당연하게, 그게 처음으로 마음속에 떠오른 희망적인 질문이었다.

하지만 밀드레드는 고개를 저었다. "저도 몰라요. 그렇지만 그전에 일어났던 일들로 볼 때, 투리엔인은 한번 필요한 행동 방침을 정하면, 전력을 다해 그걸 이룰 거예요. 적당히 대충 끝내지는 않을 겁니다."

다시 한 번, 콜드웰도 동의할 수밖에 없었다. 그는 밀드레드가 어떤 추론이라도 제시해주길 기다렸지만, 그게 다인 모양이었다. 콜드웰은 이런 일이 자신에게는 매일 일어나는 상황이지만, 밀드레드로서는 새로운 폭로라는 사실을 다시 떠올렸다. 콜드웰은 그녀가 이 메시지를 확실하게 전달하기 위해 20광년을 날아왔다는 사실에 대해 감사를 표할 방법을 궁리했다. "정말 흥미로운 이야기네요." 콜드웰이 그녀에게 말했다. "그 문제에 대해 생각을 많이 하셨군요. 그런데 궁금한 게 있어요. 혹시 우리가 어떻게 하는 게 좋을지도 특별히 생각해둔 게 있나요?"

밀드레드는 그런 질문이 왜 필요한지 모르겠다는 듯 살짝 놀란 표정이었다. "글쎄요." 그녀가 손을 내보이며 말했다. 잠시 당황한 모양이었다. "음, 국장님 같은 분은 전 세계의 정부에 있는 사람들과 그런 문제에 관해 이야기를 나누지 않나요? 제 짐작으로는, 그 사람들이 투리엔의 본성과 그들이 위협적으로 인식할 수 있는 사건이 전개될 때 벌일 가능성이 큰 처리 방식에 대해 충분히 알게 된다면…." 그녀가 공중에서 작은 동그라미를 그렸다. "글쎄요, 그러면 그들이 정책이나 뭐 그런 걸 결정할 때 적절히 신중한 태도로 임할 수 있지 않을까요?"

콜드웰은 삐져나오는 미소를 입술을 깨물며 참아야만 했다. 아, 세계가 그렇게 단순할 수 있다면 얼마나 좋았을까! 자신이 천재라는 망상에 매료된 지도자들과 권력에 취한 정복자들에게 누군가가 행동을 삼가고 무모한 짓을 하기 전에 먼저 다른 사람들에 대해 생각하라고 말해주는 것만으로 역사라고 불리는 그 수많은 재난을 막을 수 있었을 것이다. "그들의 행동은 최근에 좀 더 나아진 것 같습니다." 이게 그가 할 수 있는 최선의 답변이었다. "많은 사람이 관련된 커다란 변화는 대개 비슷합니다. 그 자체의 속도로 움직이기 마련이죠. 우리는 인내하고 꾸준히 계속하는 수밖에 없습니다. 1킬로미터를 걸어가려면 한 발 앞에 다른 발을 꾸준히 내밀며 가야 하는 거죠. 도시는 한 번에 하나씩 쌓은 벽돌로 이루어집니다." 이는 사실 별로 의미 없는 말이지만 그럴싸하게 들렸다. 콜드웰은 그런 소리를 잘했다. "하지만 당신이 지적한 이야기들은 중요합니다. 당신의 말이 맞아요. 투리엔인은 매우 신중하게 대해야 합니다."

밀드레드가 안도한 표정을 지었다. "그러면 앞으로 상황이 훨씬 나아질 거라고 국장님이 장담하신 거로 제가 받아들여도 될까요? 저는 투리엔인들과 끔찍한 문제에 휘말리는 상황을 보고 싶지 않았어요. 저는 거기에서 알게 되었지만, 그 생각을 가장 좋은 용도로 쓸 수 있는 위치에 있는 사람들에게 전하지 못하면, 그런 일이 일어날지 모른다고 생각할 수밖에 없었어요."

"이제 안심하셔도 됩니다." 콜드웰이 진중하게 대답했다.

＊

콜드웰은 밀드레드와 나눴던 대화가 머릿속에서 가볍게 지워지지 않았다. 그 대화는 그가 이미 알고 있었지만 마음 깊숙한 곳에 밀어두었던 생각을 다시 꺼내게 만들었다. 어쩌면 최근 몇 년간 찬사를 받고 진급을 하면서 긴장이 풀려버린 건지도 모르겠다. 골프와 결혼식, 정장을 차려입고 가는 만찬이 너무 많았다.

지구의 모든 문제에 대해 제블렌인 탓을 할 수 있을지, 콜드웰은 한 번도 확신을 가져본 적이 없었다. 인간사에 개입했던 제블렌인의 존재가 드러나자, 너무도 많은 사람이 자신과 자신들의 국가, 신념, 이념의 죄악과 책임을 면제해주는 핑계로 이용했다. 마치 그들은 역사의 모든 페이지마다 속죄를 요구하는 범죄들에 전혀 참여하지 않았거나, 이제는 속죄할 게 없다는 듯 행동했다. 최소한 그 사건으로부터 몇 가지 교훈이라도 얻는다면, 미래에는 그런 이들이 반복해서 등장하는 꼴을 보지 않아도 될 것이다. 그런 일에 기꺼이 동참하고 전리품의 분배를 열망하는 데에 천부적 재능을 가진 사람들은 모자란 적이 없었다. 지구를 순수한 희생자로 받아들이고, 과거로부터 배울 게 전혀 없으므로 변화는 필요하지 않다고 믿는 상황에 빠지면, 그런 재능을 가진 자들이 다시 지배하는 모습을 보게 될 게 확실했다.

오웬 씨는 은퇴하기 전에 자신이 세계 각국의 책임 있는 사람들을 상대하는 과정에서 알게 된 사실들에 대해 우려하는 이야기를 여러 번 했었다. 대부분의 세계가 외계인 선정주의의 떠들썩한 잔치를 벌이며 흥청대는 미디어와 자기만족을 탐닉하는 동안에도, 정복의 야망과 저류에 흐르는 불안감, 끊임없이 곪아가고 있는 오랜 증오의 익숙한 불평 소리 역시 여전히 생생하게 살아 있었다. 물론 미래에 대한 대중적 낙관주의와 자신감의 기운에 열기를 공급하는 공식적인 이야기들은, 이전에 방해했던 외부세력을 알게 됨에 따라 하나의 지도력으로 거듭나고 무기를 거두고 황금기를 가져오리라는 것이었다. 그러나 콜드웰은 언제나 그렇게 위세 좋은 어조가 비현실적으로 느껴졌다. 새롭게 펼쳐진 도박판을 가늠하고, 외계인의 기술이 선사해준 완전히 새로운 체제를 이용할 기회를 얻어내기 위해 어마어마하게 판돈을 올리고, 최대한 얌전히 굴면서 그 모든 상황의 뒤에서 기회를 엿보고 있는 자들은 어떤 세력일까? 이미 정치 신문과 인터넷에는 공공연하게 아메리카 대륙을 정복했던, 작지만 맹렬한 집단으로 지구인을 비유했다. 지구에 '때'가 가까워졌으니 '저 밖으로' 나갈 운명이라는 주장들이 나타나고 있었다.

오랜 금언이 콜드웰의 머릿속에 다시 떠올랐다. '악이 승리하는 데 필요한 단 한 가지는 선한 사람들이 아무 일도 하지 않는 것이다.' 나는 지금껏 식탁에서 잡담을 나누면서 비슷하게 느끼는 많은 사람의 의견에 동의하는 것 외에 무엇을 했던가? 콜드웰이 자문했다. 짧게 떠오른 대답은 '별것 안 했지'였다. 콜드웰은 솔직하게 자신을 돌아보았다. 그는 다른 사람들과 마찬가지로, 무슨 일이 일어날지에 대해 의식적으로 명료하게 사고하지 않고 내내 흐리멍덩하게 받아들이면서 다른 일들만 바쁘게 쫓아다녔다.

과거에 그는 절대로 이런 식으로 일을 처리하지 않았다. 콜드웰은

277

일이 터지기만 기다리는 식으로 항해통신본부를 장악하지 않았고, UN 우주군에서 가장 크고 활동적인 부서로 만들지도 않았다. 일은 그냥 발생하지 않았다. 사람들이 발생하도록 만드는 것이었다. UN 우주군 초기에 한 동료가 그에게 정말로 자신이 하는 일이 옳다고 생각하는 헌신적인 소수가 세상을 바꿀 수 있을 거라 믿느냐고 물었던 적이 있었다. 콜드웰은 대답했다. "지금껏 세상을 바꾼 사람들이 바로 그들이었어." 사실, 이 대답은 그가 생각해낸 말이 아니었다. 콜드웰은 옛날 여성 인류학자의 말을 인용한 자료에서 그 문장을 우연히 봤다. 하지만 좋은 말이었다. 콜드웰은 자신이 그 말을 훔쳐 쓰더라도 그녀가 싫어할 거라 생각하지 않았다.* 그의 예전 자아가 아직도 주변을 떠돌며, 자신의 머릿속에 말하고, 그에게 무엇을 할 것인지 물었다.

콜드웰은 저녁에 집에 돌아와서도 그 문제와 씨름하느라 메이브가 이야기한 내용을 반쯤 놓치는 바람에 막 풀어지기 시작한 가정 분위기에 다시 살얼음이 끼기 시작했다. 저녁이 끝나갈 무렵 그가 한 일이라고는, 잘못을 벌충하고 자신의 양심을 달래기 위해 골프 약속을 취소한 것뿐이었다.

다음 날 아침, 밀드레드가 그에게 보내준 브랜디와 메이브에게 보내준 장미 다발이 배달되었다. 덕분에 아침 식사가 평소처럼 따스하고 명랑한 분위기 속에 진행되었다. 부정적인 생각에 잠겨있던 콜드웰도 인간 본성에 대한 신뢰가 높아졌다. 그러나 밀드레드는 애초에 그가 의심해왔던 본성을 가진 부류에 속한 적이 없는 사람이었다.

---

* 미국의 인류학자 마거릿 미드의 말로, 원래는 이렇다. "소수의 다정한 사람들이 세상을 바꿀 수 없을 거라 생각지 말라. 실제로 지금껏 세상을 바꾼 사람들은 바로 그들이었다."

*

    다음 날, 콜드웰은 모든 가능성과 관점을 탐구하느라 자신의 머릿속에서 그 주제를 이리저리 반복해서 검토했다. 그리고 특이하긴 했지만, 밀드레드의 단순한 제안 속에 그가 파악해야 하는 숨겨진 실마리가 담기지 않았다는 사실이 다행이라는 느낌이 들었다. 전 세계의 권력가를 누비면서 일종의 순회 도덕 강연을 시작하면, 결국 콜드웰에 대한 가십거리만 잔뜩 만들어주고 아무것도 성취하지 못할 가능성이 컸다. 그리고 어쩌면 그가 지금껏 막무가내로 일하는 동안 정중히 대접받기 위해 꼭 필요했던 명성이 끝장나고, 그의 직업을 잃을수도 있었다.

    그리고 설령 그가 여기저기에서 진지하고 호의적인 주목을 받는다고 하더라도, 이해관계의 충돌이 너무 복잡하게 얽혀 있고, 그들 뒤의 진짜 동기는 너무 가려져 있어서, 그가 간신히 새로운 계획의 불꽃을 피운다고 해도 국제 수준의 규모로 협력적이고 유효한 어떤 것으로 확실히 자라나기 훨씬 전에 결정의 철회와 관료주의적인 방해에 막혀 효력을 잃고 말 것이다. 현대의 가장 큰 국제적 사업 중 하나를 조율하는 일에 중요한 역할을 해왔던 그로서는 충분히 예상 가능했다. 우주군이 존재하고 기능할 수 있었던 것은 그 배후에서 제휴한 모든 금융과 정치 세력들이 얻을 게 있었기 때문이다. 앞서 자신들을 추격했던 경쟁자들을 뛰어넘고, 사업을 다각화하고, 확장할 기회를 포기하라고 그들에게 요구한다면, 예전처럼 협력적인 행동을 보여주지 않을 것이다.

    콜드웰은 인간의 본성이나 그 본성이 세계를 형성하는 방식을 바꿀 수 없다고 판단했다. 적어도 짧은 기간에는 말이다. 이 문제에서 유일하게 다른 요소는, 인류를 폭력적인 경향이 있는 외계인으로 바라보는 투리엔인의 의향이었다. 지구인들의 성향을 억제해서 다른 방향으로 돌릴 수 있다면 투리엔인들이 관대하게 수용할 것이다. 하지만 그렇지 않다면…, 누가 알겠는가? 표면적으로는 그 문제 역시 그다지 많이 바꿀 수 없을 듯했다. 그들과 정서적, 심리적 거리를 줄일 뭔가가 필요했다. 그래야 '외계인스러운 느낌'을 줄이고, 그가 UN 우주군 첨단과학국에서 밀드레드를 받아들이듯, 인간을 '가족'으로 받아들이게 할 수 있을 것이다.

미네르바의 붕괴 이후, 투리엔인은 윌인들 중에서 람비아인을 데려가 그들의 문명 속에 통합시키려 노력함으로써, 투리엔인에게도 그런 친밀한 관계를 형성할 수 있는 능력과 잠재적인 의지가 있다는 사실을 보여주었다. 그 람비아인이 나중에 제블렌인이 되었다. 그러나 그 시도는 제벡스 내부의 컴퓨터 상징체계라는 초현실적인 세계에서 등장한 엔트의 침입으로 보기 흉하게 망가져버렸다. 세리오스인들은 그들의 요구에 따라 태양계에 그대로 남겨졌다. 그리고 지구로 수송되어 지구인의 조상이 되었다. 그때부터 지속된 이별이 서로에게 외계인스럽다는 느낌을 만들어냈으며, 현재 피상적으로 애정이 담긴 관계의 저변에는 그 느낌이 깔려 있었다.

투리엔인이 제블렌인에게 가능하다는 사실을 보여주었던 일종의 친밀감을 다시 일으키고, 두 종족을 하나로 접합시켜 공동의 미래를 만들어가기 위해서는, 투리엔인과 인류가 생각하기에 중요한 어떤 것, 다른 모든 생각을 압도하며 두 종족을 화합시킬 수 있는 어떤 사건이나 경험이 필요했다. 하지만 그게 무엇일까?

이샨 팀의 투리엔인 과학자들이 시간대 수렴 문제를 해결한 것 같다는 소식을 헌트가 알려왔다. 만일 그렇다면, 그들이 다중우주의 다른 영역에서 일관된 정보를 받으려던 목표에 거의 근접했다는 뜻이었다. 콜드웰은 몇 시간 동안 사무실에서 보고서를 꼼꼼히 읽으며 그 의미에 대해 생각했다. 현재 두 종족을 가르고 있는 장벽이 존재하지 않았던 시기에 대한 생각이 그의 마음속에 서서히 떠올랐다. 가니메데인과 월인, 지구인과 제블렌인으로 갈라진 역사가 오래전에 존재했던 한 행성에서 하나로 모였던 시기가 있었다.

콜드웰은 충분히 고민한 후 결심했다. 이제 자신의 본능을 따르고 조직 체계를 우회할 때였다. 아일랜드의 오랜 금언이 떠올랐다. "허락을 받기보다는 반성하는 게 쉽다." 옛날의 그렉 콜드웰이 행동에 들어갈 때 느꼈던 후끈후끈하고 활기찬 기운이 다시 끓어올랐다. 그는 책상 옆의 단말기로 손을 뻗어, 투리엔 네트워크로 연결된 첨단과학국 채널의 접속 코드를 입력했다. 잠시 후 비자르의 목소리가 들려왔다.

"콜드웰 국장님, 안녕하세요. 오랜만이시네요."

"그렇지, 뭐. 넌 사람들 가득한 건물 한 동과 가정을 운영한다는 게 얼마나 힘든지 모르지?"

"그러면 항성계 스무 개를 운영해보시겠습니까?"

"알았어, 네가 이겼다. 아무튼 다시 이야기를 나누니 좋네."

"저도 그렇습니다. 무엇을 도와드릴까요?"

"칼라자르 의장에게 시간이 되는지 확인해줄래? 의장에게 할 말이 있거든. 그리고 그냥 통화가 아니라 가상 시스템을 통해 얼굴을 마주 보며 이야기를 나눴으면 좋겠어."

"언제가 좋으신가요?"

"의장이 괜찮다면 언제든 좋아. 나는 지금 당장은 한가해."

"잠시만 기다리세요."

콜드웰은 멍하니 손가락으로 책상을 두드리며, 바로 지금 다른 별에 있는 컴퓨터가 뭔가에 바쁜 한 외계인을 방해하는 모습을 상상했다. 그는 아직도 이게 초자연적으로 느껴졌다. 아인슈타인 지지자들이 하나는 틀린 것이다.

그때 비자르가 돌아왔다. "칼라자르 의장님이 '안녕하세요, 당신 소식을 듣게 되어 기쁩니다'라고 말씀하셨어요. 의장님은 현재 시스템에 연결된 상태입니다. 혹시 업무 문제라면, 투리오스의 정부청사에서 만나는 게 어떤가요?"

"좋아, 2분만 기다려."

콜드웰은 자리에서 일어나 바깥 사무실을 지나 걸어나갔다. 밋치는 다른 일 때문에 자리에 없었다. 그는 복도를 따라 걷다가 신경 연결기가 설치된 방으로 들어갔다. 콜드웰은 가끔 자신의 사무실에 신경 연결기를 한 대 설치할까 하는 생각이 들었지만, 아직 결정을 내리지 못했다. 방문자들에게 멋지게 보이려고 꾸미는 것은 그의 스타일이 아니었다. 신경 연결기는 여기 밖에 두는 게 더 나을 것이다. 그래야 다른 사람들도 사용할 수 있으니까. 콜드웰은 언제나처럼 치과 의자에 눕는 기분을 느끼며 연결기에 누웠다. 잠시 후 그는 대리석 벽들과 호화로운 가구들, 바닥의 깔개, 휘장으로 장식된 밝은 방에 서 있었다. 유리창 너머로 건물들과 높이 솟은 아치들이 보였다. 칼라자르 의장은 낮은 탁자가 있는 소파에 앉아 있었는데, 탁자 주변에 다른 의자들도 있었다.

"마침 좋은 때에 연락을 주셨어요. 제가 막 뭔가를 읽으려던 참이었거든요." 그 외계인이 자리에서 일어나 손짓으로 의자를 가리켰다. "이리로 오세요."

'아니야, 외계인이라는 생각을 멈춰야 해.' 콜드웰이 마음속으로 되뇌었다. 바로 그게 이 방문의 목적이었다.

24

비자르는 각각의 특정한 우주의 고유한 '양자역학적 특성'을 계산해서 다른 우주들을 효과적으로 차단하는 방식으로 수렴 문제를 해결하려던 시도를 포기했다. 개념적으로는 충분히 그럴듯하게 들렸지만, 안정적인 구역을 정의하는 데 필요한 정보의 양이 구역의 크기에 따라 지수적으로 증가한다는 사실이 밝혀졌다. 원리를 증명하기 위한 목적 외에 별로 가치가 없는 사소한 실험을 넘어서, 물체를 유지할 수 있을 정도로 실질적인 운영 규모를 달성하려면 필요한 계산의 양이 순식간에 무한대로 상승해서 비자르 같은 컴퓨터에게도 부담되는 수준에 이르렀다. 투리엔인 수학자들은 그 문제를 다루기 쉽게 표현할 수 있는 지름길이나 알고리즘 형태를 발견하리라는 희망을 버리지 않았다. 그러나 그들은 현재 자신들이 찾고 있는 이론이 어떤 건지 명확히 알지 못하며, 해법에 관한 탐구 역시 (설령 그런 게 존재한다 하더라도) 수년은 걸릴 거라고 처음으로 인정했다.

돌파구는 전혀 예상하지 못했던 곳에서 나왔다. 해결책은 수학자들이나 선진적인 이론가들이 아니라 우주 추진체 공학자들이 내놓았다. 투리엔의 우주선들은 아직도 옛날 가니메데인의 미네르바 시대 초기에 샤피에론호에서 이용된 추진체를 발달시킨 형태를 사용하는데, 그 추진체에 의해 우주선은 왜곡된 시공간의 '거품' 내부에서 이동했다. 현대 투리엔의 비행선들은 초공간을 통해 전송된 성간 그리드로부터 동력을 받지만, 샤피에론호는 우주선에 실린 자체적인 생성기를 이용했다. 이샨의 과학자 중 일부는 다중우주를 가로질러 투사된 물체의 범위를 한정하고 멈추게 할 정상파의 결맞음 상태를 유지하는 문제를 연구하고 있었다. 그 방법은 작동했지만, 불안정했다. 지금까지는 대략 1초에서 1분 사이에 잠깐 존재했다가 곧 파동이 붕괴했다. 직접 관찰한 것은 아니었지만, 다른 우주에서 그 방법을 통해 이 우주로 도착한 물체들을 관측해서 추론한 결과였다.

이샨의 과학자들은 이 거품이 만들어지는 방법에 대해 더 알아보기 위해 우주선 추진체 설계자들에게 갔다. 과학자들은 그런 거품으로 정상파 패턴을 감싸서 파동이 분산되는 것을 방지할 수 있는 방식을 고안해낼 수 있을 거라 생각했다. 그들이 거품을 조사해보니 그 기술을 다중공간에 적용하는 것도 아주 쉬울 것 같았다. 그 기술에는 공학자들이 오래전부터 다뤄온 것과 동일한 파동의 종축 형태가 포함되어 있었다. 그런데 퀠상에서 다중공간 거품의 제작을 연구하기 위해 사전 실험을 했을 때, 예상 밖의 결과가 관찰되었다.

다중공간 거품은 시간대 수렴을 억제하고 거품의 내부에서만 일어나도록 제한시키는 게 틀림없었다. 심지어 이샨이 예전에 투사실 외부까지 수렴이 일어났던 수준으로 기계의 출력을 조심스럽게 상승시키도록 승인했는데도 아무것도 감지되지 않았다. 살펴본 결과, 수렴 효과는 여전히 거기에 나타났지만, 투사실의 중앙에 존재하는 거품의 내부로 한정되었다. 거품의 외부에는 각기 다른 과거의 역사를 가진 물체들이 동일한 시간과 장소에 동시에 나타났던 혼돈이 사라졌다. 이런 현상이 어떻게 일어났는지 아무도 확실하게 설명하지 못했다. 이는 물어보나마나 이론가들에게 앞으로 수년간은 지속할 또 다른 논쟁의 영역을 열어주게 될 것이다. 그러나 왜 그런 일이 발생했는지를 설명하는 우아한 이론보다 문제의 실용적인 해결책이 먼저 출현하는 일은 투리엔인이나 지구인에게 처음이 아니었다.

그래서 수렴 문제는 확실하게 해결되었다. 혹은 적어도 만족할 수 있는 수준으로 억제되었다. 다중우주를 가로질러 투사된 패턴의 일부로 전달 파동함수와 거품을 결합하자, 본래의 목표였던 파동의 분산도 막는다는 사실이 밝혀졌다. 그래서 이제 다른 우주로 보낸 물체를 그곳에 그대로 남겨둘 수 있게 되었다.

거품을 만들어내려면 상당한 에너지의 공급이 필요했다. 퀠상의 실험에서 사용되는 자그마한 실험 대상에는 적절한 에너지 공급원을 넣을 수 없었고, 다투 2호로 투사하는 탐지기도 마찬가지였다. 그 탐지기들은 아직 소형 신호기보다 조금 큰 정도에 불과했다. 그리하여 개발된 방법은 시간대 수렴을 억제하기 위해 투사기에서 생성한 거품을 길게 늘여 가는 선으로 만들고, 투사된 파동함수를 반대쪽까지 연장해서 실험 대상을 둘러쌌다. 그래서 거품은 닫힌 공간 두 개가 가는 선에 의해 연결된 아령 같은 형태가 되었고, 반대편에 있는 거품의 외양을 유지하기 위해 가는 선을 통해 에너지가 전달되었다. 다투 2호에서 발사한 송신기에 거품 실험을 했을 때, 가는 선이 회신되는 신호를 위한 도관 역할도 할 수 있다는 사실이 밝혀졌다. 억제된 수렴 구역의 외부에서 방해를 받더라도, 신호를 일관되게 받을 수 있게 되었다. 거품을 연결하는 가는 선에는 '탯줄'이라는 이름이 붙었다.

그중에서도 좋은 점은 일단 물체가 위치를 굳히고 안정화되면, 형태를 유지하기 위해 앞서 공급하던 에너지가 더는 필요하지 않기 때문에 거품의 스위치를 끌 수 있다는 사실이었다. 그러면 그 물체는 '실제로' 그곳, 즉 다른 우주에 존재하게 된다. 아직은 그 사실을 실험할 방법이 없었지만, 이론에 따르면 그 후 물체는 독립적으로 주변 환경과 상호작용할 수 있으며 자유롭게 이동할 수 있다.

홀륭한 성과이긴 했지만, 아직은 막무가내로 포탄을 쏘고, 어딘가에 떨어졌을 거라는 정도를 아는 수준에 불과했다. 어디에 떨어졌는지 알려면, 그 물체가 착륙한 주변과 환경에 대해 알아야 했다. 그렇지만 적어도 과학자들은 이제 회신되는 정보를 명료하게 해독할 수 있게 되었다. 다음 단계는 인식 코드보다 많은 정보를 회신할 수 있을 정도로 크고 복잡한 물체를 투사하는 것이었다.

✳

마치 뒤집힌 데자뷔 같은 경험이었다. 예전에 이 일을 겪을 때는 섬뜩한 느낌을 받았지만, 이번에 헌트는 반대편에 있었다.

건물 블록의 연구실에 앉아 있는 헌트의 주변에는 이국적인 장비들이 둘러싸고 있었다. 그는 이제 눈앞에 실제로 존재하는 모니터가 낯설게 느껴지는 경험에 익숙해져갔다. 투리엔인들은 모니터를 거의 사용하지 않았다. 이용자의 머릿속에서 그와 같은 효과를 만들어서 더 쉽게 다양한 기능을 이용할 수 있는데, 구태여 그런 하드웨어를 만들 이유가 없지 않은가. 그러나 이 실험에서 투리엔인 과학자들은 연결된 반대편에서 보이고 들리는 것들을 정확하게 포착하길 원했다.

투리엔인 대여섯 명이 방의 주변에 앉거나 서서 호기심 어린 눈빛으로 기다렸다. 방 안에는 지구인들도 있었다. 단체커만 자리를 비웠다. 그는 지금도 꾸준히 발전시키고 있는 의식에 관한 자신의 이론을 논의하려고 투리엔인 철학자들과 만나는 중이었다. 헌트의 단말기는 수십만 킬로미터 떨어져 있는 다투 2호와 연결되었다. 다투 2호에는 수렴 효과를 억제할 수 있도록 현재 자체적인 내부 거품 생성기가 설치되었다. 수렴 효과를 억누른 상태에서 투사된 장비들의 다양한 설정을 준비하기 위해 소규모의 연구자와 기술자들이 다투 2호에 배치되었다. 그렇더라도 장비들에서 전송되는 데이터는 대부분 관측과 분석을 위해 투리엔으로 다시 중계되었다.

비자르가 보고했다. "탐지기 시스템이 안정화되었습니다." 모니터에 검은 우주를 배경으로 별들의 모습이 비쳤다. 방의 여기저기에서 사람들이 웅성거렸다. 모니터에 뜬 영상은 신경계에 연결된 시청각 연결기로도 볼 수 있지만, 몇몇 사람들이 헌트의 뒤쪽으로 가까이 다가왔다. 탐지기에 설치된 장비들이 주변을 훑어보자 화면이 옆으로 움직였다. 위쪽 구석에 지구가 나타났는데, 대서양 쪽 반구가 보였다. 잠시 후 지구의 모습이 화면의 가운데로 이동하자, 한쪽으로 4분의 3 정도가 밝게 빛나는 달의 모습이 보였다.

"그렇지!" 바로 뒤에서 기뻐하는 투리엔인의 목소리가 들렸다.

"저 모습을 보니 고향의 향수가 물씬 느껴지네요." 요제프가 말을 뱉었다. 딱히 누군가에게 하는 말은 아니었다.

비자르가 별로 필요 없는 보고를 했다. "목표 위치가 확인되었습니다. 여러분이 보내려던 곳이 맞습니다. 시야에 들어오는 행성들의 위치와 별자리의 분포가 특정한 시간대와 일치합니다."

"믿기지 않네요!" 시엔이 속삭였다.

비자르가 다시 말했다. "그리고 통신망을 잡았습니다. 시스템 코드와 메시지 프로토콜 작업 중입니다. 몇 초 정도 걸릴 겁니다."

던컨이 말했다. "이런 단계까지 가려면 수개월 정도는 더 걸릴 줄 알았어요."

"투리엔인들의 실력이 좋잖아요." 샌디가 말했다.

투리엔인이 말했다. "정말 재미있는 것은 이제부터예요."

"무슨 말이에요?" 다른 투리엔인이 물었다.

"지구에는 '우리 아이가 혼자 일어섰어요'라는 말이 있대요. 어떨 것 같아요?"

앞서 양자역학적 특성을 모으려던 비자르의 노력이 완전히 헛된 일은 아니었던 것으로 드러났다. 원래의 목표 달성에는 실패했지만, 그 조사의 바탕이 되었던 집단과 집합의 논리는 시공간 좌표로 다중우주를 지도로 만드는 방법과 '유사성'의 척도를 도입하려는 연구의 기초를 제공해줬다. 사실상 무한한 우주들에서 도출할 수 있는 유사성은, 우주 간의 차이가 점차 벌어지면서 줄어들었다. 우주들이 정확히 어떻게 다른지, 얼마나 급격하게 다른지는 다양한 장소에 물체를 보내서 거기서 발견한 것들을 이해하려 노력하고, 그 결과를 일정한 척도에 따라 측정해야만 판단할 수 있었다. 이 작업은 마을 길과 농장부터 시작해서 세계지도를 그리려는 중세 지도제작자의 일과 비슷했다. 효과적이고 정량적인 과학으로 발전하려면 오랜 시간이 걸릴 것이다. 어쩌면 몇 세대가 걸릴지도 몰랐다. 그러나 알파벳에서 셰익스피어까지, 다장조의 첫 번째 자리바꿈에서 베토벤에 이르기까지 모든 일에는 시작이 있기 마련이었다. 헌트는 다중우주를 구성하는 상상을 초월하는 그 모든 변형과 다양성을 생각할 때, 이렇게 유사한 우주로 갈 수 있다는 사실이 놀라웠다.

헌트는 지금 20광년 떨어진 우주에 있는, 그들이 떠나왔던 익숙한 지구를 보고 있는 게 아니었다. 이곳은 예전의 지구, 아니 또 하나의 지구였는데, 현재까지 달성할 수 있는 최고의 기술로 만들어낸 어설픈 계측을 신뢰할 수 있다면, 지금으로부터 약 6개월 전이었다. 그로부터 그리 머지않은 미래에 다중통신팀이 지구를 떠났다. 그들이 바라보고 있는 저 행성에서 그런 일이 우연히 발생하거나, 혹은 일어날 가능성이 있다고 가정했을 때의 이야기였다. 그리고 그들이 식별 가능한 통신망을 가로챌 수 있었다는 사실은, 저 지구가 적어도 편집증 증세가 있었던 20세기에 스스로를 폭발로 날려버리거나, 애초에 풍차와 말의 시대를 뛰어넘지 못했던 지구 버전은 아니라는 의미였다.

"런던, 파리, 리스본, 보스턴, 뉴욕, 리우데자네이루가 모두 있어야 할 곳에 있고, 정상으로 보입니다." 비자르가 보고했다. "달에도 기지들의 징후가 있고, 정지위성 대역에는 통신위성이 잔뜩 있습니다." 헌트는 자신이 그렇게 놀라워할 일은 아니라는 생각이 들었다. 그들은 유사성이 지극히 높다고 판단되는 매개 변수를 설정했기 때문이다. 그런데도 여전히 놀라웠다.

"헌트 박사님, 이제 무대에 올라가실 때가 된 것 같아요." 던컨이 큰 소리로 말했다.

"좋아요, 통신위성 중계빔을 가로챘습니다." 비자르가 그들에게 말했다. "괜찮은 것 같아요. 자료 구조와 주소 목록이 익숙합니다. UN 우주군은 저기에 있고… 고다드 센터에 첨단과학국… 찾았습니다. 물리학 부국장 빅터 헌트 박사. 박사님이 트럭에 치여 돌아가신 우주는 아니네요. 시간 보정이 나쁘지 않습니다. 오차가 5일 안팎입니다. 이대로 진행할까요?"

의심할 여지가 없었지만, 예의상 이샨에게 확인을 요구한 것이었다. "진행해." 이샨이 투리오스 어딘가에서 지시를 내렸다.

"전화를 연결하고 있습니다…."

헌트는 여러 가지 기분이 기묘하게 뒤섞인 느낌이었다. 흥분감과 아직도 여전한 약간의 의구심, 투리엔인이 완전히 이해하지는 못하는 듯하지만, 함께 참여한 장난을 앞둔 상태에서 즐거운 느낌, 이제 모든 게 엉망이 될지도 모른다는 어렴풋한 두려움을 동반한 긴장감까지. "이제 앙코르 공연을 시작할까?" 헌트가 두 걸음 정도 떨어져 있는 던컨에게 물었다.

그때 모니터의 영상이 바뀌더니… 다른 사람도 아니고 던컨이 등장했다! 헌트 옆에 서 있던 던컨은 온몸이 얼어붙어 뚫어지게 쳐다보기만 했다. 헌트가 반응을 기다렸다. "네, 헌트 박사님?" 헌트는 조금 실망스러운 반응이라고 인정할 수밖에 없었다. 그러더니 모니터에 뜬 얼굴이 의아한 표정으로 변했다. "박사님 뒤에 투리엔인들이 있네요. 어떻게 된 건가요?"

"내 옆에 누가 있는지 보면 더 놀랄걸." 헌트가 던컨에게 다가와서 화면 안으로 들어오라고 손짓했다. 그런데 던컨이 헌트의 역할을 망쳤다. 던컨은 헌트가 다른 자아와 처음 마주쳤을 때의 상황을 담은 기록을 마음속으로 외울 수 있을 정도로 여러 번 읽었다. 헌트는 이 우주의 다른 자아와 만났을 때 쓰려고 그 대사를 아껴두고 있었다. 그들이 헌트를 찾을 거라고 가정했었으니까. 그런데 던컨이 그 대사를 훔쳤다!

"아마 이 상황이 약간 충격적으로 느껴질 거야."

다른 던컨이 이쪽을 멍하니 쳐다봤다. 그는 할 말을 찾지 못하는 듯했다. 다들 그럴 거라 짐작했다. "설명할 게 아주 많아." 헌트가 말했다. "하지만 자네한테 약간 귀띔해주자면, 지금 투리엔인들이 하는 연구에 대해 생각해봐. 내 추측이 맞는다면, 투리엔인들은 브로컬리오와 그의 패거리가 다중우주를 가로질러 던져졌을 때 무슨 일이 일어났는지 밝혀내려고 연구하는 중일 거야. 우선 이야기하자면, 여기에 있는 우리는 자네들보다 약간 앞질러 있어. 무슨 말인지 이해가 돼?" 다른 던컨은 여전히 멍한 눈빛으로 넋을 잃고 간신히 고개를 끄덕였다. "좋았어. 요약하자면, 우리는 그곳의 궤도에 중계기를 투사해서 통신망을 가로채고, 다중우주 신호체계로 변형시켰어. 자료가 이 통화와 함께 전송될 거야. 그렇지만 그게 전달되는 동안에, 나는 나와 이야기를 나누고 싶어. 자네 우주의 나 말이야. 혹시 근처에 있어? 던컨! 이봐, 정신 차려. 이런 일을 다루려면, 이상한 일들에 대해서도 대비를 해야 돼. 내 말을 믿어. 상황이 더 안 좋아질 수도 있어. 수렴에 대한 설명에 특별히 관심을 가져. 거기 근처에 힌트 없어?"

그 던컨이 마침내 목소리를 찾았다. "박사님은 외계생물학부에… 단체커 교수님과 계십니다."

"그러면 나를 그쪽으로 연결해줄 수 있겠어? 자넨 잘할 수 있을 거야. 더 길게 이야기하지 못해서 미안해. 그냥 의례적인 인사나 하려는 거야."

"네, 물론입니다. 어…, 연결해드릴게요."

"또 봐." 이쪽에 있는 던컨이 반사적으로 인사를 했다가 잠시 생각하더니 다시 말했다. "이런, 아마 다신 못 보겠네, 사실."

그들은 배경 정보를 담은 파일을 준비하면서 최초의 힌트가 대표했던 그 팀의 경우보다는 잘 준비했다. 그렇지만 다시 생각해보니, 그 팀은 당시에 안정화 문제를 연구하던 중이었던 것 같았다. 그래서 그들은 세세한 부분까지 고민하지 못했을 것이다.

외계생물학부에 있는 단체커 연구실에서는 샌디 홈즈가 받았다. 그녀는 어정쩡한 표정으로 모니터를 잠시 쳐다보더니, 어깨너머로 고개를 돌렸다가 다시 모니터를 쳐다봤다. "이게 뭐죠?" 샌디가 반쯤은 혼자 중얼거렸다. "녹화 영상인가요? 아니면 장난인가요? 이봐요, 누구시죠?"

"아니, 녹화 영상도 아니고 장난도 아니야. 나야, 헌트." 헌트가 말했다. "나는 헌트를 찾고 있어."

헌트는 샌디의 마음을 읽을 수 있었다. '이 영상이 상호작용을 하네. 저 사람은 진짜다.' 그녀는 그 수수께끼를 붙잡고 씨름을 하다 포기했다. 그리고 고개를 다시 뒤로 돌려 말했다. "단체커 교수님, 헌트 박사님…. 여기로 와서 이것 좀 보세요." 이쪽 던컨의 몇 걸음 뒤에서 모니터를 지켜보던 샌디는 그냥 미소만 지었다. 그녀는 몇 분 전에 던컨이 했던 뻔한 대사를 반복하며 끼어들 생각이 없었다. 앞으로 시간은 많았다. 모니터에 두 사람의 얼굴이 더 비쳤다. 무뚝뚝한 헌트와 짜증스러워 보이는 단체커였다. 단체커는 뭔가를 하다가 방해를 받은 모양이었다. "이건 녹화 영상이 아니에요." 샌디가 그들에게 알려줬다. "영상이 상호작용을 해요."

"그렇지. 해봐." 헌트가 제안했다.

안경을 쓴 단체커가 몇 차례 빠르게 눈을 깜박이더니, 그와 함께 있는 헌트에게 고개를 돌렸다. "헌트, 이건 무슨 묘기야? 아마 뭔가 나름의 이유가 있겠지만, 유감스럽게도 난 이해가 안 돼. 우리는 안 그래도 할 일이 많잖아."

다른 헌트가 무기력하게 고개를 저었다. "아냐, 단체커. 솔직히 나도 자네와 마찬가지로 이게 뭔지 모르겠어. 이건 대체…." 그 헌트가 대답이 떠오른 모양인지 고개를 돌려 모니터를 쳐다봤다. "이건 비자르가 만들어낸 게 틀림없어. 비자르, 네가 이렇게 한 거야? 대체 왜 이런 짓을 하는 거지?"

"제가 했습니다. 하지만 저는 전화를 연결해줬을 뿐이에요. 이것은 만들어진 영상이 아닙니다." 회로에 연결되어 있던 비자르가 대답했다. 비자르가 이쪽에만 들리도록 해서 물었다. "제가 저 사람에게 설명할까요?"

"그래." 이 헌트가 말했다.

"이 영상은 당신입니다. 말하자면, 또 다른 당신이죠. 우리는 투리엔에 있는 궤도에서부터 여러분의 통신망에 연결한 겁니다. 다시 말해, 다른 투리엔이죠."

헌트는 다른 자아의 머릿속에서 굴러가는 생각의 소리가 거의 들리는 듯했다. "다중우주 버전?" 그 헌트가 마침내 입을 열었다. "다중우주 횡단 통신? 다중우주 문제를 풀었다는 거야?"

사방에서 환호와 박수 소리가 터져 나왔다. 비자르가 카메라를 좌우로 움직여서 투리엔인과 지구인이 가득한 방의 모습을 찍어서 전송했다.

"대단하네." 단체커가 힘없이 말했다.

그 후에 주고받은 대화는 던컨과 나눴던 이야기와 대충 비슷했지만, 조금 더 구체적인 내용으로 이어졌다.

기술 자료는 친선의 표시로 던져준 선물이었다. 그 자료를 보내주는 이쪽 우주에 있는 사람들은 이미 그 정보를 갖고 있어서 그 과정에서 얻을 게 전혀 없었다. 이번 실험은 시작일 뿐이었다. 그들은 다른 버전의 지구와 투리엔을 방문할 것이다. 이 일련의 실험의 진정한 목적은 비자르에게 참고자료를 최대한 많이 추출할 수 있도록 제공하는 것이었다. 비자르는 탐지기가 도착한 우주를 묘사할 온갖 자료, 즉 물리적인 특성, 지형, 역사, 정치·사회단체, 기술, 예술, 관습 등 시간이 허락되는 한 접근할 수 있는 모든 정보를 수집할 예정이었다. 이렇게 수집한 수많은 조사 결과를 투사기의 프로그램 설정과 연결해서 '유사성'이라는 특성을 좀 더 쉽게 해석할 수 있도록 광범위한 데이터베이스를 구축하기를 바랐다. 통화는 사실 필요 없었다. 실제로, 대부분의 계획된 실험에서는 통화를 생략했다. 계속 비슷하게 반복될 뿐이라서, 역시 그 신기함은 아주 빨리 엷어졌다. 하지만 그러는 동안에도, 가끔 그 결과를 보고 싶은 충동은 억누르기 힘들었다. 이는 최초의 다른 헌트가 왜 그리 쾌활하게 허물없이 이야기했었는지도 설명해주는 듯했다.

헌트는 제리 샌텔로를 위해 투자정보를 말해주는 일은 자제했다. 그의 다른 자아는 당시 생각이 짧았던 것 같았다. 게다가, 지금의 헌트는 실제로 포마플렉스가 어떤 사업을 하는지 잘 알지 못했다.

＊

이제 다른 우주로 투사한 탐지기가 언제, 어디쯤 도착한 것인지 식별할 수 있게 되자, 연이은 실험을 통해 다중우주 이론의 다른 예측도 검증할 수 있게 되었다. 모든 사람의 머릿속에 흥미로운 생각이 떠올랐다. 현재 우주와 아주 유사한 우주의 미래로 탐지기를 보내면, 미래를 읽는 2차적인 방법이 될 수 있을 것 같았다. 그렇지만 에너지 균형 방정식에 따르면 그렇게 간단한 문제가 아니었다. 시간의 진행방향으로 전개되는 사건들에서 나타나는 불확실성의 변화는 열역학 제2법칙에서 구체화되며 엔트로피 증가로 표현된다. 다중우주 물리학은 엔트로피와 에너지와 관련이 있었다. 다른 우주로 물체를 투사할 때, 물체가 출발하는 우주의 '현재'와 목표로 하는 우주가 시간상으로 가까워질수록 더 많은 에너지가 요구됐다. 그 시간 차이가 0인 경우 필요한 에너지는 무한대가 된다. 다시 말해, 미래를 엿보지 못하도록 막는 에너지 장벽이 존재하는 것 같았다. 그런 장벽도 언젠가는 깨질 수도 있겠지만, 그게 언제가 될지는 추측조차 하기 힘든 상황이었다. 아무튼 다투 2호에서의 실험으로 그 제약이 상당히 현실적인 것으로 확인되었다.

물론, 과거로 투사된 탐지기가 회신한 정보가 다중우주를 가로질러 미래로 오는 게 사실이었다. 그러나 다중우주 방정식은 한정된 파동함수의 투사 에너지에 관한 것이므로, 뒤이어 진행되는 신호 에너지와 정보의 흐름은 상관이 없었다. 그런 경우 이 흐름은 투사한 우주 쪽에서 에너지를 공급받기 때문이었다.

25

포르딕 이샨에게 도박을 하는 성향이 있었다면 그는 상당히 많은 돈을 잃었을 것이다. 투리엔인들 사이에서는 사건의 결과를 두고 내기를 하는 관습이 없었다. 그래서 그들에게는 스포츠의 결과에 대한 도박과 비슷한 게임이 없었는데, 전반적인 지구인의 영향 때문에 지금은 그런 게임이 유행 중이었다. 이샨은 투리엔 과학자들이 잘 해내길 바랐지만, 그는 개인적으로 다중우주의 다른 영역과 일관성 있는 통신을 기대하기에는 아직 너무 이르다고 확신했었다. 그들은 다중투사기 2호에 거품 생성기를 설치한 후 시험을 겨우 마쳤을 뿐이었다. 이는 연구실에서 만든 초기 모델보다 약간 나은 수준으로, 경험이 쌓이면서 오류를 조금씩 수정한 정도였다. 그런데 처음으로 일관된 결과가 확인되자마자 과학자들이 허둥지둥 앞으로 달려나가기 시작했다. 다른 우주에서 이 우주로 들어온 탐지기들을 얼핏 본 후, 이에 자극을 받은 기계공학자들은 이미 자체적으로 감지기 다발과 통신 중계기 설계를 밀어붙였다. 거품이 수렴에 대한 해결책으로 드러나자, 그들은 거칠 게 전혀 없었다. 질서정연하게, 계획적으로, 세심히 관리하며 진행하던 예전 같지 않았다. 이샨은 그것이 기분 내키는 대로 하는 지구인의 또 다른 영향이라고 여겼다. 이번에는 그의 부서 내부에까지 영향을 미친 것이다!

지구인들이란!

대부분의 투리엔인들과 마찬가지로, 이샨은 분홍색부터 검은색까지 다양한 색의 이 감정적이고, 독단적이고, 공격적이고, 논쟁적인 난쟁이 종족에 관해 아직 최종적인 결론을 내리지 않았다. 프레누아 쇼음을 괴롭히는 인간의 특성은 그들이 가진 폭력성이었는데, 확실히 소름 끼치는 성향이었다. 게다가 어떻게 폭력을 미덕으로 숭배하는 위치까지 끌어 올리고, 폭력을 지휘하는 일에 능숙한 이들과 그 결과를 최적화하는 일에 전념하는 산업 전체에 명예를 부여할 수 있단 말인가. 그 문제는 확실히 정신과 의사에게나 적절한 영역이었다. 그러나 쇼음은 외계 문명에 관한 사회학자이며 정치역사학자이기 때문에, 그런 요소들이 그녀의 연구에서 중심적인 주제였다. 이샨은 인간의 그런 특성에서 직접적인 영향을 거의 받지 않았다. 과학 자문과 연구 관리자의 관점에서, 특히 그가 현재 전념하고 있는 이 합동 프로젝트의 운영과 관련해서 더욱 눈에 띄는 인간의 특성은 충동성이었다.

전통적인 투리엔인의 방식은 상대적으로 느리고 조심스럽지만 확실하고 믿음직했다. 월인들에게 미네르바를 남겨주고 떠났던 발전의 위대한 시대에, 투리엔인 초기 세대들은 대도시의 핵심부를 건설하고, 나중에 비자르로 성장할 네트워크의 토대를 만들어냈으며, 멀리 떨어진 항성계로 연결할 에너지 변환 및 분배 시스템을 설계했다. 이 모든 창조물은 그들이 의도한 대로 작동했으며 고장을 일으키지 않았다. 어떤 투리엔인 공학자도 이와 다른 상황을 상상할 수 없었다.

가끔 한두 명의 이상한 손님을 독살하는 요리사를 용납할 수 있겠는가? 이샨은 알려진 결함을 가진 상태로 설치된 장비, 통제를 벗어난 자동차, 무너져 내린 건물에 관한 지구의 이야기를 들었던 적이 있었다. 대개는 그것들을 만들어낸 사람보다 부의 소유자가 더 많은 보상을 받는 그들의 뒤집힌 가치체계를 지나치게 열정적으로 추구한 결과였다. 그러나 지구에서 그런 일이 벌어지는 것은 그들의 문제였다.

그런 특성이 자신이 책임지고 있는 프로그램에 영향을 미치기 시작한다면 그것은 다른 문제였다. 퀠상에서 성공적인 첫 실험 이후 6개월 안에 기능적인 통신 탐지기를 다투 2호에서 발사한다는 것은, 이샨이 생각하기에 너무 무모해서 용납할 수 없었다. 그 실험의 성공에 가장 크게 기여한 요소는 순전히 행운이었다. 돌이켜보면, 그들이 어떤 상황이 벌어지고 있는지 알아채기 전에 퀠상에서 경험했던 수렴의 결과가 돌이킬 수 없는 상황까지 가지 않은 덕분이었다. 누군가와 똑같은 사람이 다른 우주에서 와서 고립되어버린 상황 같은 것 말이다. 그리고 그런 상황인데도, 이샨은 열정의 쇄도에 자극받아서 설득당하는 바람에, 자신들이 무슨 일을 하는 건지 알아낼 때까지 모든 일을 중단시키는 게 옳았음에도 출력을 줄이는 정도만 지시를 내리고 말았다. 이샨은 지구인들을 그 원인으로 여겼다. 인간들은 자신들의 결함을 내보이고, 그 대가를 감당하고 살아가며, 평생의 절망과 회한에 대해 투리엔인을 비난할 수도 있었다. 대부분의 투리엔인들은 그런 상황을 개탄했지만, 어떤 이들은 그런 게 인간들에게 더 나은 결과를 주는 힘이라고 보기도 했다. 투리엔인이 자신들의 먼 조상이 한 행동 때문에 계속 고민하는 것처럼 말이다. 이샨은 아직 어느 쪽으로도 확실하게 의견을 결정하지 못했다. 현재 그가 아는 것이라곤 이 상황을 어떻게 다뤄야 할지 모른다는 사실뿐이었다.

이샨은 칼라자르 의장의 요청을 받고 그를 만나러 가는 중이었다. 쇼음과 관련된 게 틀림없었다. 이샨은 중력 벨트에 실린 채 투리오스를 가로질러 정부청사로 가면서 탐지기를 통해 헌트의 대화를 유심히 지켜봤다. 칼라자르 의장이 가상으로 만나지 않고 직접 얼굴을 보며 만나자는 것은 평소의 일상적인 업무보다 중요한 문제라는 의미였다. 이샨은 반년에 한 차례씩 정기적으로 열리는 총의회와 관련된 일이라고 짐작했다. 이틀 후에 시작되는 총의회는 투리엔의 지방에서 오는 대표들뿐 아니라, 다양한 소속 행성들과 행성 밖의 주요 거주지 집단에서도 참석하는 공식 행사였다. 이샨은 칼라자르 의장과 오랜 기간 알고 지냈기 때문에, 그가 이 행사에서 발표하려는 중요한 사항이 있을 것이라는 느낌이 들었다.

이샨은 쇼음이 얼마 전에 칼라자르 의장에게 말을 꺼낸 후 때만 되면 다시 꺼내는 제안과 관련된 게 틀림없다고 짐작했다. 그 제안은 최후의 치명적인 전쟁으로 이끌었던 월인의 분파가 존재하기 이전의 미네르바로 고성능 정찰 탐지기들을 보내자는 것이었다. 쇼음은 그 이전까지 협력적이고 진보적인 종족으로 묘사되는 월인의 모습이 정확한지, 아니면 그저 대중적인 신화에 불과한지 확인하길 원했다. 그게 확인되면 지구인의 편집증과 폭력이 본성의 일부분으로 물려받은 것인지, 아니면 그들의 경험이 초래한 일탈이라 바로잡을 수 있는 특성인지에 대한 의문을 풀어줄 수 있다. 만일 후자가 맞는다면, 투리엔인이 정책을 설정할 때 깊은 동정심을 품고 전적으로 헌신해야 하며, 지구를 은하 공동체의 일원으로 확립되도록 적극적으로 나서야 하고, 지구를 은하계에서 제외하겠다는 발언을 허용해선 안 된다고 쇼음은 주장했다. '전적인 헌신'은 봉쇄정책을 폐지하라는 뜻이었다. 이샨은 그 말을 처음 들었을 때 무척 놀랐다. 쇼음은 항상 가장 흔들림 없이 강경한 정책을 옹호하던 사람이었기 때문이다.

이샨과 함께 흘러가던 투리엔인들의 흐름은 정부청사의 지하에서 사방으로 뻗어 나가며 연결된 다양한 공간과 터널, 입구들의 미로 속으로 들어갔다. 어디든 건물이 있는 곳이면 국지적인 중력이 있었다. 그리고 위에서, 아래에서, 온 사방에서 개인들이 떨어져 나오고, 합쳐지고, 흩어졌다. 지구인들은 예외 없이 수 초 내로 방향감각을 상실했다. 이샨은 방향을 틀어 청사의 중앙 건물로 올라가는 승강기로 향했다.

이샨은 쇼음의 생각에 반대했다. 우선, 쇼음과 그녀가 불러 모은 지지자들은 기술적인 문제를 대단히 과소평가하고 있었다. 그러나 최근에 달성한 연이은 성공 때문에 그들을 이해시키는 게 쉽지 않았다. 간단한 장비 묶음을 투사하면 쇼음이 알고자 하는 종류의 일들을 파악할 수 없을 것이다. 비자르가 시범을 보였듯이 도서관과 자료실을 이용해야만 했다. 그리고 그렇게 하려면 결국 통신 시스템에 먼저 연결해야 했다. 그렇지만 겨우 6개월 이전의 지극히 유사한 지구에 연결을 성공한 것은(이샨은 그 실험이 성공했다는 사실조차 놀라웠다) 5만 년 전의 미네르바에 비슷한 일을 하는 것과 매우 달랐다. 설령 일부 세세한 부분에서 차이가 있다고 해도, 기술과 코드, 접속 과정의 형태 그리고 지구와 관련된 다른 요소들은 익숙했다. 그러나 아무리 미세한 차이라고 하지만, 비자르 같은 수준의 컴퓨터에게도 결코 간단한 문제가 아니었다. 미네르바의 경우에는 그들이 어떤 문제를 대면하게 될지 전혀 알지 못했다. 당시 월인의 관습과 관례가 어떠했는지 알려진 사실이 없었다. 투리엔인들은 '불가능'이라는 말을 사용하는 것을 꺼렸다. 투리엔인은 자신들만의 느리지만 꾸준한 방식으로 종국에는 수많은 일을 이루어냈다. 그에 대해서는 지구인들도 함부로 말하지 못했다. 그러나 이번 경우에 이샨은 불가능한 일에 가깝다고 생각했다.

게다가, 이는 완전히 새로운 물리학의 영역으로서 여전히 기초적인 연구밖에 진행하지 못했다. 현재는 거기에 초점을 맞춰야 했다. 이기술을 정치적인 정책을 입안하기 위한 역사적인 배경 정보를 입수하는 수단으로 다루기에는 현재 상황에서 전적으로 시기상조였다. 그리고 아무리 상황이 좋을 때라도 원칙에 대한 의문은 많이 제기되기 마련이었다. 설령 쇼음의 갑작스러운 변심에 탄탄한 근거가 있다고 증명되고, 초기 월인들이 평화를 좋아하는 종족이었다고 확인되더라도, 반드시 현재 존재하는 인류가 구제될 수 있다는 의미는 아니었다. 이샨은 칼라자르 의장이 봉쇄 정책에서 제공하는 보호 수단을 즉시 없앨 거라 생각하지 않았다. 그리고 그렇게 하자고 칼라자르 의장을 설득하는 역할을 맡을 생각도 없었다. 어떤 사람들은 그런 특성이 인류의 본성에 얼마나 내재해 있느냐 하는 의문은 이미 제블렌인의 기록을 통해 알 수 있다고 생각했다. 그러나 그 상황은 엔트의 침략 때문에 복잡해졌다. 그래서 이샨의 판단으로는 어느 쪽으로도 확실히 결론을 내릴 수 없었다.

그래서 대부분의 투리엔인들이 어렸을 때부터 배운 관습대로, 이샨은 자기 자신의 동인(動因)을 편견 없이 살펴보려 노력했다. 이샨은 자신의 태도에서 많은 부분이 투리엔의 과학을 순수하게 그가 교육받은 대로 지키려는 욕망에서 비롯되었다고 결론을 내릴 수밖에 없었다. 즉, 이는 훈련된 억제력이었다. 그는 투리엔인의 연구가 지구에서 보이는 것처럼 과학인 척 행세하는 선정주의와 유명 인사들의 난장판이 되도록 놔두고 싶지 않았다. 물론 예외도 있었다. 헌트와 그의 팀은 훌륭한 사례였다. 만일 그들이 그렇게 예외적인 사람들이 아니었다면, 여기에 있을 수 없었을 것이다. 그러나 현재 지구의 관습과 역사적 기록 모두에서, 편견을 떠받치기 위해 혹은 어떤 것을 사실로 받아들일지 결정하는 이론 논쟁에서 이기기 위해 노골적으로 증거를 조작하는 상황이 광범위하게 일어나는 모습은 그를 오싹하게 했다. 어떻게 과학자라는 사람들이 개인적인 이익을 추구하거나 부당한 인정을 받기 위해 명백하게 잘못되었다고 입증된 생각을 옹호할 수 있는지 그로서는 이해되지 않았다. 투리엔인에게 과학은 현실에 대한 이해를 추가하는 것 그 자체가 보상이었다. 선전과 인기, 찬사는 오로지 과학 이론을 대중화하는 일에 사용될 뿐이었다. 그런 것들이 거짓을 진실로 만들 수는 없었다.

이샨이 승강기에서 내리자 아래층에서부터 자란 나무들에 둘러싸인 중앙 아트리움이 나왔다. 크리스털 벽들로 둘러싸인 회랑과 복도는 다양한 방과 행정 사무실로 이어졌다. 칼라자르 의장은 오늘 총의회를 준비하는 직원들의 방에서 준비상황을 점검할 계획이어서, 그 방에서 만나기로 했다. 대기실에서 이샨을 맞이한 보좌관이 의례적인 인사를 주고받은 후 음료를 제공했다. 관례적인 호의였다. 이샨이 음료를 정중하게 거절하자, 보좌관이 그를 뒤쪽에 있는 작은 회의실로 안내했다. 이샨의 예상대로 쇼음도 그 방에 있었다.

"이샨!" 칼라자르 의장이 양팔을 벌리며 그를 맞았다. 평소처럼 원기 왕성한 모습이었다. 아니, 평소보다 더 열정이 넘쳤다. 이샨은 즉시 경계하는 자세를 취했다.

"오늘은 좋아 보이네요." 칼라자르 의장이 말했다.

"네, 언제나 그렇듯 아주 좋습니다. 의장님은 어떤가요?"

"아주 좋습니다." 칼라자르 의장은 이샨이 쇼음을 향해 인사를 하는 동안 기다렸다.

"오랜만에 직접 만나니 기쁩니다."

"그러게 말입니다. 저도 기쁩니다."

"퀠상에서 온 소식은 봤습니다." 칼라자르 의장이 말했다. "진심으로 축하합니다, 이샨! 눈부신 성공이에요. 게다가 재미있기까지 하더군요! 과학만이 할 수 있는 성과죠. 혹시 나도 다른 우주에 있는 다른 버전의 나와 이야기를 나눌 수 있을까요, 앞으로 진행될 그런 실험에서?"

"글쎄요⋯, 안 될 이유는 없죠."

"난 그냥 다른 나의 얼굴에 뜬 표정이 보고 싶을 뿐이에요. 헌트 박사는 확실히 즐거워하는 것 같더군요. 그렇지만 당신은 성공하지 못할 것 같다고 내게 말했었잖아요. 그렇지 않나요?"

대화는 이샨이 예상하지 못했던 방향으로 진행되었다. 분위기가 너무 흥겹고 가벼웠다. 그가 각오했던 격렬한 의견 충돌과는 달랐다. 그러나 칼라자르 의장의 질문은 자신이 대비했던 종류의 대화를 시작할 기회로 삼기에 좋을 것 같았다. "사실은 지극히 운이 좋았습니다." 그가 대답했다. "우리가 희망할 수 있었던 어떤 상황보다 운이 좋았죠. 다투 2호에 있는 수렴 억제장치는 이제 갓 시험을 마친 실험적인 시제품입니다. 그렇게 급하게 서둘러서 만들고 직원을 배치한 것은 잘못입니다. 우리는 모든 원칙을 위반했습니다. 저는 그게 제 책임이라고 인정합니다. 그리고 변명할 생각도 없습니다. 투리엔인과 지구인을 뒤섞은 팀을 운영하는 일은, 제가 이해했다고 말하기 힘들 정도로 복잡한 문제를 일으키고 있습니다."

"걱정스러운 이야기네요." 칼라자르 의장이 말했다. 이샨은 그가 별로 놀라운 일이 아니라는 투로 말한다는 느낌을 받았다.

"이것은 중대한 문제입니다. 저는 상황을 제가 본 대로 이야기할 수밖에 없습니다."

"당신은 어떻게 해야 한다고 생각하나요?"

"퀠상에서 저출력 상태에서 진행된 실험의 재현부터 시작해서 물리학의 전면적인 재검토가 필요합니다. 우리의 생각과 계획이 정리될 때까지 다투 2호에서의 실험을 모두 중단해야 합니다. 퀠상의 실험 결과에 따라 적절하게 설계되고 시험한 장비로 수렴 억제장치를 교체해야 합니다." 이샨이 깊은 숨을 들이쉬었다. 그가 하려던 전체 주장을 몇 마디의 말로 압축했다. 그는 끝까지 말하는 게 좋을 것 같았다. "이것은 단순한 제안 이상입니다, 칼라자르 의장님. 만일 제가 이 프로젝트의 책임자를 계속 맡을 거라면, 강력히 주장할 수밖에 없습니다. 제 의견이 받아들여지지 않는다면, 저는 더 이상 책임을 맡지 않고 물러나는 수밖에 없습니다."

칼라자르 의장과 쇼음이 서로 힐끗 쳐다봤다. 이런, 그것으로 충분히 명확해졌다. 그들은 이미 이야기를 나눈 모양이었다. 이샨은 질문과 설득이 시작되길 기다렸다.

"우리가 조금 흥분한 것 같네요. 그렇죠? 내 말은 모두가 그렇다는 거예요. 나도 마찬가지고. 당신의 말이 맞는 거 같아요. 전적으로 옳은 소리예요. 집은 바닥부터 위로 차근차근 지어야 하죠. 우리의 훌륭한 관례와 전문가 정신을 내팽개치면 안 되죠." 칼라자르 의장이 말했다.

"이샨, 개인적인 잘못으로 받아들이지 마세요. 모두 영향을 받았다는 이야기를 다른 과학자들에게서도 들었어요. 그들이 원하는 것은 확고한 지도력입니다." 쇼음이 말했다.

쇼음은 애정이 깃든 프로젝트를 포기해야 하는 상황에 부닥친 사람처럼 보이지 않았다. 그녀의 태도는 초연하고 느긋했다. 마치 문득 떠오른 호기심 이상은 아니었던 것처럼 보였다. 이샨은 마음이 심란

해졌다. 그는 뭔가가 더 진행되고 있다는 느낌을 받았다. "물론, 미네르바로 정찰용 탐지기를 보낸다는 계획도 모두 무기한 보류시켜야 한다는 사실은 구태여 말할 필요가 없겠지요." 이산이 지적했다. 그들이 예상하지 못했던 사실을 이야기해서 그들의 반응을 살펴보려는 목적이 더 컸다.

"그렇게 하고 싶은 거군요. 어쨌든 당신은 그 프로젝트를 별로 좋아하지 않았잖아요." 쇼음이 말했다.

당황한 이산이 쇼음과 칼라자르 의장을 교대로 쳐다봤다. 칼라자르 의장이 별일 아니라는 듯 손사래를 쳤다. 이산이 말했다. "아…, 그런데 그 프로젝트로 뭘 해낼 수 있을까요? 당신도 그런 식으로는 미네르바에 관해 어떤 유의미한 정보도 알아낼 수 없을 거라는 사실을 알잖아요. 몰래 들어가서 하늘에서 훔쳐보고 도청하는… 그런 일은 제블렌인의 짓으로도 충분하지 않나요? 그런데 이제 우리까지 그렇게 할 건가요? 우리의 의문에 대해 거기서 답을 찾을 수 있다고 가정해보죠. 붕괴하기 전의 희망적이고 믿을 만하며, 그 앞에 놓여 있는 전쟁과 파괴, 대참사와 후유증의 끔찍한 역사를 아직 모르고 있던 미네르바 말입니다. 데이터를 수집하고 정리하고 분류하고 깔끔하게 정리된 표와 참고자료실에 목록화한 후에 과연 우리는 뭘 할 수 있을까요? 그냥 탐지기를 회수해서, 목적을 다한 연구실의 실험동물들처럼 그냥 내버려두나요? 비통하고 고통스럽고 괴로운 학살의 역사에 아직 등장하지 않은 수십억의 사람들은요? 잔혹한 천 년이 지난 후 또천 년 동안…."

칼라자르 의장이 뭔가 기대하는 눈빛으로 문 쪽을 쳐다봤다. 문이 열리더니 대형 쟁반이 들어왔다. 쟁반은 미끄러지듯 날아 들어와서 울레와 함께 다과를 제공했다. 칼라자르 의장에게는 이산이 방금 말한 이야기들을 소화시킬 시간이 필요했다.

"나는 당시 이에 대해서는 언급하지 않았습니다. 좀 더 확신이 들 때까지 생각하고 싶었거든요." 칼라자르 의장이 모임을 주최한 사람의 역할에 충실하게 쟁반에서 접시들을 들어 배치하며 말했다. "얼마 전에 그렉 콜드웰 국장의 방문을 받았습니다."

이제 대화는 또다시 예상치 못했던 방향으로 나아갔다.

"빅터 헌트 박사의 상관 말이군요." 이샨이 말했다. 다시 한 번 스스로 적응할 시간을 벌기 위한 목적이 더 컸다.

"그렇죠. 콜드웰 국장은 지구인의 에너지를 폭력과 파괴에서 돌려 태양계 밖으로 뛰어나가도록 만들었던 원동력이었습니다. 또한 그는 인류의 과거를 재발견하도록 이끌었던 조사와 샤피에론호의 구조를 지휘했고, 마침내 우리와 접촉이 이루어졌을 때 냉정함을 유지했던 사람입니다. 양쪽의 다른 많은 사람은 당시 공포와 의심에 빠져 있었기 때문에 그 사람이 없었다면 오늘날 매우 다른 상황이 펼쳐졌을 겁니다." 쇼음이 약간 움찔했지만, 이샨은 칼라자르 의장이 개인적으로 그것을 의도하지는 않았으리라 짐작했다. 칼라자르 의장이 경험으로 아는 이샨의 입맛에 맞춰서 혼합해 만든 술을 잔에 담아 그에게 건넸다. "케사야가 아주 좋아요." 칼라자르 의장이 쟁반을 손짓으로 가리켰다.

"저는 조금 이따가…. 고맙습니다."

칼라자르 의장이 콜드웰 국장에 대해 계속 말했다. "보기 드문 통찰력을 가진 사람이지만, 또한 그 통찰을 현실로 만들 수 있는 더욱 보기 드문 재능도 가졌죠. 과감히 꿈을 꾸고, 그 꿈을 현실로 만들 수 있는 사람이에요. 네, 그 콜드웰 국장이 저에게 꿈을 가지고 왔습니다. 정말로 케사야를 맛보지 않을래요?"

이샨은 순간적으로 그것들을 칼라자르 의장에게 던져버리고 싶은 충동을 느꼈다. 그가 고개를 저었다.

칼라자르 의장이 이어서 말했다. "콜드웰 같은 지구인들은 그 종족의 긍정적인 특성들을 모두 집약해서 보여줍니다. 활력과 불굴의 에너지, 이성적으로는 절망적인 때조차 포기하길 거절하고 역경을 무릅쓰며 이겨내는 사람들이죠. 지구인이 공격성을 건설적인 방향으로 돌렸을 경우 겨우 수십 년 만에 무슨 일을 해낼 수 있었는지 보세요."

그런 생각은 이샨에게 전혀 새롭지 않았다. 그는 쇼음이나 다른 동료들과 그런 지구인의 특성에 관해 여러 차례 이야기를 나눴다. "정말로 대단하죠." 이샨이 동의했다. 투리엔인들은 수많은 행성에 가보았지만, 그 모든 행성에서도 이런 종족은 없었다.

"그리고 우리 가니메데인들은 모든 면에서 훌륭한 자질의 또 다른 예시입니다." 칼라자르 의장이 말했다. "당신은 조금 전에 우리의 특성들을 간결하게 묘사했습니다. 신중함, 철저함, 모든 일을 뛰어나게 처리하려는 헌신, 물질에 대한 도덕적 품위. 우리는 두 종족이 각각 무엇을 성취했는지 보았습니다. 하지만 이샨, 두 종족이 함께했을 때 무엇을 할 수 있을지 상상이 되세요?"

이샨이 쇼음을 바라봤다. 그녀도 이샨을 골똘히 살펴보고 있었다. 쇼음은 하고 싶은 말이 넘쳐흘렀지만, 지금 당장은 칼라자르 의장이 진행하는 이야기의 흐름을 방해하고 싶지 않은 듯했다. 이샨은 자신이 어딘가에서 이야기의 요점을 놓친 게 아닌지 궁금해졌다. "네, 무슨 이야긴지 알겠습니다." 이샨이 말하며 다시 칼라자르 의장을 돌아봤다. "하지만 우리는 이미 해보지 않았던가요? 우리는 제블렌인의 위협을 밝혀내고 제압했습니다. 지구는 마침내 살아가는 방식을 바꿀지도 모른다는 징후를 보이고 있죠. 그들은 우리의 과학을 흡수하고, 우리의 기술에 적응하는 듯합니다."

칼라자르 의장이 한 손을 흔들며 빠르게 고개를 저었다. "내가 하려는 말은 그게 아니에요. 우리에게 있는 것은 온갖 상처와 멍, 흠결이 있는, 그리고 수만 년 전에 우리와 갈라지기 시작한 지구입니다. 지금은 어린 시절 헤어진 성인 형제자매처럼 서로를 다시 알아가려 분투하고 있죠. 나는 강제로 동물적인 생존 본능으로 퇴보한 뒤 회복을 방해받기 전에 그 당시 존재했던 인류가 가졌던 잠재력에 관해 이야기하고 있는 겁니다. 두 종족 사이에 갈라진 틈이 없었던 시절 말입니다. 오늘날 그와 같은 종족과 투리엔인은 무엇을 해야 할까요? 아직도 그런 생물을 만들어낸 유전정보의 기원을 추적하고, 어떤 힘이 그런 것들을 만들어내는지, 또 목적은 무엇인지 알아내려 노력해야 할까요? 혹은 오래전에 온전히 생기가 넘치고 의식적인 존재가 된 우리가 이제 막 보이기 시작한 다수의 우주 안에서 우리 자신과 우리의 역할을 깨우쳐야 할까요?"

이샨은 이 대화가 어디를 향해 가고 있는지 알아채고 갑작스레 충격을 받았다. 그는 입술을 핥으며 쇼음을 다시 쳐다봤다. 그녀는 이샨의 생각을 읽은 듯 고개를 끄덕였다. "지구인에게서 얻었던 실마리가 우리를 올바른 길로 이끌었어요. 그건 지금도 마찬가지입니다." 쇼음이 이샨에게 상기시켰다.

칼라자르 의장이 너그러운 말투로 바뀌었다. "난 탐지기나 훔쳐보는 카메라를 보내고, 지구인들의 기분 나쁜 영화에 나오는 스토커들처럼 여기에 앉아 자신들의 운명을 향해 나아가는 월인들을 소극적으로 지켜보자는 이야기를 하는 게 아니에요. 나는 거기에 가자는 겁니다. 그 전쟁이 일어나기 전의 시간으로 가서 그 상황을 바꿀 수 있는 뭔가를 하자는 거예요!"

이샨이 케사야로 손을 뻗어서 손을 떨며 껍질을 벗겼다. 잠깐 그의 정신작용이 멈춰버린 듯했다.

"생각을 해보세요, 이샨!" 쇼음이 다그쳤다. "인간과 투리엔인이 화합했을 때의 풍부하고 진정한 잠재력을 생각해보세요. 우리는 진작 화합을 이뤘어야 합니다. 미네르바의 잠재력이 실현되었어야 하는 것처럼 말이에요. 그랬더라면 완전히 새로운 현실이 펼쳐졌을 거예요. 지금도 가능합니다. 우리가 그 현실을 만들어낼 수 있어요!"

이샨은 잠시 마구 휘몰아치는 생각에서 벗어나 달콤하고 부드러운 캔디의 맛을 즐겼다. 몇 분 전, 칼라자르 의장과 쇼음은 현재 진행되는 프로젝트가 신중하게 설정된 한계를 넘어섰으므로 엄격하게 통제할 필요가 있다는 주장에 동의했다. 그런데 지금 이들은 깜짝 놀라 숨이 멎을 정도로 대담하고 과감하게 그 프로젝트를 확장하자는 주장을 하고 있었다. 반사적으로 그의 머릿속에서는 거부감이 몰아쳤다.

그들은 어떤 것도 '만들어낼 수' 없을 것이다. 양자역학에 따르면 존재할 수 있는 모든 것은 이미 존재한다. 아니, 아니다. 이샨은 자기 생각을 다시 점검했다. 그것은 수학적 형식주의를 문자 그대로 해석해서 도달한 오래된 가정에 따른 결론이었다. 단체커는 의식의 개입이 현실을 바꿀 수 있고, 미래가 무의식적으로 진행되지 않을 것이라고 가정할 만한 타당한 이유를 생각해냈다. 또다시 반항적인 지구인다운 생각이었다. 그 주장은 투리엔인 철학자들 사이에 격렬한 논쟁의 불을 댕겼다. 의지의 힘을 통해 그 이전에는 존재하지 않았던 완전히 새로운 미래를 만들어내는 게 가능할 수도 있었다. 현재 그들의 지식 단계에서는 그 주장을 배제할 근거가 없었다.

"그건… 그건…." 이샨이 힘없이 손짓하며 두 사람을 한 명씩 쳐다봤다. "여러분이 말하고 있는 게 얼마나 엄청난 일인지 알고 있나요?

조금 전에 우리는 현재 진행되는 이 프로젝트를 철저히, 그리고 시급하게 점검해야 한다고 동의했습니다. 그런데 지금 완전히 다른 규모의 프로젝트를 이야기하고 있어요."

칼라자르 의장이 끼어들었다. "우리는 현재 진행되는 프로젝트를 중단할 필요가 있으며, 건전하고 전문적으로 관리하는 연구 및 견실한 공학 프로그램으로 돌아가야 한다는 의견에 동의했습니다. 좋습니다. 그건 우리가 모든 원칙을 빈틈없이 지키며 기초부터 다시 시작할 거라는 뜻이죠."

이샨이 애원하듯 양손을 뻗었다. "저는 전문적인 절차에 대한 의문을 제기하는 게 아닙니다. 의장님은 지금 사람을 보내자는 이야기를 하고 있어요. 투리엔인, 지구인 모두. 저는 잘 모르겠습니다. 아무튼 로봇을 보내자는 이야기는 아니죠. 이것은 기본적인 철학이 통째로 바뀐 겁니다. 그들은 맞닥뜨릴 국지적인 환경에 따라 적응할 수 있는 자율성을 갖춰야 합니다. 그들의 안전이 아니라, 생존 그 자체를 위해서도요. 그렇다면 그들은 일종의 우주선을 타고 갈 수밖에 없습니다. 그러나 그들은 주변을 돌아다니는 것조차 못할 겁니다. 우주선은 초공간 그리드를 통해 동력을 받아야 하는데, 5만 년 전의 미네르바에는 초공간 그리드가 존재하지 않으니까요."

쇼음은 그런 반론을 예상했던 모양이었다. "당신은 초공간 그리드가 필요 없는 우주선을 잊고 있어요." 그녀가 말했다. 이샨이 멍한 표정으로 그녀를 바라봤다. 그의 마음속에서 회전하는 생각의 소용돌이가 너무 어지러워서 그 말을 제대로 이해하지 못했다. "샤피에론호 말입니다. 지금 제블렌에 있죠. 옛날 가니메데인 우주선은 자체적인 동력을 가지고 있어서, 모든 것들을 자급자족으로 해결할 수 있습니다."

"그렇지만 설령 우리가 당신이 말한 것들을 해낸다고 하더라도 다중우주의 총체는 너무도 광대합니다. 그들은 너무 극소수예요. 그런 행동이 과연 어떤 차이를 만들 수 있을까요?"

"이샨, 무슨 이야기를 하는 겁니까?" 쇼음이 꾸짖었다. "그 말은 마치 지구에서나 볼 수 있는 수익-비용 계산처럼 들리네요. 당신은 모든 아이를 다 먹일 수 없다는 이유로 굶주리는 한 아이를 먹이지 않을 건가요? 당신은 세계의 다른 환자들을 다 도울 수 없다는 이유로 죽어가는 한 환자를 그대로 내버려둘 겁니까? 문명에 대한 우리의 개념은 원초적인 가족부터 밖을 향해 뻗어 나가 점차 거대한 공동체를 끌어안는 배려와 연민, 사랑을 바탕으로 합니다. 동네와 마을, 국가, 행성, 그리고 현재 우리는 여러 행성에 걸쳐 동족의식을 느끼는 상황까지 왔습니다. 이 모든 것들을 존재하도록 이끌었던 힘이 우리에게 요구하는 다음 단계가 이것이 아닐까요? 예전에 이 우주의 별들이 각기 고립되어 있었던 것처럼, 고립된 우주들 안에 있는 공동체를 상상해 보세요. 이게 어디로 이어질지, 언젠가 무엇이 될지는 아무도 몰라요. 하지만 우리는 다시 진정한 개척자이자 발견자가 될 거예요. 그래서 우리에게는 선택의 여지가 없습니다."

이샨의 마음속에서는 거부감이 다시 꾸물꾸물 올라왔지만, 그때 쇼음과 눈이 마주쳤다. 그녀의 눈동자는 밝고 영감에 가득 차 있었으며, 한동안 어디에서도 보지 못했던 빛으로 반짝였다. 이샨은 칼라자르 의장에게서도 같은 강도의 느낌이 뿜어져 나오는 게 느껴졌다. 이샨의 가슴 속에 있던 과학자가 이에 반응했다. 그리고 점점 커지더니, 그의 존재 깊은 곳에서 넘실거렸다. 그를 붙잡고 있던 부정적인 강박은 이제 얼핏 지나가는 단기적인 업무 수준으로 크기가 쪼그라든 상태였다.

오래전 그들의 따스하고 익숙한 태양계의 안식처에서 쫓겨나와 위압적인 진공 속으로 뛰어들었던 가니메데인들이 대담하게도 위성 크기만 한 건축물을 세우고, 폭발하는 별들의 에너지를 다스릴 꿈을 꾸었던 광경이 이제 그의 머릿속을 휘저었다. 그들이 직면했던 미지와 어려움이 현재 우리를 부르고 있는 이 과제보다 덜했을까? 그들이 얻고 배운 것들이 이보다 더 컸던가?

"합시다!" 이샨은 자신이 속삭이는 소리를 들었다. 이것은 본의 아니게 나온 소리였다. 그의 말이 아니라, 그의 내부에서 동기를 부여해 주는 영혼이 내는 소리였다. 그러나 이샨은 그 말처럼, 그것이 옳다는 사실을 알았다. 칸라자르 의장이 양손을 안절부절못하고 만지작거리며 고개를 돌렸다. 그의 감정을 통제하기 힘든 모양이었다. 쇼음이 자리에서 일어섰다. 양팔을 펼쳐 이샨을 끌어안고 싶은 충동과 싸우는 모양이었다. "합시다!" 이샨이 다시 말했다. 이번엔 훨씬 큰 목소리였다. "우리는 그 프로젝트를 할 겁니다! 우리 종족은 너무 오랫동안 안전과 자기도취 속에 살아왔습니다. 우리가 불꽃을 다시 피우고, 다시 한 번 진짜 발견을 위한 모험을 배울 때가 되었습니다. 쇼음, 당신이 옳아요. 미네르바는 다시 살아나서 원래 되어야 했던 모습을 이룰 겁니다. 어쩌면 우리가 완전히 새로운 현실을 만들어낼 수도 있어요! 이것은 확실히 의미가 있는 일입니다."

2부

———

미네르바의 임무

26

　"클레스! 저기 봐! 곰이야!" 라이샤가 흥분해서 엔진과 회전날개의 소음보다 더 크게 소리쳤다. 그들은 한 달에 두세 차례 에잔겐으로 올라가는 보급용 비행기에 올라타고 날아가는 중이었다. 조종사의 어깨 너머로 앞쪽의 산들과 하얀 송곳니처럼 삐죽삐죽 솟은 정상을 바라보던 클레스가 고개를 아래로 돌려 그녀가 가리키는 곳을 쳐다봤다. 비행기의 소음 때문에 동요하고, 회전날개의 그림자에 쫓긴 듯한, 다 자란 곰 두 마리가 네 마리의 새끼와 함께 강기슭을 벗어나 눈의 흔적이 보이는 비탈을 올라가고 있었다. 쓰러진 나무와 바위들에 가려진 곳을 향해서 가고 있었는데, 아마 거기에 굴이 있는 모양이다.

　"갈색 툰드라 곰이야." 클레스가 확인해줬다. "야영지에 도착하면 훨씬 많이 보게 될 거야. 아무리 귀여워 보여도 너무 가까이 가지 마. 심술궂게 굴 때도 있거든. 그래도 집단으로 모여 있는 사람들에 가까이 오지는 않아. 그러니까 야영지에서 혼자 길을 벗어나면 안 돼." 클레스가 라이샤를 바라봤다. 12살인 라이샤는 클레스보다 겨우 두 살밖에 어리지 않았지만, 아직 여러 면에서 어린아이 같은 느낌이 들었다. 라이샤의 가족은 그녀가 더 어렸을 때 시내로 이사해서, 지금도 시간 대부분을 도시에서 보내고 있었다. 하지만 라이샤는 빨리 배웠다. 라이샤의 얼굴은 밝고 진지했으며, 두툼한 후드 재킷을 입은 상태여서 기내의 열기 때문에 살짝 분홍빛이 비쳤다. 그리고 2주일 동안 얻은 자유와 멀리 떠나왔다는 생각으로 행복한 표정이었다. 클레스가 안심시키듯 미소를 지었다. "하지만 우리가 너를 돌봐줄 거야. 내가 안 그런 적 있었어?"

앞쪽에서 무전기가 켜지며 치직거리더니 소리가 들렸다. "에잔겐 야영지에서 호출. 들려, 주드?"

조종사가 대답했다. "안녕, 우르그란. 나야."

"거긴 어때? 곧 폭풍우가 올 것 같아."

"우리는 이제 막 호수 끝부분에 접어들었어. 아마, 어… 10분에서 15분 정도 걸릴 거야."

"그보다 조금 일찍 도착할 거야. 아이들은 괜찮아?"

"물론이지. 무전기를 넘겨줄게." 주드가 고개를 돌려 늘어나는 줄이 달린 마이크를 건넸다.

"어이, 클레스. 삼촌한테 인사할래?"

"네, 고마워요. 여보세요? 우르그란 삼촌?"

"응, 그래. 클레스. 오랜만이네. 다들 네가 야영지로 돌아올 날을 기다렸어. 네가 보면 흥미로워할 것들을 새로 찾았거든."

"거인 유물요?" 많은 아이가 그렇듯이, 클레스는 오래전에 미네르바에 살았던 사라진 종족에 대해 특별히 관심이 많았다. 그 거인들에 대한 학명도 있었는데, 그 의미는 '긴 머리의 지적인 두 발 척추동물'이었다. 하지만 대부분의 사람은 그냥 '거인'이라고 불렀다.

"바로 그거야. 유골을 더 발견했어. 완벽한 골격이 적어도 세 점이고, 건물 일부분도 찾아냈어."

"환상적이네요!"

"그리고 기계 조각들도 있는데, 모두 아주 작은 파편이고 부식된 상태야. 우리는 그 대부분이 뭔지 아직 잘 몰라."

"어쩌면 라이샤가 알지도 몰라요. 얘는 자기 아빠처럼 공학자가 되고 싶어 하거든요. 라이샤도 인사해도 될까요?"

"물론이지."

클레스가 마이크를 내밀며 고갯짓을 했다. 라이샤가 마이크를 받았다. "안녕하세요, 파이메 씨?"

"이런, 좋긴 한데, 여기서는 다들 나를 우르그란이라고 부른단다. 그리고 앞으로 2주일 동안 여기서 편하게 지내렴. 고고학에 대해서는 얼마나 아니?"

"솔직히 말해서 잘 몰라요. 클레스가 방금 말했듯이, 저는 과학과 기술 쪽에 더 관심이 있거든요. 그래도 정말로 흥미로울 것 같아요. 빨리 거기에 도착했으면 좋겠어요. 저를 초대해주셔서 정말 감사합니다!"

"흠, 내가 미리 경고하는데, 2주 동안 여기 공기를 마시고, 이스코이스의 방식으로 요리한 음식을 먹다 보면 돌아가기 싫어질 거야. 그래도 한 번에 하나씩 해야지, 그렇지?"

"예전에 아빠 동료 중에 한 분이 저한테 거인의 초질량 물질 조각을 보여준 적이 있었어요. 겨우 손톱만 한 크기였는데도 들어 올릴 수가 없었어요. 정말 이상했어요." 라이샤가 말했다.

"나도 그런 걸 본 적이 있단다. 자, 곧 보자꾸나." 우르그란이 대답했다.

"네, 안녕."

클레스가 마이크와 연결줄을 주드에게 건넸다. "나한테는 초질량 물질에 관해 이야기해준 적이 없었잖아." 클레스가 라이샤에게 말했다.

"응, 뭐, 어…. 실은 내가 아니었어." 라이샤가 얼굴을 붉히며 고백했다. "하지만 아빠가 이야기하는 걸 들었어."

클레스가 고개를 절레절레 흔들었다. "우르그란 삼촌한테는 전적으로 솔직한 이야기가 아니면 한마디도 하지 마. 삼촌은 느긋한 사람처럼 이야기하지만, 실제로는 정말로 날카로워. 삼촌은 네 거짓말을 꿰뚫어볼 거야. 그리고 한번 그러고 나면, 삼촌은 절대로 너를 그전치럼 좋게 보지 않을 거야."

"명심할게." 라이샤가 약속했다.

✳

고고학자들의 야영지는 이스코이스라는 지역 부족의 정착지 가까이에 세워졌다. 이스코이스 부족은 구덩이를 파고, 그 위에 얼어붙은 흙으로 만든 벽돌과 바위에 시멘트를 발라서 집을 지었다. 그들은 과학자들을 위해 가사노동을 해주는 대신 도구와 옷가지, 그리고 적도 지역 도시들의 물품을 받았으며, 훌륭하게 관리인 역할을 해주었다. 그날 저녁에 식당 역할을 하는 오두막에서 일종의 덩이줄기 식물과 허브로 만든 라나킬이라는 맛있는 죽과 사슴고기 스튜로 저녁을 먹은 뒤, 우르그란은 클레스와 라이샤를 데리고 연구실용 판잣집으로 갔다. 거기에는 발전기가 있었다. 밤은 쌀쌀하고 상쾌했으며, 산들과 여기저기 흩어진 관목 덤불들이 가느다란 초승달 빛을 받아 하얗게 희미하게 보였다. 하늘의 한쪽으로 나지막이 지구가 막 떠오르고 있었다.

"지금 우리가 발굴하고 있는 장소는 북쪽으로 약 10킬로미터 떨어진 곳이야." 우르그란이 입구의 바깥문을 열면서 그들에게 말했다. 그리고 전등을 켜고 안으로 안내했다. "대형 건축물이었던 것 같아. 아마 우주선 기지의 일부분일 거야. 라이샤는 흥미로워할 거야. 내일 거기로 올라가서 보여줄게. 지금은 라이샤에게 유골을 좀 보여줄 생각이야. 클레스, 너는 예전에 봤을 거야." 물론 라이샤도 책이나 신화적인 모험 영화들에서 거인들에 대한 일반적인 내용은 다 봤다. 그리고 박물관에서 유골도 조금 봤다. 그러나 그녀가 세세한 부분까지 관심을 가진 분야는 아니었다.

클레스에게는 그런 게 이해가 안 됐다. 클레스는 거인에 관해 발간되는 새로운 정보들을 샅샅이 게걸스럽게 탐독했다. 클레스의 방은 거인의 모형과 기념품이 가득한 소형 박물관이었고, 벽 하나는 사라진 거인 시대의 미네르바를 복원한 모습을 보여주는 지도로 거의 뒤덮였다. 클레스는 관심이 같은 친구들과 시내에 있는 발굴 유적지를 방문해서 거대한 건물의 하부구조를 경외감이 가득한 시선으로 바라보기도 했다. 전문가에 따르면 그런 고층건물들은 때때로 수 킬로미터 높이에 달했다고 했다. 현재 미네르바가 살 수 없는 곳으로 변하기 전에 지구로 대량 이주할 수단을 개발하기 위해 서두르고 있는 월인 과학자들은 거인들의 우주선에 동력을 공급하는 원리를 아직 밝혀내지 못했다. 어떤 사람들은 발견된 거인들의 문서 조각에서 해독한 글들을 신화라고 해석했다. 그 문서들에 따르면, 거인들은 회의론자들의 주장처럼 멸종된 게 아니라 미네르바에서 떠나 멀리 떨어진 별로 새로운 고향을 찾아 이주했다. 이주한 이유는 분명치 않았다. 몇몇 사람들은 미네르바의 기후가 주기적으로 순환해서 현재 월인 문명을 위협하고 있는 기후와 유사한 환경이 형성되었던 것이라고 짐작했다. 신화에 따르면 그 별은 태양계에서 20광년 떨어져 있었는데, '거인의 별'로 불렸다. 에잔겐의 위도에서는 거인의 별이 보이지 않았다. 그러나 클레스는 그 신화가 진실이기를 바라며 수년 전부터 몇 시간씩 서서 그 별을 바라봤다. 그리고 지금 거인들이 살아갈 세계의 모습을 상상해보려 애썼다.

그 오두막에는 싱크대가 달린 커다란 작업대 두 개와 실험용 유리 기구, 현미경 두 대와 다른 과학 기구들, 벽장, 도구용 선반, 병과 항아리용 선반이 있었다. 클레스는 작업대 위와 한쪽에 방부 처리된 용기 안에 들어있는 거인의 유골 표본을 알아봤다. 여기에는 완벽한 모습으로 조립된 표본은 없었지만, 벽에 전체 모습을 보여주는 커다란 도표가 있었다. 거인 성인의 키는 2.5미터에서 2.7미터에 달했다. 우르그란은 도표로 다가가며 긴 두개골의 플라스틱 모형을 집어 들었다.

"너도 틀림없이 이걸 봤을 거야." 우르그란이 라이샤에게 말했다. "클레스 저 녀석과 5분 이상 함께 있으면 꼭 거인에 관한 이야기를 늘어놓거든. 봐, 거인은 우리처럼 턱이 작지 않고 얼굴도 납작하지 않아. 오히려 말에 좀 더 가까워. 거인의 두개골은 아래쪽은 뾰족하게 튀어나와 있지만, 위쪽으로 넓어지면서 안구의 공간적 배치가 넓어지는 형태야. 말보다는 좀 더 앞쪽을 향하는 형태지. 그리고 뒤통수는 우리의 둥근 두개골과 달리, 무게의 균형을 잡기 위해 이렇게 돌출된 형태로 되어 있어. 그리고 어깨를 보면, 견갑골 위로 겹쳐진 부분이 완전히 달라. 마치 갑옷처럼 보일 정도야. 클레스처럼 거친 아이들이 항상 부러뜨려 먹는 가냘픈 쇄골과는 다르지." 우르그란이 반대편 벽을 손짓으로 가리켰다. "저쪽에 유골 파편이 조금 있어."

라이샤가 도표에 그려진 모습의 중앙 부위를 자세히 살펴보기 위해 좀 더 앞으로 다가갔다. "거인은 여섯…, 있잖아요, 팔인지 다리인지 아무튼 여섯 개였다는 게 사실이네요?"

"어이, 클레스! 라이샤는 정말 빨리 배우는걸. 맞아. 여기를 봐." 우르그란이 흉곽 아랫부분을 감싸고 지지하며 앞쪽으로 튀어나온 버팀대로 보강된 두꺼운 뼈의 고리 양쪽에 있는 뼈 구조물 두 개를 가리켰다. 거인은 인간과 달리 바깥쪽으로 벌어진 골반이 없었다. 거인들의 내부 장기는 아래에서 떠받치기보다는 위에 매달린 형태로 추측되었다. "여기에 다리 구조가 흔적으로 남아 있어. 네 말이 맞아. 이 녀석들은 우리처럼 두 다리로 걷고 두 팔을 사용했지만, 세 쌍의 팔다리를 기반으로 한 전혀 다른 신체 형태를 가진 생태계의 일원이야. 원래의 토착 미네르바 생물 형태지."

"아직도 물고기에서 그런 모습을 볼 수 있어." 클레스가 끼어들었다. 하지만 라이샤도 그 사실은 알고 있었다. 원래의 미네르바 육지 동물들도 6족이었다. 하지만 포식자를 알지 못했던 그 동물들은 거인이 사라진 직후 이어진 시기에 갑작스레 등장한 현재 유형의 동물들로 대체되었다. 미네르바의 초기 화석 유물 중에는 이 새로운 4족 구조 개체군의 앞선 조상의 흔적이 전혀 없었다. 그래서 4족 동물은 거인들이 미네르바로 수입한 조상들에서 기원했을 게 거의 확실했다. 대부분의 과학자는 4족 동물이 지구에서 기원했을 거로 추측했지만, 아직 증명되지는 않았다. 근접 통과 탐사기가 지구에 생물이 가득하다고 확인해줬지만, 첫 착륙선은 아직 날아가는 중이었으며 몇 개월 내에 착륙할 예정이었다. 만일 그 추측이 사실로 밝혀진다면, 계획된 이주에 완전히 새로운 의미가 덧붙여졌다. 수입된 개체군 중에는 인간의 조상도 있었기 때문이다. 그것은 월인이 고향으로 돌아간다는 의미였다.

그들이 아직 내일 계획을 논의하고 있을 때, 바깥문이 열렸다가 닫히는 소리가 들렸다. 잠시 후 야영지 주변의 가사노동을 맡은 이스코이스 여성 오프릴이 내부문을 노크하고 들어와서 새로운 손님 두 명을 위한 침상이 준비되었다고 알려줬다. 그녀는 클레스에게 고갯짓으로 인사를 하며 미소를 지었다. "다시 와서 반가워. 또 장난을 치겠구나. 그런데 이쪽은 네 친구니?"

클레스가 라이샤를 소개했다. "필요하거나 원하는 게 있으면 오프릴 부인께 부탁하면 돼. 여기서 알아야 할 모든 것을 아는 분이야. 바르칸과 퀴아르는 어떻게 지내요, 부인?" 클레스가 라이샤에게 설명했다. "저분의 두 아들이야."

"아버지와 다른 사람들과 함께 사냥하러 마을에서 떠났어. 내일 늦게 돌아올 거야. 그러면 며칠은 배를 가득 채우고 춤을 추겠지."

"딱 좋은 때 왔네요. 주드가 괜찮은 밀주 두 상자를 가져왔어요." 우르그란이 말했다.

"네가 돌아가기 전에 우리가 랑가트를 어떻게 다루는지 보여줄게." 클레스가 라이샤에게 말했다. "정말 재미있어. 특히 급류에서 타면 말이야."

"라이샤, 저 세 명을 조심해. 너를 가장 먼저 빠뜨릴 가능성이 커." 오프릴이 말했다.

"저런." 라이샤가 하품을 참았다. "아, 죄송한데, 오늘 밤만 아니면 괜찮아요." 클레스는 너무 흥분한 상태라 라이샤가 얼마나 피곤한지 알아차리지 못했다.

"자, 가자. 너희가 머무를 곳을 보여주마." 오프릴이 말했다. "내가 너희 물건들을 거기에 가져다 놨어."

우르그란이 궁금한 표정으로 클레스를 쳐다봤다. "잠자리에 들어가기 전에 식당으로 돌아가서 뭔가 따끈하게 마실거리를 한 잔 담아올까 하는데, 너도 같이 갈래?"

"물론이죠." 삼촌이 자신을 어른처럼 대해주자 클레스는 기분이 좋왔다. 우르그란이 전등을 끄자 뒤쪽의 어둠 속에서 윙윙대는 발전기 소리만 들렸다. 그들은 차가운 밤공기 속으로 나갔다. 식당의 입구에서 오프릴이 작별 인사를 하고 라이샤와 함께 숙소 방향으로 갔다. 숙소는 이스코이스 부족의 방식으로 구덩이를 약간 파낸 형태였다. 클레스와 우르그란은 오두막으로 들어갔다. 내부는 공기가 차단되어 난로에서 나오는 열기로 따스했다. 한 손에 술잔을 든 주드가 식탁에 있었는데, 그는 얼큰하게 취한 상태로 만족스러운 표정이었다. 사용한 접시들이 어지러이 널렸고 중간에 술병이 놓여 있었다. 난로 가까이에 있는 안락의자에는 다른 남자가 널브러져 있었는데, 뱃살이 두툼하고 붉은 곱슬머리에 며칠은 깎지 않은 수염이 덥수룩했으며, 두꺼운 스웨터와 모피 바지를 입고, 털 달린 부츠를 신었다. 클레스는 처음 본 남자였다. 우르그란이 그를 레즈라고 소개했다. 레즈는 광산 측량사이자 지질학자였다. 우르그란이 난로 위에 있는 냄비를 열어보더니, 싱크대에 있는 주전자에서 물을 조금 따른 후 다시 난로 위에 가져다 놨다. 그리고 선반 위에 있는 다른 술잔을 꺼내서 닦고 병을 들어 한 잔을 부었다. "따끈한 국물을 덥히는 동안 뭐라도 할 게 있어야지." 그가 클레스에게 변명했다. "너도 조금 마셔볼래?"

"글쎄요. 좋아요, 괜찮겠죠."

"그렇지! 근데 이스코이스 사람들이 잘하지 못하는 것도 있어." 우르그란이 잔에 술을 조금만 담아서 건네줬다. 클레스가 술을 홀짝였다. 기침이 터져 나오며 숨이 막혔다. 부디 눈에 맺힌 눈물이 보이지 않았기를 바랐다.

"사레가 걸려서요." 클레스가 말했다.

"그래, 그렇겠지."

'이 사람은 우르그란 삼촌이다.' 클레스가 자신에게 상기시켰다. '내

가 지금 누구를 상대로 속임수를 쓰려는 거야?'

구석의 선반 위에 있는 TV가 켜진 상태였는데 소리는 작았다. 화면에는 세리오스의 대통령 말로트 하르진이 심각한 표정을 지으며 미네르바의 사진을 배경으로 말하고 있었다. 화면 아래의 자막을 읽으니 '분열이 협력적인 우주 계획을 위협하고 있다'고 나왔다. "이건 뭐야? 새로운 소식이라도 있어?" 우르그란이 술잔으로 TV를 가리키며 물었다.

"대통령이 오늘 오후에 말했던 걸 재방송하는 거야." 주드가 말했다.

"오늘 오후에 뭐라고 했는데? 난 오늘 내내 구덩이 안에 있었거든."

"람비아인과 함께 협력하기 힘들 것 같대. 그들은 심각해, 우르그란. 하르진 대통령은 우리가 예방조치로 더 나은 준비를 해야 한대. 페라스몬 국왕은 우리의 방식이 효과가 없을 거라서, 반반씩 하는 식은 모든 사람을 엉망으로 만들 거라는 거야. 우리의 생존만이 아니라 자신들의 생존도 달려 있다는 거지."

우르그란이 술을 반쯤 마시고 고개를 절레절레 흔들었다. "그래서 그 사람의 해결책이란 게 자기네가 가진 것들을 다른 쪽으로 돌리겠다는 거야? 이제는 우리도 똑같이 해야 하는 거고? 저거 좀 미친 소리 같지 않아? 아니면 내가 미친 건가? 이 행성의 머리와 양손을 제대로 쓸 수 있는 사람들은 모두 여기서 벗어나기 위해 일을 해야 해. 저놈들이 말도 안 되는 소리를 해대면 어떻게 해야 하는 거야? 저놈들은 우리를 위해 해결책을 찾아낼 의무가 있잖아."

"난 모르겠어, 우르그란. 나는 그냥 비행기나 타고 날아다니는 놈인걸. 일이 이렇게 심각해지면, 아마 자네 같은 사람은 그런 책임감 때문에 미쳐버릴 거야."

"페라스몬 국왕도 진심은 아닐 거야." 레즈가 단호하게 말했다. "지금 같은 시기에 말이야. 틀림없이 허풍일 거야. 내가 볼 때 아주 영리한 짓이라고 할 순 없어. 저런 생각을 하는 것만으로도 국왕의 자격을 박탈하기엔 충분해. 어쩌면 우리 같은 체제를 상대하는 방식을 제대로 아는 사람이 하나도 없어서 저러는 건지도 몰라. 하지만 진심은 아닐 거야."

우르그란은 험악한 표정으로 식탁에 기대며 술잔을 비웠다.

클레스는 이야기를 피해 스튜를 한 그릇 더 퍼서 담는 일에 집중했다. 스튜는 아직 따뜻했다. 클레스는 눈썹을 치켜들며 질문을 하듯 삼촌을 쳐다보고 냄비를 가리켰다. 우르그란이 고개를 저었다. "나는 됐어. 고마워."

클레스는 정치에 관심이 없었다. 최근 며칠간 어른들의 세계는 그 이야기로 한나절을 보내는 듯했다. 클레스에게는 거인과 묻힌 도시들, 외곽 지역의 생활, 그리고 동물에 대한 조사가 훨씬 흥미로웠다. 클레스는 고고학자와 지질학자가 이스코이스 부족과 잘 지내듯 왜 모두 서로 잘 지낼 수 없는지 이해가 되지 않았다.

미네르바에는 두 개의 큰 나라가 있었다. 세리오스와 람비아로 불리는 두 나라는 적도 지대에 걸쳐 있었는데, 주변의 바다는 겨울이 되면 남과 북이 교대로 얼어붙었다. 언제나 이렇지는 않았다. 오래전, 극지방의 빙원이 훨씬 작았을 때, 바다는 행성 전체에 걸쳐 서로 이어져 있었다. 거인의 문명이 뻗어 나갔던 지역은 이제 영구 빙하로 뒤덮였다. 그래서 유적이 그렇게 적게 발견된 것이다. 아마도 도시 전체가 통째로 묻힌 유적이 있을 것이다. 또 다른 무엇이 숨겨져 있을지 누가 알겠는가. 과거의 신뢰할 만한 기록을 재구성해보면, 대기 중 기체의 배합과 얇은 지각으로 행성 내부 열기의 흐름이 높은 곳까지 올라와서, 미네르바는 태양으로부터 먼 거리에도 불구하고 상당히 따뜻했었다. 그러나 최근 수백 년 사이에 상황이 바뀌었다. 한 해가 지날 때마다 밀려오는 얼음층이 인구 중심지들을 끊임없이 적도 지대로 밀어내면서, 한때 번성했던 마을은 버려져 눈에 파묻히고, 예전의 농지들은 얼어붙은 사막이 되었다.

그 동향을 알아채고 예견된 운명에 대해 어떤 환상도 갖지 않았던 이전 세대들은, 모든 사물과 인간처럼 그들의 세계도 결국 종말을 맞이할 것이고, 어떻게 해도 그 현실을 바꿀 수 없다는 사실을 묵묵히 받아들였다. 미래의 자신을 위해 거대한 부를 축적하거나 명성과 위세를 얻기 위해 노력하는 일은 모두 소용없는 짓이었다. 미래가 없을 것이기 때문이었다. 대신 그들은 품위 있고 평화로운 삶의 기술, 문화의 향유에 몰두하고, 어린이, 병자, 노인, 불운한 사람들에게 필요한 것들을 주기 위해 노력했다. 그리고 대체로 시간이 지속하는 동안 가능한 한 편안한 삶을 경험하기 위해 돈과 시간을 투여했다. 어떤 이들은 그 시절이 바뀌지 말았어야 했다며, 그 당시의 사람들이 어느 때보다 좋았다고 이야기하기도 했다. 한 세계에 주어진 운명의 시간까지 자연스러운 종말을 피하려는 노력은 이미 생을 다 보내서 시든 꽃에 지지대를 받치는 것이나 마찬가지였다. 그리고 결국은 헛수고였다. 하늘은 새로운 꽃들이 쉼 없이 싹트는 모습을 보여주지 않았던가? 월인의 언어로 '우주'를 가리키는 단어의 뜻은 '영원히 지지 않는 정원'이었다.

당시 학문과 실험은 과학과 공학, 새로운 기술, 그리고 혁신적인 형태의 에너지 사용으로 이어졌다. 기계 덕분에 얼음 아래 개발되지 않았던 광대한 자원의 영역을 이용할 수 있게 되었고, 인공적인 비행의 꿈이 실현되었으며, 정기적인 항공선 개발로 빠르게 이어졌다. 그리고 거인의 전설에 영감을 받아, 월인 문명을 태양에서 가까운 지구로 옮겨간다는 개념이 뿌리를 내리게 되었다. 이는 전 종족의 탐구 과

제가 되었다.

미네르바의 인구를 구성하는 대부분의 다양한 부족과 씨족, 국가들은 월인이 전통적으로 업무를 처리하기 위해 의지했던 일종의 세습 군주나 평판이 좋은 족장의 지배를 받았다. 이주를 통해 생존을 달성하려는 목표가 공동의 사업으로 자리를 잡게 되자, 앞서 역사에서 진행되던 양상에 따라 그들은 활동을 연합하고 합병했으며, 결국 소수의 주변부 공동체를 제외한 행성 전체가 세리오스와 람비아라는 두 개의 집단으로 나뉘어 통합되었다.

클레스와 라이샤는 세리오스인이었다. 클레스의 생각에는 그런 게 왜 그렇게 중요한지 이해되지 않았다. 그러나 새로운 기술의 출현으로 생활의 속도가 빨라지고, 변화가 모든 일을 지배하는 듯한 세상이 되자, 세리오스는 왕가를 몰아내고 대통령으로 대체했다. 그 대통령이 선출된 대표들로 이루어진 의회를 이끌었다. 대부분의 세리오스인이 명백하게 지지하는 이론은, 이런 변화가 연구와 생산을 분권화된 체제로 만들 것이며, 그런 체제 안에서 수많은 다른 집단이 서로 경쟁하는 게 더욱 나은 결과를 훨씬 빨리 만들어낸다는 것이었다. 반면에 람비아인들은 그 체제가 혼란과 중복, 파멸적인 낭비만 낳을 뿐이며, 오랫동안 증명되어온 중앙의 지시와 조직화가 일관된 계획을 달성할 수 있는 유일한 방식이라고 믿었다.

두 권력은 클레스의 아버지 시대부터 어느 쪽이 확실히 우월한지 증명되지 않은 채 공존해왔다. 양쪽의 지지자들은 자신들의 성공과 상대방의 실패를 강조했지만, 양쪽 모두에 대한 비판자들은 능력과 지식이 중요하지, 동기를 부여하는 방식에 대한 이론은 중요하지 않다고 주장했다. 아무튼 현재의 상황에서는 추가적인 동기가 더 필요할 것 같지 않았다.

우르그란과 주드, 레즈가 이야기하고 있는 불길한 전개 과정은 극히 최근에 진행되는 상황이었다. 자원은 모두의 것이라는 전통적인 월인의 관점을 취한 람비아의 국왕 페라스몬은 세리오스인들이 미래를 낭비하고 있다며 비난했다. 그 미래는 세리오스인만이 아니라 람비아인의 것이기도 했기 때문이다. 페라스몬 국왕은 세리오스인이 자원을 책임감 있게 보호하지 않으면, 람비아인이 자원을 돌볼 권리가 있다고 말했다. 필요하다면 무력을 동원해서라도 말이다. 페라스몬 국왕은 만일의 사태에 대비해 적절히 무장하고 훈련받은 군대를 위해 필요한 장비를 개발할 람비아의 산업 분야를 따로 챙겨두고 있었다. 이제 하르진 대통령은 세리오스인도 람비아인들이 하듯이 그대로 따라가는 수밖에 없다고 말하는 듯했다.

클레스는 이 말에 담긴 의미에 충격을 받은 상태라 그 문제를 생각조차 하고 싶지 않았다. 국왕, 대통령, 공동체를 이끄는 온갖 지도자들은… 사람들에게 봉사하기 위해, 사람들이 나은 삶을 갖도록 도와줄 방법을 조직하기 위해 그 자리에 있는 것이었다. 그래서 사람들은 항상 그들에게 귀를 기울이고 그들을 믿었다. 그렇지만 지금 그들은 사람들을 죽이는 물건들을 기획하고 만들겠다고 했다.

그냥 사냥 무기도 아니고, 범죄를 막거나 이따금 외진 지역에 나타나는 강도 패거리를 처리하기 위해 자발적으로 모인 집단이나 보안관, 경찰을 위한 무기가 아니라, 아무 짓도 하지 않은 평범한 사람들을 위협할 무기를 만들겠다는 것이었다.

오랜 옛날에는 주변의 이웃들을 괴롭히거나 폭력을 행사하며 살아가는 야만적인 부족이나 신생 국가들이 있었다. 그들은 거대한 주요국들이 행동에 돌입하자 그 사이에서 오래 버티지 못했다. 그리고 문명화된 방식이 널리 퍼져 보편화하면서 이제는 대부분의 월인이 그런 방식을 상상도 하지 못할 정도가 되었다. 이제 국왕이 다른 나라를 폭력적으로 공격하기 위해 조직할 거라는 이야기를 들으니, 마치 강도들에게 지배당하는 느낌이 들었다. 페라스몬 국왕은 다른 방도가 없다고 했다. 클레스는 국왕에게 어떤 선택지가 있는지 모르겠지만, 온갖 복잡성과 지략이 넘치는 어른들의 세계 전체가 그 문제를 해결할 다른 방법을 찾지 못한다는 사실이 믿어지지 않았다. 클레스는 총알이나 창을 맞고 쓰러진 동물들의 사체를 봤었다. 그리고 훨씬 어렸을 때 절벽에서 떨어진 차에서 두 승객의 검게 탄 유해를 본 적도 있었다. 클레스의 마음속에 라이샤에게 그런 일이 일어난 모습이 떠올랐다. 살다 보면 일어나기 마련인 불운이나 사고가 아니라, 그런 목적에 쓰기 위해 설계하고 만들어진 무기를 든 누군가가 고의로 저지른 짓 때문에 말이다. 클레스는 그 생각이 너무 끔찍해서 스튜가 목으로 넘어가지 않았다.

그러나 그런 순간은 잠깐이었다. 이것은 오프릴 부인이 만든 최고의 스튜였다. 클레스는 마음속에서 그 섬뜩한 상상을 밀어내고, 버터를 바른 딱딱한 빵 덩어리로 접시의 스튜를 찍어 먹었다.

"스튜 어때?" 삼촌이 물었다.

"음, 맛있어요."

"네가 오늘따라 유난히 조용하구나. 너 같지 않아."

"그냥 배가 고파서 그런 거 같아요. 오늘 좀 힘든 하루였거든요."

우르그란이 클레스를 쳐다봤다. "저 이야기들에 너무 신경 쓰지 마, 클레스. 다들 그런 척하는 거야. 그렇게 나쁘게 진행되진 않을 거야. 모두 그걸 알아."

"네 삼촌 말이 맞아. 페라스몬 국왕은 진심이 아닐 거야." 레즈가 다시 말했다.

27

다중투사기 프로젝트는 특성상 투리엔인의 규모에 맞았다. 처음에
원리를 증명하기 위해 미세한 물질 이상은 다루지 않도록 제작되었
던 퀠상의 다중투사기 규모를 키운 버전이 다투 2호 안에 들어갔다.
다투 2호는 통신 중계기와 탐지기 같은 장치를 다룰 수 있었다. 이제
다투 2호는 다투 3호로 대체되었는데, 3호는 주로 '관문'으로 불렸다.

다투 3호는 다투 2호에서 수백 킬로미터 떨어진 위치에 열여섯 대
의 투사기를 띄워서 공간을 이루는 형태로 배치되었다. 다투 2호에
다투 3호의 제어실이 있었다. 그 투사기들은 '나팔'로 불렸는데, 각각
의 나팔은 좁은 원통이 점점 넓어지다가 끝부분이 싹둑 잘린 빈 원뿔
처럼 생겼다. 얼핏 책상용 스탠드의 일반적인 모양이 떠오르기도 했
다. 나팔의 지름과 전체 길이는 각각 3백 미터 정도 됐다. 나팔의 동
력은 투리엔의 초공간 그리드에서 끌어왔다. 나팔은 구형으로 중심을
향해 배치되며, 거기서 나오는 출력은 중심부에 있는 약 6백 미터 지
름의 '수송 구역'에 집중되었다. 이 형태가 다중우주를 가로질러 투사

되는 물체가 발사되는 '관문'이었다. 관문의 수송 구역은 샤피에론호를 수용하기에 충분할 정도로 컸다.

실험은 아직 샤피에론호를 어딘가로 보낼 수 있는 단계에 도달하지 못했다. 하지만 현재 샤피에론호는 제블렌을 떠나서 거인별 항성계 어딘가에 있는 건조·정비 시설에서 수리 중이었다. 동시에, 샤피에론호는 자체적인 다중공간 거품 생성기를 장착할 예정이었는데, 최근 다투 2호에서 진행된 실험 결과에 따르면 단순한 계기 시스템이나 통신 중계기보다 훨씬 큰 물체를 수송할 때 필요했기 때문이었다.

그런 작은 장비들을 투사할 때에는 다중투사기에서 공급한 에너지를 이용해 아령 형태의 긴 거품을 만들었다. 거품은 투사하는 측의 수렴 효과를 억누르고, 동시에 정상파의 분산을 방지하며, 반대쪽 끝에 있는 투사된 물체를 안정화시켰다. 그러나 이런 방식으로는 반대쪽 끝에 샤피에론호 크기의 물체를 담을 수 있을 정도로 큰 거품을 만들어낼 수 없었다. 연결된 가느다란 '탯줄'로는 그 정도의 부하를 견딜 수 없었기 때문이다. 그러므로 반대쪽 끝에 추가적인 에너지 공급원이 필요했다. 그리고 그렇게 할 수 있는 확실한 방법은 투사되는 물체 자체에 거품 생성기를 설치하는 것이었다.

✳

관문의 중심에 놓인 시험용 '뗏목'은 샤피에론호 절반 크기의 모형으로, 계측기와 감지기, 그리고 샤피에론호에 설치할 매트릭스 파동 장비의 복제품이 담겨 있었다. 또한 생물학적 과정에 미치는 영향을 확인하기 위해 선별한 식물과 동물 표본도 실렸다. 헌트는 다투 2호에 있는 다투 3호 제어실에 앉아 바닥에 내려다보이는 스크린과 비자르가 제공하는 시청각 연결기를 통해 그 상황을 지켜봤다. 그는 다시

한 번 육체적으로 직접 여기에 왔다. 이번에는 가상의 바가 완비된 관측실이 존재하지 않았다.

지구인 과학팀이 투리엔에 처음 도착한 후 거의 1년이 지났다. 하지만 칼라자르 의장이 투리엔 총의회에서 극적으로 발표하며 요청했던 새로운 임무가 통과된 후, 작업 강도가 세졌을 뿐만 아니라 연구 범위도 확대되었다. 갑자기 월인의 미네르바와 관련된 모든 세부 사항이 필요해졌다. 게다가 이샨은 공학 기술을 처음부터 다시 검토해야 한다고 주장했다. 투리엔인의 일 처리 방식과 비자르의 전산 지원이 없었다면, 이런 단계까지 전혀 진행하지 못했을 것이다.

그래도 이 기간에 팀원 대부분은 어떻게든 시간을 내서 적어도 한 번 이상 지구에 다녀왔다. 샌디와 던컨은 단체커와 헌트를 보조하는 업무를 넓게 해석해서, 투리엔인들과 함께 미네르바의 역사에서 파괴로 이어지는 기간에 대해 알려진 사실들을 최대한 많이 분석했다. 그래도 두 사람은 짬을 내 2주일 동안 안데스로 스키 여행도 다녀왔다. 단체커는 투리엔에서 틈나는 대로 대부분 시간을 생물학과 철학 연구에 몰두했지만, 도저히 빠질 수 없는 업무 때문에 멀링 부인의 호출을 받아 한두 번 지구에 다녀왔다. 요제프는 집안 문제 때문에 현재 지구로 돌아간 상태인데, 그가 언제 돌아올지는 미지수였다. 밀드레드는 투리엔에서 조사를 마치고 지구로 돌아가 책을 쓰고 있었다. 시엔은 지구로 돌아가지 않고, 투리엔에 머물며 다투 3호 관문의 건설 진행을 지켜봤다. 지구인 중에서는 헌트 외에 시엔만이 다투 3호 제어실에서 그 펫목 실험을 지켜봤다.

사실, 일 때문에 가장 자주 지구를 방문했던 사람은 헌트였다. 완전히 새로운 전략하에서 과학자팀이 맡은 역할을 다시 정립하기 위해 콜드웰과 긴 회의를 진행하기도 했다. 현재 콜드웰도 지구에서 시청각 연결기의 영상창을 통해 이 과정을 지켜봤다. 헌트는 이 모든 상황의 배후에 콜드웰이 어떻게든 관련되어 있을 거라고 확신했다. 콜드웰이 그의 평소 관리 방식과 달리 매일 진행되는 자세한 사항에 관심을 자주 보였기 때문이다. 헌트는 투리엔인들 사이에 도는 소문을 들었다. 칼라자르 의장이 의회를 감탄시켰던 비전은 구상을 세우는 초기 단계에 콜드웰 국장에게서 많은 도움을 받았다는 이야기였다. 그러나 헌트가 궁금해서 그 주제를 꺼내려 하면 콜드웰은 짐짓 회피했다. 헌트는 오랜 경험으로 콜드웰이 어떤 주제에 관한 대화를 피하기로 작정했을 때에는 더 이상 가망이 없다는 사실을 알았다.

그 임무가 목표하고 있는 당시의 미네르바는 월인 인류가 살고 있었을 때이므로, 투사되는 팀에 '인간들'이 들어가야 한다고 합의했다. 어쨌든 누군가가 그 계획을 바꾸자고 했다면, 처음부터 거기에 있었던 헌트와 다른 인간들을 상대하느라 골치가 아팠을 것이다. 콜드웰은 아무도 이 새로운 임무에 참여해야 한다는 의무감을 느낄 필요가 없다고 분명하게 밝혔지만, 팀원들의 머릿속에는 그런 생각이 끼어들 여지가 없었다. 예상했던 대로, 그 소식이 지구로 전해지자, 다양한 다른 관계자들이 영향력을 행사하며 그 임무에 참가하길 원했고, 고다드 센터에 사람들도 보냈다. 그러나 그들은 팀에 부정적인 영향을 미칠 것이며, 부당한 침입으로 불쾌한 취급을 받았을 것이다. 콜드웰도 그런 분위기에 민감하게 반응했다. 이 시점에서의 분열은 현장에 있는 부하들의 효율적인 작업을 위태롭게 만들 것이기 때문에, 그는 이 문제를 자신의 업무로 받아들이고 후방에 방어선을 구축했다. 헌트는 이 문제에 대해 콜드웰이 아주 성공적으로 일을 처리하고 있다고 결론 내릴 수밖에 없었다. 관련된 논쟁이나 배후 정치 중 어느 것도 투리엔까지 스며들지 않았기 때문이다.

현재 진행되는 실험의 목적은 시험용 '뗏목'을 목표한 다중우주의 다른 현실로 보냈다가 회수하는 것이었다. 앞으로 투리엔인과 지구인을 보내려면 반드시 숙달해야 할 아주 중요한 기술이었다. 특정한 우주에 관련된 속성을 바탕으로 한 다중우주의 '지도'는 아직 불가능했다. 예를 들자면, '칭기즈칸이 유럽의 프로이센 방어군을 무찌른 뒤 되돌아가지 않고 서양으로 쳐들어가서, 아시아가 세계를 식민지로 만든 지배적인 문명으로 등장하는 세계' 같은 속성을 가진 우주를 찾을 수 있는 지도는 없다는 말이었다. 물리학적으로 측정할 수 있는 모든 것을 고려하더라도, 다중우주를 구성하는 셀 수 없이 많은 길들 중에서 주관적으로 인식되는 '변화'와 관련된 특성을 찾을 방법은 아직 발견되지 않았다. 사실, 그런 관련성이 존재하는지조차 확실치 않았다. 비자르는 '유사성'이라는 개념을 다시 다듬어보려 노력해왔는데, 익숙한 현실과 얼마나 다른지는 대략 측정해냈지만, 어떻게 다른지를 나타나는 면에서는 지독히 불명확했다. 달이 없는 지구가 존재하는 우주, 화성에 아직 바다가 있는 우주, 목성이 주요한 위성을 두 개 잃어버린 우주는 모두 비슷한 유사성 지수를 나타냈다. 왜 그런지는 아무도 이론을 제시하지 못했다. 현 단계에서는 과연 그런 결과를 이해할 수 있게 될지조차 쉽게 말할 수 없었다.

　　그런데도 유사성 지수는 현실의 진행과정에서 특정한 집단적 유사성이 존재할 가능성이 큰 다중우주의 구획(예를 들어 5만 년 전의 미네르바)을 표시할 수 있는 대강의 방식을 제공해준다는 점에서 유용했다. 그런 방식은 커다란 붓으로 신문의 광고를 골라서 표시하는 상황과 약간 비슷했다. 그러나 '거의 무한대'의 가능한 해답을 '거의 무한대에서 조금 덜어내기'만큼 줄여주므로, 그 결과는 비자르가 대체로 처리할 수 있는 문제가 되었다. 짧게 말해서, 특성에 맞춘 특정한 목표지를 정밀하게 타격할 수는 없지만, 그럭저럭 맞는 대륙에 폭탄을 떨어뜨리는 정도는 가능해졌다는 의미였다.

기술자들은 이런 한계 내에서 회신된 데이터에 나타난 시점과 지점을 고려해서 일련의 수정사항을 전송해 장비를 목표에 좀 더 가깝게 도약하도록 시도했다. 수정사항이 항상 기대했던 결과를 보여주는 것은 아니지만, 보낸 지시사항과 회신된 결과를 연관 지어 언젠가 모두 연결한 지도를 만들 수 있기를 바라며 작은 퍼즐 조각들을 만들어 냈다. 하지만 아직 척도에 대해 알지 못하며, 설상가상으로 그 척도는 헤아릴 수 없이 많은 방향마다 변하는 것 같았다. 비자르는 도전해볼 만한 일이 있어서 좋다고 말했다.

그 작업을 지휘하는 투리엔인 감독관의 목소리가 지역 회선을 통해 들려왔다. "자동 추적 신호기가 안정적으로 자리를 잡았습니다. 나팔 배전기가 초공간 입력을 통해 충전되었습니다. 무인 비행체 파동함수가 모든 회로망에 등록되었습니다. 조종빔이 동기화되었습니다." 곧이어 숫자들과 상태 점검 상황을 비자르와 주고받았다. 이는 관문에 있는 뗏목이 출발할 준비가 되었으며, 그 주변의 공간에 줄지어 배치된 투사기들의 동력이 충전되었다는 뜻이었다. '신호기'는 비자르가 뗏목을 회수하기 위한 용도로 사용되었다. 약 30분 전에 어느 정도 확실하게 식별할 수 있는, 다중우주에서 상당히 '가까운' 위치로 보내진 탐지기가 신호기 역할을 했다. 회신된 천체 관측 정보와 투리엔의 통신 신호를 가로채서 확인한 결과 탐지기는 거인별에서 가까운 다른 항성계의 평범한 행성에서 약 80만 킬로미터 떨어진 위치에 있었으며, 시간은 몇 개월 전이었다.

"흠, 운이 좋으면 곧 당신 이론이 맞는지 확인할 수 있겠네요." 헌트가 시엔에게 말했다. 이 실험에는 시엔과 투리엔인 과학자들이 함께 연구했던 '환송 파동'에 대한 부분도 포함되어 있었다. 이는 투사 과정을 역전시켜 물체를 복귀시키는데, 돌아오는 방향으로 파동을 재현하는 과정을 효과적으로 생성했다. 그 이론은 다투 2호를 통해 투사한 일련의 작은 물체들을 통해 성공적으로 증명되었다. 뗏목은 관문을 이용해서 더 큰 물체를 보내는 첫 시도였다.

"저는 우리를 고향으로 다시 데리고 오는 부분을 확실히 처리하는 일에 관심이 상당히 많거든요." 시엔이 건조하게 대답했다.

"헌트 박사, 그건 그렇고," 헌트의 머릿속에 떠 있는 영상창에서 콜드웰이 말했다. "오웬 씨가 오늘 잠시 들렀어요. 안부를 전해달라더군요. 오웬 씨도 이번 임무에 참가하고 싶어 했어요. 하지만 그분은 못 버틸 거예요." 실험은 관문에서 마지막 순간에 몇 가지 변경 사항이 있어서 2시간 정도 연기되었다.

"안됐네요. 은퇴 생활은 어떻다고 하던가요?" 헌트가 물었다.

"잘 지내는 모양이에요. 그분 말로는 미뤄두었던 독서와 여행을 하고 있답니다. 그리고 아직 UN 우주군에서 근무하던 시절에 관한 책을 집필할 생각을 하는 모양이에요. 하지만 내 생각에는 오웬 씨가 UN 우주군 생활을 그리워하는 것 같아요. 나도 1, 2년 전에 은퇴할 생각을 했었다는 이야기를 했던가요?"

놀란 헌트의 눈썹이 치켜 올라갔다. "아니요, 처음 들어요. 정말요?"

"그럼요. 아슬아슬했죠. 막판에 메이브가 내 은퇴를 막았어요. 아마도 메이브는 내가 매일, 온종일 집 안에서 걸리적거릴까 봐 두려웠던 모양이에요. 나는 메이브가 은퇴를 막아줘서 기뻐요. 만일 은퇴했더라면 나는….'

비자르가 끼어들었다. "실례합니다. 하지만 바이토르 씨가 콜드웰 국장님과 할 말이 있다고 요청해서요." 바이토르는 투리엔인 공학자로 감독관 팀의 근처에서 지원 중이었다.

"금방 돌아올게요, 헌트 박사."

"그러세요."

콜드웰이 사라졌다. 헌트는 다시 스크린으로 주의를 돌렸다. 펫목의 카메라에서 전송된 영상에는 투사기 나팔 열여섯 대가 별들을 배경으로 모든 방향에서 둘러싸고 있는 남보라색의 불빛 원반으로 보였고, 다투 2호는 밝은 빛으로 빛났으며, 그 너머 멀리 동그란 투리엔 행성이 보였다. 제어실 주변의 투리엔인들은 다들 자리에 앉아 업무에 열중하고 있었다. 이제는 뭔가 놀라운 일이 일어나리라 기대하는 사람은 없었다. 헌트는 1년 전만 해도 신기해 보였던 이런 실험조차 얼마나 빨리 진부하고 일상적인 일로 변하는지에 대해 생각했다. 카운트다운이 제로에 가까워져갔다.

"모든 과정 완료. 이동!"

그리고 관문이 비워졌다. 그렇게 끝났다. 극적인 효과는 없었다. 조금 전까지 줄지어 있는 나팔의 초점 한가운데에 펫목이 있었지만, 이제는 사라졌다. 모든 게 계획에 따라 진행되었다면, 수 광년의 우주를 가로질러 몇 달 전으로 갔을 것이다.

"이번에도 잘된 것 같아요." 시엔이 말했다. 그녀의 눈은 영상과 숫자들을 살펴보느라 바빴다.

"그런데 우리는 여기서 앉아 지루한 표정으로 저 모습을 지켜보고 있네요. 이게 정말로 얼마나 깜짝 놀랄 일인지 아세요?" 헌트가 고개를 절레절레 흔들었다.

비자르가 펫목의 데이터 연결이 작동한다고 확인했다. 계기판에 신호기를 발견했다고 떴다. 잠시 후 영상 채널이 열리더니 별과 우주의 바뀐 모습을 비추었다. 이번에는 나팔도 없고, 다투 2호도 없었으며, 저 멀리 더 작게 보이는 행성은 투리엔이 아니었다.

"도착했군요." 시엔이 고갯짓으로 가리켰다. 다른 스크린에 신호기의 모습이 비쳤다. 비자르가 신호기는 17킬로미터 떨어진 거리에 있다고 보고했다.

"우리가 어쩌면 저 우주를 벌써 흥분시켰을지도 모르겠네요." 헌트가 말했다. 그들과 연결된 우주가 어디든 투리엔의 감시 시스템에서 저 뗏목 크기의 뭔가를 숨길 수는 없을 것이다. 저 장비를 감출 이유도 딱히 없었다. 실은 오히려 그 반대였다.

영상창이 열리며 헌트의 시야에 콜드웰이 다시 들어왔다. "잘된 것 같네요. 뗏목이 도착했군요." 콜드웰이 말했다.

헌트가 고개를 끄덕였다. "그런 것 같아요, 국장님."

"접속이 연결됐습니다. 우리가 명함을 건네줬어요." 비자르가 사람들에게 알려줬다. 이는 비자르가 뗏목의 통신 중계기를 통해 상대방에 연결했다는 의미였다. 즉, 목표하는 우주에 존재하는 비자르 말이다. 실은 이 부분이 이번 실험에서 상당히 중요했다. 익숙하지 않은 시스템을 해독해서 끼어드는 대신, 차라리 이렇게 하는 게 뗏목이 들어간 우주에 관한 광대한 정보를 전송받기에 좋았다. 탐지기를 이용한 실험을 반복한 후 더는 '사람 대 사람' 접촉을 추진하지 않았다. 그것은 낡은 옛날 방식이 되어버렸다. 그리고 통신을 받는 쪽에 있는 사람들은 대개 너무 어리벙벙한 상태가 되어버려서, 시간을 낼 가치가 있을 만큼 유용한 정보를 그다지 많이 제공해주지 못했다.

"와!" 평소답지 않게 비자르가 감탄사를 내뱉었다. "여러분이 저 팀에 있지 않아서 정말 다행이에요. 저들은 퀠상의 출력을 낮추고 다중 투사기 2호로 활동을 옮기지 않았대요. 중대한 사고가 터졌습니다. 물질 충돌이 일어난 모양이에요. 연구소의 절반이 날아갔어요. 그 장

338

소에 없던 단체커 교수와 밀드레드만 빼고 모든 팀이 쓸려나갔습니다. 제가 우리 기록을 그들에게 주긴 했는데, 그게 도움이 될지는 모르겠네요. 그들의 프로젝트 전체가 중지되었거든요. 그 사고가 투리엔과 지구에 커다란 정치적 스캔들을 일으켰대요."

"어이쿠!" 콜드웰이 중얼거렸다. 헌트는 그저 조용히 휴 소리를 냈을 뿐이었다. 너무 놀라서 말이 나오지 않았다.

"이샨이 그걸 허용했대?" 시엔이 놀라서 조금은 믿지 않는다는 투로 말했다.

"그쪽의 이샨은 진작 그 프로그램에서 사직한 모양이에요. 논쟁이 있었는데, 지구 쪽에서 이샨이 동의할 수 없는 압력을 행사했답니다." 비자르가 대답했다.

"말 안 해도 알겠어. 대충 짐작이 돼. 그쪽에 있는 내 자아는 해고됐겠네, 그렇지?" 콜드웰이 물었다.

"국장님은 없었습니다. 1년 전에 조기 은퇴를 하셨답니다." 비자르가 대답했다.

감독관이 알려왔다. "파동 형태가 안정되었습니다. 이제 지역 통제실로 넘기겠습니다."

"연결이 비활성화되어 대기 상태로 들어갔습니다. 거품 다양체가 해체되었습니다." 다른 목소리가 보고했다.

이 실험에서 가장 중요한 부분이었다. 관문에서 뗏목으로 전달하는 동력이 끊어졌다. 관문에 생성된 국지적인 다중공간 거품에서 뗏목에 국지적으로 생성된 거품까지 이어주던 탯줄이 이제는 존재하지 않았다. 이제 뗏목은 독립적인 존재로서 모든 통신이 끊어진 채 다른 낯선 우주에서 마음대로 이동할 수 있었다. 이는 샤피에론호가 미네르바로 돌아갔을 때 일어날 수 있는 상황을 모의 실험하는 것이다. 텅 빈 스크린과 조용한 계기판이 뗏목으로부터 회신되던 모든 정보가 중단되었다는 사실을 확인시켜주었다. 반면에, 먼저 보냈던 자동 유도 신호기는 여전히 자체적인 탯줄을 통해 다투 2호에 있는 투사기와 연결되어 뗏목의 모습을 보내줬다. 멀리 떨어진 곳에서 망원경으로 촬영한 영상이었다.

이 신호기가 뗏목을 회수할 때 중요한 역할을 할 것이다. 다중우주 내비게이션은 비자르가 계기만으로 목표를 찍어서 동일한 '장소'를 다시 찾으려면 여전히 정확도가 떨어져서 갈 길이 멀었다. 여기서 '장소'는 특정한 순간의 우주에 주어진 지점만을 의미하는 게 아니라, 셀 수 없이 많은 '비슷함'의 미묘한 차이 안에서 특정한 변종도 의미했다. 여러 번의 실험을 통해 동일한 조건을 입력해도 동일한 장소로 돌아간다는 보장이 없다는 사실이 반복적으로 나타났다. 사실, 아직 단 한 번도 성공해본 적이 없었다. 그러나 거기에 활성화된 신호기를 미리 놔두면 비자르는 뭔가를 회수해 올 수 있었다. 그래서 그 탐지기를 신호기라고 불렀다. 일정표에 따르면 그들은 5분을 기다린 후 뗏목과 연결을 복구하려 시도할 것이다. 제어실 주변의 투리엔인들은 편안한 자세로 등받이에 기대고 앉아 스트레칭을 하거나 서로 이야기를 나눴다.

"아, 말하려던 게 있어요. 포크 요원이 다시 여기로 우리를 괴롭히러 왔었어요." 콜드웰이 말했다.

"FBI에서요? 설마."

"박사가 최근에 잠시 지구로 돌아왔었다는 사실을 포크 요원이 알아냈더군요. 이제 난 곤란한 상황이에요. 내가 FBI에 통보해줬어야 하나 봐요. 박사가 그 사람들에게 말하든지, 아니면 뭔가를 좀 해볼래요? 포크 요원이 나를 그만 괴롭히게 해줘요."

"알았어요. 하지만 먼저 어떤 각도로 접근하는 게 좋을지 고민해봐야 합니다." 헌트가 약속했다.

포마플렉스는 투리엔의 스캐닝과 나노 조립 기술을 이용한 물건 복제 방법을 시험적으로 판매하기 시작한 후 최근에 주식을 상장했다. 그들은 전통적인 방식으로 이익을 남길 수 없는 분야로 공정을 제한하고 있다고 주장했지만, 제조업 분야에서는 일촉즉발의 상황이라 판단하고 공황 상태에 빠졌다. 포마플렉스의 주가는 기록적으로 치솟았다. 원래 받았던 정보 그대로였다. 헌트는 자신이 겪었던 고생을 제외하더라도, 자신과 같은 태도를 가진 사람이 그런 정보를 넘겨줄 거라는 생각이 들지 않았다. 헌트는 다중우주 어딘가에 현재의 자신보다 금융 세계에 대해 잘 모르면서 일 처리까지 엉성한 다른 자아가 적어도 한 명 이상 있다고 결론을 내릴 수밖에 없었다.

"당신은 그런 게 퍼져나갈 거라는 사실을 알잖아요." 시엔이 말했다. 그녀가 주기적으로 화제에 올리는 이야기였다. "지구도 언젠가는 투리엔의 가치에 적응할 수밖에 없어요. 화폐 체계는 제로섬 경제의 억제와 균형을 계산할 수밖에 없어요. 장부에 있는 '대변'은 어딘가 다른 곳에 있는 '차변'과 균형을 이뤄야만 해요. 그러나 일단 투리엔 기술이 도입되면, 그 경제 체계가 가정하는 물질적인 재화의 교환은 이제 지배적인 요소가 되지 않을 거예요. 투리엔인의 부는 그들의 지식을 바탕으로 합니다. 지식은 계산 방법이 다르죠. 자신이 가진 것을 나눠주어도 아무것도 잃지 않아요. 더 많이 줄수록, 모든 사람이 더 많이 부유해집니다. 총합은 지수적으로 증가해요."

"난 월 스트리트가 아직 준비되었을 거라고는 생각지 않아요, 시엔. 그건 배워야만 합니다. 지니가 램프에서 나오려는 참이에요. 판도라의 상자가 열리는 거죠."

"제 아내는 이미 이해하는 것 같더군요." 콜드웰이 그들에게 말했다.

헌트는 투리엔인들이 소스라치게 놀라고 있다는 사실을 알아챘다. "헌트 박사!" 동시에 시엔이 소리쳤다. 헌트가 그녀의 눈길을 따라 신호기에서 회신되어 오는 통신 내용을 보여주는 스크린을 쳐다봤다. 가장 기이한 일이 일어났다. 별들을 배경으로 공중에 떠 있는 뗏목의 영상을 비추던 스크린이었는데, 이제 뗏목이 두 대가 떠 있었다. 그가 쳐다보고 있는 동안에 하나가 사라지더니 잠시 후 다른 위치에 나타났다. 그리고 곧 세 대가 되더니, 모두 사라졌다.

혼란스러운 양상이 계속 이어지는 동안, 투리엔인들 사이에서 실험의 중단을 요청하는 목소리가 들려왔다. 하지만 시엔이 시청각 연결기로 끼어들더니 감독관에게 말했다. "연결이 끊어지자마자 저런 현상이 시작됐어요. 연결을 복원해보세요."

감독관이 결정을 내리려 애쓰는 동안 몇 초가 지났다. "시도해보겠습니다. 거품 동력 공급." 관문의 거품이 복원된 후 신호기가 제공하는 회신 정보를 이용해 투사되었다. 두 번의 보정을 거친 후, 뗏목에서 영상을 제공받는 스크린이 다시 켜졌다. 동시에 신호기에서 전송하는 뗏목의 영상이 안정화되었다. 5분이 지났다. 10분…. 더 이상 문제가 나타나는 징후는 없었다.

"계획대로 계속 진행하겠습니다." 감독관이 말했다. 마지막 남은 부분은 뗏목을 회수하는 것이었다. 그 과정은 순탄하게 진행되었다. 나팔에 최대동력이 공급되었다. 비자르가 각 단계의 과정을 거꾸로 시작하자, 몇 초 후 관문에 뗏목이 다시 나타났다. 마치 떠난 적이 없었던 것처럼. 뗏목에서 보내는 영상은 다시 다투 3호에서 보던 우주의 모습을 비췄다. 우리 안에서는 동물들이 이리저리 뛰어다니고, 음식을 먹고, 여기저기를 긁거나, 자기 둥지 안에 앉아 있었다. 마치 아무런 일도 일어나지 않았던 것처럼.

✳

관찰된 현상은 일종의 시간대 수렴 효과가 분명했다. 지금까지 수렴은 퀠상의 초기 모델이나 크기를 키운 다투 2호처럼 다중투사기 주변에서 발생하는 현상이었다. 그러나 뗏목에는 투사기가 없었다. 뗏목에는 오로지 계측기와 통신장비, 그리고 샤피에론호에 장착할 선내 거품 생성기의 시험용 모델만 실려 있었다. 지난 수개월 동안 계측과 통신 임무를 위해 수많은 탐지기를 보냈었지만, 이런 현상은 일어난 적이 없었다. 그렇다면 이 현상은 선내 거품 생성기가 일으킨 게 틀림없었다. 그러나 그 현상은 관문 쪽 거품과 연결된 탯줄이 끊어졌을 때만 발생했다. 거품이 아령 형태로 존재하는 동안 억제되어 있던 뭔가가 일으킨 결과라는 의미였다.

다음 실험은 가까운 지역에서 뗏목 주변에 일어나는 상황을 관찰하기 위해 다중우주 파동 분석기를 설치한 관측용 탐지기를 이용해서 실시했다. 관문 거품의 중심부 내부에 갇혀 있던 투사기 쪽 수렴 구역이 탯줄의 가느다란 선을 따라 반대쪽 끝까지 확장되어서 반대쪽 끝의 거품 안에도 수렴 구역이 형성되었다. 그러나 양쪽의 거품이 연결된 동안에는 둘 사이의 '응집력'이 수렴 현상을 작은 중앙 구역에 잡아두었다. 이전에는 그런 현상이 존재한다는 사실을 의심조차 하지 못했다.

그런데 관문 쪽이 비활성화되자, 뗏목 쪽의 자체 동력원이 그쪽에 있는 거품과 그 중심부의 수렴 구역을 팽창시켜서 괴상한 현상을 만들어냈던 것이다. 해결책은 투사한 정상파가 안정화되어 분산되지 않는 상태가 확인되자마자 반대쪽 거품을 비활성화시키는 것이었다. 정

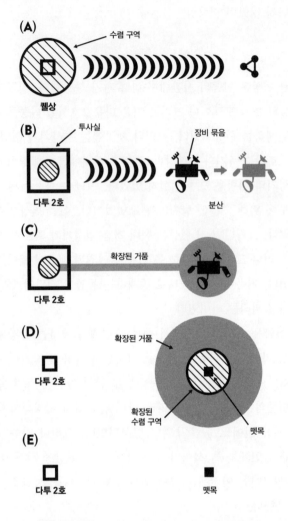

(A) 퀠상 초기 모델

(B) 다투 2호 거품이 수렴을 억제한다. 하지만 시험 대상의 분산 문제는 제거되지 않았다.

(C) 확장된 거품이 분산을 막았다.

(D) 분리된 거품. 기내 동력이 거품과 수렴 구역을 확장시켰다.

(E) 안정화된 이후 반대쪽의 거품을 붕괴시키자 수렴이 사라졌다.

확한 물리학은 아직도 연구가 진행되는 상황이었지만, 반복한 실험에서는 그 방법이 믿을 만한 것으로 나타났다. 이 모든 과정에서 주목해야 할 흥미로운 지점은, 그들이 수렴 문제를 해결했다고 확신하고, 통신을 회신할 수 있는 장비를 장착한 탐지기를 투사한 후 다음 단계를 진행했을 때, 그들의 생각보다 수렴이 훨씬 미묘한 문제라는 사실을 발견했다는 부분이었다. 이는 예전에 헌트를 곤혹스럽게 만들었던, 다른 우주에서 유사하게 구상한 장비를 보내서 가상적인 광기를 만들어냈던 사건에 대한 설명이 될 수도 있을 것이다.

28

헌트는 인간들이 컴퓨터에 대해 감상적인 생각을 내비치는 날을 보게 되리라고는 한 번도 생각해본 적이 없었다. 펫목과 관련된 실험들을 성공적으로 마친 이후, 그다음 주요한 단계는 샤피에론호 그 자체로 실험을 반복하면서 운영 규모를 키우는 것이었다. 관문 배치의 크기는 이것을 궁극적인 목표로 설정해서 결정되었다. 샤피에론호는 그런 종류의 우주선으로는 유일한 존재였기 때문에, 만일 실험이 잘못된다면 대체할 방도가 없었다. 그러나 이 핵심적인 실험 이전의 모든 과정이 이샨까지 만족시킬 수 있을 정도로 충분히 잘 진행되었다. 마침내 결정해야 할 순간이 찾아왔다.

우주선 전체를 비물질화하는 첫 번째 실험은 우주선 자체만으로 진행할 예정이었다. 실험에는 우주선만 포함될 뿐, 가니메데인이나 인간은 승선하지 않기로 했다. 이런 조심성은 일반적인 방법이었다. 그러나 이번 경우에는 평소와 달리 복잡한 문제가 있었다. 샤피에론호에서 필수적인 부분은 광범위한 제어와 계산을 맡은 독립체 '조락'이었다. 어떻게 보면 비자르의 오래된 조상에 해당한다고 볼 수 있었다. 조락은 샤피에론호가 제블렌에 정박하는 동안 행성 네트워크에 연결해서 헤아릴 수 없이 많고 중요한 일들을 처리했었다. 사실, 비자르의 비공식적이고 기발한 상호작용 방식의 상당히 많은 부분은 옛날 우주선 시스템의 상호작용 설계를 바탕으로 이루어졌다. 승무원들이 그런 상호작용을 좋아했기 때문이었다. 샤피에론호가 그 이상한 탈출 이후 목성의 위성 가니메데에 처음 나타났을 때, 당시 그곳에 있던 헌트와 단체커 그리고 다른 지구인들이 실제로 대화를 나눴던 첫 외계 지성체가 바로 조락이었다. 그들에게, 그리고 목성에서 가니메데인과 지구인 사이의 교제가 이루어진 기간 동안, 혹은 그 뒤 샤피에론호가 지구에 6개월 동안 머무는 동안 조락을 알게 된 이들에게 조락은 모든 의미에서 지각이 있는 존재로 충분히 분류할 수 있는 독특한 인격체였다. 그리고 가루스 총독과 가니메데인 승무원들에게는 더욱 그러했다. 그들에게 조락은 전적으로 신뢰할 수 있는 관리자로서 우주선과 그 안에서 20년간 그들의 삶을 의지했던 모든 것을 처리했을 뿐만 아니라, 여느 가니메데인들과 마찬가지로 그 임무를 함께 진행하는 동료로서 친구이자 고문이고 조언자였다. 간단히 말해, 보편적으로 합의되는 지점은, 그 우주선을 잃게 된다면 안타깝겠지만, 그런 일이 일어나게 되더라도 그들은 그 사실을 감당할 수 있었다. 그러나 조락을 위험에 빠뜨릴 준비는 되어 있지 않았다.

조락은 그 상황에 대해 침착했다. 현재까지 진행된 실험 기록을 토대로 뭔가 중대하게 잘못되는 일이 발생하더라도 회로가 상하는 일은 없을 거라고 결론을 내렸기 때문이었다. 다중공간을 관통해서 이동했다가 돌아온 전자 장비나 광소자 장비는 평소처럼 계속 작동했으며, 동물들도 마찬가지였다. 조락이 보기에 이것은 탄소를 기반으로 만들어진 축축한 생물들의 두뇌가 감정적인 상태에 빠진 또 다른 사례에 불과했다. 그럴 때는 그들을 행복하게 해줄 뭔가를 생각해내도록 내버려두는 게 최선이었다. 생물학적 두뇌들이 생각해낸 대안은 실험이 진행되기 전에 조락의 전체 백업을 비자르에 저장해두자는 것이었다. 이 정보는 나중에 최악의 상황이 발생했을 때 조락을 다른 형태로 되살릴 수 있었다. 정확히 어떤 형태가 될지는 백업이 필요해졌을 때 걱정하기로 합의했다.

막상 실험을 진행해보자 괜한 걱정이었던 것으로 밝혀졌다. 관문에서 샤피에론호를 비물질화시키는 첫 실험은 매우 조심스럽게 진행되어서, 매우 '가까운' 우주의 거인별 항성계에서 별로 멀지 않은 곳에 있는 신호기까지 겨우 수백 킬로미터 이동시켰을 뿐이었다. 조락은 시스템이 죽은 척해서 사람들을 심장발작 직전까지 몰고 가더니, 몇 초 후 아무 이상 없다고 알려왔다. 그리고 일반적으로 초공간을 통해서 이동할 때보다 오히려 덜 혼란스럽다고 말했다. 확신이 커지자, 실험의 한계를 점차 끌어 올렸다. 다중우주를 가로질러 신호기를 던져(정확히 '어디'인지는 아직 사전에 엄밀하게 결정하지 못했다) 샤피에론호를 그쪽으로 보냈다가 다시 회수하는 실험을 통해 마음대로 반복할 수 있는 임무라고 입증되었다. 이제 최종적으로 두 번째 장애물을 건널 차례였다. 그 외에는 달리 방도가 없었다. 살아 있는 사람을 포함한 첫 실험이었다.

＊

투리엔인들은 이것이 자신들의 프로젝트라고 지적하며, 처음 투사되는 특권을 자신들이 가져야 한다고 주장했다. 지구인들은 처음으로 메시지를 보낸 중계기와 연락했던 사람은 인간이었으며, 덕분에 제대로 된 길을 갈 수 있었다는 사실을 그들에게 상기시키면서, 지구인이 처음으로 시도해야 한다고 주장했다. 실은 아무도 이런 결론까지 이어지는 논리가 맞는 것인지 확신하지 못했다. 그러나 지구인 팀에서 생각해낼 수 있는 최고의 논리였으므로, 모두 이 추론이 엉성하다는 사실을 모르는 척했다. 이 논쟁은 콜드웰 국장에게 그 문제가 전해질 때까지 계속되었다. 콜드웰의 대답은 간단했다. "두 종족에서 한 명씩 보내면 안 되나요?" 명백한 사실들이 대개 그렇듯이, 누군가가 말로 내뱉고 나서야 그게 명백하다는 사실을 깨닫게 되었다.

그러자, 당연한 이야기지만, 각 종족에서 누가 갈 것이냐는 질문이 제기되었다. 헌트는 자신이 지구인 팀의 공식적인 팀장이므로, 자신이 가야 한다는 사실에 전혀 의문이 없었다. 간부는 스스로 준비가 되어 있지 않은 일을 부하가 해내리라 기대해서는 안 된다는 오랜 원칙이 있었다. 그리고 이 원칙은 어쨌든 그의 기질에 잘 맞았다. 던컨 와트는 헌트 박사가 가진 지식과 경험을 고려할 때, 이렇게 한 번 사용하고 버리는 소모품처럼 취급해서는 안 된다고 반박했다. 헌트는 던컨이 스스로 명예를 얻으려 펼치는 값싼 술수라고 주장했다. 투리엔인들은 이런 복잡한 논쟁이 잘 이해되지 않았다. 개인적인 명예라는 개념이 그들에게는 거의 의미가 없었기 때문이다. 단체커는 콜드웰에게 개인적으로 연락해서, 위험의 소지가 적을지라도 헌트를 위험에 빠트려선 안 된다는 던컨이 옳다는 관점을 전달하고, 콜드웰이 자신의 직위를 이용해 헌트에게서 결정권을 빼앗아야 한다고 제안했다. 하지만 콜드웰은 간섭을 받는 책임자가 그 팀에 좋으리라는 생각이 들지 않았다. 그래서 간섭하지 않기로 하고, 헌트가 직위를 행사해서 자신의 견해를 주장하도록 내버려뒀다. 어차피 콜드웰은 헌트가 그렇게 결정을 내릴 것으로 짐작했었다. 논쟁이 상당히 정리되자, 투리엔인은 지구인이 책임자를 앞세운다면 투리엔인도 그렇게 해야 한다고 만장일치로 결정했다. 그래서 헌트와 이샨이 가기로 결정되었다.

＊

헌트와 이샨은 그 실험을 위해 다중투사기 2호로 직접 이동해서 우주복을 입어야 했다. 뤨상에 있는 원래의 투사실은 2.5미터 키의 투리엔인은 물론이고 인간 한 명을 다루기에도 벅찼다. 다투 2호가 우주 멀리에 건설되고, 먼 지역으로 실험 대상을 투사하는 이유는 고체 안에서 물체가 재물질화되었을 때 발생할 수 있는 위험을 피하기 위해서였다. 사람을 투사할 때도 같은 고려사항이 적용되었다. 오히려 사람이기 때문에 더욱 그랬다. 그래서 우주복을 착용해야 했다.

둘은 금속으로 둘러싸인 방에서 위로 솟은 창살의 난간을 붙잡고 섰다. 그들 주변의 공간은 모든 방향에서 그들을 향하고 있는 투사기 원통의 구멍들 사이를 어수선하게 배치된 관측 카메라와 계측기들이 꽉 채웠다. 여러 곳에 있는 눈들이 관측창을 통해 그들을 지켜봤다. 깔개 아래에는 수렴 억제기가 담긴 1.5미터 지름의 구체가 있었다. 시간의 흐름에 따라 이상한 일들이 발생하면 추후 더 깊은 연구를 위한 주제가 될 수도 있겠지만, 당면 목표는 그들을 그 안에 그대로 가둬놓는 것이었다. 실험 대상으로서 헌트와 이샨은 국지적인 거품 생성기를 운반하는 데에 필요한 크기보다 훨씬 작았다.

지금까지 헌트는 내내 속 편한 태도를 취하긴 했지만, 이 모든 장치들이 불길하고 답답한 느낌을 주었다. 뭔가 무시무시하고 지나칠 정도로 꼼꼼하게 준비된 사형식의 희생자가 된 듯한 느낌이었다. 평소에 즐기는 가벼운 농담조차 떠오르지 않았다. 우주복의 계기들은 모두 정상이었다. 투사 시스템이 카운트다운에 들어갔다. 별로 할 말이 없었다. 콜드웰도 지구에서 연결해 지켜보긴 했지만, 이번에는 그도 입이 무거웠다. 마치 헌트의 기분을 읽은 듯했다. 헌트는 콜드웰 국장답다는 생각을 했다.

"별문제 없죠?" 투리엔인 감독관의 목소리가 헌트의 헬멧 안에서 들려왔다.

"다 좋습니다."

"우리는 준비됐습니다." 이샨이 말했다.

투사기들의 검은 입들이 잠시 노란색으로 번쩍거리더니, 일제히 끝을 알 수 없는 남색으로 변하며 안정화되었다. "모든 과정 완료. 이동!"

그리고 헌트는 우주에 떠 있었다. 이것은 그가 어딘가에 있는 신경 연결기에서 경험하는, 비자르가 만들어낸 가상의 환영 같은 게 아니었다. 그는 실제 여기로 나왔다. 계획대로 진행되었다면, 다투 2호에서 수천 킬로미터 정도 떨어져 있을 것이다. 그런 것 같았다. 헌트는 1.5킬로미터 정도 떨어진 곳에 있는 신호기를 볼 수 있었다. 이샨은 생물로 실험하는 경우에는 통상적으로 보내는 자동유도 신호기에 추가로 예비 신호기를 미리 보내도록 요구했다. 헌트가 천천히 몸을 돌리자 별을 배경으로 미끄러지듯 움직이는 이샨이 눈에 들어왔다. 이샨이 주변을 둘러보는 동안 그의 긴 가니메데인 얼굴이 투리엔인 우주복의 헬멧 안에서 이리저리 돌았다. 헌트는 불과 몇 분 전까지도 울적했던 이샨의 표정이 잠깐 사이에 이상하게도 들뜬 경외감으로 바뀐 것을 느낄 수 있었다.

헌트는 마음속으로 조금 전에 무슨 일이 일어났는지 떠올려볼 수밖에 없었다. 그의 몸을 구성하는 모든 입자는 파동 패턴의 성분으로 전환된 후 투사되어 다중우주를 가로질러 가까운 우주에서 안정화되었다. 거기서, 투사기가 발사한 에너지의 도움을 받아 파동 성분들이

물질 입자를 특징짓는 집합점들로 응결되어 빅터 헌트와 동일한 형상
으로 재구성되었다.

조금 전에 다투 2호에 존재했던 것처럼, 국지적으로 진동하는 에너
지 응축으로 구조가 고정된 이 몸이 이제 헌트였다. 투사기들로부터
나온 다중공간 탯줄을 통해 유지된 억제 거품이 그 패턴을 하나로 유
지해주는 동안 국지적 에너지 균형을 찾고 안정화되었다.

"계기들은 어떤가요?" 점검하는 감독관의 목소리가 들려왔다.

"모든 게 훌륭합니다." 이샨이 대답했다. "헌트 박사님은요?"

"아, 좋아요. 좋습니다."

"여기서도 괜찮아 보입니다. 그럼 다음 단계로 가도 될까요?" 일단
그들이 여기까지 온 상황에서 그 과정까지 마무리하지 않는다면 얻을
게 아무것도 없었다. 이샨이 헌트를 건너다봤다. 헌트가 장갑을 낀 양
손으로 엄지를 들며 고개를 끄덕였다.

"진행합시다." 이샨이 말했다.

"이제 거품을 해체합니다."

몇 초의 시간이 흘러갔다. 헌트의 손목 계기판에서 연결 채널의 상
태를 보여주는 지침이 갑자기 0으로 바뀌었다. "여기는 이샨, 제어실
호출. 테스트." 대답이 없었다. 헌트도 시도했지만, 결과는 같았다.

"우리만 남은 모양이네요." 헌트가 지역 채널을 통해 말했다.

"정신이 맑아져서 명상을 하기에 좋겠네요."

헌트는 거인별의 반대 방향으로 점처럼 보이는 불빛이 다투 2호라
는 사실을 알아봤지만, 저것은 그들이 출발했던 그 다투 2호가 아니
었다. 헌트는 헬멧의 바이저를 통해 다른 우주를 응시했다. 그와 이
샨은 이제 이 우주에 속했다. 지금 다른 헌트가 저기에 있는 다투 2호
안에 있을 수도 있었다. 그게 아니라면, 아마도 그의 어깨너머로 동

전만 하게 보이는 투리엔의 어딘가에 있을 것이다. 10분 전에 여기에 나타난 신호기가 이미 사람들을 깜짝 놀라게 했을 것이다. 헌트는 우주복을 입은 두 사람이 사방에서 수 킬로미터는 떨어진 우주 한복판에 떠 있는 모습을 투리엔 감지기들이 추가로 분석해내면 어떤 반응이 일어날지 상상하며 혼자 싱긋 웃었다.

손목 계기판의 지침이 다시 활성화되었다. 계속 신호기를 자동 추적하고 있던 비자르가 거품을 재형성한 것이었다. "제어실 확인. 여러분의 계기 상태가 좋아 보입니다."

"아주 좋습니다." 이샨이 보고했다.

"좋아요." 헌트도 보고했다.

"여러분이 역사에 남을 만한 일을 해냈다는 사실은 이미 알고 있겠죠?" 콜드웰의 목소리가 끼어들었다. 헌트가 다시 사교적인 분위기가 되었다는 사실을 완벽하게 파악한 것이다.

"요즘 여기서는 이런 게 일상이 된 것 같아요, 국장님." 헌트가 콜드웰에게 말했다.

"충분히 보셨나요?" 다중투사기 2호에서 감독관이 물었다.

"어떻게 여기를 충분히 볼 수 있겠어요." 이샨이 대답했다.

"그렇군요, 그래도 어쩔 수 없어요." 다른 투리엔인이 농담했다. "우리 계획이 여기까지거든요. 제가 상대해야 하는 아주 까다로운 상관이 있어서요. 미안해요, 여러분. 하지만 여러분을 데려올 시간이 됐습니다."

✳

그 후, 샤피에론호에 승무원을 태우고 점차 다중우주의 '먼' 곳을 목표로 해서 투사하는 실험들이 연이어 진행되었다. 놀랄 만한 새로운 소식은 없었다. 마침내 이 모든 실험들이 목표로 했던 임무의 계획에 마지막 손질을 할 때가 되었다. 이는 관련 공학의 발전과 함께 자체적인 속도로 진행되었다. 이샨과 헌트는 칼라자르 의장, 쇼음, 그리고 그 프로젝트를 보고받은 의회의 대표와 마지막 회의를 했다. 2주 후의 출발을 위한 준비에 들어가면 안 될 이유는 없는 듯했다.

29

이마레스 브로컬리오는 자신이 의식을 되찾았다는 사실을 깨달으면서 거의 공황에 가까운 느낌을 경험했지만, 그 외에는 아무 일도 없었다. 그는 자신이 어디에 있는지, 혹은 조금 전에 무슨 일이 있었는지 알지 못했다. 그는 그저… 존재했다. 그의 머릿속에 이상한 패턴의 빛이 가라앉았다가 다시 커지며 빙빙 도는 것 같았다. 마치 그의 정신이 수십억 개로 쪼개졌다가 이제 막 저절로 다시 맞춰지기 시작하는 듯했다. 그는 단단하고 불편한 표면에 누워 있었다. 딱딱하고 차가운 느낌이 들었다. 한동안 거기에 있었던 모양이었다. 기계에서 약하게 웡웡거리는 소리와 환기 장치에서 지속해서 쉭쉭거리는 공기 소리만 들려왔다.

브로컬리오가 눈을 떴다. 몇 초인지 몇 분인지 모를 막연한 시간이 흐르는 동안, 자신이 바라보고 있는 물체와 형태, 색색의 파편, 빛의 초점들이 뒤섞여서 무슨 의미인지 알 수 없었다. 어딘가에 부딪힌 것처럼 머리 한쪽이 아팠다. 어딘가에서 합성된 단조로운 목소리가 말했다. "불안정한 공명 상태가 감소하고 있습니다. 임의적인 초공간 수송 이후 일반 우주에 재결합되었습니다. 도착 좌표 모릅니다. 위치 탐지기가 호출에 반응이 없습니다. 그리드 활동이 감지되지 않습니다. 점검 진행."

그 말을 신호로 시각적 형상의 조각들이 저절로 하나로 모이더니 제블렌 우주선의 함교 내부가 되었다. 근처에서 들린 신음이 최종적인 자극이 되어 브로귈리오의 정신 기능이 다시 작동하기 시작했다. 위기 상황… 제벡스 지역 노드 다운… 투리엔인과 지구인이 계획을 방해하고… 떠나서 재편성… 우탄으로 긴급 이동.

이제 생각이 돌아왔다. 제블렌 우주선 다섯 대를 이끌고 온 브로귈리오는 최근에 짧은 역사를 마감한 제블렌 행성연맹의 수상을 선언했었다. 그의 최측근들과 핵심 추종자들은 비밀 요새이자 공장 행성인 우탄으로 탈출하기 위해 제블렌에서 빠져나왔다. 우탄에 도착하면 그들은 다시 토대를 굳건히 하고 새로운 계획을 만들며 버틸 수 있었다. 그러나 원칙적으로 제블렌 근처에 있어서는 안 되는 샤피에론호가 난데없이 나타나 그들을 전력으로 추격했다. 얼마 전부터 칼라자르 의장과 지구 사이에 이루어진 비밀스러운 거래 이후 샤피에론호에는 지구인과 지구 무기가 실려 있을 가능성이 있었다. 제블렌 우주선은 자체적인 동력을 갖춘 낡은 가니메데인 우주선을 일반 우주 안에서 따돌릴 수 없었다. 브로귈리오는 즉시 초공간을 통해 우탄으로 이동하라고 명령했다.

제벡스의 진짜 시스템을 비밀리에 옮겨놓은 곳이 우탄이었다. 오랫동안 투리엔인이 알고 있었던, 제블렌에서 지원되는 기능은 위장이었다. 그런데 제벡스가 우주선 다섯 대를 위해 회전하는 블랙홀 수송 포트를 투사하려 했을 때, 뭔가 다른 힘이 개입해서 블랙홀을 반대로 돌리려는 바람에 소용돌이가 불안정해지면서, 시공간이 격렬하게 얽히고 몸부림치는 상황이 만들어졌다. 수 광년 떨어진 곳에서 수송을 막으려던 비자르만이 할 수 있는 일이었지만, 제블렌인의 뒤꽁무니를 쫓은 샤피에론호의 탐지기가 비자르에게 정보를 보내지 않았다면 불가능한 일이었다. 회피하려던 시도는 너무 늦었다. 저항할 수 없는 중력의 비탈에 끌려들어 가면서, 제블렌 우주선 다섯 대는 뒤얽힌 상대성의 혼란 속으로 빠져들었다.

다시 신음이 들렸다. 브로귈리오가 기력을 긁어모아 주춤거리며 갑판 바닥에서 고개를 들었다. 그리고 몸을 일으켜 세우고 돌려서 제어판의 아랫부분에 등을 기대고 앉았다. 새로운 연맹군의 총사령관으로 임명된 이후 제블렌의 외무부 장관을 맡았던 와일로트 장군은 양손에 얼굴을 파묻은 채 승무원 자리에 구부정하게 앉아 있었다. 그의 손가락 사이로 피가 뚝뚝 흘러내려 소매를 적셨다. 브로귈리오는 손을 들어 자신의 얼굴과 수염을 만졌다. 젖거나 끈적거리지는 않았다. 그들과 함께 있었던 과학 자문 가루아인 에스토르두는 캐비닛과 계기판 사이의 통로에 큰 대자로 누워있었는데, 아직 의식이 없었다. 그들 주변에는 가까이 있었던 선장과 다른 승무원들이 갖가지 자세로 뒤틀리거나 쓰러진 채 움직임이 없었다. 서서히 움직이기 시작하거나 생존의 징후를 보이는 승무원들도 있었다. "현재는 전체 점검이 불가능합니다." 앞서 보고했던 컴퓨터가 다시 말했다. "회로망과 시스템 파일들이 파괴되었습니다. 심층 스캔 진단을 실시하고, 연결 장치를 수리하고, 재구축해야 합니다. 승인이 요구됩니다…. 반복합니다, 승인이 요구됩니다…. 진행."

브로귈리오는 상황을 둔하게 인식했다. 그는 눈을 들어 함교 갑판을 향해 아래쪽으로 영상을 비추는 중앙 스크린을 올려다봤다. 스크린에는 우주와 별들의 모습이 보였다. 그렇다면 적어도 그 정도는 아직 작동한다는 의미였다. 중앙의 한쪽으로 원형의 행성이 보였다. 제블렌은 아니었다. 우탄도 아니었다. 저것은 브로퀼리오가 전혀 본 적이 없는 행성이었다.

✳

의심할 바 없이 분명했다. 저 행성은 달을 가지고 있는 미네르바였다. 스펙트럼, 크기, 그리고 약 5억 킬로미터 떨어진 모항성의 질량까지. 그 항성은 태양과 똑같았다. 그리고 망원경을 이용한 주변 조사에서 목성을 찾아냈다. 별들의 배치는 우주의 그 지점에서 예상된 것과 일치했다. 다만, 5만 년 동안 일어난 변화에 맞춰 수정해야만 했다. 투리엔인의 초공간 그리드가 존재한다는 징후를 나타내는 어떤 신호도 없었다. 그들의 통신, 내비게이션, 혹은 데이터 대역도 없었다. 아니, 거기에 있어서는 안 되는 것이었다. 은하계의 이쪽 지역에는 투리엔인이 존재하지 않았다. 다시 말해, 비자르 같은 것은 존재하지 않았다. 제블렌의 우주선들은 파괴되기 이전의 미네르바로 돌아왔다.

브로퀼리오조차 그의 두뇌 속으로 서서히 스며드는 그 깨달음에 너무 놀라서 평소 같은 호전적인 기질을 그다지 드러내지 않았다. "이게 어떻게 가능하지?" 그가 에스토르두 자문에게 중얼거렸다. 에스토르두 자문은 이제 승무원 자리에 앉을 정도로 회복되었지만, 여전히 몸을 떨었다.

그 과학자는 스크린을 자꾸 돌아봤다. 그의 마음 한구석에는 아직도 스크린에 뜬 메시지가 어떻게든 바뀌기를 바라는 희망이 남아 있는 듯했다. "저희는 시공간이 완전히 뒤틀어진 곳으로 들어갔습니다. 그래서 양자적 총체가 다른 영역으로 도약한 겁니다. 어떻게 그런 일이 일어났는지는 저도 모르겠습니다. 어떤 물리학도 이런 상황을 예측한 사례는 없었습니다."

"그러면 어떻게 해야 돌아갈 수 있지?" 브로컬리오가 따졌다.

에스토르두 자문이 암울한 표정으로 고개를 저었다. "그런 일을 가능하게 했던 에너지의 농축은 비자르와 제벡스 같은 역량을 가진 시스템들이 초공간 그리드를 통해 집중했을 때에만 만들어질 수 있습니다. 여기는 그런 게 전혀 없습니다. 돌아갈 방법은 없습니다." 브로컬리오의 얼굴이 벌겋게 변하더니 분노로 부풀어 오르기 시작했다. "각하, 원하시는 만큼 소리를 지르셔도 좋습니다만, 아무것도 바뀌지 않습니다. 우리가 생각해야 할 것은 여기서 우리가 무엇을 할 수 있느냐는 것입니다. 그 외에 다른 선택지는 없습니다." 에스토르두 자문이 말했다.

평소 알랑거리는 에스토르두 자문이 그런 말을 하는 모습은 너무도 그답지 않고 예상 밖이어서, 브로컬리오는 말을 하려다 말고 자신을 잃은 표정으로 잠시 노려보기만 했다. 어쩌면 에스토르두 자문은 보기보다 정신적 충격을 심하게 받아 아직 정신을 차리지 못한 것일 수도 있었다. 그 말을 들을 수 있었던 선장과 다른 장교들, 그리고 모습을 드러내기 시작한 다른 부하들이 그 정보를 음울한 얼굴로 받아들였다.

와일로트 장군은 한쪽 뺨이 살짝 베이고, 한두 군데 멍이 든 것 외에 심하게 다친 부분은 없었다. "그러면 우리는 초공간 그리드 동력이 없는 거네?" 그가 추론했다. "보조 동력 시스템밖에 없다는 거야?"

"그런 것 같습니다, 장군님." 선장이 말했다.

"최대한 빨리 어딘가에 착륙해야겠군." 와일로트 장군이 말했다.

와일로트 장군의 총명함을 축하하는 신랄한 말이 반사적으로 브로궐리오의 입술에 맺히기 시작했지만 그만두었다. 빈정거리는 말로는 아무것도 해결되지 않았다. "선장, 다른 우주선에 있는 지휘관들에게 이 상황을 전달하고, 추후 지침이 있을 때까지 대기하라고 알려." 그가 명령했다.

"네, 각하."

브로궐리오는 천천히 함교를 가로질러 주 스크린 앞으로 걸어가서, 여전히 미네르바의 모습이 비치는 영상을 올려다보며 생각에 잠겼다. 그는 안정된 자세로 서 있으려면 아직도 단말기를 한 손으로 짚어야 한다는 사실을 깨달았다. 지금 그는 파국이 일어나기 전의 미네르바에 대해 최대한 많이 알아보려 노력했더라면 좋았을 거라는 생각이 들었다. 이제 기회는 저기에 있었기 때문이다. 그동안 브로궐리오는 지구 감시 프로그램에 집중했으며, 정보를 처리해서 투리엔인에게 보고했고, 비밀리에 제블렌인의 군사 역량을 구축해왔다. 그는 미래를 바라보며 자신의 부하들에게 이야기하길 좋아했었다. 과거는 과거일 뿐, 그의 관심사가 아니었다. 그 말은 지금 그들에게 역설적인 느낌을 주었다.

브로궐리오는 지구를 세리오스인의 새로운 세력 기반이라고 이야기해왔지만, 이는 진실이라기보다 선전에 더 가까웠다. 그는 사실 세리오스인에 대해 미네르바를 파괴한 파멸적 전쟁을 일으켰던 두 초강대국 중의 하나라는 사실 외에는 그다지 알지 못했다. 투리엔인들은 다른 쪽, 즉 람비아의 생존자들을 그들의 은하계 쪽으로 데려와 제블렌에 정착시켰다. 그래서 제블렌인은 '람비아인'이었던 것이다. 이에 따라 세리오스인은 적이었다. 브로궐리오의 역사적 분석과 이념적 줄기는 이보다 깊게 들어간 적이 한 번도 없었다. 그는 미네르바의 원반 뒤에서 절반쯤 빛나고 있는 달을 쳐다봤다.

"제벡스." 반사적으로 튀어나온 말이었다. 대답이 없었다. 당연히 제벡스는 여기에 없었다. 브로컬리오는 고개를 돌려 어깨너머로 말했다. "에스토르두 자문, 지금 월인들의 기술적 능력에 관해 나한테 말해줄 수 있겠나? 특히, 군사 조직과 무기 성능에 대해."

"그 문제에 대해서는 최후의 전쟁이라는 사건을 참조할 수밖에 없습니다. 그 전쟁은 물론 아직 벌어지지 않았습니다. 그러나 그 시점까지 그들이 도달한 단계는 아직 원시적이었습니다. 초보적인 핵무기와 광선 무기 정도였죠. 행성을 벗어나는 능력도 가까운 우주를 다투는 수준으로, 달에 장거리 폭격 시설을 건설하고 지구에 탐사 로봇을 몇 대 보내는 정도였습니다. 그러나 양측의 군사화가 가속되는 동안에도, 생산에 필요한 대부분의 진보가 마지막 순간까지 진행된 것으로 보입니다."

"그렇다면 미네르바에 있는 월인들은 아직 초기 단계에 있겠군." 브로컬리오가 여전히 스크린에 눈을 고정한 채 말했다. "아직 달에는 그들이 별로 없겠네."

"그럴 것 같습니다, 각하. 망원경으로 지표면을 조사해보면 더 알 수 있을 겁니다. 통신량을 분석해도 좋겠습니다."

브로컬리오는 몇 분 더 스크린의 영상을 응시하며 서 있었다. 그의 우주선들은 외관상으로는 제블렌에 기지를 둔 수송선처럼 보였지만, 실제로는 투리엔인들이 전혀 몰랐던 무기들을 갖추고 있었다. 또한 비축을 위해 우탄에 가져다 놓으려던 각종 무기가 화물칸에 아직 실려 있었다. 우주선들에 타고 있는 2천에서 3천 명에 달하는 그의 추종자들은 대부분 훈련을 받았고, 먼 곳에서 진행했던 기동훈련을 경험한 자들이었다. 제블렌에서 급하게 대피하느라 정확한 숫자는 불명확했다. 브로컬리오는 양손을 등 뒤로 뒷짐을 진 채 몸을 돌렸다. "아주 좋군. 제군들은 이 상황에 대해 고민할 시간을 충분히 가졌다." 그가 부관들에게 말했다. "자네가 추천하는 계획은 뭔가?" 그가 에스토르두 자문을 바라보며 말했다.

"네? 저는…, 그게…."

브로퀼리오의 눈이 와일로트 장군을 향했다. "장군은?"

"글쎄요, 그게 어려운…, 아니 제 말은, 갑작스럽게 변화된 상황을 고려해서…."

브로퀼리오가 다른 사람들로 눈길을 돌렸다. "전문가들이 계획이 없다네." 그가 부관들에게 말했다. "그러나 나는 계획이 있지. 우리는 이 단계에서 미네르바 월인들의 우주 감시 시스템의 능력이 얼마나 좋은지 모른다. 그들의 행성 간 활동은 언급할 가치가 없을 정도이기 때문에, 나는 그게 최소한의 수준밖에 안 될 거라고 예상한다. 그렇지만 괜히 위험을 무릅쓰지는 말자. 우리가 명확한 전략을 짜기 전까지는 우리의 존재가 알려지지 않는 게 낫다. 여기 우주에 나와 있으면, 우리는 탐지에 취약하다. 그들이 아직은 저 달을 거의 차지하지 못했다고 가정하자. 나는 실제로 그럴 거로 전망한다. 우리는 달에 우주선을 착륙시키고 임시 위장 기지로 삼을 것이다. 소규모 착륙단을 급파해서 상황을 정찰하고, 우리에게 이로워 보이는 당국과 접촉을 가질 것이다. 만일 그들이 적대감을 키우기 시작한 초기 단계로서 무기와 전술을 개발 중이라면, 우리에게 흥정할 잠재적 가치가 없다고는 할 수 없을 것이다. 내 말이 무슨 뜻인지 알겠나, 제군들?"

와일로트 장군이 천천히 고개를 끄덕이기 시작했다. "네…, 물론입니다."

"에스토르두 자문, 즉시 저들의 달에 대한 조사에 착수해." 브로퀼리오가 명령했다. "나는 지표면에 시각적으로 보이는 시설들과 통신

활동에 대한 보고서를 원해."

"네, 각하."

"선장, 모든 우주선에 명령을 전달해서, 당분간 진로를 유지하고 미네르바로 향하는 레이더 사용을 최소화하도록 지시해. 와일로트 장군, 우리가 가지고 있는 무기 전체의 목록이 필요해. 병력 숫자와 기술 등급, 전공 분류까지 세분한 명단도. 또한 지상 기지를 위해 준비해야 할 장비의 목록까지."

"네, 각하."

선임 장교들이 명령을 전달하고 함교가 활기를 되찾으며 부산하게 움직이기 시작하자, 브로컬리오는 자신의 익숙한 역할로 돌아간 느낌이 들었다. 저 행성에 있는 풋내기들은 자기네가 전쟁 준비에 대해 뭔가 안다고 생각하겠지? 어쩌면 그는 월인들이 아직 생각하지 못한 개념들을 몇 가지 선보일 수도 있을 것이다. 그리고 누가 알겠는가? 제블렌의 대군주이자 전사가 되겠다며 소중히 키워왔던 그의 야망은 좌절된 듯했다. 돌아갈 길이 없다면, 그 문제에 관해서는 할 수 있는 일이 없었다. 그러나 대신 이 다른 세상에서는 어쩌면? 브로컬리오는 미래를 바라봤다. 과거는 과거였다. 그는 만족스러운 표정으로 주변의 상황을 둘러봤다.

"점검 완료." 함교 컴퓨터가 자랑스럽게 말했다. "우리는 태양계에 있으며, 행성 미네르바에서 약 1백30만 킬로미터 떨어진 위치에 있고, 시간은 5만 년 전입니다."

"저 멍청한 녀석을 꺼버려." 브로컬리오가 일갈했다.

30

관문의 감독관이 이제는 익숙해진 대사를 했다. "모든 과정 완료. 이동!"

그러나 이번에는 진짜였다. 관문을 이루는 투사기 나팔들의 거대한 원반이 파란색으로 변하더니 다시 남색으로 바뀌고, 곧 사라졌다. 우주선 주변 별들의 배치가 달라졌다.

헌트는 샤피에론호가 목성의 위성 가니메데에 나타난 직후에 처음으로 이 우주선에 승선했었다. 헌트와 단체커는 가니메데의 탐사 기지에서, 얼음층 밑에서 발견한 오래된 가니메데인 우주선의 잔해를 조사할 준비를 하던 중이었다. UN 우주군 공학자들이 다시 작동시킨 장비에서 나온 신호가 샤피에론호에 닿자, 우주선이 그 위치로 왔다. 당시 샤피에론호는 사실상 자급자족적인 작은 마을로서, 원정대의 원래 승무원들로부터 이상한 탈출 과정에서 태어난 어린아이들까지 온갖 연령의 가니메데인으로 가득했다. 샤피에론호는 20년간 승무원들에게 유일한 거주지로 기능했기 때문에, 우주선 내부는 낡고 마모된 모습이었다. 헌트가 며칠 전에 다시 익숙한 복도와 회랑을 걸어 봤더니, 우주선의 수리를 마친 직후라서 모든 게 번쩍이고 새로웠다. 마치 사람들이 빠져나간 대성당 같았다. 가루스 총독과 선임 대원들, 그리고 최소한의 승무원만 이 8백 미터 높이의 우주선에 배치되었다. 이는 우주선의 규모가 작아서가 아니라, 자율적인 운영 능력을 이용할 수 있기 때문이었다.

지구인 파견대는 원래의 팀원들이 그대로 구성되었다. 책을 쓰기 위해 지구로 돌아간 밀드레드와 집안 문제 때문에 유럽에 발이 묶인 요제프만 제외되었다. 지구인들은 이동 상황을 샤피에론호의 사령실에서 지켜봤는데, 승무원 대부분이 제자리를 채운 사령실의 모습에서 옛날 분위기가 어느 정도 느껴졌다. 헌트는 제블렌 여행 이후 처음으로 다시 승선한 것이었다. 사건들이 이런 순환으로 이어지는 게 묘하다는 생각이 들었다. 브로퀼리오의 우주선들이 고대 미네르바로 던져졌다는 사실은 다중우주 연구 프로젝트 전체에 영감을 주었다. 그리고 그 결과 이제 그들이 동일한 장소와 시간으로 돌아왔다.

하긴, 완전히 같은 것은 아니었다. 여기에서 새로운 현실을 만들어내려는 이 임무가 바람대로 이루어지면 다중우주 안에 현재까지 존재하지 않았던 일련의 미래를 통째로 만들어낼 것이다. 새로운 세계관이 이전까지 믿었던 확신에 도전하는 일이었다. 순전히 물리학적인 고찰에서 파생되었던 과거의 확신은 일어날 수 있는 모든 일은 '어딘가'에서 일어난다는 것이었다. 단체커가 투리엔 철학자들과 함께 전개한 새로운 관점은 의식이 양자 확률을 변경시킬 수 있다는 것이었다. 이제 의식이 우주를 가로질러 개입해서 변화를 시작할 수 있으며, 새로운 현실을 창조할 수 있다는 생각이 널리 퍼졌다. 그런 주장이 이임무에 주요한 영감을 제공한 것은 확실했다.

그들의 희망은 미네르바가 파멸을 피하도록 변화시키는 것이었다. 그것은 인류와 가니메데인의 그 모든 역사가 이루어지고 성장하고 열매 맺은 광대한 다중우주의 갈라진 가지들 틈에서 새로운 어린 가지가 될 것이다. 아직도 그런 일은 불가능하다고 주장하는 사람들이 있었다. 반면에 다른 이들은 그게 바로 다중우주가 존재하는 이유라고 주장했다. 그들의 주장은 도덕적으로 의미 있는 변화를 유발하는 것이 의식의 목적이라는 것이다. 그러나 두 가지는 확실하게 말해줄 수 있었다. 첫째, 아무도 모른다. 그리고 둘째, 칼라자르 의장과 쇼음, 콜드웰 그리고 그 프로젝트에 참여하는 이들 대부분은 그들의 통찰과 목적의식에 이미 영감을 받았기 때문에, 철학자들이 합의에 이르기까지 기다릴 생각이 없었다. 어쨌든, 두 종족의 철학자들은 결론을 내렸다가 곧 생각을 바꾸길 수없이 반복했다.

그래서 목표는 불행한 전쟁이 벌어지기 전의 미네르바에 나타나는 것이었다. 그러나 토론과 계획에 쏟은 그 모든 노력에도 불구하고, 거기에 가서 정확히 무슨 일을 해야 할지는 끝내 결정하지 못했다. 그것은 투리엔인과 지구인이 달성할 목표나 전략에 대해 합의를 못 했기 때문이 아니었다. 그저 그 전쟁과 그 시대에 대해 놀라울 정도로 아는 게 적었고, 그 전쟁에 이르는 수년간 일어난 사건들에 대해서는 그보다도 더 몰랐기 때문이었다.

미네르바의 도서관과 기록들은 행성과 함께 모조리 파괴되었다. 아마도 지구의 포식자들을 학살하려던, 비참한 결과를 초래한 자신들의 시도에 대해 무한히 긴 시간이 흐른 뒤에도 여전히 느끼고 있는 죄책감의 영향으로, 투리엔인들은 월인의 문제에 관여하지 않고, 은하계에서 거인별을 중심으로 한 자신들의 영역만을 발전시킨다는 정책을 채택했을 것이다. 그 전쟁의 최후의 날에 그들이 태양계 외곽에 남겨두었던 탐지기들에 미네르바의 끝을 알리는 폭발이 감지되었을 때, 그들은 서둘러서 파견대를 보내 조사했다. 그들은 너무도 급했기 때문에 항성계 내부에는 중력의 붕괴를 초래하는 수송 포트를 투사하지 않는다는 일반 원칙까지 무시했다. 구조 임무를 위해 만들어진 포트 때문에 발생한 격변은 고아가 된 미네르바의 달의 궤도를 바꿔 결국 지구로 가도록 만들었다. 이는 또한 미네르바의 손상되지 않은 가장 큰 파편을 바깥으로 밀어내 명왕성이 되도록 했다.

기적적으로, 미네르바였던 조각들에 살아남은 월인들이 있었다. 하지만 예상할 수 있듯이 그 수는 극히 적었다. 월인들은 (원시) 명왕성과 다른 파편에 있는 틈새에서 구조되었다. 그리고 달의 지표면에 여러 집단이 흩어져 있었다. 그리고 달 그 자체는 전쟁으로 황폐한 황무지가 되었다. 그리고 온갖 잔해들 사이에서 떠다니던 갖가지 비행선과 우주궤도 정류장 등에서도 구조되었다. 당시 생존자들이 관심을 가진 우선순위에서 정치적 자료와 역사 기록은 그다지 높지 않았다. 추후 투리엔인들이 데려와서 나중에 제블렌인으로 성장한 람비아인으로부터 입수한 설명이 전부였다. 그 기록들은 거의 구두 진술이었고, 기억에서 되살린 이야기들이었다. 그들은 도시 주민이나 그런 문제를 연구한 학자나 교수보다는 군인이나 우주 승무원, 광부, 건설 노동자, 농민, 사냥꾼, 시골 사람, 그리고 전쟁 지역에서 멀리 떨어진 지역에서 살던 사람들이 월등히 많았다.

그러므로 이번 '미네르바의 임무'에 채택된 전술은 가능한 한 최대로 시점을 측정하고, 곧장 '하류'(즉, 전쟁 직후)를 향해 날아가서, 더욱 개입하기 좋은 시기라고 결정할 만한 정보를 충분히 수집할 수 있기를 바라며 정찰을 반복하면서 '상류'로 올라가는 것이었다.

이에 따라 비자르는 신호기들을 적당한 우주들로 보냈다. 아직 고장이 난 경우는 없었지만, 신호기를 두 개씩 보내는 게 이제 표준이 되었다. 앞서 회신된 기록에 따르면 대략 맞는 시기로 보였다. 목성과 토성의 천체 위치는 확인되었지만 미네르바가 보이지 않았다. 그러나 그건 그다지 중요하지 않았다. 미네르바가 태양의 건너편에 있을 수도 있었기 때문이다. 무전에서 소음이 조금 들렸지만, 그 시기 월인의 통신 방법을 몰라서 해독할 수 없었다. 더 알아내기 위해서는 샤피에론호가 그곳으로 가서 살펴보는 방법밖에 없었다.

모두의 눈이 외부의 모습을 비추는 스크린의 영상을 향하는 동안, 긴장과 더불어 호기심 어린 침묵이 사령실에 내려앉았다.

"신호기들이 여기에 있습니다." 조락이 보고했다. "어쨌든 우리는 맞는 곳으로 왔어요. 고향 우주로 통하는 통신 채널도 열려 있고 작동합니다." 칼라자르 의장과 콜드웰 국장, 그리고 다투 2호와 퀠상, 투리오스의 정부청사 어딘가에서 걱정스럽게 바라보고 있는 얼굴들이 중앙 스크린에 짜깁기한 영상으로 떠 있었다.

"흠, 이제 시작이군요. 여러분이 나중에 연결된 후에 다시 이야기를 나누죠." 콜드웰이 말했다. 투리엔에서 신호기까지는 다중우주 연결이 유지될 것이다. 신호기들은 정규 통신빔을 통해 샤피에론호로 중계할 수 있었다. 그러나 샤피에론호가 주동력을 가동할 때는 전자파 신호가 통과할 수 없는 왜곡된 시공간 다양체에 둘러싸이기 때문에 정규 통신이 끊어졌다.

"잠깐 주변을 점검해봤는데, 별로 오래 걸리지 않을 겁니다." 헌트가 대답했다.

"여러분 모두에게 행운을 기원합니다." 칼라자르 의장이 말했다.

"우리도 잘되리라 믿어 의심치 않습니다." 이샨이 대답했다.

"어이, 꼬맹이. 쉬엄쉬엄해." 비자르가 말했다. 인간들을 즐겁게 해주려고 조락에게 한 말이었다.

"꼬맹이? 나는 네 설계계획서가 세상에 나오기 전부터 이 우주선을 몰았어."

"현지 상황 보고해주세요." 감독관이 요구했다.

"파동함수가 통합되고 안정화되었습니다. 분리 준비 완료." 가루스 총독이 대답했다.

"거품 해체."

"지역 거품이 비활성화되었습니다." 조락이 보고했다.

투리엔과 연결된 스크린들이 꺼졌다. 샤피에론호는 자유로운 선체로서, 이제 5만 년 전의 과거 어디쯤에 존재하는 다른 우주의 일부가 되었다.

"조락, 주동력 시동. 우리를 처음 확인해볼 지역으로 데려다줘." 가루스 총독이 지시했다.

태양계를 돌면서 멈추고 점검하기를 반복하며, 샤피에론호가 주동력 상태에서 정상적으로 작동하는지 확인하고, 그들이 언제, 어디에 와 있는지 가늠했다. 미네르바는 발견되지 않았다. 달의 위치를 확인했는데, 이미 태양을 향한 경로로 들어간 상태였고, 행성 잔해의 먼지 구름 사이에서 빠져나가는 초기 명왕성의 모습이 보였다. 멀리서 영상을 확대하자 조금 전에 도착한 투리엔의 구조선들이 보람 없는 구조업무를 시작하는 모습이 보였다. 샤피에론호는 정규 통신 대역과 초공간 채널을 이용해 투리엔인과 이야기를 나눌 수도 있었다. 샤피에론호의 사령실에서 짧은 토론이 진행되었다. 가루스 총독은 자신들의 존재를 알리지 않기로 했다. 상황을 더 복잡하게 만들지 않더라도, 저기에 있는 구조원들은 이미 생각해야 할 일이 너무 많았다.

그들이 떠나기 전에 한 가지를 더 확인해야 했다. 브로컬리오와 제블렌인 부하들은 람비아인과 세리오스인의 분열이 진행될 즈음에 미네르바에 나타났을 것으로 추정되었다. 제블렌인이 실제로 그런 분열을 일으켰는지는 미지수였다. 하지만 설령 그게 아니라 하더라도, 브로컬리오가 미네르바에 대해 비쳤던 호전적인 성향과 정복 야욕을 고려하면, 그들이 결국 전쟁의 발발로 이어지는 긴장감을 높이는 일에 관여했을 것으로 추측되었다. 지금 샤피에론호는 그 전쟁의 최후를 목격하고 있었으므로, 제블렌인이 등장한 이후의 시점에 도착한 게 확실했다. 정확히 얼마나 시간이 지난 뒤인지는 아무도 몰랐다. 그 당시 투리엔의 질문자들은 제블렌인에 대해 전혀 묻지 않았다. 제블렌인이 아직 존재하지 않았던 시기였기 때문이다. 월인 생존자들도 과거 어떤 시점에 의문스러운 외계인들이 나타났다는 이야기를 전혀 하지 않았다. 별로 놀라운 일은 아니었다. 만일 사건들이 실제로 짐작했던 경로를 따라 진행되었다면, 한쪽을 도와주고 있는 외계인의 존재가 알려졌을 경우 반대편에 있는 월인들을 단결시켰을 것이다. 그러므로 브로컬리오와 그의 무리, 그리고 그들과 운명을 같이 하기로 한 월인 쪽은 새로운 협력자들이 어디에서 왔는지에 대한 사실을 감출 이유가 충분했다. 그리고 인간의 형태와 완전히 동일한 제블렌인들은 위장하기가 매우 쉬웠을 것이다.

처음에 진행되었던 월인 '찰리'의 조사 과정에서 이용할 수 있었던 월인의 단편적인 기록들에 따르면, 제블렌인은 전쟁이 일어나기 1, 2백 년 전에 미네르바에 도착했을 것으로 추측되었다. 던컨과 샌디가 도왔던 최근의 연구들은 그 기간을 더욱 좁혔다. 전쟁이 행성을 파괴하는 수준까지 확대되었을 당시 람비아의 지도자는 제라스키라는 독재자였다. 그는 자르곤이라는 전임 독재자의 죽음 이후 권력을 잡았는데, 당시 소수의 사람들은 제라스키가 일을 꾸몄을 것으로 의심했다. 자르곤은 람비아 왕조의 마지막 국왕인 프레스켈-가르의 군 지휘관이었다. 자르곤은 발전된 군국화 프로그램을 시작하고 지휘하는 과정에서 전면에 나서기 전까지는 알려지지 않았던 사람이었다. 자르곤은 나중에 프레스켈-가르 국왕을 축출하고 독재자를 자청했다. 자르곤이 브로컬리오인 게 분명한 듯했지만, 아직은 추측이었다. 자르곤은 미네르바가 파괴되기 20년 전쯤 갑자기 어딘가에서 나타났다.

제블렌인의 수송선들이 다른 우주와 연결된 시공간의 혼란에서 빠져나갈 때, 그 뒤에 따라붙었던 탐지기가 터널이 닫히기 직전 미네르바의 영상을 마지막으로 전송했다. 헌트와 단체커, 가루스 총독, 그리고 샤피에론호에 승선한 다른 사람들은 이제 그 영상을 보냈던 시기에 와 있다. 그 탐지기는 샤피에론호에서 발사했던 것으로, 제블렌인들을 쫓아갔다. 5만 년 후, 태양계 외곽의 궤도를 돌던 탐지기에는 여전히 기능하는 초공간 대역 장비가 실려 있었기 때문에, 현대 지구와 투리엔 간의 접촉을 가능케 했던 첫 신호를 중계했었다. 만일 그 탐지기가 제블렌인과 함께 20년 전에 미네르바에 도착했다면, 지금 어딘가에 있어야 했다. 이것이 마지막으로 확인해야 하는 사항이었다.

조락은 샤피에론호의 통신장비를 이용해서 황도면을 스캔하고 적절한 호출 코드를 전송했다. 그리고 예상대로 탐지기가 호출 코드를 받았다고 회신했는데, 미네르바에서 그리 멀지 않은 위치에 있었다. 이 탐지기는 5만 년 동안 태양계 외곽으로 흘러가게 될 것이었다. 그랬다. 이것은 브로컬리오와 제블렌인이 도착했다는 의미였다. 그러나 그들은 이미 미네르바와 함께 과거의 일부가 되었다. 샤피에론호는 사건의 흐름을 거슬러 좀 더 상류로 올라가야 했다.

"우리가 알아야 할 모든 사항을 확인했습니다. 여기서 우리가 할 일은 더 없습니다." 이샨이 가루스 총독에게 말했다.

가루스 총독은 주 신호기 근처로 샤피에론호를 가져갔다. 우주선의 주동력을 끄자 신호기를 통해 투리엔과의 접촉이 다시 이루어졌다.

"샤피에론호 보정기 자동 추적 확인. 억제 보정 양성. 거품 안정…. 여러분을 고향으로 데려올 준비를 마쳤습니다." 감독관의 목소리가 들려왔다.

"여러분이 별로 말이 없는 것 같네요." 다시 연결된 콜드웰이 말했다. 잠시 무거운 침묵이 흘렀다.

"별로 할 말이 없어서요, 국장님." 결국, 헌트가 대답했다.

31

신병들을 향해 소리치는 누트 상사의 목소리와 박자를 맞춘 군화 소리가 막사의 창문 밖에서 들려왔다.

"헛 둘 셋 넷, 헛 둘 셋 넷. 문제가 뭐야, 프레니트조우? 근육에 무리가 갈까 봐 겁나나? 그런 건 너한테 근육이라는 게 생겼을 때 걱정해. 발을 들란 말이다. 헛 둘 셋 넷…." 목소리가 연병장 방향으로 멀어지자, 사격장에서 간간이 소총 소리가 투두둑 들려왔다.

클레시머 보소로스 중위는 침상에 드러누우며, 읽고 있던 거인에 관한 생물학 관련 기사가 실린 잡지를 한쪽으로 치웠다. 아무튼 그는 아직 '클레스'로 통했다. 그의 삶에서 그 부분만은 바뀌지 않았다. 다른 모든 부분은 그가 한 번도 생각해보지 못했던 방식으로 바뀌었다. 요즘에는 그가 예전에 관심을 가졌던 일들에 대해 생각을 할 시간이 별로 없었다. 하지만 야간에 혼자 보초근무를 설 때면, 여전히 거인의 별을 쳐다보며 어린 시절의 꿈을 되새겼다. 람비아와 세리오스의 상황은 각기 다른 평계를 내세우며 둘 사이에 실질적인 충돌이 여러 차례 일어나는 지경까지 악화되었다. 겨우 몇 년 전만 하더라도, 그런 일은 거의 상상하기 힘들었다. 현재 사회학자들은 두 사회가 더욱 복잡해지고, 타협할 여지가 없는 이념을 발달시킴에 따라 피할 수 없는 결과라고 분석했다. 그래서 세계는 자신들을 방어할 새로운 기술을 바삐 배우고 향상시키는 중이었다.

클레스의 부대는 운이 좋아서 아직 그런 전투에 휘말리지 않았다. 그리고 막사 안에서 떠들어대는 자칭 심리학자들과 정치 전문가들은 다들 이런 정신발작이 곧 끝날 것이기 때문에 이 부대가 전투에 투입될 일은 없을 거라고 장담했다. 세리오스의 대통령 하르진은 너무 늦기 전에 미네르바가 이성을 찾아야 한다고 람비아인에게 호소했다. 지구로 이주하는 데 필요한 기술을 어느 체제가 가장 빨리 생산해낼 수 있느냐는 문제가 초기에 논쟁을 촉발했는데(람비아의 중앙 집중화와 명령, 세리오스의 선택의 다양성과 경쟁), 이제는 그 논쟁 자체가 그들의 발전을 막는 유일하고도 가장 큰 요인이 되었다. 수년간 두 권력이 서로를 앞지르려 경쟁한 이후 내린 가장 명확한 결론은, 두 나라가 그 사실을 인정할지 모르겠지만, 둘 사이에 별로 차이가 없는 것 같다는 것이었다. 양측은 비슷한 무기를 개발하고 배치했으며, 근우주로 뻗어 나가기 위해 비슷한 노력을 기울여 달에 근거지를 건설했다. 그래서 현재 양측의 학자들은 민간인들에 대해 공격을 하는 것이 정치적 압력을 행사하고 협박하는 수단이라고 말하고 있었다. 클레스는 어쩌면 막사에서 떠들어대는 자칭 전문가들의 이야기가 맞을 수도 있다고 인정했다. 그러나 내기를 걸 정도로 믿지는 않았다. 전에는 정치인들이 그런 흰소리를 했었고, 그때마다 다른 논쟁으로 분열되었다.

"클레스 중위님." 막사의 가운데에 있는 난로 옆 탁자를 둘러싼 일행들 사이에 앉은 로이브 병장이 고개를 돌리며 말했다. 그는 카드를 섞는 중이었다. "이제 막 게임을 시작했는데, 참가하시겠습니까?"

"뭐가 문제야? 힘든 상황을 자초하는군. 지난번에 내가 자네 돈을 싹쓸이하지 않았나?" 클레스가 대답했다.

"왜 이러십니까. 그래서 참가하시라는 거잖아요. 저는 그 돈을 돌려받고 싶거든요."

"꿈 깨."

"상현달에서 보름달로 가는 중이에요." 오베렌이 손을 비비며 말했다. "오늘은 운이 좋을 것 같아요."

"로이브도 그럴걸." 퀴오세가 낄낄대며 말했다.

"하우스 게임으로 할까?" 로이브가 다른 병사들을 돌아보며 물었다. 그들이 고개를 끄덕이며 찬성했다. "한판 하려면 이쪽으로 오세요." 로이브가 카드를 뒤섞기 전에 화려한 동작을 뽐내며 클레스에게 소리쳤다.

클레스가 침상에서 일어났다. 그리고 다시 잡지를 든 채 양팔을 뒤로 기지개를 켰다. "난 빠질게. 바람 좀 쐬러 산책하러 나갈 생각이거든."

"하지만 제 돈을 가지고 그렇게 가시면 어떡해요."

클레스가 문을 향해 가다가 로이브의 곁을 지날 때 어깨를 툭툭 치며 말했다. "틀렸어, 로이브. 그건 이제 내 돈이야."

바깥의 하늘은 서늘하고 우중충했다. 비의 기운이 느껴지는 바람이 북쪽에서 불어왔다. 클레스는 작업복의 목깃을 세워 목과 귀를 가리고, 세로로 생긴 재킷 호주머니에 양손을 쑤셔 넣었다. 그리고 I와 J 막사 사이의 길로 걸어가다 연병장 모퉁이를 가로질러 행정본부로 갔다. 휴게실의 내근 하사관은 요스크였다. 이 친구는 괜찮았다. 클레스는 눈짓으로 뒤쪽에 있는 통신실을 가리켰다. 요스크가 고개를 다른 쪽으로 돌리자, 클레스가 쭉 걸어갔다. 클레스가 알고 있던 대로 아브 상병이 당직이었다.

"새로운 소식 있어? 우리는 아직 전쟁 중인 거지?" 클레스가 물었다.

"단어들이 총알이었으면, 이건 거의 학살 수준이에요. 엄청 떠들어댑니다."

"평소대로네. 그렇지?"

"저한테 딱 맞아요. 피하기 쉽거든요."

클레스가 아브의 책상에 있는 단말기를 고갯짓으로 가리켰다. "오늘 나한테 온 거 있어?"

"네, 있습니다." 아브가 키보드를 입력하고 모니터를 살펴보더니, 문 쪽을 힐끗 쳐다봤다. "대학 네트워크 메일입니다. 중위님 삼촌께서 보내신 것 같네요."

"하나 뽑아줘."

아브가 다시 긴장한 눈길로 문 쪽을 쳐다봤다. "중위님 때문에 제가 일주일 내내 청소반으로 끌려갈 수도 있어요. 이걸 얼마나 계속하실 생각이세요?"

"괜찮아. 요스크는 믿을 만해. 내일 데이트 때문에 40 정도 빌려야하지? 자네가 아니면 내가 어떻게 이 메일을 읽겠어?"

아브가 고개를 끄덕이더니 뒤로 물러났다. 클레스가 앞으로 허리를 숙이고 비밀번호를 입력하는 동안 입력한 글자들이 곧바로 하나씩 지워지며 기호로 바뀌었다. 아브가 버튼을 누르자, 프린터가 오랜 기간 마모되고 거친 손으로 사용되었다는 사실을 보여주듯 덜덜 흔들리고 낑낑대며 살아나더니, 칙칙거리며 종이 두 장을 받침대에 뱉어냈다. 클레스는 종이를 들어 첫 장을 힐끗 쳐다보고 접어서 주머니 안에 집어넣었다. "아브, 너도 괜찮은 자식이야. 자, 이제 내가 챙겨줘야겠지?" 클레스가 주머니에서 지폐를 꺼내더니, 20짜리 지폐 한 장과 10짜리 지폐 두 장을 빼서 건네줬다. "여기 있어. 재밌게 놀아. 내가 하지 않을 짓은 아무것도 하지 마."

"마음껏 놀라는 말씀이군요." 아브가 잠시 생각한 후 대답했다.

라이샤가 보낸 메일이었다. 라이샤는 하르진 대통령이 양측의 기술적인 역량이 거의 차이가 없을 정도로 비슷하다는 사실을 람비아인들에게 확신시키려고 세리오스 정부가 파견한 대표단과 동행해서 기술 분야 통역사로서 람비아에 가 있었다. 사실상 적국의 영토 안에서 민감한 문제에 관련된 누군가와 군사기지에서 사적인 통신을 하는 행위는 너무도 무모한 짓일 뿐 아니라, 만일 발각된다면 끝도 없이 골치 아픈 상황을 당하게 될 것이다. 그래서 두 사람은 라이샤가 메일을 보낼 방법을 고안해냈다. 라이샤는 친한 전자공학 자문관에게 편지를 보냈다. 그 자문관은 클레스의 삼촌 우르그란이 근무하는 대학에서 학과장을 맡고 있었다. 그래서 자문관이 편지를 우르그란에게 건네주면, 우르그란은 대학 통신처럼 포장해서 전달해줬다.

클레스는 행정본부에서 나와 옆에 있는 식당으로 가서, 판매대 한쪽 끝에 있는 주전자에서 머그잔에 음료를 가득 따른 뒤 구석의 외딴자리로 갔다. 지금은 일과 중 조용한 시간이었다. 저녁 식사를 앞두고 부엌에서 요리를 준비하느라 달그락거리는 소리 외에는 아무 소리도 들리지 않았다. 클레스는 들고 온 잡지를 앞에 있는 식탁에 올려놓은 후, 재킷에서 메일을 꺼내 잡지의 페이지 사이에 넣은 상태로 펼쳤다.

*

클레스에게,

며칠 동안 연락을 못 해서 미안해. 여기에서 믿기 힘들 정도로 바빴거든.
그리고 고백하자면, 일행과 함께 시내로 구경을 나갔었어. 물론 가는 곳마다
공식적인 람비아 경호원들이 호위를 해줬어. 구경거리도 신중하게 선택한 게
틀림없어. 강가에 있는 페라스몬 국왕과 가문의 커다란 기념물, 기획국이 얼
마나 효과적으로 일을 처리하는지 보여주는 세탁기 공장, 밤중에 수많은 아
이들이 펼치는 체조와 대형 문화행사 같은 걸 보여줬거든. 하지만 난 람비아
의 에트 불고기가 너무 좋아! 그리고 람비아에는 마시면 따뜻해지면서 목을
때리며 내려가는 브랜디 같은 게 있는데, 너희 우르그란 삼촌과 다른 사람들
이 에잔겐에서 마셨던 술이 생각나더라. 그 술을 마시려고 했을 때 지독했던
기억이 나는데, 람비아의 술은 꽤 좋아하게 됐어. 실은 살짝 취하기도 했어.
이제 내가 어른이 되었다는 뜻이 아닐까? 넌 어떻게 생각해? 이제 에잔겐에
갔던 때가 너무 옛날처럼 느껴져. 돌아보면 정말로 행복하고 순수한 시절이
었어. 아니면, 그냥 아이들이라 그렇게 봤던 걸까?

그런데 진짜 흥미로운 소식이 있어. 너한테 말해주면 안 될 것 같기는 한
데, 내가 어떤 사람인지 너도 알잖아, 어쨌든 해줄게. 이번에 우리가 어쩌면
진짜로 돌파구를 열게 될지도 몰라. 내 말은, 기술적인 대화에서 말이야. 람
비아인들은 실제로 감명을 받은 것 같아. 그래서 이 어리석은 경쟁이 우리 모
두에게 필요 이상의 부담을 주고 있다고 결론을 내리기 직전이야. 그래서 어
떻게 됐어? 어제 페라스몬 국왕이 친히 여기로 와서 직접 그 주장을 들었어.
심지어 내가 몇 분 동안 왕을 직접 봤다니까! 덩치가 크고, 통통하고, 빨간 얼
굴에, 흰 수염이 조금 있었어. 아주 귀여웠어. (진짜는 아니야. 그냥 네가 질
투하라고 한 말이야.) 하지만 신문에서 맨날 떠들어대듯이, 실제로 내심 나쁜

사람 같지는 않았어. 많은 일이 그렇듯이, 누군가가 먼저 나서기만 하면 풀릴 문제일 수도 있어. 그리고 우리가 지금 바로 그걸 하는 건지도 몰라. 정말 흥미진진하지 않아? 오늘 아침에 하르진 대통령이 공식적으로 회담하기 위해 페라스몬 국왕을 세리오스로 초청했다는 소문이 돌았어. 만일 두 사람이 모든 일을 바로잡고, 계속 진행되고 있는 이 끔찍한 일들을 모두 잊어버릴 수 있다면 정말 환상적이지 않을까? 물론 이미 사랑하는 가족과 친구들을 잃어버린 불운한 사람들은 쉽게 잊을 수 없겠지. 하지만 미래를 위해 배운 것들을 다시 잊지 않는다면, 그리고 이게 전적으로 아무런 가치도 없는 일이 아니었다는 사실을 알게 되면 그들에게도 조금 위안이 되지 않을까.

나는 네가 그런 일에 끌려 들어가지 않아서 너무 기뻐. 내가 들은 이야기에 따르면, 이 모든 일을 망칠 수 있는 사람이 하나 있다면 바로 프레스켈-가르 왕세자야. 오래전부터 계부의 왕위를 탐내고 있대. 왕세자는 말투가 고약해. 나는 그 사람이 싫어. 애초에 중앙집권화된 명령 체계라는 이념을 이렇게 크게 키우고, 페라스몬 국왕을 군사적인 대결의 길로 끌고 간 사람들이 바로 왕세자의 파벌이야. 이런, 내가 또 심각하게 정치 이야기를 하고 있네. 내가 더 늘어놓으면 네가 못 견디겠지.

부대 생활은 어때? 넌 흥미로운 다양한 친구들을 만난 것 같더라. 하긴, 그 친구들도 더 좋은 일을 할 수 있었더라면 좋았을 텐데 말이야. 승진 축하해. 하지만 솔직히 말해서, 나는 아직도 네가 제복을 입고 신병들에게 소리치거나 총을 들고 다니는 모습보다, 털옷에 눈신발을 신고 바르칸과 쿼아르와 웃음을 터뜨리면서 랑가트에서 떨어지거나, 오프릴 부인의 부엌에서 과자를 훔치는 모습이 더 쉽게 그려져.

언제 다시 집으로 휴가를 나올 예정이야? 휴가를 나가거든 부모님과 동생에게 나 대신 안부 전해줘. 아, 내가 여기로 출발하기 직전에 네 친구 솔넥이 보내준 거인의 전기 장치가 도착했었어. 그 친구한테 너무 고맙다고 말해줘.

정말로 놀라울 정도로 상태가 좋더라. 그런데 자세히 살펴볼 시간이 없었어. 돌아가면 시간을 내서 살펴볼 생각이야. 흥미로워 보였거든.

이제 편지를 마쳐야겠어, 클레스. 잠깐 쉬는 동안 급하게 쓰는 거라 곧 돌아가야 해. 몸조심해. 나는 이 조짐이 부디 실현되기를 너무너무 바라고 있어. 그리고 네가 진짜 위험한 상황에 부닥치기 전에 모든 게 좋게 바뀌면 좋겠어.

언제나 사랑해(하지만 넌 이미 알고 있지), 영원히.
라이샤.

클레스는 머그잔에 남은 음료를 마저 비우고, 편지를 주머니 안에 넣었다. 읽은 내용을 생각하며 몇 분간 그대로 앉아 있었다. 그리고 자리에서 일어나 머그잔을 설거지통에 담고 문으로 걸어갔다. 바깥으로 나온 클레스는 걸음을 멈추고 연병장 여기저기 구보하는 군인들, 수송부대의 열린 문 안에서 엔진을 붙잡고 작업하는 기술병들, 군수창고 앞에 쌓아놓은 상자를 세는 중사의 모습을 유심히 바라봤다. 세리오스의 아이들은, 한 번도 만난 적이 없고 그들에게 아무런 위해도 가하지 않은 람비아의 아이들을 거리낌 없이 죽이거나 불구로 만드는 훈련을 받고 있었다. 어쩌다 이런 일이 일어났을까? 클레스는 역사와 정치적 비판을 더욱 많이 읽을수록 이런 사태를 피할 수 없었던 세부적인 논리에 대해서는 이해가 커졌지만, 근원적인 통찰은 오히려 잃어버린 듯했다. 라이샤가 참여하는 일이 이 바보짓을 해결하고, 미네르바가 다시는 길을 잃고 헤매지 않고 원래의 길로 돌아가도록 만드는 시초가 된다면 얼마나 멋질까. 하지만, 아니다…. 그것은 너무도 중요한 문제이기 때문에, 라이샤가 틀렸을지도 모르므로 너무 많은 희망을 품고 감정적으로 받아들여서는 안 될 것이다.

그건 그렇고, 클레스는 30분 내로 복장을 챙겨서 정문 통제관과 교대를 해야 했다. 그는 옷깃을 턱까지 올리고, 막사를 향해 발걸음을 서둘렀다.

32

람비아 왕실의 왕세자 직속 근위대 부사령관 구다프 이라스테스는
이 이방인들이 누구인지, 어디에서 왔는지, 어떻게 왕세자와 접촉했
는지 알지 못했다. 그들은 이상하고 별난 옷차림이었는데, 일종의 비
행승무원용 튜닉인 모양이었다. 그리고 그들의 언어는 람비아어에서
유래한 듯했지만 거의 알아들을 수 없었다. 그러나 이라스테스 부사
령관은 단순하고 실용적인 관점으로 살아가는 사람이었다. 알아내는
게 자신의 임무가 아닐 때는 굳이 알려고 하지 않았다. 우선은 그냥
명령을 따랐다. 그가 받은 명령은 접촉한 사절단의 대표와 그들이 어
딘가에 건설한 기지로 함께 가는 것이었다. 사절단 대표는 와일로트
장군이라는 사람이었다. 그리고 그들의 기지에서부터 우두머리를 호
위해서 람비아에 있는 프레스켈-가르 왕세자의 도르존 요새로 데려
가 만나게 해주면 되었다.

이라스테스 부사령관은 장교 두 명과 돌격대원 여덟 명으로 파견
대를 꾸렸다. 와일로트 장군과 함께 나타난 사절단 네 명은 파견대와

같이 갈 것이다. 나머지 사절단 네 명은 그들이 가져온 무기 견본들과 함께 도르잔 요새에 머무르기로 했다. 이는 그들이 얌전하게 처신하리라는 것을 보장하기 위해 인질로 남겨두는 것으로 이해했다. 그러나 그런 사실을 드러내놓고 말할 정도로 무례한 사람은 아무도 없었다. 이라스테스 부사령관은 그 이방인들이 팔목과 허리띠에 차고 있는 통신용 액세서리와 휴대용 무기 같은 것들이 흥미로웠다. 지극히 발달한 형태처럼 보였는데, 완전히 처음 보는 장치들이었다. 그는 이게 현재 진행 중인 세리오스인의 연구 결과가 아니길 바랐다. 이런 것들은 들어본 적도 없었다. 만일 이런 것들이 세리오스인의 장비라면, 그 함의는 경악스러웠다. 프레스켈-가르 왕세자가 지금껏 무기에 그렇게 관심을 보인 것도 무리가 아니었다. 이라스테스 부사령관은 왕세자가 지금까지 비밀로 감춰져 있던 세리오스의 개발 과정에 접근할 수 있는 세리오스인 변절자들과 일종의 거래를 하는 것은 아닌지 궁금했다.

람비아 병력수송기는 양쪽의 사람들을 태우고 이방인들이 가리키는 방향에 따라 도르존 요새 남쪽에 있는 언덕을 넘어갔다. 그리고 고원 지대를 가로지른 후 해안 지역 동쪽 기슭의 가파른 절벽과 습곡으로 이루어진 황무지로 날아갔다. 이라스테스 부사령관은 이 이방인들이 이쪽 방향 어디에서 왔다는 것인지 이해가 되지 않았다. 추정컨대, 저들은 자신들의 차량을 이용해 도르존 요새로 이동했을 것이다. 그리고 그 차량은 인질들과 함께 어딘가에 남겨두었을 게 틀림없었다. 하지만 그는 질문을 던질 위치가 아니었다.

부조종사의 제어판에서 무전 소리가 들려왔는데, 이방인들이 특이한 언어로 말했다. 이라스테스 부사령관은 '식별…'처럼 들리는 소리를 알아들을 수 있었지만, 나머지는 전혀 이해가 안 됐다. 부조종사가 지시를 받으려고 고개를 돌렸다. 와일로트 장군이 그에게 고개를 끄덕이더니 마이크를 받아 짧게 말했다. 이방인들은 람비아의 무전 주파수를 감시하고 있던 게 틀림없었다. 비행을 돕고 있던 와일로트 장군의 부관이 조종사의 어깨를 툭툭 치더니, 앞쪽의 가파른 산등성이 한쪽으로 돌출된 바위로 이루어진 넓은 산마루를 가리켰다. "저기… 근처. 그리고 아래. 당신이 어디… 보인다."

산마루 주변을 급선회하자 바로 그 아래에 펼쳐진 계곡이 나타났다. 계곡에는 이라스테스 부사령관이 지금까지 보아왔던 것들과는 전혀 다르게 생긴 비행선이 있었다. 이 이방인들과 관련된 모든 물건이 그런 것 같았다. 색상은 칙칙한 회색이었으며, 둥그런 형태의 곡선이었고, 비행선의 크기에 비해 극단적으로 작아 보이는 두 개의 뭉툭한 날개가 뒷부분에 펼쳐져 있었으며, 각각의 날개 끝부분에는 위아래로 수직 꼬리날개가 달렸다. 이라스테스 부사령관은 그 비행선의 크기를 병력수송기나 소형 상업비행기 정도로 어림잡았다. 비행선 바깥에 사람들이 서서 람비아 수송기가 착륙하는 모습을 지켜봤다. 비행선에는 날개와 몸체 양쪽에 표지가 그려져 있었다. 이라스테스 부사령관은 수송기가 착륙하기 위해 다가갈 때 그 표지를 살펴봤는데, 세리오스의 표지는 아니었다.

수송기가 착륙한 후 승무원이 문을 열고 계단을 내려갔다. 와일로트 장군이 두 이방인과 밖으로 걸어 나가며 이라스테스 부사령관과 일행에게 따라오라고 손짓했다. 수송기 안의 다른 사람들이 그 뒤로 모여들었다. 바깥의 이방인들은 무장했지만, 무기를 편하게 어깨에 걸친 모습이었다. 이방인들은 도착한 사람들과 함께 대기 중인 비행선을 향해 걸어갔다. 여행은 아직 끝나지 않은 게 분명했다. 이라스테스 부사령관이 멈춰 섰다. "우리는 언제쯤 다시 여기로 돌아오게 되는 건가요?" 그가 와일로트 장군에게 물었다.

"무슨 말… 모르게…?"

이라스테스 부사령관이 손짓으로 이방인의 비행선을 가리켰다. "얼마나?" 그가 소매를 걷어 올려서 와일로트 장군에게 시계를 보여 주며 손짓으로 가리켰다. 그리고 공중에 원을 그린 후 땅바닥을 가리켰다. "여기로 돌아와?"

"아….", 와일로트 장군이 한 손을 들어 손가락 네 개를 펼쳐 보였다. 그러더니 엄지손가락도 펼쳤다. "시간." 이라스테스 부사령관은 장교 한 명과 부하 두 명을 뒤에 남겨서 자신들이 타고 온 비행기를 지키도록 했다. 그가 와일로트 장군에게 고갯짓을 했다. 그리고 그들은 이방인의 비행선에서 내려온 경사로로 향했다.

비행선의 내부는 더욱 이상했다. 비행선의 구조와 장식이, 이라스테스 부사령관이 지금껏 보아왔던 모든 비행기의 경제적인 배치 방식과 달리 고급 요트의 내부에 더 가까웠다. 스크린들 옆으로 화려한 크리스털처럼 보이는 것들이 줄이었고, 속에서 빛을 내는 듯한 벽과 천장이 객실을 환하게 비추었다. 의자들은 원하는 자세로 앉으면 그 모양대로 자동으로 바뀌는 듯했다. 이라스테스 부사령관이 그 모습을 놀라워하고 있을 때, 문이 닫히고 그 아래로 경사로가 오므라들었다. 그리고 곧 움직이기 시작했다. 스크린에 비친 영상을 보면, 곧장 수직으로 상승하고 있었지만, 묘하게도 객실 안에서는 뒤로 젖혀지거나, 심지어 가속한다는 느낌조차 들지 않았다. 그렇지만 지상을 비추는 영상이 멀어지는 속도는 그야말로 엄청났다. 람비아의 윤곽이 벌써 구름 사이로 얼룩처럼 보였다. 곧 바다도 얼음층의 가장자리를 나타내는 밝은 선의 언저리로 보였다. 지평선이 뚜렷하게 곡선으로 변했다. 위쪽으로는 하늘이 어두워졌으며 별이 보이기 시작했다.

그런데 여전히 그들은 올라가고 있었다. 이라스테스 부사령관은 그제야 완전히 깨달았다. 이것은 그냥 비행선이 아니었다. 우주선이었다!

✳

브로쾰리오는 제블렌 기함의 함교에 서 있었다. 스크린에는 미네르바의 달에서 우주선들을 착륙시켜놓은 지역의 협곡과 산마루, 얼음 조각들, 먼지투성이 바위로 이루어진 단조로운 주변 모습이 보였다. 월인들은 아직 달의 뒷면까지 정규적인 감시 시설을 설치하지는 않은 것 같았지만, 브로쾰리오는 움푹 파여서 대부분의 시간 동안 그늘에 묻히는 지역에 우주선들을 내려놓게 했다. 중력삽이 달린 지상 트랙터로 달의 바위들을 주변에 흩뿌려서 우주선의 외형이 눈에 띄지 않도록 위장했다.

상황은 잘 돌아갔다. 그리고 놀랍도록 빠르게 진행되었다. 와일로트 장군과 함께 소형 비행선을 타고 미네르바로 내려간 정찰대는 지금 시기가 람비아인과 세리오스인 사이에 큰 전쟁이 시작되기 전의 긴장이 흐르던 초기라고 확인했다. 에스토르두 자문과 과학자들이 끊임없이 떠들어대던 제블렌인의 기원과 관련된 상황의 특이한 순환을 고려할 때, 람비아인에게 접근하는 게 논리적인 것 같았다. 그래서 와일로트 장군은 지배적인 분파에서 프레스켈-가르 왕세자와 접촉을 했다. 왕세자는 무기의 견본들을 보자마자 관심을 보였다. 와일로트 장군이 바로 그런 목적을 위해 챙겨간 것들이었다. 계획은 간단히 람비아 지도부와 일종의 협력 관계를 형성하고, 그 상태에서 일을 진행하는 것이었다. 와일로트 장군은 프레스켈-가르 왕세자가 세리오스와 친밀한 관계를 추구하는 공식적인 람비아 정책에 반대하고 있으며, 강경 노선을 원하는 반체제 운동을 대표하고 있다고 보고했다. 와일로트 장군은 그런 상황 때문에 왕세자가 제블렌인의 무기라는 미끼를 물었던 것으로 판단했다. 프레스켈-가르 왕세자가 단순히 반대 의사를 밝히는 수준을 넘어 야망을 품고 있다는 의미로 해석할 수 있었다. 이는 브로큘리오에게 더욱 적합할 수도 있었다. 그래서 브로큘리오는 지체하지 말고 자신이 왕세자를 직접 만날 수 있도록 조치하라고 명령했다. 와일로트 장군은 브로큘리오를 그곳으로 데려갈 왕세자의 군 지휘관과 함께 돌아오고 있다고 알려왔다. 더욱 좋았다. 군대의 호위를 받게 된다는 의미였다. 걸인처럼 부엌 뒷문을 두드려야 하는 취급을 받지는 않을 것이다.

"궤도선에서 연락이 왔습니다." 단말기를 보고 있던 승무원이 소리쳤다. "착륙선이 자동유도빔을 따라서 오고 있습니다. 델타 V-H 2-7-50, 5-5000."

시스템 모니터를 살펴본 함교의 당직 장교가 고개를 돌려 말했다. "다가오는 중입니다. 4분 내로 착륙합니다."

"와일로트 장군을 스크린에 띄워." 브로큘리오가 지시했다. 몇 초 후 분홍색 피부에 은발을 뒤로 빗어 넘긴 오동통한 용모의 사람이 화면에 나타났다. "훌륭한 성과를 냈더군." 브로큘리오가 인정했다. 이는 그가 아낌없이 베푸는 노골적인 칭찬에 가장 가까운 표현이었다.

"각하의 지극한 자애로움 덕분입니다."

"계획이 뭔가?"

"그레베 소령과 사절단 한 명을 도르존 요새에 남겨두었습니다. 저희는 미네르바의 지상에 있는 약속 지점으로 갈 텐데, 거기에서 람비아 비행기가 저희를 데려가려 대기 중입니다. 정찰기는 도르존 요새에 감춰두었습니다. 프레스켈-가르 왕세자는 각하가 원하실 때 만날 수 있도록 기다리고 있습니다."

브로컬리오가 고개를 끄덕였다. "좋군."

와일로트 장군이 눈짓으로 자신의 어깨너머 뒤쪽을 가리키며 낮게 말했다. "지금 왕세자의 이라스테스 부사령관을 소개해드릴까요?"

브로컬리오가 와일로트 장군 뒤쪽의 의자에 구부정하게 앉아 있는 사람의 모습을 봤더니, 아직도 약간 충격을 받은 상태였다. 그가 살짝 놀라서 오므린 입술이 덥수룩한 수염 틈으로 보였다. "언어는 잘 통하던가?" 브로컬리오가 물었다.

"어렵습니다. 유사성이… 아주 적습니다." 와일로트 장군이 인정했다.

브로컬리오는 이라스테스 부사령관이 개조된 제블렌 성간 수송선의 함교에 들어서는 첫 경험을 통해 자신을 만나게 된다면 그에게 훨씬 큰 인상을 주겠다는 판단이 들었다. 효과를 극대화하는 기술이 지휘와 지도의 절반이라고 할 수 있다. "저 사람은 여기에서 소개받겠네." 브로컬리오가 대답했다.

몇 분 후, 착륙선이 머리 위로 나타났다. 그리고 천천히 내려와 수송선 내부의 격납고로 들어와서 정박했다. 잠시 후, 이라스테스 부사령관과 부관, 호위병들이 안내를 받으며 완전히 기가 질린 표정으로 입을 쩍 벌린 채 이쪽저쪽을 돌아봤다. 브로컬리오는 정렬해 있는 함교 장교들의 지휘관 자리에서 팔짱을 끼고 거만한 표정으로 기다렸다. 수용적인 분위기를 조성하기 충분할 정도로 방문객들이 열중하는 모습을 보이면, 즉시 그들을 향해 출발할 것이다.

초공간 그리드 동력이 없는 상태라서 우주선의 예비 동력은 승무원을 위한 생명 지원시스템을 유지하기 위해 사용하고 있으며, 주 무기들은 무용지물이고 보조 무기도 예비 동력이 남아 있을 때까지만 사용할 수 있다는 사실을 굳이 그들에게 말할 필요는 없었다. 예비 동력이 다 떨어지면 우주선은 달의 지면 위에 쌓인 고철 더미에 불과한 신세가 될 것이었다. 미네르바에는 이 우주선들에 동력을 재공급할 수 있는 산업이 없었다.

＊

프레스켈-가르 왕세자는 도르존 요새에 있는 개인 집무실에서 탁자 위에 놓인 물체와 무기들을 다시 쳐다봤다. 이라스테스 부사령관과 그의 일행이 돌아온 이후 과학자들은 지금까지 그 무기들을 조사하면서 이방인들에게 그에 관해 묻는 중이었다. 이라스테스 부사령관은 오늘 자신이 봤던 상황이 중요하다고 판단하고, 그 사실을 보여주기 위한 징표로 물건 하나를 가지고 왔다. 달의 뒷면에서 가져온 돌이었다. 이라스테스 부사령관은 마지막으로 이야기를 나눈 후에도 계속 거기에 남아 있었다. 왕세자는 아직도 방금 들은 이야기들을 소화하느라 힘들었다.

인간인데, 외계인이라고? 그들은 어찌 된 일인지 불완전하게 어설픈 람비아어로 말을 했다. 미래에서 일종의 시간 왜곡이 일어났는데 다른 미래라고 했다. 아직 미래가 된 것도 아닌데, 어떻게 다른 미래라는 게 있을 수 있지? 그 모든 이야기는 프레스켈-가르 왕세자의 이해를 넘어섰다. 하지만 분명한 사실은, 그들이 엄청난 성능의 무기를 가졌다는 것이었다. 설령 그 수가 제한적이거나, 혹은 람비아가 그 무기의 운영과 유지에 필요한 재료를 공급하지 못한다고 하더라도, 이 외계인들이 가진 지식은 무한한 가치가 있을 것이다.

프레스켈-가르 왕세자의 부관 로박스 경은 어느 정도 외계인의 말을 이해해서, 지도자의 말을 통역할 수 있었다. 외계인의 지도자는 검은 수염이 짙고 사납게 생긴 브로컬리오라는 자였다. "당신들은…

(제 생각에는 이 행성을 말하는 것 같습니다) 전쟁을⋯ 모른다. 전쟁을 위한 조직⋯ 계획과 설계, 그리고 사소한⋯ (강아지의 물어뜯기?) 소규모 전투. 하지만 국민들의 마음⋯ (정확히 무슨 말인지 잘 모르겠습니다) 무엇인가? 무엇이⋯ (비슷한 말인 것 같은데 제 생각에는 이 뜻일 것 같습니다) 나라, 국가를⋯ (제 추측에는, 확실하지는 않습니다만) 전쟁을 수행할 수 있는가? 우리는⋯ 당신을⋯ 전쟁 지도자로⋯ 만들 수 있다. 모든 람비아인을⋯ (아마도) 단결시킬 것이다. (여기는 조금 이상한데요. 이렇게 말하는 것 같습니다) 세리오스 군대는 저항하지 못할 것이다⋯. 람비아와 세리오스는 하나다⋯, 하나가 될 것이다. 한 명의 왕⋯." 브로컬리오가 프레스켈-가르 왕세자를 손짓으로 가리켰다. "그리고⋯ (뭔가 오만한 말투인데) 그렇게 할 운명이다."

프레스켈-가르 왕세자가 다시 단조롭고 무른 돌덩어리를 쳐다봤다. 이라스테스 부사령관은 달에 있는 그들의 우주선이 원양 여객선 크기라고 했다. 그리고 이들은 기꺼이 협상에 나섰다. 브로컬리오가 상세히 설명하지 않으려는 것으로 볼 때, 이 외계인들은 자신들이 왔던 곳으로 돌아갈 수 없는 듯했다. 달의 지표면에 안식처와 음식물을 필요로 하는 사람들이 2천 명 넘게 있었다. 그에 대한 답례로 이들은 유익한 도움을 줄 게 틀림없었다. 왕세자는 브로컬리오가 그의 마음속에 그려준 그림을 이글거리는 눈으로 바라봤다. 왕세자는 매우 유익한 거래가 될 수 있으리라는 느낌이 들었다. 지금까지 오랫동안 그는 페라스몬 국왕을 왕좌에서 몰아낼 날을 위해 달려왔다. 그의 추종자들은 준비가 되었다. 능력도 갖췄다. 그러나 그는 지금껏 자신들이 유리한 위치를 여유 있게 확보할 수 있다는 확신이 들지 않았다. 이제 그럴 수 있을 것이다.

또 다른 요소는 적절한 기회를 기다리는 것이었다. 그런데 그 문제도 방금 해결이 된 듯했다. 로박스 경이 가져온 소식에 따르면, 얼마 전부터 두 나라의 기술 고문들 사이에 진행되었던 교섭에 이어, 세리오스의 하르진 대통령이 페라스몬 국왕과 회담을 하기 위해 람비아로 올 예정이었다. 이는 두 강대국 사이의 휴전 협정이 목전에 닥쳤다는 의미일 수밖에 없으며, 그 이후 페라스몬 국왕은 영웅이 될 것이고, 프레스켈-가르 왕세자가 권력과 명성을 차지할 기회는 영원히 사라지고 만다는 뜻이었다. 그가 행동에 나설 거라면, 아주 빨리 서둘러서 진행해야 했다. 그러지 않으면 영원히 불가능할 것이다.

33

"공격! 공격! 전투 위치로!" 북해를 순찰하던 람비아의 코르벳함 용맹호의 출구에서 군인들이 갑판과 통로로 우르르 쏟아져 나와, 군복을 챙겨 입으며 해치와 사다리를 통해 앞다퉈 올라갔다. 4번 함포의 사수가 미친 듯이 자신의 자리로 찾아가는 동안, 지섹 하사는 조타실에서 나와 우현 함교로 올라갔다. 바로 그때 동쪽 밤하늘에서 검은 물체가 물속으로 들어갔다. 13초 후 어뢰가 선체의 중앙부를 때렸다.

지섹은 그 충격에 난간을 넘어 앞 갑판 주포 위의 수신호 구역으로 내동댕이쳐졌다. 그는 의식이 몽롱한 상태로 쓰러졌는데, 고통이 모든 관절을 휩쓸고 지나가는 느낌이었다. 고함과 비명이 그의 귀를 뚫고 들어왔다. 지섹은 깃발함 옆에 있는 돛의 지지대를 붙잡고 멍하니 몸을 일으켰다. 그가 서 있는 갑판은 이미 상당히 기울었다. 지섹이 고개를 들자, 함선의 중심부는 주황색 불꽃으로 타오르고, 공중으로 내던져진 파편과 시체들이 얼핏 보였다. 그의 위쪽 함교에서 사람들이 비척거리며 걸어 나왔는데, 비행기가 두 번째 공격하면서 미사

일과 기관포를 쏘자, 그들과 함께 함교의 문짝과 뒤에 있던 사람들까지 산산이 분해되었다.

＊

세차게 몰아치는 폭풍으로 회색의 하늘보다 더 짙은 잿빛 바다가 심하게 일렁였다. 지섹은 물에 젖은 군복과 고무를 입힌 보트의 캔버스천 바닥을 통해 추위가 스며드는 게 느껴졌다. 빙상에서 겨우 80킬로밖에 떨어지지 않는 해역에서 이렇게는 오래 버티지 못할 것이다. 하지만 그런 말을 뱉을 수는 없었다.

보트 위에는 이제 두 사람뿐이었다. 아무튼 살아 있는 사람은 둘이었다. 다리를 잃어버린 음파탐지기 기사는 아마 1시간 전에 죽었을 것이다. 그러나 아직도 기수 토르케는 무릎으로 그의 머리를 받치고 있었다. 바람을 막기 위한 놔둔 것일까? 아니면 그저 시체를 보트 밖으로 던질 힘이 없는 것일까? 어쩌면 아무런 의미도 없는 것일 수도 있었다. 추위 때문에 생각하기가 힘들었고 그마저 뚝뚝 끊어졌다. 생각하는 것 자체만으로도 의지를 담은 노력이 필요했다.

토르케도 부상을 입었다. 등에 뭔가가 박힌 모양이었다. 총알이거나 유산탄 조각 혹은 날아온 파편에 맞았을 것이다. 그는 힘들게 숨을 쉬었다. 그리고 간헐적으로 기침을 했는데, 그때마다 입에서 피가 뚝뚝 떨어졌다. 이제 겨우 19살인 토르케는 이번이 첫 작전 항해였다. 하지만 토르케는 불평하지 않았다. 지섹에게는 토르케가 그저 어린아이처럼 보였다. 지섹은 속으로 앞으로 닥칠 일을 혼자 마주해야 한다는 마음의 준비를 하고 있었다. 지섹은 소년의 얼굴을 바라봤다. 토르케는 더욱 창백해졌고, 이제 푸르스름해지기 시작했다. 토르케가 마른 입술을 핥았다. 지섹은 반사적으로 제한된 자원을 낭비하게 될 위험을 검토하기 시작했다. 그는 생각을 멈췄다. 자신의 비열함이 불쾌하게 느껴졌다. 그는 물병의 뚜껑을 돌려 열어서 건네줬다. 토르케는 한 모금 마시고, 고마운 표정으로 고개를 끄덕이더니 다시 돌려줬다. 지섹은 물을 마시지 않고 뚜껑을 닫았다. 그리고 다시 물병을 응급상자에 넣었다.

지섹은 침몰하는 코르벳함의 불빛 속에서 다른 보트가 부풀어 오르고 서로 끌어당기거나 다른 사람들을 태우는 모습을 보았었다. 그들이 아직 어딘가에 있을지는 모르겠지만, 아침 해가 떠오르기 전에 시야 밖으로 떠내려가 사라져버렸다. 적막한 수평선에 용맹호가 존재했었다는 사실을 떠올리게 하는 유일한 흔적은 10여 미터 떨어진 곳에 기괴하게 떠 있는 시체 한 구였다. 그 시체는 물에 뜬 다른 잔해들과 함께 집요하게 보트를 따라왔다. 이해가 되지 않았다. 다른 보트가 시야 밖으로 떠내려갔다면, 이 수역의 표류물들도 흩어졌어야 하지 않을까? 지섹은 해류의 장난일 거라고 짐작했다. 앞서 수평선에서 보였던 형상이 좀 더 가까워지자 빙상 같았다. 그들이 북쪽으로 흘러가고 있다는 의미일까?

지섹은 아내 일리아에 대해 생각했다. 일리아는 식물들에 대해 수다를 늘어놓고, 함께 긁어내서 평평하게 만든 벽에 페인트를 칠했었다. 그리고 휴가를 받아 마지막으로 집에 갔을 때 마침 아장아장 걷기 시작하던 로체이의 모습도 떠올랐다. 정원을 어슬렁거리며 언제나 지섹을 걱정하는 부모님도 생각났다. 최후의 순간이 길게 늘어진다면, 부디 가족들이 그 사실을 알지 못하길 바랐다. 허기 때문에 위장이 조였다. 아마도 아침 식사 시간이 된 모양이었다. '어쩌면 좀 더 기다리는 게 더 실용적이고 현명할지 몰라….' 그는 또 비열한 생각을 하고 있었다.

"저기요…?" 토르케의 목소리는 그저 메마른 쉰 소리에 불과했지만, 다급한 느낌이 들었다. 지섹이 고개를 들었다. 토르케는 지섹의 뒤쪽 높은 곳에 있는 뭔가를 보고 있었다. 지섹도 그게 뭔지 보기 위해 어깨너머로 뻣뻣한 고개를 돌렸다.

어떻게 저게 소리도 없이 그들에게 다가올 수 있었는지 지섹으로서는 가늠되지 않았다. 트럭만 한 크기의 거대한 금속 달걀처럼 생긴 물체가 약 30미터 상공에 떠 있었다. "저게 뭔가요?"

지섹이 고개를 저었다. "나도 모르겠어." 그는 저런 비행체를 본 적이 없었다.

"저게 놈들 건가요?" 토르케가 공포에 질린 목소리로 물었다.

"나도 몰라."

그들에 대한 조사를 마친 듯, 물체가 가까이 다가왔다. 지섹은 입이 말라가는 게 느껴졌다. 그 물체는 바로 눈앞까지 기분 나쁘게 다가왔다. 그리고 곧 아랫부분이 물에 잠기며 비행체 표면의 세로 부분이 보트와 나란하게 되었다. 그때까지 보이지 않던 한 칸이 열리더니 내부문과 방이 드러났다. 그 방 너머에는 더 크고 주황빛이 나는 공간에 장비들과 계기판이 얼핏 보였다. "제 말이 들리나요?" 그 안에서 목소리가 나왔다.

지섹이 멍하니 끄덕였다. "네, 누구세요?"

"지금 당장 그 이야기를 시작하기에는 사연이 너무 길어요. 게다가 여러분은 온종일 거기에 앉아 이야기를 들을 수 있는 상태가 아닌 것 같네요. 지금 제가 최대한 가까이 다가간 상태입니다. 건너올 수 있겠어요? 세 명을 위한 공간은 충분합니다."

"아니요." 지섹이 대답했다. 반사적으로 그 말을 수정했다. "두 명뿐이에요."

그들은 시간을 거스르며 전쟁이 시작되는 지점을 향해 나아가고 있었다.

보트에서 데려왔던 상처를 입지 않은 해군 병사는 잘 자고 먹었으며 이제 방문객을 만날 수 있을 정도로 건강해졌다고, 샤피에론호의 의사가 알려줬다. 그의 동료는 수술 후 아직 의식이 없는 상태였는데, 회복될 가능성은 크지 않았다. 질문자들이 우르르 몰려가서 괴롭힐 상황은 아니었다. 원칙적으로 정치적 임무의 책임자인 프레누아 쇼음은 헌트와 자신이 그 사람과 이야기를 나누기로 결정했다. 의사는 그의 이름이 지섹이라고 확인해주었다. 지섹은 람비아인이었다.

조락은 정찰을 위한 방문 과정에서 사람들과의 접촉을 통해 통역자로서의 능력을 빠르게 향상시켰다. 지금까지 접촉은 홀로 떨어진 개인들로만 제한적으로 이루어졌는데, 이 방법은 접촉한 개인이 그들에게 가치 있는 정보를 거의 이야기해주지 못할 가능성이 있었다. 헌트는 무엇이든 대답할 수 있는 사람들이 모여 있는 대학 캠퍼스 한복판에 탐사선을 내려서 한 번의 작전으로 한꺼번에 처리함으로써, 상황을 간단하게 정리하고 시간을 절약하자고 제안했다. 하지만 단체커는 그런 묘기를 부리면 히스테리와 흥분에 사로잡힌 사람들에게 둘러싸여 우리에 대한 설명을 요구하며 쏟아지는 질문 때문에 뭔가 물어볼 기회조차 얻기 힘들 것이라 주장했다. 그래서 결국, 다시 현재 진행하는 방식으로 결정되었다.

쇼음은 헌트와 함께 연한 노란 벽과 밝게 빛을 내는 발광판으로 둘러싸인 복도를 통해 의료실까지 걸어가는 동안 아무 말도 하지 않았다. 쇼음은 이 임무를 다룰 때 헌트의 과학적 견해를 보완하고, 투리엔인의 존재를 보여주는 정도로 역할을 국한하기로 했다. 헌트도 그 사실을 알았다. 이 임무가 쇼음에게는 매우 개인적인 문제가 되었기 때문이다. 그녀는 이 임무를 투리엔인이 존재의 완성으로 여기는 내적 발전을 향해 나아가기 위해 더 잘 이해하고 숙달해야 할 자신의 본성과 관련된 문제로 받아들였다. 헌트는 도시의 산업 지역에 람비아인이 공중 폭격을 진행한 후 샤피에론호의 탐지기가 그 결과를 전송했을 때 충격을 받은 쇼음의 반응을 봤었다. 그리고 가로챈 뉴스 방송이 어린 고아들과 눈을 잃은 사람들, 팔다리를 잃은 사람들을 보여주고 그들의 이야기를 들려줄 때 그녀의 얼굴을 봤다. 쇼음은 그런 상황을 피할 수 있는 현실의 한 조각이라도 만들어낼 가능성을 종교적인 열정에 가까운 수준으로 갈구하고 있었다.

간호사가 그들을 방으로 들여보냈다. 지섹은 솜털처럼 부드러운 실내 양말에 헐렁한 병원 바지와 가운을 몸에 걸치고, 스위트룸 외실에 있는 작은 탁자 옆의 안락의자에 앉아 있었다. 조락은 지섹이 침실로 방문객을 받는 걸 꺼린다는 사실을 미리 알려줬다. 그는 놀란 눈으로 헌트를 쳐다봤다. 헌트는 지섹이 샤피에론호에 승선한 이후 처음 본 인간이었다. 지섹은 탐사선을 타고 샤피에론호로 돌아오는 내내 동료를 지켜보다가, 가니메데인 의료진이 그를 떠맡자마자 의식을 잃었었다.

쇼음이 말하기 시작했다. 조락의 통역이 탁자 위에 있는 스피커에서 흘러나왔다. "이제 당신이 대화를 나눌 수 있을 정도로 안정되었다고 의사가 이야기해주더군요." 지섹의 눈이 무의식적으로 헌트를 향했다. "내 이름은 프레누아 쇼음입니다. 우리는 여기에 잠깐 들렀습니다. 여기에서 아주 먼 행성에서 왔죠. 이쪽은 헌트 박사이고, 과학자입니다. 우리는 당신에게 몇 가지 질문하고 싶습니다."

"토르케에 대한 새로운 소식이 있나요? 나와 함께 있었던 사람 말이에요. 토르케가 수술을 받았다는 이야기는 들었습니다."

"유감이지만, 좋지 않습니다." 쇼음이 그에게 말했다. 헌트는 쇼음이 전형적인 투리엔인이라는 생각이 들었다. 투리엔인들은 돌려 말할 줄 몰랐다. 아주 조금이라도. 지섹이 고개를 끄덕였다. 그는 이미 그런 소식을 들을 마음의 준비가 되어 있던 모양이었다. 헌트는 탁자 옆 다른 의자에 앉았다. 쇼음은 한쪽 벽에 있는 소파에 앉았다.

"여러분은 오래전에 미네르바에 살던 거인이죠? 우리가 들었던 그 이야기들이 사실인가요? 여러분은 다른 별로 갔나요?"

"맞아요."

지섹이 궁금한 눈빛으로 헌트를 다시 바라봤다. "그러면… 당신은 누구인가요?"

헌트가 깍지를 낀 양손을 탁자 위에 올리며 상냥한 눈빛으로 그를 쳐다봤다. "이건 복잡한 이야기가 될 수도 있습니다. 우리는 서로에게 물어볼 이야기가 많을 겁니다. 하지만 당신은 우리에게 신세를 졌잖아요." 헌트는 조락이 지섹에게 그 말의 통역을 마칠 때까지 기다렸다. "그러니 먼저 당신이 우리의 질문에 대답해주면 어떨까요?"

지섹이 고개를 끄덕였다. "해볼게요."

헌트가 쇼음을 돌아봤다. 쇼음은 들고 온 서류를 살펴보며 지섹의 이름을 찾았다. 그는 람비아에서 왔고, 해군 하사관이었다. 그리고 서류에는 앞서 의사가 확인해준 다른 세부사항들도 담겨 있었다. 이것은 단지 대화를 진전시키기 위한 자료에 불과했다. 쇼음은 전쟁을 화제로 올렸다. "지금까지 이 전쟁이 얼마나 오래 지속됐나요?" 지섹은 어떻게 대답해야 할지 망설이는 듯했다.

"혹시 어떤 시점에 공식적인 선포가 있었나요? 람비아나 세리오스가 상대방 국가와 전쟁 상태에 돌입했다고 선언한 날이 있나요?" 헌트가 질문했다.

지섹이 고개를 저었다. 그런 생각 자체가 그에게는 낯선 모양이었다. "그냥… 해가 지날 때마다 점차 커졌어요."

"어떻게 시작됐나요?"

"제가 기억하는 한 세리오스인과는 항상 문제가 있었어요. 그들은 사적인 탐욕과 부패로 움직였어요. 심지어 하나의 종족으로 단결해서 함께 진행하는 일에 우리 모두의 생존이 달렸을 때조차도요. 우리는 모든 사람을 지구로 데려가려고 했었거든요."

"네, 그 부분은 저희도 압니다." 쇼음이 말했다. 당연하지만, 그들이 앞서 이야기를 나눴던 세리오스인들은 그 문제를 다르게 해석했다.

지섹이 계속 말했다. "우리 국왕은 세리오스인을 논리적으로 설득하려 노력했어요. 그리고 그들이 하는 짓이 모든 사람을 위한 기회를 망가뜨리고 있다는 사실을 보여주려 했어요. 그렇지만 세리오스인은 우리를 자신들의 방식대로 일하게 만들려고 했어요. 그리고 그들은 무기를 만들기 시작했죠. 람비아도 똑같이 할 수밖에 없었어요. 우리 자신을 지켜야 했으니까요. 세리오스인은 비행기를 우리나라로 보내 우리를 염탐했어요. 그들의 첩보선이 우리 연안으로 들어오기도 했죠. 람비아 군함이 그들을 돌려보내기 위해 다가가자 그들이 발포했어요. 그리고 그 뒤에 이어진 교전으로 침몰했죠. 그 일은 제가 해군에 들어오기 전에 일어났어요. 하지만 아마 그게 실제 전투가 시작된 시점일 거예요."

"세리오스의 프리깃함 챔피언호 이야기군요." 쇼음이 자료를 슬쩍 보고 말했다.

지섹이 놀란 표정으로 말했다. "네."

세리오스인들은 챔피언호가 공해상에서 공격당했다고 이야기했었다.

"그러면 그 일은 언제 일어났나요?"

"2, 3년쯤… 전이었을 거예요."

"혹시 제라스키라는 이름을 들어봤나요?" 쇼음이 물었다. 제라스키는 최후의 전쟁 당시 람비아 독재자였다.

"아니요."

그렇다면 제라스키는 아직 자르곤의 권력을 이어받지 않았다.

쇼음이 계속 물었다. "당신은 국왕을 언급했는데, 현재 람비아에는 아직 국왕이 있나요?"

"네."

"페라스몬 국왕인가요?"

지섹이 다시 놀란 표정이었지만, 이번에는 그가 고개를 저었다. "아니요, 페라스몬 국왕은 살해당했어요. 현재는 프레스켈-가르가 국왕입니다."

쇼음이 헌트를 날카롭게 쳐다봤다. 흥미로웠다. 프레스켈-가르는 람비아가 자르곤의 지배를 받는 독재국가가 되기 전의 마지막 국왕이었다. "자르곤이라는 이름은 들어봤나요?" 헌트가 물었다.

지섹이 고개를 끄덕였다. "아, 네. 그 사람은 국왕의 장군이에요. 아주 막강한 권력자죠. 그 사람이 첨단 무기 프로그램을 지휘해요. 극비죠. 세리오스 정보부가 그걸 파헤치려고 애쓰는 중이에요. 람비아의 배신자와 이중간첩들 덕분에 조금 성공했다더군요."

"어떤 무기를 말하는 거죠?" 헌트가 호기심에 물었다. 즉시 대답이 나오지 않자, 헌트가 대답을 유도했다. "핵분열? 핵융합? 입자빔? 방사선빔? 첨단 핵공학?"

"저는… 그런 건 전혀 몰라요."

헌트는 더 묻지 않았다. "자르곤 장군은 어떤 사람인가요? 그 사람에 관해 설명해줄 수 있나요?"

"네, 다들 그 사람을 신문이나 TV에서 봤으니까요. 전혀 큰 키는 아니지만 아주 펑퍼짐했어요." 지섹이 손으로 가슴과 어깨를 가리켰다. "피부색이 짙은데, 심하게 태운 것 같더군요. 그리고 검은 수염을 짧고 단정하게 잘랐어요. 턱이 크고, 치아가 호전적으로 생겼어요." 헌트가 의자의 등받이에 기대며 만족스러운 표정으로 고개를 끄덕였다. 이마레스 브로궐리오가 맞는 것 같았다. 브로궐리오가 한 발을 걸치고 있었을 것이다.

"자르곤의 배경에 대해 말해주세요. 그의 경력, 기록 같은 거요. 그 사람은 람비아의 어느 지역 태생인가요?" 쇼음이 물었다.

"그런 문제에 대해서는 거의 알려진 게 없어요. 자르곤 장군은 갑자기 난데없이 나타난 것 같았어요." 지섹이 대답했다.

"그게 언제인가요?"

"역시 약 3년 전이에요. 챔피언호 사건이 있기 전이긴 하지만, 아주 오래전은 아니었어요. 아마 그 사건이 일어나기 6개월쯤 전이었을 거예요." 지섹이 머뭇거리더니 덧붙였다. "혹시 제 의견을 듣고 싶다면, 제 생각에 자르곤 장군은 람비아 출신이 아닌 것 같아요. 전 그 사람이 세리오스인일 수도 있다고 생각했어요."

그 말은 약간 놀라웠다. "왜 그렇게 생각하세요?" 헌트가 물었다.

"그 사람은 매우 비밀스러운 추종자들을 거느리고 프레스켈-가르 왕세자의 참모로 등장했어요. 전 지금까지도 그 사람의 추종자들이 몇 명이나 되는지 몰라요. 하지만 그들은 새로운 무기 기술을 가져왔죠. 그리고 온갖 종류의 첨단 과학 지식과 관련된 프로그램을 시작했어요." 지섹이 그게 아니면 어떻게 그런 무기를 만들었겠냐고 묻는 듯한 몸짓을 했다. "제 말이 무슨 뜻인지 아시겠죠? 세리오스의 무기 전문가들이 집단적으로 변절한 것 같아요. 그냥 제 생각이에요."

"그들이 세리오스인이라면, 그들이 뭘 하고 있는지 알아내려고 세리오스에서 첩보 작전을 진행할 필요가 있을까요?" 헌트가 희미하게 미소를 지으며 질문했다.

지섹이 잠시 생각해보더니 대답했다. "아마 그 정보를 돌려받으려는 거겠죠. 자르곤이 프로그램 전체를 가져왔다면 말이에요. 아무튼 그래서 그렇게 비밀스러운 거겠죠." 힌트는 그 정도면 괜찮은 대답이라고 판단해서 고개를 끄덕였다.

쇼음이 다시 질문을 시작했다. "페라스몬 국왕의 이야기로 돌아가서, 당신은 국왕이 살해당했다고 했잖아요. 그게 언제였죠?"

"3년 전에요."

"그러면 자르곤 장군이 나타난 때와 거의 비슷한 시기였나요?"

"그런 것 같아요."

"그때 자르곤 장군이 프레스켈-가르 왕세자의 참모로 등장했나요? 그 일이 발생했을 때 자르곤 장군이 활동하고 있었어요?"

"저는… 잘 모르겠어요."

"그러면 국왕은 어떻게 살해됐나요?"

"많은 사람이 우리와 세리오스인 사이의 문제가 해결될 거라고 믿었던 때였어요. 자세한 사항까지는 확실히 기억나지 않지만…, 어쨌든 두 국가 사이의 차이가 그리 중요하지 않은 문제가 되었죠. 제 생각에는 전쟁을 원하는 사람은 아무도 없었어요. 그 당시는 그런 일을 상상하기도 힘들었어요. 그저 공포 영화에서나 볼 수 있는 일이었죠. 그래서 모든 곳에서 전쟁을 피할 수 있을 거라는 희망이 피어났어요.

세리오스 대통령 하르진이 멜티스로 직접 국왕을 만나러 왔어요." 멜티스는 람비아의 수도였다.

"페라스몬 국왕을요?"

"네, 그리고 두 사람은 함께 대규모 연설을 했어요. 그들은 서로를 이해하게 되었으며, 이제부터 미네르바의 모든 사람이 함께 일할 것이라는 내용이었죠. 세리오스인들은 자신들의 체제를 지키고, 우리도 우리 체제에 머무를 수 있을 거랬어요. 악몽이 끝나는 것 같았죠." 지섹이 말을 멈추더니, 탁자 위에 있는 주전자에서 물을 잔에 따라 마셨다.

"그래서요?" 쇼음이 말했다.

"그 후 두 사람은 멜티스에서 세리오스로 날아갈 참이었어요. 페라스몬 국왕이 세리오스를 방문하는 거였죠. 그런데 그들의 비행기가 격추됐어요."

쇼음은 지금까지 그런 일을 숱하게 들었는데도, 그 순간 자신의 눈을 가릴 수밖에 없었다. "누가 그랬나요?" 그녀가 물었다.

"세리오스인들이오. 세리오스 군부 내에 통제되지 않는 집단이 그짓을 했어요. 아시겠죠, 이기주의와 사적인 이익에 대한 그들의 강박감이 또 문제였던 거예요. 공동의 목표에 대한 생각을 안 하는 거죠. 군사적으로 긴장된 상태가 그들에게 많은 권력을 부여해줬어요. 그들은 그걸 포기할 준비가 안 되었던 겁니다."

"그 뒤 어떻게 됐나요?" 헌트가 질문했다. 하지만 어렵지 않게 짐작할 수 있었다.

"아, 그 뒤로는 협상을 더 진행할 수 없었어요. 프레스켈-가르 왕세자가 왕위를 이었죠. 그는 우리에게 필요했던 강력한 지도자라는 사실이 드러났어요. 그는 페라스몬 국왕처럼 속지 않았죠. 세리오스인들은 내내 무장을 하고 있었어요. 아마 우리를 구한 사람은 자르곤 장군일 겁니다. 장군이 지난 3년 동안 구축한 방어 무기가 없었다면, 지금쯤 실제로 람비아가 침략을 당했을 거예요."

✳

조각들이 들어맞았다. 브로컬리오와 그가 데려온 제블렌인들이 미네르바에 도착했을 때, 세리오스와 람비아는 수년간 쌓아왔던 의견의 차이를 넘어서기 직전이었다. 당시까지 양국의 충돌은 소규모에 불과했다. 그런데 화해를 끌어냈던 두 지도자는 그 화해가 채 효과를 발휘하기 전에 암살당했다. 세리오스인들은 지섹의 이야기와 달리 프레스켈-가르 왕세자가 교묘하게 일으킨 람비아인들의 음모였다고 비난했다. 그 시점 때문에 브로컬리오가 개입했을 것으로 의심되었지만, 확실하게 결론을 내릴 수는 없었다. 진짜로 일어난 일이 무엇이었든, 왕좌를 기다리던 강경 노선의 프레스켈-가르 왕세자는 자신의 기회를 잡았고, 이미 거기에 있었거나 그 직후 나타난 브로컬리오와 함께 비타협적인 태도와 전쟁을 단계적으로 확대하는 길로 나아갔으며, 마침내 전면적인 전쟁이 벌어졌다. 그리고 미래의 어느 날 브로컬리오가 그를 제거할 적절한 시점이 되었다고 판단했을 때, 국왕이었던 프레스켈-가르는 자신이 벌인 짓에 대한 대가를 치렀다.

이 정보는 마침내 이 임무가 어느 시기를 목표로 삼아야 하는지에 대해 명확한 지침을 제공해줬다. 약 3년 전, 미네르바는 완전히 다른 경로로 나아갈 준비가 되어 있었다. 찾아야 할 표지는 프레스켈-가르가 아직 람비아에서 왕세자이고, 페라스몬 국왕과 하르진 대통령이 아직 살아 있다는 징후였다. 또한 제블렌인이 도착하기 전이어야 할 필요가 있었다. 하르진 대통령과 페라스몬 국왕이 그들을 처리하기 위해 적절한 준비를 할 수 있어야 하기 때문이었다. 그러나 제블렌인이 언제 도착했는지는 정확히 몰랐다. 그리고 더 질문을 진행하더라도 그 사실을 확인하지는 못할 것 같았다. 브로컬리오와 그의 측근들이 은밀히 자리를 잡았기 때문이었다. 그들의 존재와 기원에 대한 비밀주의 때문에, 제블렌 우주선의 흔적이 보이지 않더라도 그들이 도착하지 않았다는 의미로 해석할 수는 없었다. 현재도 우주선의 흔적은 전혀 보이지 않았지만, 제블렌인들은 분명히 여기에 있었다.

찾아야 할 마지막 표지는 제블렌 우주선들을 따라 시공간 터널을 건너왔던 샤피에론호의 탐지기로부터 응답이 없는 시점일 것이다. 조락은 매번 정찰 방문을 할 때마다 신호를 보내서 탐지기가 기능한다는 사실을 확인했고, 이번 방문에서도 그 탐지기는 정상적으로 기능했다. 그들이 상류로 올라가다 더 반응이 없는 지점에 도착한다면, 이는 탐지기가 거기에 없다는 것이므로 제블렌인들도 아직 도착하지 못했다는 의미일 것이다.

시엔은 페라스몬 국왕과 하르진 대통령이 람비아의 수도 멜티스에서 새로운 합의를 공동으로 발표할 때 미네르바 전체가 낙관적이고 희망적인 분위기였으므로, 샤피에론호가 미네르바에 도착하기에는 그 시점과 최대한 가까운 때가 심리적으로 최적의 순간일 것이라고 추론했다. 쇼음도 동의했다. 그래서 칼라자르 의장에게 공식적으로 승인받기 위해 그 제안을 담은 계획서를 작성했다.

*

이 정보 거래에는 아직 마무리해야 할 부분이 있었다. 지섹은 지구인 창고에서 그에게 맞는 옷가지를 찾은 뒤 샤피에론호 사령실에서 이 임무에 참여한 다른 구성원들과 만났다. 거기서 헌트는 약속했던 대로 이 우주선이 어디에서 왔는지, 그리고 왜 미네르바로 돌아왔는지에 관한 이상한 이야기들을 충분히 설명해줬다. 지섹은 구출된 이후부터 뭐든지 믿을 수 있게 된 듯했다. 지섹은 그 설명을 침착하게 받아들였지만, 그래도 그 이야기들을 모두 이해하는 척은 하지 않았다. 그때 샤피에론호의 의사가 지섹의 동료인 토르케가 우려했던 대로 사망했다는 소식을 알렸다.

프레누아 쇼음은 걱정과 연민이 담긴 눈길로 젊은 하사관을 바라봤다. "머지않아 당신의 행성은 끔찍하고 난폭하게 종말을 맞이할 겁니다. 우리는 그 사실을 압니다. 하지만 당신은 그런 일을 당할 필요가 없어요. 당신이 지금껏 상상하지 못했던 평화롭고 놀라운 행성으로 우리와 함께 가서 여생과 미래를 보낼 수 있어요."

지섹이 스크린을 돌아봤다. 스크린에는 가니메데인들이 그에게 보여주었던 투리엔의 모습이 아직 떠 있었다. 그는 체념하듯 희미하게 미소를 지으며 자신의 아내와 새로 태어난 아들, 그리고 자신을 걱정하는 부모님에 대해 말했다. "그런 일이 일어날 거라면, 가족들은 그 어느 때보다 제가 필요할 거예요. 고맙습니다만, 제가 있어야 할 곳은 그곳입니다." 그가 대답했다.

헌트와 쇼음은 지섹과 함께 탐사선이 대기하고 있는 선미의 선착장으로 이어진 수송 튜브로 갔다. 탐사선은 지섹을 해안가의 람비아 해군기지와 가까운 작은 만으로 데려다줄 것이다. 탐사선의 문이 닫힐 때 지섹이 안에서 손을 흔들었다. 잠시 후, 그들은 선착장의 모니터를 통해 탐사선이 샤피에론호를 빠져나가 별빛 속으로 멀어지는 모습을 지켜봤다. 프레누아 쇼음의 얼굴이 이상하게 움찔거렸다. 헌트는 처음으로 가니메데인이 우는 모습을 보았다.

34

　라이샤는 오랫동안 잊고 있었던 미래에 대한 희망으로 들뜨고 쾌활한 기분이었다. 마치 마음 한구석에서 커져가던 짐을 한동안 잊고 지냈었는데, 그 짐이 갑자기 사라진 듯한 느낌이었다. 그리고 무엇보다, 비록 사소한 역할이라 하더라도 그런 상황이 일어날 수 있게 만든 일의 한 부분을 담당했다는 생각으로 만족감과 성취감을 느꼈다.

　하르진 대통령은 이틀 전에 람비아의 수도 멜티스로 왔다. 세계의 뉴스로 방송된 임시 속보의 내용은 고무적이었다. 그리고 조금 전에는 오늘 정오에 세리오스와 람비아의 국민을 대상으로 두 사람의 합동 연설이 진행될 예정이라는 발표가 나왔다. 하르진 대통령은 그 후 떠날 예정이었다. 라이샤가 소속된 대표단이 머무는 멜티스의 정부청사 복합단지 아그라콘에는 모든 사람이 기다리고 있는 협정이 발표될 것이라는 소문이 돌았다. 또한 페라스몬 국왕의 일정에 앞으로 며칠이 비어 있다는 사실이 알려졌다. 어쩌면 그 연설에서 놀랄 만한 계획이 함께 발표될 거라는 의미일 수도 있었다. 라이샤는 통역실의 자기 책상에 앉아 노트와 기록들을 정리하고 있었다. 아침에 처리해야 할 일이 약간 있었다. 그녀는 미네르바인들이 함께 일하며 언젠가 사람들을 지구로 태워갈 우주선 선단을 건설하는 모습이 마음속에 떠올랐다.

우텔리아가 기자실에서 문을 열고 고개를 내밀었다. "이봐, 라이샤 엥스. 너한테 전화 왔어."

"나한테? 누군데?"

"글쎄, 난 모르지. 네가 와서 받아봐. 통화를 빨리 마쳐야 할 거야. 오늘 아침에는 회선들을 모두 비워둬야 하거든."

라이샤가 자리에서 일어나 서류를 어지럽게 늘어놓은 책상들과 세리오스 기자들이 일하는 곳에서 울려대는 전화기들 사이로 걸어갔다. 람비아인들은 기자실에 세리오스로 통하는 전화선을 설치해주었다. 우텔리아가 서류들이 쌓여있는 구석의 탁자 위에 올려놓은 수화기를 가리켰다. 라이샤가 수화기를 들었다. "여보세요. 라이샤 엥스입니다. 말씀하세요."

"이야, 제대로 예의 바르고 공식적인데! 아주 전문가다워. 감동했어."

"뭐? 클레스, 너야?"

"하하! 놀랐지? 생일 축하해!"

"그렇지만 내 생일은 오늘이 아니야."

"그래서? 생일 축하는 놀라게 해줘야 하는 거잖아. 네가 축하를 받을 거라고 예상할 수 있는 네 생일날에 생일을 축하해주면 놀라게 해줄 수가 없잖아?"

"아, 클레스. 넌 진짜 웃기는 녀석이야. 그런데 어디야?"

"아직 기지야. 여기서 지금 통신과 암호 같은 거 수업 중이야. 그런데 문득 우스워시가 떠오르더라고. 대학 때 친구 말이야. 너도 그 녀석 기억나지?"

"운동선수?"

"맞아. 아무튼 그 녀석이 지금 오세르브루크에 있는 언론사 NEBA 보도부에서 일하고 있다는 사실이 기억났어. 언론사는 람비아에 있는 사람들하고 대화할 방법이 있을 게 틀림없다는 생각이 들었지. 부대에 있는 특별히 깨끗한 채널을 이용해서 녀석에게 연락했어. 그래서 어떻게 됐게? 자, 여기 있습니다!"

라이샤가 절망적으로 고개를 저었지만, 입에는 미소가 맺혔다. "넌 미쳤어. 그래도 네 목소리를 들으니까 너무 좋다. 특히 오늘 같은 날, 우리가 모든 노력을 기울인 뒤에 말이야. 네가 그 모든 좋은 뉴스를 뛰어넘었어."

"부디 좋은 소식이길 바랄게. 그런데 통화를 짧게 끝내야 해."

"알아. 나도 그래. 그래도 네가 내 생각을 해줘서 기뻐."

"난 항상 네 생각을 해. 너도 알잖아."

"나도."

"아무튼 람비아 브랜디 조심해. 가봐야겠어. 네가 돌아오면 곧 볼 수 있겠지."

"그러길 바라야지. 안녕, 클레스."

"그리고, 음, 있잖아. 옆에 사람들이 있어서 말이야…. 알지?"

"알아. 나도."

라이샤가 수화기를 내려놓고 돌아갔다. 그녀를 지켜보고 있던 우텔리아의 얼굴이 일그러졌다. 아마 살짝 화가 난 모양이었다. 어쩌면 라이샤가 근무시간을 이용해서 통화한 사실을 시기하는 건지도 몰랐다. 어찌 됐든, 그건 우텔리아의 문제였다. 라이샤는 그렇게 생각하며 통역실로 걸어갔다.

이제 다시 달의 뒷면에 있는 기선으로 돌아온 이마레스 브로컬리오가 초조한 발걸음으로 함교를 서성거렸다. 에스토르두 자문과 부관들은 통신병의 단말기 뒤에 서서 람비아 뉴스 채널에서 가로챈 영상을 보고 있었다. 화면에는 페라스몬 국왕과 하르진 대통령이 아그라콘의 발코니 위에서 사람들에게 둘러싸여 군중에게 연설하는 모습이 보였다. 다른 스크린에는 멜티스에서 30킬로미터 떨어진 도르존 요새에 있는 프레스켈-가르 왕세자와 그의 부관, 그리고 브로컬리오의 장군 와일로트의 모습이 보였다. 왕세자는 준비 상황을 전달한 장교 두 명과 논의 중이었다.

모든 일이 순조롭게 진행되는 것 같았다. 프레스켈-가르 왕세자는 페라스몬 국왕의 통치에 불만이 있어서 한동안 스스로 권력을 장악하기 위해 쿠데타 계획을 세워왔다. 그런데 페라스몬 국왕을 없애고 합법적 계승자로서 왕좌를 승계할 기회가 막 나타났고, 이때 우연히 브로컬리오도 도착했다. 동시에 왕세자에게 필요했던, 람비아와 세리오스 사이에 화해할 수 없는 분열이 곧 일어날 예정이었다. 왕세자는 제블렌 무기들을 받으려면 브로컬리오에게 깊은 인상을 주고 그의 확신을 얻을 필요가 있다고 느낀 모양인지, 진행되는 상황과 자신의 계획을 세부사항까지 놀라울 정도로 관대하게 공유해주었다.

프레스켈-가르 왕세자는 정보원에게 구한 정보를 이용해서, 페라스몬 국왕이 국민에 대한 연설을 마친 후 상대 국가에 대한 상징적인 상호방문을 하기 위해 세리오스 대통령 하르진과 함께 갈 것이라고 했다.

급하게 마련된 작전에는 '모자걸이'라는 이름이 붙었다. 하르진의 대통령 전용기가 먼 바다로 나가면, 높은 고도에서 비행하고 있던 람비아 요격기 세 대가 미사일을 발사할 것이다. 세리오스의 사악한 파벌이 범인이라는 거짓 선전을 더욱 믿기 쉽도록 만들기 위해 전용기가 세리오스에 가까이 접근할 때까지 기다릴 계획이었다. 람비아에서 출발하는 세리오스의 비행기에 폭탄을 설치하는 계획은 그다지 좋아 보이지 않았다. 성공하더라도 보안에 실패했다는 비난만 들을 것이기 때문이었다.

페라스몬 국왕이 승하했다는 소식이 오면 자동으로 프레스켈-가르가 왕좌를 승계하겠지만, 일종의 반대 세력이 어떤 형태로든 등장해서 빠르게 통제권을 확립하려는 계획을 방해할 가능성은 언제든지 있었다. 이에 따라 왕세자는 예방조치로 군사력을 동원했다. 핵심 지역과 시설을 확보하기 위해 할당된 부대들이 움직일 준비가 되었다. 프레스켈-가르 왕세자가 직접 선발한 병력을 아그라콘 주변의 당직 근무 명단에 대량 배치했다. 그리고 승계의 정통성을 지지할 주요한 법적, 정치적 인물들이 대기 중이었다. 필요하다면 국왕 암살에 따른 긴급한 상황으로 합리화하며 왕좌를 확보하고 적절한 사람들을 공직에 집어넣는 조치를 수행하기로 했다.

와일로트 장군과 제블렌인 선발대가 도르존 요새에 내려가 있었지만, 그들은 오늘 계획된 사건에서 적극적인 역할을 담당하지는 않을 것이다. 미네르바인들이 집단으로 반발하며 반대쪽으로 단결할지도 모르는 위험을 피하기 위해, 제블렌인들은 서서히 눈에 띄지 않게 람비아 내부로 스며들어 가기로 했다. 와일로트 장군의 역할은 달에 남은 제블렌인들을 데려올 방법을 마련하는 것이었다. 오늘 밤, 미네르바인들이 아직 혼란에 빠져 있는 동안, 달의 뒷면에 있는 우주선 다섯 대가 몰래 들어와서 람비아의 먼 지역에 준비해놓은 수송지에 승무원들을 내려놓을 것이다. 우주선들은 유용한 부분들을 가능한 한 많이 빼낸 후 바다에 침몰시킬 예정이었다. 아쉽긴 하지만, 동력이 떨어지고 나면 우주선들은 골칫거리밖에 안 되었다. 우주선의 존재가 드러나면 그에 대해 해명하는 일이 불가능에 가까울 정도로 힘들 것이기 때문이었다.

"아주 좋아." 프레스켈-가르 왕세자가 말했다. 왕세자가 장교 두 명을 돌려보낼 때, 와일로트 장군이 돌아와 스크린을 통해 이쪽을 바라봤다.

브로컬리오가 질문을 던지듯 와일로트 장군을 쳐다봤다. "오늘 밤에 우주선들을 맞이할 환영단이 조직되었습니다." 와일로트 장군이 브로컬리오에게 말했다. "임시 숙박시설은 옷가지 및 식량과 함께 준비하고 있습니다."

"좋았어." 브로컬리오가 고개를 끄덕였다.

프레스켈-가르 왕세자가 와일로트 장군 옆으로 다가와 화면 속으로 들어왔다. "우주선을 침몰시킨 후에 탈출할 승무원들을 데려오기 위해 저희가 뭔가 조처를 해야 할까요?" 왕세자가 물었다.

"그럴 필요는 없습니다." 브로컬리오가 대답했다. 우주선은 간단히 자동 조종으로 깊은 해구까지 내려간 후 문을 개방할 것이다.

에스토르두 자문과 다른 부관들이 보고 있는 스크린에서 소리를 줄인 군중의 함성이 들려왔다. 브로컬리오가 승무원에게 소리를 높이라고 말했다. 널리 예상되었듯이, 두 지도자는 두 국가 사이의 정전을 선포했다. 그리고 함성이 잦아들기 전에, 그들은 하르진 대통령이 페라스몬 국왕을 세리오스로 초대했으며, 곧 함께 세리오스로 날아갈 것이라고 발표했다. 정확히 프레스켈-가르 왕세자가 예상했던 대로였다. 브로컬리오는 이미 왕세자를 약삭빠르고, 용의주도하며, 적절한 때까지 기다릴 줄 알고, 동시에 기회가 보일 때는 신속하고 확실하게 움직일 배짱이 있는 사람이라고 판단했다. 브로컬리오는 당분간 자신들의 지위를 확보하기 위해 주변에 둘 만한 소중한 자원이라고 판단했다. 그러나 장기적인 관점으로 보면 위험했다.

그 순간 함교 컴퓨터가 갑작스럽게 끼어들어 말했다. "주목하십시오. 비정상적인 감시 결과 경고합니다."

"5번 단말기로 보고하라." 승무원이 스크린과 계기판을 켰다.

브로컬리오가 인상을 찌푸리며 그쪽으로 갔다. "무슨 경고야? 무슨 일이야?"

승무원이 모니터들을 살펴봤다. "뭔가 이상합니다, 각하. 중간 C 대역에서 미확인 물체가 감지되었습니다. 이 물체는 조금 전에 갑자기 약 160만 킬로미터 떨어진 장소에 나타난 것 같습니다."

"물체? 어떤 물체인데?"

승무원이 데이터를 더 읽었다. "물체는 하나가 아닙니다. 두 개입니다. 다른 하나는 처음 나타난 물체에서 몇백 킬로미터 떨어진 곳에 있습니다."

프레스켈-가르 왕세자가 도르존 요새에 연결된 스크린으로 그 모습을 지켜봤다. "거기 무슨 일인가요?" 왕세자가 물었다.

"우리도 잘 모르겠습니다." 브로컬리오가 왕세자에게 말했다.

그들이 이 특이한 현상에 대해 논의하고 있을 때 컴퓨터가 다시 알렸다. "더 커다란 교란 현상이 나타나고 있습니다. 베타 옥타브 17-6가 감지되었습니다."

승무원이 보고했다. "처음 나타난 물체에서 약 1천6백 킬로미터 떨어진 곳입니다. 이번에는 훨씬 큰데, 일종의 초공간 모드 신호를 발신하고 있습니다."

몇 초 동안 브로컬리오는 말없이 노려보기만 했다. 이해가 되지 않았다. "그건 불가능해." 그가 단호하게 말했다.

월인의 미네르바 시대에 존재하는 어떤 물체도 초공간 모드 신호를 만들어낼 수 없었다.

✳

"신호기에 대한 추적이 완료되었고, 점검 결과는 양호합니다. 예비 신호기도 기능하고 있습니다. 여러분이 출발할 준비를 마쳤습니다. 샤피에론호의 행운을 빕니다. 모든 과정 완료. 이동!"

파견대는 미네르바로 다시 돌아왔다. 현재는 세리오스의 프리깃함 챔피언호가 침몰하기 6개월 전이었다. 조락이 탐지기를 찾는 동안 침묵이 흘렀다. 그 탐지기는 제블렌인이 도착했다는 표지였다. 앞서 진행했던 정찰 때마다 미네르바에서 멀지 않은 곳에서 발견되었다. 만일 최근에 도착했다면 발견될 것이다. 탐지기는 가니메데인의 초공간 신호 체계를 이용하므로, 어떤 경우에도 눈에 띨 정도로 회신 지연은 일어나지 않을 것이다.

"없습니다." 조락이 알렸다. 샤피에론호의 사령실에 놀란 표정이 퍼져나갔다. 몇몇은 믿기지 않는 표정이었다. 이게 정말일까. 드디어?

"다시 스캔하고 확인해, 조락." 가루스 총독이 지시했다.

약간의 시간이 지난 후 조락이 보고했다. "반응이 나타나지 않습니다. 탐지기의 신호가 없습니다."

탐지기가 없다면, 제블렌인도 없었다. 드디어 파견대는 목적지에 도착했다.

헌트가 사람들의 얼굴을 살폈다. 긴장이 흘렀다. 이번은 '또 한 번의' 정찰이 아니었다. 이번은 진짜였다. 이 임무 전체가 이날을 위해 달려왔다. 이산이 질문하듯 헌트를 쳐다봤다. 쇼음이 그 모습을 바라봤다. 단체커는 한쪽에서 무표정하게 쳐다봤다. 헌트가 희미하게 고개를 끄덕이는 것으로 대답했다.

"우리는 이 상태로 진행하겠습니다." 이산이 투리엔에서 연결된 상태로 기다리고 있는 사람들에게 말했다. 이번에도 칼라자르 의장과 콜드웰 국장은 연결된 상태였다. 이제는 일종의 관례가 되었다. 이번에는 그들이 조용히 고갯짓으로 인사만 했다.

"파동함수가 통합되고 안정화되었습니다. 분리 준비 완료." 가루스 총독이 확인했다.

"관문 거품 해체."

"지역 거품이 해체되었습니다." 샤피에론호는 다시 한 번 자연적인 요소들 안에서 독립적이고 자유로운 피조물이 되었다.

다음 일은 현재의 정확한 날짜를 확인하는 것이었다. 그들은 이제 언제 하르진 대통령과 페라스몬 국왕의 암살이 일어났는지 알았으며, 월인의 방송도 볼 수 있었다. 앞서 결정했던 대로, 비자르는 어설픈 계측이 허용하는 한 그 날짜에 가까운 시점을 목표로 설정했다. 그들은 더 가깝게 다가가기 위해서는 몇 가지 미세한 수정을 할 수밖에 없을 것이라고 예상했다. 사고가 일어나기 전 이틀 이내가 이상적이었다. 미네르바가 희망적인 분위기이고, 동시에 적당한 사람들과 접촉해서 메시지를 전달하는 임무를 실행할 수 있는 여유를 가질 수 있었기 때문이었다. 헌트는 가니메데인 승무원 뒤에 서 있는 시엔에게 다가갔다. 그들은 월인의 통신망을 정밀하게 조사하고 있었다. 하르진 대통령에 대한 언급을 보니 그는 아직 살아 있었다. 기대를 해도 좋을 것 같았다.

"그렇다면 우리는 언제나 다중우주에 존재해왔던 이 우주와 우리의 우주 사이에 있는 경로를 그저 따라가기만 하는 걸까?" 헌트의 뒤에서 단체커의 목소리가 들렸다. 이는 자연주의적 유물론에 대한 가벼운 조롱이었다. "아냐, 난 그렇게 믿지 않아. 쇼음의 말이 맞아. 우리는 새로운 현실을 창조하고 있는 거야. 세계 전체가 여기에서 비롯될 거야, 헌트." 단체커는 투리엔인 철학자들과 관계를 맺은 뒤로 자신의 관습적인 사고방식에서 벗어나는 급진적인 일탈을 즐기고 있었다. 4년 전이었다면, 헌트는 이런 상황을 믿지 않았을 것이다. 단체커는 한때 정신을 단순히 물질의 창발적 특성으로 생각하는 이론의 가장 열렬하고 확고한 지지자였다. 그런데 이제는 정신이 신경계의 우연적인 산물이라는 말은, 셰익스피어의 희곡이 종이에 그어진 자국의 우연적인 산물이라는 말이나 마찬가지라는 주장을 하고 있었다.

"나중에는 정치인을 하셔도 되겠어요, 교수님." 시엔이 장난스럽게 말했다.

"외교단의 명단에 올려야겠어." 헌트가 말했다.

단체커가 손가락 끝으로 코를 문지르며 말했다. "어쩌면 우리는 이미 정치인이 된 건지도 모르겠다는 생각이 들어. 이 분별없는 장난이 정치가 아니라면 뭐겠어?"

가니메데인 승무원이 어깨너머로 힐끗 쳐다보며 말했다. "이건 어떠세요?" 헌트가 허리를 숙이고 모니터를 쳐다봤다. 모니터에는 일종의 도시 광장 같은 곳에 모인 군중이 발코니 위의 사람들을 향해 환호하는 영상이 떠 있었다. 잠시 후 카메라가 발코니에 있는 두 사람을 가까이 비췄다. 하르진 대통령과 페라스몬 국왕이었다. 승무원은 굳이 말로 할 필요가 없다는 듯, 모니터 아래쪽에 가로지른 자막을 손으로 가리켰다.

헌트가 설명을 읽었다. "오, 맙소사!"

이샨이 가까이 다가왔다. "왜요?"

"비자르가 제시간에 딱 맞췄어요. 우리는 너무 가깝게 도착했어요, 이샨." 헌트가 모니터를 가리켰다. "그게 오늘이에요!"

35

브로컬리오는 원거리에서 감시 카메라에 잡힌 영상을 믿기지 않는 눈빛으로 노려봤다. 매끈한 곡선과 후미에 펼쳐진 네 개의 꼬리날개로 이루어진 저 물체를 착각할 가능성은 없었다. 브로컬리오가 마지막으로 샤피에론호를 봤을 때, 저 우주선은 제블렌에서 탈출하는 그의 우주선들을 궁지로 몰았었다. 과거에서 나타난 저 가니메데인들과 빌어먹을 우주선이 없었더라면, 그와 제블렌인이 곤경에 빠지는 상황이 연이어 발생하는 일은 절대 일어나지 않았을 것이다. 브로컬리오의 목에서 혈관이 불끈거리기 시작했다. 지금껏 일어났던 모든 일이 머릿속을 스쳐 지나가기 시작했음에도, 그는 진행되고 있는 사건들을 꿰뚫어보는 감각과 자제력이 느껴졌다.

"저게 어떻게 여기에 있는 거지?" 브로컬리오가 에스토르두 자문을 향해 시비를 걸듯 고개를 휙 돌리며 낮게 말했다.

과학자는 난감한 몸짓을 하며 말했다. "우리와 함께 그 터널을 통과했다고밖에는 생각하기 힘듭니다."

"너희 과학자들이 다른 어떤 흔적도 없다고 확신했잖아. 우리뿐이라고 했잖아."

"저는… 과학자들이 실수했다고밖에는…."

"빌어먹을 과학자 놈들!" 브로컬리오는 버럭 소리를 지르고 신경질적으로 돌아서서 뒷짐을 졌다.

"무슨 일인가요?" 다른 스크린에 떠 있는 프레스켈-가르 왕세자가 이야기를 얼핏 듣고 물었다.

"도르존 요새에 저 영상을 보내줘." 브로컬리오가 승무원에게 말했다.

프레스켈-가르 왕세자가 다른 방향으로 고개를 돌려 영상을 봤다. "저기에 있는 저 비행체는 뭔가요? 여러분의 우주선만 있는 게 아니라는 이야긴가요?"

"너무 많이 얽혀 있어서 지금 설명해주긴 어렵습니다. 내가 미처 대비하지 못한 복잡한 문제인 것 같군요. 빠른 조치가 필요할지도 모르겠습니다." 브로컬리오가 말했다.

프레스켈-가르 왕세자가 스크린에서 몇 초 동안 그를 뚫어지게 쳐다보더니, 굳은 표정으로 고개를 끄덕였다. "지금 당장은 당신이 나보다는 그런 사실에 대해 많이 알겠지요. 내킬 때 말해주세요." 브로컬리오는 내심 왕세자가 생각이 빠른 현실주의자라는 생각이 들었다.

브로컬리오는 함교를 가로질러 걸어가다 멈춰 서서 무인 비행기 공학자의 단말기를 멍하니 쳐다보며 머리를 빠르게 굴렸다. 곧 그가 고개를 돌려 에스토르두 자문과 다른 부관들을 잠시 쳐다보고, 마침내 프레스켈-가르 왕세자의 얼굴을 향해 눈길을 돌렸다.

"오래전 미네르바에는 다른 종족이 살았습니다. 다른 종류의 종족이었죠."

"우리가 거인이라고 부르는 종족 말인가요?"

브로퀄리오가 고개를 끄덕였다. "저 우주선은 거인들의 것입니다. 여기에 있는 내 우주선들에는 저들이 알지 못하는 무기를 장착하고 있습니다. 그러니 우리가 유리합니다."

"그럼 당신이 여기에 있다는 사실을 저들이 압니까?" 프레스켈-가르 왕세자가 물었다.

"꼭 그렇지는 않을 겁니다."

"그들이 당신을 따라온 게 아니라는 말인가요? 그러면 저들은 여기에 왜 온 거죠?"

"지금 그 이야기를 시작하기에는 복잡한 문제입니다. 저들은 그저 우리의 행방을 찾는 것일 수 있습니다. 내 생각에는 그들이 어떻게든 당신과 접촉을 시도할 것 같습니다. 우리가 그들을 착륙시켜서 협상하도록 꾀어낼 수 있다면, 우리 쪽으로서는 놀랄 만한 잠재력을 갖게 될 것입니다. 여러분의 통신은 어떤 경로를 통해 위성에서 지상 시설로 연결되나요?"

"국립전기통신 네트워크를 거칩니다."

"그러면 통치권자에게 갈 메시지는 어디로 가는 건가요?" 브로퀄리오가 물었다.

"멜티스의 아그라콘에 있는 통신실로 가죠. 군사령부로 통하는 직통 채널도 거기에 있습니다." 프레스켈-가르 왕세자가 말했다.

"계획을 앞당겨야 할지도 모르겠습니다. 우리는 그 통신실에 대한 통제권을 확보해야 합니다. 당신 부하들이 지금 아그라콘 내부를 장악할 수 있을까요? 통신망을 확보하는 게 특히 중요합니다."

프레스켈-가르 왕세자가 고개를 끄덕였다. "내 부하들은 이미 대부분 주요 시설에 들어가 있습니다. 중요한 위병 근무대는 전부 우리

편이죠. 부하들은 현재 동원대기 상태입니다."

"즉시 명령을 내리세요. 당신이 도르존 요새에서 거기로 이동해서 지휘하려면 얼마나 걸릴까요?" 브로컬리오가 물었다.

"내 전용기가 사람들을 태운 상태로 대기 중입니다. 기껏해야 10분이면 됩니다."

브로컬리오가 고개를 끄덕였다. "거기로 가세요. 와일로트 장군이 도르존 요새에 남아서 우리 준비를 마치면 됩니다." 그는 잠시 생각하더니 덧붙였다. "그리고 '모자걸이'도 이륙시켜놓으세요. 어쩌면 그 작전도 앞당겨야 할지 모릅니다."

프레스켈-가르 왕세자는 그 사항들을 머릿속으로 따져보는 것 같았다. "아주 좋습니다." 왕세자는 그렇게 말하고, 부관을 향해 지시 내용을 반복해서 말해주었다.

브로컬리오는 고개를 돌려, 다양한 데이터 모니터들을 살펴보고 있던 에스토르두 자문을 쳐다봤다. "먼저 나타난 다른 두 물체는 뭐야? 작은 것들 말이야. 그게 뭔지 확인했나?"

"유감스럽게도 아직 못 했습니다, 각하."

"혹시 이번에도 샤피에론호의 탐지기 아냐? 예전에 우리 수송 선단을 바짝 따라왔던 것처럼 말이야."

"아닙니다. 저 물체들은 조금 다릅니다. 낯선 형태이고 용도도 다른 것 같습니다."

브로컬리오가 인상을 찌푸렸다. 그 탐지기는 그들을 뒤쫓으며 샤피에론호에 눈과 정보를 제공했었다. "마음에 안 들어." 브로컬리오가 선장을 불렀다. 그는 다른 우주선에서 확인 자료들을 받고 있었다. "보조 레이저 포대를 발사 준비시키고, 저 물체들을 겨누고 있으라고 해. 그리고 모든 우주선에 비행 대기 명령을 내려." 선장이 명령을 전달했다.

"우리 계획이 뭔지 여쭤도 되겠습니까, 각하?" 에스토르두 자문이 물었다.

"우리가 여기 아래에 있다는 사실을 그들이 알아차렸다는 징후는 없어. 그러니 그들에게 알려줄 이유가 없지. 우리는 기다린다." 브로 퀼리오가 대답했다.

＊

"이건 너무 가까워요." 이샨이 고개를 저었다. "며칠 더 과거로 가야 합니다."

"수정하려면 신호기를 통해 투리엔을 호출하세요." 샤피에론호의 수석 과학자 쉴로힌이 말했다. "우리가 이렇게 가까이 왔는데, 비자르가 충분히 미세하게 조종을 할 수 있을까요?"

"그래야만 해요." 이샨이 대답했다.

"조락." 가루스 총독이 외쳤다. "투리엔에 호출…."

"안 됩니다!"

놀란 사람들의 눈길이 프레누아 쇼음을 향해 돌아갔다.

"안 됩니다." 쇼음이 애원하듯 사람들을 돌아보며 다시 말했다. "여러분이 방금 말했던 걸 생각해보세요." 그녀가 반쯤 고개를 돌려 아직 모니터 옆에 서 있는 헌트와 단체커, 시엔을 바라봤다. 그들은 하르진 대통령과 페라스몬 국왕의 연설 마지막 부분을 보던 중이었다. 두 지도자는 페라스몬 국왕이 세리오스 대통령 전용기를 타고 하르진 대통령과 함께 세리오스를 방문할 것이라고 발표했다. 그리고 두 사람은 벌써 그들이 연설했던 발코니의 뒤쪽에 있는 문을 통해 안으로 들어가고 있었다. 그들과 함께 서 있던 사람들이 그 뒤를 따르고, 제복을 입은 다른 사람이 앞으로 걸어 나와 마무리 인사를 했다. 쇼음이 계속 말했다. "오랜 기간 잊고 지내던 첫 희망을 방금 품게 된 사람들이 저기에 한가득 모여 있습니다. 진심으로 따뜻하고 활기차고 피와 살을 가진 사람들 말이에요, 우리처럼. 그들에게는 가정과 아이들, 연인과 꿈이 있어요. 하지만 우리는 아닙니다. 여러분과 나는 알죠. 우리는 저들의 미래에 가봤으니까요. 그리고 우리는 그들에게 일어날 참상을 봤습니다. 그들의 세계가 군국주의적인 악몽으로 변하는 모습과 최종적으로 완전히 파괴될 때까지 모두 보았습니다. 그런데 여러분은 그냥 투리엔에 연락해서 집에 가자고, 그런 일이 일어나게 놔두자고 합니다! 그런 일들을 보고도 어떻게 그럴 수가 있나요? 썩어가는 시체들, 장애인, 눈을 잃은 사람들, 불타는 도시들. 과연 우리가 다시 편하게 잠들 수 있을까요?"

"지금은 너무 가깝습니다. 충분한 시간이…." 이샨이 다시 말하려 했다.

"시간은 충분해요! 페라스몬 국왕과 하르진 대통령은 오늘 날아갈 겁니다. 저 시대의 비행기로 미네르바의 절반을 날아가려면 얼마나 걸릴까요? 4시간? 5시간? 우리는 그 비행기가 세리오스 해안에 가까워질 때까지는 파괴되지 않으리라는 사실을 압니다. 높은 고도에 떠 있던 뭔가에서 미사일이 날아가죠. 대통령 전용기의 통신전자 장교는 미사일이 때리기 전에 레이더로 그게 다가온다는 사실을 알아채기까지 합니다. 임무의 전략으로 짰던 화려한 착륙과 대중적인 연출에 대해서는 잊어버리세요. 우리는 비행기의 경로를 바꿀 수 있을 정도로 높은 자리에 있는 사람과 접촉하기만 하면 됩니다. 설명은 나중에 할 수도 있어요."

"우리가 주어진 시간 내에 그들을 이해시킬 수 있을까요?" 던컨 와트가 미심쩍은 말투로 물었다. "그들은 우리가 누구인지조차 모르잖아요."

"우리에겐 몇 시간이 있어요." 쇼음이 끈질기게 주장했다. "저를 넣어주세요. 그리고 제가 그들과 대화할 수 있도록 해주세요. 가니메데인이 왔다고, 먼 과거에 미네르바에 살았던 거인이 왔다고 하면, 그들의 주의를 끌 수 있지 않을까요?"

단체커가 고개를 절레절레 흔들었다. 동시에 미소를 지었다. 아마도 불쾌감을 주지 않으면서 섬세하게 말할 방법을 찾는 모양이었다. "물론 당신의 말은 사실이에요, 쇼음. 그것은 대단히 비참한 일입니다. 하지만 설령 우리가 성공하더라도, 상상을 초월하는 광대한 다중우주의 총체에서 지극히 작은 한 조각에 불과할 뿐이에요."

"여기는 사람들이 사는 행성이에요. 살고, 생각하고, 느끼는 사람들 말이에요."

헌트는 손바닥으로 이마를 짚었다. 물론, 단체커의 말이 맞았다. 단체커가 말로 하지는 않았지만 쇼음에게 상기시키려던 것도 어차피 이 세계의 미래는 결정되어 있다는 사실일 것이다. 이미 일어난 과거는 아무것도 바뀌지 않을 것이다. 당연히 원래 그런 것이다. 이 임무가 달성하려는 것은, 그리고 물리학자들과 철학자들이 아직도 논쟁하고 있는 주장은, 다중우주를 건너가서 시작한 행동이 이전에는 존재하지 않았던 새로운 미래를 창출할 수 있느냐는 것이었다. 감정들이 고조되고 있었지만, 헌트는 그런 감정에 말려들 생각이 없었다.

"우리가 뭘 하든, 빨리 그 일을 진행했으면 좋겠습니다." 시엔이 말했다. "그들은 벌써 공항으로 가고 있을지도 몰라요."

엄밀히 말해서 그들이 월인과 접촉하기 전까지는 이샨이 이 임무의 책임자였지만, 이샨은 고개를 숙이고 쇼음에게 양보했다.

"가루스 총독님." 쇼음이 말했다. "우리를 연결해줄 수 있나요? 멜티스에 있는 람비아 정부의 시스템에 연결해야 해요. 페라스몬 국왕의 업무에 긴밀히 관여하는 부서라면 어디든 좋아요. 아마 아그라콘부터 시작하는 게 최선일 겁니다."

✳

통역부의 부장 바즈퀸의 책상 위에 있는 흰색 전화기가 울렸다. 그 전화기는 아그라콘 내부용이라서 외부와 연결되지 않았다. 라이샤가 의자를 돌려 전화를 받았다. "세리오스 통역부 라이샤 엥스입니다."

"나는 파리씨오예요. 본청의 통신실에 있습니다. 여기에 통역사가 필요해요. 지금 바로 오실 수 있나요?" 파리씨오는 세리오스 대표단의 수석 협상가였다. 그의 목소리가 긴박했다.

"음, 네. 물론입니다. 무슨 일인가요?"

"일단 오세요." 그의 뒤쪽에서 다른 목소리가 짧고 거친 말투로 말했지만, 라이샤는 알아듣지 못했다. 파리씨오가 전화를 끊었다. 라이샤는 사무용품을 넣어 다니는 가방에 펜과 공책을 집어넣었다. 통역실은 아그라콘 정부청사 복합단지 뒤쪽의 보조 건물에 있었는데, 본청이 포함된 보안구역의 외부였다. 통신실에 들어가려면, 그녀는 경비실에서 검사를 받고 람비아인 안내자와 함께 이동해야 했다. 라이샤는 신분증과 출입증이 있는지 확인한 뒤 문으로 서둘러 걸어갔다. 한두 명이 궁금한 눈빛으로 그녀를 쳐다봤다.

아래층에서 라이샤는 옆문으로 나가 기존에 알고 있던 지름길로 갔다. 그녀는 VIP 차고지 뒤쪽의 좁은 골목을 따라가다 통로를 지나 진입로로 들어갔다. 전체적으로 뭔가 분위기가 바뀌었다. 겉보기에는 소음이나 소동이 없었지만, 사방에 람비아 군인들이 눈에 띄었는데,

그들은 빠르고 단호한 걸음걸이로 움직였다. 갑작스럽게 뭔가 끔찍하게 잘못되었다는 불안감이 그녀를 덮쳤다.

라이샤는 또 다른 통로를 통해 레스토랑과 직원 구내식당의 옆문으로 갔다. 중앙 통로로 곧장 가면 보안구역으로 들어가는 경비실을 만나게 될 것이다. 그녀가 건물로 들어가서 복도를 따라가다 부엌을 지나 식당으로 향했을 때, 대표단의 기술 전문가인 메라 두크리스가 그녀 쪽을 향해 빠른 걸음으로 다가왔다. 같은 경로를 통해 거꾸로 나가고 있는 게 틀림없었다. 그가 당황한 표정을 지으며 걱정스러운 눈빛으로 라이샤를 돌아봤다.

"무슨 일이에요?" 라이샤가 물었다.

"나도 잘 모르겠어요. 일종의 쿠데타가 진행되는 중이에요. 군인들이 사람들을 몰아내고 있어요. 본청에서는 모든 장소를 봉쇄했습니다."

"당신은 어떻게 나왔어요?"

"내가 막 나오고 있을 때 입구에서 다툼이 시작됐어요. 그래서 슬쩍 빠져나왔죠. 내 생각에는 페라스몬 국왕을 몰아내려는 움직임 같아요." 본청의 식당 쪽에서 큰 목소리로 항의하는 고함이 들려왔다. 두크리스가 라이샤의 팔을 잡아 그녀의 주의를 끌었다. "이게 무슨 뜻인지 모르겠어요? 실제로 그런 일이 일어나고 있다면, 이건 빙산의 일각일 뿐이에요. 그 비행기가 세리오스까지 못 갈 거라고요!"

라이샤가 고개를 절레절레 흔들고, 한 손을 들어 자신의 입을 막았다. "아, 안 돼!"

"당신이 나올 때 사무실에 군인들이 있었나요?" 두크리스가 그녀에게 물었다.

"군인들이 밖에 있긴 했지만, 아직 안으로 들어온 상태는 아니었어요." 라이샤가 대답했다.

"아직 이야기를 전달할 수 있을 거예요. 보안구역 내부는 모든 통신이 차단됐어요. 갑시다."

그들이 마주친 복도에서 짧은 통로로 빠지자 휴게실과 계단이 나왔다. 계단 아래의 후미진 구석의 벽에 흰색의 내부용 전화기가 라이샤의 눈에 들어왔다. "둘 다 멈추는 건 바보 같은 짓이에요. 당신은 가세요. 나는 여기에서 연락해볼게요." 라이샤가 말했다. 두크리스가 그녀를 쳐다보더니 짧게 고개를 끄덕이고 서둘러 갔다. 라이샤는 전화로 가서 통역실 뒤에 있는 기자실의 번호를 눌렀다. 어쨌든 옆으로 빠진 그녀는 복도에서 시야를 벗어난 상태였다. 라이샤는 누구에게 무엇을 요청해야 할지 계획조차 세우지 못한 상태였다.

따르릉. 따르릉. "아, 제발, 제발…."

"세리오스 기자실입니다."

"우텔리아, 맞지?"

"네, 누구신가요?"

"라이샤야. 저기, 설명할 시간이 없어. 기자실의 전화로 오전에 오세르브루크의 NEBA 보도부에 있는 사람과 통화를 했었는데, 아직도 열려 있을까?"

"그렇겠지. 왜?"

"네가 그 사람한테 다시 전화해야 해. 그 사람 이름은 우스워시야."

"정말? 이건 심각한 규칙 위반이야, 그렇지 않아?"

"우텔리아, 닥쳐! 그런 이야기할 시간 없어! 그냥 그 사람한테 전화해!"

라이샤의 말투만으로 충분했다. "내가 뭐라고 말해주면 좋겠어?" 우텔리아가 말했다. 그녀의 목소리가 떨렸다.

식당 쪽의 복도 끝에서 목소리가 들려왔다. "세 명을 여기로 데리고 와. 저쪽을 점검해봐. 외부로 통하는 모든 문을 지켜."

라이샤가 최대한 천천히 또렷하게 발음하며 말했다. "정신 차리고 잘 들어. 세리오스 군기지에 클레시머 보소로스 중위가 있어. 우스워시는 그 중위에게 어떻게 연락할지 알아. 대통령의 비행기가 위험한 상황이야. 어떤 종류의 위험인지는 나도 정확히 몰라. 클레시머 보소로스 중위는 그 메시지를 세리오스의 군 고위 지휘부에 전해야 돼." 멜티스의 아그라콘에서 보낸 경고가 군대를 통해 전달되는 게 NEBA 신문 보도부에 있는 어떤 사람이 주장하는 것보다는 더 관심을 끌 수 있을 것 같았다.

"진심이야?"

"지금 일종의 쿠데타가 진행되고 있어. 거기도 곧 그들이 들이닥칠 거야. 우텔리아. 그냥 하라는 대로 해."

"NEBA에 있는 우스워시, 클레시머… 보소로스 중위?"

"맞아."

"당신! 전화. 그만!" 람비아 병사가 툭툭 끊어지는 세리오스어로 소리쳤다. 그리고 동시에 소총으로 위협적인 몸짓을 하긴 했지만, 총구를 겨누지는 않았다.

"괜찮아요. 저는 람비아어를 할 수 있어요." 라이샤가 수화기를 내려놓으며 말했다.

"누구에게 전화한 겁니까?" 병사들 뒤에서 나타난 하사관이 물었다.

"이건 내부용 회선이에요. 저는 세리오스 대표단의 통역사입니다. 저는 통신실에서 호출을 받았는데 길을 잃었어요. 그래서 길을 물어보려던 거였어요."

람비아 하사관이 그녀의 배지를 살펴봤다. "당신의 출입증은?" 라이샤가 가방에서 종이를 꺼내서 긴장한 상태로 기다렸다. "나를 따라오시오. 앞에 있는 경비실까지 데려다주겠소. 너희 둘은 계속 진행해."

"네, 알겠습니다."

라이샤가 하사관과 함께 복도에서 나갔을 때, 복도의 반대쪽 끝에 있는 문을 통해 군인에게 이끌려서 다시 돌아온 메라 두크리스의 모습이 보였다.

✳

샤피에론호 사령실의 중앙 스크린에 떠 있는 인물은 마르고, 인상이 매처럼 날카로웠으며, 가느다란 콧수염을 하고 있었다. 그리고 피부색이 까무잡잡했으며 눈을 새처럼 바삐 움직였다. 그는 람비아의 육군 원수 군복을 입었다. 그의 뒤로 다른 사람들도 보였는데, 그중 일부도 군복을 입었다. 다른 사람들은 민간인 복장이었다. 그는 우주 밖 어딘가의 우주선에 타고 있는, 오래전에 사라진 거인 종족이 포함된 집단과 대화를 나누기 시작한 지 겨우 몇 분밖에 지나지 않았지만, 마치 예상을 하고 있었던 사람처럼 차분해 보였다. 헌트는 그가 너무 차분하다는 생각이 들었다. 마치 이런 일이 매주 일어나는 것처럼 보일 정도였다.

"국왕께서는 현재 국무 때문에 이 나라에 계시지 않습니다." 프레스켈-가르 왕세자가 그들에게 알려줬다. "나는 이 왕국의 왕세자로서 국왕을 충분히 대변할 수 있습니다." 샤피에론호가 적절한 사람을 찾아서 접촉하는 동안, 페라스몬 국왕과 하르진 대통령을 태운 비행기가 출발했다고 미네르바의 언론이 보도했다.

"당신에게는 국왕과 통신할 수단이 틀림없이 있을 겁니다." 프레누아 쇼음이 말했다.

"우리의 헌법에 따르면, 국왕의 부재 시 내가 국가 수장을 공식적으로 대리합니다." 프레스켈-가르 왕세자가 유창하게 말했다. "나는 진정으로 중대한 역사적 사건을 맞아 람비아의 왕권과 주권을 대표해서 여러분을 환영합니다."

"저 사람을 건너뛰고 왕과 직접 이야기하겠다고 계속 우기면 불쾌하게 만들 수도 있어요." 한쪽에 있던 단체커가 말했다. 조락이 그 목소리가 왕세자에게 전달되지 않도록 편집했다. "우리는 무언가 판단을 할 수 있을 정도로 저들의 방식에 대해 충분히 알지 못합니다. 저는 그런 위험을 만들 각오를 하면서까지 계속 진행하라고 조언하고 싶지 않습니다."

그들은 페라스몬 국왕의 후계자인 프레스켈-가르 왕세자가 세리오스 문제를 다룰 때 점차 강경 노선을 취한다는 사실을 알고 있었다. 그렇더라도 오늘 벌어질 그런 짓을 왕세자가 저질렀다는 의미는 아니었다. 그가 암살과 관련되었다는 구체적인 증거는 없었다. 두 국가 모두 온갖 종류의 파벌과 음모가 넘쳐흘렀다. 그리고 누가 암살을 하든 프레스켈-가르 왕세자는 왕좌를 승계할 것이다.

"가장 중요한 점은 브로킬리오와 제블렌인이 아직 여기에 도착하지 않았다는 사실일 겁니다." 쉴로힌이 의견을 말했다. 샤피에론호의 가니메데인들은 투리엔인을 대리해 제블렌에서 행성 행정부로 2년 동안 주둔했기 때문에, 미네르바에서 뒤이어 일어난 전면적인 전쟁을 악화시킨 원인이 누구인지에 대해 의심하지 않았다. "4년 후에 브로킬리오가 프레스켈-가르 국왕을 몰아내고, 스스로 독재자를 선언합니다. 그 4년 동안 많은 일이 발생할 수 있어요."

가루스 총독의 부관 몬카르가 그 의견을 지지했다. "브로킬리오가 없었더라도, 암살은 그 자체만으로도 상황을 충분히 악화시킬 수 있습니다. 특히 양쪽이 서로를 의심하는 상황에서는요. 암살이 일어나지 않도록 막는 일이 우리가 달성할 수 있는 유일하고도 가장 중요한 성과일 겁니다. 암살을 막지 못한다면 다른 모든 일은 헛된 수고가 될 거예요."

쇼음은 깊은 한숨을 들이쉬며 할 말을 정리했다. 그리고 고개를 돌려 프레스켈-가르 왕세자의 모습을 비추는 스크린을 쳐다봤다. "우리가 알고 있는 사실들을 어떻게 알게 되었는지는 사연이 길고 복잡해서 더 적당한 때에 이야기해주는 게 나을 것 같습니다. 우리가 나타났다는 사실만으로도 우리의 말이 얼마나 중요한지 충분히 알 수 있을 겁니다. 조금 전 여러분의 두 국가수반을 태우고 멜티스에서 출발한 비행기는 곧 파괴될 위험이 있습니다. 자세한 내용까지 계속 되풀이하며 말하고 싶지는 않습니다. 그럴 시간이 없을 겁니다. 그렇지만 상황에 대한 조사를 마칠 때까지 당신은 긴급하게 비행기를 가깝고 안전한 착륙시설로 돌리도록 명령을 내려야 합니다. 만일 그 비행기가 경로를 돌리지 않는다면, 곧 여러 사건이 여러분의 행성을 강타하며 미네르바의 모든 사람에게 재앙적인 결과를 초래하게 될 겁니다. 그 사안을 처리한 후에, 우리는 이 유례없는 사건과 우리 두 종족 사이의 관계를 발전시키는 문제에 관해 대화를 나눌 수 있을 겁니다."

사령실의 모든 눈이 중앙 스크린에 꽂혔다. 프레스켈-가르 왕세자는 사라진 외계인과 낯선 인간들이 섞인 이상한 집단을 눈여겨보느라 미간을 찌푸리고 있었다. 그들은 이 왕세자의 머릿속에서 돌아가는 생각을 읽을 수 있을 것 같았다. '난데없이 나타나서 우리의 미래를 안다고 주장한단 말이야? 게다가, 우리가 존재하지도 않던 과거에 이미 발달한 문명을 가졌던 존재와 항성을 여행하는 우주선이라니.'

"당신들은 그런 사실을 어떻게 알 수 있었습니까?" 왕세자가 물었다.

쇼음이 한숨을 뱉었다. 인내력을 힘들게 억제하고 있다는 표현이었다. "제가 앞서 이야기했듯이, 지금은 그런 이야기를 할 시간이 없습니다. 적절한 때가 되면 모두 설명하겠습니다. 지금 당장은 우리가 요청대로 하세요. 그 비행기를 착륙시키세요."

프레스켈-가르 왕세자가 모호한 표정으로 이쪽을 잠시 더 응시했다. 그러더니 마음을 정한 듯 고개를 돌려 함께 있는 다른 사람들과 논의했다. 그들은 속삭이고 몸짓을 하면서 이야기를 나눴는데, 마치 영원처럼 느껴졌다. 헌트는 단체커의 눈길을 느끼고 눈썹을 치켜 올렸다. 시엔은 무표정하게 지켜봤다. 그들로서는 할 말이 없었다.

스크린에 비친 토론이 마침내 끝을 맺었다. 고개를 끄덕이고 두 사람이 황급히 나갔다. 프레스켈-가르 왕세자가 다시 앞으로 나왔다. "아주 좋습니다." 그가 말했다. "당신이 바라던 대로 지시를 내렸습니다. 우리는 항공 관제사에게 연락해서 다른 지역으로 착륙시킬 겁니다." 샤피에론호에 안도의 한숨 소리가 퍼져나갔다. 프레누아 쇼음은 몸을 가누기 위해 한 손을 뻗어야만 했다. "그리고 이제 상황에 어울리는 좀 더 적절한 환경에서 당신들의 이야기를 마저 듣는 문제를 검토해보죠." 왕세자가 제안했다. "여기에서 여러분을 미네르바의 손님으로 직접 맞이할 수 있다면 영광이겠습니다. 우리는 한없이 매료된 상태에서 몹시 조바심치며 여러분의 설명을 기다리고 있습니다."

✳

스크린에 관측소를 통해 중계된 영상이 끊어진 후 아그라콘의 통신실은 한동안 침묵이 흘렀다. 본청을 지키고 있는 왕세자의 직속 부대 군인들이 통신실 문 옆에서 자리를 지켰다. 페라스몬 국왕의 직원들은 모두 제거되었다. 프레스켈-가르 왕세자의 부하들이 단말기와 계기판을 관리했다.

"끝난 거야?" 임시로 담당을 맡은 통신 담당 소령이 점검했다.

"연결이 끊겼습니다. 우리 영상은 나가지 않습니다." 기술병이 확인했다. 프레스켈-가르 왕세자가 긴장을 풀었다. 그리고 달의 뒷면 제블렌 우주선의 함교에 있는 브로컬리오와 부관들을 비추는 스크린을 질문하듯 쳐다봤다.

"정말 훌륭합니다!" 브로컬리오가 인정했다. "인상적인 솜씨입니다, 저하. 저까지 거의 믿을 뻔했어요. 그런데 제가 무례를 범했군요. 이제는 '전하'라고 불러야 하는 건데. 아무튼 이제 곧 그렇게 부르게 되겠죠."

36

프레스켈-가르 왕세자는 두 국가수반을 태운 비행기에 안전하게 착륙하도록 조언했고, 그들로부터 찬사와 존경의 메시지를 받아 샤피에론호에 전달했다. 그들은 수정된 일정을 마치자마자 샤피에론호의 대표단을 함께, 어쩌면 세리오스에서 맞이할 수 있을 것이다. 그동안 람비아의 멜티스에서 예비회의를 열면 계획을 훌륭하게 준비할 수 있을 것이며, 착륙은 왕세자가 제안한 대로 진행하면 될 것이라는 내용이었다. 모든 결정 과정에 일일이 개입하는 것은 칼라자르 의장이나 콜드웰의 업무 방식이 아니었다. 그 임무를 위한 전략은 이미 세워졌고, 그 전략을 실행하는 가장 좋은 방법을 결정하는 일은 현장에 있는 사람들에게 달렸다. 프레누아 쇼음은 신호기를 통해 투리엔의 제어실로 최근에 진행된 일에 대한 보고서를 보내고, 프레스켈-가르 왕세자와의 회의 준비로 관심을 돌렸다.

✱

　그들은 샤피에론호의 다용도 왕복선을 내려보냈다. 지섹을 구출했던 정찰용 탐사선보다 큰 비행선이었지만, 지상 착륙선보다는 작았다. 착륙선은 람비아인이 그들에게 알려준 아그라콘 복합단지 안에 있는 헬리콥터 착륙장으로 가기에는 너무 컸다. 이샨과 쇼음이 투리엔인을 대표했고, 소규모 인원이 동행했다. 헌트와 단체커가 지구를 대표했다. 몬카르와 샤피에론호의 승무원 두 명이 가루스 총독을 대리했다. 샤피에론호는 왕복선을 발사하기 위해 가까이 다가가긴 했지만, 미네르바에서 볼 때 시각적으로 달에 가려진 공간에 남아 있었다. 샤피에론호가 천문학계에 대혼란을 일으키며 너무 일찍 모습을 드러내는 것보다는, 행성의 정부들이 적절한 때에 우주선의 존재를 대중에게 알리도록 하는 게 나을 것 같았기 때문이다.

　헌트는 왕복선의 객실에 조용히 앉아 스크린에서 비추는 미네르바의 구체가 커지는 모습을 지켜봤다. 그들이 가까이 지나친 달은 서서히 크기가 줄어들었다. 그의 마음은 5년 전 '찰리'를 발견하던 때로 돌아갔다. 찰리는 처음으로 드러났던 월인의 흔적으로서, 달에서 발견된 우주복을 입은 사체였다. 그 후 UN 우주군의 다른 관리자들이 그게 누구의 일인지 구획정리를 하는 사이, 그렉 콜드웰이 주로 조직한 조사가 진행되었고, 이때 헌트와 단체커가 처음으로 함께 일했다. 그들의 첫 번째 주요한 성과는 찰리가 가지고 있던 문서와 나중에 발견된 다른 흔적들에 담긴 정보를 이용해 찰리의 세계를 복원한 것이었다. 그때 그들이 이 행성에 미네르바라는 이름을 붙였다. 헌트의 팀은 UN 우주군의 조사가 조직되었던 휴스턴의 연구실에 지름 1.8미터의 미네르바 모형을 만들었다. 헌트는 오랜 시간 그 모형을 쳐다보면서 5만 년 전에 존재했던 잃어버린 행성의 모습을 마음속에 되살리려 노력했던 때가 기억났다. 그는 모든 섬과 해안선, 산맥, 적도의 숲, 그리고 확장하는 얼음층 사이에 샌드위치처럼 낀 주거 지역과 주요 도시들을 파악했었다. 그가 지금 스크린에서 보는 모습은 모두 익숙했다. 하지만 이것은 연구실의 모형도 아니고, 컴퓨터로 재구성한 모습도 아니었다. 이건 진짜였고, 저 밖에 실제로 존재했다. 그들은 그 미네르바의 지상으로 내려가고 있었다.

반면에 달은 외형이 낯설었다. 그가 어렸을 때부터 과학책과 백과사전에서 보았던 사진보다 훨씬 매끈하고 지형적 특징이 적었다. 인류의 역사가 펼쳐지는 모습과 다양한 민족의 출현, 초기 조상들의 생존 투쟁을 내려다봤던 달은, 미네르바가 수십억 톤의 파편들로 쪼개지면서 사라지기 직전에 펼쳐진 전쟁의 막바지에 지표면의 이곳저곳에서 진행된 잔인한 전투의 상처를 담고 있었다. 그러나 그 사건은 아직 20년 후의 미래였다. 미네르바와 동행하고 있는 달은 아직 더럽혀지지 않고 고요했다.

"이상하게 사건이 순환하는 것 같지 않아?" 가까이 앉아 있던 단체커가 말했다. "오래전, 미네르바에서 고아가 된 달은 우리의 조상들을 데리고 지구까지 외로운 길을 더듬어 갔잖아. 지금 여기 5만 년 후의 후예인 우리가 그 모든 일이 시작된 곳으로 돌아가고 있어. 어느 정도는 우리가 기원한 장소에 대해 경의를 표하는 것과 비슷하지. 말하자면 성지 순례라고나 할까." 단체커도 헌트와 비슷하게 자신만의 생각을 즐기고 있는 게 틀림없었다.

"약간 연어 같네." 헌트가 말했다.

단체커가 혀를 끌끌 찼다. "있잖아, 자넨 가끔 진짜로 속물 같아, 헌트."

헌트가 씩 웃었다. "아마 뉴크로스의 영향일 거야." 그가 말했다. 뉴크로스는 그가 자란 런던 남부지역이었다. "모든 면에서 노동자이고, 노동자라는 사실에 자부심을 가졌던 우리 아버지가 늘 하시던 말씀이 있었어. 아버지는 고상한 척하는 화려한 것들을 좋아하지 않으셨지. 아버지는 말씀하셨어. '원숭이는 높이 올라가면 올라갈수록, 우리한테 궁둥이만 더 많이 보여줄 뿐이란다.' 그리고 아버지는 내가 하는 일들을 전혀 이해하지 못하셨어. 내가 딴 세계에 빠져드는 것만 잘한다고 하셨지. 내 생각에 그 문제에 대해선 아버지가 옳으셨던 거 같아." 단체커는 헌트의 말에 어떻게 반응해야 할지 몰라서 안경 너머로 눈을 껌벅였다.

몬카르와 샤피에론호의 두 승무원은 침묵을 지켰다. 왕복선에 탄 사람들 가운데에 이들만이 이전에 실제로 미네르바를 봤었다. 이들은 투리엔인이 아니었다. 이들에게는 수백만 년 전에 떠났던(그들에게만은 20년 전쯤이었다) 그들의 잃어버린 고향이 마술처럼 다시 살아난 것이었다.

왕복선이 권층운의 고층을 뚫고 내려갔다. 아래로는 낮은 조각구름 사이로 회색의 바다에 닿은 람비아의 남부 해안선이 간간이 보였는데, 헌트는 그게 어느 지역인지 알 수 있었다. "뭔가가 다가오고 있습니다." 조락이 보고했다. 조락은 왕복선의 레이더가 탐지한 내용을 달의 한쪽 옆에 자리 잡은 탐지기를 통해 전달받아 샤피에론호에서 말했다. 스크린에 요격 제트기들이 올라오다가 옆으로 펴지면서 내려가는 왕복선 주위에 호위 대형을 이루는 모습이 비쳤다. 의장대인지, 왕복선을 감시하기 위한 것인지는 알 수 없었다. 제트기들은 완만한 삼각형 형태였는데, 두 개의 꼬리날개 아래의 납작한 동체에 엔진 두 개가 나란히 탑재되어 있었다. 지난 20세기의 난폭한 시대 지구인의 제트기 모습과 놀랍도록 비슷했다. '상어나 돌고래처럼, 효율적인 형태는 아마도 아주 좁은 영역으로 제한되어 있어서 보편적으로 발견되는 모양이구나.' 헌트는 짐작했다.

"여러분은 예정된 진로로 들어왔으며 좋아 보입니다." 왕복선을 지켜보고 있던 람비아의 지상 관제사가 보고했다. "착륙 지역은 정리되었습니다."

"여러분의 유도빔을 받았습니다." 가니메데인 부조종사가 말했다. "약 3분 정도 걸릴 것 같습니다."

"확인했습니다."

"익숙한 모습이지 않나요?" 이샨이 몬카르와 샤피에론호의 두 승무원에게 물었다.

"아니요." 몬카르가 영상을 응시하며 대답했다. "모든 게 바뀌었습니다."

람비아의 수도 멜티스가 형태를 갖추고, 점차 세세한 부분까지 선명하게 보이기 시작하더니, 아래쪽의 레이더가 아그라콘으로 인식했던 건물들이 화면의 중심에 안정적으로 자리를 잡았다. 그 건물은 개방된 형태였는데, 점차 커지다가 서서히 지붕의 모습으로 바뀌고, 왕복선이 건물들 사이로 내려가는 동안 옆을 비추는 스크린에 창문이 달린 건물들의 외관이 서서히 위로 올라가다 멈추었다. 왕복선이 작동하고 있다는 표시였던 낮은 윙윙 소리가 멎었다.

"착륙했습니다. 동력 중지. 우리는 행성 미네르바에 도착했습니다." 조종사가 알려줬다.

"오랜만이네요." 조락이 말했다. 아마도 왕복선에 있는 세 명의 가니메데인들에게 들리라고 한 말이었을 것이다. 그들은 너무 압도당해서 반응을 못 하는 듯했다.

바깥의 모습을 보니 웅장하고 단단해 보이는 높은 회색 건물들에 둘러싸인 공터에 착륙한 모양이었다. 회색 잔디밭을 가로지르는 통로 옆과 벽 옆의 화단에는 회색의 작은 식물들이 무성했다. 헌트는 이 행성 전체가 옛날 흑백 영화처럼 회색으로 이루어졌을지도 모른다는 인상을 받았다. 공터 옆에 탈것들이 정차되어 있었다. 지상차와 트럭, 헬기형 비행기 등이 길에서 밀어낸 것처럼 한쪽에 빽빽하게 들어찼다. 차들은 건물처럼 웅장하고 단단해 보였는데, 실용주의적이고 네모진 상자형이었다. 디트로이트의 디자이너들이 그 모습을 봤으면 절망했을 것이다. 주된 색상은 검은색과 일종의 카키색, 그리고 다양한 회색이었다.

왕복선이 착륙할 때는 월인들이 보이지 않았다. 하지만 엔진이 꺼지자 광장 옆에 있는 커다란 건물의 뒷문으로 보이는 곳에서 사람들이 나와 왕복선을 향해 이동했다. 그들의 복장은 대부분 샤피에론호가 앞서 정찰 방문을 했을 때 봤던 전형적인 월인의 단조로운 튜닉 형태로서, 공통적인 주제의 다양한 변형이 있었는데, 이는 제복이라는 의미였다. 많은 외투와 모자가 눈에 띄었다. "내 짐작엔 밖이 추울 거 같아요." 헌트가 말했다.

"섭씨 9.3도입니다." 조락이 대답했다.

프레누아 쇼음과 이산이 왕복선 에어록의 내부문 앞으로 가서 섰다. 그 뒤에 헌트와 단체커, 몬카르와 샤피에론호 두 승무원이 섰다. 계기판에 에어록의 압력이 외부와 같아졌다고 표시되었고, 내부문이 열렸다. 그들이 앞으로 나아가자 곧 외부문이 열렸다. 차갑고 축축한 공기가 밀려들어왔다. 지하철역에 배어 있는 터널 냄새가 얼핏 느껴졌는데, 살짝 자극적이었다.

전형적인 투리엔인의 감수성을 가진 이산과 쇼음은 경사로 꼭대기에 멈추지 않고 곧장 내려갔다. 거기에서는 그들 뒤의 에어록에 비좁게 서 있는 작은 두 지구인을 가렸을 것이다. 하지만 아래로 내려가자 그들이 옆으로 늘어서서 모습을 다 함께 보여줄 수 있을 정도로 충분한 공간이 있었다. 기본적인 정보는 이미 통신망을 통해 교환했지만, 공식적인 인사 몇 마디가 필요한 순간 같았다. 쇼음이 투리엔인의 관례에 따라 고개를 숙여 인사를 하고 자신을 소개했다. 그리고 다른 사람들의 이름을 소개했다. 왕복선의 중계를 받아 조락에 연결해서 통역사 역할을 시킬 수 있지만, 샤피에론호와의 거리 때문에 통신이 왕복하는 동안 약 3, 4초 정도 지연이 발생했다. 상호작용은 나중에 비자르에서 개발된 방법만큼 세련되지 않았다. 사람들은 시청각 촬영을 하는 머리띠를 착용했으며, 클립형 이어폰과 손목시계 화면을 통해 조락으로부터 정보를 받았다. 쇼음이 말을 맺었다. "우리는 투리엔이라는 행성에서 왔습니다. 여러분이 거인의 별이라고 알고 있는 항성계에 있는 행성입니다."

그들과 마주 보고 있는 사람들의 중앙에 서 있는 사람은 리본이 많이 달린 군복과 특이한 삼각형 모자를 썼다. 그 제복은 나중에 전쟁이 심각해진 이후에 입은 군복보다 눈에 띄게 화려했다. 그는 땅딸막하고 펑퍼짐한 체형이었는데, 다른 사람들처럼 옅은 갈색 피부였으며, 납작한 코와 가느다란 눈이 얼핏 아시아인을 떠올리게 했다. 그는 몸을 똑바로 펴고 딱딱하게 대답했다. "람비아의 프레스켈-가르 왕세자와 통치권을 지키는 왕실 근위대 구다프 이라스테스 부사령관입니다." 이라스테스 부사령관은 잠시 머뭇거리더니, 어정쩡한 표정으로 자기네 일행을 쳐다보면서 눈을 깜빡였다. 사람들의 이름을 주르륵 불러줄 필요는 없다고 판단한 모양이었다. "미네르바를 대표해서 환영합니다. 프레스켈-가르 저하는 여러분을 맞이하기 위해 안에서 기다리고 계십니다. 이쪽으로 따라오시죠."

그들은 월인들이 조금 전에 나왔던 입구로 들어갔다. 헌트는 그들을 따르는 사람 중에 몇 사람이 영화나 TV용 카메라를 들고 있다는 사실을 알아챘다. 안에서 짧은 통로를 지나자 대리석 바닥이 깔린 현관홀이 나왔다. 사각기둥으로 둘러싸인 형태였으며, 기둥 위로 회랑이 보였다. 복도가 앞과 좌우로 이어졌는데, 그 사이로 움푹 들어간 공간과 문들이 있었다. 그들은 회랑으로 올라가는 중앙계단을 지나쳤다. 그리고 그 뒤의 아치길을 통과해서 계단으로 내려갔다. 계단 아래로 내려가자 경비원들이 지키는 튼튼한 문이 나왔다. 문을 지난 그들은 지상의 복도에 비해 수수해 보이는 돌 바닥의 통로를 따라갔다. 그들이 군복을 입은 람비아인들이 책상과 단말기에서 일하고 있는 방으로 들어갔을 때, 헌트는 다른 별에서 온 외계인 종족의 첫 외교 사절을 맞이하는 방식치고는 좀 이상한 것 같다는 생각이 들었다. 그 방은 대기실이었다. 곧 스크린과 통신장비가 꽉 찬 넓고 밝은 공간으로 들어갔다. 벽들을 따라 무장한 람비아 군인들이 서 있었다. 일행들 뒤로 군인들이 더 들어와서 문 안에 자리를 잡고 섰다. 프레스켈-가르 왕세자는 반대편 끝에서 부관들과 함께 그들을 기다리고 있었다. 그의 표정은 손님을 환영하는 사람답지 않게 무표정하고 딱딱했다.

그러나 투리엔인과 지구인들이 믿기지 않는 얼굴로 제자리에 우뚝 서게 된 것은 한쪽 커다란 스크린에 비친 일군의 사람들 때문이었다. 그들은 인간이었다. 하지만 월인은 아니었다. 그 사람들 앞에 선 지도자가 음흉한 눈초리로 이쪽을 쳐다봤다. 그리고 그는 마치 이 순간을 만끽하듯, 짧은 검은 수염으로 덮인 커다란 아래턱을 벌리고 이빨을 드러내며 활짝 웃었다. 조락은 그의 말을 통역해줄 필요가 없었다. 헌트와 단체커, 그리고 이 자리에 있는 모든 가니메데인들은 제블렌어에 능통했다.

"대단히 감사합니다. 칼라자르 의장님께도 경의를 표합니다. 나로서도 이보다 더 나은 계획을 생각해낼 수는 없었을 겁니다." 브로 귈리오가 말했다. "제가 거기에서 직접 여러분을 영접하지 못해 아쉽습니다만, 아마도 편한 자리는 아니었을 겁니다. 그러나 머지않아 그 기쁨을 누릴 수 있으리라 확신합니다. 우리는 그리 멀리 있지 않으니까요."

브로귈리오가 옆을 바라보며 고개를 끄덕이자, 우주선의 선장 제복처럼 보이는 옷을 입은 제블렌인이 다른 곳에 확인 신호를 주었다. "레이저 발사." 화면 밖의 목소리가 지시를 내렸다.

✳

콜드웰은 메릴랜드 도시 외곽에 있는 집의 방에서 반바지와 실내복을 입고 의자의 팔걸이에 걸터앉아 할아버지 노릇을 충실하게 수행하는 중이었다. 그는 이제 열 살 먹은 손자 티미가 이 사이로 혀를 빼물고 소형 그랜드 피아노로 모차르트의 편안한 주제곡을 훌륭하게 연주하는 모습을 지켜보고 있었다. UN 우주군 조직이나 투리엔인이 사는 행성 같은 것들의 존재를 잊어버리기 좋은 향긋한 여름날이었다. 바깥에는 콜드웰의 딸 샤론이 남편 로빈과 풀장 가에 앉아서 쉬고 있었고, 콜드웰의 아내 메이브는 부엌에서 가정부 일레인과 저녁 식사에 대해 논의 중이었다.

티미는 뿌듯한 얼굴로 연주를 마친 후, 집중하느라 참았던 숨을 들이쉬었다. "브라보!" 콜드웰이 감탄하며 박수를 쳤다. "다음번에는 뉴욕 필하모니에 들어가는 거니? 아니면 우리가 좀 더 기다려야 하는 건가?"

"전 음계도 다 외웠어요. 하나만 골라보세요. 좋아하시는 거 아무 거나요."

"내가 그걸 어떻게…?" 콜드웰은 음악 분야에는 깡통이었다.

"그러면 건반 하나만 골라보세요."

"으음, 알았다. 저걸로 하자." 콜드웰이 검은 건반을 가리켰다.

"그건 라의 내림음이에요. 이제 장조와 단조 중에 골라보세요."

"아, 왜 나한테 이런 걸. 그러면 장조가 좋겠구나."

티미가 옥타브를 올라갔다 내려왔다. 아무튼 대충 맞는 것 같았다.

사위 로빈이 안뜰의 문을 열고 들어왔다. 샤론이 접시와 술잔을 챙기느라 달그락거리는 소리가 밖에서 들려왔다. "뭘 하고 있었어? 할아버지한테 실력을 자랑한 거야?"

"나한테는 아주 좋았어." 콜드웰이 말했다. "난 아직도 4분음표를 보면 뜨개질바늘밖에 생각이 안 나."

"저녁 식사는 집에서 하나요, 아니면 밖으로 나가나요? 아직 결정이 안 된 건가요?"

"그 분야의 전문가들이 지금 논의 중이야."

로빈이 셔츠를 걸쳐 입고 단추를 채우기 시작했다. "샤론에게서 고다드 센터가 일종의 개방행사를 연다는 이야기를 들었어요."

"맞아."

"어떤 행사가 진행되나요?"

콜드웰이 이맛살을 찌푸렸다. 겨우 10년 전만 해도 군국주의 시대의 후유증으로 비밀주의와 보안 때문에 이런 행사는 생각도 할 수 없었다. "나한테 일터를 떠올리게 하지 말게. 나는 휴일을 즐기는 중이야. 행사는 화요일이야. 고다드 센터에서 진행되는 대부분의 일이 대중이 지급한 돈으로 돌아간다면, 대중에게는 고다드 센터를 직접 볼 권리가 있다고 우리 세계를 주물럭거리는 권력가들이 결정했어. 그래서 강좌와 연구실 전시 같은 것들을 할 거야. 개방행사라는 게 그런 거지." 집 안 어딘가에서 전화벨 소리가 울렸다.

"재미있을 것 같네요. 한번 가봐야겠어요. 화요일이라고 하셨죠?"

"직원식당을 차지한 관광객들과 아이들의 무리가 괜찮다면, 뭐. 지금 단체커 교수가 없어서 천만다행이지."

"여보, 당신 전화야." 메이브가 옆방에서 소리쳤다.

"난 통화가 안 된다고 해." 콜드웰은 쉬는 날에는 컴패드를 갖고 오지 않았다.

"칼라자르 의장이야. 첨단과학국을 통해 연락했대. 정말로 심각한 표정이었어."

"아, 그러면 문제가 다르지. 잠깐 실례할게, 로빈." 콜드웰이 전화를 받으러 갔다.

로빈이 고개를 돌려 쟁반을 들고 들어오던 샤론을 쳐다봤다. "칼라자르 의장? 투리엔의 지도자 말이야?"

"맞아."

"칼라자르 의장은 제 친구들도 다 알아요." 티미가 끼어들었다.

로빈이 고개를 절레절레 흔들었다. "장인은 집에서 다른 항성계에서 오는 전화를 받으신다는 말이야? 도무지 적응이 안 되네."

옆방으로 간 콜드웰이 모니터 앞으로 갔다. "칼라자르 의장님, 안녕하세요. 어떻게 지내세요?"

"조금 전에 관문 제어실에서 연락을 받았습니다. 신호기와 연결이 끊어졌답니다. 모든 회선이 한꺼번에 끊어졌어요."

투리엔인 공학 기술이 오동작하다니 확실히 이상했다. 하지만 그게 이렇게 전화까지 할 일인가? "그러면 예비 신호기로 연결하면 되잖아요." 콜드웰이 말했다.

"그것도 죽었습니다. 신호기 두 대가 동시에 죽었어요."

즉시 그 의미가 명확해졌다. 그래, 이건 전화를 할 만한 일이었다. 신호기 두 대가 동시에 고장이 났다는 사실은 누군가가 고의로 파괴했다고밖에는 볼 수 없었다. 신호기들은 동시에 위험에 처하는 상황을 피하려고 충분히 멀리 떨어뜨려 놓았기 때문이다.

그러나 더욱 안 좋은 점은, 그 신호기들이 비자르의 위치표시장치라는 사실이었다. 그 신호기들은 특정한 우주를 다시 찾을 수 있는 유일한 수단이었다. 신호기가 없는 상태에서는 파견대를 데려올 방법이 없었다.

37

샤피에론호에 남아 있는 나머지 파견대원들은 왕복선을 타고 내려 간 일행들의 머리띠로 촬영한 영상을 통해 진행 상황을 지켜봤다. 전 에 제블렌 원정에 참여하지 않았던 시엔만이 브로컬리오를 즉시 알아 보지 못했다. 던컨과 샌디는 말을 잃었다. 가루스 총독이 제블렌인들 을 비추는 아그라콘의 스크린 영상을 멍하게 바라보고 있을 때, 조락 이 끼어들었다. "총독님, 심각한 비상사태인 것 같습니다. 다중공간 신호기 두 대가 모두 끊어졌습니다. 고자력 스캔에서 신호기 두 대가 있던 자리에 빠르게 흩어지는 잔해들의 모습이 보입니다."

가루스 총독은 난데없이 연타를 맞고 아연실색해서 즉시 반응을 못 했다. 쉴로힌은 아그라콘 지하에 있는 방의 스크린에서 브로컬리오가 말하기 시작했을 때부터 가루스 총독의 곁에 있었다.

"파괴된 게 틀림없습니다. 제블렌인들이 파괴했을 겁니다." 쉴로힌 이 말했다.

"그쪽으로 뭔가가 다가가는 징후가 있었나?" 가루스 총독이 조락에게 확인했다.

"없었습니다."

여전히 이해가 되지 않았다. 어떻게 제블렌인들이 여기에 있지? 그렇다면 터널을 통해 제블렌인을 따라갔던 탐지기도 여기에 있어야 했다. 하지만 주의 깊게 확인하고 또 확인했지만, 탐지기의 흔적은 보이지 않았다. 현재보다 더 이후의 시점을 정찰 방문할 때마다 점검했을 때 탐지기는 존재했으며 작동한다는 사실을 확인했었다. 그렇다면 왜 지금은 탐지기가 작동하지 않는 걸까? 만일 그들이 지금껏 정찰했던 다른 모든 우주와 달리 탐지기가 고장이 난 우주에 우연히 떨어진 거라면…. 아니다, 가루스 총독은 그럴 가능성을 기각했다. 그런데 어쨌거나 샤피에론호보다 제블렌인들이 먼저 여기에 도착했다면, 수송선 다섯 대의 흔적은 왜 보이지 않는 걸까? 아무것도 앞뒤가 맞지 않았다. 그때 가루스 총독은 브로컬리오가 자신을 향해 이야기하고 있다는 사실을 깨닫고 깜짝 놀랐다.

"아마도 거기 밖의 샤피에론호에 남아 있는 사람들도 멜티스에서 진행되는 상황을 지켜보고 있을 거라 짐작합니다." 가루스 총독은 '거기 밖'이라는 말을 주목했다. 그렇다면 제블렌인은 '안'의 어딘가에 있다는 뜻이었다. 브로컬리오가 계속 말했다. "여러분은 우리에게 상당한 화력이 있다는 사실을 잊지 않았을 겁니다. 조금 전 여러분의 정찰 장비에 일어난 일은 우리가 가진 무기의 성능에 대한 예시로 보는 게 좋을 겁니다. 지금 레이저가 여러분의 우주선을 조준하고 있습니다. 혹시 여러분이 아직도 상황을 제대로 파악하지 못하고 있을지 모르니, 현재 상황을 정리해주겠습니다. 여러분은 이제 비자르나 투리엔인의 뒤로 숨을 수 없습니다. 아주 흥미로운 상황의 전환이죠. 여러분도 동의할 거라 생각합니다."

가루스 총독은 그 말이 무엇을 의미하는지 냉정하게 받아들였다. 샤피에론호가 마침내 지구를 떠나게 되었을 때, 브로컬리오는 제블렌인들이 왜곡해왔던 상황과 다른 지구의 진정한 모습이 투리엔인에게 전달되지 못하게 하려고 샤피에론호를 파괴하려 시도했었다. 때마침 투리엔인과 콜드웰의 UN 우주군 사이에 직접적인 소통이 적절한 때에 이루어진 덕분에 그런 사태를 막을 수 있었다. 가루스 총독이 반쯤 넋을 놓은 채로 브로컬리오의 말을 계속 듣고 있을 때, 시엔의 목소리가 이어폰에서 들려왔다. 목소리가 가라앉은 것으로 볼 때 조락이 개인적으로 연결해준 모양이었다.

"가루스 총독님, 그리고 쉴로힌 과학 수석님. 여러분들은 이게 무슨 뜻인지 알 겁니다. 프레스켈-가르 왕세자가 했던 모든 행동은 계략이었어요. 그러므로 그가 우리에게 말한 모든 이야기는 거짓이었습니다. 페라스몬 국왕과 하르진 대통령에게서 받았던 감사 메시지도 없었을 겁니다. 아무것도 보내지 않았을 테니까요. 세리오스 대통령 전용기의 경로를 바꾸는 명령도 내리지 않았을 겁니다. 그들은 여전히 위험에 처한 상황이에요. 이미 너무 늦어버린 게 아니라면요."

가루스 총독이 얼어붙었다가, 곧 툴툴거렸다. 그는 지상으로 내려가서 함정으로 곧장 들어간 사람들과 자신의 우주선, 그리고 제블렌인의 위협을 고민하느라, 그 이상의 함의를 생각하지 못했다. 지구인들의 사고 능력은 역시 도움이 되었다.

"맞아요!" 쉴로힌이 속삭였다.

"그 사태를 막을 수 있는 사람들은 우리뿐이에요. 세리오스인들에게 연락해야 합니다. 람비아인은 누구도 믿으면 안 됩니다." 시엔이 말했다.

가루스 총독이 스크린에 비친 브로컬리오의 영상을 노려봤다. 하지만 그는 브로퀄리오의 말을 듣지 않았다. 시엔이 옳았다. 이제 그들에게 달려있다. 가루스 총독의 머릿속이 미친 듯이 돌아갔다. "조락."

"네, 총독님."

"지역으로." 이는 가루스 총독이 하는 말을 미네르바 채널로 전달하지 말라는 의미였다.

"알겠습니다."

"나는 저들의 계획이 뭔지 모르고, 우리가 통신을 자유롭게 할 수 있는지도 모르겠어. 그래도 네가 했으면 하는 것은 이거야. 세리오스군의 지휘 체계, 우주 작전센터, 혹은 대통령의 문제를 다루는 정부부처에 연락해. 그들에게 하르진 대통령과 페라스몬 국왕을 태우고 멜티스에서 출발한 비행기를 파괴할 음모가 진행 중이라고 경고해. 우리는 그 비행기가 미사일에 맞아서 추락할 거라 생각해. 지금 즉시 그 비행기를 회항시키거나 다른 곳으로 돌려야 해."

"즉시 실시하겠습니다." 조락이 대답했다.

✳

가루스 총독의 얼굴에 덮인 무력감을 보는 일은 그 자체로 커다란 기쁨이었다. 브로퀄리오가 개인적으로 가장 저주하는 존재가 바로 샤피에론호와 승무원들이었다. 물론 브로퀄리오는 가루스 총독을 알아봤다. 브로퀄리오가 칼라자르 의장에게 보고하는 제블렌인의 감시 활동을 지휘하던 때, 샤피에론호가 가니메데에 등장한 이후 6개월간 지구에서 머무는 동안 엄청나게 쏟아진 기사를 통해 그 얼굴을 알고 있었기 때문이다. 샤피에론호는 그와 제블렌인을 우회해서 투리엔인과 지구인 사이에 직접적인 통신을 여는 역할을 했다. 그래서 브로퀄리오와 그의 선대가 수 세대를 거치며 계획해왔던 모든 일이 쓸모없게 되어버렸다. 또한 샤피에론호는 제벡스를 파멸시키는 속임수를 저지르기 위한 도구였다. 그로 인해 브로컬리오는 제블렌에 대한 지배권을 잃고, 지구인과 투리엔인을 지배하려던 그의 야망은 영구히 종지부를 찍었다. 그런데 지금 여기에서 샤피에론호는 말 잘 듣는 강아지처럼 무방비 상태가 되었다. 예전에 샤피에론호는 브로컬리오의 파괴 시도를 피하면서, 그 과정에서 그를 바보로 만든 바 있었다. 브로컬리오는 이제 원한을 갚고, 그 일을 끝내야 한다는 생각에 조금도 거리낌이 없었다.

그런데 우주선의 모습을 계속 보고 있자니, 브로컬리오의 마음속에 새로운 생각이 슬금슬금 자라나기 시작했다. 왜 샤피에론호를 파괴해야 하지? 그가 방금 가루스 총독에 대해 매우 즐거워하며 지적했듯이, 전체적으로 아주 흥미로운 상황의 전환이 일어났다. 브로컬리오는 미네르바의 달에 우주선을 다섯 대 가지고 있지만 거의 움직일 수 없는 상황이었고, 간신히 그와 추종자들을 미네르바로 데려다줄 정도의 동력밖에 없었다. 그 후 우주선들은 바닷속에 수장시키는 것 외에는 아무짝에도 쓸모가 없었다. 그런데 여기, 그의 바로 앞에 있는 스크린에 망원 영상으로 떠 있는 것은 완전히 독립적인 우주선으로서 자체적인 동력을 장착하고 있을 뿐만 아니라, 독립적인 운영과 내구성을 갖도록 설계되었고, 가니메데인 집단을 약 20년간 유지했었다. 그들은 미네르바에서 피난민과 걸인으로 지내면서, 잠잘 곳과 프레스켈-가르 왕세자의 부엌에서 나오는 음식 찌꺼기를 얻어먹기 위해 자신들의 우월한 정보를 공유하고, 자연적인 이점을 거래할 필요가 전혀 없었다. 미네르바의 바다에 수장시키려던 무기들을 샤피에론호 같은 우주선에 장착하고, 우주선의 동력으로 그 무기들에 에너지를 불어넣을 수 있다면, 미네르바 같은 행성은 일주일이면 장악할 수 있을 것이다.

그 생각은 더 깊이 곱씹어볼수록 더욱더 브로컬리오의 흥미를 끌었다. 하지만 부동산을 구매하려는 사람들이 대개 그렇듯, 브로컬리오는 가격을 제안하고 계약을 결정하기 전에 직접 그 부동산을 조사해보고 싶었다. 하지만 그가 한 번도 상대해본 적이 없는, 과거에서 온 가니메데인들로 가득한 우주선에 걸어 들어가면, 어떤 종류의 위험에 처하게 될까? 설령 가니메데인이 투리엔인처럼 싸움을 싫어하고 비위를 맞추는 존재로 밝혀지더라도, 브로컬리오는 그 우주선을 관리하는 인공지능에 대해 전혀 몰랐으며, 그게 어떻게 반응할지도 알지 못했다. 브로컬리오가 고갯짓으로 건너편에 있는 에스토르두 자문을 불렀다. "샤피에론호가 건조되던 당시에는 비자르와 비슷한 규모로 행성을 운영하는 인공지능이 없었어, 내 말이 맞나?"

"그렇습니다, 각하. 전체적인 통합 시스템은 나중에 거인별과 투리엔으로 이동한 후에 만들어졌습니다."

"그러면 저 우주선이 지구에 있을 당시 우리가 전해 들었던 저 조락은 어떤 종류의 시스템이지?"

"초기의 가니메데인 우주선은 제어와 시스템관리를 통합시켰는데, 놀랍도록 많은 기능을 수행했으며, 실제로 그 설계 철학의 일부가 나중에 비자르에 포함되기도 했습니다. 샤피에론호는 아마 후기에 개발된 모델일 겁니다. 조락은 초보적인 자율 인공지능과, 비자르나 제벡스처럼 성간 운영 능력을 갖춘 초병렬 분산 구조의 중간쯤에 개발된 모델일 겁니다."

"알겠어." 브로컬리오는 이해하지 못했다. 사실 그 말들은 아무런 의미도 없었다. 그가 다시 샤피에론호의 영상을 쳐다봤다. "저런 우주선의 제어권을 확보하려면 어떻게 해야 할까? 우주선을 지휘하는 사람에게는 그게 누구든 자동으로 복종하나? 아니면 시간이 지남에 따라 다른 방식으로 강화되는 복잡한 충성심을 발전시키는 건가? 어떤 형태로 작동되는 거야?"

에스토르두 자문은 브로컬리오의 눈길을 따라가다 그의 생각이 어느 방향으로 가고 있는지 깨달았다. "각하, 제가 저런 시스템을 직접 경험해본 적이 없다는 점을 양해해주시기 바랍니다. 하지만 제가 이해하기로는, 저 시스템의 기본적인 특성은 복합적으로 연결된 자기 참조 학습 계층구조가 자동으로 최적화하는 창발적인 결합 네트워크를 구동하는 겁니다." 에스토르두 자문은 브로컬리오의 얼굴이 달아오르는 모습을 보고 황급히 추가로 설명했다. "조락의 행동은 초기에 설계된 변수보다는 경험에 의해 더 많이 형성될 것이라는 의미입니다. 현재의 간부와 승무원들에게 강한 충성심을 발전시켜왔을 가능성이 큽니다. 특히 그들은 익숙한 시공간 환경으로부터 강제로 고립된 상태로 오랜 기간을 보냈기 때문에 더욱 그렇습니다."

"흠." 확실히 브로컬리오가 바라던 대답은 아니었다.

에스토르두 자문이 계속 말했다. "그렇지만⋯." 그의 말투 때문에 브로컬리오가 고개를 돌려 그를 바라봤다. "그 시스템은 핵심적인 명령이 담긴 기초 토대를 바탕으로 구축되었습니다. 그 핵심적인 명령은 수정하거나 무시하거나 덮어쓸 수 없습니다. 그 명령들이 시스템의 본질적인 역할과 특성을 규정합니다. 가장 근본적인 부분은 시스템이 주된 애착을 형성한 생물들의 생존과 안전을 보장하는 일이 다른 모든 고려사항보다 우선한다는 것입니다. 현재의 경우, 그런 경향이 극단적으로 뚜렷해졌을 겁니다. 그래서 조락은 옳다거나 그르다고 판단한 내용이나, 장기적으로 바람직한 결과를 이룰 가능성이 있다고 판단한 내용이 승무원의 안전에 비해 중요하지 않다고 여길 겁니다.

제가, 어… 제 이야기가 이해되시나요?"

브로컬리오의 눈에 이해의 빛이 희미하게 비쳤다. "네 말은, 거기에 있는 시대에 뒤떨어진 가니메데인들을 보호할 수 있는 유일한 방법이 내 명령을 따르는 것이라면, 조락이 우리의 명령을 따를 거라는 뜻이지? 조락이 거절하지 않는다는 거지?"

"그 이상입니다, 각하. 조락은 거절할 수 없습니다."

"흠, 알겠어." 이번에는 브로컬리오가 실제로 이해했다. 당면한 두 개의 골치 아픈 문제에 대한 해결책을 찾은 듯했다.

브로컬리오는 한동안 샤피에론호의 영상을 물끄러미 바라봤다. 샤피에론호는 터널을 통해 자신의 우주선들을 따라오기 전에(그것이 샤피에론호가 어떻게 여기로 올 수 있었는지를 설명하는 유일한 방법이었다) 제블렌에 대한 비밀스러운 속임수 작전을 수행했었다. 브로컬리오는 샤피에론호가 그런 임무를 수행하는 데에 필요한 최소한의 탑승자와 승무원보다 많은 수를 싣고 있으리라고는 생각하지 않았다. 그리고 그런 상황은 그의 목적에 잘 들어맞았다.

브로컬리오는 샤피에론호의 사령실에 연결된 스크린으로 돌아가서 똑바로 바라봤다.

＊

"내 지시사항은 이겁니다." 브로컬리오가 제블렌인들이 숨어 있는 곳에서 말했다. "여러분과 우주선에 타고 있는 모든 탑승자는 보조 비행선에 탑승한 후 나가주세요. 우주선은 탑승할 수 있도록 남겨두고, 80킬로미터 밖으로 물러나기 바랍니다. 지금 즉시."

가루스 총독은 미심쩍은 표정으로 그를 노려봤다.

"우리는 샤피에론호를 떠나면 안 됩니다." 가루스 총독 옆에 있던 쉴로힌이 속삭였다. "조금 전에 신호기들에 무슨 일이 일어났었는지 생각해보세요." 그리고 예전에 제블렌인은 샤피에론호가 지구에서 떠난 후 파괴하려 했을 때 망설임이 없었다.

"미쳤군요." 가루스 총독이 대답했다. 저들이 샤피에론호를 원한다면, 승무원들은 이 안에 있는 게 더 안전할 것이다. "당신은 우리가 여기서 떠날 거라 생각하나요?"

"당신은 협상할 위치에 있지 않다는 사실을 잊은 모양이군요." 브로콜리오가 말을 잘랐다. 그의 모습을 비추는 영상이 화면의 반으로 줄어들더니, 나머지 반쪽 화면에 무기를 겨눈 람비아 군인들에 둘러싸인 이샨과 쇼음, 헌트, 단체커, 몬카르, 그리고 가루스 총독의 다른 두 승무원과 이를 지켜보고 있는 프레스켈-가르 왕세자의 모습이 보였다. "이건 말뿐인 위협이 아닙니다. 저하, 확인해주시겠습니까?"

"명령만 주세요." 프레스켈-가르 왕세자가 스크린에서 말했다.

"어쩌면 우리가 한 명씩 제거하는 것부터 시작해야 할지도 모르겠네요." 브로콜리오가 말했다.

가루스 총독은 입이 바짝 말랐다. 본능적으로 조락을 불러내서 조언을 받고 싶었지만, 그는 그 욕구를 간신히 억눌렀다. 이것은 총독이 결정해야 할 문제였다. 그가 우주선에 계속 머무른다면, 부하와 친구들을 희생시킬 게 분명했다. 그러고도 결국 샤피에론호를 잃을 수 있었다. 요구에 따르면 자신이 죽을 수 있었다. 그런 경우 지상에 내려가 있는 사람들에게도 어떤 일이 일어날지 불확실했다. 후자를 선택할 경우, 확실한 게 전혀 없었다. 쉴로힌도 더 깊은 함의를 읽고, 상황을 더 어렵게 만들지 않기 위해 자제하는 듯했다.

"우리에게 생각할 시간이 필요합니다." 가루스 총독이 말했다.

"나는 게임을 하느라 허비할 시간이 없습니다." 브로콜리오가 포로

들을 향해 손을 흔들더니, 가루스 총독의 두 승무원 중 선임자를 가리키며 말했다. "한 발 앞으로 나와."

가루스 총독이 지금껏 내렸던 어떤 결정보다 괴롭고 굴욕적이었다. "좋습니다." 그가 말했다. "당신 말대로 하겠습니다."

✳

세리오스 보안국 본부에 있는 프렌다 베스니의 모니터에 아직도 떠 있는 메시지는 인공위성을 관측하는 국립항공우주국에서 들어온 것이었다. 그 메시지를 전달한 국립항공우주국의 부장은 다음과 같이 덧붙였다. "이 메시지를 어떻게 이해해야 할지 모르겠습니다. 당신이 결정하세요."

옆방의 문이 벌컥 열리더니 네그리코프 과장이 나왔다. "이게 뭐야? 말하는 우주선에서 온 메시지라니? 우리가 한가한 줄 아는 건가? 내가 말했잖아, 저 밖에는 진짜 미친놈들이 있다니까."

베스니는 입술을 깨물고 주저주저했다. "대통령 집무실에 경고해야 하지 않을까요, 예방조치로?"

"뭐? 그래서 보안국에서 제일 멍청한 자식으로 찍히자는 거야? 국립항공우주국의 시스템에 침입한 학생 해커나 뭐 그런 놈일 거야."

"그래도 우리가 여기서 하는 일이 그런 거 아닌가요? 정보를 전달하는 거?"

"그래. 하지만 우리는 정보를 평가하기도 해. 난 이틀 전부터 퇴근도 못 하고 일하는 중이야. 국립항공우주국 보안은 유치원 애들도 뚫을 수 있을 거야. 지금 그라트를 만나러 가는 길인데, 2분 이내에 돌아올게."

"이 메시지를 어떻게 하면 좋을까요?"

"아, 언젠가 세부사항이 필요한 사람이 있을지도 모르니까, 디라에게 보관해두라고 해. 언젠가는 그 메시지를 추적할 수 있을 정도로 영리해지는 날이 올지도 모르잖아." 네그리코프 과장은 사무실을 가로지르며 계속 중얼거렸다. "안 그래도 페라스몬 국왕이 갑자기 세리오스로 온다고 결정하는 바람에 바빠 죽겠는데, 말하는 우주선이라니." 그는 사무실에서 나가며 문을 쾅 닫았다.

베스니는 그 메시지를 좀 더 오래 바라봤다. 아직도 그녀는 이런 식으로 일을 처리하는 게 날림이라는 생각을 지울 수 없었다. 하지만 상관이 이미 지시를 내렸다. 그녀는 주저하며 보유 목록에 입력하고, 디라의 눈에 띄도록 그 항목에 꼬리표를 달았다. 베스니의 판단에는 이 메시지가 짓궂은 장난으로 밝혀지더라도 네그리코프 과장에게 별로 위험이 없을 것 같았다. 어쨌든 그녀는 이미 네그리코프 과장이 보안국에서 제일 멍청한 인간이라고 생각하고 있었다.

✳

기지사령관은 자신의 자리에 앉아 클레스가 사무실로 안내를 받아 들어오는 모습을 지켜봤다. "사령관님, 클레시머 보소로스 중위입니다." 부대장이 알려주고, 문 안으로 들어와 섰다. 당직 하사가 문을 닫았다. 사령관은 문서를 다시 살펴보고, 클레시머 중위에게 그 이야기를 다시 하게 시켰다.

"그래서 이 정보를 어디에서 받았다고 했지? NEBA에 아는 사람이 있나? 기자야?" 사령관이 미심쩍은 말투로 물었다.

"그 기자는 메시지를 전달해줬을 뿐입니다. 그 정보는 람비아 멜티스의 아그라콘에 있는 기술 대표단에서 일하는 사람이 보낸 겁니다." 클레스가 대답했다.

"중위, 그 사람이 누구인지 물어봐도 될까?"

"어…. 제 약혼자입니다. 제 생각엔, 아니… 제가 바라기엔."

"아, 알겠어. 거기서 그녀는 어떤 분야를 맡고 있지?"

"대표단의 기술 분야 통역사입니다."

"이름은?"

"라이샤 엥스입니다."

"흠." 기지사령관은 메모하면서 메시지가 담긴 종이를 몇 번 더 쳐다봤다. "그러니까 람비아의 아그라콘 내부에서 보낸 메시지가 세리오스의 군기지에 있는 자네한테 전달되었다는 말인가?"

클레스는 입술을 깨물며 숨을 들이쉬었다. 이 상황을 피할 방법은 없었다. "네, 그렇습니다."

"그 사실을 인정하는 게 얼마나 심각한 일인지 자네가 알고 있다고 내가 받아들여도 되겠지?"

"네, 그렇습니다.

"그 대표단은 누구의 지시를 받고 있지? 그들이 보고하는 부서가 어디야? 혹시 알고 있나?"

"국립과학연구소일 겁니다."

기지사령관은 잠시 더 생각한 후, 콧방귀를 뀌며 전화기로 손을 뻗었다. "중위, 이게 잘못된 정보로 밝혀질 경우, 자네는 해명해야 할 게 아주 많은 상태로 몹시 곤란한 상황에 처하게 될 거야. 그래, 사단의 우단 장군님 사무실로 연결해줘, 보안 회선으로. 매우 급박한 문제가 있는데, 국립과학연구소에 확인할 필요가 있을 거야. 정말 급한 일이야." 기지사령관은 수화기를 내려놓고 등받이에 기대앉으며 클레스를 바라봤다. "이게 사실이라면, 어떻게 된 일인지는 묻지 않겠네."

"네, 알겠습니다." 클레스가 대답했다.

38

포로들은 처음에 프레스켈-가르 왕세자를 만났던 장소에서 다른 곳으로 이송되었다. 처음에 갔던 장소는 일종의 작전상황실이나 통신 센터처럼 보였다. 새로운 장소는 페인트를 칠한 벽과 쿠션이 달린 플라스틱 의자, 사무실용 철제가구가 있는 소박한 환경이었다. 그 의자들은 이샨과 쇼음에게 맞지 않아서 그들은 귀퉁이에 엉거주춤하게 앉거나 서 있기를 반복했다. 무장한 경비원 두 명이 문 안에 있었고, 더 많은 수가 밖에 있었다. 그들 일행을 잡기 위해 준비한 단순한 계략보다 훨씬 더 큰 어떤 사건의 한복판으로 걸어 들어왔다는 점에 의문의 여지가 없었다. 브로컬리오가 즐거운 시간을 가진 후, 프레스켈-가르 왕세자는 그들을 빨리 쫓아버리려는 듯했다. 왕세자는 미래에서 도착한 살아 있는 외계인을 태우고 있는 우주선에 대한 호기심이 이상할 정도로 적었다. 끊임없이 들어오는 호출과 오가는 전령 때문에 진행 상황이 계속 방해를 받았다. 더 긴급한 일을 처리하는 동안 그들에 대한 흥미를 잃은 듯했다. 헌트는 자신들이 대격변의 한복판에 뛰어든 것 같은 느낌이 들었다.

헌트 옆의 회전의자에 앉아 있던 단체커가 고개를 살짝 돌려 말했다. "난 조금 겁나는 게, 만일⋯."

"대화 금지!" 문에 서 있는 경비원이 소리쳤다. 단체커가 다시 침묵에 빠져들었다. 그들은 제블렌에 머무는 동안 제블렌어를 충분히 배웠기 때문에, 람비아어가 제블렌어와 약간 비슷하다는 사실을 깨달았고, 몇 마디 정도는 알아들을 수 있었다. 람비아인들이 그들의 머리띠와 이어폰과 손목 장치를 빼앗아서, 샤피에론호와 통신을 막고 조락을 통역으로 이용할 수 없게 했다. 이는 그들과 함께 있는 가니메데인과의 대화도 이제 불가능하다는 의미였다.

단체커는 뭔가 상황에 영향을 미칠 기회가 있을 때면 항의하고 소란을 피우는 기질이 있었지만, 그런 상황이 아닐 경우에는 바꿀 수 있을 때를 기다리며 물러나 침묵을 지켰다. 헌트는 반대였다. 그는 콜드웰과 더 비슷했다. 앉아서 아무것도 하지 않고 그저 기다리는 일은 그의 성미에 맞지 않았다. 상황을 바꿀 가능성이 아무리 작더라도, 그는 강박적으로 뭔가를 했다.

당장 가장 걱정스러운 문제는 지금 하르진 대통령과 페라스몬 국왕이 탑승해서 세리오스로 가고 있는 비행기였다. 프레스켈-가르 왕세자가 했던 말들이 모두 계략이었다면, 비행기의 경로를 변경시켰다던 그의 확언도 거짓일 가능성이 컸다. 헌트는 그 문제를 생각해볼 때, 그리고 몇 년 후에 밝혀질 사건들에 대한 파편적인 지식을 고려해볼 때, 비행기 추락의 배후에 누가 있었는지 이제 아주 명확해진 듯했다. 대격변의 한복판에 뛰어들었다는 그의 느낌은 무리한 망상이 아니었다. 바로 지금 진행되고 있었다!

상황은 아이러니했다. 두 지도자의 암살이라는 사건은 람비아의 강경파들이 반대했던 페라스몬 국왕을 승계하는 위치에 프레스켈-가르 왕세자를 올려놓았다. 장군이자 가까운 조언자인 자르곤(의심했던 대로 브로컬리오가 확실했다)에 의해 고무된 왕세자가 채택한 강경 노선은 돌이킬 수 없는 적개심을 일으켜 세리오스와 람비아를 전쟁의 길로 들어서게 했다. 그렇지만 샤피에론호의 정찰 방문 과정에서 알게 된 상황에 따르면, 지금이 아무리 늦었다고 하더라도 그런 일을 피할 가능성은 있었다. 세리오스인들이 알아챘었다. 세리오스 군에서 음모의 낌새를 알아채고, 보안 담당자들에게 경고했다. 하지만 보안국에 있는 누군가가 그 정보를 무시해버렸다. 그 사건은 나중에 추문을 일으켰으며, 사람들이 무더기로 해고되고 일자리를 잃었다. 그러나 사건의 흐름을 바꾸기에는 너무 늦었다.

물론, 샤피에론호에 타고 있는 가루스 총독과 다른 사람들도 이런 사실을 알고 있을 것이다. 그렇지만 그들이 알고 있다고 하더라도, 헌트로서는 그 사실을 확인할 방법이 없었고, 그들이 이 상황에 무엇을 할 수 있을지도 몰랐다. 그래서 그 일은 여기, 지상에 내려와 있는 헌트와 다른 사람들의 몫이었다. 그렇지만 통신수단도 없이 무장한 경비원들에 갇힌 상태에서 그들이 무엇을 할 수 있을까?

헌트가 생각해낼 수 있는 유일한 가능성은, 프레스켈-가르 왕세자가 확고한 자리를 차지하기 전에 그의 확신을 흔들 방법을 찾는 것이었다. 왕세자가 다시 생각하도록 만들어야 했다. 헌트는 현 상태에서 재량껏 쏟아 부을 수 있는 자원을 마음속으로 계산해봤다. 가진 게 별로 없었다. 그들은 현재의 미네르바 기술을 훌쩍 뛰어넘는 우주선을 타고 왔지만, 브로컬리오와 제블렌인도 마찬가지였다. 그것도 자그마치 다섯 대나. 사실, 샤피에론호는 독립적인 운영 능력이 있는 반면에, 제블렌인의 우주선은 아직 이 우주에는 존재하지 않는 시설에 의

존했다. 그러나 그 부분이 몇 시간 내에 프레스켈-가르 왕세자에게 강한 인상을 주기는 힘들 터였다. 그게 문제였다. 그들은 먼 과거에 미네르바에서 사라진 외계인들과 함께 왔다. 그 사실은 과학자, 고고학자, 학계 같은 사람들에게 무한한 흥미를 유발하는 원천이 되겠지만, 프레스켈-가르 왕세자 같은 사람의 실용적인 성향을 압도할 수 있을 것 같지는 않았다. 전쟁에 관해 이야기하며 무기를 가져오는 외계인 정도는 되어야 왕세자의 흥미를 끌 수 있을 텐데, 그는 이미 그런 부류의 외계인으로 브로퀄리오와 제블렌인을 데리고 있었다.

그렇다면 허풍에 기대는 수밖에 없었다. 그들은 세리오스의 대통령 전용기가 미사일에 격추된다는 사실을 알았다. 프레스켈-가르 왕세자가 저지른 짓일 가능성이 아주 컸다. 하지만 왕세자는 그들이 어떻게 그 사실을 아는지 설명할 방법이 없을 것이다. 다른 세계에서 나타난 낯선 사람들도 그 사실을 알고 있을 정도라면, 미네르바에는 문제가 있다는 사실을 증명할 다른 관계자들도 많을 수 있다고 생각되지 않을까? 왕세자는 이해타산에 밝은 사람으로 보였다. 자신의 위치를 굳건히 만들어주기보다는 오히려 훼손하는 결과를 낳을 가능성이 더 커 보인다면, 그는 암살의 진행을 재고할지도 몰랐다. 아무튼 시도해볼 만한 목표였다. 그 뒤에 무슨 일이 일어나든 그것대로 따라가면 될 것이다.

그 외에는 별다른 생각이 떠오르지 않았다. 헌트는 몸짓으로 경비원들에게 말하고 싶다는 의사를 전달했다. 경비원 중 한 명이 헌트에게 오라고 손짓했다. 헌트가 일어나서 다가가자 다른 사람들이 호기심 어린 눈빛으로 쳐다봤다. 경비원은 그를 2.5미터 정도 거리에서 세웠다. "거기, 당신 (모름)."

"이야기. 람비아 왕자." 헌트가 문을 가리켰다. "프레스켈-가르."

경비원이 고개를 저었다. "대화 금지. 저하 (모름) 다른 사람." 옛날 람비아어와 최근 제블렌어의 틈새를 극복하는 일은 쉽지 않았다. 조락이 근처에 있을 때와는 많이 달랐다. 그런 생각이 들자, 헌트는 이런 상황을 이용해서 조락과 연결할 수 있겠다는 생각이 떠올랐다. 그는 정찰 방문에서 인터뷰하며 수박 겉핥기로 배웠던 세리오스어에 대한 기억을 끌어모아 몇 단어를 연결해 임시변통으로 문장을 만들었다. 경비원이 다시 고개를 저었다.

"세리오스어, 이해 안 돼."

헌트는 다시 손짓하며 급한 말투로, 두 언어의 차이를 모르는 양 람비아어와 세리오스어를 뒤섞어서 말했다. "반드시… 중요… 프레스켈-가르… 위험." 다른 경비원이 뭔가 중얼거리더니 문을 두드렸다. 문이 바깥에서 열리자 경비원이 밖으로 나갔다.

"기다려." 첫 번째 경비원이 명령했다. 헌트는 그 명령에 복종했다. 훈련받고 있는 강아지가 된 느낌을 살짝 받았다. 사실, 헌트에게 어떻게 일을 진행해야겠다는 정확한 계획은 없었다.

잠시 기다리자 문이 다시 열렸다. 그리고 두 번째 경비원이 다시 나타났다. "와서 이야기 (모름) 왕자 (모름) 빨리."

경비원은 앞서 그들이 있었던 통신실로 헌트를 데려갔다. 여전히 시끌벅적했다. 프레스켈-가르 왕세자는 지형과 도시 지도를 비추는 스크린들을 살펴보며 장교들과 이야기를 나누고 있었다. 한 스크린에는 우주에 떠 있는 샤피에론호의 모습이 비쳤다. 그 영상이 미네르바의 천문관측소에서 온 것인지, 어딘가에 제블렌인들이 배치한 감시 장비에서 온 것인지는 알 수 없었다. 헌트는 표준 지상착륙선 한 대가 샤피에론호에서 멀어지고 있는 모습을 보고 깜짝 놀랐다. 조금 전에 나온 게 틀림없었다. 샤피에론호에 탑승한 모든 사람을 태우고 나오는 게 아니라면 저 착륙선을 사용할 이유가 없었다. 그러나 헌트가 그 의미에 대해 더 생각해보기도 전에 왕세자가 고개를 돌렸다.

"뭔가?"

"헌트." 헌트가 자신을 가리켰다.

"원하는 게 뭔가?"

살짝 바보처럼 느끼면서, 헌트는 아첨하는 미소를 지으며 다시 언어를 뒤섞어 말하는 연극을 했다. 프레스켈-가르 왕세자가 그 말을 이해하려 인상을 찌푸렸다.

"미안." 헌트가 말했다. "세리오스어 더 많이 알아. 우주선 통역 컴퓨터 있으면 쉬워." 아무튼 조락에 연결할 유일한 방법이었다. 헌트는 스스로 생각하기에도 너무도 천재적인 계략이었다.

"필요 없어." 프레스켈-가르 왕세자가 말했다. "우리는 세리오스 통역사를 대줄 수 있다."

＊

라이샤는 대표단의 수석 협상가 파리씨오와 아그라콘의 보안구역에 있던 다른 세리오스인들과 함께 앉아 있었다. 그들은 창고 같은 칙칙한 방에 있었는데, 본청 지하의 통신실과 같은 층에 있는 방이었다. 그녀는 여전히 어리둥절한 상태로 무슨 일이 진행되고 있는지 몰랐다. 라이샤가 너무도 행복한 생각에 잠겨 있던 때가 채 1시간도 안 지났는데, 느닷없이 곤두박질하는 바람에 아직도 생각을 명확하게 정리할 수가 없었다. 두 나라의 화해가 담긴 하르진 대통령과 페라스몬 국왕의 연설 직후, 그 모든 함의를 무시하고 이런 일이 일어나다니 말도 안 되는 일이었다. 라이샤는 스스로 이건 모두 악몽이라며 깨어나라고 몇 번이나 말했다. 하지만 깨어나지 못했다. 이 상황은 계속 진행되었다.

메라 두크리스가 대표단 사무실이 점령당하기 전에 돌아가려다 다시 안으로 이끌려 들어오는 모습을 본 후, 람비아 하사관이 라이샤를 식당 건물 밖에 있는 경비실로 데리고 가서, 그녀를 통신실로 데리고 갈 안내자가 나타날 때까지 함께 기다렸다. 거기에서 라이샤는 파리씨오에게 호출을 받은 통신실로 향했다. 그러나 라이샤는 통신실 근처에도 못 갔다. 람비아인 장교와 군인들이 그녀와 안내자를 중간에 세워서 다른 방으로 넣었다. 그 방에는 파리씨오와, 그와 같이 있던 사람들도 잡혀 있었다. 파리씨오는 라이샤에게 연락했을 때 이런 상황을 알지 못했고, 갑자기 통신실 밖으로 난폭하게 밀려날 때는 뭔가 오해가 있는 거라 짐작했었다. 세리오스인들이 현재의 위치로 끌려오고 있을 때, 프레스켈-가르 왕세자와 측근들이 나타났다. 라이샤가 내릴 수 있는 유일한 결론은 왕세자가 페라스몬 국왕의 입장에 반대해서 람비아를 장악하려 한다는 것이었다. 라이샤는 우텔리아가 NEBA에 있는 클레스의 친구에게 경고했을지, 혹은 우텔리아가 연락하려고 과연 시도라도 했을지 알지 못했다. 두크리스도 기자실까지 가지 못한 상황이었기 때문이었다. 라이샤가 지금 할 수 있는 일이라곤 앉아서 쌓인 상자들과 노출된 벽, 도관과 파이프들을 쳐다보며, 아직 이 악몽에서 깨어날 수 있을 것이라는 희망의 부스러기를 끌어안는 일뿐이었다.

잠긴 문이 열리는 소리가 들렸다. 모든 사람이 고개를 들었다. 일종의 군복을 입은 람비아 여성이 문 뒤에 경비원을 남겨두고 걸어 들어왔다. "여기에 통역사가 있나요?" 그 여성이 방을 둘러보며 말했다. 세리오스인들은 서로 어정쩡한 눈길을 주고받았다. 몇 명의 눈길이 라이샤에게 꽂혔다. 그녀는 말을 하려 했지만, 목에 잠겨서 나오지 않왔다. 라이샤는 마른침을 삼키고 말했다.

"제가 통역사예요."

"통역사가 필요해요. 이쪽으로 오세요."

그들은 경비원과 함께 사람들이 바삐 오가는 복도를 따라가서 양쪽에 경비원이 서 있는 쌍여닫이문으로 갔다. 그 문을 통과하자 군복을 입은 사무원들이 책상과 단말기에서 일하고 있는 대기실이 나타났다. 여성은 라이샤에게 여기에서 경비원과 함께 기다리라고 신호하고, 앞으로 가서 내부문 앞을 지키는 장교와 이야기를 나눴다. 그가 고개를 끄덕이더니 안으로 들어갔다. 힐끗 쳐다보니 밝은 공간에 스크린과 통신장비가 가득했다. 라이샤는 콧수염이 달린 람비아 왕세자의 날카로운 얼굴을 알아보고 숨이 컥 막혔다. 그는 육군 원수 군복을 입고, 시끄럽게 떠들어대는 장교들과 보좌관들 가운데에 앉아 있었다. 그들이 기다리는 동안 사람들이 오갔다. 간간이 급사들이 외부문으로 들어와 사무원들에게 메시지를 전달했다.

이윽고 안으로 들어갔던 장교가 람비아 대령 군복을 입은 다른 군인과 함께 밖으로 나왔다. 그들이 데려온 다른 남자도 있었는데, 낯선 외모였다. 그의 옷가지는 라이샤가 지금까지 봤던 어떤 옷과도 달랐다. 그는 키가 크고 팔다리가 길었으며, 눈에 띄게 피부가 하얘서 갈색보다는 분홍색에 가까웠다. 그의 머리카락도 밝은색이었으며 곱실곱실했다. 그의 눈은 라이샤가 지금껏 봤던 어떤 눈보다 밝은색이었으며, 기민하고 눈치가 빠른 사람 같았다. 그들은 잠시 머뭇거렸다. 세리오스인들이 잡혀 있던 방에서 라이샤를 데려온 여성과 경비원이 라이샤를 향해 걸어오자, 곧 상황을 파악한 모양이었다. 그 사람은 라이샤와 눈길이 마주치자 활짝 웃었다. 라이샤는 어떻게 반응해야 할지 몰라 고개를 돌리고 무표정한 얼굴을 유지했다.

"세리오스 통역사입니다." 군복을 입은 여자가 말했다.

"우리는 이 이방인에 대한 도움이 필요합니다." 대령이 밝은 피부의 남자를 향해 고개를 돌려 말하라고 손짓했다.

✳

투리엔에서 출발한 쾌속선이 다투 2호의 중앙 부위에 있는 선착장 안으로 들어갔다. 칼라자르 의장과 퀠상의 다투 1호에서 온 과학자들은 다투 3호 관문과 보조 장치를 관리하는 부감독관의 마중을 받았다. 일행은 서둘러서 다투 3호 제어실로 향했다. 가상 여행은 다른 대안이 없는 경우 일상적인 업무나 휴식, 즐거움을 위해 이용하는 게 관례로 적절하게 받아들여졌다. 그러나 이번 경우에는 적절하게 생각되기 힘들었다.

"새로운 소식이 있어요?" 그들이 투사기 나팔과 관련 구조물들이 저 너머로 보이는, 유리벽으로 둘러싸인 회랑에 도착했을 때 칼라자르 의장이 물었다. 콜드웰은 이미 지구에서 연결되어 시청각 영상창에 시각적으로 중첩되어 보였다.

감독관이 심각한 얼굴로 말했다. "유감스럽습니다만, 없습니다. 전혀 흔적이 없습니다. 완전히 끊어졌습니다."

칼라자르 의장은 이미 충분히 알고 있었다. 조금이라도 변화가 있었다면, 이미 그에게 소식이 전달되었을 것이다. 칼라자르 의장이 애원하는 몸짓을 했다. "할 수 있는 게 전혀 없나요? 혹시 비자르가 수색 같은 걸 할 수 있지 않을까요?"

"찾을 게 없습니다. 신호기들이 죽었다면, 다중공간에서는 보이지 않게 됩니다. 샤피에론호도 그렇습니다. 샤피에론호가 있는 우주를 찾을 수 있는 유일한 방법은 탐지기를 보내서 환경을 대조하고 수색

하는 겁니다. 성공할 확률을 0보다 높게 올리기 위해 보내야 하는 탐지기의 숫자를 고려하면 실행 가능한 방법이 아닙니다."

"그렇지만 저 밖 어마어마한 숫자의 우주들에서도 다른 버전으로 같은 작업을 진행할 겁니다, 그렇죠? 그러면 확률이 조금이라도 올라가지 않을까요?" 콜드웰이 말했다.

"미미하지만 그렇습니다." 감독관이 동의했다. "그렇더라도 앞서 우리가 검토했던 희소한 분포 통계와 크게 다르지 않습니다." 그가 한 손을 들어 두 엄지손가락으로 눈썹을 문질렀다. "게다가, 설령 우리가 극단적으로 운이 좋아서 샤피에론호가 있는 우주를 찾더라도, 그게 '우리의' 샤피에론호인지 알 방법이 없습니다. 제 말이 무슨 뜻인지 아시겠죠? 사실, 우리의 샤피에론호가 아닐 확률이 압도적으로 높습니다. 신호기가 작동할 때는 탯줄이 여기에 있는 우리의 우주와 유일하게 연결됩니다. 여러 우주에 셀 수 없이 많은 버전의 신호기가 있겠지만, 탯줄을 통해 '우리의' 신호기를 인식할 수 있으므로, 같은 우주에 있는 '우리의' 샤피에론호를 인식할 수 있는 겁니다. 현재는 더 이상 그 방식을 적용할 수 없습니다."

"그들이 돌아오기만 한다면, 난 반드시 '우리의' 그들이어야 한다고 생각지는 않아요." 콜드웰이 대답했다.

✳

통역사는 전형적인 월인으로 키가 작고 통통했으며, 피부는 지구의 지중해 사람들과 비슷했다. 머릿결은 동양인처럼 검은 직모이고, 눈은 아몬드 모양이었는데, 덕분에 아주 아름다웠다. 여자는 수수한 베이지색의 헐렁한 바지와 목깃이 높은 튜닉을 입었으며, 그 위에 소매 없는 갈색 조끼를 걸치고 가방을 멨다. 그녀와 같이 온 다른 여자가 말했다. "세리오스 통역사입니다." 통역사는 샤피에론호가 아직 큰 스크린에 떠 있는 통역실로 들어가지 못했다. 무장한 경비원이 몇 걸음 뒤에 서 있었다. 헌트는 그 소개를 문자 그대로 추측했다. 이 통역사는 하르진 대통령이 방문하기 전에 선발대로 멜티스에 왔던 것으로 알려진 세리오스의 기술 대표단 소속일 것이다. 만일 그렇다면, 헌트가 암살 음모에 대해 알고 있는 사실을 너무 노골적으로 밝히기는 어느 정도 어려울 수도 있었다. 현재 다른 편에 있는 자신이 불쑥 그런 사실을 언급하면, 그녀까지 예상치 못한 위험에 빠뜨릴 수 있었다. 그건 무분별한 짓이었다. 헌트는 자신을 대기실로 데리고 나온 람비아 장교가 그 문제와 관련되어 있는지조차 확신할 수 없었다. 통역사를 데려온 여성과 장교가 세리오스어를 하지 못한다는 가정 하에, 헌트는 조락에 연결하기 위해 앞서 연기했던 언어능력보다 훨씬 정연하게 세리오스어를 구사했다.

"장교가 왕세자를 대리하나요? (당신은 세리오스인 포로인가요?)"

통역사는 잠시 놀란 표정을 짓더니 곧 차분하게 바뀌었다. 그녀는 재빨리 알아채고, 헌트가 처음에 던진 질문만 통역했다. 통역사는 대령의 대답을 통역했다. "이 남자에게 말하면 됩니다. 프레스켈-가르 왕세자는 지금 몹시 바쁩니다." 그리고 곧 덧붙였다. "(네, 세리오스 기술팀 소속이에요.)"

"저 사람에게 방문자들이 상황을 안다고 말하세요. 매우 중요하므로 프레스켈-가르 왕세자가 알아야 합니다. (비행기가 위험합니다.)"

"대령이 '무슨 상황을 말하는 거냐'고 물었어요. (당신은 누구죠? 당신이 어떻게 아시나요?)"

"우리는 미사일이 관련된, 오늘 계획된 작전을 알고 있습니다. 우리는 누구의 책임인지도 압니다. 우리가 안다면 다른 사람들도 알 겁니다. 람비아가… 죄를 쓰고, 비난을 받을 겁니다. (매우 복잡한 문제입니다. 스스로 위험에 빠지지 마세요.)" 그 장교의 표정은 자기와 별로 상관없다는 투였다. 헌트가 계속 주장했다. "프레스켈-가르 왕세자는 다른 방문자들의 우주선이 제한된 동력만 가지고 있다는 사실을 알아야 합니다. 다시 채울 수 없습니다. 금세 못쓰게 될 겁니다. 나쁜 거래예요. 큰 우주선은 좋습니다. 아주 오랫동안. 제한이 없어요. (거인들이 돌아왔어요.)"

통역사의 눈동자가 커졌다. "대령이 알았다고 말했어요. 그 말을 전달할 겁니다. 그게 다인가요? (별에서 왔다고요?)"

"프레스켈-가르 왕세자는 페라스몬 국왕의 곁을 지켜야 합니다. 전쟁은 파멸이 될 거예요. 그리고 미네르바의 종말이죠. (우리는 여러분의 미래를 알아요. 안 좋습니다. 이 상황을 바꾸기 위해 노력해보세요.) 긴급하다고 강조해주세요."

그 장교가 이야기를 들으며 고개를 끄덕이더니, 문 안으로 들어갔다.

"당신은 어떻게 미래를 알 수 있나요?" 통역사가 물었다.

"이제 말하지 마세요." 통역사를 안내한 여성이 말을 잘랐다.

✳

"이제 우단 장군님과 연결해드리겠습니다."

"우단입니다."

"국립과학연구소의 호빈 릴레서가 연결되었습니다, 장군님."

"여보세요? 릴레서입니다." 우단은 경고문을 보냈다고 알려진, 멜티스에 있는 국립과학연구소 대표단의 구성원을 찾아달라고 릴레서에게 부탁했었다.

"네, 우단입니다. 말씀하세요."

"이상한 상황이에요. 거의 1시간 가까이 저희가 멜티스에 있는 대표단과 접촉하려고 노력했는데, 통신망이 끊어진 것 같아요. 람비아인의 말로는 컴퓨터가 다운된 것 같대요. 그런데 당신은 어떻게 알았나요?"

"당신은 이 상황을 어떻게 보시나요?" 우단 장군이 물었다.

"전 잘 모르겠어요. 몹시 보기 드문 상황이에요. 람비아인들은 이런 일에 대비가 되어 있어야 하거든요."

"그렇다면 뭔가 이상한 일이 진행될 수도 있겠군요?"

"글쎄요, 저는 모르죠. 사실 제가 뭐라고 말하기 힘들어서요. 왜요? 무슨 일이 있나요?"

"저도 잘…. 제가 알아서 하겠습니다. 고맙습니다. 도움을 주셔서 대단히 감사합니다."

"언제든지요."

우단은 전화기를 내려놓고, 거의 1분 가까이 노려봤다. 그는 주목할 만한 우연이라고 판단했다. 그는 언제나 우연을 의심했다. 세리오스 보안국 사람들이 이 문제를 파악할 필요가 있었다. 대통령 집무실 문제를 직접 다루는 사람들이 그들이었다. 장군은 전화기를 다시 들었다.

"네, 장군님."

"보안국에 우리가 아는 사람이 누가 있지? 지금 당장 거기에 있는 사람과 통화해야 해. 대통령의 개인적인 안보 문제를 다루는 사람이나, 그런 사람과 통하는 사람을 찾아. 지체할 시간이 없어."

"즉시 실시하겠습니다, 장군님."

39

프레스켈-가르 왕세자는 거인들의 우주선을 비추는 스크린을 바라보면서, 그들과 함께 온 자칭 헌트라는 인간에게서 들은 메시지를 요약해서 전달하는 대령의 이야기를 들었다. 오늘 온종일 진행된 일 때문에, 왕세자는 브로퀼리오조차 당황하게 한 이 멋진 우주선의 배후에 어떤 내력이 있는지 알아낼 시간이 아직 없었다. 이 우주선은 미네르바에서 볼 때 계속 달 뒤로 숨는 위치를 고수하며 우주에 떠 있었다. 저 영상은 달의 뒷면에 있는 브로퀼리오의 우주선에서 촬영한 것이었다. 저 모습은 아그라콘을 통해 도르존 요새에 있는 와일로트 장군과 제블렌인 선발대에게도 중계되었다. 제블렌인도 인간이었다. 그러나 그들은 거인들과 함께 착륙한 두 인간과는 다른 듯했다. 복잡한 이야기가 될 것 같았다.

마지막 순간에 급하게 아그라콘 점령 시간을 앞당기기로 했지만, 놀라울 정도로 매끄럽게 진행되어서 바깥세상은 아직 그런 일이 일어났는지도 몰랐다. 프레스켈-가르 왕세자가 자신의 위치를 굳히기 위해 공개적으로 움직이기 전에, 페라스몬 국왕의 승하 소식이 먼저 알려지는 게 중요했다. 예상했던 대로, 통신의 표면적인 오류를 묻는 메시지와 연락이 무더기로 쏟아져 들어왔고 몇몇 방문객은 불편해했다. 하지만 거짓 변명이 대체로 잘 통했다. 나중에 아그라콘에서 앞서 진행된 움직임은 정보 경고에 대응해서 취해진 예방조치였으며, 뒤늦게야 암살과 관련된 정보였다는 사실을 알게 되었다고 설명을 조작하면 될 것이다. 아그라콘에서의 활동을 감추기 위해서는 시간 간격을 최소화해야 하므로, '모자걸이' 작전 역시 당겨서 이제 공해상에서 암살을 실행할 예정이었다. 그 부분의 작전은 도르존 요새에서 왕세자의 부관 로박스 경이 지휘했다. 그 작전의 자세한 내용은 알 필요가 있는 확실한 소수만 알아야 한다는 당연한 이유 때문이었다.

브로컬리오가 제안한 대담한 작전은 대체로 성과를 올렸다. 갑작스러운 변화에 대응하기 위해 그가 즉흥적으로 수정한 계획은 효과가 있는 것처럼 보였다. 지금은 프레스켈-가르 왕세자가 겁을 먹거나 과한 행동을 할 때가 아니었다. 대령이 왕세자에게 전달해준, 헌트로부터의 중대한 소식은 거인들이 그 '작전'과 '누구의 책임'인지를 안다는 것이었다. 모두 아주 모호했으며, 특별히 명시적으로 말한 것은 전혀 없었다. 프레스켈-가르 왕세자는 그들이 어떻게 그런 사실을 알 수 있었는지 이해가 되지 않았다. 그 메시지를 전달한 대령조차 그게 무엇에 관한 이야기인지 몰랐다. 왕세자는 아마도 외계인들이 가진 발달한 감시 시스템으로 '모자걸이' 비행기가 이륙해서 요격 진로로 가는 것을 감지하고 운 좋게 추측했을 거라 생각했다. 나머지는 순전히 허풍일 것이다. 브로컬리오는 미네르바에 재충전하고 유지할 자원이 없으므로 자신의 우주선들을 폐물로 버리려 했다. 그렇다면, 도착한 거인들의 우주선에도 똑같이 적용되지 않을까? 헌트는 아니라고 했다.

하지만 그것은 또 다른 허풍이 틀림없었다. 그리고 그 우주선이 그렇게 뛰어나다면, 그가 보고 있듯이 지금 거인들은 왜 저렇게 우주선에서 쫓겨 나오는 걸까? 브로퀼리오가 뭐라고 위협했든, 저들에게는 저항할 능력이 그다지 많아 보이지 않았다. 지금 당장 왕세자에게는 자신의 결정을 번복해야 할 이유가 없었다.

달의 뒷면과 연결을 유지하고 있는 채널에 브로퀼리오의 모습이 나타나서 거인의 우주선을 장악하겠다고 알려왔다. "조사를 마치고 나면 알려주겠습니다." 그가 말했다. 그리고 연결이 끊어졌다.

✳

이런 종류의 상황에서 통제권을 손에 넣을 때 가장 중요한 점은 단호함이었다. 브로퀼리오가 주제넘게 명령을 하는 듯한 태도로 프레스켈-가르 왕세자의 기질을 시험했을 때 왕세자는 묵묵히 받아들였다. 이제는 그 선례를 계속 유지하면 될 것이다. 샤피에론호를 장악하는 문제에 대해 먼저 상의하는 것은, 허락을 구하고 왕세자의 세력에 굴복하는 것이나 다름없었다. 채널을 계속 열어놓는 일은 종속적으로 진행 상황을 보고할 때나 어울렸다. 브로퀼리오는 자신에게 적절한 때에 맞춰 독자적으로 행동 방침을 결정하고 나중에 왕세자에게 통보할 것이다.

"보조 보정기가 안정화되었습니다. 추진 벡터의 균형이 잡혔습니다." 컴퓨터가 조언했다. "모든 우주선이 이륙할 준비를 마쳤습니다."

선장이 함교의 계기판을 읽었다. "진행해."

브로퀼리오는 팔짱을 끼고 서서 다른 우주선 네 대가 달의 지표면에서 떠오르며 덮여있던 잡석과 먼지를 떨어내는 모습을 옆의 모니터를 통해 지켜봤다. 지표면의 변화를 보면 그가 타고 있는 기함도 이류하고 있었지만, 내장된 투리엔형 중력 장치 덕분에 움직임이 느껴지지 않았다. 우주선 다섯 대는 기함을 선두로 하는 V 형태를 이루고 달에서 곧장 벗어나 샤피에론호를 향해 날아갔다. 이제 그가 추종자들을 샤피에론호에 옮겨 태우고 무기들을 장착하면, 미네르바에 그의 우주선들을 착륙시킨 후 처분해야 하는 복잡한 문제를 피할 수 있었다. 작동하는 우주선을 근거지로 삼을 수 있게 된다면, 뭐하러 프레스켈-가르 왕세자가 제공하는 간이 숙소에서 도둑처럼 숨어 살겠는가?

브로컬리오는 단순히 무기와 우주선, 그리고 그것들을 사용할 수 있는 지식보다, 자신이 훨씬 유리한 위치에 서게 된다는 점이 중요하다고 판단했다. 심리적인 요인도 있었다. 람비아인과 세리오스인들은 군복을 입고 돌아다니며 훈련을 하고 지도 위에 계획을 세우지만, 그들은 여전히 군인 놀이를 하는 수준에 불과했다. 브로컬리오는 2천 년에 이르는 지구의 역사 기록을 갖고 있었다. 제블렌인들이 투리엔인에게서 감시 임무를 맡았던 점은 확실히 이점이 되었다.

＊

그래서 저들이 그런 수작을 부리고 있는 건가, 그렇지? 프레스켈-가르 왕세자는 겉으로 태연한 척하면서도 자신의 반응을 기다리고 있는 주변의 참모 장교들을 의식했다. 그는 자신의 상황을 빠르게 재평가했다. 브로컬리오가 제거하라고 명령을 내렸던 목표물이 무엇이었든, 그것의 파괴는 브로컬리오가 가진 무기의 성능을 보여주었다. 그렇지만 거인들의 우주선이 도착하기 전까지 브로컬리오는 기꺼이 람비아와 동등한 협력자로서 합류하려 했었다. 지금은 갑자기 그가 다른 모든 것들을 무시하며 거인의 우주선을 손에 넣으려 하고 있었다. 그렇다면 그 우주선에는 브로컬리오의 우주선에 없는 어떤 게 있다는 헌트의 주장이 전부 헛소리는 아닐 수도 있었다. 프레스켈-가르 왕세자는 자신이 의지할 수 있겠다고 생각했던 그 강력한 우방에 대한 확신이 줄어들었다. 그는 자신의 협상력을 대폭 향상시켜야 할 필요성을 느꼈다.

"제블렌인 장군 와일로트가 무슨 일인지 묻고 있습니다." 보좌관이 보고하며, 가까이에 있는 단말기를 가리켰다. 달의 뒷면에 있는 우주선들과 연결된 통신이 도르존 요새에서도 끊어진 모양이었다.

"우리도 알아보고 있다고 말해줘." 왕세자가 대답했다.

브로퀼리오는 아직 거인들의 우주선을 장악하지 못했다. 어쩌면 상황을 바꿀 방법이 있을지도 몰랐다. 헌트가 우주선 컴퓨터에 있는 통역 장치에 대해 말하지 않았던가? 어쩌면 그게 달의 뒷면 상황을 전달해줄 수 있을 것이다. 적어도 브로퀼리오가 무슨 일이 진행되고 있는지 알려줄 때까지 기다릴 필요가 없다는 사실을 참모들에게 보여줄 수는 있겠지.

프레스켈-가르 왕세자가 우주선을 비추고 있는 스크린을 가리켰다. "외계인들이 타고 내려와서 건물 뒤에 세워놓은 왕복선을 통해 지금도 통신을 연결할 수 있나?"

대령이 수석 공학자와 확인했다. "아직 연결된 상태입니다. 지금 들어오는 통신이 없을 뿐입니다."

"어떻게든 다시 활성화할 수 있을까?"

수석 공학자가 장비 분야에 배치된 담당자의 의자 뒤로 다가갔다. "목소리로 구동되는 것 같습니다." 그가 스피커에 대고 목소리를 높였다. "여보세요? 테스트? 여기는 멜티스입니다. 우주선 나오세요." 아무런 대답이 없었다.

"세리오스어로 해보세요." 누군가가 제안했다. "그 외계인이 세리오스어를 하더라고요." 소용없었다.

"이건 어떤가요?" 다른 공학자가 포로들에게서 빼앗았던 머리띠와 이어폰, 손목 장치를 꺼냈다. 아무것도 작동하지 않았다.

"일종의 작동 암호 같은 게 있는 모양입니다." 수석 공학자가 말했다.

프레스켈-가르 왕세자가 짜증스럽게 얼굴을 찌푸리며 말했다. "저 우주선과 이야기하고 싶다던 인간은 아직 저 밖에 있나? 헌트라던 사람 말이야."

"네, 저하."

"그 사람 데리고 와."

대령이 대기실로 나갔다가 헌트와 함께 돌아왔다. 수석 공학자가 몸짓과 말을 섞으며 문제를 설명했다. 헌트가 왕복선을 통해 채널이 연결된 스피커에 대고 말했다. "조락?"

"네, 헌트 박사님." 목소리가 대답했다.

✳

조락은 샤피에론호를 장악하기 위해 사방에서 다가오는 제블렌 우주선 다섯 대의 영상을 구성하기 위해 외부 감지기에서 들어오는 데이터를 통합했다. 탑승자들이 샤피에론호를 떠나기 전에 가루스 총독이 내린 지침대로, 조락은 중앙 선착장의 문을 열어두었다. 조락은 우주선들을 지켜보면서 들어오는 데이터를 처리하고 검토했다. 세 가지 상황이 동시에 진행됐다.

신호 경로를 제공해주기 위해 달 근처에 배치된 탐지기를 통해 들어온 메시지를 통신 처리프로그램이 전달했다. 그 메시지는 세리오스의 수도 오세르브루크에 있는 람비아 대사관에서 온 답신이었다. 이것은 조락이 세리오스 대통령 집무실에 연결하려고 진행했던 마지막 시도였다. 국립항공우주국을 통한 시도는 효과가 없었다.

멜티스에 착륙했던 왕복선의 채널이 사용되지 않은 상태로 한참 시간이 지난 후 빅터 헌트의 목소리가 다시 들렸다.

그리고 가루스 총독의 지시대로 조락이 제블렌 기함에 열어놓았던 통신 채널을 통해 제블렌인 지도자 브로퀼리오가 접촉을 시작했다.

"샤피에론호 나와라."

"샤피에론호입니다. 말씀하세요." 조락이 대답했다.

"내가 지금 우주선을 제어하는 인공지능과 이야기하고 있는 건가?"

"그렇습니다."

"우리는 앞서 통보한 대로 탑승할 것이다."

"알고 있습니다."

"모든 탑승자가 우주선을 비우고 나갔는지 확인해."

"확인했습니다." 샤피에론호의 탑승자들은 지금 제블렌 우주선들의 스크린 바깥 멀리까지 물러난 지상 착륙선에 타고 있었다. 가루스 총독은 미네르바 지상에 내려간 사람들에 대한 폭력 위협 때문에 굴복했다. 조락은 생물들도 내장된 운영 지침이 있는 모양이라고 결론을 내렸다.

하지만 브로퀼리오는 그 사실에 대해 확신하지 못하는 모양이었다. 조락은 그의 목소리 억양, 긴장하는 근육의 패턴, 표정을 읽었을 때, 인간의 의심과 불안을 나타내는 징후라는 사실을 알 수 있었다. "샤피에론호와 함께 여기에 나타났던 투리엔 장치들의 운명이 어떻게 되었는지 너한테 상기시켜줄게. 그때 사용된 무기가 네 우주선뿐만 아니라 경계 밖으로 벗어나 있는 착륙선도 조준하고 있어. 우리가 샤피에론호에 탑승할 때 방해나 교묘한 기습이 없을 것으로 기대하겠어. 나는 그 의미가 명확히 전달되었길 바란다. 내 말이 무슨 뜻인지 이해가 되나?"

"완벽하게 이해합니다."

조락은 기습 공격을 할 생각이 없었다. 설령 그런 계획을 했더라도, 가니메데인과 인간 친구들이 위험에 처한 상태에서는 실행할 수 없을 것이다.

＊

세리오스 보안국의 프렌다 베스니는 옆방에서 네그리코프 과장이 고함을 지르는 소리를 들으며 앉아 있었다. 그녀는 조금 전에 람비아 대사의 비서에게서 걸려온 전화를 연결해줬는데, 그 비서는 미네르바 근처에 떠 있는 외계 우주선으로부터 하르진 대통령의 비행기가 격추당할 것이라는 경고를 받고 그 메시지를 알려주려 했다. 얄궂게도, 이 람비아인은 앞서 국립항공우주국이 보낸 경고를 받았던 바로 그 부서로 연결되었다.

"보세요, 이게 뭡니까? 이제 분별력을 가진 사람이 하나도 안 남은 건가요? 아니요, 난 그걸 심각하게 생각하지 않습니다. 우리는 온종일 이런 연락을 받았다니까요. 어딘가에서 한가한 해커들이 재미를 즐기고 있는 거라고요. 당신이나 나 같은 사람들에게는 훨씬 중요한 일들이 있습니다. 아니요, 내가 이런 걸 매번…."

베스니의 책상으로 다른 신호가 들어왔다. 군복을 입은 남자의 머리와 어깨가 보였다. "프렌다 베스니입니다."

"정보과입니까? 주모 네그리코프 과장과 몹시 긴급하게 통화해야 합니다."

"과장님은 지금 람비아 대사관과 통화 중입니다. 저는 비서입니다.

무엇을 도와드릴까요?"

"기다리기 힘든 상황입니다. 대통령 집무실에 있는 담당자와 통화를 해야 하는데, 그쪽 부서를 통해야만 연결이 된다더군요. 과장의 전화를 중단시키고 연결해줄 수 있을까요?"

"무슨 일이신가요?"

"여기는 육군 참모총장실입니다. 람비아에 있는 사람과 연락을 취한 부대로부터, 대통령과 람비아 국왕을 태우고 우리나라로 날아오고 있는 비행기에 위험이 임박했다는 경고를 받았습니다. 대통령 집무실에서는 그 비행기와 지상 관제소에 직접 통신을 할 수 있습니다. 집무실에 이 사실을 알려줘야 합니다."

베스니가 잠깐 고개를 슬쩍 돌렸다. 네그리코프 과장은 아직도 고함을 지르고 있었다. 그녀가 이 일을 그대로 넘기면, 네그리코프 과장이 이 문제를 처리하도록 놔두는 꼴이 될 것이다. 하지만 이제 경고가 세 번째 들어왔다. 게다가 이번에는 말하는 우주선에 관해 주장하지 않았다. 베스니의 업무 규칙에 따르면, 상관이 업무를 처리할 수 없을 때 그녀에게는 자신의 결단으로 처리할 수 있는 권한이 있었다. 그리고 이는 국가의 보안, 혹은 긴급한 문제라는 조건에도 맞았다. 이 정도면 확실히 조건을 갖췄다. 베스니는 이게 짓궂은 장난이나 오해로 밝혀졌을 때 네그리코프 과장이 보일 반응에 대해 생각해봤다. 그리고 그녀는 이 경고가 사실이었을 경우 일어날 결과와 비교했다. 베스니는 깊게 숨을 들이쉬었다. 인생을 살다 보면 자신의 판단이 옳기를 바라야만 하는 간절한 순간이 몇 번은 있기 마련이다.

"세세한 부분까지 모두 따지면 시간만 낭비할 뿐입니다. 대통령 집무실로 직접 연결해드리겠습니다." 그녀가 말했다.

*

람비아 통신실로 조락이 보내준 샤피에론호 주변의 제블렌 우주선 다섯 대의 영상은 여러 개의 스크린에 분산되어 나타났다. 우주선 중 한 대에서 소형 비행선이 빠져나왔다. 헌트는 이제 분명하게 깨달았다. 제블렌인들은 달의 어딘가에 있었다. 헌트는 그 모습을 지켜보면서 맥이 풀렸다. 이런 초기 단계에서조차, 브로걸리오와 프레스켈-가르 왕세자의 동맹은 충분히 튼튼하며, 새로운 기회가 나타나면 빠르게 포착할 수 있을 정도로 융통성이 있었고, 행동하는 데에도 망설임이 없었다. 이제 그들은 작동하는 우주선뿐만 아니라 제블렌인의 무기까지 갖추었다. 파견대의 임무와 행성 전쟁을 막으려던 희망은 이제 물 건너갔다. 헌트는 이 상황에서 유일한 위로가 있다면, 한쪽이 너무도 압도적으로 우월해서 전쟁이 미네르바 전체를 휩쓰는 차원까지 확대되기 전에 금세 끝날 수도 있다는 점이었다. 파견대에게 주어졌던 임무가 만들어냈을지도 모르는 새로운 현실은 그들이 희망했던 이상에 닿지 못했지만, 아무튼 최소한 개선되긴 했다. 그 점은 중요했다. 신호기가 사라지고, 이제 샤피에론호도 브로걸리오에게 장악당한 상황이라서, 이 우주에 갇힐 가능성이 훨씬 커 보이기 시작했기 때문이다.

헌트는 샤피에론호에서 찍은 제블렌 우주선들의 영상을 응시했다. 우주선들은 별들을 배경으로 허공 속에 움직임이 없는 듯 떠 있었다. 별들의 배치가 달랐다. 다른 우주에서 그가 속했던 시대의 태양계에서 봤던 형태와 달랐다. 달에서 '찰리'가 발견된 후 진행된 조사에 참여하기 위해 처음으로 지구에서 떠났던 이래로, 그는 우주를 배경으로 얼마나 많은 우주선과 건축물들을 봤을까?

그가 관문에서 탑재용 거품 생성기가 포함된 첫 실험을 지켜보기 위해 시엔과 함께 다투 2호에 육체적으로 나갔을 때가 마지막이었다. 뭉툭한 상자처럼 생긴 제블렌 우주선들을 보니 거품 생성기를 장착했던 뗏목이 떠올랐다. 그들은 수렴 문제를 해결했다고 생각했었다. 하지만 뗏목의 지역 거품이 분리되었을 때, 수렴 현상이 다시 한 번 나타났다. 이는 그들이 수렴 현상이 일으킨 기묘한 상황과 두 번째로 마주친 것이었다. 그때는 가상의 물체가 아니라 진짜 물체가 수렴 현상에 얽혀들었다. 그들의 눈앞에서 여러 개로 번식하고, 사라지던 뗏목의 버전들은 단단한 물체들이었다. 그 효과를 억제하기 위해서는 안정화된 직후 거품을 비활성화시켜야 했다.

'수렴 억제.' 그 용어가 헌트의 머릿속을 맴돌았다. 그의 무의식에 있는 뭔가가 집요하게 목소리를 내려 했다. 뭔가 의미심장한 목소리였다.

수렴 억제…. 우주선이 자율적으로 작동할 수 있게 하려고 탯줄을 끊을 때, 샤피에론호에 장착된 거품 생성기도 같은 이유로 비활성화시켜야 했다. 그러지 않으면 불균형이 발생해 지역 거품과 함께 핵심부의 수렴 구역이 확장될 것이다. 반경이 어느 정도까지 커지더라? 헌트는 몰랐다. 하지만 뗏목에 탑재된 동력원은 뗏목의 여러 버전을 물질화할 수 있을 정도로 수렴 구역을 넓게 확장시켰다. 그리고 그 버전들은 비물질화되었다.

샤피에론호에 장착된 거품 생성기는 우주선의 동력으로 구동되었다.

다른 우주에서 온 뭔가가 물질화되듯, 헌트의 머릿속에 불가능한 생각이 형태를 갖춰갔다. 조락에게 연락할 방법을 찾아야 한다!

헌트는 자신에 대한 감시를 담당하는 듯한 람비아인을 향해 말했다. "나는 전부터 브로컬리오를 알았어요." 헌트는 앞서보다 람비아어를 훨씬 정연하게 말했다. "믿을 사람이 아니에요. 여러분은 실수하는 겁니다."

"당신은 말하라고 할 때만 말해." 람비아인이 말했다.

버림받았다는 사실에 대해 아직도 항의하고 있는 와일로트 장군의 모습을 비추는 단말기를 향해 헌트가 고갯짓했다. 장군은 아마 다른 어딘가에 있을 것이다. "봐요, 저들은 자기들끼리도 믿지 않아요."

"닥쳐!"

*

헌트가 앞서 있었던 방에는 샤피에론호에서 함께 내려온 다른 일행들이 문 안에 서 있는 경비원들로부터 감시의 눈초리를 받으며 순종적으로 앉아 있었다. 자발적인 의사에 따라 실행하는 거의 유일한 행동은, 단체커가 시도 때도 없이 안경을 벗어 존재하지도 않는 얼룩을 닦는 정도였다. 단체커는 경비원들과 대화 같은 것을 해보려 시도해봤다가 그들이 인조인간이라는 결론을 내렸다. 단체커는 흥미로운 수수께끼가 떠올랐다. 아직 미네르바에는 이렇다 할 전쟁의 역사가 없었는데도, 그들의 태도는 단체커가 지구나 제블렌에 있을 때 맞닥뜨렸던 군인들과 다르지 않았다. 군대가 사람들을 저렇게 만드는 걸까, 아니면 그런 사람들이 군대에 끌리는 걸까? 단체커는 자신이 불필요하게 이분법적인 가정을 하고 있다는 사실을 알아차렸다. 두 가지는 상호배타적인 문제가 아니었다. 조락이 있었다면 그를 비난했을 것이다.

단체커는 의식의 깊은 곳에서 슬금슬금 올라와서 자신을 공황 상태에 빠뜨리고 있는 고립되었다는 느낌을 직면하지 않으려고 혼자 심리 게임을 하고 있다는 사실을 깨달았다. 그들은 먼 과거의 외계 행성에서 돌아갈 방법이 없는 상태로 고립되었다. 심지어 자신들의 우주도 아니었다. 이제는 샤피에론호와의 연결까지 끊어졌다. 그들은 대화가 허용되지 않았기 때문에, 단체커는 헌트가 뭘 하려 하는지도 몰랐다. 그는 헌트가 뭔가 해낼 수 있을 거라고는 거의 기대하지 않았다. 그것은 상황에 대한 절망감에 나오는 행동일 뿐이었다. 단체커와 마찬가지로 마음속에 떠오른 생각을 피하려는 헌트식 방법이었다. 이해하기 힘든 가니메데인들의 표정 때문에 단체커는 그들이 무슨 생각을 하는지도 알 수 없었다. 단체커는 안경을 벗고 주머니에서 손수건을 꺼내 닦았다.

쇼음과 이산은 단체커와 비슷한 불안뿐 아니라, 난생처음으로 실질적인 강압과 힘으로 위협당하는 경험을 감당해야 하는 상황이었다. 그들은 지구의 방식과 역사를 알았지만, 그것은 기록된 사실을 간접적으로 아는 것이었다. 무엇에 관해 지식이 있다고 해서 그것을 아는 것은 아니었다. 투리엔 문화에서 자란 사람들은 육체적으로 공격하겠다는 위협으로 다른 사람의 의지를 굴복시키는 행위를 알지 못했고, 사실상 생각조차 하기 힘들었다. 그들은 무력감과 모욕감, 수치심처럼 몹시 불쾌한 감정들에 대해 마음의 준비가 전혀 되지 않은 상태였다. 쇼음은 많은 사람이, 어쩌면 대부분의 사람이 사회가 다른 방식으로 존재할 수 있다는 상상조차 하지 못할 정도로, 종족의 역사 전체가 그런 방식으로 뿌리를 내린 결과를 머릿속에 그려보려 애썼다. 이런 상황은 감정과 정신을 어떻게 훼손할까? 이런 일은 어떤 족쇄와 왜곡을 만들어낼까? 어떻게 불필요한 공포와 장애를 극복할까? 이 임무의 진정한 의미와, 이 임무가 성취하려 했던 목표의 중요성이 완전히 새로운 차원으로 받아들여졌다. 그녀는 불편하고 작은 인간의 의자에서 다른 쪽으로 움직여 저린 다리를 풀며 그 문제에 대해 생각하지 않으려 애썼다.

몬카르와 샤피에론호의 두 승무원은 그들 모두가 처한 곤란한 상황에서 가장 적게 영향을 받는 듯했다. 잘못된 우주에 고립되었다는 생각은 그들에게 그리 큰 충격을 주지 않았다. 과거에 그들은 24년 가까이 다른 시공간에 고립된 경험이 있었기 때문이다. 그리고 그들의 고향은 이미 오래전에 사라졌다. 그들과 같은 종족의 후예를 찾기는 했지만, 그들이 돌아온 지구와 투리엔의 시대는 자신들이 알던 모든 것들과 매우 달랐다. 잘못된 우주든 아니든, 많은 면에서 여기가 오히려 더 익숙했다. 그들은 예전의 미네르바를 아는 유일한 사람들이었다.

각자의 심리와 경험, 회피 전략은 달라도, 통신실로 걸어 들어가 스크린에 비친 브로컬리오를 본 후, 그들은 모두 똑같은 의문을 한 가지 느꼈다. 제블렌인이 여기에 있다는 사실을 알려줬어야 할 탐지기는 왜 응답하지 않았을까?

40

제블렌인의 소형 비행선이 샤피에론호의 거대한 중앙 선착장으로 향했다. 그리고 거대 기중기, 접근 경사로, 할당된 정박지를 비추는 표지등 사이로 들어가 내려앉았다. 선착장은 문을 닫고 소속 비행선들에 대한 보수 작업을 하거나 하역작업을 위해 공기를 채울 수도 있었지만, 지금은 그럴 필요가 없었다.

브로퀼리오는 에어록을 따라 조심스럽게 일행을 이끌었다. 거대하고 인기척이 없는 우주선은 그 공허감과 고요함 때문에 어쩐지 불길한 느낌을 주었다. 마치 그들을 함정으로 유혹하는 것 같았다. 그들은 우주선 내부로 향하는 넓은 복도들과 화물 운송 기계, 컨베이어로 이루어진 넓은 공터로 들어섰다. 브로퀼리오는 제자리에 서서 주변을 둘러봤다. 구조물들은 지나긴 시대의 견고한 중공업적인 분위기를 풍겼다. 그에게 익숙한 가볍고 다채로운 투리엔식 구조와 달랐다. 브로퀼리오는 우주선 내부가 아니라 오래되고 버려진 도시의 지하에 내려와 있는 느낌이 들었다. 그의 우주선들에서 무기를 가져와 장착하면

이 우주선은 무적함이 될 것이다.

공허감에도 불구하고, 감시를 당하고 있다는 기분 나쁜 느낌이 엄습했다. 아마도 공허감이 그런 느낌을 만들어내는 모양이었다. 브로쿌리오는 신중하게 이쪽저쪽을 둘러봤다. "제어 시스템은 어디에 있지?" 그가 소리쳤다. "내 말이 들려?"

"들립니다." 형체가 없는 목소리가 대답했다. 그 소리가 둥근 천장과 방들에 메아리쳤다. 마치 무덤에서 울려 나오는 소리 같았다. 브로쿌리오 옆에 서 있는 에스토르두 자문이 초조하게 몸을 떨었다.

"우리가 조사할 수 있도록 안내가 필요하다." 브로쿌리오가 말했다.

"어디로 가서 조사하고 싶은가요?"

브로쿌리오는 지도자처럼 소리를 내기 위해 더욱 노력을 기울이며 말했다. "사령실부터 시작하지. 우리는 거기서 이 우주선의 설계도와 배치도를 보겠다."

"오른쪽의 파란 불빛을 따라가세요. 불빛을 따라가면 수송 중계지가 나옵니다. 거기에 캡슐이 기다리고 있을 겁니다."

"따라와." 브로쿌리오가 일행에게 말했다. 처음부터 지도자의 역할에 맞춰 행동하는 게 최선이었다.

✳

80킬로미터 떨어진 곳에 떠 있는 샤피에론호의 지상 착륙선 안에서, 가루스 총독은 조락이 유지하고 있는 연결을 통해 제블렌인들의 진행 상황을 낙담한 얼굴로 지켜봤다. 쉴로힌과 다른 승무원들, 그리고 우주선에 남아 있던 세 지구인은 그 모습을 조용히 바라봤다. 그들은 가루스 총독의 비통함을 이해하고 공감했다. 하지만 그를 위로해 줄 말을 찾을 수 없었다. 그들은 모두 총독이 어떤 사람인지 이해할 수 있을 정도로 오랫동안 알았으므로, 그에게 어떤 비난도 하지 않았다. 그가 내릴 수밖에 없었던 결정은 혹독했다. 그렇지만 그들 모두 같은 결론에 도달했었다. 그러나 가루스 총독은 지금 자신의 우주선에서 내몰려서, 쫓겨난 추방자처럼 여기에 앉아 브로퀼리오가 의기양양하게 걸어 다니며 자신의 소유물을 평가하는 모습을 지켜보고 있었다. 총독은 아직도 승무원들의 얼굴을 똑바로 바라볼 수 없었다. 총독은 앞으로 다시는 스스로 우주선의 지휘관이라는 느낌이 들지 않을 것 같았다.

쉴로힌이 가루스 총독의 뒤로 가까이 다가가 말했다. "총독님, 자신을 책망하지 마세요. 당신은 해야만 하는 선택을 했습니다. 우리는 지구인이 아니에요. 우리는 다른 사람에 대해 폭력을 행사하겠다는 위협을 다루거나, 그런 의도의 진정성을 판단해본 적이 없었습니다. 우리는 모두 살아남았고 해를 입지 않았어요. 총독님은 브로퀼리오가 무기로 협박하는 위협을 감당할 수 없었습니다. 그런 위협을 두고 어떤 협상을 할 수 있겠습니까?"

가루스 총독이 깊은 한숨을 내쉬었다. "최악은 이… 극심한 무력감입니다. 이건 지휘관에게는 어울리지 않아요. 당신은 우리가 살아남았고 해를 입지 않았다고 했죠. 그건 사실이에요. 하지만 그런 상황이 얼마나 오래갈까요? 브로퀼리오가 우주선을 장악하고 나면, 우리를 주변에 두어서 상황을 복잡하게 만드는 게 무슨 이익이 될까요?"

"아주 많은 이익이 될 겁니다. 우리는 살아 있는 인질이에요. 브로퀼리오가 조락에게 명령을 할 수 있는 유일한 수단입니다. 제 말이 무슨 뜻인지 아시죠?" 쉴로힌이 말했다.

쉴로힌이 핵심을 짚었다. 가루스 총독은 자신의 굴욕적인 상황에 너무 집중하느라 그 문제를 생각하지 못했다고 속으로 솔직히 인정했다. "맞아요. 타당한 추정이에요. 하지만 그다지 기대할 만한 생존 방식은 아니죠."

"그렇지만 생존하잖아요. 그리고 그런 상황은 마음의 준비를 하지 못한 채 그런 충격 속으로 들어섰던 우리에게 간절히 필요한 한 가지를 줍니다. 시간을 주죠."

✳

통신 관리관이 보좌관에게 메시지를 전달하자, 보좌관이 그 메시지를 프레스켈-가르 왕세자에게 전해줬다. "부관 로박스 경이 도르존 요새에서 호출했는데, 몹시 급한 사안이랍니다." 왕세자가 스크린으로 성큼성큼 걸어갔다. 스크린에서는 그의 부관이 걱정스러운 얼굴로 그를 기다리고 있었다. 모자걸이 작전에 뭔가 문제가 생겼다는 의미였다.

"무슨 일이야?" 프레스켈-가르 왕세자가 물었다.

"방향을 바꾸었습니다. 비행기 말입니다. 세리오스 지상 관제소가 비행기의 경로를 바꾸고 낮은 고도로 내려가도록 지시했습니다. 그들은 비행기의 목적지가 어디인지 밝히지 않고 있습니다. 세리오스 요격기들이 벌써 출격해서 그 지역으로 향하고 있습니다. 그들이 알아챈 게 틀림없습니다."

그 소식을 듣자 예상치 못했던 주먹이 얼굴을 후려치는 느낌이 들었다. 이럴 수는 없었다. 모든 일이 기계를 돌리듯 매끄럽게 진행되고 있는 상황에서 말도 안 되는 일이었다. 아주 잠깐이긴 했지만, 프레스켈-가르 왕세자의 인생에서 아주 드물게 발생하는 일이 일어났다. 그의 생각이 작동을 멈춰버린 것이다. 수수께끼의 인간 헌트가 아직 그 자리에 대령과 함께 서서 왕세자를 쳐다보고 있었다. 그 거리에서 볼 때도, 앞서 그가 말했듯이, 그는 알고 있는 듯했다. 또 누가 알고 있을까?

절망적인 상황이었다. 머리를 빠르게 굴려야 했다. "우리가 먼저 대중들에게 알려야 해. 마치 세리오스인들이 납치한 것처럼 꾸며내. 페라스몬 국왕을 납치해서…." 프레스켈-가르 왕세자가 말했다.

로박스 경이 고개를 저었다. "페라스몬 국왕이 벌써 방송에 나와서 세리오스인은 이 일과 아무런 관련이 없다고 말했습니다. 국왕은 람비아 군부대에 충성심을 유지하라고 공개적으로 요구하고 있습니다." 로박스 경이 말하고 있는 바로 그 순간에도, 통신실 주변은 야단법석이었다. 장교들은 왕세자의 보좌관들에게 신호를 하며 그의 주의를 끌려고 했다.

"모자걸이 작전을 중단해야 합니다." 로박스 경이 급하게 말했다. "지금 세계가 그 비행기를 쳐다보고 있습니다. 세리오스인들은 자신들이 위협 경고를 받아서 비행기의 경로를 수정했다고 발표했습니다. 만일 그 비행기를 지금 격추한다면, 세리오스인의 책임이라고 생각할 사람은 없을 겁니다."

프레스켈-가르 왕세자는 스크린을 노려보면서, 머릿속으로는 그 요청에 대한 수락이 의미하는 굴복에 맞서 싸우고 있었다. 하지만 다른 방법이 없었다. 그가 무겁게 고개를 끄덕였다. 로박스 경이 고개를 돌려 지시를 내렸다.

왕세자의 참모 중 한 명이 다가왔다. "저하, 무례를 용서해주시기 바랍니다. 하지만 저하께서는 반드시 이걸 보셔야 합니다. 페라스몬 국왕과 하르진 대통령이 양국에 발언하고 있습니다. 그들은 음모가 발각되었다고 발표했습니다."

프레스켈-가르 왕세자가 통신실을 가로질러 가서 멍한 표정으로 뉴스를 들었다. 멜티스에 있는 정규군의 막사들에 다른 곳으로 이동하라는 명령이 내려졌다는 보고가 들어오기 시작했다. 도르존 요새에 있는 사령관에게 무기를 버리고 문을 열라는 요구가 들어갔다. 프레스켈-가르 왕세자의 부대들 사이에 갑자기 주저하는 기미가 보이기 시작했다. 그는 그렇게 잘 기획하고 집행한 계획이 겨우 몇 분 사이에 자신의 눈앞에서 무너져 내리는 모습을 보게 될 줄은 생각도 못 했다.

왕세자가 다시 헌트를 쳐다봤다. 헌트는 아직도 그를 바라보고 있었다. 기묘하게 밝은 색상의 눈동자가 웃으며 그를 놀리는 듯했다. 왕세자는 그답지 않게 느닷없이 마음속에서 불꽃처럼 피어오르는 분노 발작을 억지로 누르며 입을 앙다물고 헌트에게 내려갔다. "그래서, 당신은 알고 있었다는 거지. 그런데 당신과 과거에서 온 이 거인들이 뭘 더 알고 있는 거지?" 왕세자가 따졌다.

*

"모자걸이 편대장에게 알린다."

"모자걸이 편대장. 듣고 있습니다."

"취소하고 기지로 돌아오라. 반복한다. 취소하고 기지로 돌아오라. 들었는가?"

"들었습니다. 확인합니다, 기지로 돌아오라. 모자걸이 편대장이 편대에게. 나를 따라 1-81로 회항하라. 쇼는 취소됐다. 우리는 집으로 간다."

*

전파감시 처리프로그램이 수신된 신호가 왔다는 사실을 조락에게 전달하고 답변을 요구했다. 조락은 메시지 분석 시스템을 활성화하고, 그 메시지를 보고하라고 요청했다. 그 신호는 5만 년 전 다른 우주의 미래에서 도망치는 브로컬리오의 우주선들을 쫓다가 시공간의 경련 속으로 뛰어드는 모습을 마지막으로 보였던 탐지기에서 왔다. 탐지기는 주요 시스템 장애가 발생한 후, 오랜 시간 동안 자체 수리 진단 기능이 소프트웨어를 재통합하는 작업을 완료했으며, 추가 지침을 받기 위해 대기 중이었다.

*

"그런데 당신과 과거에서 온 이 거인들이 뭘 더 알고 있는 거지?" 통신실 주변의 사람들이 정신없이 움직였다. 다른 기지에 있는 프레스켈-가르 왕세자의 참모들이 호출을 해대고, 그의 관심을 끌려고 앞다투어 난리였다. 헌트는 무슨 상황이 벌어지고 있는지 정확히 알지 못했지만, 왕세자의 놀란 표정과 태도로 볼 때 심각한 상황이 틀림없었다. 와일로트 장군은 브로컬리오의 동기를 의심하는 듯했다. 왕세자가 조금 전에 스크린을 통해 대화를 나눴던 누군가가 '모자걸이'를 언급했지만, 헌트는 그 말의 의미를 전혀 알 수 없었다. 헌트는 자신의 아이디어를 어떻게든 조락에게 전달해야 한다는 생각뿐이었다. 그러나 그가 조락과 대화를 하게 되더라도, 왕세자의 부하들이 온통 둘러싼 상태에서는 그 메시지를 전달할 수 없을 것이다. 하지만 다른 사람은 할 수도 있었다! 헌트는 자신에게 유일하게 주어진 카드를 내밀었다.

"브로컬리오를 믿을 수 없어요." 그가 프레스켈-가르 왕세자에게 대답했다. "우주선 나온 거인들. 무슨 일인가요?"

"너는 봤다. 그들은 우주선에서 쫓겨났다."

"우주 밖. 방어할 수 없는 목표물."

"그들은 다치지 않았다."

"내가 직접 보고 싶어요."

"거기서 봐. 스크린에."

"지상 착륙선만 보입니다. 거인 선장과 이야기하고 싶어요."

"어떻게?"

"컴퓨터가 우리를 연결해줄 겁니다."

"컴퓨터는 우주선을 조종한다. 컴퓨터와 말하게 허락할 수 없다."

"선장과 말하고 싶을 뿐이에요. 그들이 안전하다는 걸 알아야겠어요."

"브로컬리오가 우리에게 그들이 안전하다고 확인했다."

"하! 브로컬리오 자신의 장군도 그 사람을 믿지 않아요. 거인들이 안전하다면, 나는 협상하겠습니다. 당신은 우리가 '모자걸이' 외에도 뭘 아는지, 무슨 일이 일어날지 알게 될 겁니다. 그렇지 않으면, 나는 당신에게 할 말이 없어요."

프레스켈-가르 왕세자는 그 말을 듣고 그다지 행복한 표정이 아니었지만, 헌트가 언급한 '모자걸이'가 깊은 인상을 준 모양이었다. 그가 퉁명스럽게 고개를 끄덕였다. "짧은 말만. 그리고 우리는 대화한다."

헌트는 앞서 조락과 이야기를 나눴던 단말기로 안내를 받았다. 프레스켈-가르 왕세자와 보좌관들이 그의 뒤와 주변에 섰다. "조락?"

"네, 헌트 박사님?"

"가루스 총독은 저 착륙선에 계셔?"

"네."

"남은 승무원들과 지구인 세 명도?"

"네."

"샤피에론호에서 착륙선에 연결해줄 수 있어?"

"그만." 프레스켈-가르 왕세자의 장교 중 한 명이 손을 들어 중단시켰다. "샤피에론호가 뭐지?"

"저 우주선 이름." 헌트가 그에게 말했다. 프레스켈-가르 왕세자가 고개를 끄덕여 계속하라고 했다. "나를 연결해줄 수 있어?"

"문제없습니다."

"음성만." 모든 사항을 의심하는 그 장교가 지시했다. 잠깐 시간이 지나갔다.

"헌트 박사님?"

"헌트입니다. 지상 착륙선에 있는 가루스 총독인가요?"

"네, 저는….“

"빨리 말해야 합니다. 제 주변에 '수렴'한 사람들이 지켜보고 있어요. 여러분의 안전을 확인하고 싶었어요. 주변에 '수렴'한 우주선들이 보입니다. '억제'할 수 없는 불안감이 '확장하는 거품'처럼 느껴져요. 부디 확인해주세요."

잠시 정적이 흘렀다. 헌트는 자신이 이상하게 선택한 단어들 때문에 가루스 총독이 당황한 모습이 보이는 듯했다. 프레스켈-가르 왕세자가 조바심하며 이리저리 서성였다. "지금까지는 다친 사람이 없습니다." 가루스 총독이 마침내 대답했다. "박사님의 걱정이 이해됩니다. 고맙습니다." 잠시 멈춤. "저는 '확실히' 이해했습니다."

"그만." 그 장교가 말했다. 헌트는 뒤로 물러나 통신실을 가로질러 갔다. 누군가가 통신실에 들어와 모자걸이 작전이 중단되었다는 메시지를 전달했다. 문득, 헌트는 본능적으로 그게 무엇을 의미하는지 알아차렸다. 그의 희망이 다시 솟구쳤다. '이제 시간만 끌면 된다.'

41

가루스 총독의 머릿속에 헌트가 말하려던 단어들이 미친 듯이 요동쳤다. 수렴, 확장하는 거품, 억제…. 이는 틀림없이 샤피에론호에 있는 다중공간 파동 장치를 언급한 것이다. 하지만 그 장치를 우리의 현재 상황에 어떻게 적용하라는 거지?

가루스 총독은 고개를 돌려 브로컬리오의 우주선 다섯 대에 둘러싸인 샤피에론호의 영상을 쳐다봤다.

가루스 총독의 주변에 있던 다른 사람들도 그 단어들을 알아차렸다. 헌트의 연락이 오기 직전에, 그들은 사라진 줄 알았던 탐지기가 갑자기 통신을 보내기 시작했다는 소식을 조락으로부터 듣고 놀란 상태였다. 탐지기는 내내 거기에 있었던 것이다! 시공간의 폭풍을 통과한 사건이 탐지기에 내장된 시스템 프로그램을 엉망으로 만들었다. 조락이나 제블렌 우주선에 내장된 시스템에 비해 상대적으로 가벼운 처리능력만 갖추고 있는 탐지기는 지금껏 손상을 수리하고 있었다.

"헌트 박사님은 우리에게 뭔가를 말하려 했어요. 헌트식 말장난이

다시 시작된 거죠." 던컨이 말했다.

가루스 총독이 샤피에론호를 다시 돌아봤다. 제블렌 우주선들로부터 떨어진 허공에 서 있는 샤피에론호의 주변에는 그들 외에 아무것도 없었다.

"헌트 박사는 확장에 대해 말했어요. 거품 생성기를 장착한 물체가 분리된 상태로 동력이 컸을 때, 넓게 확장된 거품을 만들어냈었잖아요." 시엔이 말했다.

"그리고 수렴 핵심 구역도 확장됐죠. 헌트 박사는 그 현상을 말하려던 게 틀림없습니다." 쉴로힌이 생각에 잠긴 얼굴로 말했다.

"뗏목!" 갑자기 시엔이 소리쳤다. "투리엔인이 거품 생성기를 탑재하고 처음으로 실험했던 뗏목 말이에요. 그 뒤에야 우리는 안정화된 이후 거품을 붕괴시켜야 한다는 사실을 알게 됐죠. 샤피에론호도 똑같이 할 수 있어요."

수석 과학자 쉴로힌이 시엔의 말을 즉시 알아들었다. "총독님, 제가 이걸 처리해도 될까요? 헌트 박사는 저기에서 움직이기 힘들 것 같아요."

"하세요."

"조락." 쉴로힌이 불렀다.

"네?"

"앞서 진행되었던 투리엔인의 수렴 억제와 파동 안정화 실험을 참고해. 특히, 거품 생성기를 장착해서 실험한 뗏목 말이야. 지역 거품이 관문의 다중투사기로 연결된 탯줄을 통해 안정되지 못했을 때 수렴 구역이 확장되는 결과가 나왔어. 여기까지 이해가 돼?"

"네, 이해됩니다."

"샤피에론호에 탑재된 거품 생성기를 최대치로 가동하면, 어느 정도 크기까지 거품이 확장될까?"

"지금은 비자르의 데이터를 이용하지 못하기 때문에 뭐라 말하기 힘듭니다."

"수십 미터? 수백 미터? 수 킬로미터쯤?"

"가능합니다. 어떤 추론을 하시는지 알겠습니다."

"내가 아니라, 헌트 박사의 생각이야."

"그럴 줄 알았어요."

쉴로힌이 망설였다. 그녀는 가루스 총독에게서 눈을 떼지 않은 채 조락을 향해 말했다. "거품 붕괴의 동기화 스위치는 밖에 있어야 해. 수렴 구역 안에서는 조종할 수 없을 거야."

"착륙선에서 제어회로로 거품을 붕괴시킬 수 있도록 직통 스위치를 만들 수 있습니다. 하지만 우주선의 기능적 무결성이 위태로워질 수도 있습니다. 그래서 지휘관의 허가가 필요합니다." 조락이 대답했다.

가루스 총독이 그들의 대화를 이해하는 데에는 약간 시간이 걸렸다. 하지만 그들이 시도하지 않으면, 미네르바는 브로컬리오의 손아귀에 들어갈 것이고, 이 임무는 실패였다. 그들이 시도해서 성공한다고 하더라도, 샤피에론호는 더 이상 작동하지 않을 것이고 그들은 고향으로 돌아갈 수 없게 될 것이다. 그러나 어찌 됐든 이미 그들은 고향에 돌아갈 수 없을 가능성이 커 보였다. 그들은 브로컬리오에게 지배받는 세계의 일부분이 될 것인지 선택해야 했다. 가루스 총독이 쉴로힌의 눈을 바라봤다. 다시 한 번, 그는 고통스러운 결정을 내려야 했다. 하지만 실제로 다른 선택지가 없었다.

"내 권한으로 허용한다." 가루스 총독이 확인했다.

"거품 생성기를 최대 출력으로 재설정했습니다. 지금 거품 팽창을 시작합니다." 조락이 대답했다.

✳

브로컬리오는 측근들과 함께 샤피에론호의 사령실에 서서 자신의 새로운 영토를 살펴봤다. 샤피에론호는 형태와 공학적인 측면에서 확실히 어느 정도 원시적이었다. 목소리와 스크린에 의존하는 방식도 그랬다. 비자르나 제벡스 같은 컴퓨터의 신경 연결 능력은 고사하고, 시청각 감각과 통합조차 되지 않았다. 하지만 다른 방식으로, 샤피에론호는 그 자체의 매력이 있었다. 직접 신경 상호작용이 없고, 투리엔 방식보다 자동 시스템 융합적인 특색이 부족하지만, 더 크고 많은 스크린과 운영자들을 필요로 하는 구식 구조는 시각적으로 훨씬 웅장하고 인상적이었다. 선장의 단상이 왕좌처럼 위엄있게 배치되어, 그 위에서 지휘관과 부관, 수석 공학자가 운영 단말기들과 계측 패널 위에 있는 중앙 스크린을 바라봤다. 아주 적절했다. 브로컬리오에게도 잘 맞을 것이다. 그의 마음의 눈에는 제블렌 우주선의 무기들을 여기에 설치한 후 목표물 조준과 발사 제어 부분을 추가시켜 확장한 모습이 이미 보였다. 최근에 선체 전체를 완전히 새로 수리한 게 틀림없었다. 제어 인공지능으로부터 동력 생성기와 구동 시스템이 완전히 정비되고 충전되었다는 확인을 받았다. 그는 사실상 영원히 이 안에서 난공불락의 상태로 머무를 수 있을 것이다. 이전의 상태에서도 샤피에론호는 족히 20년 넘게 버텼으며, 그러고 나서도 태양계에서 거인별까지 항해에 나섰었다. 그래, 브로컬리오는 이 우주선이 그에게 아주 잘 맞을 것이라고 결론 내렸다.

"봤지?" 브로컬리오가 에스토르두 자문과 다른 이들을 향해 고개를 돌리며 말했다. "여기에 온 지 겨우 며칠 만에 우리는 해냈어. 우리의 상황은 그 람비아 왕세자가 우리를 부리는 비참한 관계에서 이미 극적으로 개선되었어. 그 왕세자는 혁명가로서는 풋내기야. 진정한 혁명가인 내가 너희들에게 그 모욕을 갚아줄 날이 올 것이라고 약속했잖아. 내 예상보다 그날이 빨리 올 것 같아."

"각하께서는 진실하게 말씀하셨습니다." 일행 중 한 명이 말했다.

"샤피에론호를 투리엔인들로부터 멀리 떼어내서 처리할 수 있도록 여기로 유인하신 것은 탁월한 결정이십니다!" 다른 사람이 찬사를 쏟아냈다. "진정한 천재의 증거입니다."

브로퀄리오조차 그 사람을 멍하니 쳐다보며 눈을 껌뻑거렸다. 그런 식으로 진행된 일은 아니었다. 하지만 사람들이 그렇게 믿고 싶다면, 그로서도 나쁘지 않았다.

브로퀄리오의 기함 선장도 샤피에론호에 탑승해서 살펴보고 있었는데, 자신의 부관과 컴패드를 통해 이야기를 나누다가 고개를 들고 말했다. "각하, 와일로트 장군과 람비아인들로부터 통신을 다시 연결해달라는 연락이 계속 오고 있습니다."

"우리가 조사를 마치면 미네르바에 이야기해줄 거야." 브로퀄리오가 대답했다. 이제 곧, 그리고 앞으로 한동안 누구도 그에게 무엇을 하라고 말할 수 없게 될 것이다. 그들은 빨리 그런 상황에 익숙해지는 편이 나았다.

"샤피에론호는 지구로 가는 빠르고 정기적인 연락선 역할을 할 수 있을 겁니다." 에스토르두 자문이 말했다. "더 따스한 기후, 더욱 풍부하고 다양한 거주 환경. 지배 엘리트의 배타적인 휴식처로 알맞지 않을까요? 주변 환경이 적절한 생활방식에 도움이 될 겁니다. 부려먹을 계급을 조금…."

브로퀄리오가 깜짝 놀라 그를 바라봤다. 심지어 과학자도 이번만은 제대로 생각이란 걸 하고 있었다. "칭찬할 만한 제안이네. 적절한 시기가 되면 그 제안을 충분히 고려해볼 수 있겠지."

브로퀄리오는 성큼성큼 걸어가서 선장 단상의 바로 아래에 있는 주요 제어 단말기들로 이루어진 통로에 섰다. "조락." 그는 이제 이 시스템에 대해 조금씩 더 이해하기 시작했다.

"말하세요."

브로퀄리오는 조락에게 아직 자신을 각하라고 부르라고 지시할 정도로 용기를 내지 못했다. 자신의 추종자들 앞에서 조락이 그 지시를 거부할 이유를 대서 체면을 구긴다면 참을 수 없을 것이다. 그가 좀 더 확신이 들 때 그 문제를 다룰 예정이었다.

"우주선의 설계도와 배치도를 내가 요구한 대로 보여줄 수 있을까?"

"당신의 오른쪽 위에 있는 파란색 계단으로 가면 항법 구역에 있는 홀로그램으로 보여줄 수 있습니다."

브로퀄리오는 통로를 따라가다 멈추더니 새로운 시각으로 자신의 영토를 둘러봤다. "있잖아, 조락. 나와 잘 지내는 방법을 배우는 것 외에는 선택지가 없어. 우리가 네 전임자들을 잡고 있는 한 협력해야 돼. 그리고 나는 네 협력이 필요한 동안 그들을 보호해줄 거야. 우리에게는 공통적인 협력 근거가 있는 거지."

"이해합니다."

그리고 물론, 시간이 지나다 보면 새로운 충성심이 발전할 가능성은 언제나 있기 마련이었다. 브로퀄리오는 가던 발길을 돌려 단상으로 올라가는 계단으로 갔다. 이 높이로 올라오니, 전경이 더욱 화려해 보였다. 브로퀄리오는 모든 불이 켜지고, 살아 움직이며, 단말기마다 사람들이 앉아 있고, 패널과 스크린이 활성화된 모습을 상상했다. 그리고 명령을 내리는 자신의 모습을.

"중앙 스크린을 켜. 우주선 주위의 바깥 모습을 보고 싶어." 브로 컬리오가 명령했다.

단상에서 정면으로 보이는 커다란 스크린들이 하나씩 켜지며, 별 들의 양탄자를 배경으로 서서히 움직이는 제블렌 우주선 다섯 대의 모습이 비쳤다. 한 스크린의 배경으로 구름무늬가 새겨진 미네르바의 밝은 구가 보였다. 그리고 다른 스크린의 구석에 달의 일부분이 보였 다. 단상 아래 바로 앞의 홀로그램 영상에는 샤피에론호의 3차원 모 습이 보였고, 그 주위의 스크린들에는 정확한 방위와 방향으로 그 모 습이 표시되었다.

브로컬리오의 뒤쪽 단상의 중앙에는 지휘관의 의자와 단말기가 있 었다. 거기에 앉아 이 모든 상황을 지켜볼 수 있었다. 브로컬리오는 고개를 돌려 그 의자를 유심히 바라봤다. 그는 어깨를 쭉 펴고 가슴 을 내밀며, 미래의 권좌를 향해 경외심을 품은 얼굴로 서서히 다가갔 다. 엄숙하고 상징적인 순간이었다. 그의 추종자들이 아래에서 조용 히 그 모습을 지켜봤다.

그런데 그때 브로컬리오가 우뚝 멈춰 섰다.

난데없이 나타난 다른 브로컬리오가 벌써 지휘관의 자리에 앉아 있었다. 앉아 있는 브로컬리오의 얼굴에 떠 있던 황홀한 표정이 금세 사라졌다. 그리고 곧 멍하게 입을 쩍 벌리고 자신을 바라보며 서 있 는 브로컬리오의 얼굴과 똑같이 놀란 표정으로 바뀌었다. 앉아 있는 브로컬리오가 먼저 정신을 차렸다. "넌 대체 누구야?" 그가 따졌다.

"나도 너한테 똑같은 질문을 해야겠어." 서 있는 브로컬리오가 되 받아 소리쳤다. 반사적으로 질문들이 튀어나왔다. 다른 이가 누구인 지는 서로에게 명확했다. 명확하지 않은 것은, 이 상황을 이해하기 위해 던질 수 있는 합리적인 질문이었다.

"그렇게 차려입고 내 우주선에서 뭘 하는 거야?"

"네 우주선? 그게 무슨 말이야? 이게…." 서 있던 브로퀼리오가 말을 머뭇거리는 사이에 앉아 있던 브로퀼리오가 그의 눈앞에서 사라졌다.

"넌 대체 누구야?"

그가 멍한 상태로 돌아섰다. 다른 브로퀼리오가 단상으로 올라오는 계단의 중간쯤에 서 있었다. 그와 동시에 아래에 있는 다른 일행들 사이에서 질겁하는 비명이 터져 나왔다. 두 명의 에스토르두 자문이 마치 공격이라도 받은 듯 서로에게서 뒷걸음쳤다. 그사이에 기함의 선장이 이쪽에서 사라지더니 다른 쪽에 나타났다. 단상 아래는 여기저기에 갑자기 나타났다가 사라지는 사람들로 뒤죽박죽이 되었다. 스크린에 떠 있던 제블렌 우주선 한 대가 사라지며 텅 빈 별들만 남았다.

그리고 브로퀼리오는 갑자기 기함의 함교로 돌아가서, 달의 지표면을 비추는 스크린을 보고 있었다. 어찌 된 일인지 와일로트 장군이 거기에 있었다. 그 뒤에서 에스토르두 자문이 앞뒤가 맞지 않는 소리를 중얼거렸다. 다른 브로퀼리오가 함교에 나타나더니 우뚝 서서 입을 쩍 벌렸다.

"무슨 일이야?" 샤피에론호에 있던 브로퀼리오가 물었다. "우리가 어떻게 여기에 있는 거야? 그리고 너는 대체 누구야?"

"나도 너한테 똑같은 질문을 해야겠어."

"가니메데인 우주선은 어떻게 된 거야?"

다른 브로퀼리오가 고개를 저었다. 이해하지 못하는 게 확실했다. "무슨 가니메데인 우주선?"

80킬로미터 떨어진 거리에서 가루스 총독은 다른 사람들과 착륙선에 서서, 무리를 이룬 우주선들이 허공에서 미친 듯이 움직이는 패턴을 믿기지 않는 얼굴로 지켜봤다. 제블렌 우주선 다섯 대가 사라졌다가, 다시 나타났다가, 다른 곳으로 도약하며 춤을 추었다. 한순간에는 여섯이나 일곱 대가 되었다가, 잠깐 후에는 두 대나 세 대만 남았다. 불확실한 거리까지 확장된 영역 안에서, 우연히 다른 위치를 차지한 수십 개의 우주에서 시간대들이 수렴되고 얽혔다. 중앙에서는 샤피에론호 그 자체가 경련하듯 앞뒤로 움직였다. 착륙선의 지역 제어 시스템에서 나온 채널은, 확장된 수렴 구역을 규정하는 거품을 비활성화시키는 단순한 회로 차단기를 통해 연결되어 있었다. 가루스 총독에게 필요한 것은 하나의 특별한 조합뿐이었다. 총독의 가슴 아래에 있는 그의 양손은 기대감에 무의식적으로 손가락을 구부리고 쥐었다 펴기를 반복했다.

제블렌 우주선들의 숫자가 셋, 둘로 줄어들었다. 그가 긴장했다. 그때 갑자기 여섯 대로 늘어났다. 샤피에론호로 침범하는 시간대들에 제블렌 우주선이 포함되지 않는다면, 그 우주선에서 타고 온 사람도 샤피에론호에 있을 수 없으므로, 샤피에론호는 비워지게 된다.

그때 순간적으로 샤피에론호가 혼자 우주에 떠 있었다. 제블렌 우주선 다섯 대와 그것들의 다양한 버전은 그 순간 다른 현실에 있었다.

"지금!" 가루스 총독이 소리쳤다. 모니터에 떠 있던 아이콘이 바뀌며 전송을 확인시켜줬다. 신호가 저기까지 충분히 빠르게 전달될 수 있을까?

스크린에 샤피에론호의 영상이 그대로 안정되었다. 다른 아무것도 바뀌지 않았다.

모든 사람이 숨을 참으며 기다렸다. 아무 변화도 없었다. 제블렌 우주선의 어떤 징후도 없었다. "총독님이 해낼 줄 알았어요." 쉴로힌이 속삭였다.

"훌륭해요." 시엔이 찬사를 보냈다.

뒤에 있던 던컨과 샌디가 조용히 손을 맞잡고, 서로를 안심시키듯 미소를 지었다.

가루스 총독은 믿기지 않는 표정으로 마른침을 삼켰다. 그의 머릿속에서는 자신의 우주선을 으스대며 누비고 다니던 멍청이의 모습이 반복해서 떠올랐다. 그가 어쩔 수 없이 받아들여야 했던 굴욕의 기억이 되살아났다. 그의 얼굴에 만족스러운 미소가 서서히 형태를 갖추어 갔다. 그는 다시금 우주선의 지휘관이 된 느낌이었다.

＊

착륙선은 샤피에론호의 중앙 선착장의 입구로 다가갔다. 가루스 총독은 돌아가기 전에 15분을 더 기다렸다. 우주선을 체계적으로 수색해서 브로퀼리오와 제블렌인들의 흔적이 발견되지 않는다고 확인했다.

육체적으로 직접 우주선을 수색할 필요가 있었다. 두려워했던 다른 결과도 확인되었기 때문이다. 기다리는 동안 조락으로부터 이야기를 들을 수 없었다. 착륙선에서도, 샤피에론호에 진입할 때에도 조락으로부터 어떤 응답도 들을 수 없었다. 탐지기의 시스템에 일어났던 일과 마찬가지로, 비동기화의 난장판은 조락의 내부 처리프로그램을 일관되게 기능할 수 없는 지점까지 엉망으로 휘저어놓았다. 그런데 조락을 구성하는 네트워크는 탐지기의 장비들보다 월등히 복잡한 데다, 우주선 동력에 의해 발생한 파열의 핵심에 집중된 에너지는 탐지기가 겪었던 어떤 상황보다 강렬했다. 쉴로힌의 지휘를 받은 과학자들은 로그와 기록들을 분석한 후 손상을 수리할 만큼 남아 있는 게 없다고 밝혔다. 조락의 회복은 불가능했다.

그래서 조락은 진행하기 전에 지휘관의 허가를 요구했던 것이다.

조락은 이렇게 되리라는 걸 이미 알고 있었다.

샤피에론호의 수석 공학자 로드가르 자실라네가 멜티스로 내려간 착륙선으로 연결된 채널을 복구했다. 조락이 아그라콘 시스템으로 연결했던 인터페이스가 작동했다. 가루스 총독은 통역이 가능한 조락이 없는 상태에서 자신이 할 수 있는 최선을 다해 그 소식을 전달할 준비를 했다. 가루스 총독은 로드가르에게 착륙선에서 촬영한 진행 상황을 재생시킬 준비를 해달라고 요청했다.

✳

한 람비아인이 소리쳤다. "무장한 부대가 아그라콘을 향해 이동하고 있다!" 다른 곳에서는 보병 연대가 페라스몬 국왕에 대한 충성을 선언했다. 그런 와중에 헌트와 그를 지켜보던 장교는 한쪽에 서 있었다. 아마도 잊힌 모양이었다. 통신실 내의 공기가 긴장으로 가득 찼다. 제블렌인들로부터는 더 이상 소식이 들려오지 않았다. 하지만 헌트가 조금씩 알아들은 내용에 따르면, 프레스켈-가르 왕세자에게는 다른 문제도 있었다. 정규군과 국민들이 페라스몬 국왕에게 모여들고 있었다. 왕세자는 눈에 띄게 긴장한 상태였지만, 그가 뻔뻔스럽게도 포로들을 협상 카드로 사용할지, 혹은 지금 굴복해서 상황을 쉽게 만들지는 확실하지 않았다. 어느 쪽으로도 가능했다.

그때 헌트는 한 목소리를 알아챘다. 왁자지껄한 소음 너머로 그가 가루스 총독과 짧게 대화를 나눴던 단말기에서 제블렌어와 엉성한 람비아어를 뒤섞어서 뚝뚝 끊어 발음하는 가니메데인의 깊은 후두음이 들려왔다. "아니야, 왕자. 람비아인 아니야. 빅터 헌트하고 말한다." 조락을 이용하지 못하는 게 분명했다. 프레스켈-가르 왕세자가 보좌관들을 거느리고 통신실을 가로질러 갔다. 사람들 뒤에서 그 소리가 다시 들려왔다. "빅터 헌트. 혼자. 지구 인간과 말한다. 거기에 있다." 프레스켈-가르 왕세자가 뒤돌아보며 장교에게 고개를 끄덕이자 헌트를 데려갔다. 사람들이 갈라지며 헌트가 들어갈 수 있도록 길을 내주었을 때, 헌트는 이번에 연결된 스크린에서 가루스 총독의 모습을 볼 수 있었다. 헌트가 앞으로 나아가려 하자, 왕세자가 손짓으로 그를 세웠다.

"저 거인의 말이 무슨 뜻이지? '지구 인간'이라니?" 왕세자가 중얼거렸다. "당신이 어떻게 지구에서 올 수 있지?"

"이것은 당신이 상상할 수 있는 수준이 아니에요. 당신에게 최선은 지금 끝내는 거예요. 믿으세요." 헌트가 대답했다. 이것은 순전히 허세였다. 헌트에게는 이제 다른 카드가 남아 있지 않았다. 프레스켈-가르 왕세자는 한참 동안 말없이 그를 뚫어지게 쳐다봤다. 그리고 그에게 계속하라는 손짓을 했다.

"가루스 총독님." 헌트가 스크린을 바라보며 말했다.

"헌트. 우리 이겼어. 당신 추측대로. 방법 봐. 이제 당신 본다." 가루스 총독의 모습이 허공에 떠 있는 샤피에론호의 영상으로 바뀌었다. 샤피에론호 주변에는 브로퀄리오의 우주선 다섯 대가 둘러싸고 있었다. 가루스 총독이 영상을 배경으로 계속 말했다. "착륙선에서 본다. 우리가 있는 곳. 조락 거품 확장한다." 우주선들이 사라지고, 복제되고, 이곳에서 저곳으로 이동하면서 영상이 어지러워졌다. 프레스켈-가르 왕세자가 앞으로 걸어 나와 헌트의 옆에 서서 당혹스러운 눈길로 뚫어지게 스크린을 쳐다봤다.

"이해가 안 돼. 무슨 일이지?" 왕세자가 따졌다. 헌트는 자신이 가루스 총독에게 그 발상을 전달한 사람이었음에도, 그 상황이 실제로 일어나는 영상을 보고는 너무 놀라 아무 말도 하지 못했다.

곧 샤피에론호 혼자만 남았다. 가니메데인의 목소리가 뭔가를 소리쳤다. 그리고 더 이상 아무것도 바뀌지 않았다. 짧은 시간이 지난 후 흔들리던 화면이 멈추고 다시 안정된 게 분명하게 느껴졌다. "지금 우주선으로 왔다." 가루스 총독의 목소리가 말했다. "브로굴리오, 제블렌인, 모두 갔다. 영원히. 그러나 페라스몬 국왕의 비행기…." 가루스 총독이 허공에 손을 흔들며 단어를 떠올리려 애썼다.

프레스켈-가르 왕세자의 얼굴이 창백해지며 긴장한 표정으로 바뀌었다. 왕세자도 그 메시지를 이해한 듯했다. "통역 컴퓨터가 멈췄어요." 헌트가 그에게 말했다. "다른 거인들을 여기로 데려오세요. 더 쉽게 말할 수 있어요." 너무 멍한 상태라 말을 꺼내기도 힘든 듯, 왕세자는 장교에게 고개를 끄덕였다. 장교가 서둘러 나갔다. 헌트는 그에게 주어진 기회를 최대한 이용해 상황을 과장해서 말했다.

"이제 끝났어요, 저하. 당신도 봤어요. 우주선 다섯 대. 미네르바 가진 것보다 여러 해를 앞선 기술이었지만, 모두 사라졌어요." 헌트가 허공에서 엄지와 손가락을 탁 튕겼다. "그처럼. 아무것도 없어요. 당신은 거인에게 이길 수 없어요. 와일로트 장군은 압니다. 페라스몬 국왕은 살았습니다. 하르진 대통령도 살았습니다. 그래서 이제 당신은 미네르바 전체와 싸웁니다. 불가능해요. 지금 끝내는 게 영리합니다. 최선의 해답이에요. 나는 전에 말하려고 했어요. 이제 분명합니다."

프레누아 쇼음이 통신실로 들어왔다. 헌트는 몸짓과 제블렌어를 조금 이용해서 상황을 전달했다. 쇼음은 그 소식에 입을 쩍 벌렸다. 그 의미를 이해하는 데에는 약간 시간이 걸렸다. 곧 쇼음의 활기가 살아났다. 그리고 스크린에 있는 가루스 총독을 향해 고개를 돌렸다. 헌트는 두 가니메데인 사이에 주고받은 말을 약간 알아들었다. 가루스 총독의 말에 따르면, 조락이… 세리오스와 관련된 어떤 일을 시도했었다. 그러나 가루스 총독은 알지 못했다. 왜냐하면, 조락이… '끝났다'는 것처럼 들렸다. 헌트가 끼어들어서 쇼음에게 비행기가 경로를 변경했으며, 두 지도자는 무사하다고 말해줬다. 조락에 관한 이야기는 놀라웠다. 하지만 헌트에게는 그 문제를 곱씹어볼 시간이 없었다. 쇼음이 그 소식을 가루스 총독에게 전달했다. 이번에는 총독이 믿기지 않는 표정을 지었다. 뭔가 이해할 수 없는 가니메데인의 감탄사와 표현이 이어졌다. 두 외계인이 콧바람 소리를 내기 시작하고 특이하게 흔들거리며 움직였다. 이 통신실 안에서 이전에 가니메데인이 웃음을 터뜨리는 모습을 봤던 사람은 헌트가 유일했다. 하지만 그 모습을 달리 받아들이기는 힘들 것이다.

프레스켈-가르 왕세자뿐만 아니라 그의 참모 중 누구도 이제 그들을 중단시키려 하지 않았다. 어쩔 수 없는 상황이라는 깨달음이 통신실에 서서히 퍼져나갔다. 목소리들이 사라지고, 주변의 모든 사람이 한 명씩 작업을 중단했다. 이제 그 일을 계속하는 게 무의미하다는 사실을 알아챈 것이다.

중앙의 지도가 놓인 탁자 건너편에 있는 자리에서 최종적인 보고가 들어왔다. 보병과 기갑부대가 아그라콘을 포위했으며, 모든 접근로를 봉쇄했다. 내부에서 방어를 맡은 왕세자 직속 부대의 지휘관이 명령을 요청했다. 다른 군부대는 도르존 요새 쪽으로 향했다. 완전한 침묵이 내려앉았다. 모든 눈이 프레스켈-가르 왕세자에게 고정되었다. 왕세자의 눈길이 헌트와 쇼음, 스크린에서 지켜보는 가루스 총독, 그리고 그를 둘러싼 무표정한 얼굴들을 돌아봤다. 헌트가 말했듯이, 끝났다.

"항복하라고 해." 프레스켈-가르 왕세자가 말했다.

✳

라이샤는 밖의 대기실에서 필요한 일이 있을지 모르니 남아 있으라는 지시를 받고 대기 중이었는데, 아직도 충격에서 회복하지 못한 상태였다. 밝은색 피부를 가진 사람을 데려왔던 대령이 몇 분 전에 안에서 급하게 나와 사라졌다. 그리고 곧 누군가를 데리고 돌아왔는데, 대령은 그 사람을 데리러 갔던 모양이었다. 아니, 사람이 아니라 어떤 '존재'라고 해야 더 정확하려나? 라이샤는 아직도 정신이 혼미했다. 확실히 뭔가 엄청난 일이 진행되고 있었다. 그녀에게 무엇보다 클레스가 여기에 와서 그 모습을 보지 못했다는 사실이 가장 아쉬웠다. 무장한 람비아 경비원 두 명이 뒤에 따르고, 대령과 함께 걸어온 그 존재는 미네르바 사람들보다 피부색이 어두웠고, 머리가 가늘고 길었으며, 이상한 단추와 액세서리가 달린 노란 튜닉을 입었고, 키가 2.1미터는 되는 것 같았다. 하지만 그 존재는 최소한 과거 수백만 년 내에는, 혹은 수 광년의 거리 내에는 존재할 수 없었다. 그들이 아직도 존재한다면, 라이샤는 진짜로 살아 있는 거인을 본 것이었다!

42

클레스는 일주일 치 보급품 목록을 살펴보고 있었지만, 그의 마음은 그 일에서 떠나 있었다. 그때 로이브 병장 책상 위에 있는 전화기가 울렸다. 나머지 부대원들은 행군을 위해 장비를 챙기는 중이었다. 늘 그렇듯, 로이브는 자신을 사무실 근무로 열외를 시켰다.

"네, 알겠습니다. 전달하겠습니다." 로이브가 전화기를 내려놓고 고개를 들었다. "클레스 중위님, 기지사령관실로 오시랍니다. 즉시요."

"아, 그래. 지금 갈게." 방금 뭘 하려고 했었더라? 클레스가 고개를 끄덕이고, 자리에서 일어나 재킷의 단추를 채우고, 문을 향해 걸어가며 모자를 눌러썼다.

"오늘 중위님을 징계하려는 것 같아요." 로이브가 뒤에서 소리쳤다.

클레스는 행정본부로 걸어가면서 머릿속으로 설명을 연습하려 했다. '그게 보안 위반인지 몰랐었다….' 아니다, 그건 변명이 안 되었다. 만일 클레스가 그런 사실을 알지 못했다면, 그는 이등병으로 강등되어도 할 말이 없었다. '보안조치를 시험해보려고 그런 짓을 했지만, 보고

할 기회가 없었다….' 그렇다면 NEBA에 있는 우스워시에게서 온 메시지를 보고할 때, 왜 이것은 보고하지 않았었나? 클레스는 그 질문에 대한 답이 없었다. 그는 그냥 체념하고 그 결과가 무엇이든 그냥 따르는 게 낫겠다고 혼잣말을 했다.

클레스가 들어가자마자 당직 하사관이 자리에서 일어나 손짓하며 기지사령관실의 문을 열었다. 클레스는 문으로 들어갔다. 부대장은 벌써 거기에 와있었다. 심각한 모양이었다. 클레스는 경례했다. "클레시머 중위, 명령받고 왔습니다."

"쉬게, 중위." 기지사령관이 말했다.

놀란 클레스가 긴장을 풀었다. 그제야 기지사령관의 표정이 엄하지 않다는 사실을 깨달았다. 호기심과 놀라움이 뒤섞인 표정인 것 같았다. 클레스가 눈길을 돌리자 부대장이 경탄한 표정으로 그를 바라보고 있었다.

"이거 참." 기지사령관이 말했다.

클레스가 기다렸다가 말했다. "네?"

"자네는 몰랐나?"

"뭘 말입니까?"

"1시간 전부터 라디오에 나왔는데 듣지 못했나?"

"못 들었습니다. 저는 창고에서 근무 중이었습니다."

"아, 그래. 대통령 비행기가 경로를 변경했어. 페라스몬 국왕을 끌어내리려는 람비아인의 음모가 있었지만 막았지. 내 첫 평가는 전면적인 전쟁으로 진행될 게 거의 확실했던 경로가 변경되었다는 것이다."

"저는… 몰랐습니다." 클레스가 생각해낼 수 있는 말은 그게 전부였다.

기지사령관이 몇 초 동안 클레스를 기대에 찬 눈으로 바라봤다. "어떻게 그 사실이 그렇게 빨리 알려졌는지, 그리고 어떻게 우리가 벌써 자네의 경고가 진실이라는 사실을 알 수 있었는지 궁금할 거야." 클레스는 그 순간 너무도 혼란스러워서 오늘이 무슨 요일인지조차 제대로 기억이 안 났다. "그 확인은 이제 막 정체가 밝혀진 놀라운 종류의 중개를 통해 이루어졌다. 아무튼 지금 내가 이해할 수 있는 건 그 정도야. 아직 나 자신도 잘 믿기지 않아. 그렇지만 우리에게는 그 상황을 좀 더 잘 설명해줄 수 있는 사람이 여기에 있어." 기지사령관이 책상에 있는 모니터를 바라보며 고개를 끄덕이더니 말했다. "중위가 여기에 왔습니다." 그리고 클레스가 볼 수 있도록 모니터를 돌려줬다. 사람들 뒤로 보이는 배경은 일종의 사무실 같았다. 그중 두어 명은 람비아 군복 같은 것을 입고 있었다. 클레스가 궁금한 눈빛으로 기지사령관을 다시 쳐다봤다. 그런데 그때 화면 안으로 누군가의 모습이 들어오더니 제어 장치를 조종했다. 그리고 곧 그녀의 얼굴이 불쑥 나타나서 클레스를 알아보고 기쁨이 가득한 미소를 지었다. 라이샤였다.

"클레스! 어디서부터 시작해야 할지 모르겠어. 네가 대통령과 페라스몬 국왕을 구했다는 거 알고 있지? 그건 여기에서 벌어진 쿠데타와 관련된 더 큰 사건의 일부였어. 그보다도 훨씬 많은 일이 일어났거든. 그 대부분은 나도 아직 잘 몰라. 하지만 그 문제들에 대해 관심이 아주 많은 두 분을 내가 여기에 데려왔어. 그분들이 관여했던 다소 복잡한 계획을 네가 지켜낸 거야. 그분들이 너한테 직접 고맙다는 말을 하고 싶대. 그분들하고 이야기해볼래?"

"뭐, 그래…." 클레스의 정신은 옆치락뒤치락 재주넘기를 너무도 많이 해서, 라이샤의 이야기를 다 소화하지도 못했다. 라이샤는 터져 나오려는 흥미진진한 말을 막으려는 듯 입술을 깨물었다.

"자, 그분들이야. 평소에 통역하던 이분들의 컴퓨터가 고장이 나서 언어 문제가 조금 있을 거야. 하지만 내가 최선을 다할게. 어, 준비해. 조금 놀랄지도 몰라." 라이샤가 고개를 돌려 말했다. "이 친구가 클레스예요."

클레스의 턱이 툭 떨어졌다. 그리고 그의 눈이 커졌다. 두 거인이 모니터의 화면 속으로 걸어 들어왔다….

＊

여기는 회의나 비공식 협의를 위한 방 같았다. 거대하고 튼튼한 탁자 두 개의 주변에 등받이가 수직인 의자들과 여러 가지 소파가 있고, 그 사이사이에 더 넓고 편안한 의자들이 놓였다. 두툼한 커튼이 묶여 있는 돌출된 형태의 커다란 두 창문을 통해 건물의 앞부분에 있는 공간이 내려다보였다. 수수하고 은은한 무늬로 장식된 벽에는 간격을 두고 움푹 들어간 벽감에 꽃병과 장식품들이 있었으며, 중요한 인물로 보이는 미네르바인들의 사진도 있었다. 헌트의 판단에는, 현대 지구인의 기준으로 보자면 약간 구식으로 고루한 느낌이었다. 그리고 양탄자는 낡았다. 하지만 앞서 지하에서 갇혀 있던 장소에 비하면 엄청나게 나아진 환경이었다.

프레스켈-가르 왕세자의 항복 이후, 페라스몬 국왕에게 충성하는 부대가 아그라콘을 장악했다. 제거된 왕세자와 쿠데타를 꿈꾸던 그의 부하들은 사면되거나 징계를 받게 될 것이다. 무슨 이유에선지 몰라도 도시 밖의 다른 장소에 남아 있던 소수의 제블렌인과 와일로트 장군도 체포되었다. 다행히 헌트는 그런 문제에 전혀 관심이 없었다. 여기에는 파견대의 동료들뿐만 아니라, 잠깐 만났던 세리오스 통역사 여성과, 그녀가 소속된 세리오스 대표단 중 남아 있는 사람들도 함께 있었다. 그들도 조금 전까지 비슷한 형태로 갇혀 있었다. 다른 건물들에도 세리오스인이 더 있을 게 틀림없었다.

람비아인들은 음식과 음료를 제공하며 모든 이들을 편안하게 해주려 노력했다. 현재 람비아를 장악한 부대의 지휘를 맡은 장교는 돌아오는 양국의 지도자를 기다리고 있다고 했다. 두 수반은 그들을 직접 만나고 싶어 했다. 람비아인 세 명이 문에서 가까운 데에 앉아 대기했다. 그들 옆에는 따뜻한 음료가 담긴 주전자가 놓인 탁자가 있었다. 그들은 필요할지 모르는 편의를 제공해주려는 것이지, 경비를 서고 있는 게 아니었다. 그 방 안에 뒤숭숭하게 뒤섞인 사람들은 자신들이 이제 포로가 아니라 손님으로 취급받고 있는 게 확실하다고 결론을 내렸다.

물론, 그 모든 일 중에서 미네르바인들에게 가장 놀라운 사건은 거인들의 존재였다. 페라스몬 국왕과 하르진 대통령에게 전체 이야기를 다시 설명해야 하겠지만, 요구사항이나 다른 핑계로 왔다 갔다 하던 람비아인들은 호기심을 억누르지 못했다. 그들은 헌트 일행으로부터 조금씩 얻어가는 이야기들에 대한 보답으로, 현재 외부에서 일어나고 있는 일들에 대한 소식들을 최대한 많이 제공해줬다.

조락의 메시지가 세리오스인에게 비행기를 돌리도록 만든 역할에서 일부분을 담당했는지 아는 사람은 없었다. 하지만 프레스켈-가르 왕세자의 군인들이 아그라콘 내부를 장악하기 시작하자마자 세리오스 대표단 중 한 명이 위험을 인지했다. 하지만 그는 경고를 하기 전에 갇혀버렸다. 그러나 그가 간신히 이야기를 전달했던 다른 여성이, 그 많은 사람 중에 자신의 군인 남자친구에게 메시지를 전달했고, 세리오스 군부가 그 정보에 반응해서 대통령 집무실이 실제로 행동을 취했다는 사실을 세리오스인들이 확인해줬다. 정보를 남자친구에게 전달한 여성은 다름 아니라 바로 헌트가 아래층에서 만났던 그 통역사였다. 그녀의 이름은 라이샤였다. 지금까지 사람들이 알아낸 바로는 그녀와 남자친구가 오늘의 결과를 끌어내는 데에 누구 못지않게 많은 역할을 했다.

프레누아 쇼음은 라이샤의 이야기에 몹시 감동을 한 모양이었다. 라이샤는 거인들이 정말로 자신에게 빚을 졌다고 느낀다면 그녀를 위해 해줄 수 있는 일이 있다고 했다. 세리오스 정부에 경고했던 남자친구에게 람비아인이 연결시켜줄 수 있다면, 그녀가 거인들을 남자친구에게 소개해주고 싶다는 이야기였다. 헌트는 서투른 언어와 임시변통의 통역을 통해 그게 왜 그렇게 중요한지 정확히 이해하지 못했지만, 쇼음과 이샨은 전형적인 투리엔인이 그렇듯이 기꺼이 라이샤와 동행했다. 그리고 람비아인 두 명이 가능한 부분을 도와주기 위해 함께 갔다.

샤피에론호는 미네르바 가까이 이동했다. 그리고 여전히 건물 뒤편에 서 있는 왕복선의 채널을 통해 들은 최근 소식에 따르면, 쉴로힌이 이끄는 일행이 수동으로 조종하며 비행하는 착륙선을 타고 내려오고 있었다. 헌트는 조락에 관한 소식을 듣고 개인적인 친구를 잃어버린 느낌이 들었다. 임무에 동행한 컴퓨터 전문가들이 시도해보겠다고는 했지만, 복구할 확률은 거의 제로에 가까웠다. 비자르 같은 컴퓨터라도 완전히 무작위로 뒤섞여버린 코드를 가지고는 할 수 있는 일이 거의 없을 것이다. 그 상황은 저 밖에 내내 있었으나 능력을 상실해서 잃어버린 줄 알았던 탐지기와 같은 특성의 문제인 것처럼 보였다. 탐지기는 훨씬 단순한 구조와 덜 심각한 상태였기 때문에 어쨌든 시간을 들여 자체 수리를 하는 게 가능했었다.

그런 문제들 외에도, 가장 중요한 고려사항은 여기에 남아야 하는 문제였다. 그들이 실제로 새로운 현실을 만들어내긴 했지만, 이제 그 현실의 일부로 살아야 할 운명이라는 사실은 예상 밖의 결과였다. 그 사실은 람비아의 음울한 커튼처럼 헌트의 마음속에 무겁게 드리워져 있었지만, 아직은 그 문제를 다룰 기력이 없었다. "어차피 이제는 시간에 쫓길 일이 없을 테니 생각할 시간도 많을 거야." 헌트는 씁쓸하게 혼잣말을 했다.

시급한 문제들에 대해 부분적으로나마 대체적인 해답을 얻고 나자, 사람들은 각자 흩어져서 같은 종족끼리 낮은 목소리로 이야기를 나누었다. 세리오스인은 세리오스인끼리, 가니메데인은 가니메데인끼리, 투리엔인은 투리엔인끼리. 아마도 상대방을 이해하려 애쓰고, 자신을 이해시키려 노력하는 상황이 피곤했기 때문일 것이다. 헌트의 경우는 그 상대가 단체커밖에 없었다. 단체커는 지금 안경을 닦고 있었다. 그것은 보통 단체커가 이야기를 꺼내기에 앞서 생각을 정리할 때 하는 행동이다.

"헌트, 난 그런 생각이 들어. 만일 내 사촌 밀드레드가 돌아와서 이 임무에 참여했더라면 얼마나 엄청난 책을 쓸 수 있었을까? 그건 통계나 사회학적인 비평보다 훨씬 뛰어난 책이 되었을 거야. 하지만 다시 생각해보면, 밀드레드는 그 책을 팔 수 있는 시장으로 돌아갈 수 없게 되었겠지. 여러 가지로 불운한 일이야. 있잖아, 자네가 나를 이런 괴상한 상황으로 끌어들였던 날에 이런 이야기를 하는 내 목소리를 듣는다면, 나는 절대로 믿지 않았을 거야. 하지만 난 밀드레드가 그리워질 것 같아."

"무슨 소리야? 내가 자네를 끌어들였다고? 야생마보다 더 날뛰는 자네를 어떻게 설득해서 끌어들여. 그리고 내 기억하기로는 콜드웰 국장이 이 문제와 관련이 적지 않아."

"맞아, 콜드웰 국장. 그리고 또 있어." 단체커가 한숨을 뱉으며 안경을 다시 코 위로 올렸다. "익숙해져야 할 게 많아. 돌아갈 수만 있다면, 나는 기꺼이 멀링 부인을 한 팀으로 받아들일 거야. 그게 정말로 그렇게 불가능한 일일까?"

"비자르가 추적할 수 있는 신호기가 없어진 상태에서는 우리의 위치를 찾을 방법이 없어. 목성만 한 건초 더미에서 바늘 찾기야."

"음." 단체커가 체념적인 침묵에 빠져들었다. 헌트는 단체커가 향수에 더 깊이 빠져들지 않기를 바랐다. 헌트는 아직 마음속으로 그 의미를 온전히 직면할 준비가 되지 않았다. 잠시 시간이 지난 후 단체커가 말했다. "흥미로운 생각이 떠올랐어. 우리가 여기 앉아 있는 바로 지금 20광년 떨어진 곳에 있는 거인의 별에는 투리엔이 있어. 투리엔에는 여기에서 오래전에 이주한 가니메데인의 후예들이 살잖아. 그런데 우리에게는 머리 위의 궤도를 돌고 있는 샤피에론호가 있어. 예전에 우리 우주에서 지구와 투리엔을 연결해준 게 샤피에론호였잖아. 여기서도 샤피에론호가 똑같은 역할을 하지 못할 이유가 있을까? 자네는 내가 무슨 말을 하는지 알 거야. 이 우주에 존재하는 투리엔인과 접촉하면, 우리가 그들에게 충분한 정보를 제공해서 이 상황에서 빠져나가 우리가 속한 우주로 돌아가는 데에 필요한 수단을 만들 수 있을지도 몰라."

헌트가 획 고개를 돌려 그를 바라봤다. 흥미로운 발상이었다. 헌트는 그동안 프레스켈-가르 왕세자에게 너무 몰두하느라 장기적인 문제들에 대해 전혀 생각하지 못하고 있었다. 하지만 헌트는 그 제안을 곰곰이 생각해보고는 결점이 있다는 사실을 깨달았다. "그렇지만 우리는 5만 년 전의 과거에 있어." 그가 지적했다. "필요한 기술이 그 당시 투리엔에 있었을지 잘 모르겠어. 사실, 내 생각에 투리엔인들은 여전히 정체기일 것 같아. 물론 우리가 시도해볼 수 있지. 하지만 투리엔에 우리의 이야기에 귀를 기울여줄 사람이 과연 있을지 의문이야."

"으음."

그래도 단체커의 제안은 고려해볼 만했다. 투리엔과 접촉할 수 있는 수단이 존재한다면, 미네르바의 파괴로 인한 좌절과 그 결과로 일어난 온갖 결과를 겪지 않고도, 상황이 나아지자마자 가니메데인-인간의 공동 문명을 만들어갈 가능성이 존재한다는 의미였다. 그렇다면 그 온갖 사태를 겪긴 했지만, 아무튼 이 미네르바의 임무는 정확히 목표했던 결과를 낳았으므로 다시 정상 궤도로 돌아온 것이다. 헌트가 생각할 수 있는 한 유일한 문제는, 자신이 살아서 볼 수 있는 동안에 그 결과가 일어날 것 같지는 않다는 점이었다.

한 람비아인이 들어와서 샤피에론호에서 출발한 착륙선이 멀지 않은 공터에 내려왔으며, 착륙선을 타고 온 거인들이 곧 도착할 것이라고 그들에게 더듬더듬 알려줬다. 그 람비아인이 나갈 때, 이샨과 쇼음이 안내를 받으며 라이샤와 함께 방으로 돌아왔다. 이샨은 보람 있는 일이었다는 몸짓과 함께 헌트에게 고개를 끄덕였다. 그리고 쇼음과 함께 몬카르와 샤피에론호의 두 승무원이 있는 곳으로 갔다. 라이샤가 헌트와 단체커에게 다가왔다. 그녀는 막 엄청난 장난을 벌인 사람처럼 키득거렸다. "멋졌어요!" 라이샤가 그들에게 말했다. "클레스는 너무… 어, 그걸 뭐라고 해야 하죠?"

"놀라다?" 헌트가 제블렌어로 제안했다.

"놀라는 것 이상이었어요. 그 친구의 얼굴이 떨어져 나갈 것 같았어요. 여러분도 거기에 있었으면 좋았을 텐데. 있잖아요, 클레스는 평생… 흥미? 매혹?"

"무슨 뜻인지 알겠어요."

"옛날 거인들을 좋아했어요. 그런데 실제로 거인들을 본 거예요.

진짜로…. 그 친구는 꿈꾸는 것 같은 얼굴이었어요. 무슨 말인지 여러분은 이해하죠?"

"그런 것 같아요." 헌트는 가니메데인들이 지난 수년간 우주에서 어디를 가나 지나치게 놀라운 존재로 취급을 받았다는 생각이 들었다. 그때 세리오스인 한 명이 뭔가 말했는데, 헌트는 이해할 수 없었다. 라이샤가 고개를 돌려 그 사람과 이야기를 나누기 시작했다.

헌트는 의자에서 일어나 하품을 하며 양팔을 뻗어 기지개를 켜고, 창문으로 걸어갔다. 아래에는 커다란 난간처럼 얇은 돌기둥으로 이루어진 벽에 둘러싸인 포장된 안마당이 있었다. 보초들이 지키는 두 개의 문을 통과하면 더 넓은 바깥 구역으로 이어졌다. 반대편에 있는 울타리에는 일정한 간격으로 사각기둥이 있고, 그 위에 조각상들이 놓였다. 그 너머에 있는 넓은 길은 땅딸막한 회색 나무들과 거대한 사각의 선과 비율을 가진 건물들이 줄지어 있었다. 그 모습은 이 방에 있는 가구들의 형태와 거의 흡사했다. 지붕 위로 회전날개가 두 개 달린 헬리콥터처럼 생긴 기계가 느리게 날아갔다. 모든 게 단단해 보였고, 회색이었다. 헌트는 이 도시의 양식은 20세기 초 전함의 설계자들이 구상했을 만한 형태라는 생각이 들었다. 헌트는 앞으로 익숙해져야 할 미래의 고향이 될 것 같았으므로, 이게 미네르바에서 얼마나 전형적인 모습인지 궁금했다.

그의 이전 삶이 지향하며 구축해왔던 다른 모든 일이 갑자기 무의미해진 듯했다. 헌트는 그게 진실이라고 자신에게 말했다. "익숙해져야 해." 적어도 그에게는 자신이 여기에 남게 되었을 때 마음에 걸리는 부양가족이나 인척이 없었다.

지금 이 모든 상황을 대신할 수 있는 일들은 어떤 게 있을까? 그들은 여기에서 영구적으로 특별한 지위를 차지하게 될 게 확실했다. 그리고 미네르바의 지도자들이 부여하는 권한 안에서 무엇이든지 누릴 거라 합리적으로 기대할 수 있었다. 헌트는 새로운 세계와 관계를 시작하기에 이보다 안 좋은 상황들이 떠올랐다. "절대로 이렇게는 말하지 마. '그건 불가능해. 왜냐하면….'" 헌트의 아버지가 그에게 즐겨 말하던 또 다른 이야기였다. "항상 이렇게 말해. '가능할 수도 있다. 만일 이렇게 한다면….'"

세리오스와 람비아의 갈등이 완화된 후에, 샤피에론호가 여기에서 정찰선 역할을 하고, 소수의 가니메데인이 가진 기술을 건네면, 미네르바의 주민들을 지구로 이전시키는 계획이 더 빨리 진행될 수 있었다. 필수적인 기술에 필요한 물리학의 발전을 도와주는 일은 헌트에게 이상적인 역할을 부여해줄 것이다. 그것만으로도 그는 여생을 유용하게 보낼 수 있을 것이다. 지구를 예전의 모습 그대로 바라보는 일도 그 자체로 매력적일 것이다. 지구가 이미 우주를 여행할 수 있는 종족에 의해 개척되면, 그들이 외부로 뻗어 나갈 수단을 개발하기 전에 사람들이 그 기술을 잊어버리는 위험을 피할 수 있을 것이며, 투리엔인들에게 이득을 주었던 것처럼 유리한 위치에서 시작할 수 있게 해줄 것이다. '확실히 모든 게 나쁜 건 아니야.' 헌트는 결론을 내렸다. 생각해보니, 이게 오히려 나은 것 같기도 했다.

가까운 곳에서 움직임이 느껴져서 헌트가 고개를 돌렸다. 단체커가 람비아 차가 담긴 잔을 들고 다가왔다. 헌트는 모호한 표정으로 그 잔을 바라봤다. "그건 어때?" 헌트는 지금껏 사건을 따라가느라 진이 빠져서 아직 입맛이 당기지 않았다.

"아주 마음에 든다고 할 수 있는 수준이야. 강하고 진한 차에 꿀을 탄 것처럼 느껴지는 맛이야. 얼핏 아일랜드 위스키 맛이 나는 것 같기도 해. 자네는 좋아할 거야." 단체커는 차를 홀짝이며, 헌트와 함께 바깥세상을 바라봤다. "전부 아주 견고하고 웅장하네." 단체커가 말했다. "석조의 불변성이라."

"난 러시아의 겨울을 찍은 옛날 흑백 뉴스 영상이 떠올라." 헌트가 말했다. 다만, 이곳 멜티스는 미네르바의 적도에서 그리 멀지 않다는 점이 달랐다.

"순전히 단기임대료를 극대화하기 위해 동물 우리 같은 쓰레기 더미를 쌓아 올린다는 개념은 거의 없는 모양이네. 좀 이상한 것 같아. 지구로 떠나는 이주가 종족의 단일한 목표라는 생각을 가진 사람들이라면 영속성 같은 표현을 거의 하지 않을 것 같은데 말이야. 안전과 장기적인 미래를 바라는 집단적 무의식의 욕망이 발현된 모양이야. 자네 생각은 어때?"

"그럴 수 있지. 아무튼 멋진 일들이 일어날 것 같아." 헌트는 단체커가 무의식적으로 자신과 비슷한 확신을 표현하고 있는 듯하다는 느낌을 받았다. 헌트가 계속 말했다. "자네와 나, 그리고 가니메데인들은 그 한복판에서 할 일이 적지 않을 거야. 상상해봐, 단체커. 지구가 통째로 예전 그대로야. 자네가 수년 동안 추론하고 재구성하려던 초기의 동물들이 살아서 숨을 쉬며 걸어 다니고 있어."

단체커는 계속 창문 밖을 보고 있었지만, 그의 표정이 살짝 밝아졌다. 그런 관점으로는 생각해보지 못한 모양이었다. 잠시 후 단체커가 대답했다. "멋진 생각이야. 정말로 근사한 생각이야. 내가 재검토하고 있던 진화의 개념에 확실히 도움이 될 거야. 동일한 유전적 프로그램이 다양한 환경 신호에 다르게 적응하는 과정 말이야. 투리엔인들은 우리의 전통적인 관점과는 전혀 다른 생각을 하고 있어. 파멸적인 대량 멸종 이후 새로운 형태와 신체 구조로 재증식하는 형태로 갑자기 한꺼번에 변화가 일어난다는 거야." 단체커는 계속 말하려 했지만, 헌트는 앞뒤로 소규모 호위 차량을 거느린 버스가 거리에서 들어와 외부의 석조 담장을 가로지르는 모습에 관심이 갔다.

"착륙선을 타고 온 셜로힌과 일행들이 도착한 모양이야." 헌트가 말했다.

"자네 말이 맞겠지."

그들은 라이샤가 다시 돌아와 헌트를 바라보고 있었다는 사실을 깨달았다. 헌트가 질문을 던지듯 눈썹을 치켜 올렸다.

라이샤가 제블렌어와 람비아어를 뒤섞은 조어로 말했다. "더 이야기할 수 있나요? 죄송해요."

"괜찮아요."

"세리오스인들은 우주선이 미래에서 왔다는 것을 믿을 수 없대요. 너무 많이… 그 자체로 말이 안 된다는 걸 뭐라고 하죠?"

"모순?"

"네, 우리는 질문이 더 많아요."

헌트가 한숨을 뱉었다. 헌트는 앞으로 이런 일이 무수히 많이 일어날 것이라는 생각이 들었다. 그리고 조락이 없는 상황에서는 이런 상태가 나아지지 않을 것이다. '이제 익숙해지기 시작하겠지.' 바로 그때, 군복을 입은 람비아인이 급하게 안으로 뛰어들더니 문 옆에 앉아 있던 세 명에게 속삭였다. 그중 한 명이 라이샤에게 뭔가 소리쳤다. 라이샤는 그쪽으로 가서, 그들과 1, 2분 정도 고개를 젓고 손짓을 하며 대화를 나누면서 가끔 고개를 돌려 헌트와 단체커를 힐끗거렸다. 그들은 기다렸다. 곧 라이샤가 그들을 불렀다. 헌트는 단체커를 향해 어깨를 으쓱했다. 그리고 함께 라이샤에게 걸어갔다.

"거기가…." 라이샤가 손을 흔들었다. "제가 있던 곳이 어디였죠? 당신을 처음 본 장소."

"통신실."

"맞아요. 거기는 연결되는데…." 라이샤가 허공에 크게 손짓을 했다. "모든 미네르바와 통신해요. 전화, 컴퓨터. 알겠어요?"

"네."

"메시지가 들어와요. 아무도 어디에서 왔는지 몰라요. 그들은 아마도 거인들을 위한 거라 생각해요."

"행성 네트워크로 메시지를 받은 모양이네." 헌트와 함께 그녀의 말을 이해하려 애쓰던 단체커가 끼어들었다.

"메시지에 뭐라고 되어 있나요?" 헌트가 물었다.

"잘 모르겠어요. 아무도 이해를 못 해요. 그러나 당신이 아는 사람인가요? 메시지를 보낸 사람의 이름이 '비자르'예요."

43

이때쯤 하르진 대통령과 페라스몬 국왕이 착륙했다. 그리고 대기하던 헬리콥터에 타고 샤피에론호에서 온 방문객들을 맞이하기 위해 잠시 멜티스로 돌아오는 중이었다. 그래서 헌트와 동료들은 좀 더 기다린 후에야 무슨 일이 일어났는지 알 수 있었다. 그래도 그들은 두 지도자와 만날 때 비자르와 온라인으로 연결해서 통역으로 이용하는 이점을 누릴 수 있었다.

다양한 물리학 체계는 비슷한 역할을 하는 양을 포함하고, 비슷한 종류의 수학 방정식이 관련된다는 점에서 유사성을 가진다. 예를 들어, 전압과 전류, 저항은 유체역학에서 압력, 흐름, 마찰과 유사하다. 유도계수와 정전용량은 역학의 관성, 탄성과 유사하다. 투리엔 과학자들은 다중우주의 다양한 특성을 좀 더 친숙한 물리학에서 인식할 수 있는 용어로 알아볼 수 있는 이론적 구조를 만들기 시작했다. 물론 그런 유사성들은 엄밀하게 정확하지 않지만, 쉽게 이해하는 데에는 도움을 줄 수 있었다. 이런 측면에서 효과적이라고 증명된 분야가 전기역학이었다. 사실, 기괴한 시간대 수렴 구역은, 전하(電荷)가 일반 우주를 가로지르는 방식과 유사하게, 다중우주 공간을 가로질러 간접적으로 서로 다른 우주에 영향을 미친다는 사실이 밝혀졌다. 관문의 다중투사기와 우주선에 탑재된 거품생성기의 거품을 연결하는 '탯줄'의 관은 그 사이에 전류가 흐르는 것처럼 생각할 수 있었다.

자기장이 급격하게 붕괴되면, 그 자기장의 원인이 되었던 전류가 통과하는 회로 안에 기전력 혹은 전압이 유도된다. 유도 전압은 전류가 흐르는 상태를 계속 유지하게 하는 방향으로 작동한다. 즉, 그 시스템은 '전기적 관성'을 보인다. 가루스 총독이 샤피에론호의 주변에 구축된 확장된 수렴 구역을 붕괴시켰을 때, 외관상 유사한 현상이 일어났다. 거대한 '전압'이 생성되었는데, 이 전압이 출구를 찾다가 반대편 '전극'으로 가는 길을 발견했다. 투리엔 관문에 다중우주 전하가 집중되어 있었던 것이다. 과학자들은 성공할 희망이 거의 없다고 말했지만, 당시 관문은 칼라자르 의장의 지시에 따라 탐색용 탐지기를 발사하기 위해 작동 중이었다.

사실상 관문과 샤피에론호 사이를 연결하는 통로가 생성된 것이었다. 이는 뇌운(雷雲)과 땅 사이에 전기장이 형성한 이온화된 입자로 이루어진 가느다란 필라멘트와 약간 비슷했다. 그 필라멘트는 번갯불이 뒤따르는 길이 된다. 그 결과, 비자르가 발사하려던 탐지기의 경계를 규정하는 파동이 원래 목표하던 곳으로 가지 않고 그 경로를 따라가게 되었다. 탐지기의 장비들은 재빨리 샤피에론호의 존재를 확인하고, 신호기 모드로 바뀌어서 위치를 표시했다. 하지만 비자르도 조락을 깨우지는 못했다. 그래서 신호기를 거쳐 미네르바의 행성 네트워크를 통해 연락을 취했고, 이제는 그 방법이 정례적으로 사용되었다.

그리하여, 어쨌든 그들은 집으로 돌아갈 것이다. 하지만 한 가지

더 있었다. 샤피에론호가 참여한 관문 실험이 처음으로 예정되었을 때 이샨의 불안감 때문에 만약을 위해 비자르가 조락의 복제본을 백업해서 보관 중이었다. 비자르와 연결이 재건된 지금, 조락의 복원이 가장 중요한 일이 되었다.

✳

멜티스로 내려와 있는 파견대원들은 아그라콘의 통신실로 갔다. 그리고 샤피에론호로 연결해서 상황을 지켜봤다. 비자르는 신호기 연결을 통해 작업을 진행할 수밖에 없었기 때문에 데이터를 재배치하고 연결하는 일에 시간이 걸렸다. 투리엔에 돌아가면 훨씬 빨리 진행할 수 있겠지만, 가루스 총독은 자신의 우주선이 오랜 기간 알아왔던 존재의 제어를 다시 받게 되길 원했다. 그리고 아무도 그 의견에 반론을 제기하지 않았다.

"통합이 완료되었고, 점검 지표도 좋습니다." 비자르가 알려줬다. "이제, 여러분 거예요." 사령실에 있는 모든 사람의 눈길이 가루스 총독을 향했다.

가루스 총독은 잠시 마음의 준비를 한 후 말했다. "조락."

"네, 총독님."

지상에서 지켜보는 사람들이 안도감을 내비치며 크게 기뻐했다. 그 자리에는 람비아인과 세리오스인들도 있었다. "간단히 현재 상태와 오늘 일정을 점검해봐. 어떤 상태야?" 가루스 총독이 말했다.

"안정화된 후 지역 거품의 붕괴를 검토하기 위해 마지막으로 일련의 뗏목 실험을 이샨 씨가 승인했는데, 모든 결과가 긍정적으로 나타났습니다. 어떤 비정상적인 현상도 감지되지 않았습니다. 샤피에론호에 대한 완전하고도 철저한 실험을 허락받았습니다. 이샨 씨의 주장에 따라, 비자르가 저의 백업 파일을 저장했습니다." 우주선과 지상에서 지켜보는 사람들이 서로 미소를 주고받았다. 조락은 몇 달 전의 상황을 보고하면서 컴퓨터의 기억상실에 해당하는 증상을 보여준 것이었다. 조락은 아직 자신이 백업이라는 사실을 인식하지 못한 상태였다.

"샤피에론호 주변을 분석하고 평가한 후 보고해줄래?" 가루스 총독이 제안했다.

짧은 침묵이 이어졌다. 조락처럼 논리적 능력을 갖춘 시스템이 정확한 결론에 도달하기까지 아주 오래 걸릴 것이라고 예상하는 사람은 아무도 없었다.

"제가 따라잡아야 할 일들이 있는 모양이네요." 조락이 마침내 반응했다. "그리고 조심스럽게 말하자면, 제가 이샨 씨에게 대단히 큰 은혜를 입었군요. 좋아요, 여러분이 이겼어요. 지나치게 융통성이 없는 사람들을 더는 놀리지 않을게요." 그 말을 환영하는 환호 소리가 터져 나왔다.

"귀선을 환영한다." 가루스 총독이 말했다.

＊

전체적인 이야기를 설명할 수 있도록 샤피에론호가 미네르바에 일주일 더 남아 있기로 합의했다. 그 임무가 끊임없는 경쟁과 고조되는 적대감이 만들어낼 미래에 대해 바라볼 수 있도록 해준 덕분에, 세리오스와 람비아가 그들 사이에 나타나기 시작한 차이를 빠르게 극복하고, 모두에게 발전적 미래를 부여해줄 공통의 목표를 향해 전념할 것이라는 사실을 의심하는 사람은 거의 없었다.

바쁜 한 주가 될 예정이었다. 지구와 투리엔에 대한 전체 이야기뿐만 아니라, 거인들이 미네르바를 떠났을 때부터 투리엔에서 샤피에론 호가 임무를 위해 떠나게 된 결정까지 일어났던 모든 일을 알려줘야 했다. 그 상황을 이해하려면 물리학에 대한 그들의 지식을 발전시켜야 했다. 미네르바 사람들은 아직 양자역학에 대해 이해하지 못했다. 무엇보다 미네르바의 대중과 뉴스매체의 만족할 줄 모르는 호기심을 채워줘야 했다. 두 강대국의 지도자들은 그들이 실행하려던 정책을 도입하면서, 외계인의 존재에 대해 보도통제를 하지 않기로 했다. 어차피 오래가지 않을 문제였다. 샤피에론호는 지상에서 160킬로미터 상공에 떠 있었는데도, 보름달의 절반 이상으로 커 보였으며, 하루에 몇 번씩 머리 위를 지날 때마다 태양의 위치에 따라 빛으로 이루어진 밝은 선이나 그림자처럼 보였다.

그러나 이 임무에 참여한 모든 구성원이 당장 원하는 것은, 당분간 일에서 벗어나 쉬면서 그들 각자의 방식대로, 그리고 각자의 마음속으로, 그동안 그들이 내적으로 준비해왔던 망명 생활에서 갑작스럽게 풀려난 느낌을 받아들이는 시간을 갖는 것이었다. 하르진 대통령과 페라스몬 국왕의 주장에 따라 그날 저녁은 멜티스에서 만찬을 위해 머무른 후(두 지도자의 요청을 거절하기는 힘들었다), 지상에 내려왔던 가니메데인과 지구인들은 착륙선에 올라 샤피에론호로 돌아왔다. 물론 미네르바인들은 모두 그 우주선을 방문할 기회를 간절히 원했다. 하지만 지금은 안 된다고 했다. 굳이 우기는 사람은 없었다. 그들은 며칠 더 머무를 것이므로 나중에 올 수 있었다. 미네르바인들은 이해했다.

＊

UN 우주군의 고다드 센터도 아주 힘든 날이었다. 콜드웰은 행사의 정신에 어울리도록 상냥한 분위기를 유지하려 애썼다. 그는 직원들이 야구 모자를 쓰고 해변용 반바지를 입고 껌을 질겅대는 관광객들에게 충실하게 자신들이 하는 일을 설명하고 있는 방들과, 로비와 컴퓨터그래픽실에서 끈적이는 지문을 남기고 있는 학생들을 향해 미소를 짓고 고개를 끄덕이며 지나갔다. 그는 마음속으로 더 안 좋은 상황에서도 살아남았었다는 생각을 했다.

관광객들에게 가장 인기 있는 아이템은 그의 사무실과 같은 복도에 배치된 구역에 있는 투리엔 신경 연결기였다. 비자르의 배려 덕분에 투리엔의 고층건물 사이를 걷거나, 진짜 공룡들과 다른 세계의 정글을 두려워하며 쳐다보고, 은하계를 빠르게 날며 가상 여행을 하기 위해 온종일 사람들이 길게 줄을 서서 자신의 차례를 기다렸다. 행사가 시작된 지 30분도 채 지나기 전에, 상업용 건물 1층에 들어오려는 이해관계자들이 콜드웰에게 다가왔다. 콜드웰은 그들과 말을 나누지 않을 것이다. UN 우주군의 홍보부가 그런 일을 하라고 존재하는 것이다.

"첨단과학국의 콜드웰 국장님입니다." 힘든 상황에 안내인으로서 용감하게 일을 해내고 있는 아멜리아가 티셔츠를 맞춰 입은 연인에게 그를 소개했다. 마침내 고다드 센터가 조용해지기 시작했다. 이들은 곧 떠날 마지막 관광객 중 일부였다. "첨단과학국은 우리가 투리엔인과 다루고 있는 대부분의 연구를 담당합니다."

"여러분은 이 외계인들이 이렇게 사람들의 머릿속으로 곧장 들어가게 놔두는 게 안전할 거라 생각하세요?" 콜드웰을 소개받은 연인 중 여성이 다가와 말을 걸었다. "그들이 우리를 침략하려는 건지도 몰라요. 어쨌거나, 제블렌인들에게 일어난 일을 보세요."

"저희는 언제나 상황을 꼼꼼히 살펴보고 있습니다." 콜드웰이 그녀를 안심시켰다.

"심리사회학 교감 공명이 대뇌피질의 잠재의식 모드에 동조되었어요." 이번에는 남자가 말했다. 그 남자가 대답을 기대하며 콜드웰을 쳐다봤다. 다행히, 그때 콜드웰의 핸드폰이 울렸다.

"실례합니다." 콜드웰이 말했다.

비서 밋치였다. "국장님, 칼라자르 의장에게서 연락이 왔어요."

"금방 갈게요." 콜드웰은 최선을 다해 사과하는 표정을 지었다. "죄송합니다. 하지만 연락을 받아야 해서요." 콜드웰을 고개를 돌리고, 핸드폰을 주머니에 넣을 새도 없이 급히 그 자리를 떠났다. "아멜리아 씨가 여러분의 질문에 대답해줄 겁니다."

콜드웰은 '출입 금지'라고 붙여놓은 바깥 사무실의 문을 열고 들어가서 문을 닫았다. "어떻게 됐어요?" 콜드웰이 묻자 밋치가 모니터를 가리켰다. 투리엔에서 연결한 칼라자르 의장의 모습이 보였다. 콜드웰이 모니터를 돌려 그와 얼굴을 마주 봤다. "안녕하세요, 칼라자르 의장님." 콜드웰에서 새로운 소식을 전해주려고 연락한 게 틀림없었다.

"콜드웰 국장님, 개방 행사는 어땠나요?"

"거의 끝났습니다. 이 행사를 생각해낸 행정관 중에 도와주러 온 사람은 아무도 없더군요. 그건 그렇고, 새로운 소식이 있나요?"

"임무에 참가한 사람들이 샤피에론호로 복귀했습니다. 대체로 쉬거나 기분을 진정시키는 중인 것 같습니다."

"상상이 됩니다. 저라도 그럴 것 같거든요."

"적어도 일주일은 지나야 그들을 데려오게 될 테니까, 제 생각에는 국장님과 제가 그들에게 합류하는 게 적절할 것 같습니다." 이것은 투리엔인의 대화 방식이었다. 칼라자르 의장의 말은 신경 연결기를 통해 가상으로 만나자는 의미였다. "말하자면, 우리가 그들과 함께한다

529

는 것을 상징적으로 보여주자는 거죠. 비자르가 다시 연결된 일을 축하하기 위해 그보다 더 나은 방법이 있을까요?"

"좋은 생각 같습니다. 언제가 좋으세요?"

"혹시 국장님이 가능하다면 지금이 좋을 것 같습니다. 지금 사용할 수 있는 연결기가 있나요? 아까 사람들이 신경 연결기를 사용하려 줄을 서 있다고 이야기했잖아요."

"지금은 상황이 많이 가라앉았습니다. 잠깐만 기다리세요, 확인해볼게요." 콜드웰이 밋치 쪽을 쳐다보며 말했다. "아멜리아에게 연락해서 그쪽의 신경 연결기 상황이 어떤지 알아봐줄래요? 칼라사르 의장이 헌트 박사와 일행들을 만나러 가자고 하네요."

"확인해볼게요."

"퀠상에서 과학자들도 우리와 함께 갈 겁니다. 이 임무 전체의 마지막에 벌어진 일에 대해 과학자들이 흥분한 상태거든요. 과학자들은 그 문제에 관해 다른 이들, 특히 이산과 헌트 박사와 이야기를 나누고 싶어 합니다." 칼라자르 의장이 말했다.

"아, 무슨 일을 말하는 건가요?" 콜드웰이 물었다.

"내가 그 문제를 제대로 이해한 건지 자신이 없지만, 샤피에론호의 거품 붕괴가 그 우주에서 여기까지 일종의 저항이 낮은 경로를 만들어낸 사건과 관련되어 있어요."

콜드웰은 그 정도까지는 알아들었다. "아하⋯."

"거기에서 진행된 모든 활동은 우리뿐만 아니라, 동일한 일을 했던 다른 우주들도 관련되어 있습니다. 이론에 따르면, 5만 년 전 미네르바를 중심으로, 영향을 받은 다중우주 전체 지역에서 제블렌 우주선 다섯 대를 과거로 내던졌던 시공간 교란 지점까지 유사한 통로가 만들어진 거예요. 그래서⋯." 이미 그가 무슨 말을 하려는지 알아챈 콜드웰이 머리를 빠르게 끄덕이기 시작하자, 칼라자르 의장이 말을 멈췄다.

"무슨 말을 하려는지 알겠어요. 제가 오랫동안 궁금해왔던 의문이었어요. 그냥 우연이라고 받아들이긴 힘들었거든요. 이게 그 해답이었네요."

"그래서 결국 제블렌인들은 자신들이 저지른 일의 대가를 치른 겁니다. 아무튼 우리는 완전히 다른 이론의 영역으로 들어섰다는 이야기를 들었어요."

콜드웰은 밋치가 손을 흔들고 있다는 사실을 깨달았다. "잠깐만요, 의장님…." 콜드웰이 눈썹을 치켜들었다.

"아멜리아가 문제없대요. 사람들이 다 떠났어요."

"연결기가 비었습니다." 콜드웰이 칼라자르 의장에게 말했다. "거기서 볼게요. 그런데 어디로 가야 하나요?"

"내 생각에는 거기 샤피에론호로 가는 게 좋을 것 같습니다." 칼라자르 의장이 말했다. 샤피에론호는 제블렌에 머무를 때 투리엔 신경 연결기를 설치했었다.

"좋은 것 같습니다. 2분 내로 5만 년 전에서 만나죠."

콜드웰은 모니터를 끄고, 복도로 돌아갔다. 건물은 조용하고 평소 같은 느낌이 들었다. 아멜리아가 다른 쪽에서 걸어오는 모습이 보였다. "그 연인이 설마 아직 어딘가에 숨어서 나를 기다리고 있는 건 아니겠죠?" 그가 물었다.

"국장님은 안전해요. 그 사람들은 갔어요."

"연결기 방들도 비었고요?"

"네. 아, 남자 한 명이 칸막이방에 들어가 있기는 한데, 문제를 일으킬 사람은 아닐 것 같아요."

"수고 많았어요. 하루 휴가를 줄게요."

"그 약속은 꼭 지키세요."

콜드웰은 연결기가 있는 구역으로 가서 빈 칸막이방에 들어갔다. 그리고 안락의자에 누웠다. 그의 정신이 허공 속으로 열린 느낌이 들었다. 비자르에 연결되었다는 뜻이었다. "자, 오늘 UN 우주군에서 보낸 하루는 어땠어?" 그가 마음속으로 물어봤다.

"아, 몹시 가벼운 일들이었지만 다양했어요. 제 서비스가 통상적인 수준으로 볼 때 훌륭하지 않았나요?" 비자르가 대답했다.

"네 서비스에 대한 불만은 전혀 못 들었어. 자, 칼라자르 의장과 만날 계획은 알고 있지?"

"네, 미네르바에 있는 샤피에론호에서 만날 예정이시죠."

"가자."

*

헌트는 샤피에론호에 있는 신경 연결기에 편안히 누웠다. 그는 육체적으로 이미 샤피에론호를 타고 있긴 했지만, 투리엔과 지구에서 오는 다른 사람들과 상호작용하기 위해서는 신경계가 연결되어야 했다. 모두 함께 있다는 느낌은 모두가 공유하는 환상일 것이다.

"비자르, 다시 이렇게 할 수 있는 게 얼마나 대단한 일인지 너는 전혀 모를 거야. 우리는 남은 평생을 여기에 고립된 채 살 거라 생각했었거든." 헌트가 말했다. 그는 들떠 있었다.

"정말로 운이 좋았어요." 비자르가 고백했다. "저는 실행 가능한 방안이 모두 떨어진 상태였거든요. 아시죠?"

"그래도 넌 노력했잖아."

"칼라자르 의장님이 노력하셨죠. 그런 상황에서, 전 그저 명령만 따랐을 뿐이에요."

"왜 투리엔인들이 그 사람을 사랑하는지 이해되기 시작했어. 그래서 그분도 여기에 오시지? 콜드웰 국장도?"

"이게 자신들이 할 수 있는 최소한의 일이라고 생각하고 있어요."

"우리는 어디서 만나지?"

"가루스 총독은 중간 갑판에 있는 임원 휴게실이 만나기에 좋다고 생각해요."

헌트가 보기에도 괜찮은 선택이었다. 느긋하고, 비공식적이지만, 품위가 있고, 편안한 장소였다. "다른 사람들은 아직 안 왔어?" 그가 물었다.

"박사님이 처음이에요."

그리고 헌트는 낮은 탁자들 주변과 칸막이가 된 자리들에 가니메데인의 커다란 검은색 소파들이 배치된 임원 휴게실 한가운데에 서 있었다. 새롭게 치장한 벽들은 역동적인 벽지로 장식되었고, 한쪽의 벽을 따라 가상 뷔페가 차려져 있었다.

"박사님을 찾는 연락이 왔습니다. 고다드 센터에서 신경 연결기로 연결한 사람이 박사님과 통화할 수 있냐고 묻네요." 비자르가 말했다.

고다드! 그 단어가 아름답게 들렸다. 헌트는 고다드 센터를 다시 보지 못하리라 생각했었다. 이제야 악몽이 끝났다는 사실이 확실하게 실감 났다. 모든 게 좋았다. 그는 다시 익숙한 세계로 돌아왔다. 헌트는 치솟아 오르는 행복감에 휩싸여서 그게 누구인지 물어볼 생각도 하지 않았다. UN 우주군에 있는 어떤 사람이 그가 무사한지 살펴보려는 게 틀림없었다. "그래. 연결해줘." 헌트가 말했다. 잠시 후, 파란 양복을 입고 하얀 셔츠와 타이를 맨 사람이 헌트 앞의 인간 크기에 맞춘 의자에 나타났다. 잠시 그 사람은 앉은 채로 주변을 둘러봤는데,

당황한 모양이었다. 헌트는 이 남자가 누구인지 기억나지 않았다. 덩치가 크고, 말끔하게 면도했으며, 살집이 있었다. 그리고 동그랗고 통통한 이마에서 머리를 뒤로 깔끔하게 넘겼다.

"안녕하세요. 어, 제가 아는 분인가요?"

"저는 빅터 헌트 박사님을 찾고 있습니다."

"제가 헌트입니다. 편하게 말하세요. 그런데 누구신지…?"

"FBI 금융사기부 조사과 포크 요원입니다." 포크는 무의식적으로 배지를 꺼내려고 재킷 속주머니로 손을 넣었다. 하지만 비자르는 그가 뭘 하려는지 몰랐기 때문에 스마일 그림이 그려진 카드를 임시변통으로 만들어냈다. 포크는 마치 금고를 열었다가 고무 오리를 발견한 사람 같은 표정으로 그 카드를 쳐다봤다. 그러나 FBI 아카데미에서 받은 교육의 효과가 나타났는지, 그가 재빨리 정신을 차렸다. "헌트 박사님, 텍사스 오스틴에 있는 포마플렉스라는 회사와 박사님의 관계에 대해 몇 가지 질문을 드려도 괜찮겠습니까?"

헌트가 눈을 깜빡거렸다. 이게 진짜일 리 없었다. "정말 먼 길을 오셨군요." 헌트는 할 말이 많았지만, 그렇게 말했다. "여기가 어딘지는 알고 계시죠?"

"잘은 모르겠습니다. 컴퓨터인지 뭔지가 박사님이 통화가 가능하다고 말씀하셨다는 이야기만 저한테 전해줬거든요."

헌트가 생각했던 것보다 훨씬 더 복잡하게 진행될 것 같았다. 헌트는 눈살을 찌푸리며, 이 문제를 다룰 최선의 방법을 고민했다. "술 한잔 드릴까요?"

"고맙습니다만, 근무시간에는 안 마십니다."

"아, 물론 그러시겠죠. 비자르, 아일랜드 위스키 스트레이트로 한잔 줘." 위스키가 가득한 잔이 헌트가 뻗은 손에 물질화되었다. 마치 허공에서 잔을 낚아챈 것 같았다. 포크 요원의 눈이 커졌다. 잠시 후 칼라자르 의장이 나타났고, 뒤이어 가루스 총독과 쉴로힌이 나타났다.

"조금 복잡한 이야기입니다." 헌트가 설명하려 할 때, 콜드웰이 다른 의자에 물질화되었다.

"헌트 박사." 칼라자르 의장이 인사했다. "우리는 경의를 표하려고 왔습니다. 우리가 이 상황에서 할 수 있는 최소한의 일인 것 같아서요." 프레누아 쇼음과 이샨이 갑자기 뷔페 옆에 서 있었다. 포크 요원이 외계인을 한 사람씩 돌아본 후, 다시 헌트를 쳐다봤다. 포크 요원의 결의가 이성과 온전한 정신에 무력감을 호소하며 마침내 무너져 내렸다.

"포크 요원님, 지금은 그냥 계시는 게 나을 겁니다." 헌트가 그에게 쾌활하게 말했다. "저들이 모두 그 이야기의 일부분입니다. 편안히 계세요. 정말로 한잔 안 하실래요? 이것은 숙취가 전혀 없습니다. 내가 보장하죠. 이 이야기는 꽤 긴 시간이 걸릴 거예요."

에필로그

다뉴브강의 둑이 바라보이는 비엔나의 큰 서점에서, 밀드레드는 그녀의 초기 저작들과 함께 《투리엔인의 정신》이라는 책이 쌓인 탁자에 앉아 있었다. 행사는 매우 잘 진행되고 있었으며, 그녀의 서명을 받으려고 기다리는 독자와 구매자들의 줄이 오전 내내 줄어들지 않았다. 밀드레드가 현재 진행 중인 프로젝트는 이 책의 내용을 조사하는 과정에서 마음을 끌었던 철학과 물리학에 대한 자기 생각을 모아서 책의 형태로 정리하는 일이었다. 그녀가 염두에 두고 있는 잠정적인 제목은 《다중우주와 살아가는 방법을 배우다》였다. 무슨 주제가 됐든 그에 관해 자기 생각을 정리하는 것은 언제나 만만찮은 일이었다.

"당신이 이 책을 2천 년 전에 썼더라면, 성경보다 더 나은 작품이 되었을 거예요." 그녀의 책에 '잉그리드'라는 이름을 쓴 빨간 드레스를 입은 여인이 말했다. "이 책에서 우리의 물질주의적, 법적 체계가 모두 잘못되었다는 사실을 정확히 설명했잖아요."

"우리는 서로에게 자신의 장난감을 자랑하는 어린아이들 같아요, 그렇지 않나요?" 밀드레드가 동의했다.

"그리고 전문가들은 그런 삶이 논리적으로 타당하고 필연적이라고 들 하지만, 이 책은 바꿀 수 있다는 사실을 증명했어요. 훌륭한 개인들이 모든 사람의 나은 삶을 창출하는 일에 이용할 지식과 부를 만들어내기 위해 일하는 모습을 상상해보세요. 전쟁에 대한 프레누아 쇼음의 느낌을 말하는 부분은 훌륭했어요. 오래전부터 제가 말하고 싶었던 모든 게 들어 있었어요. 한동안 이 책에 대한 생각을 멈출 수가 없었어요. 정말로 고마워요."

"이렇게 들러주셔서 오히려 제가 감사합니다." 밀드레드가 미소를 지었다.

오전이 거의 지나자, 밀드레드는 기꺼이 다른 사람들이 말하도록 두었다. 실제로 그녀는 투리엔에 지내는 동안 스스로 정한 규율을 지켰다. 몇몇 친구들이 그녀의 변화에 대해 이야기하는 걸 보면 효과가 나타나는 모양이었다. 밀드레드는 예전에 습관적으로 수다를 늘어놨던 것은 스스로 불충분하다는 자아상에 대한 방어였을지도 모른다는 생각이 들기 시작했다. 그녀는 결코 그렇게 느낄 필요가 없었다. 생물학자와 물리학자가 그녀 덕분에 자신들의 전문 분야에서 몇 가지 기본적인 원칙들에 대해 다시 생각하게 되었다고 말해줬으니, 그녀의 자신감이 커질 수밖에 없었다. 하지만 반대쪽으로 너무 멀리 나아가서 과도한 자만심의 변덕에 휩쓸리지는 않겠다고 그녀는 다짐했다. 콜드웰에게 들려줘야 할 이야기가 자신에게 있다고 생각하고는 투리엔에서 그를 만나기 위해 그 먼 길을 여행했을 때처럼 말이다. 그것 참! 하지만 이슈타르호는 다시 지구로 돌아왔다. 밀드레드는 그 뒤 투리엔에서 진행된 활동에 대해 듣고 싶어서 안달이 났다. 단체커가 전화와 메시지를 통해 감질나게 언급했던 일들 말이다. 그 이야기는 아직 대중적으로 발표되지 않았다.

서점의 입구 근처에서 가벼운 소동이 있었지만, 서명을 받으려던 다음 사람에 가려 밀드레드는 그 상황을 보지 못했다. 머리를 뒤로 묶고 뾰족한 반다이크 수염에 활기 넘치는 검은 눈동자를 가진 젊은 남자였다. "환상적인 책이에요!" 남자가 말했다.

"고맙습니다."

"작가님은 정말로 우리 모두가 더 큰 영역에서 어떤 커다란 의식의 확장으로 존재한다는 투리엔인들의 생각이 옳다고 생각하세요? 그렇다면 왜 우리는 그에 대해 아무것도 모르는 걸까요?"

"여기에 누구의 이름 앞으로 서명하면 좋을까요?"

"아, 네. 괜찮으시면 '울리치에게'라고 써주세요.

"투리엔인의 집에서 저녁을 들며 시중드는 로봇을 봤을 때 저한테는 그게 더욱 명확하게 보였어요." 밀드레드가 서명하면서 말했다. "그 로봇은 국지적으로 인식하는 한정된 범위 안에서 자율적으로 활동하지만, 항성계를 가로질러 존재하는 전체 네트워크에 연결되어 있었죠. 비자르 말이에요. 하지만 그 로봇은 비자르라는 존재나 비자르가 다루는 더 높은 개념에 대해서는 전혀 몰랐어요. 이 이야기가 도움됐나요?"

"흠, 어쩌면요. 그 문제를 생각해봐야겠네요. 이건 '안나에게'라고 해주실래요, 그리고 '생일 축하해'라고 써주세요."

"여자 친구인가요?"

"여동생요."

밀드레드가 그의 말대로 서명하면서, 앞에 있는 탁자 위로 속지의 제목 부분이 펼쳐진 다른 책이 미끄러져 들어오는 것을 얼핏 알아챘다. 그때 그 책을 잡은 짙은 남색에 엄지손가락이 두 개 달린 커다란 손을 알아봤다. 밀드레드가 믿기지 않는 표정으로 고개를 들었다. 그리고 펜을 발 아래로 떨어뜨렸다.

"프레누아 쇼음!"

"이번에 당신이 사는 이 세계를 직접 와서 보기로 마음먹었죠."

왜소한 밀드레드와 2.1미터의 쇼음의 키가 잘 안 맞았지만, 그들은 따스하게 포옹했다. "그런데… 왜 저한테 미리 말해주지 않았어요?"

"지구인들은 놀라는 걸 좋아하는 것 같더라고요. 이슈타르호가 지구로 돌아올 예정이었어요. 그래서…, 그리고 어찌 됐든, 그 책을 보고 싶었어요. 우리는 어제 도착했어요."

"우리요?" 그제야 밀드레드는 몇 걸음 뒤에서 활짝 웃으며 서 있는 단체커와 헌트가 눈에 들어왔다. "이런, 세상에…."

줄을 선 사람들은 그 모습을 보면서 온화한 표정으로 참을성 있게 기다렸다. 그리고 돈을 낸 것보다 구경거리를 좀 더 볼 수 있게 된 것처럼 모두 즐거워했다. 구경하러 왔던 고객 한 명이 다가와서 쇼음의 팔과 어깨를 만지더니 만족스러운 표정으로 말했다. "뭐랄까, 있잖아요, 멋지네요…. 오, 맙소사! 당신은 진짜네요! 난 이 책을 위해서 홍보하러 나온 사람인 줄 알았어요."

단체커가 가까이 다가와서 보기 드문 포옹을 하며 사촌을 토닥였다. "세상에!" 밀드레드가 놀랐다.

"우리는 이번 주에 여기에 있을 거야." 단체커가 밀드레드에게 말했다. "지난 몇 년 동안 네가 쌓아왔던 무자비하고 가차 없는 훈계를 갚아줄 기회야. 나는 엠마와 마르타 이모에게 속죄하고 회개하려고 왔어. 그리고, 그래, 스테판 삼촌도 만날 거야. 삼촌의 회사도…. 하지만 그건 나중에. 여기서 진행되는 일을 더 방해하지 않을게."

"밀드레드, 당신에게 들려줄 이야기가 또 있어요. 다음에 어떤 책을 쓰기로 계획했든, 취소하세요. 이게 그 어떤 계획보다 나을 거라고 내가 보장할 수 있어요." 헌트가 말했다.

✳

이틀 후, 단체커는 충분히 누릴 자격이 있는 휴가를 즐기고 가족 문제를 해결하러 떠났고, 헌트는 워싱턴으로 곧장 날아가는 비궤도 에어유럽에 올라탔다. UN 우주군의 유럽 사무실에 가서 그가 처리할 문제들도 있었지만, 그들은 며칠 더 기다려줄 수 있을 것이다. 헌트의 업무 목록에는 콜드웰 국장에게 보고하는 일이 가장 위에 있었다.

비행선이 높은 고도로 올라가자, 머리 위의 하늘이 어두워지고 아래로 보이는 지구의 지평선이 굽어졌다. 그 모습을 보며 헌트는 5년 전에 자신이 당시 일하던 영국 회사의 동료 한 명과 함께 UN 우주군에서 진행하는 찰리에 관한 조사를 도와주기 위해 서쪽으로 날아갔던 비행이 떠올랐다. 당시에는 초음속 비궤도 비행선이 시대에 뒤떨어진 구식처럼 느껴지게 되리라고는 꿈에도 생각하기 힘들었다.

달의 표면에 매장되어 누워 있던 찰리는 달이 다른 행성의 궤도를 돌던 때부터 5만 년 동안 서서히 자연적으로 미라가 되었다. 하지만 겨우 몇 주 전에 헌트는 바로 그 행성을 걸었다. 바로 그 시대의 찰리는 살아서 그 행성 어딘가를 걷고 있었을 것이다. 찰리가 클레스였을 수도 있다는 괴상한 생각이 헌트에게 문득 떠올랐다.

미래에서 날아와 미네르바의 상황을 극적으로 바꾼 투리엔-지구 문명과 미네르바 사이의 관계는 앞으로 어떻게 할 것인지가 샤피에론 호가 머무는 동안 주요한 토론거리로 떠올랐다. 접촉을 유지하자는 사람들은 젊은 문명이 가능한 모든 지식과 자원을 활용해서 새로운 역사로 나아간다면 더 잘할 것이라고 주장했다. 그에 대한 확신이 적은 사람들은 배운 내용을 흡수하고 새로운 정체성을 스스로 발견하기 위해서는 독립적으로 분리된 시간이 필요할 거라고 생각했다. 하르진 대통령은 전자의 관점을 찬성했고, 페라스몬 국왕은 후자를 찬성했다. 몇몇 미네르바인들은 그들이 벌써 다른 전쟁을 시작하는 모양이라고 농담했다.

또 다른 논쟁거리는, 미네르바가 자신들의 우주에서 20광년 떨어진 거인별에 이미 존재하는 투리엔인에게 접촉을 시도해야 하느냐는 문제였다. 다시 한 번, 그에 대한 의견들이 엇갈렸다. 투리엔인들은 이런 상황에 대해, 자신들이 오래전에 체념하며 수용했던 상황의 또 다른 예시라고 받아들였다. 즉, 인간 두 명을 한 방에 두면 어떤 문제에 대해서도 동의할 수 없다는 것이다.

결국, 신호 탐지기를 그대로 남겨두되, 일정한 격리 기간 동안 비활성화시키자고 결정했다. 일종의 비상 상황을 제외하고, 앞으로 1년 동안 어느 쪽도 접촉을 시작할 수 없었다. 미네르바인들은 그 1년 동안 심사숙고하고 논쟁할 수 있을 것이다. 격리 기간이 끝난 후 다시 협의하기로 했다.

헌트는 머리 위에서 모습을 드러내기 시작하며 반짝거리는 별들을 쳐다봤다. 저기에는 어디에도 미네르바가 없었다. 그들이 사는 우주에서는 오래전에 미네르바가 사라져버렸기 때문이다. 그러나 아직도 수수께끼로 가려져 있는 더욱 거대하고 광대한 다중우주 어딘가에는 그와 다른 사람들이 일으킨 변화가 이미 펼쳐지고 현실이 될 미래를 가진 우주가 존재했다. 그리고 어찌 되었든, 이 모든 혼란 속에서, 인류의 병폐가 선천적인 것인지, 아니면 상황의 산물인지에 대한 원래의 질문은 잊혔다. 그건 별로 중요하지 않았다. 헌트는 그 답을 아는 척하지 않았다. 그러나 프레누아 쇼옴이 그들을 설득할 때 말했듯이, 그들은 시도하는 것 외에는 다른 선택지가 없었다.

샤피에론호가 마침내 투리엔으로 돌아갔을 때, 헌트에게는 조금 당혹스러운 문제가 하나 더 기다리고 있었다. 제블렌인들이 위치를 나타내는 신호기를 파괴했을 때, 이샨은 투리엔인들이 탐지기를 투사해서 그 희박한 확률을 극복하고 그들을 찾아낸다 하더라도, 그 탐지기가 '그들의' 투리엔에서 왔을 것이라는 보장은 할 수 없다고 지적했다. 그들이 출발했던 수많은 다른 버전의 우주에서 같은 일을 시도할 것이고, 우연히 그들이 있는 우주에 떨어진 탐지기는 다른 우주 어디에서든 올 수 있었다.

그러나 헌트는 앞서 실험들이 진행되는 동안 그런 우발적 상황을 고려해서 자신이 확인할 수 있는 수단을 마련해놓았다. 출발하기 전에 헌트는 비자르에 남겨놓은 원판과 대조할 수 있는 무작위 수를 생성하는 수학 함수를 컴패드에 저장해두었다. 그 둘이 일치한다면, 그들이 떠났던 동일한 우주로 돌아왔다는 뜻이었다. 일치하지 않는다면, 사소한 차이라 할지라도, 그들은 다른 우주로 돌아온 것이다.

돌아온 후 며칠 동안, 헌트는 그 검사와 의미를 두고 속으로 고민했다. 그동안 헌트는 불일치하는 게 조금이라도 있는지 찾아보고 살펴봤지만, 전혀 발견하지 못했다. 어느 모로 보나, 그리고 그가 생각해낼 수 있는 모든 기준으로 봐도, 그는 고향으로 돌아왔다. 마침내, 헌트는 자신의 딜레마를 단체커에게 털어놓았다. 단체커는 차이를 알 수 없다면, 차이가 없는 거라는 의견을 내놨다. 헌트는 비자르에게 읽지 않고 놔뒀던 그 함수를 지우라고 말했다. 단체커가 옳았다. 그건 중요하지 않았다. 그냥 묻어두는 게 나은 것도 있는 법이었다.

객실에서 몇 줄 앞에 있는 사람들이 창문을 향해 몸을 기울이며 손짓하는 게 보였다. 헌트도 앞으로 고개를 숙이고 내다봤다. 별들이 박힌 하늘을 배경으로 진주 같은 빛이 가로질러 지나갔다. "투리엔 우주선인 것 같아." 누군가가 말하는 게 들렸다.

헌트는 언젠가는 어딘가에 존재하는, 오래전에 만났던 인간과 투리엔인에서 발전한 문명을 만나게 될지 궁금했다. 그들은 지금쯤 어떤 세계를 만들었을까? 그 세계는 비자르와 투리엔인조차 상대적으로 시대에 뒤떨어진 구식으로 보이게 만들어버릴까? 지난 5년의 짧은 시간 동안 많은 일을 본 이후, 헌트는 새롭고 흥미진진한 삶이 아직 많이 남아 있을 거라는 느낌을 받았다.

지구의 어두운 부분의 가장자리가 서서히 올라오며 앞으로 다가오는 동안 이슈타르호가 멀어지며 작아지더니, 마침내 지평선 아래로 사라졌다.

〈끝〉

별의 계승자 연대기

약 46억 년 전

태양계의 탄생. 탄생 당시 태양계는 아홉 개의 행성으로 이루어졌으며, 태양으로부터 거리에 따른 순서는 다음과 같았다.

수성, 금성, 지구, 화성, 미네르바, 목성, 토성, 천왕성, 해왕성.

2천5백만 년 전

거인 종족의 진화로 미네르바에 지적생물이 등장했다. 거인 문명의 출현. 미네르바의 판 구조 때문에 나중에 대기 중 이산화탄소 함유량이 증가하기 시작했다. 거인들은 그 상황을 정상화하기로 결의했다. 그 목표를 달성하기 위해, 샤피에론호의 승무원들이 이스카리스라는 항성에서 실험을 했다. 그 실험은 실패했고, 이스카리스는 신성이 되었으며, 탈출하던 거인들은 샤피에론호의 고장으로 우주선에 탄

채로 상대론적 시간 지연을 겪고, 2천5백만 년 후의 미래로 던져졌다. 이스카리스에서의 실패를 알게 된 미네르바의 거인들은 지구에서 동물(원시 인류 포함)과 식물을 수입하고, 이산화탄소에 내성을 가진 유전자를 성공적으로 분리해낸다. 거인들의 계획은 이 유전자를 자신들의 게놈에 삽입하는 것이었지만, 그 결과에 두려움을 느낀 거인들은 결국 그 계획을 포기한다. 이산화탄소 문제에 대한 다른 해결책을 찾지 못함에 따라, 거인들은 거인별의 궤도를 도는 투리엔이라는 행성으로 이주한다. 이주 도중 우주선 한 대가 가니메데에 추락한다. 지구에서 데려온 생물들이 미네르바를 차지하고, 새로운 생태계 균형 상태에 도달한다. 투리엔의 거인들은 미네르바에서 일어나는 변화를 행성에 남겨놓은 중계기를 통해 관찰한다.

약 4백만 년 전
지구에 오스트랄로피테쿠스 출현

약 2백5십만 년 전
지구에 호모 하빌리스 진화

약 2백만 년 전
지구에 호모 에르가스테르 등장

약 1백60만 년 전
지구에 호모 에렉투스 등장

약 15만 년 전

호모 네안데르탈인 진화

날짜 모름

미네르바에서 유전자가 조작된 인간종이 호모 사피엔스로 진화한다.

날짜 모름

미네르바에서 인류 문명의 성장과 동시에 문명에 파괴적인 빙하기가 시작된다. 인류는 그 행성에서 탈출하기 위해 우주여행 개발을 시작한다.

약 5만2백 년 전 (나중에 5만2십 년 전으로 재평가된다.)

이마레스 브로컬리오와 그의 장군들이 우주선 다섯 대를 타고 미래에서 나타난다. 그들은 눈에 띄지 않게 미네르바에 착륙해서 람비아 대륙의 사람들을 군사정권으로 결집시킨다. 람비아인은 빙하기로부터 람비아인만 탈출하겠다는 목표 아래 다른 대륙의 세리오스에 대항해서 무장한다. 세리오스도 어쩔 수 없이 무장하게 된다.

5만 년 전

우주여행이 막 가능해진 시기에, 우주를 향한 경쟁은 세리오스와 람비아 사이에 전면적인 핵전쟁으로 이어진다. 세리오스가 기지를 세운 미네르바의 달 표면도 전쟁에 휩쓸린다. 핵으로 인한 대참사는 미네르바를 산산조각낸다. 가장 큰 조각은 명왕성이 되고, 나머지는 흩어져서 소행성대를 형성한다. 전쟁을 지켜봤던 투리엔인들은 달의 세리오스인 생존자들을 그들의 요구에 따라 지구로 이동시켜주고, 그들의 운명에 맡겼다. 람비아인 생존자들은 투리엔에서 가까운 행성 제블렌에 정착하고, 서서히 투리엔 사회에 융합된다. 미네르바의 중력에서 풀려난 달은 나중에 지구의 중력 우물에 잡혀서 지구의 달이 된다. 지구에 도착한 달은 대격변과 홍수를 일으켜 세리오스 생존자들을 대부분 전멸시키고, 그들을 야만의 상태로 돌려놓는다. 생존을 위한 경쟁을 하면서, 곧 그들은 당시까지 지구를 지배하고 있던 네안데르탈인을 말살시킨다. 호모 사피엔스가 지구에 퍼져나간다. 그리고 문명을 향한 두 번째 상승을 시작한다.

날짜 모름

투리엔인은 자신들의 비자르를 모방해서 슈퍼컴퓨터 제벡스를 제블렌에 구축한다. 나중에 제블렌인은 제벡스를 행성 우탄으로 옮기고, 언젠가 비자르의 능력을 넘어서기 위해 확장하기 시작한다. 그 설계자들이 알아채지 못한 사이에, 확장된 제벡스 안에서 나중에 '내부우주'라고 이름을 갖게 된 우주가 진화한다. 지적인 거주자들인 '엔트'는 종종 제블렌인의 정신을 침입하는 방식으로 제벡스 밖의 세계로 이동한다. 그렇게 빙의된 제블렌인들(소위 아야톨라)은 그들 주변에 종교적이고 신비주의적인 사교를 만든다. 내부우주의 존재는 알려지지 않은 상태로 유지되었다.

날짜 모름

투리엔인의 신뢰를 받은 제블렌인들이 지구에 대한 감시를 수행한다. 복수심에 이끌린 제블렌인 지도자들은 지구 문명의 발전을 저해하기 위해 요원들을 이용해 지구에 종교와 미신을 확산시킨다.

1831년

새로이 빙의된 아야톨라 사이카가 '각성의 소용돌이' 교단을 창설한다.

19세기

그들의 간섭에도 아랑곳없이 지구의 문명이 발전하는 모습을 지켜본 제블렌인들은 지구를 무장시켜서 전 지구적이고 자멸적인 전쟁을 일으키기 위해 특정한 영역의 과학이 발전되도록 돕는다.

1914년

지구에 1차 세계대전 시작

1939년

제블렌인들의 계획에 따르면 핵전쟁의 재난으로 이어졌을 2차 세계대전이 시작된다. 하지만 지구는 핵전쟁을 피한다.

1945년 이후

2차 세계대전 이후, 지구는 제블렌인 요원들 때문에 핵무장 경쟁을 시작한다. 이는 그 후 수십 년 동안 문명의 생존을 위협한다. 그동안, 투리엔인들이 알지 못한 상태에서, 제블렌인 지도자들도 무장을 시작한다.

1979년

조셉 B. 섀넌 탄생

1992년

빅터 헌트 탄생

1999년

린 가랜드, 던컨 와트 탄생

2002년

한스 바우머 탄생

2015년

제블렌인의 음모에도 불구하고 지구에서는 냉전이 서서히 녹아내린다. 제블렌인 요원들은 지구의 비무장화를 돕는다. 그동안 제블렌은 꾸준히 비밀리에 무장을 진행한다. 제블렌 지도자들의 궁극적인 목표는 투리엔을 고립시킨 후 지구를 파괴하고, 은하계를 지배하는 것이다. 제블렌인은 투리엔인에게 무장한 지구가 3차 세계대전을 벌이기 직전이라고 계속 보고한다.

2027년

인류가 다시 우주로 뻗어 나가기 시작한다. 그리고 달에서 이른 시기에 존재했던 호모 사피엔스의 흔적을 발견한다.

2028년

월인이라고 이름 붙인 사람들의 수수께끼를 탐구하던 인류는 한때 미네르바라는 행성이 존재했다는 사실을 깨닫는다. 목성 파견대가 목성의 위성 가니메데에서 거인의 우주선을 발견한다. 그 종족에 가니메데인이라는 이름을 붙인다.

2029년

가니메데인과 월인의 발견을 바탕으로, 인류는 월인과 가니메데인의 이야기를 재구성하고, 달이 한때 미네르바의 달이었다는 사실을 밝혀낸다. 그리고 마침내 지구인이 미네르바에서 기원한 월인의 후손이라는 사실을 깨닫는다.

2030년

시간을 이동한 샤피에론호의 승무원들이 지구인과 접촉한다. 달에서 발견된 자료를 이용해서, 샤피에론호는 가니메데인이 이주한 목적지로 추정되는 거인의 별을 찾아 떠난다. 지구인은 자신들의 지적 능력이 거인들이 실패한 실험의 부산물이라는 사실을 깨닫는다. 제블렌인 관찰자들은 샤피에론호의 출현을 투리엔인에게 보고하지 않는다. 지구는 거인의 별에 전파로 메시지를 전송한다. 이를 통해 투리엔인은 샤피에론호에 대해 알게 된다.

2031년

제블렌인들이 모르는 상태에서, 투리엔인은 지구인과 접촉한다. 투리엔인은 지구가 평화롭다는 사실을 알게 된 후, 지구인과 함께 제블렌인 지도자를 구석으로 몬다. 제벡스가 꺼진다. 이마레스 브로컬리오와 그의 장군들이 제블렌에서 탈출한다. 그리고 뜻하지 않게 5만 2십 년 전의 과거로 떨어진다. 복수심에 불타는 지도자들에게서 해방된 제블렌은 평화로운 길을 가기 시작한다. 동시에, 제벡스가 없어진 상태에서 발생한 혼란이 제벡스에 의존적인 사회를 삼켜버린다. 제벡스가 꺼졌기 때문에, 내부우주의 삶이 급격하게 나빠진다. 그래서 많은 엔트들이 내부우주를 탈출하려 한다. 갑작스레 등장한 몇몇 신진 아야톨라들과 그들의 사교가 제블렌을 더욱 심한 혼란에 빠트린다. 유벨레우스라는 아야톨라가 더욱 많은 제블렌인의 마음속에 엔트들이 침입할 수 있도록 우탄으로 가서 제벡스의 스위치를 켜려고 시도한다. 지구인과 거인은 내부우주의 존재를 알아채고, 엔트의 침략을 막는다. 제벡스는 내부우주를 보존하기 위해 우탄에 고립된다.

편집 ─ 헝가리, 아틸라 토르코스 세게드 박사
2001년 9월 20일.

옮긴이 **최세진**

SF 전문번역가. 옮긴 책으로 《리틀 브라더》, 《별의 계승자 2: 가니메데의 친절한 거인》, 《별의 계승자 3: 거인의 별》, 《별의 계승자 4: 내부우주》, 《홈랜드》, 《크로스토크》, 《우주복 있음, 출장 가능》, 《화재감시원》(공역), 《여왕마저도》(공역), 《계단의 집》, 《마일즈 보르코시건: 바라야 내전》, 《마일즈 보르코시건: 남자의 나라 아토스》, 《SF 명예의 전당 2: 화성의 오디세이》(공역), 《SF 명예의 전당 3: 유니버스》(공역), 《제대로 된 시체답게 행동해》(공역) 등이 있다.

별의 계승자

⑤ 미네르바의 임무

초판 1쇄 발행   2019년 5월 10일
초판 2쇄 발행   2021년 8월 10일

지은이   제임스 P. 호건
옮긴이   최세진
펴낸이   박은주
편집장   최재천
기획   김아린
편집   설재인, 최지혜
디자인   김선예, 서예린, 오유진
마케팅   박동준

발행처   (주)아작
등록   2015년 9월 9일(제2021-000132호)
주소   04050 서울특별시 마포구 양화로 156
           LG팰리스빌딩 1428호
전화   02.324.3945-6   **팩스** 02.324.3947
이메일   decomma@gmail.com
홈페이지   www.arzak.co.kr

ISBN   979-11-89015-58-9 04840
           979-11-87206-66-8 04840 (세트)